Marie Major

Roman historique inspiré de la vie
d'une Fille du roi dont l'époux,
Antoine Roy dit Desjardins, fut assassiné

SERGINE DESJARDINS

Marie Major

Roman historique inspiré de la vie
d'une Fille du roi dont l'époux,
Antoine Roy dit Desjardins, fut assassiné

Guy Saint-Jean
ÉDITEUR

CATALOGAGE AVANT PUBLICATION DE BIBLIOTHÈQUE ET ARCHIVES CANADA

Desjardins, Sergine

Marie Major : roman historique inspiré de la vie d'une Fille du roi dont l'époux, Antoine Roy dit Desjardins, fut assassiné

Comprend des réf. bibliogr.

ISBN-13 : 978-2-89455-214-8

ISBN-10 : 2-89455-214-9

1. Major, Marie, m. 1689 — Romans, nouvelles, etc. 2. Canada — Histoire — Jusqu'à 1763 (Nouvelle-France) — Romans, nouvelles, etc. I. Titre.

PS8607.E761M37 2006   C843'.6   C2006-940536-0
PS9607.E761M37 2006

Nous reconnaissons l'aide financière du gouvernement du Canada par l'entremise du Programme d'Aide au Développement de l'Industrie de l'Édition (PADIÉ) ainsi que celle de la SODEC pour nos activités d'édition. Nous remercions le Conseil des Arts du Canada de l'aide accordée à notre programme de publication.

Gouvernement du Québec — Programme de crédit d'impôt pour l'édition de livres — Gestion SODEC

© Guy Saint-Jean Éditeur Inc. 2006

Conception graphique : Christiane Séguin

Révision : Nathalie Viens

Dépôt légal — Bibliothèque et Archives nationales du Québec, Bibliothèque et Archives Canada, 2006

ISBN-13 : 978-2-89455-214-8

ISBN-10 : 2-89455-214-9

DISTRIBUTION ET DIFFUSION

Amérique : Prologue

France : CDE/Sodis

Belgique : Diffusion Vander S.A.

Suisse : Transat S.A.

GUY SAINT-JEAN ÉDITEUR INC.

3154, boul. Industriel, Laval (Québec) Canada. H7L 4P7. (450) 663-1777.

Courriel : saint-jean.editeur@qc.aira.com   Web : www.saint-jeanediteur.com

GUY SAINT-JEAN ÉDITEUR FRANCE

48, rue des Ponts, 78290 Croissy-sur-Seine, France. (1) 39.76.99.43. Courriel : gsj.editeur@free.fr

Imprimé et relié au Canada

Visitez le site Web de l'auteure : www.sergine.com

À la mémoire de mes parents,
Laure Fortin et Rosaire Desjardins.

À Philippe et à Rodrigue,
pour tout ce que nous partageons.

« La plus grande partie des cent cinquante filles que vous y avés envoyées cette année, ont esté mariées en très-peu de temps ; il y à apparence que le reste sera bien tost pourveu ; Monsieur Talon y apporte tous ses soins, et au reste des affaires qui regardent l'augmentation de la Colonie. Je vous puis asseurer que je continue dans les mesmes sentimens de ne rien épargner de mes soins et de mon application pour bannir le vice et établir les bonnes mœurs dans ce Christianisme dont il à pleu à Dieu de me charger[1] ».

(Extrait d'une lettre de Monseigneur de Laval au ministre Colbert datée du 30 septembre 1670)

---

1 Monseigneur de Laval, Musée de la civilisation, fonds d'archives du Séminaire de Québec, Sém. 16, no 28.

Table des matières

Note de l'auteure

Marie Major a réellement existé.

Cette Fille du roi, arrivée en Nouvelle-France en l'an de grâce 1668, a épousé Antoine Roy dit Desjardins, un soldat du régiment de Carignan. Seize ans après leur mariage, Antoine fut assassiné dans le lit de sa maîtresse. Le meurtrier, on l'aura deviné, était le mari trompé.

Il y eut procès, l'assassin échappa de justesse à la pendaison, la maîtresse d'Antoine fut condamnée au bannissement perpétuel et tous les biens de Marie furent saisis.

Issue d'une famille bourgeoise de la Normandie, Marie Major connut, dès son arrivée en Nouvelle-France, une véritable dégringolade sociale. Dégringolade qui atteignit son point ultime après la mort de son mari, car elle perdit non seulement tout ce qu'elle possédait, mais aussi son honneur, lequel était, à l'époque, aux dires de nombreux historiens, « le bien le plus précieux ».

Marie est mon ancêtre. Quand, enfant, j'ai entendu pour la première fois des bribes de son histoire, j'ai été touchée par le destin de cette femme trompée et déchue qui, je l'ai appris plus tard, vivait à une époque où les femmes étaient jugées coupables des écarts de conduite de leur mari.

Tout au long de ma vie, épisodiquement, il m'arrivait de penser à Marie. Plus je vieillissais, plus le destin tragique de cette femme me touchait car, c'est un truisme de le souligner, les années exacerbent souvent notre sensibilité. J'ai donc essayé de reconstituer sa vie à partir de récits fragmentaires, de documents d'archives et d'écrits historiques. J'ignorais alors à quel point cette tentative de retisser les fils que la trame du temps a déliés était une tâche colossale.

Colossale, mais ô combien passionnante et instructive !

Marie Major m'a propulsée à une époque dont je ne connaissais auparavant que les héros de guerre ou les figures religieuses. Grâce à elle, j'ai appris ce que pouvait être la vie non seulement des Filles du roi mais, de façon plus globale, des femmes qui ont vécu au XVIIe siècle. Vies qui n'ont rien à voir avec l'image manichéenne charriant l'idée qu'elles étaient soit des filles de joie, soit de saintes mères de famille. La liberté de plusieurs d'entre elles était soigneusement circonscrite. Il leur suffisait d'être un tant soit peu marginales pour être enfermées ou corrigées par leur mari avec l'assentiment des hommes d'Église. Il n'était pas bien vu non plus qu'elles affichent leur savoir. À un point d'ailleurs, écrit la professeure Josette Dall'Ava-Santucci, que l'on répétait qu'il «était grotesque pour une femme de savoir signer son nom, [...] grotesque de vouloir lire, étudier, penser à autre chose qu'aux lancinantes magies d'amour et [aux] empoisonnements passionnels[2] ». Quant au sort jadis réservé aux femmes adultères, c'est un euphémisme de dire qu'il était peu enviable.

Marie Major m'a entraînée dans les cours de justice où régnaient des méthodes inquisitoriales. Elle m'a ouvert les portes des prisons du XVIIe siècle et j'y ai trouvé une foule de gens emprisonnés pour des raisons qui nous apparaîtraient aujourd'hui saugrenues. J'ai été consternée par la dureté des mœurs et par la complexité des procédures judiciaires. J'ai été abasourdie de constater comment on gravissait les échelons de la hiérarchie sociale : un boulanger pouvait devenir juge, comme ce fut le cas pour l'un de ceux qui ont jugé le meurtrier d'Antoine.

Plus ma recherche avançait, plus je mesurais l'étendue de mon ignorance sur le XVIIe siècle, tant en Nouvelle-France qu'en France. Pour la combler, j'ai bénéficié du travail de nombreux historiens et historiennes qui ont écrit sur cette époque. Grâce à eux et à elles,

---

2 Josette Dall'Ava-Santucci, *Des sorcières aux mandarines*, Paris, Calmann-Lévy, 1989, p. 60.

j'aime passionnément l'histoire. Pas celle de la petite école où nous devions souvent ne mémoriser que des dates et des lieux de guerre ou des noms de personnages illustres, mais l'Histoire qui dévoile les mœurs, les croyances et les mentalités qui modulent le quotidien de gens moins connus certes, mais tout aussi importants et intéressants.

Vous serez sans doute surpris, comme je l'ai été moi-même, de découvrir certains faits tels que des animaux excommuniés par Monseigneur de Laval, certaines croyances magiques, des pendaisons par effigie, des corps jetés à la voirie, des suicidés emprisonnés, des méthodes de guérison déconcertantes, des castors dont on disait qu'ils étaient des poissons afin de pouvoir en manger le vendredi et durant le carême. Pourtant, tout cela, et bien d'autres choses encore, sont des faits historiques qui, s'ils ne servent qu'à nourrir la trame de ce roman, n'en sont pas moins véridiques.

Par ailleurs, il est des sentiments, des souffrances et des joies qui sont universels et intemporels. Ce qui se passe dans la tête d'un meurtrier, dans celle d'une femme trompée ou chez ceux qui sont victimes de calomnies ou ostracisés peut trouver des échos des siècles plus tard. Même si Marie a vécu il y a plus de trois cent cinquante ans, certains aspects de sa vie sont encore étonnamment actuels.

Bien sûr, de grands pans de la vie de Marie Major demeurent inconnus et l'imaginaire, dans ce livre, a très souvent dû se substituer aux faits vérifiés et vérifiables. Les faits imaginés sont toutefois vraisemblables car, motivée par le désir de connaître ce qu'a pu vivre Marie, j'ai tenu compte des réalités de l'époque. Par exemple, je ne peux prouver que Marie a été enfermée à la Salpêtrière, mais certaines recherches alimentent cette idée, dont celle de l'historien Yves Landry. Il écrit en effet qu'en 1668, année où est arrivée Marie, plusieurs filles provenaient de l'Hôpital général de Paris dont la Salpêtrière est une annexe[3].

---

3 Yves Landry, *Orphelines en France, pionnières au Canada. Les filles du roi au XVIIe siècle*, Montréal, Leméac, 1992, p. 57.

Par ailleurs, comme l'a écrit Noël Audet, la fiction « ne prétend pas dire autre chose que ceci : voilà des événements possibles, qui ont pu se produire, qui auraient pu à la rigueur se produire ! [...] Et comment lui reprocher de dire ce qui est possible, d'autant plus que ces choses possibles décrivent souvent mieux notre réalité que les acteurs réels pris dans les événements réels. [...] Le discours de fiction est un discours global qui embrasse la totalité de l'être humain, parce que son propos consiste à représenter de la façon la plus juste ceux qu'il met en scène, aussi bien dans leur extériorité et dans les conséquences de leurs actes que dans leur intériorité la plus secrète[4] ».

De plus, même si Marie n'a pas vécu tout ce que j'ai décrit, d'autres femmes, à la même époque, l'ont expérimenté. Ainsi, c'est autour du personnage de Marie que se cristallisent différents aspects de la vie des femmes au XVIIᵉ siècle.

Plusieurs autres personnages ayant réellement existé traversent ce roman et j'ai inséré, à la fin de ce livre, une courte biographie de chacun d'eux. C'est d'ailleurs en cherchant à connaître les personnes ayant été en contact, de près ou de loin, avec mes ancêtres que j'ai fait certains liens qui m'ont permis de mieux comprendre ce qui a pu se passer réellement, concernant, entre autres, la façon dont le meurtrier a réussi à se soustraire à la sentence de mort dont il fut l'objet. Quant aux traits de caractère, aux sentiments et aux paroles des personnages historiques, ils sont le fruit de mon imagination.

---

4 Noël Audet, *Écrire de la fiction au Québec*, Montréal, Québec Amérique, 1990, p. 143-144.

« Dans une déclaration rédigée dix-huit ans après son exil, cette fille [Marie-Claude Chamois] raconta les circonstances de son entrée à la Salpêtrière et de son départ pour le Canada, précisant " qu'au Commencement du mois de may 1670 ayant esté nommée avec plusieurs autres filles de l'hospital pour aller en Canada par ordre du Roy elles furent conduittes jusqu'au pont rouge par lesd. Ecclesisastiques et par Auber chirurgien de l'hospital, la dame de Houssy, supérieure "[5] ».

YVES LANDRY

« Dans une cause où l'adultère fut suivi du meurtre de l'amant par le mari, le Conseil souverain se montra indulgent envers le coupable et le laissa s'esquiver sans difficulté. [...] Le Conseil permit à Vendamont de quitter la prison de Québec et de loger chez un cordonnier, rue Saint-Louis. [...] Moins d'un mois plus tard, le Conseil accéda à une nouvelle demande de Vendamont et lui permit de se rendre à Montréal, sans escorte et en toute liberté[6] ».

RAYMOND BOYER

---

5 *Orphelines en France, pionnières au Canada. Les filles du roi au XVIIe siècle*, Montréal, Leméac, 1992, p. 101.
6 *Les crimes et les châtiments au Canada français du XVIIe au XXe siècle*, Montréal, Le Cercle du livre de France, 1966, p. 327-328.

Prologue

PARIS, FAUBOURG SAINT-GERMAIN
14 AVRIL 1667

La vie est si fragile.

Le fil qui nous maintient vivants se rompt parfois au moment où on s'y attend le moins.

S'il ne se rompt pas, il peut modifier sa trajectoire à un point tel que plus rien ne ressemble à ce que nous avions connu avant.

Il en fut ainsi pour Marie Major.

Quelques minutes avant que sa vie ne bascule, elle croyait qu'elle allait éclater de bonheur.

Seule dans son minuscule logement d'une vieille maison du faubourg Saint-Germain à Paris, Marie dansait en chantant à tue-tête, et sa robe rouge virevoltait autour d'elle, frôlant dangereusement au passage la flamme de la bougie.

Depuis qu'elle avait quitté sa Normandie natale pour venir habiter Paris avec une amie, tous les espoirs lui étaient permis. Un merveilleux sentiment de liberté l'habitait. Elle avait réussi à échapper au couvent où bien des filles de la bourgeoisie étaient enfermées afin que leurs frères n'aient pas à partager avec elles l'héritage légué par leurs parents. Elle avait résisté aussi à toutes les pressions que son oncle, son frère et sa sœur avaient faites afin qu'elle épouse un homme de leur choix. Elle se disait parfois qu'elle avait peut-être même échappé à la mort, car il n'était pas rare que des filles, à peine pubères, se suicident plutôt que d'être livrées à des hommes si vieux qu'ils auraient pu être leur grand-père, voire leur arrière-grand-père.

Elle s'estimait d'autant plus chanceuse qu'elle avait trouvé un emploi dans une librairie. Un libraire-imprimeur l'avait engagée parce qu'il connaissait son amour des livres et son talent d'enlumineuse.

Plusieurs, parmi les habitués de la librairie, préféraient, de beaucoup, l'enluminure à l'imprimerie. Lorsque son patron s'absentait, Marie devait aussi recevoir les clients. Le simple fait d'être entourée quotidiennement de livres et de plonger le nez dans le cœur de chacun d'eux, autant de fois qu'elle le voulait, afin de s'imprégner de leur odeur, la comblait de joie. Mais surtout, elle pouvait enfin lire, sans se cacher, autre chose que des textes religieux. Elle était flattée que des habitués de la librairie lui demandent son avis sur tel ou tel ouvrage. Elle en oubliait la timidité qui l'avait toujours fait paraître moins intelligente qu'elle ne l'était. C'est avec un aplomb qu'elle ne se connaissait pas avant qu'elle partageait maintenant sa passion de la lecture avec plusieurs clients.

Rodolphe surtout, qui venait de plus en plus souvent.

Demain, il l'accompagnerait à une conférence publique. Marie n'en manquait pas une. Les hommes de science faisaient tant de découvertes fabuleuses. Elle voulait toutes les connaître. Un autre client de la librairie l'avait invitée à un bal à la cour du roi, mais Marie avait décliné l'invitation. La compagnie des courtisans l'ennuyait.

« Rodolphe, Rodolphe », chantonnait Marie en dansant.

Elle ne porta d'abord guère attention aux bruits de portes qui claquaient et aux éclats de voix. Dans son appartement exigu, elle se sentait à l'abri, protégée. Pour y accéder, il fallait monter les marches abruptes des trois premiers étages, s'aventurer ensuite dans un couloir si étroit qu'il obligeait presque à marcher de biais, trouver la porte qu'un rideau de velours cachait à moitié et la pousser avec force, car la vieille porte résistait tant et si bien qu'un visiteur non averti la croyait condamnée et renonçait, la plupart du temps, à essayer de l'ouvrir.

Les visiteurs semblaient, cette fois, farouchement déterminés. Ils forcèrent l'accès avec une telle violence que le bruit figea Marie : « Qui pouvait bien faire un tel tapage ? Est-ce que Rodolphe se serait enhardi, enfin !, à lui rendre visite ? Mais non voyons, il ne mettrait jamais tant de violence dans ses gestes et dans ses pas. » Elle ne connaissait personne qui martelait les marches avec une telle brutalité. Surtout pas Rodolphe.

Son cœur commença à s'affoler lorsque la porte de sa chambre s'ouvrit tout aussi violemment. Deux archers entrèrent, l'un, courtaud et bedonnant, l'autre, guère plus grand mais fort maigre. Marie les dépassait d'une bonne tête.

— Marie Major ? questionna le plus petit en se haussant sur la pointe des pieds d'une manière qu'il souhaitait imperceptible.

— Oui, répondit Marie en avalant péniblement sa salive.

— Nous avons reçu l'ordre de vous mener à la Salpêtrière.

Le sang de Marie se glaça.

— La Salpêtrière !

Son exclamation en disait long sur la réputation de ce lieu. On avait parlé de la Salpêtrière dans toute la France depuis le grand renfermement de 1656, au lendemain des grandes guerres de religion. Étaient enfermées dans cet hôpital, entassées dans des salles communes, des infirmes, des orphelines, des aveugles, des teigneuses, des criminelles, des estropiées, celles qui manquaient de respect au roi ou à l'évêque, des défigurées, des protestantes et toutes autres hérétiques, des vieilles qui retombaient en enfance, des violentes, des mendiantes — il y avait plus de quarante mille mendiants dans Paris —, sans oublier les démentes et les épileptiques qui, la plupart du temps, étaient enchaînées et dont les gémissements crevaient le cœur. S'y trouvaient aussi les filles rebelles, comme Marie.

Toute fille qui entrait dans cet hôpital ne rêvait que du jour où elle en sortirait. Cela s'avérait souvent improbable, la Salpêtrière étant un véritable mouroir. Affaiblies par la malnutrition et par la tension causée par l'enfermement, les pensionnaires succombaient rapidement aux épidémies qui s'y propageaient.

La voix de l'un des archers lui parvint comme dans un rêve, un très mauvais rêve :

— Nous avons ici une lettre de cachet.

Ne sachant pas lire, il la lui présenta à l'envers. Marie la retourna vivement. Elle essayait tant bien que mal de maîtriser les mouvements de son cœur qui battait la chamade et de respirer normalement. Affolée, elle avait le sentiment de manquer d'air. Elle comprit que son frère et sa sœur avaient demandé qu'elle soit enfermée : « Voilà donc le moyen qu'ils ont trouvé pour me briser parce que je refuse de me soumettre à ce qu'ils attendent de moi », se dit Marie.

— Vous pouvez mettre vos effets personnels dans un coffre, mais faites vite.

Marie ouvrit son beau coffre ouvragé et, tremblant de tous ses membres, elle y mit, pêle-mêle, ses jupes, ses déshabillés brodés, sa jaquette de ratine, ses camisoles, ses mouchoirs, ses cornettes de toile, ses manchons de fourrure, ses gants, ses manteaux, ses plus belles robes, son miroir à main, ses bijoux et son peigne. Elle referma le coffre et songea un instant au moyen de s'enfuir. Le plus grand des deux archers lui prit le coude. De nature rebelle, Marie se débattit avec l'énergie du désespoir, mais la brutalité des deux hommes eut vite raison de sa révolte. Elle n'eut que le temps d'attraper au passage sa cape, sa belle cape de velours vert irisé d'or que son père lui avait donnée la veille de sa mort en lui disant qu'elle était de la couleur de ses yeux. Elle la portait depuis des années parce qu'elle se sentait protégée chaque fois qu'elle s'en couvrait. Impuissante, les jambes flageolantes, elle suivit les deux hommes.

Elle demanda l'autorisation de laisser un mot à son amie Laetitia avec qui elle partageait ce modeste réduit. On la lui refusa.

Durant le trajet qui la menait à la Salpêtrière, Marie ne vit rien de ce qui l'entourait.

Terrorisée, elle hurlait en silence.

Sur la table, dans la chambre où vivait Marie, un journal intime était resté ouvert. Quelques heures plus tôt, elle avait écrit : « Je l'ai enfin rencontré. Au moment où j'avais abandonné l'idée d'épouser quelqu'un, voilà que cet homme se trouve sur ma route. Il m'a fallu peu de temps pour comprendre qu'il possède ce que je cherchais confusément : l'intelligence et la bonté. Ce siècle est si cruel que sa bonté n'en est que plus apparente. »

Marie avait inscrit la date, ignorant alors que, en ce 14 avril de l'an de grâce 1667, sa vie allait basculer à un point qu'elle n'aurait jamais pu imaginer.

Qui aurait pu prédire d'ailleurs que cette fille issue de la bourgeoisie se retrouverait, après des mois d'enfermement, de l'autre côté de l'Atlantique et que le corps de son mari, assassiné alors qu'il se trouvait dans les bras d'une autre femme, serait jeté à la voirie ?

Chapitre 1

NOUVELLE-FRANCE, LACHINE.
MARDI, 10 JUILLET 1684

Antoine soupira d'aise. Il venait de faire l'amour à sa maîtresse avec une ardeur que ses quarante-neuf ans n'avaient pas émoussée. Il plongea le nez dans les cheveux d'Anne, attrapant au passage une oreille qu'il lécha doucement, et sentit en même temps la pointe des seins de son amante durcir sous ses doigts. Il constata, avec un orgueil qu'il n'arrivait pas à dissimuler, qu'il réussissait à éveiller les sens de cette femme même s'il venait à peine de les assouvir. Il aimait titiller le désir d'Anne avant de la quitter afin qu'elle se languisse de son absence. Elle n'en était que plus passionnée par la suite. Mais ce matin-là fut différent. Même s'il se leva avec la ferme intention d'aller terminer la fabrication des tonneaux qu'on lui avait commandés, Anne, quêtant habilement de nouvelles caresses, réussit à le ramener vers elle. Le désir qu'ils avaient l'un de l'autre était devenu, au fil des semaines, si vif qu'Antoine se laissa facilement séduire. Tel le battement d'ailes d'un papillon, les plus infimes décisions peuvent changer une destinée, car c'est en répondant à cette si tentante invite qu'Antoine traça le cours tragique de sa destinée. Précisément au même moment, Julien Talua, l'époux d'Anne, décida subitement de retourner chez lui afin de vérifier si ses soupçons étaient fondés. Lorsqu'il entra dans sa maison[7], les gémissements de plaisir des deux amants confirmèrent ses appréhensions. Il s'approcha de la chambre — MA CHAMBRE, pensa-t-il avec rage — et vit Antoine étendu sur sa femme, l'embrassant goulûment avec une ardeur que lui, Julien,

---

7 Cette maison était située à l'emplacement de l'actuel pensionnat des sœurs de Sainte-Anne, au 1950, rue Provost à Lachine.

n'avait jamais connue ni même imaginée. Tétanisé, il les observa un moment, la respiration difficile, le cœur qui tambourinait à un rythme fou dans sa poitrine. Bouillant de colère, il sortit de sa léthargie et, mû par une impulsion meurtrière, il porta la main à l'arme qu'il avait toujours sur lui. Avant même de réaliser ce qu'il faisait, il tira un coup et visa juste. La balle atteignit celui qui avait fait de lui un cocu. Le corps d'Antoine retomba lourdement sur Anne devenue soudainement hystérique.

Juste avant de trépasser, le visage d'Antoine exprimait la surprise ressentie lorsque, soudain, une vive douleur au dos et à la poitrine avait mâtiné sa jouissance. Sa vie défilait à une vitesse hallucinante : son enfance heureuse à Joigny ; l'apprentissage, auprès de son père, de son métier de tonnelier ; les femmes qu'il avait aimées, celles qu'il avait blessées ; l'arrivée triomphale, en cette terre de Nouvelle-France, du régiment de Carignan dont il faisait partie, le ravissement des colons et le désir dans les yeux des femmes séduites par la superbe des soldats ; Marie Major, sa femme, qu'il n'avait jamais vraiment comprise ; Pierre, son fils cadet, devenu un bien meilleur tonnelier que lui ; et puis, Anne.

Anne qu'il avait tant et si souvent désirée et qui s'accrochait maintenant à lui en criant. Des cris d'effroi et non plus les cris de jouissance qui sortaient de sa bouche il y a à peine quelques instants. Que lui arrivait-il donc ? Qu'était cette douleur, ce sentiment d'étrangeté qui s'emparait de lui ? Il revit l'image qui représente la mort et qui l'avait tant fasciné quand il la regardait, adolescent, dans une église qu'il avait visitée avec son père : il y voyait un jeune homme goûtant aux plaisirs de la vie pendant que deux bêtes dévoraient le pied de l'arbre où il se tenait. Il eut la curieuse impression que cette image avait un lien avec ce qu'il ressentait à cet instant précis. Tout était si confus dans sa tête. Il ne comprenait toujours pas ce qui lui arrivait. Il glissa dans la mort sans même avoir le temps de saisir qu'elle lui ouvrait les bras.

La nudité de sa femme exacerba la colère de Julien jusqu'au paroxysme. Dire qu'avec lui elle portait toujours la jaquette trouée !
Après avoir repoussé le corps inerte d'Antoine, il la souleva par un
bras et la frappa jusqu'à ce qu'elle tombe évanouie. « Dieu qu'elle est
belle, même dans cet état », se dit-il. Il estimait qu'elle était son bien.
Il l'avait choisie parmi les Filles du roi parce qu'elle était la plus belle
et il l'avait exhibée comme un trophée. « Et voilà que ce maudit
Desjardins me l'a ravie. » Sa colère était si intense qu'elle bloquait
l'accès à toute autre émotion.

Sa respiration reprit progressivement un rythme normal et Julien
réalisa enfin pleinement ce qu'il avait fait. Pour étouffer les sentiments d'affolement et de culpabilité qui commençaient à pointer, il se
répétait qu'il était dans son droit, parfaitement légitimé d'avoir défendu ce qu'il considérait comme sa propriété. Il n'était pas différent
de beaucoup d'hommes qui, ayant fait le mal, se convainquent qu'ils
ont fait ce qu'il fallait.

Indifférent au sort d'Anne qui gisait inconsciente sur le plancher,
un filet de sang s'écoulant de sa bouche, il songea, debout près d'elle,
à la meilleure attitude à prendre. Il se dit qu'il valait mieux avouer
son crime. Il savait que, par le passé, des hommes n'avaient pas été
punis pour un meurtre semblable parce qu'ils n'avaient fait que défendre ce qui leur appartenait. « Les juges comprendront. Je saurai les
convaincre. » Il savait que, durant l'été, les hommes de loi étaient présents à la chambre d'audience de la prison tous les mardis de huit
heures le matin à sept heures le soir. Ce 10 juillet était précisément un
mardi. Julien calcula le temps qu'il fallait pour se rendre à la prison
et il décida d'attendre que la cloche sonne le début du premier quart
de travail.

Il n'arrivait pas à détacher son regard du corps d'Antoine. Était-
ce l'effet de son imagination ? Il eut soudain l'impression qu'il respirait encore. Il reprit son arme et tira à nouveau. Le galop d'un cheval
étouffa le bruit de la détonation. Julien se demanda qui pouvait bien

être le cavalier. Outre quelques hommes de loi et des nobles, les propriétaires de chevaux étaient rares. La majorité des gens possédait un chien, qui avait d'ailleurs hérité du surnom de «cheval du pauvre» parce qu'il était attelé, comme un cheval, à une voiturette.

Le tintement des cloches se fit entendre. Maîtrisant sa nervosité, Julien sortit de chez lui, salua quelques voisins le plus naturellement du monde et se rendit directement à la chambre d'audience de la prison de Ville-Marie, située rue Notre-Dame. Le concierge et geôlier, François Bailly dit Lafleur, ne fut pas étonné de le voir si tôt. Julien était huissier à ses heures et il devait rencontrer régulièrement les juges. Inconscient du drame qui venait de se jouer, François le conduisit en sifflotant auprès du bailli Jean-Baptiste Migeon de Branssat[8], avant de s'en retourner dans son modeste logis situé juste au-dessus des cachots.

— Julien! s'étonna Branssat.

— Quelque chose de grave vient de se produire. Croyez-moi! Je ne vous importunerais pas pour des banalités. Un homme vient d'être assassiné, répondit Julien dont la pâleur n'échappa pas aux hommes de loi.

— Grand Dieu, que me dis-tu là? s'écria le bailli.

— Un homme a trouvé sa femme au lit avec son amant. Il a tué celui-ci, mais il a épargné sa femme, s'empressa-t-il d'ajouter afin de donner du meurtrier qu'il était une image moins négative.

— Mais Julien, tu connais la procédure! C'est le prévôt de la Maréchaussée qu'il faut d'abord avertir afin qu'il coure après l'assassin.

Julien hésita. La vérité était pénible à dire. Il regretta soudain d'être venu avouer son crime. Mais il était trop tard pour reculer. Il inspira profondément et lâcha le morceau:

---

8 Sous le régime français, un bailli était un homme de loi chargé d'appliquer la justice et d'en contrôler l'administration au nom du roi.

— Nul besoin de courir, c'est moi l'assassin. Je viens de tuer Antoine Roy dit Desjardins qui entretenait avec ma femme un commerce infâme depuis des mois !

— Antoine, tu as dit Antoine Roy dit Desjardins ! s'exclama Branssat, qui avait pris assez souvent plaisir à boire un coup avec Antoine, en dépit des convenances interdisant aux juges de se lier d'amitié avec de petites gens.

Maîtrisant difficilement son trouble, il se concentra sur les gestes qu'il devait poser. Il demanda au greffier de faire venir aussitôt le geôlier :

— Menez cet homme au cachot ! ordonna-t-il aussitôt que Lafleur entra dans la salle.

— Au cachot ! s'exclama le geôlier Lafleur.

Il n'arrivait pas à y croire. Emprisonner Julien Talua dit Vendamont ! Un homme qui collectait les impôts pour les sulpiciens et cultivait une partie de leurs terres ! Le premier bedeau de Lachine ! Un fidèle croyant qui gardait le banc à l'église ! Respectait méticuleusement les lois et veillait à les faire respecter ! Qui faisait les criées, les tournées de police ! Qui convoquait les témoins aux procès ! Un huissier ! Bien sûr, il était extrêmement susceptible et se mettait souvent en colère pour des broutilles, pensa Lafleur. Mais qu'avait-il bien pu faire pour qu'il soit mené au cachot comme un vulgaire paria ? Hébété, la bouche entrouverte, le regard vague, le geôlier ne cessait de dévisager Julien. « Branssat a-t-il perdu la raison ? », se demandait-il.

— Mais qu'attendez-vous enfin ? Êtes-vous sourd, Lafleur ? s'impatienta Branssat.

Et, se tournant vers l'adjoint au greffier, il lui demanda d'aller quérir les officiers et le chirurgien Jean Martinet de Fonblanche.

Le bailli sursauta en entendant soudain le geôlier hurler : « De par le roi Louis XIV ! notre Sire et Justice ! » avant d'entraîner Julien dans le couloir menant au cachot.

Le geôlier était fier d'avoir lancé ce cri que les huissiers et les archers hurlent avant de procéder à une arrestation. Avant de sortir de la salle, il jeta un œil vers le bailli afin de lire sur son visage ce qu'il espérait être un brin d'admiration, ou tout au moins d'approbation, mais celui-ci donnait déjà d'autres instructions à l'adjoint du greffier :

— Dites-leur de se rendre immédiatement au domicile de Julien Talua. À cette heure, vous trouverez le chirurgien à l'hôpital où il fait sa visite matinale aux malades. Dites-lui de venir examiner le cadavre de Desjardins afin de faire un rapport fidèle et véritable. Quant à nous, dit-il en s'adressant au greffier Claude Maugue, nous y allons aussitôt. Nous pouvons reporter nos autres affaires à plus tard, le geôlier se chargera d'avertir de notre absence ceux que nous devions rencontrer aujourd'hui.

Chapitre 2

Branssat marchait à grandes enjambées. Maugue, bedonnant, et fier de l'être, car c'était là le signe le plus visible de sa réussite sociale, avait peine à le suivre. Arrivés au domicile de Julien, ils trouvèrent Anne, complètement nue, lovée contre le corps ensanglanté d'Antoine, le regard hagard, l'œil tuméfié, la lèvre enflée. Elle caressait les cheveux de son amant tout en prononçant des mots inintelligibles. Le bailli, mal à l'aise devant cette trop belle nudité, tenta de l'interroger, mais elle resta muette, barricadée dans sa douleur. Lorsque le chirurgien Jean Martinet de Fonblanche arriva, quelques instants plus tard, Branssat lui demanda d'examiner les blessures de la femme. Après un rapide examen, le chirurgien décréta qu'elles étaient superficielles et aida Anne, toujours en état de choc, à s'habiller. Les femmes adultères étant sévèrement punies, le bailli ordonna à deux officiers de la conduire à la prison, chaînes aux pieds et menottes aux mains.

Le chemin qu'ils parcoururent à pied était balisé par les curieux qui délaissaient leur travail afin de les regarder passer. Ainsi dévisagée sans retenue, Anne ne put s'empêcher de penser qu'elle n'avait ressenti aucune compassion lorsqu'elle avait assisté, il y avait quelques jours à peine, à la pendaison, sur la place publique, d'une pauvre femme. Celle-ci était, comme elle, une femme adultère, mais elle avait été aussi accusée d'avoir caché sa grossesse, ce qui était défendu par la loi. Anne avait eu alors la même curiosité malsaine que tous les autres badauds venus observer les derniers moments de cette femme. Afin de l'humilier, on l'avait rasée et, tout en la fouettant, on l'avait promenée à travers les rues de la ville où étaient assemblés des hommes et des femmes de tous âges et de toutes conditions. Elle était nue sous une chemise de coton blanc et plusieurs se gaussaient des formes généreuses que la minceur du tissu laissait aisément deviner. Certains, venus exprès pour la haranguer, lui avaient même craché au visage. Elle avait hurlé d'effroi quand le bourreau lui avait passé la corde au cou et certains avaient ri de sa peur, pourtant bien compréhensible.

« Est-ce qu'un pareil sort m'attend ? » se demanda Anne, l'espace d'un court instant, avant que s'élève de nouveau dans son esprit cette brume opaque qui, depuis la tragédie, la séparait du reste du monde et la rendait indifférente à la suite des événements.

Le geôlier de la prison, qui savait maintenant pourquoi Julien était emprisonné, ne fut pas surpris de voir arriver la femme adultère. Il prit bien son temps pour l'écrouer, car on lui avait souvent reproché d'oublier de mentionner tout ce qui devait figurer à l'écrou : le nom de la personne emprisonnée, son surnom, son occupation, la date, l'heure ainsi que la raison de l'emprisonnement. Après avoir écrit soigneusement « Femme adultère », il interrogea Anne qui lui répondit d'une voix morne. Il écrivait dans le registre avec une application et une concentration telles qu'il sortait sa langue à chaque lettre qu'il formait.

Quelques minutes plus tard, en la conduisant à travers les couloirs sombres de la prison, il constata, déçu, qu'elle n'était décidément pas plus bavarde que son mari. Il aurait aimé connaître les circonstances du drame. Anne regardait fixement avec des yeux troubles les ombres mouvantes que dessinait sur le mur la lumière de la torche que le gardien tenait d'une main. La flamme s'approcha si près de ses cheveux qu'une odeur de roussi chatouilla ses narines en même temps qu'une sensation de chaleur courait sur sa nuque, la sortant brusquement de sa torpeur. Le geôlier éloigna prestement la torche en s'excusant du bout des lèvres.

Outre quelques étroits cachots, la prison comptait deux grandes cellules, l'une pour les femmes et l'autre pour les hommes. Le geôlier installa Anne dans la grande salle des femmes. Il lui désigna sa paillasse et le seau qui lui servirait de latrines et lui dit qu'elle avait de la chance d'être logée juste dessous le soupirail. « À cause de la lumière », expliqua-t-il avec un large sourire.

Pendant ce temps, dans la maison de Julien, le chirurgien examinait le corps d'Antoine afin de faire le compte rendu qu'on lui avait demandé. Il regrettait qu'on ne soit pas venu le chercher une heure plus tard. Il aurait été alors à son « école » de chirurgie et il aurait pu se faire accompagner par ses apprentis les plus doués. « Ce n'est pas tous les jours qu'on a un cadavre à étudier », se disait-il.

Claude Maugue, quant à lui, écrivait tout ce qu'il observait avec une scrupuleuse minutie. Il nota les endroits où s'étaient logées les balles, ainsi que les marques de sang qu'il trouva sur la peau de loup que les amants avaient étendue sur le lit. Il était intrigué par les écritures qu'il arrivait mal à déchiffrer.

— Regardez, dit-il en s'approchant du bailli. Ne trouvez-vous pas étrange que quelqu'un ait écrit sur la peau de loup ?

— En effet, dit Branssat en prenant la peau. À cause du sang, j'ai bien de la peine à lire : Arque… Je n'arrive pas à saisir le reste.

— Oui, regardez bien ici, dit Maugue. On peut lire « …tolet » et « homme ». Tout cela est bien étrange. Les marques de sang masquent l'essentiel.

— Gardez cette couverture, nous l'analyserons plus tard, conclut Branssat, perplexe.

Les deux hommes se demandèrent aussi pourquoi il y avait du sang près du lit et, après quelques conciliabules, conclurent finalement, avec justesse, qu'il s'agissait du sang d'Anne et non de celui d'Antoine. Pendant ce temps, les officiers fouillèrent la maison. Ils étaient estomaqués de voir le nombre effarant de chandelles que Julien avait disposées près de la porte. Julien rappelait constamment à Anne qu'il devait toujours avoir avec lui une ou deux chandelles, car lorsque, en sa qualité d'huissier, il assignait des témoins à comparaître en cour, il devait s'assurer qu'il avait toujours suffisamment d'éclairage pour signer et faire signer l'assignation. Il adorait signer son nom, car ainsi il donnait l'impression « d'être savant » alors qu'en réalité il ne savait ni lire ni écrire, mais avait néanmoins appris à former, après des semaines d'exercices fastidieux, les lettres de son nom.

— Un grimoire, un grimoire !

Le chirurgien, le bailli et le greffier s'approchèrent de l'archer qui tenait le livre du bout des doigts comme s'il avait peur d'être envoûté à ce simple contact. Le chirurgien reconnut aussitôt le livre de magie.

— C'est le grimoire de ma voisine, la Folleville, qui a été accusée de sorcellerie et de vie scandaleuse et impudique par le sulpicien Jean Frémont. Je le sais puisque ma femme et moi avons témoigné à ce procès. J'ai vu ce livre la première fois lorsque cette cabaretière m'a fait venir chez elle pour soigner un de ses pensionnaires. Elle me l'a montré et, après l'avoir feuilleté quelques secondes à peine, le temps de comprendre de quoi il s'agissait, je le lui ai remis en lui disant que je ne voulais pas en voir davantage. Quel curieux hasard qu'il se retrouve encore aujourd'hui entre mes mains !

Le bailli confisqua le livre de magie et demanda aux officiers d'aller quérir les voisins afin qu'il puisse les interroger. En sortant, ils croisèrent Alexis Lavoie, un prêtre du séminaire Saint-Sulpice où Julien travaillait. Alexis s'inquiétait ce matin-là du fait que Julien, qui n'avait jamais failli à la tâche, n'était pas à son travail. Devant le corps d'Antoine, il eut un mouvement de recul et se signa avec des gestes nerveux.

— Julien vient de tuer cet homme ! s'exclama le bailli, surpris lui-même des trémolos qu'il avait dans la voix.

La mort d'Antoine le touchait plus qu'il n'aurait pu l'imaginer.

Alexis, sans demander plus d'explications, comprit de qui il s'agissait. Il demeura impassible, cachant ses véritables sentiments. Il n'aurait jamais dit tout haut ce qu'il pensait, mais il estimait que Julien avait bien fait d'en finir avec celui dont il lui parlait depuis des semaines. « Un galipoteux qui tourne autour de ma femme », lui avait-il encore confié quelques jours plus tôt.

Alexis s'approcha du cadavre et passa sa main autour du cou d'Antoine :

— Non seulement il est nu, mais il ne porte même pas de scapulaire. Sa fin prouve la colère de Dieu à son égard, dit-il d'un ton méprisant.

Les hommes de loi ne bronchèrent pas, montrant ainsi le peu d'importance qu'ils accordaient à ce détail. Le bailli pensait que la nudité d'Antoine n'avait rien d'étonnant. Alexis aurait été bien plus scandalisé s'il avait vu Anne quelques instants plus tôt, nue, presque soudée au corps de son amant, se dit-il en réprimant un sourire. Il n'aurait pas manqué de dire que la femme est l'appât dont se sert Satan pour précipiter les hommes en enfer, comme le déclament si souvent les prêtres.

— Une mort rapide est la pire des morts, ajouta le prêtre, dépité du peu de cas qu'on faisait de ses propos. La plus redoutable, clama-t-il plus fort.

Les lèvres pincées, il ajouta :

— Il n'a pas eu le temps de se confesser. Le salut de son âme est compromis. L'homme est mort en état de péché mortel, c'est évident. Il est damné.

Devant l'absence de réactions de Maugue et de Branssat, il se tut et pensa que les hommes ne craignent pas assez ce qui les attend après la mort. Pourtant, se disait-il, nous ne cessons de rappeler à tous les couples, lors de la bénédiction du lit nuptial, que ce lit doit être pur et sans tache puisqu'il sera, un jour, s'ils sont chanceux !, le lit où ils agoniseront en ayant suffisamment le temps de se préparer à rencontrer Dieu. « Vous devez songer chaque jour à la mort, martelaient les curés en chaire, afin de bien vous y préparer. » Alexis se disait qu'Antoine faisait sans doute partie de ces hommes qui, les rares fois où ils avaient assisté aux offices religieux, allaient fumer sur le perron de l'église pendant le sermon du curé ou, pire encore, se retrouvaient dans l'un de ces cabarets demeurés illégalement ouverts pendant la messe. Sinon, ils n'auraient pas échappé à la crainte de rencontrer les « monstres déchiqueteurs » qui peuplent l'enfer, conclut-il en lui-même. Alexis était abasourdi, impuissant à concevoir que les hypothétiques feux de l'enfer n'effraient pas également tous les hommes.

— Puisqu'il a tourné le dos à Dieu, il n'aura que ce qu'il mérite, dit-il à haute voix.

— Que voulez-vous dire ? interrogea le bailli.

— Je veux dire que, dans les circonstances, l'homme doit être envoyé aussitôt à la voirie. Il est hors de question qu'il soit enterré au cimetière ! martela-t-il fermement. Un homme qui est mort en état de péché mortel, un adultère !, ne peut y être enterré ! répéta-t-il avec force.

L'intonation de sa voix en disait long sur sa détermination.

— Est-ce bien nécessaire ? demanda Branssat, en cherchant les mots qui pourraient le mieux plaider la cause d'Antoine, mais le prêtre lui coupa la parole sans ménagement.

— Je suis convaincu que toutes les instances religieuses m'approuveraient. Julien m'a confié qu'Antoine Roy dit Desjardins s'est souvent moqué des religieux. Il faisait le pitre pour mettre les rieurs de son côté, mimant les gestes des curés en ridiculisant ce qu'ils disaient. C'est de l'insolence, pire, un vrai blasphème !

— Ce ne sont peut-être que médisances, risqua le bailli.

Comme s'il n'avait rien entendu, Alexis continua sa harangue :

— Souvenez-vous de ce maître de barque qui s'est fait excommunier par Monseigneur de Laval parce qu'il s'était montré insolent envers lui à propos de l'eau-de-vie. Lorsque Monseigneur l'a excommunié, continua Alexis du même souffle, il lui a interdit de se présenter à l'église et a poussé l'anathème en ordonnant qu'à sa mort son corps soit jeté à la voirie. Il a ordonné aux prêtres de dire à leurs fidèles de l'éviter «comme une personne maudite », et, à sa vue, de prendre un autre chemin. Vous n'allez tout de même pas me dire que Monseigneur de Laval, un saint homme !, ne sait pas ce qu'il fait ! martela-t-il devant les hommes de loi médusés par la violence de cette harangue.

Convaincu d'avoir raison, il continua de plus belle :

— Alors Antoine, un homme adultère, tué en état de péché mortel, ne peut que finir à la voirie. Je commence à trouver suspect que vous ne trouviez pas cela évident, messieurs. Seriez-vous du côté des pécheurs et de cet homme ? demanda-t-il en pointant d'un doigt accusateur le corps d'Antoine. D'ailleurs, je vais de ce pas en parler aux autorités religieuses, ajouta-t-il en se dirigeant vers la sortie.

« La punition la plus grande pour tous ceux qui ont été excommuniés est d'être au ban de la société, isolés plus cruellement que sur une île déserte », pensa Branssat. Mais il resta muet, car il savait que, de toute façon, aucune forme d'ostracisme ne pouvait désormais atteindre Antoine. Il n'eut aucune pensée pour Marie Major, la femme d'Antoine, et pour son fils qui, eux, en seraient l'objet. Mais y eût-il songé qu'il n'aurait pas agi autrement, car il savait que toute discussion était inutile. Les hommes d'Église et les hommes de loi n'en finissaient plus de se quereller, souvent pour de vaines questions de préséance. Un homme de loi pouvait rarement infléchir le jugement d'un homme d'Église. L'alliance du glaive et du goupillon s'avérait souvent difficile.

« Mais surtout, se disait Branssat, de la façon dont les choses se présentent, le meurtrier risque d'être bien protégé. »

Le greffier Maugue pensait exactement la même chose. « Si les prêtres du séminaire de Saint-Sulpice où travaille Julien prennent partie pour lui, il a de bonnes chances de très bien s'en tirer. Car les sulpiciens sont les seigneurs de Ville-Marie et ce sont eux qui nomment les juges ! »

Deux heures plus tard, alors que les hommes de loi finissaient d'interroger les voisins, le sulpicien était de retour. Il entra en trombe dans la maison, rougeaud et essoufflé d'avoir couru. Et satisfait. Car il avait obtenu l'autorisation qu'il souhaitait. Les hommes de loi ne furent guère surpris. Les sulpiciens étaient réputés pour être rigoristes et intransigeants. La façon dont était mort Antoine heurtait trop leurs convictions morales pour qu'ils fassent preuve d'un peu d'indulgence.

La mort dans l'âme, Branssat ordonna que le corps d'Antoine soit mis dans le tombereau qui servait à ramasser les ordures. Mais avant, il toucha la main de son ami, se mit à genoux et fit une prière muette, remerciant Antoine de tout le bien que son amitié lui avait apporté. Une amitié qu'il regrettait de n'avoir pas mieux nourrie à cause des convenances. Un peu par défi envers Alexis, il demanda à haute voix à Antoine de lui pardonner pour l'ordre qu'il venait de donner et lui promit de prier pour lui.

Alexis, les lèvres pincées, resta debout à l'observer.

Le chirurgien décida qu'aussitôt sorti de cette maison, il enverrait à la voirie deux de ses apprentis afin qu'ils volent le cadavre. Il n'avait nullement le sentiment de mal faire. La science était sa seule véritable maîtresse. Aussi ne s'embarrassait-il pas de principes moraux quand il croyait que ses actions la servaient. « Je crois que tout homme préférerait que son corps nourrisse l'esprit de jeunes étudiants avides de connaissances plutôt que les oiseaux rapaces », se disait-il afin d'étouffer dans l'œuf d'éventuels remords. Il était d'ailleurs convaincu qu'Antoine l'aurait approuvé. Il le connaissait, car, en sa qualité de chirurgien militaire qui accompagnait les soldats du régiment de Carignan-Salières dont faisait partie Antoine, il avait fait la traversée avec lui sur *Le Vieux Siméon* pour venir en Nouvelle-France. Il n'était nullement scandalisé par la vie d'Antoine et par sa fin tragique. Martinet de Fonblanche n'était pas homme à se vanter d'avoir une conduite irréprochable. D'autant plus qu'il avait été assigné récemment en justice parce qu'il avait fait le trafic de l'eau-de-vie. Il n'en ressentait cependant aucune honte. Il se justifiait en disant que ce trafic lui avait rapporté infiniment plus que son métier de chirurgien et d'apothicaire qui lui donnait à peine de quoi vivre décemment même s'il était l'un des chirurgiens les plus compétents de la colonie.

Moins d'une heure plus tard, deux des apprentis de Martinet de Fonblanche firent leur chemin en trébuchant dans les détritus, soulevant au passage des dizaines de mouches qui tournaient autour d'eux en bourdonnant. Les piqûres des moustiques, l'odeur nauséabonde, la chaleur étouffante de cette journée de juillet, mais surtout la crainte d'être surpris et arrêtés, les incitèrent à faire vite. Avant de soulever le corps d'Antoine, ils prirent néanmoins le temps de se signer, mais, malgré cette marque de respect, ils n'arrivaient pas à cacher leurs véritables sentiments. L'expression de leur visage les trahissait : le corps ensanglanté qui dégageait déjà des effluves pestilentiels ne leur inspirait que dégoût et mépris.

Déjà la rumeur courait. Ceux qui, quelques heures plus tôt, avaient vu la charrette transportant le cadavre jusqu'aux abords de la ville avaient déjà échafaudé mille scénarios expliquant pourquoi cet homme était ainsi privé des secours de la religion. Certains imaginaient que Desjardins avait dû commettre un acte bien répréhensible pour en arriver là. Les langues alertes des commères énonçaient, sur un ton péremptoire, des hypothèses qu'elles déguisaient habilement en vérités bien étayées. Elles parlaient avec tant d'assurance qu'elles donnaient l'impression de connaître dans les détails la vie d'Antoine.

Comme cela arrive souvent, ceux qui en savaient le moins parlaient plus fort et avec plus d'assurance que tous les autres.

Chapitre 3

Le bailli et le greffier étaient à peine sortis de la maison de Talua que, déjà, des gouttelettes de sueur perlaient à leur front. La besace que portait le greffier lui apparaissait d'autant plus lourde que la chaleur était accablante. Maugue avait mis dans un grand sac de toile, en prenant bien soin de les envelopper séparément dans des linges, l'arme du crime, les balles, le grimoire et la peau de loup ensanglantée. Il transportait avec précaution toutes ces pièces à conviction qu'il devait déposer au greffe de la juridiction de Ville-Marie.

— Les voisins de Talua ne nous ont pas appris grand-chose ! s'exclama le bailli. Rien que des suppositions, des qu'en-dira-t-on. Mais nous pourrons leur poser des questions plus précises quand nous aurons entendu Julien Talua et Anne Godeby. Pour l'instant, il faut demander à un archer de se rendre à Batiscan afin d'informer la femme d'Antoine de la mort de son mari. Pouvez-vous vous en occuper, Maugue ? demanda-t-il en abaissant le rebord de son chapeau afin de se protéger des puissants rayons du soleil.

— Oui. Mais il faut presque trois jours pour se rendre à Batiscan. Cette femme ne sera pas à Ville-Marie avant six ou sept jours.

« De toute façon, se dit le bailli, elle n'aurait jamais pu revoir le corps de son mari même s'il avait eu des funérailles religieuses. »

— Vous connaissez cette femme ?

— Marie Major ? Non ! Mais Antoine m'en a parlé. Sa famille faisait partie de la petite bourgeoisie de la finance. En tant qu'officier de l'administration publique, son père était un serviteur du roi. Il était receveur[9]. Il percevait les impôts et gérait les affaires du baron

---

9 L'équivalent aujourd'hui d'expert-comptable.

d'Heuqueville-en-Vexin et d'Aubeuf-en-Vexin en Normandie. Croyez-moi, mon cher Maugue, la vie de cette femme n'est pas banale. Loin de là. Non seulement son mari vient d'être assassiné, mais son père l'a été aussi lorsqu'elle était encore jeune fille.

Le bailli marqua une pause, se remémorant ce qu'Antoine lui avait raconté. Il se souvenait de l'avoir écouté attentivement, car il était fasciné par le destin de Marie Major.

— Beaucoup de notables comme son père sont morts durant les émeutes organisées par ceux qui se révoltaient contre la gabelle[10] et la hausse des impôts.

— Il y a de quoi se révolter ! En Normandie, les paysans sont écrasés sous le poids d'un triple fardeau d'imposition. Celui des seigneurs terriens, celui de l'État et celui de l'Église. Il y a, en Normandie, un nombre effarant de couvents et d'abbayes qui coûtent une fortune au peuple.

Le bailli acquiesça d'un signe de tête et renchérit :

— La maison fut pillée, Jean Major sauvagement assassiné. Les émeutiers ont sorti tous les livres et les ont brûlés.

Le bailli avait parlé des livres brûlés sans aucune émotion. Il ignorait à quel point Marie avait souffert d'avoir vu la bibliothèque de son père détruite. Aux yeux de la jeune femme, un livre était presque quelque chose de vivant. Elle avait le sentiment que s'y lovait une partie de l'âme des écrivains. Quand ils avaient saccagé la maison de son enfance, elle avait regardé, impuissante, tous ces hommes qui pillaient et piétinaient «cette vie» sans scrupules. La colère grondait en elle et cette colère, après l'assassinat de son père, avait atteint des proportions inquiétantes aux yeux de la mère de Marie. Elle l'avait suppliée de cesser de nourrir, chaque jour, du ressentiment : «Tu rencontreras souvent dans ta vie des gens illettrés qui méprisent ceux qui, contrairement à eux, savent lire et écrire. Ils les associent aux gens du pouvoir qui, trop souvent hélas !, les maintiennent dans l'ignorance

---

10 La gabelle est un impôt sur le sel qui permettait d'en contrôler tout le commerce.

pour mieux les exploiter. Il faut comprendre que c'est la misère qui les contraint à l'ignorance et les incite à la violence. Ton père servait les intérêts du roi pour gagner sa vie, mais il n'approuvait pas tout ce qu'il décrétait. Il voyait bien qu'il y a beaucoup de richesses en France mais que seule une petite minorité se la partage. Si ces pauvres gens avaient su que ton père avait encore dit au baron, à peine une semaine avant sa mort, que le peuple était étouffé par les impôts et qu'il fallait trouver des solutions à leur misère, ces hommes, que la souffrance a aveuglés, ne s'en seraient pas pris à lui. Ce n'est pas vraiment à ton père qu'ils voulaient s'en prendre. Ils se sont attaqués au roi Louis XIV par figure interposée. »

— Qu'est-il advenu de la fille ? questionna Maugue.

— Après la mort de Jean Major, sa mère l'a envoyée avec ses sœurs au couvent et n'a gardé près d'elle que son frère. Elles y seraient bien restées toute leur vie s'il avait été seul à en décider. Car il était si confiant d'avoir tout l'héritage de la famille Major qu'aux funérailles de son père, il avait déposé une pièce de monnaie dans le cercueil. Vous n'ignorez pas ce que cela signifie ?

— Oh, que non ! C'est un rite d'achat des biens du défunt. La personne qui fait ce rituel compte s'approprier tout l'héritage.

— En effet, mais sa mère a tenté de le ramener à la raison en lui rappelant qu'il était déjà le plus avantagé des enfants Major. La coutume française veut en effet que le fils ait, à lui seul, la moitié de l'héritage alors que les filles, peu importe leur nombre, se partagent l'autre moitié. Si elles sont libres ! Car si elles sont enfermées, les héritiers mâles gardent pour eux tout l'héritage. Mais la mère de Marie avait fait la promesse à ses filles qu'elles sortiraient du couvent lorsqu'elles auraient atteint l'âge de dix-huit ans. Je sais qu'au couvent, Marie a appris l'art de l'enluminure, continua le bailli. Paraît-il qu'elle adorait enluminer les livres sacrés.

Le bailli marqua une pause, songeur.

— Et ensuite ? interrogea Maugue, curieux.

— Je songeais à quel point les rencontres que nous faisons changent souvent le cours de notre destinée. Au couvent, Marie s'est liée d'amitié avec la fille d'un commerçant, une certaine Laetitia, je m'en souviens parce que j'adore ce prénom. Aussitôt sorties du couvent, elles sont allées ensemble vivre à Paris, comme plusieurs de ces filles qui ne songent guère à se marier.

Maugue et Branssat se regardèrent d'un air entendu : une fille qui quitte sa famille sans escorte pour aller vivre avec une autre fille ne pouvait être qu'une libertine ou, ce qui n'était guère mieux, une précieuse qui passait ses journées dans des salons à discourir de futilités qu'elles prenaient plaisir à rendre compliquées. Ils pensaient qu'il n'était guère étonnant qu'un homme comme Antoine ait été infidèle à une telle femme. Il allait de soi que l'infidélité des hommes était la faute de leurs épouses qui n'avaient pas su les garder auprès d'elles.

— Toujours est-il que Marie Major a fini par être enfermée, ajouta le bailli. Antoine ne m'a pas présenté les choses ainsi, mais je crois bien qu'elle devait mener une vie bien scandaleuse pour que sa famille la fasse enfermer.

Le bailli avait dit cela sans montrer aucun étonnement. Il était si facile à l'époque de faire enfermer une femme ! Presque personne ne s'en étonnait, et encore moins ne s'en offusquait ! Il ne s'interrogeait donc pas sur les véritables raisons ayant mené à l'enfermement de Marie. Il ignorait que, à Paris, Marie et Laetitia fréquentaient leur voisine de palier, une sage-femme. Ensemble, elles ne rataient presque aucune conférence ni aucun cours public. Rien que ce désir de s'instruire était mal vu. Pas étonnant que les bourgeoises payaient afin de recevoir des enseignements à domicile, loin des regards. Marie et Laetitia approuvaient celles qui dénonçaient haut et fort la façon dont les hommes d'Église enfermaient les femmes dans la servitude. Le non-conformisme de Marie était venu aux oreilles de sa famille. Son frère, ses sœurs et ses oncles avaient été scandalisés : « N'allait-elle pas devenir l'une de ces précieuses dont on se moque dans tout Paris ? »

Son frère pensait que la conduite de Marie pouvait nuire à son avancement et l'une de ses sœurs disait qu'à cause d'elle, elle ne pourrait jamais trouver un bon parti. Pour continuer à faire partie de l'élite, il leur fallait maintenir de bonnes alliances. Le comportement de Marie apparaissait comme une menace à leur ascension sociale. Comment dompter l'insubordination qui entraînait la jeune femme hors des sentiers battus ? Le procédé avait été simple. Ils avaient obtenu d'un représentant du roi une lettre de cachet autorisant son enfermement. Ils avaient donné comme justification que Marie ternissait l'honneur de la famille et souillait le nom des Major. Leur seule parole avait suffi. La mère de Marie étant morte, celle-ci ne pouvait plus compter sur sa protection.

— Où a-t-elle été enfermée ? demanda Maugue.

— À la Salpêtrière. Elle y est demeurée jusqu'à ce qu'on l'envoie ici, avec un contingent des filles à marier.

Le bailli et le greffier étaient à cent lieues d'imaginer la souffrance des femmes qu'on y enfermait. Leurs considérations étaient d'un autre ordre. Ils pensaient qu'en vidant la Salpêtrière, le Roi-Soleil avait fait beaucoup d'économies et avait peuplé du même coup la Nouvelle-France qui, il l'espérait, lui rapporterait gros.

— On m'a dit que plusieurs Filles du roi en proviennent, mais qu'aucune ne le mentionne quand elles signent leur contrat de mariage, dit Maugue.

— Une femme qui a passé par cet endroit a une triste réputation, répondit le bailli. Elles en ont honte ! Elles ne veulent pas être jugées comme étant la lie du peuple.

Le bailli but encore une gorgée d'eau, ne remarquant pas le regard envieux de Maugue. Celui-ci avait oublié sa gourde. Et Dieu qu'il avait soif ! Migeon de Branssat ajouta, comme s'il se parlait à lui-même :

— Marie a épousé Antoine onze jours après son arrivée en Nouvelle-France. Neuf mois plus tard, elle donnait naissance à un fils.

— Ensuite ? questionna le greffier.

Marie ne l'intéressait pas vraiment, mais écouter le bailli l'aidait à oublier la soif qui le tenaillait et le sac qui pesait de plus en plus lourd sur son épaule endolorie.

— J'ignore tous les détails, mais je sais qu'elle a été releveuse pendant dix ans avant d'être sage-femme.

Le bailli marchait maintenant en silence. Il pensait à Marie avec indifférence. Que les femmes soient enfermées était si banal. Il ne pouvait se représenter ce qu'avait enduré Marie à la Salpêtrière. Il n'imaginait pas l'impuissance, la rage et la peine qu'elle avait ressenties d'être enfermée et, par surcroît, de subir cette réclusion à la suite d'une décision de sa propre famille.

Une fois enfermée, Marie avait réussi, à force de stratagèmes, à faire parvenir une lettre à sa sœur, la suppliant de la faire libérer. Elle avait épuisé tous les arguments : elle lui avait écrit que leur père leur avait toujours laissé entendre que tout était possible pour elles, autant que pour leur frère, et que d'être une femme ne devait pas rétrécir leurs ambitions. Elle lui avait rappelé qu'elle était la marraine de ses enfants et qu'elle s'était souvent occupée d'eux. Elle avait ajouté qu'elle lui avait donné de l'argent lorsqu'elle traversait une période difficile. Elle avait essayé tant bien que mal de marchander sa liberté. En vain. Elle avait été abandonnée à son triste sort par sa famille. Elle s'était sentie délaissée aussi par Laetitia et Rodolphe. Ils n'avaient pas donné signe de vie.

Le bailli ne savait rien non plus de cette peur, innommable, qui n'avait plus quitté Marie depuis que des archers étaient entrés brusquement dans sa chambre pour la conduire à la Salpêtrière. Marie y avait travaillé dur. Vêtue d'une rêche robe grise — elle n'avait plus jamais voulu porter de gris depuis, même si cette couleur était à la mode du pays —, elle s'échinait du matin au soir à nettoyer les moindres recoins de ce triste endroit. Mais le plus difficile n'était pas le travail, aussi harassant fût-il. C'était la perspective de ne plus jamais être libre. Cette absence d'espoir était bien plus intolérable à ses yeux que les travaux qu'elle effectuait quatorze heures par jour.

Ce qui avait empêché Marie de sombrer dans le désespoir était son insatiable curiosité. Elle s'était mise à observer les autres prisonnières en se demandant pourquoi certaines ne tenaient pas le coup alors que d'autres chantaient de tout leur cœur en effectuant les travaux les plus ingrats. Car à la Salpêtrière, les religieuses chantaient continuellement des cantiques et encourageaient les pensionnaires à en faire autant. Chercher à comprendre les différentes façons de réagir à l'enfermement occupait l'esprit de Marie et l'empêchait d'alimenter les pensées morbides qui l'assaillaient dès le réveil.

Elle avait vite compris aussi que pour survivre en un tel lieu sans s'effondrer, il valait mieux se tourner vers les autres. Le soir, même si elle était épuisée, elle trouvait mille prétextes pour se rendre à la salle réservée aux enfants. Y étaient entassés des orphelins ou des enfants abandonnés par des parents trop pauvres pour les nourrir. En leur racontant des histoires, c'était comme si elle leur ouvrait un espace de liberté. Elle créait ainsi des dizaines de passerelles qui leur permettaient de sortir, en imagination, des murs de la Salpêtrière. Parfois, des bourgeois venaient chercher des enfants pour les prendre à leur service, les traitant, qui comme des esclaves, qui presque comme leurs propres enfants. D'autres fois, ils étaient loués quelques heures afin de faire office, le temps d'un enterrement, de pleureurs officiels. Ils recevaient peu d'argent pour verser des larmes, mais devaient donner le fruit de leur tristesse factice aussitôt rentrés dans ce qu'il convient d'appeler leur prison.

Et puis, un jour, alors que ses manœuvres pour contrer le désespoir lui semblaient de plus en plus souvent dérisoires, Roxane était entrée à la Salpêtrière. Lorsqu'elle l'avait vue, Marie avait immédiatement senti qu'elles allaient devenir de véritables amies. Avec Roxane, Marie avait progressivement compris qu'elle pouvait être totalement honnête parce qu'elle savait que Roxane ne lui souhaitait que du bien. Roxane était la fille d'un curé de campagne dont sa mère était la servante. Sa mère venait de mourir et, même si sur son lit de mort elle avait supplié l'homme d'Église de veiller sur Roxane en espérant titiller sa fibre paternelle, celui-ci s'était empressé de la faire enfermer aussitôt les funérailles terminées.

Au fil de cette année qu'elles avaient passée ensemble à la Salpêtrière, leurs expériences communes avaient consolidé leur amitié. Tout ce qu'elles voyaient et enduraient en ce lieu sinistre avait aguerri leur âme, émoussé leur sensibilité, forgé leur caractère et aiguisé même leur sens de l'humour, car elles savaient instinctivement qu'il aide à traverser bien des épreuves.

Un matin, alors qu'elles travaillaient côte à côte, une surveillante leur avait ordonné, avec plusieurs autres filles, de se rendre au réfectoire.

Chapitre 4

La quinquagénaire chargée de recruter des filles à marier pour la Nouvelle-France examinait attentivement chaque fille qui entrait dans le réfectoire. Elle se tournait ensuite vers la religieuse qui était près d'elle et lui posait des questions à l'oreille. Lorsque les filles furent toutes assises, elle commença, d'une voix forte, à leur expliquer pourquoi elle était là. Marie ne fut pas surprise outre mesure par son discours. Elle avait souvent entendu des recruteurs venus en Normandie. Fins finauds, ils ne disaient pas crûment aux filles qu'on avait besoin d'elles pour peupler la colonie. Ils étaient plutôt bien motivés à leur faire miroiter les merveilles de la Nouvelle-France, car ils recevaient dix livres pour chaque fille qu'ils réussissaient à convaincre de s'expatrier. Celui qui était allé dans le port de Touques où habitait Marie était un beau parleur. Marie se souviendrait longtemps de ce qu'il avait dit alors :

— Ce pays est d'une grande beauté. Si vaste qu'il est impossible d'en découvrir toutes les splendeurs. Un lieu d'abondance où la nourriture ne manque pas, où non seulement l'on ne connaît pas les guerres, les famines et les épidémies qui sévissent dans toute la France mais où, au contraire, la richesse est accessible à tous.

La foule assemblée buvait ses paroles. D'autant plus que beaucoup d'entre eux étaient réduits à la mendicité ou contraints de voler pour survivre. Des enfants, accrochés aux jupes de leurs mères, les suppliaient de les amener dans cette Neuve-France. Ils faisaient peine à voir. Maigres, le visage émacié, ils avaient, par leur allure, crevé le cœur de Marie qui s'était sentie coupable d'être si bien nantie.

— N'êtes-vous pas écœurés de cette misère ? Combien d'entre vous ont mangé de la terre et de l'herbe afin d'étouffer les douleurs de votre estomac affamé ? La peste vous menace, car elle suit les famines.

La peste ! L'argument était de taille. La simple évocation de cette maladie avait le pouvoir de débusquer une peur incommensurable. Foudroyante, elle tuait rapidement, mais les moribonds n'en avaient pas moins le sentiment d'une éternité tant les souffrances qu'elle causait étaient atroces.

— Et en Nouvelle-France, les paysans ne sont pas étouffés par les impôts, tonna le recruteur d'une voix forte, en guise de conclusion.

Marie s'était éloignée sous le regard agressif de quelques paysans qui avaient reconnu la fille du percepteur d'impôts. Plus tard, une fois diminuée la colère d'avoir perdu son père, elle avait commencé à comprendre de mieux en mieux la révolte des miséreux. Contrairement à sa sœur qui ne cessait de lui répéter que c'était Dieu lui-même qui voulait qu'il y ait des pauvres et des riches, Marie ne croyait pas à la légitimité « naturelle » de son état de fille bien nantie.

Ce jour-là, à la Salpêtrière, le discours de la marieuse était presque identique à ce qu'elle avait entendu sur le quai du port de Touques, mais, cette fois, il était autoritaire.

— Vous avez été choisies, par ordre du roi, pour aller au Canada afin de vous marier et de peupler la colonie.

Même si elle ne leur donnait pas le choix, elle tenta cependant de les amadouer. Elle n'avait pas intérêt à susciter un mouvement de révolte. Elle avait apporté avec elle un petit coffre qui, disait-elle, était un cadeau que le roi donnait à chaque fille qui devait aller vivre en Nouvelle-France. Les filles s'approchèrent et virent dans le coffre les menus objets qui révélaient assez clairement à quoi elles étaient destinées : cent aiguilles, du fil, un ruban à souliers, une coiffe (Marie la regarda avec dépit. Elle aimait tant garder ses cheveux libres), un mouchoir de taffetas, un peigne, une paire de bas et de gants, deux couteaux (il est malchanceux de recevoir un couteau en cadeau, pensa Roxane), une paire de ciseaux, un millier d'épingles, du fil blanc, quatre lacets et deux livres en argent.

— La traversée ne vous coûte rien et, en plus de ce trousseau, le roi vous donne une dot de quatre cents livres lorsque la cérémonie de mariage sera célébrée.

— Quatre cents livres ! s'exclamèrent plusieurs filles.

C'était, aux yeux de ces filles, pauvres pour la plupart, une véritable fortune. Une servante gagnait à peine trente-sept livres par année.

La marieuse n'ignorait pas que le roi ne donnait pas toujours de dot. Mais elle se garda bien de le mentionner. Et effectivement, en cet an de grâce 1668, aucune Fille du roi ne verrait l'ombre de l'argent promis.

— Et n'oubliez pas que vous êtes chanceuses d'avoir été choisies. L'intendant Talon a été clair. Il veut des filles belles, saines et fortes, habituées à l'ouvrage de main.

La religieuse de la Salpêtrière qui avait sélectionné les filles qu'elle jugeait aptes à partir en ce lointain pays jeta un coup d'œil à Marie. Elle savait qu'elle n'était pas une fille habituée aux travaux des champs et qu'elle aimait un peu trop les livres. Elle voyait bien aussi, malgré l'ampleur de sa robe, qu'elle était plutôt maigre, mais elle avait vu qu'elle mettait du cœur à l'ouvrage et que pas une seule fois elle n'avait été malade en ce lieu où les infections de toutes sortes tuaient plusieurs femmes chaque mois. Mais ce n'était pas tant la résistance physique de Marie qui avait motivé son choix que l'insatiable appétit de vivre qu'elle avait décelé chez la jeune femme. Elle l'avait surprise, à quelques reprises, regardant par l'une des étroites fenêtres de l'hôpital avec un tel émerveillement devant la beauté du monde qu'elle en avait été à la fois étonnée — cela était si rare en ce lieu — et touchée, car elle-même était remplie de gratitude pour la beauté qui l'entourait. Ce que regardait Marie avec tant d'enchantement dans les yeux, ce n'était pas seulement toutes ces images de liberté que concrétisaient les allées et venues des gens libres, c'était la forme d'un nuage, la brume qui s'effilochait au-dessus des maisons, le contour des clochers qui déchiraient le ciel, un oiseau posé sur une corniche, un rayon de soleil qui éclairait une chevelure, une mère caressant la main potelée de son enfant, les couchers de soleil. Un jour qu'elle observait Marie perdue dans cet état de contemplation, la religieuse s'était dit que cette femme, qui n'était pourtant pas pieuse, savait prier mieux que quiconque en appréciant ainsi les œuvres de Dieu. Elle s'était promis que, si l'occasion se présentait, elle lui donnerait la chance de voir de plus près ce qui la ravissait tant. Et cette occasion s'était présentée en la personne de la recruteuse. Même si Marie ne répondait pas à tous les critères pour être une Fille du roi, la religieuse la recommanda chaudement.

Ce jour-là, Marie et Roxane avaient eu hâte de se retrouver dans leur dortoir. Chacune voulait savoir ce que l'autre pensait de l'ordre du roi.

— Connais-tu d'autres façons de sortir d'ici ? lui dit Marie. Il faut que ceux qui nous ont fait enfermer décident de nous libérer. Toi comme moi ne pouvons compter là-dessus. Nous sommes dans un mouroir. J'ai peur, Roxane. Bien des femmes qui ont été enfermées ici se sont retrouvées, après plusieurs années, dans la tour des folles. Certaines y sont enchaînées, complètement nues, non pas parce qu'elles ont perdu la raison, mais parce qu'elles ont défié les autorités de cette prison. On les détache parfois, le dimanche, lorsque les gens de bonne famille — en disant cela, le ton de sa voix révélait une rage difficilement contenue — viennent se distraire pour regarder les « folles » à travers les grilles. Ils paient pour cela. Des fortes têtes qu'il faut enfermer, disent les maris ! Des fortes têtes qu'il faut enchaîner ! répondent en écho les directeurs de cet hôpital lorsque ces femmes ont le malheur de se montrer un tant soit peu insoumises. Toi comme moi sommes de la trempe des rebelles. Je n'ose imaginer ce qui pourrait nous arriver lorsque nous n'en pourrons plus d'être emprisonnées !

Roxane ne répondit pas. Elle avait vu, elle aussi, ces femmes enfermées dans la tour des folles. Un jour qu'elle était chargée de nettoyer ce lieu lugubre, elle avait vu une gardienne qui glissait, à l'aide d'une chaîne, un contenant de nourriture par le vasistas de la porte d'une cellule. Roxane avait demandé s'il fallait qu'elle y entre pour nettoyer. La gardienne s'était esclaffée et avait dit simplement que personne ne nettoyait cet endroit. Roxane avait jeté un coup d'œil et vu que la femme était couchée sur de la paille infestée d'urine et d'excréments. Il n'y avait aucun soupirail, alors cette pauvre femme restait souvent dans l'obscurité la plus totale.

— Oui, comparativement à ce qui se passe ici, la Nouvelle-France ressemble peut-être à un paradis, malgré tout ce que j'ai entendu.

— Qu'as-tu entendu qui soit différent de ce qu'a raconté la marieuse ? questionna Marie, soudain inquiète.

Roxane regretta aussitôt de n'avoir pas su tenir sa langue. Elle ne voulait pas effrayer son amie. Mais puisque de toute façon elles se confiaient tout, elle n'allait pas commencer aujourd'hui à lui faire des cachotteries.

— Un matin de printemps où j'étais allée me promener sur le quai de Dieppe, je regardais un bateau qui bientôt partirait pour la Nouvelle-France et je songeais à la possibilité de m'embarquer moi aussi un jour. Un homme s'est alors approché de moi et, lorsque je lui ai fait part de mon rêve, il s'est écrié :

— Naïve que vous êtes ! Ne savez-vous pas que de monstrueux dragons peuvent surgir à tout moment du fond des abysses et engloutir les navires qui s'aventurent sur l'Atlantique ? Ignorez-vous que de sanguinaires pirates sillonnent les mers ? Bien des passagers meurent pendant la traversée, car il faut une solide constitution et bien de la chance pour y survivre. Mais ce n'est pas le pire. Quiconque s'embarque risque de perdre son âme. La mer est le chemin qu'aiment emprunter les démons. Ils sont des armées complètes à sillonner l'océan pour se rendre en cette Neuve-France. Il y a aussi les baleines que des marins peu expérimentés prennent pour des îles. Après que tout l'équipage et les passagers ont débarqué et allumé un feu sur le dos de ces monstres gigantesques, les baleines les engloutissent en un rien de temps. D'autres cassent les bateaux en deux d'un simple coup de queue. Il y a aussi les montagnes aimantées.

— Les montagnes aimantées ? avait questionné Roxane décontenancée.

— Oui, ce sont des montagnes qui provoquent le naufrage des navires, car elles attirent tous les objets métalliques qui, inévitablement, se retrouvent sur un bateau.

Roxane n'avait pas vu que l'homme s'amusait de l'effroi qu'il voyait croître dans ses yeux. Il avait pris plaisir à en rajouter. Il lui avait dit que si elle arrivait à destination, elle était loin d'être au bout de ses peines. Il avait nommé, avec force détails morbides, la façon dont les Iroquois scalpent hommes, femmes et enfants et avait ajouté qu'ils avaient enlevé une Fille du roi. Il avait continué d'énumérer tout ce qu'il voyait de sombre dans la Nouvelle-France. Il avait parlé des sœurs qui, dans leur couvent, dormaient, à cause du froid, dans des coffres doublés de serge, ce qui était vrai, mais avait exagéré en disant que les hivers de la Neuve-France étaient aussi meurtriers que les Iroquois : « les pierres fendent au froid. Des hommes et des femmes figent et tombent raides morts en marchant. » Il n'avait pas menti toutefois lorsqu'il avait ajouté qu'une religieuse avait fait de son voyage l'équivalent d'une grande mortification et répétait au Seigneur qu'elle était prête à tout pour Le servir, même d'aller en Nouvelle-France.

Devant le mutisme de Roxane, il avait noté que sur les vingt-huit hommes qui étaient venus avec Champlain, seulement huit d'entre eux avaient survécu. Roxane apprendrait plus tard que cette information était rigoureusement exacte.

Marie ne savait plus que penser. On lui avait raconté que les habitants d'une petite ville de Normandie avaient déclenché une émeute parce qu'ils refusaient de croire que ceux qui s'embarquaient pour la Nouvelle-France le faisaient de leur plein gré. Ils voulaient les délivrer de l'exil forcé. Ces paysans disaient que ce pays était le faubourg de l'enfer. Elle n'y avait pas cru, mais les propos de Roxane semaient maintenant le doute.

Roxane sentit le désarroi de Marie et la tempête de questions angoissantes qu'elle venait de soulever en lui relatant sa rencontre avec l'homme qu'elle n'était pas loin de considérer comme un oiseau de malheur :

— Ne t'en fais pas. Il faut se répéter que ça ne peut pas être pire qu'ici. Nous sommes dans un mouroir, tu le sais bien. On meurt ici de malnutrition, de la gale et du scorbut plus que dans les rues. Nous ne mangeons jamais de légumes ni de fruits, presque pas de viande. J'ai si faim parfois.

Même si à la Salpêtrière, Marie et Roxane se sentaient écrasées par le poids d'un avenir sans perspective et que la Nouvelle-France permettait l'espoir, elles avaient peur. Sournoisement, cette peur minait l'enchantement suscité par l'idée d'être enfin libres et de découvrir de nouveaux horizons. Elle fut cependant de courte durée. Une seule nuit suffit à la dissiper. Déjà, le lendemain, elles avaient refoulé aux tréfonds de leur conscience tous les aspects sombres de la Nouvelle-France et ne voyaient plus dans ce pays que la clef de leur prison. Elles se mirent à rêver de cet endroit inconnu, devenu pour elles synonyme de liberté, et échafaudèrent mille projets.

Marie était si déterminée à sortir de cette prison qu'elle résolut, pour un temps du moins, d'être plus conforme à ce qu'on attendait d'une femme. Elle se soumettrait s'il le fallait. Elle avait déjà payé trop cher le désir d'être une femme instruite. Puisque le roi ne voulait pas de femmes savantes, elle ferait semblant d'être illettrée, elle ne signerait même pas son nom afin de ne pas éveiller les soupçons. Elle trouverait bien un moyen plus tard de réaliser quelques-unes de ses ambitions, de se faire une vie à la mesure de ses rêves. Et ils étaient démesurés pour une femme de cette époque. Aussi grands que ce pays qu'elle ne connaissait pas.

Le 10 juin 1668, Roxane et Marie, étourdies par leur liberté retrouvée, surexcitées par le voyage, faisaient les cent pas sur le quai avec d'autres Filles du roi. Une foule bigarrée attendait elle aussi. Provenant de toutes les villes de France, des pauvres étaient prêts à tout pour fuir leur misère. Plusieurs étaient des trente-six mois : ils devaient servir un maître pendant trois ans avant de pouvoir s'établir. D'autres, n'ayant ni contrat ni personne pour les accueillir dans ce nouveau pays, espéraient que le capitaine, à la dernière minute, accepterait de les embarquer. Ils voulaient à tout prix améliorer leur condition. Après avoir survécu aux famines, aux guerres et aux maladies, souvent seuls au monde, ils se disaient qu'ils n'avaient plus rien à perdre.

Un homme tenant en laisse un mouton s'approcha du capitaine. Celui-ci, un gros gaillard à l'allure bourrue, ne partait jamais en mer sans avoir au préalable effectué le rituel que son père, lui aussi capitaine de vaisseau, lui avait rappelé une dernière fois avant de mourir : « La mer est capricieuse. Ne navigue jamais pour un long voyage sans lui avoir d'abord donné une vie afin d'apaiser sa colère. Sinon elle prendra la vie de tes marins et peut-être même la tienne. » Pour ce capitaine, les conseils de son père étaient plus importants que la bénédiction des prêtres, les prières et les chants religieux qui précédaient chacun de ses déplacements en mer. Avant chaque départ, il tuait lui-même un mouton blanc, car il fallait « absolument que le mouton soit blanc », lui avait enseigné son père, et arrosait son navire du sang de l'animal. Ensuite, il accrochait solidement la peau ensanglantée de la pauvre bête sur la proue du bateau.

Pendant que Marie et Roxane observaient ce sacrifice avec des haut-le-cœur et une réelle compassion pour l'animal sacrifié, un homme s'approcha de Marie.

— Vous n'apportez pas avec vous votre provision d'eau douce ?

— Nous ignorions que nous devions le faire, répondit Marie. De toute façon, nous n'avons rien pour la contenir.

— Ah ! mais c'est votre jour de chance ! Je suis tonnelier !

Sans donner plus de précisions, l'homme se dirigea vers une char-rette remplie de tonneaux et en choisit deux qui étaient pleins d'eau potable.

Il était le fils d'un maître tonnelier qui signait son travail avec fierté. Il remit à Marie et à Roxane deux petits tonneaux portant la signature d'« Olivier Roy, maître tonnelier ». L'homme partit sans que les deux femmes aient le temps de le remercier. Apparemment, il n'avait fait ce cadeau qu'à elles seules.

Alors que le bateau s'éloignait du quai, Marie s'emplit les yeux des paysages de son pays. Elle savait qu'elle ne les reverrait jamais. Elle laissait derrière elle son enfance, son pays, les trahisons de son frère et sa sœur. Toute la douceur qu'elle avait connue enfant, cela, elle ne l'abandonnait pas, elle était en elle, inexorablement. Toutes les pa-roles de son père, tout ce qu'il lui avait enseigné, étaient aussi en elle pour toujours. Personne ne pouvait les lui voler. La tendresse de sa mère, le savoir de son père, c'était l'héritage que personne n'avait réussi à lui voler. Grâce à cela, elle pourrait aborder courageusement l'inconnu qui était devant elle.

La traversée fut longue. Bien que la réserve d'eau qu'elles avaient reçue fût nettement insuffisante, elle leur fut néanmoins salutaire. Les deux amies posèrent les pieds sur le sol de la Nouvelle-France le 30 août suivant. Presque trois mois plus tard.

Lorsque, moins de quinze jours après son arrivée, Marie montra le tonneau du maître tonnelier Roy à Antoine, l'homme qu'elle venait d'épouser, celui-ci se mit à pleurer sans retenue. Il était le fils de ce Olivier Roy, et celui qui avait remis le tonneau à Marie était son frère qu'il n'avait pas revu depuis près de cinq ans. Ni Marie ni Antoine ne saisirent le sens, s'il en est un, de cette étonnante coïncidence.

Chapitre 5

L'archer chargé d'aller à Batiscan afin d'avertir Marie de la mort tragique de son mari revint bredouille à Ville-Marie. Il expliqua au bailli et au greffier que les voisins de Marie lui avaient dit qu'elle était partie pour Ville-Marie le 10 juillet. Les deux hommes de loi se grattèrent la tête d'étonnement.

— Comment cette femme pouvait-elle savoir, le jour même de la mort de son mari, qu'il fallait qu'elle vienne à Ville-Marie ? Serait-elle un peu sorcière comme le disent les commères ? questionna Maugue.

Le bailli ne répondit pas, mais il se demanda soudain : « Serait-elle complice de Talua ? » C'était là une hypothèse qu'il n'avait pas envisagée d'emblée mais qu'il escomptait demander au juge Gervaise de vérifier. « Dommage que mes affaires m'obligent à demander que Gervaise soit juge intérimaire dans cette affaire. J'aurais bien aimé siéger moi-même à ce procès. »

* * *

Si les intuitions sont des qualités de sorcière, alors effectivement, Marie était un peu sorcière, car un sombre pressentiment pesait lourd sur sa poitrine en ce 10 juillet de l'an de grâce 1684. Elle avait fort mal dormi, d'un sommeil peuplé de cauchemars, et se réveilla brusquement en pensant à Antoine. Une grande tristesse, qu'elle n'arrivait pas à s'expliquer, l'envahit. Elle se leva, alors qu'il n'était pas encore six heures, plus fatiguée qu'au coucher, avec le sentiment oppressant qu'un danger la menaçait.

Elle fit un effort pour chasser ses idées noires et sortit de sa maison sur la pointe des pieds afin de ne pas réveiller Pierre, son fils. « Il travaille beaucoup trop pour un si jeune homme, pensa-t-elle. Il a fêté ses quinze ans le mois dernier, et, depuis le départ de son père, il y a un an, il s'est démené du matin au soir. »

— Je veux faire ma part afin que nous ne manquions de rien. Je veux aussi t'aider à payer nos dettes, répondait-il invariablement à Marie lorsqu'elle lui conseillait de ralentir la cadence.

Le chant des grillons vrillait le silence avec une étonnante régularité. Marie respira à fond et se dit que la journée serait suffocante. Déjà, à cette heure matinale, la chaleur était oppressante et les tournesols qu'elle avait semés dans son jardin et autour de sa maison[11] étaient totalement immobiles. Aucune brise ne faisait danser doucement leur grosse face ensoleillée. D'habitude, le simple fait de les regarder suffisait à la rendre de belle humeur. Mais ce matin-là, ni le soleil, ni la fleur-soleil, ni son gros chat, qu'elle appelait affectueusement « mon Petit », et qui se frôlait contre ses jambes en ronronnant, ni les joyeuses gambades des deux chiens, rien de tout cela n'arrivait à calmer son angoisse.

« Peut-être est-ce simplement la visite de mon ami Platon il y a quelques jours qui m'a mise dans cet état », se dit-elle pour se calmer.

Platon ! Son ami amérindien portait ce prénom comme on traîne un boulet. Le simple fait de le prononcer révélait sa condition d'esclave. Son maître, comme la majorité des esclavagistes, l'avait rebaptisé afin de se l'approprier plus totalement en tentant d'effacer tout ce qui le rattachait à son passé. Jusqu'à son prénom. Les maîtres ignoraient, ou feignaient d'ignorer, à quel point le choix d'un prénom était important pour les Amérindiens. Les parents de Platon, des Panis, une nation amérindienne du Haut Missouri, avaient mis beaucoup de sérieux, de temps et d'amour à lui choisir un prénom significatif. Ils étaient morts maintenant, ainsi que toute sa tribu, décimés par la pe-

---

11 Cette maison était située à proximité de l'emplacement actuel du Chemin 14 soleils, à Batiscan. Ne pas confondre avec l'avenue des Quatorze-Soleils.

tite vérole apportée par les Français. Platon avait découvert tous ces morts lorsque, quelques années plus tôt, il avait tenté de s'enfuir de Québec afin de retrouver sa liberté. Il croyait bien avoir réussi lorsqu'il avait atteint le territoire des Panis, mais la vue de tous les cadavres des personnes qui lui étaient chères lui avait causé un tel choc qu'il avait perdu toute combativité. Il était si désespéré qu'il avait presque fait exprès pour se faire attraper par les archers. On l'avait ramené à Québec et, sur la place publique, le bourreau lui avait imprimé au fer rouge un S dans la paume de la main, signe indélébile dévoilant qu'il avait tenté de s'évader. Il avait ensuite connu l'humiliation de subir la peine du carcan : le bourreau l'avait attaché à un poteau à l'aide d'une chaîne et d'un anneau de fer au cou. Ainsi exposé à la risée publique, il n'avait jamais réussi à oublier le mépris qu'il avait lu dans le regard de ceux qui l'avaient observé dans cette position humiliante. Il devait à l'intervention de son maître, un homme influent, de n'avoir pas eu une peine plus sévère. Il aurait pu avoir les oreilles coupées ou être envoyé aux galères.

Platon n'était cependant pas l'esclave le plus maltraité de la colonie. Canotier et porteur pour un prospère marchand de fourrures, il jouissait d'une relative liberté. Son maître répétait à tout vent qu'il ne pourrait se passer de cet esclave, « le plus habile canotier que je connaisse, clamait-il haut et fort. Il a ça dans le sang. Il m'accompagne jusque dans les pays d'en haut où nous allons chercher les plus belles fourrures et jamais il n'a perdu ou endommagé une seule peau. »

La maison de Marie bordait le fleuve et Platon ne ratait jamais une occasion d'arrêter la voir lorsqu'il voyageait seul. Lorsqu'il était venu, cinq jours plus tôt, ils s'étaient assis sur un rocher face au fleuve, derrière la maison de Marie. Le soleil allumait ce jour-là mille feux incandescents qui rivalisaient de beauté avec le spectacle des goélands s'amusant à frôler de leurs ailes les vaguelettes étoilées, taquinant au passage les grands hérons qui se tenaient en équilibre sur une patte.

La nervosité de Platon n'avait pas échappé à Marie. Signe chez lui d'un grand malaise, son doigt suivait la ligne du S imprimé au fer rouge dans sa main.

Marie avait eu envie de caresser cette marque indélébile et de poser ses lèvres sur ce S qui cassait les lignes de vie dans la main de son ami. Ce S qui montrait que sa vie entière avait été brisée. Mais elle avait retenu son geste. Depuis quelques mois, Platon et Marie n'osaient plus se toucher. Alors qu'avant, ils se prenaient souvent dans les bras en signe d'amitié, ils avaient cessé subitement de le faire. Sans qu'ils aient dit un seul mot à ce sujet, ils avaient pris conscience, presque en même temps — quoique Platon ait eu une longueur d'avance —, qu'ils ne pouvaient plus faire ce geste avec la même innocence. Un simple toucher réveillait avec trop de violence le désir qu'ils éprouvaient maintenant l'un pour l'autre. Désir qui s'était insinué sournoisement dans leur amitié.

— Si tu me disais ce qui te tracasse, Platon.

— Antoine a été contraint par le corps[12] à deux reprises. Mais il est sorti de prison maintenant, s'était-il empressé d'ajouter.

Presque rien, sinon une seconde d'affolement dans les yeux de Marie, n'avait indiqué qu'elle mesurait réellement l'impact de cette nouvelle.

— Mais puisqu'il a été libéré, qui a payé l'amende ?

— Peut-être est-ce son logeur, Julien Talua dit Vendamont, avait répondu Platon.

Il avait omis de dire que, selon la rumeur, Antoine avait une maîtresse et qu'elle avait payé pour le libérer.

Marie ne savait pas si Talua estimait suffisamment Antoine pour lui venir en aide. Elle savait cependant depuis des mois que le principal créancier d'Antoine, Michel Lecourt, finirait par le faire emprisonner si son mari ne le payait pas au plus tôt. Lecourt avait intenté

---

12 Emprisonné jusqu'à ce qu'il paie une amende.

plusieurs procès pour bien moins qu'une dette impayée. Il était venu à Batiscan et il avait dit à Marie — hurlé serait plus juste — qu'il ordonnerait l'emprisonnement d'Antoine afin de « l'humilier dans son honneur et de l'atteindre elle aussi par l'humiliation, la poussant ainsi à payer les dettes de son mari ».

La visite des créanciers — il n'y avait pas que Lecourt — imposait à Marie et à Pierre un stress énorme. C'est pourquoi ils travaillaient d'arrache-pied afin de les rembourser.

— Je t'en prie, n'en dis rien à Pierre, avait imploré Marie.

Platon comprenait qu'elle cherchait à protéger son fils. Mais il se demandait s'il ne valait pas mieux que Pierre apprenne la vérité de la bouche de Marie. Tôt ou tard, se disait-il, quelqu'un s'empresserait de lui rappeler que son père avait été emprisonné. Dans une colonie d'à peine onze mille habitants, ce genre de secret devient vite un secret de Polichinelle.

Platon aimait Pierre comme son fils et sa présence auprès de lui, brève mais régulière, avait souvent compensé les absences d'Antoine. Il aimait d'autant plus Pierre qu'il n'avait pas réalisé son désir d'avoir des enfants. Il connaissait des Amérindiennes qui, lorsqu'elles avaient été faites esclaves, avaient été séparées de leurs petits. Platon était courageux mais il se demandait comment ces femmes avaient fait pour ne pas mourir de chagrin. Il ne pouvait même pas espérer se marier. Dans la plupart des cas, les esclaves, comme les domestiques, n'étaient pas autorisés à le faire. Platon se contentait donc d'aventures avec d'autres femmes, esclaves comme lui, dans les bras desquelles il rêvait de Marie. Il s'estimait chanceux de n'être pas, à l'instar de plusieurs Amérindiennes esclaves, violé par son maître.

* * *

Tout en ramassant des légumes et des herbes de son jardin, Marie repensait à sa récente conversation avec Platon. « Antoine serait-il de nouveau emprisonné ? Ce qui expliquerait l'angoisse qui me taraude depuis mon réveil. Il faut que je sache à quoi m'en tenir », se disait-elle.

Par une étrange coïncidence dont les principaux protagonistes n'ont souvent même pas conscience, au moment précis où un archer partait de Ville-Marie pour venir l'avertir de la mort de son époux, Marie prenait la décision de se rendre dans cette ville afin de rencontrer Antoine.

D'un pas décidé, elle ferma la clôture de son jardin, se dirigea vers le caveau, creusé près de la maison, y jeta ses légumes, s'arrêta ensuite près du puits, but une bonne rasade d'eau bien froide, « Dieu qu'elle est bonne cette eau ! », alla ensuite vers les tonneaux qui recueillaient l'eau de pluie et lava ses mains que le jardinage avait salies. Lorsqu'elle entra dans sa maison, ses yeux mirent plusieurs secondes à s'adapter à la subite pénombre. Même si les volets étaient grand ouverts, la pièce était sombre, car les fenêtres n'étaient pas vitrées mais faites de parchemin huilé. Malgré l'ensoleillement du matin, une lumière bien chétive réussissait à se faufiler jusqu'à l'intérieur. Pierre s'étira sur son lit, près du foyer, et l'accueillit avec un large sourire :

— Pourquoi ne m'as-tu pas réveillé ? lui demanda-t-il simplement par principe, heureux de s'être reposé plus longtemps qu'à l'accoutumée.

— Tu as bien mérité un peu de repos. Tu as livré hier tous les tonneaux qu'on t'a commandés. Plus rien ne presse.

Marie hésita, ne sachant comment lui parler de son projet tout en lui cachant son inquiétude.

— J'aimerais que nous allions voir ton père.

— À Lachine ?

— Pourquoi pas ? Tu es un bon rameur. Et je me débrouille pas mal. Grâce à Platon, je sais manœuvrer une barque à l'aviron. Si le beau temps continue, nous serons auprès d'Antoine dans trois jours.

Pierre fut facile à convaincre. Son père lui manquait. Il ne l'avait pas vu depuis un an. Ce voyage lui paraissait comme une merveilleuse aventure. Enfin! sa routine serait brisée. Sans même songer à déjeuner, il s'enduit le corps du chasse-moustique que Marie avait fabriqué comme le lui avait appris Platon : mélange de sanguinaires, de feuilles de laurier, d'huile de poisson et de gras d'ours. Pierre enfila ensuite à la hâte ses pantalons de serge noire, attacha sa longue chemise blanche avec une lanière de cuir, brossa ses longs cheveux et décida que, ce matin, il ne les attacherait pas. Libres comme l'air. Comme lui aujourd'hui. Marie lui sourit : « Beau comme il est, il en fera battre des cœurs », se disait-elle avec une fierté toute maternelle.

— Va demander à notre voisin s'il veut s'occuper de nos animaux et ramasser les légumes de notre jardin, lui dit Marie en haussant le ton à mesure qu'elle parlait, car Pierre était déjà parti en courant. Souriant devant tant d'enthousiasme, elle lui cria : « Dis-lui que nous serons de retour dans environ huit jours. »

Marie prépara toutes les provisions dont ils auraient besoin au cours du voyage. Elle hésita à s'enduire du chasse-moustique qui était efficace mais qui dégageait une odeur désagréable. Elle se dit cependant qu'il était plus sage de se protéger des moustiques que d'agir par coquetterie. « Je me laverai une fois arrivée à destination. » Elle s'habilla à l'indienne et empaqueta sa plus belle robe et quelques vêtements pour Pierre et elle. Elle n'oublia pas son mousquet qu'elle avait l'habitude de porter depuis son arrivée en Nouvelle-France à cause de la menace iroquoise. Depuis l'arrivée du régiment de Carignan, dont faisait partie Antoine, une paix relative existait entre les Iroquois et les Français, mais les premiers attaquaient encore parfois par surprise. Depuis un an surtout, ils s'approchaient de plus en plus souvent des maisons et terrorisaient de nouveau la population. Difficile de s'endormir en ayant à l'esprit le fait que leurs prisonniers subissaient des jours de tortures horribles. Le voisin de Marie leur avait raconté qu'un homme de Lachine avait été récemment brûlé à petit feu pendant que deux Iroquois lui arrachaient les ongles et le cuir chevelu avant d'y déposer du sable brûlant. Rien que d'y penser, Marie sentit une douleur diffuse irradier dans tout son corps.

Elle prépara les bagages avec des gestes rapides et nerveux. Un angoissant sentiment d'urgence la tenaillait. Mais peu à peu, il fit place à l'excitation du voyage. Elle n'avait pas quitté Batiscan depuis des lustres, ses déplacements étant balisés par le territoire où elle exerçait son métier de sage-femme.

Moins d'une heure plus tard, le clapotis des vagues et l'air frais du large l'avaient totalement calmée. Pierre et elle ramaient avec ardeur et chantaient à tue-tête afin de maintenir la cadence.

Par derrièr' chez ma tante
Lui y-a-un-bois-joli
Le rossignol y chante
Tout le jour et la nuit

Gai lon la, gai le rosier
Du joli mois de mai[13].

Redevenue d'humeur joyeuse, Marie, assise derrière Pierre, lui lançait des gouttelettes d'eau et Pierre, faisant mine de ne rien sentir, ramait de façon à ce que Marie soit bien arrosée. Ils accostèrent pour dîner, riant de se voir si trempés. Ils avalèrent à toute vitesse leur poisson fumé, car le vent leur avait été contraire et ils avaient parcouru moins de distance qu'ils avaient escompté au départ. Marie regrettait presque de n'avoir pas pris le sentier de la côte, mais la rudesse de la piste et l'idée d'affronter les nuées de moustiques, nombreux et voraces à cette période de l'année, ne la séduisaient guère. Et puis, les loups, les ours et les Iroquois n'étaient pas toujours de bons compagnons de route.

---

13 Extrait de *Victoires et réjouissances à Québec* enregistré par L'Ensemble Nouvelle-France (Québec).

Marie avait décidé d'aller demander l'hospitalité à son amie Roxane. Elle ne s'imaginait pas imposer leur présence chez le logeur d'Antoine, Julien Talua, qu'elle ne connaissait pas, non plus que sa femme, Anne Godeby. Mais surtout, elle avait terriblement hâte de revoir son amie.

Pierre et Marie ramaient depuis de longues heures en luttant contre le vent, silencieux, perdus dans leurs pensées, quand tout à coup, Pierre tira Marie de sa jonglerie :

— Regarde maman !

Le soleil, en se couchant, embrasait le ciel. L'ombre des dizaines d'oiseaux qui passaient devant eux striait le disque orange que la masse d'eau avalait lentement. Ils cessèrent de ramer, éblouis par le spectacle, et se laissèrent bercer par le mouvement des vagues.

« Les Amérindiens vénèrent le soleil », se dit Marie en pensant à Platon, réalisant encore une fois combien il était omniprésent dans ses pensées.

Pierre et Marie décidèrent de faire escale. Ils s'approchèrent prudemment de la rive, car un fond rocailleux risquait de déchirer la coque de leur canot d'écorce. Ils mangèrent en silence sur la grève, courbaturés et épuisés par l'effort soutenu de la journée.

Brusquement, le ciel se fit menaçant. Pour se protéger de l'orage, ils retournèrent leur embarcation et se couchèrent dessous.

Marie rêva qu'un grand aigle noir dévorait le corps d'Antoine.

Au même moment, dehors, près de la porte d'entrée de son « école », le chirurgien Martinet de Fonblanche attendait impatiemment ses apprentis. Dès que l'un d'eux s'approchait, il lui faisait signe de ne pas faire de bruit et d'entrer au plus vite. Il ne voulait pas éveiller les soupçons de ses voisins. Même ses élèves, qui avaient reçu durant l'après-midi la visite du « commissionneux » venu les avertir que le chirurgien donnerait un « cours spécial » aussitôt le soleil couché, n'en savaient pas plus. Quand ils furent tous réunis dans la salle de cours, le chirurgien, d'une voix passionnée, s'écria :

— Ce soir, messieurs, pour la première fois, nous allons disséquer un cadavre.

Joignant le geste à la parole, il s'approcha de la grande table qui lui servait aussi de bureau du maître et souleva d'un geste théâtral la couverture, découvrant brusquement le cadavre d'Antoine.

Tous les élèves eurent un mouvement de recul.

— Voyons messieurs, ignorez-vous votre chance ? s'exclama le chirurgien, déçu par cette réaction.

Il s'attendait à plus d'enthousiasme, voire à une flambée de gratitude, et voilà qu'il se butait à un silence consterné et scandalisé.

— Ce corps n'est pas encore rongé par les vers, pardieu ! L'homme est mort aujourd'hui. Assassiné. Nous pourrons suivre la trajectoire de la balle, voir quels organes ont été atteints, dit-il, jubilant.

— Mais vous nous avez souvent dit que bien des étudiants — et leurs professeurs — sont morts après une séance d'anatomie ! coupa l'un d'eux.

— Oui, mais cet homme n'est pas mort de maladies contagieuses que nous pourrions attraper et il n'est pas pourri. Je vous l'ai dit, il n'a pas été déterré dans un cimetière, il vient de mourir ! Allons messieurs, vous n'allez pas agir comme ces médecins français qui ne veulent pas toucher un cadavre et qui laissent ce travail aux chirurgiens en disant que cela n'est pas digne de leur profession !

Le chirurgien s'estimait fort chanceux d'avoir eu ce cadavre sans qu'il lui en coûte une livre. En France, des chirurgiens avaient trouvé un moyen astucieux, mais tout de même onéreux, de fournir des cadavres à leurs étudiants : ils se rendaient dans les rues de Paris et cherchaient, parmi les miséreux, ceux qui leur semblaient les plus mal en point. Ils offraient à ces pauvres hères de leur acheter leur future dépouille. Plusieurs acceptaient de se « vendre pour pouvoir vivre un peu avant de mourir », disaient-ils. Martinet de Fonblanche savait aussi que les bourreaux français vendaient fort cher leurs suppliciés aux chirurgiens qui accouraient lors des exécutions afin de se disputer le cadavre. Quant à lui, il n'avait pas encore parlé au bourreau Rattier de la possibilité de faire des affaires avec lui. « Et ces imbéciles qui ne voient pas leur chance, se disait-il. Il faut vraiment tout leur dire ! J'ai un argument de poids à leur fournir » :

— En France, l'étudiant chirurgien, pour être reconnu chirurgien, doit non seulement avoir disséqué un cadavre mais, souvent, il doit s'être débrouillé pour le trouver lui-même. Et cela lui coûte fort cher. Près de cent livres ! J'en connais qui travaillent trois ans pour une telle somme !

Devant le silence de ses élèves, il ajouta :

— Certains, pour éviter de payer le bourreau ou ceux qui font ce commerce illicite, vont les déterrer dans les cimetières, à leurs risques et périls, car la loi prévoit de fortes peines à celui qui se fait prendre la main dans la terre, si j'ose dire. La violation d'une sépulture est passible des galères à vie ou de la pendaison. Sans compter qu'ils doivent affronter les chiens qui gardent les cimetières. L'un de vous l'a dit tantôt, ils risquent d'attraper des maladies en volant des cadavres.

Son argumentation ne rencontra qu'un silence pesant. Tous les étudiants semblaient subitement fort intéressés par le bout de leurs chaussures. Chacun d'eux évitait de regarder leur professeur de peur d'être le premier choisi à devoir couper la chair du cadavre.

— Mais enfin messieurs ! en France, Antoine d'Aquin, un médecin moins prétentieux que les autres de sa profession, a créé une chaire d'anatomie au Jardin des Plantes où il enseigne. Savez-vous que toute la haute société de Paris accourt voir ses dissections ? Savez-vous que ce sont souvent des femmes qui y assistent ? Seriez-vous pire que des femmelettes, pardieu ? !

— Pouvons-nous au moins mettre un mouchoir sur notre nez ? Même si je suis à bonne distance, je sens d'ici les miasmes putrides du corps, rétorqua un étudiant.

Martinet de Fonblanche était exaspéré : « Pourquoi ne demandait-il pas un masque en forme de tête d'oiseau rempli d'éléments odorants comme ceux que portent les médecins lors d'épidémies de peste tant qu'à y être ! »

— Si nous continuons à discutailler, ce cadavre puera de plus en plus ! J'en ai assez de vos jérémiades ! Et il faut se dépêcher de le disséquer avant le couvre-feu. Avez-vous envie de coucher ici avec le cadavre ?

L'argument était de poids. Tous retinrent leur souffle. Souriant intérieurement de leur docilité, le chirurgien s'exclama :

— Je vais commencer ! Je vous montrerai ce qu'est un foie, un estomac, un cœur, mais surtout je veux vous apprendre à cerner le rapport entre toutes les parties du corps.

Un étudiant, dont un ami amérindien lui avait appris qu'une de leurs coutumes consistait à remercier l'animal qu'ils avaient tué avant de le manger, pensa, par analogie, à remercier l'âme d'Antoine pour ce qu'elle lui permettrait aujourd'hui d'apprendre. Il était si concentré sur sa prière que, les yeux fermés, il ne vit pas que, déjà, le chirurgien commençait à couper la chair du cadavre avec des gestes qu'il souhaitait précis. Lorsqu'il leva les yeux, il se demanda si l'âme de l'homme assassiné avait eu le temps de s'envoler : « Ne dit-on pas qu'il faut parfois jusqu'à trois jours avant qu'elle ne se libère du corps ? » En un sens, sa pensée rejoignait celle des premiers anatomistes qui n'avaient pas de scrupules à disséquer une femme — alors qu'ils hésitaient lorsque c'était un homme —, convaincus que la femme n'avait pas d'âme. « Pas plus qu'un rat ou un singe », clamaient-ils avec l'assurance tranquille de ceux qui ne doutent jamais de ce qu'ils savent.

Chapitre 6

—Regarde maman ! C'est la maison de Roxane !

Marie murmura un « Enfin ! » qui en disait long sur sa fatigue. Ses quarante-quatre ans pesaient lourd. « Je n'ai peut-être plus l'âge de pagayer trois jours durant », s'était-elle dit la veille, en se couchant, courbaturée, nauséeuse, le front brûlant. Le voyage avait été fatigant : ils n'avaient dormi que d'un œil, toujours à l'affût des bruits qui auraient pu dévoiler la présence d'éventuels Iroquois. À cette tension nerveuse constante s'était ajoutée la crainte de ne pouvoir terminer le trajet avec leur canot qui s'était brisé contre un rocher qu'ils n'avaient pu éviter. Heureusement, il n'était pas trop endommagé et il avait tenu le coup jusqu'à destination.

Marie était impressionnée par la maison de son amie, une belle et imposante demeure dont le premier étage ouvrait sur l'atelier de Thomas, un artisan ferblantier-lanternier. Elle ne put s'empêcher de la comparer à sa modeste maison de Batiscan, une pièce sur pièce, qui apparaissait d'autant plus petite qu'elle était nichée au cœur d'une majestueuse forêt. La seule pièce de sa maison réunissait le lit-cabane, la table, quatre chaises, un coffre, le lit près de l'âtre où dormait Pierre et, à l'autre extrémité, le banc du quêteux. C'était là l'essentiel de ses biens.

La porte de l'atelier de Thomas était grande ouverte et Marie vit que Roxane dépoussiérait les bobèches des chandeliers ainsi que les fanaux de fer blanc. Tout en époussetant, Roxane admirait au passage le travail de son mari. Les lanternes qu'il fabriquait, réputées pour leur beauté, projetaient leur lumière incandescente par les interstices dont les motifs variaient au gré de son inspiration et des demandes de ses clients. Des cœurs, des soleils, des rosettes, des

feuillages, des croissants, et même des initiales entrelacées comman-
dées par des tourtereaux, bref toutes sortes de formes que ses mains
savaient modeler presque aussi parfaitement que ce qu'il voyait en
imagination. Presque aussi parfaitement, car Thomas avait beau être
reconnu comme un artisan de talent, il n'était jamais réellement satisfait. Il était toujours déçu de l'écart entre ce qu'il voyait en imagination et le résultat concret. Un écart fort décevant à ses yeux et qu'il
ne confiait à personne car, ignorant que c'était le lot de la majorité
des créateurs, il croyait être le seul à ressentir si cuisante déception.

Marie observait son amie avec une infinie tendresse. « Roxane est
toujours aussi belle, se disait-elle, mais quelque chose a changé en elle.
Une grande tristesse émane de tout son être. Il faudra qu'elle me raconte tout. »

Modifiant sa voix, elle l'interpella sans ménagement :

— Pardieu, y a-t-il quelqu'un ici pour nous servir ?

— Marie ! Quelle merveilleuse surprise ! s'exclama Roxane.

Les deux amies s'enlacèrent en riant, prolongeant leur étreinte tant
elles étaient heureuses de se retrouver. Pierre toussa pour attirer leur
attention.

— Pierre ! comme tu es devenu un beau jeune homme.

Marie sentait que son amie lui cachait quelque chose de grave. Elle
allait lui demander de tout lui raconter quand Thomas entra en
trombe dans l'atelier. Au lieu d'embrasser joyeusement Marie comme
il avait coutume de le faire, il blêmit en la voyant, bégaya quelques
mots inaudibles et, sans s'excuser, ce qui n'était vraiment pas dans ses
manières, il entraîna Roxane dans leur cuisine, à l'étage au-dessus. Il
avait appris, quelques instants plus tôt, les circonstances tragiques de
la mort d'Antoine et il préférait que ce soit Roxane qui annonce la
triste nouvelle à Marie.

Le comportement de Thomas réveilla l'angoisse qui, jusque-là,
était restée lovée au creux du ventre de Marie.

Quand Roxane revint quelques minutes plus tard, elle prit doucement la main de son amie, « trop doucement pour que la situation soit normale », pensa Marie, pendant que Thomas entraînait Pierre dans le jardin sous prétexte que son fils Léon serait ravi de le voir. Ils étaient nés à quelques jours d'intervalle et étaient presque aussi proches l'un de l'autre que de véritables jumeaux.

— Marie, c'est au sujet d'Antoine, commença Roxane.

Elle cherchait ses mots, essayant de trouver ceux qui feraient le moins mal. Mais comment annoncer la mort d'un proche sans blesser ?

La phrase tomba avec autant de violence qu'un éclair :

— Il est mort.

Marie sentit immédiatement une lourdeur dans sa poitrine. Quelque chose d'étrangement concret. Comme si quelqu'un venait de déposer une lourde pierre près de son cœur et qu'il appuyait de tout son poids.

MORT. Ce mot, pourtant lourd de sens, n'arrivait pas à se frayer un chemin jusqu'à sa conscience.

— Il a été assassiné par Julien Talua dit Vendamont, chez qui il logeait comme tu le sais. Il est mort sur le coup. Il n'a pas souffert.

Marie n'arrivait pas à réaliser ce que lui disait Roxane.

« Mort, c'est impossible ! Assassiné ! » Ce mot glissait lentement vers sa conscience, éclairant progressivement les contours de l'inconcevable. Mille questions se bousculaient dans sa tête : « Antoine se serait-il battu après s'être saoulé ? Il avait la mauvaise habitude de dire tout haut ce que d'autres osent à peine formuler tout bas. Se serait-il battu en duel ? Il règne un tel climat de chicanes en ce pays qu'on brandit l'épée pour un mot mal placé ou un regard de travers. »

À peine esquissée, cette logique fut brisée par Roxane.

— La femme de Talua a elle aussi été arrêtée.

La voix de Roxane lui parvint comme dans un rêve. Un très mauvais rêve.

— Pourquoi ? demanda Marie, espérant que la réponse ne soit pas ce qu'elle commençait à comprendre.

— Certains disent qu'Antoine et Anne étaient amants. Mais ce ne sont peut-être que des racontars, s'empressa-t-elle d'ajouter, dans une dérisoire tentative de protéger son amie.

Tout le corps de Marie refusait cette idée. Qu'Antoine joue et boive à l'occasion, qu'il l'ait laissée des mois sans nouvelles, avec la tâche ingrate et humiliante de recevoir les huissiers envoyés par ses créanciers, elle en souffrait mais qu'il ait, de surcroît, une maîtresse ! Qu'il donne à une autre femme la jouissance qu'il lui avait donnée à elle ! Qu'il oublie avec tant de légèreté la promesse qu'il lui avait faite lorsqu'il était parti de Batiscan. Elle avait eu la naïveté de le croire lorsqu'il lui avait dit qu'à Lachine, il gagnerait suffisamment d'argent pour payer toutes ses dettes et qu'il reviendrait à Batiscan au plus tôt. « Au lieu de cela, pensa-t-elle, il n'a songé qu'à son plaisir pendant que Pierre et moi travaillions sans relâche, économisant le moindre sou, fiers de rembourser des dettes. »

La colère grondait en elle, enchevêtrée à sa peine. Elle réalisa que sa relation avec Antoine ne pourrait jamais être plus que ce qu'elle avait été. Qu'elle se résumerait inéluctablement aux bonheurs, trop rarement partagés, d'être les parents de Pierre ; à la jouissance de leurs corps ; à quelques instants de tendresse, précieux, mais trop rares !, et à leurs interminables disputes, ces dernières années, à propos de l'argent. Rien que cela. Jamais plus que cela. Rien qui ressemblait à sa complicité avec Roxane et avec Platon et qu'elle avait tant souhaité partager aussi avec lui.

Progressivement, au fil des années, Marie et Antoine avaient laissé se transformer en rancœur ce qui avait été parfois bien près de ressembler à de l'amour. Tant de fois Marie aurait aimé entendre tous les mots tendres dont l'absence pesait si lourd. Sans doute n'étaient-ils pas faits l'un pour l'autre. Dans leurs blêmes tentatives de rapprochement, les paroles que lui et elle prononçaient ne pénétraient ni le cœur ni l'intelligence de l'autre, comme si elles rebondissaient à la surface de leur corps et revenaient, chargées d'une incompréhension qui les confinait dans une solitude à deux. Elle détestait ce qu'elle avait été avec lui ces dernières années : souvent vindicative.

Le tumulte habitait la raison et le cœur de Marie. Elle essayait de démêler l'amour de la haine dans les écheveaux emmêlés des bonnes et mauvaises choses qu'ils avaient partagées.

Elle mesurait tout à coup à quel point il est difficile d'être trompée, de ne plus avoir la première place dans le cœur et les pensées de l'autre.

— Comment est cette femme ? demanda-t-elle, un peu gênée d'afficher de la jalousie en un pareil moment.

Roxane aurait aimé lui dire qu'elle était laide et détestable, mais elle savait qu'elle était d'une grande beauté et d'une aussi grande gentillesse. Elle cherchait un défaut qui aurait pu consoler Marie d'avoir été trompée. Elle esquiva le regard de son amie et ajouta :

— On dit qu'elle est un peu sorcière. Peut-être a-t-elle usé de charmes pour envoûter Antoine.

— Je t'en prie Roxane, nous ne nous sommes jamais raconté d'histoires, nous n'allons pas commencer aujourd'hui. Quand est-il mort ?

— Le 10 juillet, sur le coup de six heures.

— Le 10 juillet ! Mais c'est le jour où je suis partie de Batiscan ! Nous sommes le 13. Ne me dis pas qu'il a été enterré sans que Pierre et moi ayons pu lui faire nos adieux !

Roxane aurait tant voulu lui éviter le choc d'une autre cruelle vérité.

— Marie, dit-elle doucement, le corps d'Antoine a été jeté à la voirie.

Le choc était brutal, l'incompréhension, totale.

— La voirie ? Parmi les déchets !

La douleur de Marie prenait de plus en plus des teintes bigarrées. S'ajoutaient maintenant les couleurs sombres du désarroi, de la honte et du déshonneur qui, désormais, s'accrocheraient à elle comme une ombre. Et de la peine aussi. Pour Antoine cette fois, d'avoir été traité de façon si indigne.

Roxane savait bien que les mots étaient inutiles. Qu'aucun d'eux n'apaiserait réellement son amie. Que les mots, même s'ils se voulaient réconfortants, pouvaient être une insulte tant ils seraient dérisoires. Prononcer les habituelles paroles de réconfort serait l'aveu qu'elle ne comprenait pas l'étendue de la détresse de Marie. À la place des mots maladroits, des mots fabriqués, elle fit les gestes qui parlaient bien mieux que les mots. Elle savait bien qu'il est des moments où il n'y a rien de mieux à faire que d'être là, simplement.

Elle prit son amie dans ses bras et la berça doucement. Marie se sentit enveloppée par cette présence silencieuse. Comme si Roxane posait une main chaude sur le froid glacial qui, depuis l'annonce de la terrible nouvelle, s'insinuait dans tout son corps.

Pierre entra dans la pièce et les deux femmes comprirent aussitôt que Thomas lui avait appris la terrible nouvelle. Marie lui ouvrit les bras. Elle aurait tant voulu pouvoir lui éviter pareille épreuve. Voyant qu'il retenait ses larmes, elle lui dit doucement :

— Pleurer ne signifie pas que tu n'es pas courageux. Au contraire, il faut beaucoup de courage pour exprimer sa peine. Ta douleur te rattrapera toujours si tu ne l'exprimes pas.

Elle aurait aimé pouvoir mieux lui expliquer que les larmes ouvrent la route de la compassion. Que s'il ne pleurait pas, non seulement il aurait l'illusion de s'éloigner de sa souffrance, mais qu'il se couperait aussi de la souffrance des autres et qu'il ne pourrait réellement compatir avec eux.

Pierre resta impassible, incapable de prononcer une parole ou de pleurer. Il ne versa pas une larme mais tout son corps pleurait d'une douleur muette. Il se consolait en se disant qu'au moins son père était mort très vite, comme il le souhaitait. « Je me fiche pas mal de ce que disent les curés, moi j'aimerais mieux mourir subitement et ne pas souffrir. J'en ai vu qui ont agonisé dans d'atroces douleurs des semaines durant. Qu'on ne vienne pas me dire que la souffrance sauve les âmes. Un homme ne ressemble plus à un homme lorsqu'il est anéanti par trop de douleurs », avait dit un jour Antoine lorsque l'un de leurs voisins était mort après des semaines d'une atroce agonie.

Pierre demanda à être seul. Il ne voulait pas que les autres soient témoins de sa souffrance. Les deux femmes n'insistèrent pas et Roxane le conduisit à sa chambre avant de revenir auprès de Marie.

Marie prit conscience que, depuis qu'elles se connaissaient, Roxane avait toujours été là dans les moments difficiles.

— J'ai encore besoin de toi aujourd'hui, Roxane, comme j'ai eu besoin de toi pour traverser il y a seize ans.

— Je ne t'abandonnerai pas, Marie, tu peux compter sur moi, répondit Roxane, en pensant que ce que Marie aurait à affronter risquait d'être sa plus difficile traversée.

Roxane savait à quel point la société dans laquelle elles vivaient était tout axée sur l'honneur et la réputation. « Marie n'a plus ni l'un ni l'autre et, en plus, elle est pauvre, se disait Roxane. Elle ne peut acheter un titre de noblesse qui redonnerait à son nom l'honneur perdu et lui attirerait d'emblée le respect de tous. »

À l'aube, Pierre et Marie s'endormirent quelques courts instants, recroquevillés dans les bras du chagrin.

* * *

Au même moment, Anne, le regard vide, grelottait dans sa cellule. Elle non plus n'avait pas dormi cette nuit-là, pas plus que les trois nuits précédentes.

— Ceux qui croient que dormir est une perte de temps n'ont jamais vraiment souffert, se disait-elle. Le sommeil, c'est le réconfort de l'oubli.

L'expression du visage d'Antoine, après que Julien eut tiré, la hantait sans relâche. Elle avait mal dans tout son corps. Pas tant à cause des blessures que Julien lui avait infligées qu'à cause du choc de la mort d'Antoine et de la frayeur qu'elle avait ressentie. Elle avait bien cru que Julien la tuerait elle aussi.

Elle n'arrivait pas à recréer toutes les circonstances du drame. Son esprit refusait de lui céder les détails de la tragédie. Sa mémoire défaillante la protégeait ainsi d'une vérité qu'elle ne pourrait assumer que progressivement. Pour l'instant, l'amnésie était sa forteresse. Son alliée.

Elle essayait de se concentrer sur les moments magnifiques qu'elle avait vécus avec Antoine depuis qu'il avait, quelques mois plus tôt, allumé un feu en elle. Elle tentait d'imaginer une autre fin à leurs amours mais, toujours, le corps d'Antoine retombait lourdement sur elle, mettant fin à ses fantasmes. Elle avait tant aimé cet homme. Elle savait qu'elle n'en aimerait jamais un autre avec autant de passion et aussi totalement.

Exactement dans la même cellule où avait été emprisonné Antoine dix jours plus tôt, Julien, lui, dormait du sommeil du juste, avec la conscience tranquille de ceux qui arrivent facilement à la museler.

Le sommeil était sa fuite, son refuge. Depuis trois jours, il dormait non seulement la nuit, mais il faisait aussi une sieste après le dîner avant qu'on vienne le chercher pour l'amener dans la grande salle. Là, en compagnie d'autres prisonniers, il préparait l'étoupe servant à calfater les bateaux. Il abhorrait depuis toujours les travaux monotones et il avait tenté de s'en exempter en arguant qu'il se sentait malade. En vain ! Le gardien de prison, sourd à sa requête, l'avait conduit à la grande salle et installé près du mur.

« L'endroit le plus froid de la salle, précisément là où les murs de pierre exhalent le plus d'humidité », s'était dit Julien, fâché du peu de cas qu'on faisait de lui. « Pourtant, ce gardien avait tant d'estime pour moi, avant que ce maudit Desjardins se retrouve dans mon lit », avait-il pensé la rage au cœur.

Exceptionnellement, plus de femmes que d'hommes avaient été écrouées durant les dernières semaines. Seulement deux hommes se trouvaient dans la salle avec Julien. L'un d'eux n'était pas encore tout à fait un homme. Âgé d'à peine onze ans, il travaillait de l'aube à la tombée de la nuit depuis que son père avait été amputé, il y a de cela cinq ans, parce qu'il était resté trop longtemps dans les eaux glacées du fleuve après que son embarcation eut chavirée. L'enfant était si nerveux lorsque le juge avait prononcé sa sentence qu'il n'avait entendu qu'un faible écho de ce qu'il avait dit. Lorsqu'il était retourné à sa cellule, il avait demandé au geôlier de lui répéter les paroles du juge. Le geôlier lui avait expliqué qu'il subirait la peine du carcan pour le vol qu'il avait commis. Pour le consoler, il avait aussitôt ajouté qu'il pouvait se compter chanceux car, à cause de son jeune âge, et puisqu'il s'agissait d'une première offense, le juge n'avait pas ordonné que son épaule droite soit marquée au fer rouge par la lettre V identifiant les voleurs.

« Faire une trace indélébile sur le corps d'un enfant pour le vol d'un morceau de pain est une peine exagérée », s'était dit le juge, conscient que d'autres n'auraient pas eu les mêmes scrupules. « Il est si jeune ! Si j'autorise la flétrissure, il lui sera impossible de s'amender vraiment. Comment pourrait-il vivre normalement avec la marque de l'infamie sur lui ? »

L'autre homme, assis à la droite de Julien, avait le visage effroyablement balafré. Emprisonné parce qu'il avait blasphémé, il semblait faire preuve d'un entêtement exceptionnel puisqu'il en était à sa septième offense. Après avoir payé une amende, subi la peine du carcan devant l'Église pendant dix dimanches d'affilée et s'être fait couper la lèvre supérieure avec un fer chaud, il n'en continuait pas moins de proférer des chapelets de jurons sur la place publique. Les jours de marché, cédant à une impulsion incontrôlable, il accompagnait le paiement de chacun de ses articles d'une série de blasphèmes qui excitaient la colère des oreilles chastes. En plus, il émettait des sons incongrus semblables à de petits aboiements secs. N'eût été de la clémence du juge Branssat, qui avait horreur des mutilations, il aurait eu la langue coupée, cette peine étant prévue à la septième offense.

— Je vous donne une peine d'emprisonnement de quelques jours, lui avait dit Branssat. Mais de grâce, réfléchissez. Vous n'allez tout de même pas risquer de perdre la langue !

Après avoir écouté religieusement le juge, l'homme avait émis des petits aboiements secs. Branssat, croyant qu'il se moquait de lui, avait ordonné qu'il soit fouetté. Le pauvre hère avait bien essayé de lui expliquer qu'il ne pouvait pas se retenir de blasphémer, que les mots sortaient de sa bouche sans qu'il puisse les contrôler, de même que les sons bizarres qu'il émettait ; le juge ne le croyait pas. Ce n'est guère étonnant parce que personne, à cette époque, ne connaissait le syndrome de la Tourette. Comment auraient-ils pu alors comprendre que les personnes atteintes de ce trouble neurologique ne peuvent contrôler certains mouvements, tics, expressions, sons et mots ?

— Mais voyons, tout un chacun peut contrôler ce qu'il dit, lui avait répété le juge. Me prenez-vous pour un imbécile ?

L'homme savait, lui, qu'il ne pouvait pas se dominer et il était terrorisé à l'idée d'avoir un jour la langue coupée.

Julien observait ses deux compagnons d'infortune avec la même assurance qu'il affichait depuis des années. Son air hautain et condescendant les exaspérait. Julien n'en avait cure. Les autres lui importaient peu et il se disait qu'il n'était pas question de créer des liens avec des repris de justice. Il chassait ainsi de sa conscience le fait, pourtant évident, qu'il était lui-même écroué. Une fois revenu à sa cellule, il se plaignit du froid et du peu de nourriture qu'on lui servait et demanda qu'on lui apporte de la paille :

— Ne voyez-vous pas qu'il n'y a presque plus de paille sur ma planche de bois et que le peu qui reste est infesté de poux ? Pourquoi les femmes ont-elles une nouvelle paillasse alors que nous, les hommes, dormons sur une plate-forme recouverte de quelques fétus de paille ? Et puis, il fait froid ! avait-il ajouté, de la colère plein la voix.

Au mot « froid » pourtant, sa voix se cassa. Il songea à cet homme qui, pas plus tard que l'hiver dernier, avait été amputé des deux pieds à cause du froid et de l'humidité qui régnaient dans sa cellule.

À l'idée que le procès puisse s'étirer jusqu'à l'hiver, la peur envahit Julien.

Chapitre 7

Thomas attendait impatiemment que la nuit recule devant les assauts du soleil levant afin que Marie, Roxane et Pierre se lèvent enfin. La nuit lui avait paru incroyablement longue. Il avait à peine fermé l'œil, jonglant aux conseils qu'il voulait donner à Marie afin de l'aider. Il savait que, même si Julien était coupable, les forces entre lui et Marie étaient inégales.

Une heure plus tard, alors qu'ils étaient tous attablés pour déjeuner, Thomas entra dans le vif du sujet sans plus attendre :

— Tu dois te préparer une bonne défense parce que j'ai ouï dire que le meurtrier de ton mari a des bons témoins et de puissants protecteurs, dit-il à Marie.

Un procès ! Marie aurait tant voulu avoir la paix. Se réfugier à Batiscan, dans la minuscule cabane que Platon avait construite au cœur de la forêt. Se soustraire aux regards, aux tensions. Pleurer tout son saoul.

— Je connais Julien, renchérit Thomas. Il cultive depuis des années son image d'homme juste et bon. Il fait siennes les idées des gens de la haute société, imite leurs manières, les flatte tant et si bien qu'il finit par obtenir tout ce qu'il veut. Il tentera de montrer qu'il était un bon époux et que la douleur l'a aveuglé. Les sentences étant proportionnelles à la qualité de la victime et à celle du meurtrier, il essayera surtout de démontrer qu'Antoine valait moins que rien mais que lui, Julien Talua, était cependant, un homme de qualité.

Roxane versa un peu de vin dans la tasse de Marie qui, aussitôt la première gorgée avalée, sentit une douce chaleur envahir son corps.

Thomas attendait la réaction de Marie. Elle demeurait silencieuse, concentrée sur une seule idée : ne pas avoir l'air effondrée afin de donner à Pierre le sentiment qu'elle contrôlait la situation. Roxane jeta un coup d'œil à Thomas, l'air de dire : « Je ne sais pas pourquoi elle ne répond pas. » Elle tenta elle aussi de convaincre Marie :

— Julien prendra sûrement un bon avocat. Il en a les moyens !

— Louis XIV a interdit le métier d'avocat en Nouvelle-France, précisa Thomas. Il y a cependant des praticiens qui, parce qu'ils connaissent les procédures judiciaires, peuvent offrir leurs services. Julien a même parfois été l'un d'eux. Il connaît si bien les us et coutumes du tribunal que des gens de l'élite, ne voulant pas se mêler au peuple en attendant dans l'antichambre de la chambre d'audience, le déléguaient afin qu'il aille faire, à leur place, leur réclamation auprès du juge.

Marie restait muette.

— Julien saura très bien se défendre. C'est pourquoi tu dois préparer une bonne défense, Marie, répéta Thomas qui constatait, ce matin-là, l'absence de la combativité qui la caractérisait habituellement.

Marie les regardait, l'air absent. Il insista :

— Julien doit certes payer pour son crime, mais tu pourrais aussi avoir une somme d'argent qui te libérerait de tes créanciers. Il n'est pas rare que les meurtriers doivent donner aux parents de la victime une rondelette somme d'argent. J'en connais une qui a touché deux mille livres de dédommagement pour le sang répandu ; son mari ayant été, comme Antoine, assassiné.

— Deux mille livres ! Une fortune ! s'exclama Roxane.

Marie n'aimait pas trop l'idée de tirer profit de l'assassinat de son époux. Mais ils pourraient être ainsi enfin libérés des créanciers. Elle tenait surtout à ce que la réputation d'Antoine ne soit pas totalement démolie. Elle croisa le regard de son fils. Il avait les yeux vitrifiés de désespoir. Ce matin, dès le lever, il lui avait crié sa révolte :

— Pourquoi ont-ils jeté mon père aux ordures ? Il était un bon père, un tonnelier très doué, il a été un courageux soldat et un bon coureur des bois. Il était serviable. Trop serviable, d'ailleurs. S'il s'était fait payer pour tous les services qu'il a rendus, il aurait été moins endetté.

Brusquement, la peine qui alimentait la colère de Pierre avait pris toute la place. Il avait ajouté, entre deux sanglots :

— Je l'aimais. Bien des hommes n'avaient pas ses qualités et ils ont l'insigne honneur d'être ensevelis dans l'église.

— Tu sais bien, Pierre, que les honneurs n'ont jamais été une preuve de la qualité d'une personne. Ils ne sont souvent que les conséquences de jeux de pouvoir.

Devant la révolte de son fils, Marie comprenait qu'elle devait tenter l'impossible afin de redorer l'image d'Antoine.

— Est-ce que je peux suggérer au procureur le nom des personnes pouvant venir témoigner en notre faveur ? demanda-t-elle enfin à Thomas.

— Oui. Mais ce n'est pas certain qu'il les fera tous venir. C'est lui qui fait sa petite enquête et qui décide qui sera appelé à témoigner. Il conseille aussi le juge sur la façon de mener le procès. Il l'orientera dans son interrogatoire.

Marie pensa que ceux qui, à Batiscan, connaissaient bien Antoine étaient fort occupés à cette période-ci de l'année et qu'ils perdraient plus d'une semaine de travail en venant à Ville-Marie. Mais elle n'avait pas le choix. Ce matin même, elle irait voir le procureur afin de lui donner le nom de ceux qui pourraient témoigner en faveur d'Antoine. Le gros chien noir qui, jusque-là, était resté calmement couché près de l'entrée commença à s'exciter. Il tourna en rond, s'approcha de Léon et ses petits grognements se changèrent progressivement en hurlements plaintifs. Roxane, Thomas et Léon se levèrent brusquement, renversant le vin qui dégoulina lentement sur le plancher sans que personne ne songe à relever le pot. Léon courut vers sa chambre lorsque, soudain, il s'effondra, pris de convulsions. Roxane aurait donné sa vie pour ne pas voir cela. Elle s'agenouilla pourtant près de son fils et, avec un sang-froid remarquable, elle enleva les objets autour de Léon dont le corps était agité de soubresauts. Entièrement concentrée sur les gestes qu'elle devait poser afin de le protéger d'éventuelles blessures, elle prit une mince couverture, qu'elle avait attrapée au passage, et la plaça sous la tête de son enfant. Contrairement à ce que rapportait la croyance populaire, elle ne lui inséra rien dans la bouche, car elle savait qu'il était faux de penser qu'un épileptique en crise pouvait avaler sa langue. Elle avait vu à la Salpêtrière une femme qui avait eu la mâchoire brisée parce qu'on lui avait mis un ustensile dans la bouche pendant qu'elle était agitée de convulsions. Quand la crise de Léon fut terminée, elle avait duré deux minutes qui avaient paru une éternité, Roxane lui parla doucement :

— Tu as eu une autre attaque. Elle est terminée. Ne t'inquiète pas. Je t'aime.

Marie comprenait maintenant d'où venait la tristesse qu'elle avait lue, dès son arrivée, sur le visage de son amie : son fils était atteint du grand mal. Le chien de Léon était sagement resté auprès de lui et maintenant, il lui léchait le visage. Marie savait que des chiens pouvaient pressentir une attaque d'épilepsie, mais c'était la première fois qu'elle était témoin de cette étonnante capacité.

Thomas et Roxane aidèrent Léon à regagner sa chambre. Ses crises le laissaient dans un tel état d'épuisement que le moindre effort lui apparaissait insurmontable. Pierre, atterré par ce qui arrivait à son ami, voulut lui tenir compagnie mais Léon refusa. Rien ni personne ne pouvait le réconforter. Il en avait assez de la façon dont on le regardait maintenant. Il ne pouvait plus le supporter. Une peur horrible le tenaillait et les mêmes questions l'obsédaient : « Et si c'était vrai tout ce que disent les gens. Le Diable prend peut-être vraiment possession de mon corps. Le haut mal me terrasse de façon si subite. Mais pourquoi le Malin m'aurait-il choisi, moi ? Et si ce n'était pas vrai toute cette histoire de possession, pourquoi le curé qui est venu l'autre jour a-t-il décrété qu'il fallait m'exorciser au plus vite ? » Ces gens-là, pourtant bien intentionnés, n'en prononçaient pas moins des mots cruels qui lui apprenaient la honte et, avec elle, le ressentiment. Il avait le sentiment de vivre dans un monde hostile, où personne ne lui manifestait de réelle compassion.

Pierre insista pour rester près de lui, mais Léon ne voulut rien entendre. Il ne voulait surtout pas pleurer devant son ami. Montrer sa faiblesse. Sa honte. « Je suis peut-être possédé, mais je suis quand même un homme », se disait-il. Léon avait désespérément besoin qu'on le traite comme avant. Qu'on cesse de l'identifier au grand mal. Car c'était là le pire des enfermements.

Lorsqu'il s'endormit enfin, Marie vint rejoindre Roxane qui lui dit que ce n'était pas grave et « que ça allait sûrement passer bientôt ».

Marie était étonnée de la réaction de Roxane. Elle se souvenait qu'elle lui avait dit, lorsqu'elles étaient enfermées à la Salpêtrière, que l'épilepsie était l'une des maladies les plus cruelles. Ce qu'elles avaient presque quotidiennement sous les yeux avait de quoi effrayer. Croyant qu'elles étaient possédées du démon, les femmes et les fillettes atteintes du grand mal étaient, à la Salpêtrière, maintenues par des chaînes dans une immobilité presque complète. Souvent, leurs membres devenaient gangrenés et elles ne recevaient aucun soin. Elles tombaient dans le haut mal sans personne pour les aider. Au contraire, toutes fuyaient leur contact, même s'il se limitait à un bref regard. Marie revit aussi en pensée la tour Châtimoine de la ville de Caen, près de la maison de son enfance, dans laquelle des épileptiques étaient torturés, leur donjon inondé. Elle avait demandé à son père pourquoi ces pauvres gens étaient ainsi traités et il lui avait expliqué qu'ils étaient accusés, comme les sorcières, d'être la cause de toutes sortes de calamités : « Ceux qui les torturent et les brûlent au fer rouge prétendent qu'ils rendent le séjour du diable si pénible qu'il quittera enfin sa victime. » Même les médecins les moins cruels n'en préconisaient pas moins parfois des traitements-chocs et recommandaient le fouet, le jeûne prolongé ou l'ivresse. Marie n'avait rien vu de tel en Nouvelle-France et, même si elle ne croyait plus guère en un Dieu-Sauveur, elle Lui adressa néanmoins une prière muette afin que jamais cela ne se produise. Elle savait que les chirurgiens de la colonie avouaient leur impuissance à soigner cette maladie. Le plus réputé d'entre eux, le chirurgien Étienne Bouchard, avait instauré, avant sa mort, un système qui permettait aux plus pauvres de se faire soigner. Il demandait à chacun de ses clients de lui verser la somme de cent sous par année et il s'engageait par contrat à les soigner de toutes sortes de maladies tant naturelles qu'accidentelles, sauf la peste, la grosse vérole, la lèpre. Et le mal caduc : un autre mot désignant l'épilepsie.

Marie demanda à Roxane depuis combien de temps Léon était malade et elle fut estomaquée lorsqu'elle apprit que cela durait depuis trois mois. Elle avait pourtant reçu une lettre de Roxane récemment et elle ne lui en avait pas glissé un mot. Elle lui confiait pourtant toutes ses peines, et celle-ci était de taille.

Marie ne comprendrait que bien plus tard que Roxane était incapable de parler du drame qu'elle vivait. Sa peine et sa détresse étaient si grandes, si indescriptibles qu'elle avait peur, si elle se permettait de laisser couler quelques larmes, de ne plus pouvoir s'arrêter de pleurer. « Qui pourrait vraiment comprendre combien il est traumatisant de voir son enfant perdre le contrôle de lui-même, à la merci d'une effrayante force titanesque, contre laquelle on ne peut rien ? » se demandait Roxane.

Elle se contenta de dire qu'elle avait entendu parler d'une jeune fille de Sillery qui tombait en convulsions et qui avait été guérie après avoir pris de l'émétique qui lui avait fait vomir beaucoup de vers. Elle ajouta qu'elle avait l'intention d'aller en chercher ce matin même chez l'apothicaire.

Marie pensa à Platon : « Peut-être que les Amérindiens connaissent des remèdes au mal caduc. »

Chapitre 8

La clarté de cette lumineuse journée d'été pénétra dans la cellule de Julien par un minuscule soupirail, dessinant sur le mur un éclatant carré de lumière que les barreaux de la fenêtre zébraient de lignes grisâtres. Pourtant, ni cette lumière, ni les puces qui avaient déjà envahi sa nouvelle paillasse, ni les rats qui s'agitaient autour de la nourriture de Julien, ni l'humidité, ni l'odeur d'urine qu'exhalait le pot de chambre ne nuisaient à son sommeil.

La femme du geôlier, voyant les rats faire un festin du contenu de la gamelle qu'elle était venue porter plus tôt, fit résonner sa voix de crécelle :

— Déjeuner ! Déjeuner !

Joignant le geste à la parole, elle frappa des coups secs sur les barreaux de la porte.

Julien ne broncha pas, même si tout ce tintamarre était venu à bout de son sommeil lourd et sans rêve. « Je n'ai nullement envie de parler avec cette mégère », pensa-t-il pendant que la voix de la femme était ensevelie sous le tintement joyeux des cloches qui n'en finissaient plus de carillonner en ce jour férié. La fête de Sainte-Anne ! La simple évocation de ce nom exacerba sa colère. D'autant plus que les carillons lui rappelaient aussi qu'un autre que lui désormais prenait un plaisir enfantin à se suspendre à la corde du bourdon de l'église. Lui qui aimait tant faire sonner les cloches ! Ce n'était plus lui non plus qui garderait l'église durant les quatre-vingt-neuf jours de dévotion de l'année. « Quatre-vingt-neuf occasions d'être gratifié, perdues à cause de ce maudit Desjardins », siffla-t-il entre ses dents.

Il laissa libre cours à toutes les pensées négatives qui l'assaillaient même si elles ne faisaient qu'alimenter son ressentiment et sa rage. Il songea que, depuis des semaines déjà, le curé ne faisait plus sonner le tocsin afin de lui signifier à lui, Julien, son bedeau, qu'il avait besoin de ses services. Il était si fier alors d'être souvent disponible, si facilement mobilisable qu'il accourait dès qu'il entendait cet appel, croyant deviner le respect et l'admiration dans le regard de ceux qui le voyaient passer. Toutes les ambitions qu'il avait nourries depuis plus de quinze ans apparaissaient maintenant impossibles à réaliser. Il avait caressé le rêve secret de devenir juge, rien de moins. Parti de rien, n'ayant pas au départ un statut social qui l'aurait d'emblée favorisé, il avait, à force d'afficher ostensiblement des qualités de bon chrétien et de bon citoyen, gravi bien des échelons depuis son arrivée en Nouvelle-France. Et il avait accumulé suffisamment d'économies pour s'intégrer harmonieusement parmi l'élite qu'il flattait avec une ardeur qui aurait dû paraître suspecte.

Il se revoyait, lorsqu'il s'était présenté, il y a de cela plus de dix ans, à la cour de cette prison afin d'être officiellement nommé huissier. Le greffier avait lu à haute voix ses lettres de recommandation, puis le juge avait demandé à entendre les trois témoins — dont un homme d'Église — venus exprès pour démontrer hors de tout doute que Julien était un homme de bonnes mœurs, de religion catholique, qu'il menait une vie chrétienne et qu'il avait fait ses Pâques. Les trois témoins avaient si bien fait l'éloge des vertus de Julien que celui-ci en rougissait de plaisir même s'il s'était promis de demeurer impassible afin de ne pas montrer le moindre petit soupçon d'orgueil. Il n'aurait jamais imaginé qu'il se retrouverait un jour dans un cachot, lui qui avait toujours regardé avec condescendance les repris de justice.

Son ascension sociale était bel et bien terminée. Il n'arrivait pas à l'admettre. Son honneur avait toujours compté plus que tout !

C'est donc la rage au cœur qu'il attendait ce matin-là que la femme du geôlier s'éloigne. Se sachant enfin seul, il s'étira et un bruit métallique réveilla l'humiliation qu'il avait ressentie lorsque, la veille, le geôlier lui avait mis les fers aux pieds. Il mourait de faim. Il se leva, donna des coups de pieds aux rats qui couinèrent leurs protestations et trempa dans l'eau ce qui restait de son croûton de pain. « Une livre et demie de pain par jour accompagné d'eau ! » s'exclama-t-il avec dépit. Ayant l'habitude de repas beaucoup plus copieux, il pensa, à contrecœur, qu'Anne était une fameuse cuisinière. Mais, convaincu que les sulpiciens l'aideraient à être innocenté du crime qu'il avait commis, il se disait qu'il n'en avait plus pour longtemps à se soumettre à un tel régime : « Ce matin, je pourrai enfin parler au juge et en finir au plus tôt ».

Il se remémora tout ce qu'il devait dire pour étayer sa défense. La veille, un praticien lui avait offert ses services mais il avait refusé sans hésiter : « Depuis le temps que je côtoie les hommes de loi, j'en sais infiniment plus que tous ces praticiens qui hantent les couloirs de la prison seulement durant de courtes périodes de l'année, lorsque leur vrai métier ne les occupe pas assez ailleurs. Pas question de dépenser mon argent pour payer ces gens-là. »

Il entendit les pas du geôlier et des deux archers qui venaient le quérir. Quelques minutes plus tard, les quatre hommes traversèrent en silence l'étroit couloir qui menait vers les cachots, montèrent un escalier abrupt et arrivèrent à la chambre d'audience où l'attendaient le juge Gervaise, le greffier Claude Maugue et deux adjoints au greffier. Les procès se déroulaient en privé, au grand dam des désœuvrés qui auraient eu là de quoi alimenter leurs commérages pendant des mois.

Le juge Gervaise ne jeta pas un seul regard à Julien lorsqu'il entra dans la chambre d'audience. Il lisait attentivement les dépositions des voisins interrogés le jour du meurtre. Le chirurgien Martinet de Fonblanche avait lui aussi remis son rapport. Gervaise constata que cette expertise confirmait les circonstances de la mort d'Antoine Roy dit Desjardins. Le chirurgien avait décrit minutieusement la gravité des blessures d'Antoine et la nature de ses plaies. Gervaise se disait que ce procès ne serait peut-être pas aussi court qu'il avait d'abord pensé. Certes, Julien avait avoué mais, aux yeux de la loi, l'aveu ne constituait pas une preuve complète. Il fallait vérifier si le crime s'était réellement passé comme l'accusé le prétendait. Il fallait aussi déterminer si le meurtre était prémédité ou non, une plus lourde sentence accompagnant la préméditation. Le juge soupira et commença à relire les mémoires qui contenaient une liste de questions à poser relativement aux faits et aux circonstances du crime. Pendant ce temps-là, le greffier et un assistant aiguisaient toutes leurs plumes d'oie avec leur canif et s'assuraient d'avoir suffisamment de fils pour relier toutes leurs feuilles. Le plus jeune des adjoints du greffier marchait de long en large, tenant un document à la main. Nerveux, il essayait de mémoriser toutes les abréviations, dont la plupart remontait au Moyen Âge, qui lui permettraient de dire le maximum de choses en peu de mots.

Bien sûr, il savait qu'il ne serait pas réprimandé parce qu'il n'écrivait que l'essentiel. Les hommes de loi comprenaient que le geste de tremper la plume d'oie à maintes reprises dans l'encrier était incompatible avec un procès-verbal détaillé. Mais l'adjoint au greffier savait aussi qu'ils appréciaient les greffiers un peu zélés qui arrivaient, par des détails bien choisis, à leur faire imaginer le déroulement du procès auquel ils n'avaient pas assisté.

Le juge leva les yeux et, après avoir regardé fixement Julien quelques instants, lui demanda de décliner son identité avant de prêter serment sur une image de la Bible. L'interrogatoire commença :

— Vous avez avoué avoir tué Antoine Roy dit Desjardins, le 10 juillet, sur le coup de six heures. Expliquez-nous comment cela s'est passé.

Julien raconta que ce matin-là, il était parti très tôt pour aller travailler à la ferme des sulpiciens. En passant devant la boucherie de son ami Michel Lecourt, il s'était arrêté pour lui parler. Celui-ci était de fort méchante humeur. La veille, les autorités lui avaient ordonné d'enlever les carcasses et les déchets d'animaux tués qu'il laissait pourrir dans la rue. « On sent l'odeur de charogne et du sang caillé jusque dans les rues voisines. Portez vos déchets à la mer », lui avait ordonné un archer, en posant sur son nez un mouchoir imprégné de parfum. Lecourt était contrarié de devoir se plier à cet ordre à cause de tout le temps qu'il allait lui faire perdre. Julien expliqua au juge qu'il fit les frais de la mauvaise humeur de son ami qui, lui mettant la main sur l'épaule, une main tachée de sang de bœuf, lui avait dit :

— Es-tu certain que Desjardins est dans son lit ? N'est-il pas plutôt dans le tien avec ta femme ?

Julien raconta qu'il avait pâli et qu'il s'était dirigé, les jambes flageolantes, vers la ferme des sulpiciens. « Mais j'ai presque aussitôt fait demi-tour. Je voulais savoir à quoi m'en tenir une fois pour toutes. »

Maugue consulta ses notes et constata que les voisins de Julien avaient été surpris de le voir revenir chez lui.

Julien ne dit pas au juge que, juste avant d'entrer dans sa maison, il avait aperçu les taches de sang imprimées sur sa chemise par la main de Lecourt. De nature très superstitieuse, il avait vu un mauvais présage dans le fait que la couleur rouge sang de bœuf était pareille à celle de l'habit du bourreau. Pour une fois, le pressentiment de Julien avait eu quelques lueurs de vérité.

— Continuez, ordonna le juge.

— Antoine Roy dit Desjardins logeait chez moi. Sans ma générosité et ma patience, il serait « sans feu ni lieu ». Non seulement il ne m'avait pas payé plusieurs semaines de pension mais, l'ingrat !, il tournait autour de ma femme, Anne Godeby. Il la lutinait sans cesse en ma présence. Je les ai surpris ensemble dans mon lit ce fatidique 10 juillet. Ma juste douleur, ma très juste douleur, martela-t-il avec force, m'a fait commettre le pire.

Et, avant même que le juge ait le temps de poser une autre question, Julien, sur un ton péremptoire, récita un extrait de la Grande

Ordonnance criminelle dictée par Louis XIV en 1670[14], et qu'il connaissait par cœur depuis qu'un ami avait accepté de la lui lire, et relire, avec une patience exemplaire :

— Il est écrit que : « L'adultère est un grand crime ; respectivement à la société civile, il est des plus mauvais et des plus funestes, soit à cause de l'injure faite au mari, soit à cause de l'injustice qui est faite aux héritiers légitimes… »

— Cela ne s'applique pas à vous, vous n'avez pas d'enfant que je sache, rétorqua le juge.

Sourd à cette remarque, Julien continua :

— Il est écrit aussi que : « Le lien conjugal a toujours été regardé comme un bien indissoluble institué de Droit divin et élevé à la dignité de sacrement dans le christianisme. » Je vous le rappelle, martela Julien, l'adultère est une injure faite au mari.

— Ce n'était pas à vous de réparer cette injure ! Vous connaissez trop bien la loi, rétorqua le juge, irrité.

Il n'appréciait guère qu'on lui récite des textes de loi. Comme s'il ne les connaissait pas !

Julien argumenta avec assurance :

— Quand j'ai surpris Antoine avec ma femme, il me tournait le dos. S'il m'avait vu, il m'aurait tué le premier. D'autant plus qu'il m'en voulait parce que j'ai, en ma qualité de huissier, saisi ses biens le 8 mai dernier afin de payer l'un de ses créanciers, mon grand ami, le boucher Michel Lecourt, dont je viens de vous parler.

— Avait-il une arme près de lui le matin de sa mort ?

— Il avait toujours son arme avec lui.

— Il avait son arme, dites-vous, alors qu'il a été trouvé nu dans le lit de votre femme ? Cela me semble invraisemblable, Talua ! s'exclama le juge.

---

14 Tous les extraits de la Grande Ordonnance criminelle sont tirés des deux ouvrages suivants : André Lachance, *La justice criminelle du roi au Canada au XVIIIe siècle : Tribunaux et officiers*, Québec, Presses de l'Université Laval, 1978 ; Guy Giguère, *La scandaleuse Nouvelle-France*, Montréal, Stanké, 2002.

Et, se tournant vers le greffier Claude Maugue :

— Est-ce que l'arme de Desjardins a été trouvée près de lui, le matin du meurtre ?

Claude Maugue déposa sa plume d'oie et fouilla le manuscrit dans lequel, le 10 juillet, il avait minutieusement noté tout ce qu'il avait vu sur les lieux du meurtre.

— Non, s'empressa-t-il de répondre. J'ai ici noté que son arme, un vieux fusil à platine, celui-là même que tous les soldats du régiment de Carignan possédaient, était dans la chambre d'Antoine, dans un coffre avec ses autres effets.

— Je suis certain que c'est Anne qui l'y a mise quand je suis venu vous avertir de ce que j'avais dû faire pour me défendre. Elle entretenait un commerce infâme avec ce galipoteux, ai-je besoin de vous le rappeler ?

— Non, vous nous le rappelez assez souvent, répondit Gervaise, agacé par l'impertinence de Julien.

Julien tiqua au ton excédé du juge et l'observa attentivement. Gervaise, perdu dans ses pensées, s'était approché de la fenêtre et suivait des yeux le mouvement lent d'un gros nuage floconneux. Il se souvenait que Michel Lecourt avait fait emprisonner Antoine parce qu'il ne lui payait pas ce qu'il lui devait. Branssat lui avait recommandé de travailler pour Lecourt mais Antoine avait refusé, arguant qu'il préférait croupir en prison plutôt que de supporter de voir chaque jour la face du boucher Lecourt. « On répète que Lecourt n'est pas d'un commerce agréable, pensa Gervaise, et qu'il est plutôt du genre à chercher querelle à tout un chacun. Plusieurs disent de lui qu'il est comme un coq toujours dressé sur ses ergots, prêt à bondir sur tout ce qui bouge, cherchant continuellement noise. On le dit aussi querelleur que Julien et il semble que ces deux-là n'en finissent plus de se retrouver en cour pour calomnies ou pour faire réparer les prétendues injures que de pauvres gens, exaspérés par leurs commérages et leur susceptibilité, leur balancent à la tête. Ils sont si chatouilleux qu'ils interprètent un simple regard comme une marque d'hostilité. Mais ce ne sont peut-être que des commérages. Il est vrai aussi, songea le juge, qu'à notre époque, tout axée sur l'honneur et le paraître, la plupart ont une peur maladive de la calomnie. Et puis Lecourt est lui-même très endetté, cent fois plus que ne l'était Antoine, et ses créanciers ne lui laissent guère de répit à lui non plus. »

« Si Antoine n'avait pas été libéré de prison, il ne serait pas mort », se disait le juge. Branssat a fait cela par amitié. Il avait même inscrit au dossier qu'Antoine avait reçu le châtiment de l'admonestation. En réalité, cela n'avait pas été fait. Aucun juge n'avait réprimandé Antoine dans la Chambre criminelle. Gervaise et Branssat lui avaient simplement dit qu'ils seraient obligés de le faire écrouer de nouveau s'il ne payait pas Lecourt, mais Antoine avait pris cette menace à la légère. Il avait donc été emprisonné de nouveau le 30 juin, mais avait été libéré le 1er juillet parce qu'il avait, enfin !, manifesté sa bonne volonté en demandant au greffier Claude Maugue de rédiger un accord entre lui et Michel Lecourt. « Nous aurions dû laisser Antoine en prison, il serait encore vivant », se répétait-il sans cesse.

Gervaise était si taraudé par le remords qu'il en avait perdu le sommeil et menait cette affaire avec une lenteur qui ne lui ressemblait guère. Maugue toussa pour le sortir de sa rêverie. Le juge s'approcha lentement de Julien et lui demanda :

— Qu'avez-vous à ajouter pour votre défense, Julien Talua dit Vendamont, pardon *de* Vendamont ?

Le juge Gervaise avait appuyé ironiquement sur le « de », car il savait que Julien aurait bien aimé avoir des lettres de noblesse qui lui auraient permis de mettre officiellement cette petite particule nobiliaire entre ses deux noms. Un tout petit « de » qui lui aurait donné du prestige et lui aurait ouvert toutes les portes. Il ne se privait pas d'ailleurs d'utiliser frauduleusement cette particule lorsqu'il voulait impressionner de modestes gens.

« Il n'a pourtant rien de noble, le Vendamont, ni par la naissance, ni par l'apparence, ni par le caractère », se disait le juge.

Julien rompit le silence :

— Je demande que des témoins viennent à la cour. Mes voisins, qui connaissent le commerce infâme...

— Nous avons déjà interrogé vos voisins le matin du meurtre et nous les réentendrons bientôt, trancha le juge. Quant aux autres, nous déciderons qui doit être assigné à ce procès et vous ne devez même pas connaître leurs noms, encore moins ce qu'ils diront.

Comme s'il n'avait rien entendu, Julien rétorqua :

— Je veux être certain que Michel Lecourt viendra témoigner. C'est lui qui, le premier, m'a ouvert les yeux en me révélant qu'Antoine entretenait ce commerce infâme avec ma femme.

Julien se fichait pas mal d'importuner le juge pourvu qu'il arrive à ses fins. Il connaissait ses droits.

— Je veux aussi qu'un monitoire soit envoyé à Trois-Rivières, à Québec, à Lachine et à Ville-Marie.

— Un monitoire ! s'exclama le juge.

Un monitoire était un mandement décrivant le délit qui s'était produit. Les hommes de loi le faisaient parvenir aux curés afin qu'ils le lisent lors des services religieux et demandent à leurs ouailles de se rendre immédiatement à la cour de justice afin de révéler ce qu'ils savaient concernant cette affaire sous peine d'excommunication s'ils s'en exemptaient. Pour être bien certain que tous allaient être mis au courant, un crieur public, accompagné d'un tambour, allait aux quatre coins de la ville et lisait haut et fort le contenu du monitoire avant d'en afficher des copies aux endroits les plus stratégiques. Le juge se demandait quel intérêt Julien pouvait avoir à ce que tous soient au courant qu'il était un assassin. Il n'eut pas à se poser longtemps la question :

— Je veux qu'il soit précisé que non seulement toute personne qui était au courant de la relation infâme et scandaleuse d'Antoine avec ma femme vienne en cour pour en témoigner, mais que viennent aussi celles qui ont des raisons de penser qu'Antoine n'était pas un homme de bien.

Julien espérait que les personnes à qui Antoine devait de l'argent viendraient déverser leur fiel à la cour, démontrant ainsi qu'il n'était pas un homme de qualité.

— Nous analyserons votre demande. Ce sera tout pour aujourd'hui, Talua.

Se tournant vers Maugue :

— Veuillez lire à l'accusé la minute des interrogatoires qu'il vient de subir et les réponses qu'il a faites.

Maugue s'exécuta d'un ton monocorde. Julien écoutait attentivement. N'ayant rien à ajouter ou à modifier, il signa la minute et fut reconduit séance tenante à son cachot. Il en profita pour dire au geôlier qu'il le récompenserait généreusement s'il lui révélait le nom de toutes les personnes qui témoigneraient à son procès. Le geôlier ne répondit pas mais pensa que l'offre était bien tentante. Plusieurs prisonniers, des femmes pour la plupart, discutaient, debout, au fond du couloir. La Grande Ordonnance criminelle de 1670 précisait que les prisonniers devaient avoir les fers aux pieds mais que les portes de leurs cachots pouvaient, s'ils n'étaient pas dangereux, demeurer ouvertes le jour afin qu'ils puissent se dégourdir les jambes dans le couloir. Julien chercha Anne du regard afin de l'invectiver mais ne la vit pas.

* * *

Pendant ce temps, Maugue comptait le nombre de témoins qu'il devait assigner. Puisqu'il touchait des émoluments en plus de son salaire, il calcula que le grand nombre de témoins assignés à ce procès lui rapporterait gros et il espérait que le monitoire porterait fruits. Pour chaque témoin entendu, il recevait les deux tiers de ce que touchait le juge. Il se leva afin de vérifier le montant exact que ce procès lui rapporterait. Le tarif de chaque tâche était inscrit sur un tableau accroché au mur de la chambre d'audience, près de la porte d'entrée. Pour chaque témoin entendu, le juge recevait huit sols. Pour chaque interrogatoire, il touchait une livre, quatre sols. Pour chaque sentence, quatre livres. Ces montants s'ajoutaient à son salaire. Maugue n'enviait pas le juge. Il estimait sa responsabilité bien lourde. « Même s'ils sont bien payés, les juges sont souvent endettés à cause du grand train de vie que leur travail leur impose, se disait-il. Car le prestige de leur fonction est tributaire autant de leur capacité à afficher leurs richesses qu'à leur titre. Mais il est vrai qu'ils ont beau avoir des dettes, personne parmi les petites gens n'ose leur réclamer ce qu'ils leur doivent », conclut-il, le sourire aux lèvres, heureux de faire partie lui aussi de l'élite.

Puisque le monitoire pouvait lui amener plusieurs témoins payants, il se dépêcha de le rédiger. Il souleva ensuite sa feuille et souffla longuement afin de bien faire sécher l'encre. Il laissa échapper malencontreusement un peu de salive qui dessina une tache évanescente sur le manuscrit.

Il refit ensuite la lecture des dépositions des voisins de Julien interrogés le jour du meurtre. Il avait soigneusement consigné leurs témoignages, mais il était conscient qu'ils ne reflétaient pas la réalité. Les témoins ayant tous répété, presque textuellement, ce qu'avait dit Lecourt. « Talua a appuyé sur la gâchette, mais son ami l'y a sans doute préparé depuis des mois », songea-t-il. Maugue n'estimait guère Lecourt qui, quelques années plus tôt, l'avait insulté et menacé de mort.

Consultant le procès-verbal, il lut à voix haute en quoi consistait la dette de Desjardins envers Lecourt : « Quinze minots de blé froment et quinze minots de pois verts évalués à quatre-vingt-deux livres et dix sols. La mort d'un homme pour si peu. Pour moins que cela ! » siffla-t-il, se rappelant soudain que la femme de Desjardins, Marie Major, avait remboursé une partie de cette dette. Il songea que Talua et Lecourt alimentaient mutuellement leur haine envers Desjardins. Julien ne cessait de répéter à Lecourt que Desjardins allait déserter et courir les bois et qu'ainsi il perdrait définitivement son dû. Michel Lecourt, quant à lui, rappelait chaque jour à Julien que Desjardins tournait autour de sa femme et que s'il s'enfuyait, il le ferait avec elle. Pour donner plus de poids à ses calomnies, Lecourt avait d'abord questionné les voisins dans l'espoir d'avoir de croustillants détails. Ces questions et ces sous-entendus éveillèrent les soupçons. Les voisins n'avaient au départ rien remarqué, mais les incessantes questions de Lecourt les avaient amenés à penser qu'il n'y a pas de fumée sans feu. Ils se mirent à surveiller tant et si bien les allées et venues d'Antoine et d'Anne qu'ils interprétèrent chacun de leur geste à l'aune de leurs soupçons. Si Anne rencontrait Antoine en revenant du marché et lui faisait un geste de la main, on y voyait la preuve de leur intimité. Au geste de la main, on ajoutait un sourire, une invite. Ne venait-elle pas de lui envoyer un baiser? On calculait le temps qu'Antoine mettait à quitter la maison de Julien après le départ de celui-ci. Anne qui, jusque-là, était perçue par plusieurs de ses voisins comme une pauvre femme dont le plus grand malheur était de n'avoir pu enfanter, était désormais vue d'un autre œil. N'avait-elle pas été parmi ces quelques prostituées qui, paraît-il, avaient réussi à se faufiler parmi les Filles du roi? Car les prostituées, cela va de soi, sont souvent rendues stériles « à cause des maladies honteuses qu'elles ont attrapées », chuchotait-on sur son passage.

Alors qu'au départ ils n'avaient rien vu, rien soupçonné, voilà qu'ils étaient certains qu'Antoine et Anne étaient amants depuis belle lurette. Confondant les faits avec ce qu'ils imaginaient, certains affirmèrent avec assurance que les deux amants projetaient de tuer Julien, de lui dérober son argent et de s'enfuir en France. Les allusions de Lecourt avaient fait leur œuvre. La nouvelle s'était répandue, effilochant au passage l'image de perfection que Julien avait mis tant d'efforts à construire. Progressivement, il perdit l'estime et le respect dont il était généralement gratifié depuis plusieurs années. Certains disaient qu'Antoine n'avait fait que ce que Julien n'arrivait pas à faire. Julien était d'autant plus humilié qu'il savait que, dans l'esprit de la plupart des gens, stérilité était synonyme d'impuissance. D'ailleurs, dans sa Bretagne natale, on flagellait l'homme qui n'avait pas de descendance afin, disait-on, de lui « échauffer le sang ». Julien avait peur que certains poussent la cruauté jusqu'à lui faire courir l'âne, le promenant nu et tête à queue sur une monture à travers les rues.

Commérages et moqueries avaient exacerbé la jalousie et la colère de Julien. Parfois, il se réveillait au milieu de la nuit, le corps inondé de sueur. Victime en partie des effets des commérages de celui qu'il considérait comme son grand ami, il rencontrait de plus en plus souvent des personnes qui le traitaient de cornard, sous-entendant ainsi qu'il était cocu. D'autres restaient muets, mais ne pouvaient s'empêcher de faire, en riant, des cornes avec leurs index. Cependant, connaissant la promptitude avec laquelle Julien intentait des procès, ils s'empressaient de dire : « Honneur à ta femme », ce qui signifiait que ce n'était qu'une plaisanterie et qu'il ne pouvait y avoir matière à procès. Certains avaient dépassé les bornes en affichant des cornes à la porte de sa maison et un plaisantin avait poussé l'audace jusqu'à coller d'immenses cornes au siège de l'église où Julien, chaque dimanche, s'assoyait, avec un orgueil visible, fier de s'assurer que l'ordre régnait en ce lieu saint. Il était si fier de ce poste de vire-chien qui ajoutait à son auréole de prestige. Il ne chassait pas seulement les chiens de l'église mais aussi les hommes ivres qui dérangeaient l'office. Il posait aussi une main paternelle sur les hommes qui avaient oublié de se découvrir ou ceux qui, épuisés par leur dur labeur, ronflaient à qui mieux mieux. Il observait attentivement le décolleté des femmes et n'hésitait pas à leur interdire l'entrée de l'église s'il jugeait qu'elles n'étaient pas suffisamment couvertes. Ce qui arrivait souvent.

Mais, depuis qu'il avait loué une chambre à Antoine, plus rien n'était pareil. Desjardins lui avait ravi celle qu'il exhibait comme un trophée. Dès les premières années de leur mariage, rien que l'idée qu'elle puisse appartenir à un autre l'avait mis hors de lui. Lorsqu'il l'avait vue, se donnant à Antoine avec une telle passion, il avait compris ce que signifiait l'expression « voir rouge ».

Chapitre 9

Marie se tournait et se retournait dans son lit depuis des heures. Plus elle appelait le sommeil, plus il se défilait. Elle savait qu'elle aurait encore une nuit d'insomnie et que le lendemain, elle serait épuisée bien avant midi. Elle entendait Thomas et Roxane qui, dans la chambre d'à côté, parlaient et ricanaient. Elle était chanceuse en amour son amie Roxane ! Elle et Thomas avaient eu un véritable coup de foudre dès qu'ils s'étaient rencontrés et leur amour n'avait cessé de grandir au fil des années.

Sur le bateau qui les avait amenées en Nouvelle-France, Marie et Roxane étaient loin de s'imaginer qu'aussitôt arrivées, elles devraient se marier dans les plus brefs délais. Les ordres du roi étaient clairs : « Le temps des fréquentations devait être réduit au minimum. » L'intendant Talon répétait que tous les hommes en âge de se marier devaient le faire quinze jours après l'arrivée des filles sous peine d'être privés du droit de chasser et de pêcher. Il songeait même à rédiger une ordonnance à cet effet et se promettait d'écrire au plus tôt au ministre Colbert à ce sujet.

Ignorant cela, les deux amies répétaient, durant la traversée, que *si* elles se mariaient en Nouvelle-France, ce serait un mariage d'amour. En cela aussi, elles étaient marginales, car l'amour, à leur époque, rimait si peu avec mariage que les époux qui s'aimaient, loin de s'en vanter, cachaient souvent leur attachement de crainte d'être ridiculisés.

Roxane avait fait le mariage d'amour dont elle avait rêvé, mais il en avait été autrement pour Marie.

Elle s'était mariée onze jours à peine après son arrivée en Nouvelle-France.

C'était le 11 septembre 1668. Ce même jour, elle avait rencontré Platon. Le soleil était à peine levé et l'esclave avait été fort intrigué de voir, à cette heure matinale, une femme qui, sur la grève, fixait le mouvement des vagues et les éclats de soleil qui découpaient le fleuve en milliers de vaguelettes incandescentes. Platon s'était approché et il avait lu une telle détresse sur le visage de Marie qu'il lui avait spontanément offert son aide. Ce n'était pas la première fois qu'elle voyait un Sauvage[15], mais elle s'était dit que celui-ci était exceptionnellement beau et qu'un charme inouï émanait de sa personne. Aucun homme ne lui avait jamais fait un tel effet. Elle le dévisageait, figée, la bouche entrouverte. Elle avait souvent repensé par la suite à cette scène et elle riait en pensant combien elle avait dû avoir l'air idiot.

Gêné d'être ainsi dévisagé et surpris par les battements de son cœur qui, depuis qu'elle avait posé ses yeux verts sur lui, s'étaient multipliés à un rythme affolant, il avait balbutié son prénom. Elle n'avait pas ri. N'avait même pas souri. Ne s'était pas moquée. Elle l'avait appelé monsieur, lui faisant ainsi cadeau d'un peu de dignité. Elle lui avait demandé s'il habitait Québec depuis longtemps et, sans qu'il comprenne vraiment l'élan de sincérité qui le poussait vers elle, il ne lui avait pas caché, comme il le faisait habituellement, qu'il était esclave. Il s'était ainsi gagné la sympathie de Marie, car elle aussi, à cet instant précis, se sentait un peu comme une esclave.

— J'épouse dans quelques heures un homme que je ne connaissais pas il y a onze jours ! avait confié Marie à Platon. Rien ne se passe comme je l'avais imaginé.

Elle n'arrivait pas à accepter que tous les rêves qu'elle avait nourris durant la longue traversée semblaient impossibles à réaliser et qu'elle n'avait guère d'autre choix que de se marier.

* * *

---

15 À cette époque, le mot « Sauvage » n'avait aucune connotation péjorative. Il signifiait quelqu'un qui vit proche de la nature.

Elle avait d'abord été consternée d'apprendre que le roi, cette année-là, ne donnait aucune dot. Marie était sans le sou, et se trouver du travail était inimaginable. Trop de filles étaient arrivées en même temps et les emplois étaient presque inexistants pour les femmes. Mais surtout, les pressions pour se marier au plus vite étaient fortes. Depuis leur arrivée, on leur rappelait sans cesse qu'elles étaient des filles à marier. La marieuse avait dit à Marie que quatre hommes l'avaient choisie, et elle avait aussitôt ajouté que c'était Antoine qui lui convenait le mieux.

— Il vous a vue lorsque vous êtes débarquée et il m'a dit qu'il aimerait vous épouser. Vous êtes chanceuse d'avoir été choisie aussi vite. D'autres seront obligées de faire le trajet jusqu'à la Pointe-Saint-Charles, près du fort de la Pointe-à-Callière, et attendre, dans une maison construite exprès pour les accueillir et dirigée par sœur Marguerite Bourgeoys[16], qu'un homme veuille bien d'elles. Pire encore, une fille, qui est venue d'elle-même de Poitou, sera sans doute renvoyée en France. Elle est boiteuse et personne n'en veut. Vous en avez de la chance de vous marier aussi vite !

Sans laisser le temps à Marie de répondre, la marieuse enchaîna aussitôt en vantant les mérites d'Antoine :

— Je sais que votre père Jean Major gérait les biens d'un baron et percevait les impôts et qu'il y a un certain prestige lié à sa fonction. Certes, la fonction de votre père le place au-dessus de celui d'Antoine, mais il n'en est pas moins un très bon parti pour vous. Avant de s'engager dans le régiment de Carignan, il était tonnelier comme son père qui, en Bourgogne, est un maître tonnelier très estimé. J'ai ouï dire que le talent du père d'Antoine l'auréolait d'une notoriété que bien des bourgeois lui enviaient. Ici, nous essayons de marier les filles en fonction des affinités traditionnelles de France qui sont, je ne vous

---

16 Il s'agit de la maison Saint-Gabriel, aujourd'hui un musée que l'on peut visiter à Montréal : 2146, place Dublin, Pointe-Saint-Charles.

apprends rien, la même aptitude à signer chez les deux époux et la même appartenance sociale. Antoine ne sait pas lire et ne sait pas signer. Vous non plus, alors l'écart n'est pas si grand.

Marie blêmit, et la marieuse interpréta son malaise à la honte d'être fille de bourgeois et d'être illettrée. Elle s'empressa de la rassurer :

— La plupart ici ne savent ni lire ni écrire. Et c'est tant mieux. Les autorités ont été claires. Elles ne veulent pas que les femmes de colons soient des femmes instruites, mais des femmes habituées à la vie dure qu'exige le déboisement des terres. Car Antoine, en acceptant de vivre en Nouvelle-France, s'est engagé à défricher une terre à Batiscan.

Marie se mordit les lèvres. Il lui était plus difficile qu'elle ne l'avait imaginé de feindre d'être illettrée. Mais elle avait déjà payé trop cher sa soif d'apprendre et sa volonté d'être indépendante. Elle rassura la marieuse :

— Durant la traversée, j'ai entendu la conversation du capitaine avec une religieuse chargée de surveiller les Filles du roi. « Les autorités veulent des filles fortes pour peupler ce pays et non des précieuses », disaient-ils. Depuis que plusieurs ont vu cette pièce de Molière, de plus en plus de gens en ont exagéré la portée, expliqua Marie à la marieuse.

Devant son air consterné, elle ajouta :

— Ils ne cessent de répéter qu'il est grotesque pour une femme de savoir signer son nom.

— Oui, répondit la marieuse en hésitant, ne sachant trop qui était Molière.

Elle parlait tout en tournant autour de Marie, la regardant des pieds à la tête, la tâtant sans pudeur ni ménagement afin de s'assurer qu'elle ne cachait pas quelque infirmité. Elle toucha ses longs cheveux, s'extasia devant leur brillance et conclut :

— Vous n'êtes pas grassouillette. Vous aurez froid cet hiver ! Moi, ma graisse me protège ! dit-elle en se trémoussant, avant d'ajouter : Vous êtes belle, mais pas trop comme certaines.

— Trop belle ? s'étonna Marie.

— Oui, pour beaucoup d'hommes, une femme trop belle n'est pas bonne à marier même s'ils aimeraient tous la mettre dans leur lit. Pour le mariage, c'est une autre affaire. Ils disent que la beauté ne sale pas la marmite.

— Être belle n'empêche pas de travailler, rétorqua Marie.

— Oui, je sais bien, mais beaucoup pensent aussi que celui qui a une belle femme ne manque pas de guerre.

— La beauté n'attire pourtant pas que jalousies et ennuis, répondit Marie du tac au tac.

Sans se laisser démonter, la marieuse, qui tenait à avoir le dernier mot, ajouta :

— À quoi sert la beauté puisqu'elle est éphémère ? Belle rose devient gratte-cul, conclut-elle en riant aux éclats.

La veille de son mariage, Marie alla, avec une trentaine de Filles du roi et leurs futurs époux, entendre les conseils du curé qui désirait les préparer à leur union. Il leur dit d'abord que Dieu avait voulu que la femme regarde son époux comme son supérieur. Marie jeta un coup d'œil à Antoine. Elle cherchait à deviner si tel était son avis et comprit, à son air moqueur, qu'il était plutôt sceptique. C'était la première fois qu'elle revoyait Antoine depuis la signature de leur contrat de mariage, neuf jours plus tôt. Très grand, le nez droit et plutôt long, une bouche gourmande, un front large, les cheveux longs, déjà striés de blanc, attachés avec un ruban. « Il est plutôt séduisant, se dit Marie, mais je ne le connais pas ! Nous nous sommes à peine parlé. Dire que j'ai refusé de rencontrer tous les prétendants que mon frère et mon oncle voulaient me présenter sous prétexte qu'il valait mieux, en ces choses, se fier au hasard des rencontres ! Si ma mère me voyait aujourd'hui, elle qui souhaitait tant que je me marie avant qu'elle meure et qui n'en revenait pas que je rejette d'emblée les beaux partis dont elle me parlait, elle dirait : " Marie, malgré tous les chemins de traverse que tu as pris pour la fuir, ta destinée de femme te rattrape ! " »

Antoine, à l'instar de la majorité des célibataires, s'était rendu à Québec afin d'attendre le navire qui amenait les Filles du roi. Il avait immédiatement repéré Marie parmi les quatre-vingt-dix-sept filles qui débarquèrent à Québec par une belle journée de fin d'été. Il aurait été bien en peine de décrire ce qui l'attirait chez elle. Un certain charme sans doute, qui, comme le mot le dit, envoûte, ensorcelle, enchante, sans qu'on sache trop pourquoi.

La marieuse l'avait présenté à Marie et celle-ci l'avait ensuite revu à la signature du contrat, mais il s'était éclipsé aussitôt. Marie avait espéré qu'il vienne la visiter. En vain. Comme quelques-unes des autres Filles du roi qui avaient été hébergées rue Saint-Louis, elle n'avait pas revu celui avec qui elle était destinée à partager sa vie. D'autres, par contre, tels Roxane et Thomas, se fréquentaient assidûment, avec une joie suspecte aux yeux des bigots. Marie se demandait si elle déplaisait à Antoine. Elle ignorait qu'il passait ses journées au cabaret et disait à ses amis en levant son verre : « Je veux bien profiter de mes derniers jours d'homme libre. J'aurai tout mon temps pour connaître la belle Marie. » Il disait à moitié la vérité. Il omettait de révéler qu'il ne voulait pas revoir Marie de crainte qu'en le connaissant un peu mieux, elle ne rompe leur contrat. Il l'avait trouvée jolie, séduisante, peut-être un peu trop timide à son goût, mais il appréciait l'humour qu'elle maniait avec adresse afin de masquer cette timidité. « Si elle apprend que je n'ai pas construit de maison sur ma terre de Batiscan, elle cherchera ailleurs. Il y a encore beaucoup de célibataires qui n'ont pas trouvé de filles à marier. »

Les craintes d'Antoine étaient fondées sur le fait que de nombreuses filles rompaient leur contrat après avoir rencontré un autre homme qui, croyaient-elles, semblait mieux leur convenir. La peur de se tromper, exacerbée par la rapidité forcée de leur choix, donnait à la recherche du bon parti les allures d'une course effrénée. Certaines signaient jusqu'à deux contrats par jour ! D'autres changeaient de prétendant quelques heures à peine avant leur mariage.

Mais autre chose inquiétait Antoine. Depuis quelques mois, il était tenaillé par le remords. Il regrettait un geste qu'il avait posé dans le passé. Il n'en avait jamais parlé à personne et évitait d'y penser. Mais il savait que s'il épousait Marie, il serait trop tard pour réparer ce qu'il qualifiait, avec une certaine complaisance envers lui-même, d'erreur de jeunesse. Plus il réfléchissait, plus il était confus, ne sachant quelle attitude adopter. Et il avait peu de temps pour se décider. « Mais peut-être que mon péché a été effacé par le baptême du bonhomme Terre-Neuve », se disait-il afin de faire taire ses remords. Pour se donner bonne conscience, il avait oublié qu'il avait jadis ridiculisé cette coutume voulant que les bateaux en provenance de France s'arrêtent à Terre-Neuve afin de faire un rituel consistant à purifier de leurs péchés ceux et celles qui venaient en Nouvelle-France pour la première fois.

Marie écoutait d'une oreille distraite le sermon du curé, occupée qu'elle était à observer celui avec qui, le lendemain, elle lierait sa destinée. Elle le comparait à Rodolphe. Elle se demandait s'il avait cette bonté qu'elle avait reconnue chez son amoureux français. Mais elle se raisonna. « Si je le compare déjà à Rodolphe, je ne lui donne aucune chance. » Les parents de Marie lui avaient souvent répété que les époux doivent partager des centres d'intérêts communs car, disaient-ils, « C'est long, un mariage, quand les sujets de conversation manquent. L'ennui tue tout. Même l'amour le plus fort. » Marie se demandait si elle et Antoine avaient quelques affinités.

Il fallait qu'elle se fasse à l'idée que, désormais, son avenir se cristallisait autour de cet homme, un inconnu, un tonnelier qui avait accepté de devenir un habitant. La perspective de défricher une terre ne l'enthousiasmait guère. Puisqu'elle devait absolument se marier au plus vite, elle aurait préféré épouser un libraire, mais elle avait appris avec déception qu'il n'y avait pas de librairie ni d'imprimerie dans la colonie. Les autorités estimaient qu'elles donneraient au peuple le moyen d'exprimer leur mécontentement. À défaut de libraire, Marie croyait qu'elle aurait eu plus de chances d'être heureuse si elle avait épousé un apothicaire, un faiseur de portraits ou tout autre artisan ayant pignon sur rue dans la basse-ville. Elle ne connaissait rien à la culture de la terre. Pas plus qu'Antoine d'ailleurs. « J'essaierai de convaincre Antoine de s'établir à Québec et d'y exercer son métier de tonnelier, se dit-elle. Québec n'est pas encore une ville, encore moins une ville comparable à celles de la Normandie, mais au moins, c'est mieux qu'une forêt à dessoucher et à défricher. »

— Avez-vous construit une maison ? demanda-t-elle à Antoine.

Il fallait lui dire la vérité. Il n'avait pas le choix.

— Non, pas encore, dit-il, guettant anxieusement sa réaction.

À sa grande surprise, elle parut contente.

« A-t-elle mal entendu ? » se demanda-t-il, décontenancé.

Marie se tourna vers son amie Roxane qui, assise à sa droite, lui donnait des coups de coude tout en lançant au curé un regard cour-roucé. Elle fut attentive à ce sermon qui semblait tant déplaire à son amie : « C'est Dieu Lui-même qui a voulu que la femme soit soumise à son mari. Elle doit toujours lui céder, lui obéir en toutes choses et ne pas provoquer sa colère. Une femme bonne et patiente sait trans-former en agneau l'homme le plus violent et faire de son foyer, un havre de paix ».

Ayant terminé sa harangue, le curé demanda si quelqu'un avait des questions concernant la vie de couple. Comme personne ne répon-dait, il crut bon de préciser :

— Savez-vous ce qu'est le sacrement du mariage ?

Silence gêné.

— Ce qui vous attend après le mariage, dans votre lit nuptial ? précisa-t-il.

Avec une extrême candeur qui fit crouler de rire toute l'assemblée, une jeune fille, à peine pubère, répondit :

— Non monsieur le curé. Je n'en sais rien. Mais si vous êtes cu-rieux de savoir ce qui se passe, le lendemain de mon mariage, je vous en donnerai des nouvelles, conclut-elle avec un sourire qui exprimait le plaisir sincère qu'elle éprouvait de pouvoir lui rendre éventuellement service[17].

Le curé, dont le visage vira au rouge, baissa la tête et s'empressa de changer de sujet.

Antoine regarda Marie en riant. L'intensité du désir qu'elle lut dans son regard la troubla. Il était si palpable qu'elle avait le sentiment que ses yeux caressaient tout son corps. Regardait-il toutes les femmes de la même façon ? Elle connaissait la réputation des soldats : des hommes à femmes. Antoine était-il de ceux-là ? : « Oui », lui criait son instinct. « Mais non, tu l'as séduit », rétorqua une autre voix. Celle que Marie reconnaissait parfois, avec du recul, comme étant la voix des illusions. Certes, elle éprouvait du désir pour Antoine et elle avait suffisamment d'expérience en ce domaine pour pressentir qu'il ne la décevrait pas dans les jeux de l'amour. Mais elle trouvait effrayant de se lier à un inconnu pour le reste de sa vie sur une base si fragile. Et puis, elle avait éprouvé du plaisir dans les bras d'autres hommes sans avoir même songé à les épouser. Alors que Roxane décrivait sa rencontre avec Thomas comme la plus belle chose qui lui fût arrivée et attendait avec une fébrilité joyeuse le moment de son mariage, Marie, elle, ressentait un peu ce que devait ressentir un esclave lorsqu'il était vendu comme une marchandise. D'ailleurs, lorsque les Filles du roi avaient foulé le sol de la Nouvelle-France, certains avaient crié sans pudeur : « La marchandise est arrivée ». Leurs regards gourmands exprimaient clairement que la marchandise, c'étaient elles.

* * *

Dès les premiers mots qu'ils avaient échangés, Marie et Platon avaient eu le sentiment de se connaître depuis toujours. Peut-être

---

17 Cette réplique savoureuse est une paraphrase d'une anecdote qu'Élisabeth Bégon a écrite, en 1749, dans ses *Lettres au cher fils*. Source : André Lachance, *Vivre, aimer et mourir en Nouvelle-France*, Montréal, Libre Expression, 2000, p. 92.

était-ce parce qu'ils vivaient des expériences similaires.

Platon était sans nom et sans voix. Il n'avait pas d'existence légale. Il ne pouvait rien revendiquer. Il pouvait, très exceptionnellement, témoigner devant le juge, mais son témoignage valait moins que celui d'un homme libre. Il ne pouvait se plaindre d'éventuels mauvais traitements de son maître. Il ne pouvait contester s'il était vendu à un autre.

La situation de Marie était semblable. Elle était sans voix. Une fois mariée, elle ne pouvait prendre aucune décision concernant leurs biens sans la permission écrite de son mari. Elle ne pouvait rien revendiquer. Elle pouvait témoigner devant le juge, mais son témoignage valait moins que celui d'un homme. Elle ne pouvait se plaindre d'éventuels mauvais traitements de son mari, sauf s'il mettait sa vie en danger et que ses cris empêchaient les voisins de dormir. Elle était le « bien » de son mari.

Marie était une Fille du roi qui, comme l'avait clairement exprimé le curé, serait bientôt livrée à un maître.

Au fil des ans, l'amitié entre Platon et Marie ne s'était pas démentie. Marie lui avait appris à lire et à écrire, même si elle savait que, dans les régions où le Code noir était en vigueur, ceux qui posaient un tel geste risquaient la prison. Elle ignorait si elle courait un tel risque en Nouvelle-France et s'en informer n'aurait fait qu'éveiller les soupçons.

Platon lui avait tout appris des Amérindiens : leurs méthodes de guérison, leurs connaissances des plantes, leurs coutumes, leur langue.

Ce qui unissait Marie et Platon tenait en partie à leur même sens de l'humour et à leur capacité à tourner en dérision les conventions sociales. Un matin où ils s'étaient aventurés ensemble dans la forêt afin d'aller chercher de la gomme de sapin et des plantes sauvages dont Platon lui indiquait le pouvoir thérapeutique, ils avaient bien ri lorsqu'ils avaient rencontré Frontenac, affublé d'une longue perruque et habillé comme s'il se rendait à un bal, assis dans une chaise à porteurs que de pauvres Indiens, déconcertés par cette étrange coutume, tiraient en suant.

Platon et Marie se moquaient souvent des dragons de vertu, pour qui l'esclave n'avait pas d'âme, et de certains religieux qui considéraient les Sauvages comme des animaux ou des suppôts de Satan. Le pape lui-même dissertait longuement avec une armée de religieux afin de décider si le Sauvage était un être humain ou un animal. Croyant qu'ils n'avaient pas de religion — la spiritualité amérindienne échappait à leur compréhension —, ils se posaient la question inlassablement.

— Ça ne fait rien, disait Marie pour le taquiner, j'aime les animaux. D'ailleurs, en termes de loyauté, ils en ont long à nous apprendre.

L'œil critique et l'esprit rieur, ils s'entendaient comme larrons en foire. Ils étaient de connivence et Marie pouvait tout lui confier. Il l'écoutait toujours attentivement, ce qui était une qualité rare. Marie tenait à cette amitié autant qu'à celle de Roxane même si, dans la colonie, plusieurs estimaient que seules les personnes de condition vile comme les criminels ou le bourreau pouvaient s'afficher avec un esclave. « La lie du peuple », disaient les bonnes gens, du mépris plein les yeux. Mais l'amitié de Platon avait plus de valeur aux yeux de Marie que sa réputation. Aussi n'y avait-elle jamais renoncé. Elle comprenait mal tous ces gens qui n'hésitaient pas à s'endetter pour posséder des esclaves en signe de réussite sociale.

— Il est étrange que plus un homme possède d'esclaves, plus il jouit de la considération sociale, disait-elle à son fils. Il devrait plutôt avoir honte d'exploiter ainsi un autre être humain. Pire, les esclaves se vendent souvent moins cher qu'un animal.

— Platon vaut moins cher qu'un bœuf! s'était exclamé Pierre lorsqu'il était encore enfant.

— Aux yeux de certains, oui. Même que dans la Grèce antique, un simple objet de coquetterie comme un collier d'ambre valait beaucoup plus cher qu'un esclave.

Aux yeux de Marie, Platon avait une valeur inestimable.

Il lui manquait tant. S'il était là, ils parleraient ensemble. Comme Thomas et Roxane qui papotaient encore malgré l'heure tardive. Marie se sentait bien seule. «Pourvu que ce procès finisse au plus tôt et que je retourne à Batiscan. Mon travail de sage-femme m'a toujours aidée à passer à travers tout ce qui était difficile. »

Chapitre 10

Treize jours après le meurtre, le juge Gervaise et le bailli se réunirent tôt le matin afin de discuter du procès de Talua. Ils passèrent en revue les cinq catégories d'homicide et le juge les récita à voix haute :

— Le premier, l'assassinat, signifie que l'assassin a l'intention de tuer. Le deuxième, le casuel, est commis par accident. Une balle perdue, par exemple. Le troisième, qualifié de volontaire ou simple, s'applique lors d'une bataille et est fait sous le coup de la colère. Le quatrième, l'homicide nécessaire, est impuni puisque celui qui a tué l'a fait pour protéger ses biens. Le cinquième est commis par imprudence, comme dans le cas où un enfant meurt parce qu'il a été laissé sans surveillance.

Plus les deux hommes discutaient de ce procès, plus leurs idées s'embrouillaient. Alors qu'au départ ils étaient presque certains que Julien avait tué sur le coup de la colère, voilà que de nouvelles questions avaient semé le doute dans leur esprit. Non seulement le bailli se demandait si Julien avait prémédité son crime, mais il pensait même qu'Anne et Julien pouvaient être complices :

— Croyez-vous que Julien a menti ? Les deux hommes ont pu se quereller à cause de l'argent qu'Antoine lui devait. Julien a pu inventer cette histoire d'adultère parce qu'il espérait ainsi être accusé d'homicide nécessaire et voir son crime impuni. En plus, son honneur serait sauf. Il sait qu'aux yeux de bien des gens, un homme est justifié de tuer l'amant de sa femme.

— Oui, mais que faites-vous d'Anne ? Elle aurait accepté de jouer la comédie de la femme adultère pour sauver son mari ?

— Pourquoi pas ? Il arrive que le mari de la femme adultère demande la clémence du juge. Si elle est enfermée, c'est le mari qui décide de la durée de l'enfermement. Anne n'aurait rien à perdre à passer quelques mois en prison. Car si Julien est pendu, elle perdra tous ses biens et se retrouvera à la rue, honnie de tous. Elle essaie peut-être de nous faire croire qu'elle a tout oublié parce qu'elle veut parler le moins possible, de peur de se contredire ou d'incriminer Julien.

— Moi, j'ai pensé que ce pouvait être la femme de Desjardins, la complice de Julien. Ils ont pu préméditer ensemble ce meurtre pour se venger. Ce qui expliquerait pourquoi Marie était déjà partie de Batiscan lorsque l'archer est allé la quérir.

— Mais alors, pourquoi Talua serait-il venu avouer son crime ? Mais vous pouvez quand même chercher à savoir si cela est possible. Il vaut mieux ne négliger aucune piste.

— Je crois qu'après avoir entendu tous les témoins assignés à ce procès, nous serons en mesure de voir clair dans cette affaire, conclut le juge.

Le bailli venait de quitter le juge Gervaise lorsque Mauge entra en chantonnant dans la chambre d'audience. Le greffier l'informa avec enthousiasme que la demande de monitoire portait déjà fruits.

— Nous avons trois nouveaux témoins à interroger. Il y a un dénommé Jacques Nau, un soldat du régiment de Carignan originaire de Joigny qui pensionne actuellement au cabaret. Il y a aussi une certaine Catherine Vanier qui vient d'aussi loin que l'île d'Orléans. Il est possible qu'elle soit ici cet après-midi mais rien n'est moins sûr, à cause des vents qui peut-être ralentiront son embarcation. Et il y a une autre femme, une certaine Fracildée, une vraie commère à ce qu'on m'a raconté. Nous aurons une grosse journée. Ces trois témoins s'ajoutent à ceux que nous avions prévu d'interroger.

— Quels témoins entendrons-nous en premier ?

— Marie Major et son fils Pierre. Ils sont arrivés.

— Faites entrer Marie.

Marie était fort impressionnée par la présence des juges et par tout le décorum qui entourait les audiences. Elle remercia le ciel que le public ne puisse y assister. Elle aurait difficilement supporté le regard de tous les curieux et y lire le mépris ou la pitié. Elle n'avait jamais imaginé qu'être trompée par son mari puisse être aussi humiliant. Elle devinait ce que beaucoup d'entre eux pensaient : il allait de soi qu'une bonne épouse devait pouvoir détourner son mari de la prison et des autres femmes. De ces deux choses, Antoine n'en avait évité aucune, et une bonne part de la responsabilité, aux yeux de la majorité des gens, incombait à Marie. Un peu plus tôt, aux abords de la prison, les badauds l'avaient dévisagée et il lui avait été pénible de traverser, avec Pierre, la foule devenue silencieuse à leur approche. Un silence lourd. Plus lourd de sens que bien des mots. Même s'ils ne l'avaient jamais vue auparavant, tout le monde savait qui était cette femme car, depuis le 10 juillet, on ne parlait plus que du meurtre et du procès. Les rumeurs les plus assassines couraient déjà :

« Si elle a été trompée, c'est qu'elle n'a pas su garder son mari », disaient des hommes. « J'ai ouï dire qu'elle est une faiseuse d'anges, elle ne se fait pas prier pour fabriquer des breuvages aux filles de mauvaise vie qui ne veulent pas de marmots », ajoutaient les bigotes. « Elle s'est liée d'amitié avec un esclave, on dit qu'elle a commis l'adultère avec lui, ce qui a amené Desjardins à en faire autant », se scandalisaient les bourgeois. D'autres, enfin, ânonnaient que c'était une « pauvre honteuse », entendant par là qu'elle était issue de la bourgeoisie et qu'elle était descendue bien bas.

À voir leur mine peu avenante, Marie avait deviné la teneur de leurs pensées. Elle aurait bien aimé avoir suffisamment de cran pour relever courageusement la tête et avoir une démarche altière. Mais elle avançait plutôt tête baissée. Elle ne s'était jamais sentie à l'aise en présence de plusieurs personnes à la fois, a fortiori si elle les sentait hostiles. Pour traverser la foule sans trembler, elle se concentra sur la douceur du tissu soyeux de la robe noire que Roxane lui avait donnée et qui convenait à son statut de veuve. « Je suis maintenant trop grosse pour la mettre. Et puis, si tu portes ma robe, c'est comme si je t'accompagnais et te donnais un peu de ma force. » Elle l'aurait bien accompagnée d'ailleurs si sa présence auprès de Léon n'avait été nécessaire. Elle avait aidé Marie à peigner ses cheveux, étonnée qu'elle en ait tant perdu en si peu de temps. Elle avait mis doucement une coiffe propre sur la tête de son amie, cachant du même coup une partie du front qui, parce qu'il était nettement plus grand que la moyenne, apparaissait encore plus disproportionné depuis qu'il avait commencé à se dégarnir.

Le choc de la mort subite de son mari, son infidélité, la fatigue, l'avenir incertain, la maladie de Léon, l'immense tristesse de Roxane qui la chagrinait, même si son amie ne l'exprimait pas ouvertement, tout cela avait fragilisé Marie. Jamais elle ne s'était sentie dans un tel état de vulnérabilité. Elle avait recommencé à faire les mêmes cauchemars qu'elle avait faits après l'assassinat de son père. Pendant des semaines, elle s'était réveillée en sueur après l'avoir entendu appeler à l'aide. Maintenant, c'était la voix d'Antoine qui résonnait dans ses rêves et la réveillait brusquement, en proie à une véritable terreur.

Lorsqu'elle entra dans la chambre d'audience, elle avança vers le juge, les jambes flageolantes, le cœur qui cognait à grands coups dans sa poitrine. Quand elle prêta serment, le tremblement de ses mains n'échappa pas à Gervaise, mais il ne comprenait pas vraiment à quel point étaient lourds à porter la perte de son mari et le poids de la honte, du déshonneur et de l'humiliation causés par les circonstances de la mort d'Antoine.

Après lui avoir fait prêté serment, il commença son interrogatoire :

— Vous et votre défunt mari êtes passablement endettés. Julien Talua prétend qu'Antoine lui devait de l'argent. Est-ce que c'est vrai ?

Marie ne s'était pas attendue à ce genre de questions. Elle comprit soudain que, durant le procès, le juge allait fouiller dans sa vie. Elle se disait qu'il croyait sans doute qu'ils étaient des mauvais pauvres ;

de ces gens trop fainéants pour défricher leur terre. Elle essaya d'expliquer calmement l'enfilade des événements qui les avaient amenés à s'endetter. Elle dit d'abord qu'Antoine avait été coureur des bois jusqu'à ce que la course des bois soit interdite, en 1676, à ceux qui n'avaient pas de permis. Elle aurait aimé lui rappeler que le gouverneur Perrot ne donnait de permis qu'à ceux qui servaient ses intérêts et les refusait à ceux qui, avec le bailli Branssat, l'avaient contesté. Marie se disait que ce juge savait certainement que le bailli lui-même avait été emprisonné par Perrot simplement parce qu'il avait dénoncé officiellement les abus de pouvoir et les magouilles de ce gouverneur. Antoine faisait partie de ceux qui avaient appuyé Migeon de Branssat. Marie ignorait si le juge était du côté de Perrot ou du bailli et s'il valait mieux taire l'injustice qu'avait subie Antoine.

Marie n'aimait pas être obligée de se justifier. D'expliquer leurs dettes. D'étaler sa vie. Mais elle n'avait pas le choix. Elle expliqua au juge qu'Antoine avait toujours travaillé afin de payer ses dettes :

— Antoine n'était pas fainéant. Je ne vous apprends rien en vous rappelant que les coureurs des bois doivent supporter la faim, le froid, la fatigue pendant des mois, parcourant souvent plus de cent kilomètres par jour en pagayant quarante coups à la minute. De longues journées de plus de vingt heures, à sauter des rapides, à pagayer, à faire du portage. Beaucoup y ont laissé leur peau. Des crises cardiaques et des noyades ont tué plusieurs d'entre eux. Antoine, lui, n'a souffert que d'entorses vites guéries mais, à trente-neuf ans, son corps était usé.

Au fur et à mesure qu'elle parlait, des images d'Antoine surgissaient à son esprit. L'une d'elles en particulier s'imposa. C'était quelques années après leur mariage, lorsqu'il leur semblait possible d'être heureux ensemble : Antoine était là, éclaboussé de soleil, revenant après des mois d'absence, fier des dizaines de peaux qu'il rapportait, heureux de les retrouver, Pierre et elle. Il l'avait soulevée pour l'embrasser et elle avait remarqué qu'il avait maigri, que ses fossettes étaient un peu plus creuses et qu'il était beau. Elle chassa cette image et continua :

— Même s'il en avait eu le goût, il n'avait plus assez de santé pour défricher la terre. Antoine a donc exercé son métier de tonnelier, mais, à Batiscan, où ne vivent que deux cent soixante personnes, il n'avait pas beaucoup de contrats. D'autres tonneliers étaient déjà bien établis à Ville-Marie, à Trois-Rivières et à Québec et répondaient à la demande.

En même temps qu'elle racontait leurs difficultés, elle se souvenait de la tonalité exacte de la voix d'Antoine et de son rire qui fusait souvent. Son souvenir était si clair que la voix de son mari résonna en elle. Elle se rappela la patience qu'il avait quand il s'agissait d'enseigner à Pierre comment fabriquer des tonneaux et les phrases si souvent répétées devant les maladresses de son fils : « Tu y arriveras, tu seras meilleur que moi. » Toutes ces images positives de son mari qui jaillissaient en kaléidoscope la motivaient à le défendre :

— Il a donc acheté des terres en espérant les revendre à un bon prix, ce qui s'est rarement avéré. Nous avons souvent perdu de l'argent dans ses transactions. Nous avons eu quelques malchances aussi. La rivière Batiscan a détruit à quelques reprises nos récoltes et endommagé nos bâtiments. Elle a même emporté des dizaines de tonneaux qu'Antoine venait de terminer.

« Toutes les difficultés que vous avez éprouvées ont eu raison de votre mariage », lui avait dit Roxane, la veille.

Malgré sa nervosité, Marie réussissait à tenir un discours cohérent, mais sa voix était chevrotante.

Le juge savait qu'Antoine n'était pas le seul à ne pas rembourser ses dettes et qu'il lui était sans doute arrivé assez souvent de n'être pas payé pour son travail. Bien des gens respectés étaient endettés. Il pensa à Frontenac qui était venu en Nouvelle-France afin d'échapper à ses créanciers et qui, une fois arrivé ici, n'avait pas perdu sa mauvaise habitude de ne pas payer ce qu'il achetait. Enfin, se dit le juge, bien des hommes d'Église et des marchands s'enrichissent avec le commerce des fourrures parce qu'ils font partie de l'élite. Ce qui n'était pas le cas d'Antoine et de Marie et de bien des petites gens qui retardaient indéfiniment le paiement de leurs dettes parce que l'argent sonnant était rare en Nouvelle-France. Et puis, surtout, les premiers colons vivaient dans une misère extrême. Il leur fallait au moins deux ans après s'être établis avant qu'ils aient de quoi se nourrir autrement que de pain noir.

Antoine n'était pas bien différent de la majorité, conclut le juge, en se frottant le menton.

Plus jeune, Gervaise aurait été moins compréhensif. À l'aube de la vingtaine, il était fermement convaincu que les gens n'avaient que ce qu'ils méritaient. Il croyait même que le pouvoir des rois, des nobles et des riches venait de Dieu lui-même et qu'il pouvait en abuser en toute bonne conscience. Maintenant qu'il avait atteint soixante-trois ans, il jetait sur sa propre vie un regard dénué de complaisance. « Tu as ramolli », lui disait souvent sa femme. Il ne répondait pas à cette boutade. Il estimait que l'expérience et aussi sans doute l'approche de la mort l'amenaient à être bienveillant envers ceux qui n'avaient pas eu sa chance. Il savait bien, lui, quoi qu'on en dise, qu'il ne devait pas sa nomination de procureur fiscal et juge intérimaire à ses simples talents mais aussi, et peut-être même surtout, aux relations qu'il avait su établir au fil des ans. Lors de son arrivée en Nouvelle-France, il était boulanger et défricheur. Il s'était intégré parmi la haute société en étant marguillier, commis à la récepte des amendes, soldat. Alors qu'il était déjà prospère, les sulpiciens lui avaient concédé, pas plus tard que l'année dernière, six arpents de terre. Oui, il pouvait s'estimer chanceux. Il n'avait pas été obligé de s'échiner, de l'aube à la tombée du jour, afin de transformer une forêt en terre cultivable et il avait le privilège d'avoir des engagés qui faisaient les tâches qu'il n'aurait pas aimé accomplir lui-même. « Comment reprocher à des colons de ne pas arriver à vivre de leurs terres ? » se disait-il. D'autant plus que la plupart, comme Marie et Antoine, n'étaient pas des enfants de fermiers et ignoraient tout de la terre. Ses caprices, son imprévisibilité, ses exigences constantes et épuisantes.

Comme si elle suivait le cours de ses pensées, Marie ajouta :

— Ni mon mari ni moi n'aimions cultiver la terre et je n'ai jamais voulu non plus que nous achetions des esclaves pour faire le travail à notre place.

Elle ne ratait jamais une occasion de dénoncer l'esclavage.

— Croyez-vous que votre mari était l'amant d'Anne Godeby ? demanda-t-il à brûle-pourpoint.

Dix jours plus tôt, elle aurait nié. Défendu Antoine avec véhémence. Juré de son innocence. Maintenant, elle doutait. Elle n'en laissa cependant rien paraître.

— Peut-être que Julien a tout inventé pour avoir une peine moins lourde. S'il dit la vérité, je crois sincèrement qu'Antoine n'avait pas eu, avant, d'autres maîtresses.

Le juge la regarda longuement et ce regard inquisiteur troubla Marie.

— Comment se fait-il que vous étiez à Ville-Marie le 13 juillet ? demanda-t-il soudainement d'un ton accusateur.

Marie comprenait vite. Elle sentit le sol se dérober sous ses pieds. Ainsi, elle pouvait être soupçonnée d'être la complice de Julien qu'elle ne connaissait même pas. Elle n'avait pas prévu le coup. Il ne lui était pas venu à l'esprit que le juge puisse imaginer que les deux conjoints trompés s'étaient vengés. Comment expliquer au juge, sans être traitée de sorcière, que toute sa vie, elle avait eu d'étranges prémonitions ? Elle opta pour une réponse plus rationnelle.

— J'ai appris qu'Antoine avait été emprisonné et je voulais m'assurer qu'il pouvait payer le créancier qui l'avait fait écrouer. Je pouvais l'aider, mon fils et moi avons gagné un peu d'argent durant cette dernière année, et j'ai même remboursé quelques dettes.

Après lui avoir demandé si elle connaissait Anne et Julien et avoir essayé, par ce qu'il croyait être d'habiles questions, de vérifier si elle se contredisait, il conclut qu'elle disait sans doute la vérité et qu'elle ne connaissait ni l'un ni l'autre.

Lorsque Pierre témoigna à son tour, il parla avec beaucoup d'affection d'Antoine. Il n'y avait rien de factice dans ses propos. C'était le discours d'un enfant qui avait été aimé par son père et qui le lui rendait bien. Il était bien décidé à montrer d'Antoine autre chose que l'homme endetté et courailleux que plusieurs croyaient qu'il était. Il s'était répété toute la nuit ce qu'il allait dire au juge. Gervaise comprit assez vite qu'il avait appris son texte comme le font les comédiens qu'il avait vus à Anjou lorsqu'il était encore un jeune homme et il pensa que ce Desjardins déclamait aussi bien qu'eux. Pierre parla de la bravoure de son père : il avait été soldat du régiment de Carignan et avait combattu les Iroquois ! Il mentionna qu'Antoine était l'homme le plus serviable au monde. Il toucha le juge en lui racontant comment son père avait eu la patience de lui apprendre tous les secrets du métier de tonnelier alors qu'il venait à peine de quitter la robe que tous les enfants, même les garçons, portaient jusqu'à l'âge de sept ans. Il n'omit aucun détail de leur quotidien. Devant cette surabondance d'information, le greffier et les assistants avaient le sentiment de perdre leur temps puisqu'ils ne devaient écrire succinctement que ce qui était directement relié au crime.

« Va-t-il le laisser raconter la vie de Desjardins au complet ? » pensa Maugue, exaspéré.

Le juge, ayant perçu cette impatience, pensa qu'il était temps de conclure. Il vérifia encore une fois si Pierre et Marie avaient des liens avec Anne et Julien. Par ses réponses candides, Pierre réussit à le convaincre qu'ils ne se connaissaient pas.

Chapitre 11

Quelques instants plus tard, Pierre sortit de la chambre d'audience, satisfait. Il avait l'impression d'avoir rendu un vibrant hommage à son père. Il n'arrivait pas à croire qu'Antoine avait pu tromper sa mère. Au même moment, Julien, accompagné du geôlier, revenait de la salle de travail de la prison. Il eut un choc en voyant Pierre : il ressemblait tant à Antoine qu'il crut, l'espace d'un instant, que son fantôme venait le hanter. D'autant plus que, depuis quelques jours, il avait une peur bleue de l'enfer. Julien était originaire de la Bretagne et les Bretons croyaient fermement que les revenants formaient une vraie société. Ils disaient que les fantômes de cette société, qu'ils nommaient l'Anaon, vivaient dans le cimetière et n'en sortaient que la nuit afin de visiter les lieux et les gens qu'ils avaient connus. Ceux qui hantaient le plus les vivants étaient précisément ceux qui, non seulement n'avaient pas eu un passage normal de la vie à la mort, mais qui étaient décédés de mort violente, ce qui était, bien évidemment, le cas d'Antoine. À la fin de l'après-midi précédent, à l'heure dite entre chien et loup, Julien avait même cru voir l'ombre de Desjardins sur les murs de sa cellule. Sa nuit avait été agitée. Il s'était réveillé brusquement et avait eu le sentiment d'une présence dans sa cellule. Il avait pensé aux maléfices, car il avait ouï dire que Marie Major était une sorcière-sage-femme et il savait que les sorcières se servent des os d'un mort pour faire mourir une autre personne. Il ignorait que le corps d'Antoine avait été jeté à la voirie, personne n'ayant songé à l'en informer. Or, se disait-il, les sorcières gardent toujours des parties des cadavres à partir desquelles elles font toutes sortes de maléfices. « Marie se vengera de moi à partir d'un os

d'Antoine ! » ne cessait-il de se répéter, incapable de chasser de son esprit ses pensées obsessives. Et puis, depuis quelques jours, il avait fort
mal aux jambes. Au lieu d'imputer cette douleur à l'humidité qui régnait dans la prison, il pensait aux saints vindicatifs dont parlaient les
curés. Or, le saint qui met le feu aux jambes était précisément saint
Antoine. Comble de malchance, le curé qui visitait la prison lui avait
même lu Érasme qui, lorsqu'il parlait des saints, disait, il s'en souvenait par cœur tant cela l'avait impressionné : « Il est vrai qu'il y a des
saints plus colériques et plus dangereux que d'autres : entre lesquels
saint Antoine parce qu'il brûle tout pour le moindre dépit qu'on a
face à lui. Il est l'un des plus dangereux. »

« Pourquoi a-t-il fallu que l'homme que j'ai tué s'appelle précisément Antoine ? geignait Julien avec candeur. Il eût mieux valu que je
construise, comme en France, une fontaine consacrée à saint
Mauvais. Je m'y serais rendu pour prier afin que meure Antoine et il
serait mort sans que j'aie à le tirer. »

Il regrettait d'avoir agi avec autant d'impulsivité. « J'ai été trop
prompt », se répétait-il à voix haute lorsque, quelques instants plus
tard, le sulpicien Alexis lui rendit visite.

Julien chercha à se disculper en mentant sans vergogne : il affirma
qu'il aimait profondément sa femme et qu'elle avait piétiné cet amour
en le trompant. Il ajouta qu'il s'était rendu compte après son mariage
qu'Anne était une dévergondée mais qu'il l'avait gardée auprès de lui,
espérant qu'il pourrait, à force de prières et de tendresses, faire d'elle
une bonne épouse.

— Mais c'est un mauvais sujet qui n'a pas plus de comprenette
qu'un bœuf. À cause de ma trop grande patience, je n'ai pas réussi à
la contrôler. Ce n'est qu'une dévergondée, répéta-t-il souvent.

Son insistance sur le fait que sa femme « aimait la bagatelle »
n'était pas innocente. Il connaissait fort bien l'opinion des gens
d'Église. Pour eux, l'acte sexuel n'était tolérable que dans la mesure
où il permettait de donner la vie.

— Pour elle, amour rimait avec plaisir alors que pour moi, aimer rimait avec Dieu, ajouta-t-il en parlant plus bas, suffisamment fort cependant pour être entendu. Ah! si Anne m'avait été dévouée, si elle avait gardé sa place de subalterne, rien de tout cela ne serait arrivé.

Et, sachant très bien le rôle prépondérant que jouaient les sulpiciens dans l'administration de la justice, il ajouta, piteux :

— Je doute que le juge comprenne bien ma juste douleur. On m'a dit que le bailli avait quelque amitié pour Antoine.

Alexis, convaincu que Julien était un homme vertueux qui n'avait eu qu'un moment d'égarement, fort compréhensible compte tenu de la patience qu'il avait manifestée envers sa femme, promit de l'aider.

En sortant de la prison, le prêtre rencontra les voisins de Julien, Lecourt à leur tête. Ils étaient tous endimanchés et affichaient l'air grave qui, croyaient-ils, leur donnait plus de crédibilité.

Devant le juge, ils se montrèrent tous convaincus qu'Antoine et Anne étaient non seulement amants depuis qu'Antoine avait loué une chambre chez Julien, un an plus tôt, mais qu'ils projetaient de se sauver ensemble. Ils n'avaient aucune preuve. Leurs convictions reposaient essentiellement sur les allégations de Lecourt. La rumeur avait fait le reste. Lecourt avait dit au juge qu'Antoine gagnait beaucoup d'argent depuis qu'il était à Lachine, mais qu'il accumulait cet argent afin de pouvoir s'enfuir avec Anne.

Claude Maugue songeait qu'il dépensait beaucoup d'encre pour des témoignages qui étaient presque textuellement identiques. « Je n'aurais qu'à écrire le témoignage de Lecourt et mentionner que les autres témoins ont dit la même chose et je ne falsifierais nullement la vérité, se disait-il. Mais heureusement que le juge Gervaise n'est pas homme à se laisser duper facilement. Il aime s'en tenir aux faits. »

Le juge avait un leitmotiv: « Les faits sont faits », répétait-il souvent, entendant par là que la rumeur crée une réalité factice.

Comme Maugue, Gervaise était lui aussi conscient que les témoignages qu'il venait d'entendre ne lui apprenaient pas grand-chose de la réalité. Un seul témoignage s'était démarqué des autres, au grand dam du juge, fort indisposé par son contenu.

— Je crois que Marie Major est une sorcière et qu'elle a envoûté Talua afin qu'il tue son mari et qu'elle soit libre d'aimer l'esclave, avait commencé Fracildée, une femme qui aurait bien aimé être la sage-femme de Batiscan et ses environs.

Or, les femmes lui avaient préféré Marie et elle lui avait, depuis, voué une haine féroce.

— J'habite le village de Champlain, près de Batiscan. Il y a quelques années, j'étais chez ma voisine qui venait d'accoucher lorsque je vis la sage-femme, Marie Major, lever au bout de ses bras le bébé qui venait de naître.

Fracildée regarda le juge, fort satisfaite de ce témoignage qu'elle jugeait extrêmement incriminant.

— Et puis ? s'impatienta le juge qui ne voyait pas en quoi cela pouvait les intéresser.

Fracildée tomba des nues : « Il ne voit donc rien, ce juge ! »

— Mais, avec tout le respect que je vous dois, permettez-moi de vous dire que ce geste est fort accablant. Il est évident qu'en levant ainsi le bébé, elle l'offrait au diable. D'ailleurs, aucun bébé et aucune femme ne sont morts lorsque Marie Major était présente à l'accouchement.

— Mais n'est-ce pas plutôt le signe qu'elle est compétente ? s'écria le juge.

Fracildée était déconcertée : « Décidément, ce juge ne comprend rien à rien », se disait-elle, en le regardant intensément, cherchant sur son visage un signe d'idiotie.

— Et puis, est-ce qu'elle était proche d'une fenêtre ou de toute autre source de lumière lorsqu'elle a levé le bébé ? demanda le juge.

— Oui, répondit Fracildée, mal à l'aise, car elle croyait qu'il posait cette question parce que, c'est bien connu, le diable hait la lumière au plus haut point.

Si Marie était une sorcière, elle ne l'aurait pas amené près d'une source de lumière.

— N'avez-vous pas pensé qu'elle voulait vérifier la couleur de sa peau ou tout autre signe révélant l'état de santé du bébé ?

Fracildée se souvint alors que Marie avait dit être un peu inquiète par la couleur jaunâtre de la peau du bébé, mais elle n'en glissa pas un mot.

— Et puis, ajouta le juge, est-ce que le bébé est mort ?

— Non, chuchota Fracildée en pensant que ce bébé était devenu un enfant dont les frasques joyeuses témoignaient d'une vitalité débordante.

— Mais alors, comment pouvez-vous prétendre qu'elle l'a offert au diable ?

Fracildée n'était pas convaincue, mais elle se trouva à court d'arguments. Le juge, fort indisposé par les histoires de sorcières, allait la congédier quand elle s'écria :

— Que pensez-vous du débordement de la rivière Batiscan à proximité de sa maison ? N'est-ce pas, je vous le demande, la preuve qu'elle offensait Dieu et qu'il voulait la châtier ? Et puis, il y a ce cercle de pierres qu'elle a fait près de la rivière. Les sorcières placent les bébés qu'elles offrent au diable dans ces cernes, vous le savez sans doute. Je suis certaine qu'elle a envoûté Talua afin qu'il tue son mari et qu'elle soit ainsi libre d'aimer l'esclave.

Voyant que ses arguments n'impressionnaient pas le juge, elle ajouta :

— Mais enfin, elle a tous les signes de la sorcière : elle a un chat noir. Elle a, quand on la regarde avec attention, une petite marque jaune dans l'œil gauche. En plus, elle était somnambule quand elle était enfant ! J'y étais quand elle l'a dit à une mère dont la fille marche elle aussi en dormant.

Le juge haussa les épaules et lui dit qu'il n'avait plus de questions, ce qui insulta profondément Fracildée. D'un mouvement théâtral, elle releva exagérément la tête, l'inclinant vers l'arrière, révélant ainsi avec plus d'acuité la proéminence de son menton et, l'air profondément outré, écouta Maugue lui lire sa déposition et la signa d'une croix.

Le geôlier vint ensuite les avertir que Catherine Vanier demandait à être entendue. Cette femme n'avait que trente-sept ans mais en paraissait facilement quinze de plus. Visiblement malade, elle marchait péniblement, s'arrêtant souvent afin de reprendre son souffle.

— Lorsque j'ai appris, de la bouche même de notre bon curé, qu'un meurtre avait été commis et qu'il a révélé l'identité du meurtrier, dit-elle au juge après avoir prêté serment, je n'ai pas hésité à venir de l'île d'Orléans, où j'habite avec mon mari et mes cinq enfants, car je connais Julien Talua. Je sais quel genre d'homme il est et je veux que justice soit rendue.

— Où avez-vous rencontré Julien Talua ? questionna le juge, fort impressionné par la détermination de cette femme qui n'avait pas hésité à voyager, six jours durant, malgré un état de santé précaire, afin de venir témoigner.

— Je suis arrivée en Nouvelle-France en 1669 avec un contingent de Filles du roi. J'étais d'ailleurs sur le même bateau qu'Anne Godeby. Le 20 septembre de cette même année, j'ai signé un contrat de mariage avec Julien Talua. J'ai annulé ce contrat deux jours plus tard. Car Julien, même s'il n'en a pas l'air, est un être cruel. Je sais qu'aux yeux des hommes d'Église, il est légitime qu'un homme corrige sa femme, mais je m'attendais à être durement et souvent corrigée si j'épousais Julien. Dès le lendemain de notre rencontre, il m'a invectivée parce que, disait-il, j'avais l'air d'une putain. Il voulait que je porte des robes qui me couvraient jusqu'au cou ! Je lui ai répliqué qu'il faisait trop chaud pour ainsi me couvrir et, là, sans ménagement, il a levé la main sur moi. Aux yeux de tous ! Sur la place publique ! C'est l'homme que j'ai ensuite épousé qui est venu me secourir. J'ai fait un bon choix en l'épousant, car il a toujours été doux avec moi.

Lorsqu'il m'arrivait de penser à la femme de Julien, je la plaignais. Je la plains encore plus aujourd'hui. Je n'ai plus rien à perdre, puisque je sais que je vais mourir bientôt. Aussi vais-je vous dire le fond de ma pensée. Si j'avais épousé un homme comme Julien, j'aurais sans doute moi aussi pris un amant. La tendresse n'est pas une chose dont les femmes peuvent aisément se passer. Surtout si les coups la remplacent. C'est pour la femme de Julien que je suis venue témoigner, pour que vous soyez clément envers elle.

Le juge Gervaise remercia cette femme et ordonna au geôlier de lui payer son salaire de témoin et de demander à l'épouse de celui-ci de lui servir un repas. « Ce n'est vraiment pas une bonne façon de la remercier », pensa le greffier, qui avait la mauvaise fortune de devoir goûter assez souvent la cuisine de la geôlière. « Même les prisonniers peuvent se compter chanceux lorsqu'elle ne leur sert que du pain et de l'eau ».

Le juge s'épongea le front pour la centième fois. Il faisait très chaud et, l'été, les journées d'audience étaient fort longues. Lui et Maugue décidèrent d'aller boire un pot au cabaret :

— Dire qu'au mois de mai, nous avions encore quatre pieds de neige ! Je n'aurais jamais cru que j'aurais si vite hâte qu'elle revienne. Des étés chauds comme ça m'épuisent, se lamenta Maugue.

— Qui entendrons-nous, la semaine prochaine ? coupa le juge, que les conversations sur le temps ennuyaient profondément.

— Les gens de Batiscan qui sont des voisins et amis de Desjardins et de sa femme. Espérons que, d'ici-là, Anne Godeby se sera décidée à parler.

— Ne croyez pas qu'elle est nécessairement de mauvaise foi. Elle n'arrive sans doute pas à reconstituer ses souvenirs.

Le juge Gervaise connaissait très bien, pour l'avoir observée à quelques reprises, l'amnésie post-traumatique, même s'il ne pouvait mettre de nom sur ces pertes de mémoire consécutives à un choc. Il savait que les détails d'un drame reviennent à la conscience seulement lorsque la personne traumatisée a auprès d'elle quelqu'un qui, avec patience et compassion, l'aide à reconstituer lentement le fil des événements. Il savait aussi que certains aspects traumatisants ne refont pas surface avant que la personne soit prête à les affronter.

— Avez-vous le temps aujourd'hui d'aller remettre les effets de Desjardins à sa femme et son fils ? demanda-t-il à Maugue.

— J'irai dès cet après-midi.

— N'oubliez pas les outils. Les outils d'un artisan doivent être transmis en héritage. C'est la coutume. Les vendre est un sacrilège.

De peur de paraître superstitieux, il ne dit pas qu'il croyait qu'il y avait un peu de l'âme de l'artisan dans les outils d'un bon artisan. «Et Antoine était un sacré bon artisan, un artiste dans l'âme», pensa-t-il.

Chapitre 12

Essoufflée d'avoir monté à toute vitesse l'escalier séparant l'atelier de la cuisine, Roxane, le sourire aux lèvres, confia à Marie qu'une devineresse venait de sortir de l'atelier et que, en échange d'une lanterne, elle avait accepté de lui prédire son avenir :

— Elle a dit que Léon guérirait bientôt ! jubilait-elle.

Roxane était si heureuse que Marie n'eut pas le cœur de se montrer sceptique. Elle se méfiait des devineresses. Elle se disait que, parfois, elles suscitaient de faux espoirs ou, pire encore, jetaient des mauvais sorts, non pas à cause d'une quelconque magie, mais à cause de la terreur qu'elles avaient le pouvoir de provoquer. Elle se souvenait d'une femme de Batiscan qui était terrorisée à l'idée que des Iroquois viennent la scalper, elle et ses enfants, comme le lui avait prédit un sorcier. Les Iroquois n'étaient pas venus mais la femme, après avoir maigri en un temps record, incapable qu'elle était d'avaler quoi que ce soit, avait fini par tomber malade et « était morte des suites d'une sombre prédiction », avait conclu Marie.

Depuis que Marie habitait chez elle, Roxane se sentait moins désemparée. Ensemble, elles arrivaient parfois à mettre de la légèreté dans leur existence et à oublier, l'espace de trop courts instants, à quel point leur vie avait basculé, les fragilisant à un degré qu'elles n'auraient pu imaginer. Parce qu'elles étaient ensemble, le désespoir avait moins de prise sur elles.

Elles riaient même parfois à gorge déployée et l'écho de leurs rires égayait toute la maisonnée. Ce matin-là, dans la chambre de Roxane, n'ayant pas de miroirs plus grands, elles promenaient lentement le long de leur corps leur miroir à main en essayant de deviner à quoi il pouvait bien ressembler vu dans son ensemble. Le reflet des lacs dans lequel elles se miraient parfois leur renvoyait toujours une image trop floue et trop mouvante pour qu'elles puissent avoir une idée juste de ce que les autres voyaient lorsqu'ils les regardaient. À quoi ressemblaient-elles vraiment ? L'une et l'autre auraient été bien en peine de le dire, et la petitesse de leur miroir ne leur était, à cet égard, d'aucune utilité. Elles ignoraient la chance qu'elles avaient de ne pas avoir, comme les riches, tous ces grands miroirs accrochés au mur et qui, chaque jour, rappelaient à leurs propriétaires que leur beauté se fanait lentement, mais inexorablement. Marie et Roxane se sentaient encore jeunes et aucune glace ne venait les contredire.

En s'amusant comme des enfants avec ce simple petit miroir, elles savaient bien, toutes deux, que leur jeu était puéril, que tout cela était superficiel, mais elles savaient aussi que la superficialité leur permettait de jouer à cache-cache avec la douleur. Que la légèreté de leurs propos les soustrayait quelques instants à leur drame respectif. Quelques minutes volées au malheur.

Marie présenta le miroir à Roxane et lui dit :

— Regarde comme tu es belle.

— C'est parce que tu es mon amie que tu me trouves belle. Personne ne peut dire vraiment ce qu'est la beauté.

— Léonard de Vinci a essayé. Il prétendait que la beauté respecte les exigences de la règle du nombre d'or. Il a démontré qu'il y a, entre les différentes parties du corps humain, une règle mathématique qui, lorsqu'elle est parfaitement respectée, exprime, selon lui, une beauté suprême. Le rapport entre les différentes parties du corps est toujours égal à 1,618.

— Ouf ! Pas facile à suivre, le Léonard ! J'ai quelque chose de plus concret à te raconter. Une voisine m'a donné une recette, infaillible, paraît-il !, pour avoir un teint d'une merveilleuse blancheur. Tu imprègnes un linge du sang chaud d'un poulet et tu l'appliques sur ton visage une nuit durant. J'ai essayé ce traitement, dit Roxane, en riant aux éclats. Thomas, qui était venu se coucher après moi sans avoir allumé la bougie, s'est éveillé au milieu de la nuit alors que le reflet de la lune éclairait mon visage. Il a hurlé durant une longue minute, ameutant les voisins.

Marie, riant aux larmes, ajouta :

— Au moins, ton traitement n'a pas eu l'effet catastrophique des masques à la césure et à l'arsenic censés blanchir, eux aussi, le teint et les dents.

— Oui, je sais que, loin de blanchir, ils risquent de noircir et même de faire des trous dans la peau. Certains ont même vu leurs dents tomber après qu'elles étaient devenues totalement noires.

Au milieu de leurs fous rires, soudain, les larmes jaillirent et elles tombèrent dans les bras l'une de l'autre. Roxane réussit enfin à parler un peu de la souffrance que lui causait la maladie de Léon. Comme pour se consoler, elle raconta que bien des familles étaient plus éplorées que la sienne. Elle parla d'une Fille du roi, Anne Collin, qui était mariée à Vincent Boissonneau dit Saintonge :

— Ils ont eu douze enfants. Mais trois sont morts dans un incendie, quatre en bas âge, et l'avant-dernier était atteint du grand mal.

Roxane et Marie se demandaient comment ils avaient pu traverser de telles épreuves. Roxane ajouta :

— Mais le malheur des autres ne console jamais vraiment. Tout au plus on cesse un jour de se demander : « Pourquoi moi ? » et on arrive à se dire : « Pourquoi pas moi ? Pourquoi serais-je protégée plus que les autres ? » Y a-t-il d'ailleurs Quelqu'un qui nous protège ?

— Ceux qui disent « Pourquoi moi ? » sont souvent les mêmes qui croient que nous n'avons que ce que nous méritons. Ce qui n'est évidemment pas le cas.

— Mais ce qui me fait véritablement peur, c'est qu'on envoie Léon en France. Tu te souviens d'Henri Bernières, le curé qui a célébré ton mariage ? Il a demandé devant la cour que non seulement Pierre Martin n'ait pas l'autorisation de se marier, mais qu'il soit renvoyé en

France parce qu'il souffrait du grand mal. Les membres du Conseil souverain ont même rédigé une ordonnance dans laquelle il est précisé que toute personne incapable de travailler sera chassée de ce pays.

Roxane et Marie se turent lorsqu'elles entendirent les voix de Maugue et de Thomas qui leur parvenaient de l'atelier. Elles les rejoignirent et furent immédiatement frappées par la pâleur du greffier. Il était blanc comme neige. Pour rien au monde, il n'aurait avoué l'origine de cette pâleur, mais lorsqu'il avait dû, quelques heures plus tôt, pénétrer, seul, dans la maison de Talua afin d'y chercher les effets d'Antoine, il avait été terrorisé. Beaucoup de gens n'auraient pas eu le courage de s'aventurer dans une maison où un homme avait été assassiné. Aussitôt qu'il était entré chez Talua, Maugue avait senti un froid glacial qui, il en était convaincu, ne pouvait s'expliquer par des causes naturelles : l'été était si chaud. En plaçant les effets du défunt dans le coffre, il avait senti une présence derrière lui. Il s'était retourné brusquement et avait cru voir une ombre sur le mur. Il était sorti à toute vitesse et avait fait l'effort surhumain de ne pas courir une fois arrivé dans la rue afin de ne pas s'attirer les moqueries des voisins. Il tremblait encore de tous ses membres lorsqu'il remit les effets d'Antoine à Marie et Pierre. Il s'éclipsa au plus vite, pressé d'en finir.

En voyant les outils de son père, les larmes affluèrent aux yeux de Pierre. Antoine lui en avait laissé plusieurs à Batiscan mais il avait apporté à Ville-Marie le calibre, le barroir, des bondons, la bondonnière, des cercles, un compas, un cochoir, une dolloire, un davier, une gouge et bien d'autres outils indispensables au tonnelier. En remettant à Marie les vêtements d'Antoine, Claude Maugue avait involontairement ajouté à sa peine et exacerbé sa colère. Elle constata que son mari s'était acheté plusieurs vêtements neufs. Il y avait mis le prix. Ces vêtements n'étaient généralement portés que par des gens d'un rang social plus élevé que le leur, comme le beau justaucorps de droguet, la paire de hautes bottes munies d'éperons et le pourpoint avec des boutons argentés. « Lui, habituellement si peu soucieux de

127

son apparence, agissait comme un homme amoureux qui veut impressionner sa belle », conclut Marie. Elle ne l'aurait avoué à personne, pas même à Roxane, mais la jalousie la taraudait et elle avait aussi beaucoup de ressentiment envers Antoine : « Et moi, pendant qu'il était dans les bras de sa maîtresse, je trimais fort et j'économisais pour payer nos dettes ! Comme j'ai été sotte de m'acharner à croire que le bonheur avec lui pourrait encore être possible. Une chimère ! »

Depuis qu'elle avait appris la mort d'Antoine, beaucoup d'énergie était canalisée dans l'effort constant qu'elle déployait pour endiguer ses larmes. Et réprimer sa colère. Elle avait honte de se l'avouer, mais une grande colère vis-à-vis d'Antoine grossissait chaque jour, atteignant des proportions telles qu'elle se sentait submergée par elle. « Il a fait éclater ma vie en mille morceaux. Avec une insouciance déconcertante, il nous a exposés, Pierre et moi, à l'opprobre, à la honte et à la misère. »

Dans le fond du coffre appartenant à Antoine, elle trouva un contrat dans lequel il s'était engagé à livrer deux mille cercles. Ne sachant ni lire ni écrire, il avait, comme à l'accoutumée, dessiné un tonneau en guise de signature. Un tonneau entouré de fleurs pour identifier le nom Desjardins. C'était plus représentatif qu'un simple X. Elle trouva également les jeux avec lesquels il avait parfois perdu de l'argent : le Pharaon et le Tinque. Elle vit aussi la vieille tuque rouge qu'Antoine affectionnait particulièrement. Elle la pressa contre sa joue et ses larmes coulèrent lentement sur la peau de chat sauvage qu'elle avait elle-même cousue autour de ce bonnet, il y avait de cela quatorze ans.

Chapitre 13

Les amis d'Antoine et de Marie avaient ramé avec tant d'ardeur qu'ils étaient arrivés une journée avant la date de leur comparution. Ils étaient six et ils avaient fait le trajet ensemble dans le grand canot d'Edmond De Suève, seigneur de Sainte-Anne-de-la-Pérade, appelé lui aussi à comparaître. Ils avaient tous l'espoir que leurs témoignages permettraient non seulement que Julien soit sévèrement puni, mais qu'il soit obligé de remettre à Marie une compensation financière si considérable qu'elle serait enfin débarrassée de toutes ses dettes et pourrait ainsi garder sa maison à Batiscan. Ils avaient beaucoup parlé d'elle durant leur voyage. Le drame qu'elle vivait les rendait si indulgents qu'ils en oubliaient ses défauts. L'un avait vanté ses qualités de pelle-à-feu, c'est ainsi qu'ils appelaient la sage-femme par analogie avec la pelle utilisée pour sortir le pain du four à pain. Un autre avait parlé de sa gentillesse et de son humour. Tous, ils l'appréciaient pour sa discrétion, car elle n'avait jamais dévoilé certains secrets de famille que des femmes enceintes lui avaient confiés. Elle était digne de confiance et d'estime. Ils se rendirent tous au cabaret boire un bon coup avant d'aller demander l'hospitalité chez des amis.

Le lendemain, à tour de rôle, ils témoignèrent avec assurance, après avoir juré qu'ils n'étaient ni les serviteurs, ni les alliés, ni les parents d'Antoine et Marie. Ils affirmèrent tous avec conviction qu'Antoine était un homme de bien et d'honneur et qu'ils n'avaient jamais reconnu en lui de mauvaises conduites ni de libertinage avec des filles ou des femmes. Ils jurèrent qu'aucune mauvaise rumeur ne leur était parvenue le concernant. De Suève répéta qu'il n'avait jamais rien vu de mauvais chez Antoine.

Lorsqu'ils furent tous de nouveau réunis dans l'antichambre de la salle d'audience, ils se confièrent leur déception :

— Six jours de trajet pour être écouté seulement quelques courtes minutes ! ragea l'un d'eux.

— C'est parce que le juge est convaincu de la culpabilité de Talua. Justice sera rendue, répondit De Suève, confiant.

Maugue transcrivit l'ensemble des témoignages des six hommes et alla ensuite manger, avec le juge, dans la grande salle de la prison où la femme du geôlier leur servit un lourd repas. Ils auraient été bien en peine de deviner ce qu'ils avalaient. Heureusement, le vin, qu'ils burent en grande quantité, arriva à leur faire oublier le goût de la nourriture.

— Que pensez-vous des témoignages des gens de Batiscan ? demanda le juge au greffier.

— Il n'y a pas grand-chose à en dire. Ils jurent tous qu'Antoine était un homme de bien.

— Les voisins de Julien et ceux d'Antoine le voient de façon si différente qu'on se demande s'ils parlent de la même personne.

— Les témoignages des voisins de Julien ne sont que la copie conforme de ce que répète Lecourt depuis un an. Ils n'ont rien vu qui puisse véritablement incriminer Godeby et Desjardins.

— C'est le témoignage de la belle Anne qui sera le plus percutant. Si elle se décide à parler ! Elle est recluse dans son silence depuis le jour du meurtre. Nous irons la chercher après avoir entendu Jacques Nau, le coureur des bois qui, selon Talua, peut prouver qu'Antoine est bigame.

— Mais qu'est-ce que ça change ?

— Vous le savez bien. Julien essaie de montrer qu'Antoine ne valait pas grand-chose. Un peu plus, il attendrait qu'on le remercie d'avoir débarrassé la terre d'une ordure. Mais il pense aussi à son argent. Il sait que nous pouvons l'obliger à dédommager Pierre et Marie. S'ils ne sont ni la femme ni l'enfant légitime, il ne leur doit rien.

Le greffier regarda intensément Gervaise. Il se demandait si le juge allait lui faire des confidences, car Gervaise avait lui-même épousé une femme, Anne Archambault, dont le premier mari était bigame. Il avait ouï dire qu'elle attendait un deuxième enfant de son mari, Michel Chauvin, lorsqu'elle avait appris qu'il avait une épouse en France. Traduit en justice, Chauvin avait été renvoyé par le premier bateau à se présenter au port au printemps et le mariage avait été annulé. Le juge Gervaise avait épousé Anne Archambault, six ans plus tard, et ils avaient eu quatre autres enfants.

Maugue espérait les confidences du juge parce que les histoires de bigamie l'émoustillaient. Il rêvait parfois qu'il menait une double vie et que deux femmes l'attendaient en soupirant. Il s'était surpris aussi, pas plus tard qu'hier, à envier Desjardins. Il aurait été bien prêt à mourir pour vivre une passion amoureuse avec la belle Anne Godeby. Il aurait aimé savoir à quoi ressemble l'amour, lui qui avait fait, comme la plupart des hommes de la colonie, un mariage de raison. Aussi fut-il déçu d'entendre le juge dire simplement :

— Allons-y Maugue, c'est l'heure.

* * *

Jacques Nau aurait préféré être à mille lieues. « Je parle trop, se disait-il. Voilà où ça me mène. Je n'aime guère fréquenter les hommes de loi. Ils pourraient finir par se douter que je fais le trafic de l'eau-de-vie. Je me connais ! Quand je commence à discourir, je n'arrête pas. C'est plus fort que moi. Je suis bien capable de leur mettre la puce à l'oreille en leur donnant des détails sur ma vie qu'il vaut mieux cacher. » Il se dirigea vers la chambre d'audience avec la ferme intention de mater sa nature bavarde. Mais ce n'étaient que vœux pieux.

— Vous connaissez Antoine Roy dit Desjardins ? lui demanda le juge après lui avoir fait prêté serment, ce que Nau avait fait d'une manière exagérément solennelle.

Posant la main sur l'image de l'évangile que lui avait présentée le

131

greffier Maugue, il avait levé les yeux au ciel comme s'il s'adressait à Dieu lui-même et avait lancé un retentissant : « Je le jure devant Dieu ! »

— Oui, je le connais. Nous étions presque frères. Je suis né le même jour que lui, au même endroit. Le 23 mars 1635 à Saint-Jean-de-Joigny, en Bourgogne. Nous avons été baptisés par le curé Paul Léry à l'église du château des comtes de Joigny. Antoine était le sixième enfant d'une famille de dix.

— Comment êtes-vous certain qu'il s'agit du même Antoine ?

— Il était tonnelier comme son père, Olivier. Des Olivier et Antoine Roy de Bourgogne, il n'en pleut pas. Et les dates de naissance coïncident.

— Vous dites qu'il est bigame. Parlez-moi de sa première femme.

— La belle Catherine Byot ! Antoine l'a épousée quand il avait tout juste vingt-deux ans. Ils ont eu deux fils, Jacques et Edme.

— Quand avez-vous quitté la Bourgogne pour la Nouvelle-France ?

— Je suis parti en 1660. Je m'en souviens, car je suis parti le lendemain du remariage du père d'Antoine. Sa mère est morte en décembre 1659 et son père s'est remarié quelques semaines plus tard avec une très jeune femme, Marie Pruneau. Jeune et fort belle. Mais il n'en a pas profité longtemps, il est mort l'année suivante, m'a-t-on dit. La bougresse l'a peut-être épuisé, elle était si jeune. D'ailleurs, le soir de son remariage, les gens du village ont fait un charivari, ajouta-t-il en s'esclaffant. Vous comprenez, les bonnes gens étaient scandalisés que cet homme non seulement se remarie avec une jeune femme, mais qu'il le fasse, de surcroît, à peine quelques semaines après que sa femme fut décédée. Vous auriez dû voir ce charivari ! Jamais de mémoire d'homme on n'avait vu un tel boucan. Des hommes portaient un cercueil de papier qui était éclairé en dedans avec des bougies. Deux d'entre eux ouvraient la marche en jouant du tambour pendant que d'autres frappaient sur des marmites de fer en huant. Arrivé devant la maison d'Olivier Roy, un homme a déplié un parchemin et il a lu l'oraison funèbre de la mère d'Antoine. Ils ont continué jusqu'à ce qu'Olivier se décide à sortir et leur donne de l'argent. Vous auriez dû le voir, il était rouge de colère. Mais cela n'a pas suffi ! Ils l'ont amené de force au bordel local où il a dû faire la preuve de sa capacité virile, si vous voyez ce que je veux dire. Il...

— Tenons-nous-en aux faits qui nous intéressent, coupa le juge. Comment pouvez-vous être certain que la femme d'Antoine, ainsi que ses deux enfants, ne sont pas morts lors des épidémies et des famines qui, je ne vous apprends rien, ont fait des milliers de morts en France ?

— Eu...

Jacques, pour une fois, était sans voix. Il n'avait pas pensé que les enfants et la femme d'Antoine puissent être décédés avant qu'Antoine décide de venir en Nouvelle-France.

Le juge avait posé la question, mais il doutait lui-même de cette hypothèse. Le bailli et lui avaient vérifié le contrat de mariage de Marie et Antoine. Celui-ci n'avait pas mentionné qu'il était veuf.

Pour expliquer cette omission, le juge et le bailli avaient émis différentes hypothèses : peut-être ne l'avait-il pas fait parce qu'il voulait se marier et qu'il aurait fallu qu'il ait les certificats d'inhumation prouvant qu'il était veuf. Il ne pouvait se permettre d'attendre de longs mois avant de pouvoir se remarier, les soldats étant obligés de se marier au plus tôt s'ils voulaient garder leurs terres ainsi que leurs droits de chasse et de pêche. Peut-être qu'Antoine avait reçu une lettre de sa famille disant que sa femme et ses enfants étaient morts. Qui sait ? Cela s'était déjà vu.

Et puis, s'étaient dit les deux hommes, même s'il avait abandonné sa femme, il serait loin d'être le seul. « Ils ne sont pas rares les hommes qui avaient abandonné épouse et enfant en France, tentés par l'aventure et séduits par l'idée de recommencer une nouvelle vie ailleurs. Le premier époux de ma femme a été dénoncé, mais bien d'autres arrivent à garder le secret », avait conclu le juge.

Il donna congé à Nau et, selon son habitude, s'approcha de la fenêtre pour réfléchir.

Chapitre 14

Le soleil était encore haut dans le ciel. « Le temps s'égrène bien lentement, aujourd'hui », pensa le juge. Il demanda au geôlier d'aller chercher Anne. Il s'approcha de la porte pour l'attendre, car il ne se lassait pas de la regarder. Chaque fois, il était ébloui par sa beauté. Il la désirait et ses pensées paillardes dessinèrent un sourire sur ses lèvres.

Anne interpréta ce sourire comme une marque de bienveillance. Elle aurait aimé se confier à lui, lui expliquer que le travail de destruction avait été entrepris par Julien bien avant qu'il ne tire sur Antoine. Durant les quinze années de leur mariage, il l'avait souvent traitée de putain en lui rappelant que Dieu la punissait en ne lui permettant pas d'avoir un fils. Durant toutes ces années, bien avant qu'elle ne rencontre Antoine, Julien ne l'avait pas traitée de putain parce qu'il l'avait trouvée dans les bras d'un autre homme, mais parce que les rares fois où il accomplissait son devoir conjugal dans l'espoir de lui faire un enfant, il avait été scandalisé qu'elle jouisse de leurs étreintes. Il la méprisait pour cela. Elle-même en était venue à se mépriser de ressentir quelques jouissances dans les bras de Julien. Mais son corps avait soif de caresses. Parfois, Julien la frappait pour lui faire expier, disait-il, « le péché qu'elle venait de commettre en jouissant ». Mais, en réalité, il était fasciné, en même temps qu'il l'enviait, par cette formidable capacité à jouir de la vie qui caractérisait sa femme. Il avait reconnu cette même capacité chez Antoine. La joie de vivre que partageaient Antoine et Anne lui faisait mesurer avec encore plus d'acuité sa propre incapacité à aimer la vie. Il les enviait, lui qui n'avait pratiquement jamais ressenti aucune joie, sinon le plaisir éphémère qu'il éprouvait lorsqu'il se sentait admiré ou qu'il humiliait quelqu'un.

Avant de conduire Anne à la chambre d'audience, le geôlier lui avait demandé de mettre ses mains derrière son dos afin de lui passer les menottes. Dans cette position, elle se sentait encore plus vulnérable. Ses seins pointaient sous sa mince chemise de coton et, exposée ainsi au regard des hommes de loi, elle ne put s'empêcher de penser que le geôlier l'avait traitée comme la putain qu'il pensait qu'elle était.

Elle regarda Gervaise, les yeux hagards, incapable de répondre à une question. Toute sa combativité semblait envolée. Elle aurait aimé retourner au plus tôt à sa cellule mais le juge, désirant vérifier si elle prendrait la défense de Julien, prit le parti de lui faire croire qu'il trouvait légitime le geste qu'il avait posé.

— Il a sans doute été aveuglé par la passion, lui dit-il.

— La passion, répéta Anne en riant d'un rire nerveux qui glaça le juge et le greffier.

Il y avait tant de détresse dans ce rire.

— La passion, dites-vous ! Julien ignore ce qu'est la passion. Il n'a aucune idée de ce que cela peut signifier. Il n'a jamais aimé personne d'autre que lui-même.

Elle recommença à rire nerveusement, incapable de contrôler ce qui, en réalité, était l'expression du désespoir. Le juge, comprenant qu'il était inutile de continuer l'interrogatoire, ordonna qu'on la reconduise à sa cellule.

Dans l'étroit couloir de la prison, Anne pensa à la femme d'Antoine. Elle ne la connaissait pas et Antoine ne lui avait presque jamais parlé d'elle. Elle regrettait le mal qu'elle lui causait. Elle savait qu'elle était en partie responsable de la honte qui accablait maintenant cette femme. Anne éprouvait une réelle compassion pour elle, car elle savait à quel point la honte était lourde à porter. Elle ne la connaissait que trop bien. Comme toutes les femmes battues, inexplicablement, Anne avait honte. Elle en était venue à penser que le fait d'être ainsi traitée par Julien signifiait qu'elle ne valait guère mieux.

Lorsqu'il la vit venir, Julien, qui était dans le couloir avec les autres prisonniers, se plaça devant elle et lui barra la route en la regardant fixement. Droit dans les yeux. Avec l'assurance et l'aplomb de ceux qui ne se sentent jamais coupables de rien. Anne évita de soutenir son regard. Elle se sentait extrêmement confuse. Presque chaque seconde, elle revoyait le corps d'Antoine qui retombait lourdement sur elle, mais, pour le reste, tout devenait flou. Elle n'arrivait pas à reconstituer la scène.

Le juge estimait que ce procès piétinait à cause du mutisme d'Anne.

— Nous essayerons de l'interroger de nouveau aussi souvent que possible, dit-il au greffier.

— Ne croyez-vous pas que nous devrions la soumettre au supplice de la question ? questionna Maugue.

— Vous n'y songez pas ! s'exclama le juge Gervaise.

Il savait qu'il est des mots qui ne doivent pas naître de la force des questions mais tracer leur chemin d'eux-mêmes. Ce juge était incapable de soumettre qui que ce soit à la torture. Il regrettait même d'avoir été témoin, à deux reprises, d'une telle pratique. Il y avait quelques mois à peine, il avait vu le bourreau qui plaçait une corne dans la bouche d'un homme pour y verser ensuite jusqu'à neuf pots d'eau. Quant à l'autre accusé soumis à la question en sa présence, sa sentence remontait à plus de quinze ans, mais il s'en souvenait comme si c'était la veille. Le pauvre homme avait été attaché sur une chaise, et le bourreau avait écarté progressivement ses jambes à l'aide de pièces de bois et d'un maillet, générant ainsi une souffrance indicible.

— Que vaut un témoignage obtenu sous la torture ? N'importe qui dirait n'importe quoi pour cesser d'endurer des souffrances atroces, ajouta le juge.

— Vous savez comme moi que les témoignages des voisins de Julien ne valent pas grand-chose. Encore moins celui de Lecourt. Seule Anne peut nous dire ce qui s'est vraiment passé ce matin-là, insista Maugue.

Sur ces entrefaites, le geôlier pénétra dans la chambre d'audience.

— Anne Godeby demande à vous voir.

— Mais faites-la venir au plus tôt! s'exclama Gervaise, rempli d'espoir : peut-être allait-elle enfin parler.

Le regard que Julien avait posé sur elle quelques instants plus tôt avait réveillé ses souvenirs. Dès qu'elle mit les pieds dans sa cellule, les images du drame ressurgirent avec une cruelle netteté.

« Il faut que je parle au plus tôt, sinon Julien trouvera bien le moyen de se déguiser en victime », se disait-elle.

Quelques instants plus tard, elle était de nouveau assise sur la sellette. Elle était sans entraves cette fois, le geôlier n'ayant pas pris le temps de lui attacher les mains de nouveau. Elle confia, d'une voix étouffée, que Julien n'avait pas menti. Il les avait surpris, elle et Antoine, faisant l'amour. Mais, s'empressa-t-elle d'ajouter, Antoine n'était pas le « galipoteux » que Julien avait dû leur décrire :

— Antoine est devenu mon ami et Julien ne pouvait le supporter. Antoine a un jour frappé violemment Julien lorsqu'il l'a surpris en train de me battre. Peu à peu, je me suis confiée à lui. De confidences en confidences, nous sommes devenus de véritables amis. Un ami comme je n'en ai jamais eu. Je pouvais tout lui raconter. Il n'était pas un éteignoir comme Julien.

— Un éteignoir? demanda Gervaise.

— Oui, vous savez, ces gens qui éteignent la moindre petite flamme, la moindre lueur d'espoir, la moindre étincelle de joie. De ces gens qui ne vous font jamais un seul compliment, car ils sont incapables d'apprécier ce qu'il y a de beau chez les autres.

— Un éteignoir, répéta Gervaise, qui trouvait l'expression jolie.

— Avec Antoine, j'ai repris goût à la vie. Moi qui voyais de moins en moins la beauté qui m'entourait, voilà qu'il me réapprenait à regarder cette beauté, à sentir la caresse du vent, à goûter le vin, à sentir la chaleur de l'eau-de-vie, à manger avec appétit. Je sais que tout cela semble de peu d'importance, mais c'est dans ces choses-là que j'ai trouvé les plus grands bonheurs, ajouta Anne, un peu gênée de s'être laissée aller à de telles confidences qui, elle le craignait, risquaient d'être jugées bien puériles.

Encouragée par l'attitude bienveillante du juge, elle ajouta :

— Antoine me parlait de son travail, des gens qu'il rencontrait. Il me mêlait à sa vie, alors que Julien m'en a toujours écartée. J'en sais plus sur Antoine que sur Julien avec qui je vis depuis quatorze ans. Mon mari n'a aucune générosité. Il ne partage ni ses sentiments, ni ce qu'il vit, ni ce qu'il sait. Il est aussi avare de tendresse et de compliments que d'argent. Il est sec comme le piquet dont il a l'air. Avec Antoine, je me sentais revivre, de nouveau dans le mouvement de la vie. Je suis devenue très amoureuse de lui. Et je crois bien qu'il m'aimait aussi.

Elle n'ajouta pas, mais pensa, que tout son corps lui disait qu'il l'aimait et que ce langage du corps ne pouvait mentir.

— Et puis, il ne se privait pas de me dire « Je t'aime », ajouta-t-elle cependant. Julien, lui, n'a jamais prononcé ces mots. Et cela me manquait tellement que les « Je t'aime » d'Antoine donnaient à chaque journée l'allure d'une fête.

La voix d'Anne devint rauque. Elle ravala ses larmes et continua :

— Je regrette amèrement qu'à cause de moi il soit mort. Mais je ne regrette pas l'amour que j'ai éprouvé pour lui. C'est la plus belle chose qui me soit arrivée. Julien était jaloux d'Antoine parce qu'il sentait que je lui échappais totalement, qu'il n'avait plus aucun pouvoir sur moi. Pas d'autres pouvoirs que de me priver de mon amour.

Et elle confia ce qui la taraudait depuis ce triste, si triste, 10 juillet :

— Et, dans ma tête, il meurt à chaque minute. Je ne peux pas enlever l'image de sa mort de ma mémoire. Aidez-moi, murmura-t-elle dans un sanglot.

Le juge garda le silence quelques instants. Il ne savait comment consoler cette femme. Il continua l'interrogatoire, espérant qu'elle trouverait la force de lui répondre.

— Est-ce qu'Antoine avait son arme près de lui, ce matin du 10 juillet ? demanda le juge, plus ému par ce témoignage qu'il ne voulait le montrer.

« Son arme ? Quelle idée saugrenue de penser qu'un homme se présente armé dans la chambre de sa maîtresse. Cet homme n'a jamais connu la passion », se dit Anne. Elle se contenta de répondre :

— Antoine, contrairement à la plupart des habitants de la colonie, ne portait pas son arme sur lui.

Elle se souvenait qu'il lui avait confié être souvent hanté par les images des hommes et des femmes que les soldats du régiment de Carignan avaient tués. Il lui avait dit aussi, quelques semaines avant de mourir, qu'il faisait un rêve étrange. Quelqu'un arrivait derrière lui et, en même temps qu'il entendait une détonation, il ressentait une brûlure à la poitrine et au dos. « Ensuite, je me retrouve à une immense table avec sept sages. Ils me demandent ce que j'ai fait de ma vie. Ce rêve est tellement réel qu'il me poursuit toute la journée ».

— Non ! répéta Anne avec force. Antoine n'avait pas son arme avec lui. Il ne la portait jamais.

Le juge Gervaise avait le sentiment qu'Anne ne lui mentait pas. Mais il décida quand même de confronter les témoignages d'Anne et de Julien.

— Faites venir Julien.

Anne blêmit. Elle avait peur de Julien. Elle regrettait amèrement de n'avoir pas déposé, comme elle en avait eu l'intention au printemps, une requête en séparation de corps et de biens. Mais elle se disait aussi qu'il n'était pas si facile de modifier le cours de son destin quand on est une femme. Monseigneur de Laval avait créé un tribunal ecclésiastique, l'Officialité, chargé d'évaluer, entre autres, les séparations de corps. Mais n'obtenait pas gain de cause qui voulait ! Les femmes qui demandaient la séparation étaient souvent perçues comme des femmes légères et les curés, fidèles aux recommandations de leur évêque, ne cessaient de répéter que les femmes devaient prier

Dieu afin de rétablir la paix dans leur ménage. Et Anne ne se faisait pas trop d'illusions sur le jugement qu'elle aurait obtenu, Julien étant perçu, par les hommes d'Église, comme un homme extrêmement pieux. Un exemple à suivre! Elle se souvenait aussi de cette femme qui, par un glacial 2 janvier 1643, avait été emprisonnée, sans feu ni nourriture, simplement parce qu'elle voulait quitter son mari.

Anne avait donc pardonné à Julien. Le pardon de la femme battue, l'arme la plus efficace de l'homme violent, se disait Anne, honteuse d'avoir si longtemps cru aux promesses de Julien : « Cela ne se reproduira plus », lui jurait-il en l'amadouant avec des promesses. Elle voulait d'autant plus y croire qu'elle hésitait à se séparer de son mari, si violent fût-il. Elle avait peur de l'opprobre social qui résultait de la séparation. Elle avait peur aussi d'être réduite à la mendicité étant donné qu'elle n'avait aucun métier. Peur enfin que Julien ne devienne encore plus violent si elle le quittait.

Elle n'était pas consciente, cependant, elle le réaliserait plus tard, à quel point son pardon pouvait être armé. Une arme provocatrice : l'indifférence. Anne présentait à Julien un visage indifférent, même lorsqu'il était en colère. Elle restait muette, froide, impassible. C'était là, certes, le seul refuge qu'elle avait trouvé, mais son attitude ne faisait qu'exacerber la colère de Julien. La solution eût été de partir. Mais elle n'en avait ni les moyens ni le courage. Elle avait perdu toute confiance en ses capacités de s'en sortir. À force d'entendre les paroles humiliantes de Julien à son égard, elle avait fini par intérioriser ses reproches et à les faire siens. Elle se jugeait sévèrement : « C'est à cause de moi que nous n'avons pas d'enfant et que Julien est violent ».

Aujourd'hui encore, elle se sentait responsable de la mort d'Antoine. « À cause de moi, se dit-elle, à cause de ma lâcheté, Antoine est mort. Si j'avais quitté Julien, rien de tout cela ne serait arrivé. »

Contrairement à d'autres hommes violents, comme un de leurs voisins qui traînait sa femme en la tirant par les cheveux dans les rues, Julien avait, en public, un comportement irréprochable. Il souhaitait, depuis qu'il était arrivé à Lachine, travailler pour les prêtres et les hommes de loi. Pour arriver à ses fins, il savait qu'il devait donner de lui une image inattaquable. Aussi s'était-il promis de ne jamais plus maltraiter une femme en public, comme il l'avait fait avec Catherine, sa première fiancée. Tous ceux qui voyaient Anne et Julien au marché public estimaient qu'ils formaient un couple charmant. Certains, plus clairvoyants, avaient observé qu'Anne, habituellement loquace, parlait peu en présence de Julien et qu'elle ne s'habillait pas de la même façon lorsqu'elle sortait seule. Avec Julien, elle était couverte jusqu'au cou, même en pleine canicule.

Le cœur d'Anne fit un bond dans sa poitrine lorsque Julien entra dans la chambre d'audience. Le juge nota que le geôlier avait oublié de lui mettre les menottes et qu'il n'avait plus de fers aux pieds. Anne, perspicace, conclut qu'aux yeux du geôlier, c'était elle la vraie criminelle.

— Est-ce vrai que vous battiez votre femme, Anne, ici présente, et que vous l'avez même battue le matin du meurtre jusqu'à ce qu'elle s'évanouisse ?

— C'est entièrement faux ! répondit Julien, rouge de colère. Des inventions de la part d'une toupie[18], vous croyez ça, vous ? J'ai toujours été un homme de bien. Qu'elle prouve le contraire si elle le peut, qu'elle fasse venir des témoins ! vociféra-t-il en jetant des regards haineux à Anne.

— Des témoins, il n'y en a pas, trouva le courage de rétorquer Anne. Il m'empêchait de crier. « Si tu cries, je te tue », me disait-il en me frappant. Je me souviens d'une fois où mes cris sont parvenus aux oreilles d'un passant qui a eu l'audace de venir vérifier ce qui se passait. Julien s'est interposé, a répondu avec un calme déconcertant que tout allait bien, qu'il avait sans doute entendu les couinements des porcs qui couraient librement dans les rues. « Le gouverneur de

---

18 Vieux français : femme dévergondée.

Montmagny a défendu en 1647 de laisser errer librement les cochons. Mais rien n'y fait. Il en est même qui gardent les cochons dans leur maison », disait-il en prenant un air offusqué. Il n'y a pas plus comédien que mon mari, monsieur le juge. Il en a même rajouté ce jour-là. Afin de détourner encore mieux l'attention de ce passant, il lui a parlé des frasques du gouverneur, des rues malpropres ou des nobles qui, avec leur cheval lancé au galop, envoient les passants dans les congères. Il parlait, parlait tant et si bien que son interlocuteur ne songeait plus à vérifier l'état dans lequel je me trouvais ! Dites-moi, monsieur le juge, connaissez-vous beaucoup de situations où l'on s'informe auprès du coupable pour savoir si sa victime va bien ? C'est pourtant ce qu'on fait lorsque les femmes sont battues. C'est au mari qu'on demande si tout va bien et chacun retourne tranquillement chez soi après avoir été rassuré par l'homme violent.

— Le greffier Maugue et le bailli ont noté l'œil tuméfié de votre femme, le matin du 10 juillet, ajouta le juge à l'égard de Julien.

— Ne l'appelez pas ma femme, elle n'en est pas digne. Quant à son œil tuméfié, elle s'est sûrement fait elle-même cette marque afin de me discréditer. Elle s'est cognée contre la porte exprès, j'en suis sûr. J'étais un bon mari. Je n'ai pas abandonné ma femme, moi, comme ce galipoteux de Desjardins ! Si Anne avait été une bonne épouse, elle m'aurait été soumise, subordonnée à mes désirs et à mes volontés. Elle se serait occupée de notre maison. Au lieu de cela, elle ne pensait qu'à batifoler avec Desjardins. D'ailleurs, elle m'a dit en juin dernier qu'elle songeait à demander la séparation. Cela prouve qu'elle est une putain qui voulait se libérer des entraves qui l'empêchaient de se débaucher avec le galipoteux. Si Anne avait été une bonne femme, nous aurions eu des enfants. Dieu l'a certainement punie de sa mauvaise conduite en la rendant stérile. Quand je serai libre, je la répudierai. J'en ai le droit.

— Mais qui vous dit que vous serez libre de nouveau ?

Julien sembla tomber des nues. Il ressentait une telle humiliation

d'être écroué qu'il avait même songé, ces derniers jours, à mettre fin
à ses jours. Mais il n'avait pu se résoudre à finir ainsi et à filer droit
en enfer. « Je dois être libéré au plus tôt ! se répétait-il sans fin, et retrouver mon honneur perdu. »

— Mais je n'ai fait que défendre mon bien ! Et ma vie, je vous le
rappelle. Antoine m'aurait tué si je n'avais pas tiré le premier et puis,
vous semblez oublier qu'Anne est une sorcière. D'ailleurs, je veux que
ses cheveux soient dénoués, car elle y cache sans doute un talisman
destiné à me jeter un mauvais sort.

— Mais vous perdez la raison, Talua ! s'écria le juge que les histoires de sorcellerie rebutaient au plus haut point. D'ailleurs, croyez-
vous que nous n'avons pas remarqué les dents d'ours que vous portez
au cou afin de vous prémunir contre les dangers ? Vous me semblez
bien superstitieux pour quelqu'un qui dénonce la sorcellerie.

Julien blêmit, mais ne perdit pas ses moyens :

— Avez-vous oublié qu'elle avait un livre de sortilège ? Vous l'avez
certainement trouvé dans son armoire. Elle voulait sûrement y découvrir un moyen de se débarrasser de moi.

Julien ne dit pas que lui-même avait expérimenté un truc de magie.
Afin de savoir si Anne le trompait, il avait fait ce que les sorcières appelaient « un calice du soupçon » : en récitant des incantations, il avait
versé dans une coupe de l'eau soufrée contenant beaucoup de poussière. Les femmes adultères, disait l'auteur du grimoire, ressentaient de
fortes douleurs après avoir bu ce breuvage. Et, effectivement, le lendemain matin, Anne avait eu de fortes crampes au ventre. Julien, ne tenant pas compte du fait qu'Anne avait, chaque mois, mal au ventre, y
avait vu la confirmation de ses doutes.

Le juge avait espéré que ce grimoire soit oublié. Il ne voulait pas
que l'attention porte sur la sorcellerie, occultant ainsi la véritable
raison du procès : un meurtre. D'ailleurs, en France, les procès pour
sorcellerie étaient interdits depuis deux ans. Des milliers de prétendues sorcières avaient péri avant qu'on commence à comprendre que

c'étaient des accusations dénuées de véritables fondements qui avaient envoyé au bûcher tant de femmes, des guérisseuses pour la plupart. Mais les mentalités étant longues à changer, le juge savait qu'on n'avait pas fini d'entendre parler de sorcellerie. Même s'il ne voulait pas accuser Anne d'user de magie simplement parce qu'elle possédait un grimoire, il savait qu'il n'avait pas le choix de la questionner à ce sujet.

— Que faisiez-vous avec ce grimoire qui, selon le chirurgien Martinet de Fonblanche, appartient à La Folleville, accusée en juin 1682 d'avoir non seulement prédit l'avenir, mais aussi d'avoir fabriqué des philtres ?

— Qu'elle réponde ce qu'un témoin a dit au procès de La Folleville : toute femme qui n'a pas un livre de magie dans sa poche ne saurait bien vivre. Il voulait dire par là que la magie envoûte les hommes qui sont prêts à tout faire pour la magicienne ! hurla Julien.

— Taisez-vous, ce n'est pas vous que j'interroge ! ordonna le juge.

Anne eut le réflexe de poser sa main sur le médaillon qu'elle portait et qui contenait ses cheveux entremêlés à ceux d'Antoine. Il y a quelques mois déjà, elle les avait saupoudrés d'herbes réputées pour leur capacité à attirer l'amour. Elle avait aussi fait boire à Antoine des infusions d'herbes recommandées par les sorcières pour maintenir le feu de leur passion.

— Il est vrai qu'on m'a prêté ce livre. C'est la simple curiosité qui m'a perdue, rien de plus. Je ne suis pas une sorcière de Satan, répondit-elle avec aplomb.

Anne hésita, puis confia :

— Cependant, j'ai fait de la magie blanche et non la noire qui lie au diable.

Le juge leva les yeux au ciel. Il aurait préféré ne rien entendre. Il avait l'impression de s'enliser dans de vaines considérations qui ne faisaient que compliquer ce procès. Mais puisqu'il n'avait pas le choix, il questionna, sans trop de conviction :

— Ah oui, vraiment ! Qu'avez-vous donc fait ?

— Antoine m'a dit, au printemps, qu'il rêvait souvent qu'il mourait de mort violente. J'avais ouï dire que l'on pouvait se prémunir avec la magie. Lui et moi avons donc fait ce que disait le livre.

— Et que disent les sorcières à ce sujet ? questionna le juge d'une voix qu'il voulait la plus sceptique possible.

— Il est écrit dans le livre des sorcières qu'un homme peut se garantir des armes à feu avec un morceau de peau de loup sur lequel, quand le soleil entre dans le signe du Bélier, on écrira : « Arquebuse, pistolet, canon ou autre arme à feu, je te commande que tu ne puisses tirer, de par l'homme. »

— Mais c'est la peau de loup que nous avons trouvée le matin du drame ! Elle était trouée par les balles et tout ensanglantée. Nous n'arrivions pas à déchiffrer les mots qui y étaient écrits. Tout s'éclaire maintenant ! s'écria le greffier Maugue, s'excusant aussitôt de son manque de retenue.

— Oui, c'est cela, répondit Anne.

Maugue pensa que la magie n'avait pas été bien efficace.

— Je vous l'avais bien dit que c'était une sorcière ! hurla Julien. Demandez-lui donc pourquoi ils ont choisi une peau de loup pour leur commerce infâme ? Vous savez comme moi que le loup est un animal satanique et infernal ! En France, ceux qui le chassent prennent bien soin de tremper leurs balles dans l'eau bénite. Ils savent à qui ils ont à faire.

Sans voix, le juge et le greffier le regardèrent, estomaqués. Profitant de leur silence, Julien continua sur sa lancée :

— Demandez-lui donc pourquoi Antoine avait son arme près de lui ?

— C'est faux ! Antoine n'avait pas d'arme près de lui. Il ment ! cria Anne. Nous n'avons jamais projeté de le tuer si c'est ce que Julien vous a raconté.

Épuisée par les nuits d'insomnie, brisée par la mort de son amant, apeurée par une éventuelle accusation de sorcellerie qui s'ajouterait à celle d'adultère, elle s'effondra. Elle ne pouvait plus rien entendre.

Le juge ordonna qu'on la ramène à sa cellule.

— C'est elle qui ment! hurla encore Julien avant qu'elle quitte la chambre d'audience.

Le juge Gervaise était de plus en plus convaincu, lui, qu'elle ne mentait pas. Il avait demandé au chirurgien Martinet de Fonblanche si Anne avait été battue. Le chirurgien avait été catégorique: les marques qu'il avait vues sur le visage de cette femme provenaient de coups portés le matin de ce tragique 10 juillet.

Gervaise savait très bien aussi que des personnes comme Julien pouvaient dénigrer les autres afin de mieux justifier leur mauvais comportement envers eux. Il s'apprêtait à donner congé à l'accusé lorsque celui-ci ajouta, hors de lui:

— Mais enfin, quand bien même je lui aurais flanqué quelques dé-rouillées[19], est-ce que cela change quelque chose? Vous savez aussi bien que moi qu'il est du devoir de l'homme de surveiller sa femme et de corriger ses mauvaises actions. Les femmes sont responsables des coups qu'elles reçoivent. Vous connaissez le proverbe qui dit: « Il n'y a de femme mauvaise ni bonne qui ne mérite qu'on la bastonne. » ou encore celui-ci: « Qui a une femme, une chèvre et une mule, il a trois mauvaises bêtes. »

Le juge le regarda, silencieux. Il semblait réfléchir un peu trop au goût de Julien. Il eut soudain très peur qu'on le conduise à la chambre de la question. Il avait déjà vu cette pièce lugubre décorée d'un ta-bleau de l'évangile où le supplicié prêtait serment en entrant avant de s'asseoir sur le siège de la question. Si l'accusé n'avouait pas, sur cette sellette, ce qu'on voulait lui faire avouer, le juge l'invitait à se mettre à genoux pendant que le greffier lisait le jugement de condamnation à la question, ce qui signifiait, en clair, qu'il serait torturé après qu'un chirurgien l'aurait examiné et aurait décrété qu'il pouvait subir les pires épreuves sans succomber. Affaibli par le manque de nourriture,

---

19 Volées de coups.

stressé par le procès, Julien était taraudé par cette peur irrationnelle d'être torturé. Pourtant, rien, ni dans les paroles ni dans l'attitude du juge, ne laissait entendre qu'il serait torturé. Julien se débattait contre ses propres démons.

Cependant, il ne regrettait pas d'avoir frappé Anne. Ses convictions étaient inébranlables. Il était persuadé que la mission de la femme était nettement tracée par Dieu lui-même. D'ailleurs, les curés ne répétaient-ils pas que chaque épouse devait veiller au bonheur de toute sa famille, ménager la susceptibilité de son mari, alimenter son sentiment d'être supérieur et le consoler si, exceptionnellement, la honte de l'avoir battue le tenaillait.

Le juge ne partageait pas les vues de Julien. Il ordonna au geôlier de le ramener à sa cellule, d'en fermer la porte et de l'attacher.

— Il ne doit plus circuler librement dans le couloir, il pourrait s'en prendre à sa femme, expliqua-t-il.

Et, prenant sa longue toge noire et son chapeau, il demanda à Maugue de l'attendre :

— Je veux marcher dans les rues, car c'est en marchant que je réfléchis le mieux à mes sentences.

Le greffier répondit qu'il en avait au moins pour une heure à recopier soigneusement ce qu'il avait entendu. Sa main était engourdie. Les témoins avaient parlé si vite et avaient dit tant de choses qu'il avait eu bien du mal à écrire l'essentiel. « Il m'aurait fallu trois assistants. Je ne suis pas arrivé à écrire le centième de ce qui a été dit. Le métier de greffier est bien ingrat. Même le juge ne semble pas toujours comprendre que le geste de tremper la plume et d'écrire soigneusement est inconciliable avec le déferlement de paroles entendues. Heureusement que je maîtrise toutes les abréviations, sinon je ne garderais pas longtemps ce poste. »

Maugue avait, bien souvent, jeté un œil inquiet au juge afin qu'il demande une pause, mais celui-ci ne l'avait jamais regardé, gardant les yeux fixés sur les témoins. Des yeux qu'il voulait inquisiteurs.

Chapitre 15

Les prisonnières avaient le droit de se dégourdir les jambes dans le couloir et Anne n'avait plus peur maintenant d'y rencontrer Julien, car elle savait qu'il n'était plus autorisé à sortir du cachot où on l'avait transféré. Les prisonnières ne marchaient jamais bien longtemps. Avant qu'elles sortent de leur cellule, le geôlier leur mettait des chaînes aux pieds et le bruit qu'elles faisaient à chacun de leur pas était éprouvant.

De retour dans sa cellule avec les trois autres femmes écrouées, Anne alla s'asseoir près de la fillette qui pleurait, assise sur sa paillasse. Anne avait toujours recherché la compagnie des enfants. Elle leur donnait un peu de cet amour maternel qui finissait par l'étouffer, faute d'avoir des marmots sur qui il pouvait se déverser.

— Comment t'appelles-tu ? lui avait-elle demandé quelques instants après que le geôlier eut conduit l'enfant dans sa cellule.

— Marthe, madame.

— Tu me sembles bien jeune pour être enfermée, lui avait-elle dit avec un sourire engageant.

— J'ai neuf ans, madame.

— Appelle-moi Anne.

— Oui, madame.

— Qu'as-tu donc fait pour qu'on t'emprisonne ?

— J'ai quitté le service de mon maître.

— Est-ce que le juge a été sévère avec toi ?

— Je devrai subir trois heures de carcan avec un écriteau sur mon estomac où il sera écrit : « Domestique qui a laissé le service de son maître ». Mes parents avaient une entente avec mon maître. Je devais travailler chez lui comme aide-cuisinière pendant un an. Mais ma mère ne recevait presque jamais mes gages. Elle était venue les lui réclamer et il lui avait dit que c'était un affront pour un homme tel que lui qu'une femme de sa condition vienne lui réclamer de l'argent.

Si un homme comme Antoine ne payait pas ses dettes, il était emprisonné, songea Anne. Mais dès lors qu'il s'agissait de nobles ou de gens de qualité, ceux-ci pouvaient s'endetter en toute impunité. Pire, ils punissaient souvent ceux qui avaient l'audace de leur demander leur dû. Elle connaissait un marchand qui, parce qu'il avait demandé à un membre du Conseil souverain de lui payer ce qu'il devait, avait perdu une bonne partie de sa clientèle, le conseiller ayant exigé de toutes ses connaissances, et elles étaient nombreuses, qu'elles n'achètent plus rien chez lui.

— Ne t'en fais pas, dit-elle à Marthe. Quand tu seras sur la place publique, ne laisse pas la honte t'envahir. Dis-toi que ceux qui viennent se moquer d'une pauvre enfant qui travaille pour aider ses parents à survivre ne valent pas la peine qu'on s'occupe d'eux. Essaie plutôt de tirer un enseignement de ce qui t'arrive. Fais-toi la promesse de ne jamais humilier quelqu'un. Cela te sera facile parce que tu auras compris ce que l'on ressent quand on est humilié. Tu vois, moi j'ai mis du temps à comprendre cela. En un sens, tu as de la chance de pouvoir le comprendre alors que tu es encore jeune.

Ce discours moralisateur aurait pu agacer l'enfant. Mais elle ne percevait que l'attention bienveillante qu'Anne lui accordait et qui la réconfortait.

Anne sortit un mouchoir de soie que lui avait donné Antoine.

— Tiens, tu porteras ce mouchoir sur toi. C'est comme si je t'insufflais un peu de courage. Tu verras, trois heures, ce n'est pas si long dans toute une vie. Imagine que tu vives soixante ans, ces trois heures t'apparaîtront alors bien peu de chose.

Anne mentait. Elle savait très bien que quelques heures, si elles sont chargées d'humiliation, pouvaient changer le cours d'une destinée, semer la haine, enfermer dans une colère destructrice. Mais son mensonge était un baume pour Marthe. L'enfant se sentirait moins terrorisée lorsque, quelques instants plus tard, le geôlier viendrait la chercher. Par le minuscule soupirail, Anne vit qu'il pleuvait des clous. Elle imagina cette pauvre enfant, nue sous une chemise mouillée qui lui collerait à la peau, face à tous ces gens qui prendraient plaisir à l'insulter.

— Et toi, qu'as-tu fait ? lui demanda une femme rousse dont l'allure laissait deviner de quel travail elle se nourrissait.

— J'étais la maîtresse d'Antoine Roy dit Desjardins.

Elle n'en dit pas plus, consciente que tous devaient être au courant de ce meurtre.

— Alors, on se ressemble toi et moi. Moi aussi je suis en prison parce que j'ai roulé avec les hommes et tenu un bordel.

Anne la regarda, stupéfaite. Elle n'avait pas couché avec des hommes, mais un homme. Et par amour, pas pour l'argent. Cependant, elle ne se faisait aucune illusion. Elle savait que dorénavant, bien des gens la percevraient comme une prostituée.

— Tantôt on viendra me chercher pour me raser les cheveux. Ensuite, je ne sais pas ce qui m'arrivera.

Mimant le geste à la parole, elle lança en riant :

— Serai-je fouettée et ensuite exposée au pilori avec un chapeau de paille sur la tête afin que tous sachent que je suis une maquerelle ? Serai-je pendue ? Enfermée le reste de mes jours ? Attachée au pilori pendant des heures, recevant en pleine face le crachat des dévots ? Dieu le sait et le diable s'en doute, ajouta-t-elle en fermant les yeux, la tête appuyée sur le mur humide.

La femme était visiblement ivre. Les archers de la maréchaussée étaient venus l'arrêter une heure plus tôt, rue Notre-Dame, à proximité de la prison. Des voisins se plaignaient depuis des semaines du bruit qui les empêchait de dormir la nuit et qui provenait du bordel de la rousse, comme ils l'appelaient.

— Les hommes s'amusent avec nous et c'est nous qu'on emprisonne, dit la femme assise près de la rousse.

Elle était si maigre que les os de ses clavicules étaient perceptibles malgré l'épaisseur de son vieux châle. Et, s'adressant à Anne :

— Je m'appelle Gillette. Je me suis débarrassée d'un rejeton qu'un coureur des bois que je n'ai jamais revu m'a fait. Il m'avait pourtant fait de belles promesses. Il disait qu'il se marierait avec moi et me ferait bien vivre. À l'entendre, je n'aurais plus jamais besoin de m'échiner à laver les planchers des autres et à nettoyer les latrines des riches. Je suis allée voir une faiseuse d'anges et j'ai avalé la potion qu'elle m'a donnée. Ce que j'ai souffert ! Il était solidement accroché, le marmot. J'ai été surprise par ma voisine, baignant dans mon sang. Au lieu de m'aider, elle n'a trouvé rien de mieux à faire que de courir me dénoncer. Je sais bien qu'on me pendra, dit-elle tout bas.

— Les autres femmes ne nous aident pas toujours. Nous devrions pourtant être solidaires. J'ai bien demandé à la sage-femme qui m'a examinée hier de ne pas dire que je venais d'accoucher. Elle n'a rien voulu entendre, ajouta l'autre femme qui, jusque-là, était restée silencieuse.

— Vous avez eu un bébé ? demanda candidement Anne, toujours émerveillée par une naissance, peu importe les circonstances dans lesquelles elle se déroulait.

— Oui, mais je ne pouvais le garder. Qui l'aurait nourri ? Le père est l'homme chez qui je travaillais encore il y a quelques mois. Il m'a prise de force. Mais il m'a mise à la porte lorsqu'il a vu que j'étais grosse. Je ne pouvais cacher mon accouchement. Quand ils sont venus m'examiner, j'avais encore les seins gonflés de lait, le ventre gros et du sang s'écoulait de mes parties basses. Quelques heures plus tôt, j'avais abandonné mon enfant sur les marches du séminaire Saint-Sulpice. Je me demande comment ils ont fait pour savoir que cet enfant était le mien.

— Avais-tu déclaré ta grossesse ? demanda Anne.

— Non, je ne l'ai pas fait.

— Alors là, tu auras de gros problèmes, murmura la rousse. L'intendant a demandé aux curés de lire tous les mois l'ordonnance du roi obligeant les femmes à déclarer leur grossesse. Tu devais le savoir, non ? Si en plus tu as abandonné ton enfant, tu iras droit à la potence, décréta-t-elle sans ménagement. Te souviens-tu de la veuve qui a été condamnée à être pendue parce qu'elle avait caché sa grossesse ? Elle a subi la peine du carcan sur la place publique pendant trois jours et trois nuits avant de monter sur la potence. Le curé en a parlé pendant une année entière.

Insensible au malaise que son propos venait de provoquer, elle s'adressa à Anne :

— Et toi, tu as des enfants ?

— Non. Je n'ai pas eu ce bonheur, répondit Anne.

Elle regretta aussitôt d'avoir fait cette confidence. Il lui semblait déplacé de parler du bonheur d'enfanter devant des femmes qui en payaient si chèrement le prix.

— A-t-on noué l'aiguillette à votre mariage ? demanda Gillette.

— C'est ce qu'a raconté mon mari. Il répétait à qui voulait bien l'entendre que la femme qui avait rompu le contrat de mariage avec lui, Catherine Vanier, était présente à l'église lors de notre mariage avec son mari Pierre Rondeau. Ils auraient, prétendait Julien, noué l'aiguillette parce que cette femme voulait se venger. Je n'ai jamais cru à cette histoire. Mais Julien n'en continuait pas moins de me dire que nous aurions dû nous marier en privé et de nuit, comme cela se fait en France par ceux qui veulent se soustraire aux pouvoirs des enchanteurs. Il avait entendu dire aussi qu'il lui aurait suffi de mettre des sous dans ses souliers pour se prémunir de ce mauvais sort.

— Qu'est-ce que ça veut dire nouer l'aiguillette ? demanda Marthe.

— Cela veut dire que durant la cérémonie du mariage, une personne fait trois nœuds avec une bandelette ou la corde qui sert à attacher ses vêtements, en récitant une formule magique. Si le nouveau marié voit qu'elle fait cette magie, il sera incapable de servir sa femme.

— Servir sa femme ! s'étonna Marthe. Mais ce sont les femmes qui servent les hommes.

Les femmes éclatèrent de rire, sauf Anne qui expliqua à l'enfant :

— Je veux dire qu'il sera incapable de faire des enfants à sa femme.

Et, s'adressant aux autres prisonnières, Anne ajouta :

— Nous avons essayé bien des recettes afin de nous libérer de ce soi-disant mauvais sort. Julien avait entendu dire que s'il embrassait le gros orteil de mon pied gauche pendant que je faisais la même chose, nous serions libérés, précisa Anne, en cachant le fait qu'ils avaient dû faire ce rituel complètement nus et en plein jour.

Toutes les prisonnières étaient suspendues à ses lèvres. Flattée de cette attention, Anne continua :

— Nous avons percé un tonneau de vin en faisant passer le liquide à travers mon anneau de mariage. En vain ! Julien a aussi pissé dans le trou de la serrure de la porte de l'église et, dit-elle, hilare, il a été surpris par le curé qui l'a vertement sermonné.

Anne n'ajouta pas qu'un homme qui l'avait courtisée avant qu'elle n'épouse Julien était venu la voir deux ans après son mariage. « C'est moi qui ai noué l'aiguillette, lui avait-il dit. Si tu veux te libérer de ce mauvais sort, il faut que tu sois mienne. » Anne, en désespoir de cause, avait accepté. Elle se trouvait bien naïve aujourd'hui d'avoir cru une telle baliverne. L'homme avait pris son plaisir et s'était ensuite moqué d'elle. « Mais je ne suis pas la seule à être naïve », se disait-elle. Les hommes d'Église ont même une liste de prières servant à annuler ce mauvais sort.

Les années avaient passé et de plus en plus de personnes s'étaient gaussées en parlant de l'incapacité du couple Talua de faire des enfants. Lorsqu'il rentrait à la maison après avoir subi leurs railleries, Julien était de fort méchante humeur. « Toutes ces commères n'étaient pas conscientes qu'en exacerbant ainsi la colère de Julien, elles contribuaient aux coups qu'il me donnait », pensait Anne.

— Avez-vous été en pèlerinage au Petit-Cap ?[20] demanda Gillette, ajoutant, avant qu'Anne ait le temps de répondre, qu'elle savait que trois couples infertiles étaient venus demander à sainte Anne la faveur de donner naissance à des enfants. Le curé a raconté que les trois femmes avaient accouché le 26 juillet de l'année suivante, précisément à la fête de sainte Anne !

— Oui, j'ai fait ce pèlerinage, répondit Anne. Je croyais que cette sainte m'écouterait d'autant mieux que je porte son prénom. J'ai prié aussi Notre-Dame-de-Foy, une sainte réputée pour rendre féconds les couples stériles. Mes prières n'ont pas été entendues. Je me suis aussi frottée le nombril à des reliques.

Et, sur le ton du secret, elle ajouta tout bas :

— Je me suis aussi frottée les parties honteuses à la verge de la statue de Saint-Joseph.

Lorsque le geôlier vint attacher les prisonnières pour la nuit, même si le soleil venait à peine de se coucher, il les trouva qui riaient aux éclats. Étonné de les voir de si belle humeur, il les rabroua afin qu'elles aient un comportement plus conforme à leur condition de prisonnières.

Même si elle se sentait malade, Anne n'était pas vraiment malheureuse en prison. Durant ces quinze années passées en Nouvelle-France, elle ne s'était liée d'amitié avec aucune femme. Et cela lui avait manqué terriblement. Elle était si belle que sa beauté apparaissait comme une menace pour les autres femmes. Et puis, Julien n'aimait pas qu'elle sorte. En ce lieu sordide qu'était la prison, Anne rencontrait des femmes qui, comme elles, vivaient un drame qui les rapprochait les unes des autres. Les prisonnières qui étaient condamnées à mort n'avaient plus de temps à perdre et elles allaient souvent

---

20 Aujourd'hui Sainte-Anne-de-Beaupré.

droit à l'essentiel. Les conversations étaient donc rarement factices et superficielles. Chaque soir, avant de s'endormir, elles se confiaient leurs pensées les plus intimes. Anne savait que si elle les avait rencontrées en dehors de la prison, aucune n'aurait dit ce qu'elles se confiaient si facilement entre ces murs. La prison, mais surtout l'éventualité d'une mort prochaine, donnaient un sentiment d'urgence à toute chose.

Paradoxalement, en prison, Anne se sentait en sécurité. Certes, elle avait eu peur au début que le geôlier ne vienne la rejoindre la nuit, car elle avait entendu les pires histoires au sujet de prisonnières soumises au plaisir des geôliers. Mais il la regardait à peine. Peut-être était-il amoureux de sa femme ou peut-être craignait-il simplement la potence, les geôliers étant sévèrement punis s'ils s'en prenaient aux prisonnières. Il pouvait d'ailleurs s'écouler des jours sans qu'Anne voie le geôlier. Il déléguait souvent à sa femme la tâche d'ouvrir et de fermer les portes des cachots. Quant à Julien, il ne pouvait surgir à toute heure et la battre. Malgré la saleté, malgré l'écho des bruits métalliques des portes qui la faisait sursauter plusieurs fois par jour, malgré la présence des rats, elle n'en avait jamais vu d'aussi gros !, malgré les cris que d'autres prisonnières lançaient dans leur sommeil, malgré le froid, l'humidité, les contraintes de l'emprisonnement, Anne était habitée d'un étonnant sentiment de liberté. Elle se sentait plus libre que lorsqu'elle vivait avec Julien et qu'elle devait se soumettre à sa volonté. La prison était une forteresse inexpugnable qui la protégeait des coups et de la tyrannie de Julien. Elle y avait trouvé une forme de paix.

Mais surtout, quand les portes de la prison s'étaient refermées sur elle, d'autres portes s'étaient ouvertes. Elle avait commencé à regarder en elle, à penser à sa vie et à panser sa vie.

Chapitre 16

Les questions se bousculaient dans la tête de Gervaise. Totalement concentré sur la cause Talua/Desjardins, il ne voyait pas la grande activité qui régnait en ce jour de marché. « Julien a lui-même avoué son crime, la question est réglée. Le motif du meurtre est clair. Les accusations de violence qu'Anne porte envers Julien ne laissent guère supposer qu'elle puisse être sa complice. Il est presque certain aussi que Marie Major n'a rien à voir dans ce meurtre. Elle aurait tout à perdre d'être la complice de Julien. Tout comme Anne. Après cette tragédie, c'est comme si elles étaient mortes socialement. Personne ne voudra de ces deux femmes dans leur entourage. L'une parce qu'elle sera considérée comme une putain et l'autre parce que la triste réputation de son mari rejaillira sur elle. Certains la diront responsable de l'adultère de son mari et d'autres entretiendront toujours des doutes quant à son innocence. Il est cependant difficile de déterminer dans quelle mesure ce meurtre était prémédité. Julien est retourné chez lui ce matin-là, il devait s'attendre à trouver éventuellement sa femme et Antoine dans le même lit. Il est possible que Julien ait pensé depuis belle lurette à se débarrasser de Desjardins. Même s'il a pu tuer sur le coup de la colère, la préméditation me semble plausible. Mais nous n'avons aucune preuve. »

Tout en marchant, il se remémorait les sentences déjà données antérieurement pour des meurtres semblables : « cet homme qui, récemment, a été sévèrement puni pour un meurtre. On l'a promené, nu sous sa chemise, dans les rues de la ville, la corde au cou, et, devant l'Église, on lui a ordonné de se mettre à genoux et de demander pardon à Dieu, au roi et aux représentants de la justice pour son crime. Sans ménagement, le bourreau lui a coupé le bras droit avant de le pendre à la potence de la place publique. Ensuite, on lui a coupé la tête et, après l'avoir attachée à son bras coupé, on l'a mise sur un poteau afin que tous puissent bien la voir ».

« Mais la justice n'a pas toujours été aussi cruelle. Il y a eu aussi cet homme qui a tué l'amant de sa fille parce qu'il les a surpris au lit ensemble. Il n'a pas été puni. Le juge a décrété que c'était un homicide nécessaire, c'est-à-dire un crime commis pour protéger, non seulement sa vie ou celle de ses proches, mais aussi ses biens. Dans cette affaire, le juge a conclu que sa fille était son bien. »

« Ah ! ce travail de juge intérimaire est plus exigeant que je ne l'aurais cru. Il y a tant et tant de choses à retenir », se dit Gervaise. Il pensa à la Grande Ordonnance criminelle qu'il avait relue la veille et dans laquelle est clairement décrite l'échelle des peines. Elles allaient de la plus cruelle à la plus clémente :

1. la peine de mort
2. la torture
3. la condamnation perpétuelle aux galères
4. le bannissement perpétuel
5. les galères à temps
6. le fouet
7. l'amende honorable
8. le bannissement à temps.

« Si Julien n'avait pas été un homme violent avec sa femme, je serais sans doute plus clément », se dit-il à haute voix, sous le regard amusé des passants, habitués à le voir tenir d'interminables soliloques lorsqu'il devait rendre une sentence. « Mais, étant donné son passé d'homme violent, je crois qu'il mérite la potence. D'autres y ont été conduits pour des crimes bien moins graves que le meurtre. Assurément, Julien mérite la pendaison », se répéta-t-il comme pour se convaincre lui-même. « Si seulement la prison pouvait être un châtiment au lieu d'être simplement un lieu de détention transitoire, je demanderais que Julien soit emprisonné jusqu'à sa mort. Car comment savoir si la mort est une véritable punition ? Après tout, nous ne savons pas ce qui se passe l'autre côté. Peut-être que je précipite Julien vers un lieu merveilleux, bien plus merveilleux que la terre et qu'une fois rendu dans ce paradis, il rira de ma sentence ! Quant à Anne, sa peine sera plus infamante qu'afflictive », se dit-il en se rappelant que les peines corporelles et afflictives sont celles qui portent atteinte au corps de l'accusé ou qui briment sa liberté, alors que les peines infamantes visent à ternir l'honneur et la réputation. « Je ne serai pas trop sévère pour Anne », décida-t-il en soulevant son chapeau comme s'il rencontrait quelqu'un. Prenant conscience du ridicule de son geste, il se dit que, décidément, cette femme le troublait beaucoup plus qu'il ne voulait se l'avouer. Il continua son soliloque en marchant de plus en plus vite, ses pas s'accordant au rythme de ses pensées.

« Dans bien des cas, les femmes trouvées coupables d'adultère sont fouettées sur la place publique avant d'être enfermées. Si le mari refuse de la reprendre auprès de lui, ce qui serait certainement le cas de Julien si cela s'avérait, elle reste enfermée à perpétuité, la tête rasée, ses biens confisqués. Seul le mauvais traitement du mari peut modifier la sentence. Puisque Anne a été battue par Julien, je lui donnerai la plus petite sentence. Je me contenterai de la mettre au ban et, si le bailli est du même avis que moi, j'essaierai de lui éviter le fouet. Elle est sans ressource. Sa vie ne sera pas facile. Si plusieurs voudront la mettre dans leur lit, aucun ne voudra épouser une femme ayant une telle réputation. »

Le juge aurait aimé ne pas la punir et aller lui annoncer qu'il la graciait. Voir la gratitude dans les si beaux yeux de cette femme. Mais l'adultère menaçait trop les assises de la colonie : la famille, la filiation, le bien d'autrui. Il fallait être répressif.

« Espérons que les sulpiciens ne trouveront rien à redire. Ils protègent Julien, j'en suis certain. Je suis dans une mauvaise position. Les sulpiciens viennent de me concéder une terre et je dois conserver mon poste. J'aimerais même être nommé juge royal. Quel honneur ce serait ! Sans compter que je risque de me mettre à dos plusieurs familles de Ville-Marie. Parce qu'il était bedeau et qu'ainsi il était souvent disponible à l'église, Julien a été parrain plusieurs fois. D'un autre côté, il s'en trouvera certainement qui seront heureux de voir Julien se balancer au bout d'une corde. Beaucoup le détestent. Les huissiers n'ont pas que des amis. J'ai ouï dire que Julien a été frappé, chassé à coups de poings par des hommes en colère chez qui il s'était présenté pour saisir leurs biens. Il paraît aussi qu'il a été chassé à coups de balai par une femme à qui il venait signifier une sentence. »

* * *

Le bailli entra, d'un pas pressé, dans la chambre d'audience. Maugue et lui attendirent le juge avec impatience, car ils avaient hâte de connaître ses conclusions. Lorsque Gervaise, près d'une heure plus tard, arriva enfin, ils demandèrent, en écho, un simple « Et puis ? » qui résumait la question.

— Si vous êtes d'accord, monsieur le bailli, Julien sera pendu sur la place publique.

— Je suis arrivé aux mêmes conclusions que vous, dit simplement Branssat.

Il croyait que les sulpiciens avaient mandaté Gervaise afin qu'il soit clément envers Julien. Il ne comprenait plus rien. Sa surprise était si grande qu'il oublia de parler de la sentence d'Anne.

— Vous m'en voyez ravi, répondit Gervaise. Si tout se passe comme prévu, nous prononcerons officiellement notre sentence dans six semaines environ afin de donner le temps aux membres du Conseil souverain, qui ne travaillent pas l'été, de prendre connaissance, à leur retour, de toutes les pièces du procès afin de ratifier ma sentence. Maugue, écrivez des copies de toutes ces pièces. Le bailli et moi allons les relire, les signer et les faire parvenir, avec ma sentence, scellées, à Québec. Veuillez aussi informer Marie Major et son fils qu'il n'est plus nécessaire qu'ils se présentent devant le tribunal et qu'un officier se rendra chez eux, à Batiscan, afin de les informer de la date de l'exécution de la sentence. Ils ne voudront sûrement pas manquer cela.

Le bailli écoutait attentivement. Il estimait que son remplaçant était un homme compétent. Il pouvait lui faire confiance.

Gervaise chargea le greffier d'une autre mission :

— Vous pouvez commencer à faire circuler la rumeur. Vous savez comme moi que les marchands et les habitants qui ont pignon sur rue près de la place du marché détestent apprendre à la dernière minute qu'il y aura une exécution. Ils aiment préparer d'avance les places qu'ils loueront, à leurs fenêtres, à ceux qui ont le moyen de payer les meilleurs sièges afin de ne rien manquer de la pendaison. Allez aussi en glisser un mot à l'artisan Fortier pour qu'il fasse ses potences miniatures. Comme vous le savez, il en vend beaucoup les jours de pendaison.

Le juge et le bailli savaient que, s'ils l'apprenaient, les membres du Conseil ne leur tiendraient pas rigueur qu'ils fassent circuler cette rumeur. Tous les hommes de loi s'entendaient sur le fait que le but premier des sentences était la dissuasion. Les exécutions publiques ne servaient qu'à cela. En suscitant la crainte, elles assuraient la soumission du peuple aux lois. Il fallait donc faire en sorte que le plus de monde possible y assiste.

— Voilà une tâche peu exigeante, répondit le greffier. Rien n'est plus facile à lancer qu'une rumeur.

Le juge Gervaise se rendit lui-même chez les sulpiciens afin de les informer de la sentence. Il appréhendait leurs réactions, aussi fut-il fort étonné de les voir accueillir la nouvelle avec un calme plat qui ressemblait fort à de l'indifférence. Il s'était attendu à être contesté. Il retourna chez lui, fort perplexe. « J'étais pourtant certain que les sulpiciens allaient protéger Julien. »

Chapitre 17

La présence quotidienne de Marie avait aidé Roxane à sortir peu à peu du déni dans lequel elle s'était enfermée pour se protéger d'une souffrance qu'elle n'était pas prête à affronter. Elle n'arrivait pas souvent à trouver les mots pour exprimer toute la peine que lui causait la maladie de son fils. Cela lui était aussi difficile que d'essayer de décrire un orgasme, une extase ou le goût du chocolat. Une phrase venait souvent à son esprit : « Mon fils est malade et mon cœur est brisé. » Mais elle n'avait jamais été capable de la dire à haute voix.

Les mots ne lui étaient pas d'un grand secours, mais elle se sentait moins seule depuis que Marie avait vu ce qu'elle devait affronter quotidiennement. Marie avait compris combien il était épuisant de vivre avec quelqu'un qui tombe souvent en convulsions, quelqu'un qu'on ne peut laisser seul un instant, qu'il faut surveiller, réconforter, soigner, et tout cela, avec un immense sentiment d'impuissance et une tout aussi immense inquiétude quant à son avenir. Marie avait demandé à Roxane : « Comment fais-tu ? Comment y arrives-tu ? » « Enfin ! s'était dit Roxane. Enfin ! quelqu'un comprend ce que je vis. » Et le simple fait d'être comprise l'avait réconfortée bien plus que tous les mots d'encouragement dont elle avait pourtant bien besoin. Elle s'était mise à pleurer et Marie avait pleuré avec elle. Et même les larmes de Marie avaient fait du bien à Roxane parce qu'elles révélaient que son amie était réellement touchée par son drame.

Roxane aurait souhaité que Marie habite chez elle jusqu'à ce que le juge prononce publiquement la sentence, mais Marie ne pouvait laisser ses voisins s'occuper indéfiniment de ses animaux et de son jardin où poussaient des légumes et des plantes médicinales.

Avant de se quitter, elles s'embrassèrent trois fois, car on disait qu'il était malchanceux de s'embrasser seulement deux fois sur les joues. Elles rirent de ce rituel superstitieux auquel elles ne dérogeaient pas depuis des années. Thomas serra Marie dans ses bras et elle le remercia d'avoir réparé son canot.

Marie et Pierre ramèrent en silence. Le ciel était menaçant, mais la masse d'eau était aussi étale qu'un lac tranquille. Marie se demandait si Julien serait pendu. Penser qu'il se balancerait au bout d'une corde ne la soulageait en rien. Si cela s'avérait, elle n'assisterait certainement pas à sa pendaison. Elle pensa soudain à ce percepteur d'impôts dépecé vivant lors des révoltes populaires à Saintonge, en France. « Au moins, mon père, tué pour les mêmes raisons, n'a pas été torturé avant de mourir. Les Iroquois, que l'on dit si cruels, n'ont vraiment rien à nous apprendre en ce qui concerne la torture ! » Marie savait que les Iroquois scalpaient leurs victimes parce qu'ils croyaient qu'ils provoquaient ainsi la mort de l'âme et que, privés d'âme, ceux qu'ils avaient tués ne pourraient venir les tourmenter. Mais elle ignorait quelles croyances profondes motivaient les gestes sadiques des Blancs.

Pierre et Marie ramaient depuis près de quatre jours, ne s'arrêtant que pour manger et dormir, lorsqu'ils entendirent les cloches de l'église de Trois-Rivières sonner les sextes. « Il est midi ! » s'exclama Pierre. Ils décidèrent de s'arrêter pour se reposer un peu et délier leurs membres. C'est en marchant dans les rues de cette ville, où tout le monde les connaissait, que Marie mesura l'ampleur de l'opprobre dont, désormais, ils seraient l'objet. Ce n'était ni sa fatigue ni sa tristesse qui l'amenaient à amplifier ce sentiment d'être réprouvée. Toute personne un tant soit peu marginale qui vivait à cette époque sentait le poids écrasant du mépris. À plus forte raison Marie, qui avait un sixième sens pour détecter rapidement les sentiments réels des gens, même lorsqu'ils cherchaient à les dissimuler sous les plus beaux oripeaux.

Marie observa d'abord que, contrairement à la coutume, pas un homme ne soulevait son chapeau lorsqu'il les rencontrait. Elle vit ensuite que plusieurs femmes, même parmi celles qu'elle avait aidées à accoucher, déviaient le regard, faisant mine de ne pas l'avoir vue. Des commères étaient rassemblées sur le parvis de l'église. Manifestement, elles parlaient d'eux; leurs conciliabules étant ponctués de fréquents coups d'œil dans leur direction. Que la mort d'Antoine alimente les conversations n'était guère étonnant. Les meurtres étant rarissimes, ils suscitaient un intérêt inversement proportionnel à leur nombre. Les circonstances de la mort d'Antoine n'éveillaient guère la compassion de tous ces gens bavards qui, au contraire, s'en donnaient à cœur joie:

— Antoine aimait un peu trop sucer le cruchon et lutiner les femmes!

— Il paraît que Desjardins n'haïssait pas relever la moustache de Talua avec son épée lorsqu'il était rond comme les futailles qu'il fabriquait.

— Il était de basse étoffe!

— Antoine était un repris de justice. Il venait d'être remis en liberté quand il a été tué!

— Son corps a été jeté à la voirie!

— Il était logé à l'enseigne de la lune, il était sans feu ni lieu.

— C'était un gibier de potence, un fainéant. En prison, il paraît qu'il a été fustigé de verges.

Marie n'échappait pas aux commérages:

— Elle est réduite à la dernière misère, la Major!

— Les femmes allaient voir Marie quand elles n'avaient plus leurs cardinaux!

— Elle ne vaut guère mieux qu'Antoine. Elle s'est liée d'amitié avec un esclave qui a été flétri d'un fer chaud. Il paraît qu'il a construit une cabane dans les bois sur la terre de Desjardins. Dieu sait ce qu'ils y faisaient ensemble.

Une femme que Marie avait aidée à accoucher s'exclama :

— Si mon enfant est né aussi velu qu'un animal, c'est sûrement parce que Marie m'a donné, lorsque j'étais enceinte, une image où l'on voyait plein d'animaux. Je l'ai regardée si souvent que mon enfant est né aussi poilu que ces bêtes.

Pierre et Marie n'avaient rien entendu. Mais lorsqu'ils s'approchèrent, ils sentirent la forte énergie négative qui émanait du petit attroupement. Les commères eurent beau se taire, quelques-unes affichèrent même un sourire, le langage non verbal, celui de leur corps, parlait plus fort et avec plus de vérité que bien des mots. Marie se demanda si ces gens-là imaginaient à quel point le poids de l'opprobre et de la médisance était lourd à porter. Elle avait l'impression qu'on venait de déposer une chape de plomb sur ses épaules. Leur attitude l'inquiétait, car elle avait besoin de l'estime des autres pour survivre. Les commérages et les rumeurs, en lui fermant toutes les portes, pouvaient la condamner à la misère. Elle savait que les veuves se dépêchaient de se remarier afin d'éviter cette misère. Elle ne voulait pas en arriver là. Elle s'était promis de ne plus jamais se marier parce qu'elle s'y sentait obligée, même si elle savait que, dans la colonie, une femme sans mari est souvent perçue comme une marginale.

Marie et son fils virent qu'une copie du monitoire était affichée devant l'église. Même si le ciel annonçait une averse, ils renoncèrent à aller se sustenter au cabaret. Ils préféraient nettement être tenaillés par la faim plutôt que d'être blessés par les flèches du mépris. Ils décidèrent d'aller se reposer quelques minutes à l'orée de la forêt. Ils suivirent un étroit sentier que l'herbe envahissante avait presque fait disparaître. De savoir qu'ils seraient bientôt à l'abri dans leur maison de Batiscan leur donnait du courage. Leur pause fut courte, car la pluie commença à tomber drue.

Même s'ils étaient trempés et épuisés lorsqu'ils accostèrent un peu plus tard sur la grève, juste derrière leur maison, ils étaient contents de se retrouver enfin chez eux. Leur joie fut de courte durée : une autre mauvaise surprise les attendait. La porte de leur maison avait été verrouillée avec un gros cadenas. L'acte d'assignation à comparaître en cour qu'un archer était venu leur porter aux environs du 13 juillet avait été fixé à l'entrée. La pluie, aidée du vent, s'était chargée d'en disperser la majeure partie dans la nature. Un autre exploit d'huissier paraissait avoir été apporté plus récemment puisqu'il n'était presque pas abîmé. Marie lut que tous ses biens étaient saisis.

Elle comprit avec effroi que plus rien ne leur appartenait. Sa vie basculait encore une fois. Elle avait essayé de faire de sa demeure une maison chaude et accueillante, même si elle était plus que modeste. Elle avait su si bien s'organiser qu'elle se donnait du temps, chaque semaine, pour continuer d'apprendre en se payant le luxe de la lecture. En cachette, bien sûr. Elle avait réussi, à force d'efforts soutenus, à se construire une vie agréable et tout s'écroulait. Incapable de prononcer une parole, elle fixait l'exploit du huissier, le regard hagard. Elle n'arrivait pas à croire qu'elle avait vraiment tout perdu. Elle était si fatiguée. Elle ne pouvait même pas se reposer dans sa propre maison. Dans la tourmente qu'était devenue sa vie, elle aurait eu pourtant bien besoin d'une accalmie, d'un lieu où déposer sa peine.

— Qu'allons-nous faire, maman? demanda Pierre avec dans la voix un restant d'enfance qui témoignait de sa vulnérabilité.

— Je ne sais pas. Nous trouverons une solution. Laisse-moi réfléchir. Pendant ce temps, veux-tu aller chez les voisins chercher nos animaux?

Marie retenait ses larmes, car elle voulait donner à Pierre l'impression qu'elle pouvait encore contrôler la situation. « Où vont toutes ces larmes que je refoule depuis des semaines? » se demanda-t-elle. Elle les imagina se frayer mille chemins dans son corps, la tuant lentement de l'intérieur.

— Maman! cria Pierre quelques minutes plus tard.

Le cri de son enfant la glaça. Il y avait quelque chose de désespéré dans sa voix. Un désespoir qui lui avait été étranger jusque-là.

— Maman, c'est Michel Lecourt et Jacques Marchand qui ont ordonné une saisie. Nos animaux ont déjà été vendus au profit des
créanciers !

Sa voix devint rauque lorsqu'il ajouta :

— Même nos chiens ont été saisis !

Marie devait rapidement prendre une décision :

— Je vais chez Marchand voir ce que je peux faire.

Jacques Marchand la reçut poliment. Sans plus. Aucun geste ni aucune parole ne révélaient qu'il éprouvait de la compassion pour cette
femme dont la vie, se disait-il, était aussi dévastée que les ruines fu-
meuses qu'il avait vues après le grand incendie de la ville de Québec
deux ans plus tôt.

— Avez-vous de l'argent, madame Major ?

— Je n'ai pas d'argent. Mais vous n'ignorez pas que Pierre et moi
sommes capables de gagner notre vie. Nous allons vous rembourser
jusqu'au dernier centime.

— Vous avez trop de dettes. Pierre et vous n'arriverez jamais à
toutes les payer. Tout au plus serez-vous capables d'en gagner suffisamment pour vivre. Et ce n'est pas certain. L'emprisonnement
d'Antoine, ses dettes, sa fin tragique ont trop entaché votre réputation. Je ne crois pas non plus que beaucoup de personnes voudront
signer des contrats avec Pierre. Ne dit-on pas : « Tel père, tel fils » ?

Marie savait qu'il disait la vérité. Elle aurait apprécié cependant
qu'il la lui présente moins froidement. Elle se débattait, refusait de
s'avouer vaincue :

— Ma réputation de sage-femme est bien établie.

Marchand aurait préféré ne pas devoir apporter des précisions,
mais puisqu'elle s'entêtait :

— Le curé en a déjà fait un sujet de sermon dimanche dernier. Il
ne vous a pas nommée explicitement, mais tout le monde savait qu'il
parlait de vous. Il rappela que la sage-femme doit avoir une vie exemplaire. Si la vie du bébé est en danger, c'est elle qui doit l'ondoyer au

plus tôt, si aucun homme n'est présent, bien sûr. « Que vaut un ondoiement fait par une femme dont la vie n'est pas irréprochable aux yeux de Dieu ? » a-t-il demandé. D'ailleurs, je ne vous apprends rien. Vous avez certainement reçu un certificat de bonnes mœurs afin de pouvoir pratiquer.

— Oui, bien sûr.

Marie se souvenait de l'empressement avec lequel le curé lui avait alors remis ce certificat. Le bon curé Guérin, originaire, comme elle, de la Normandie. Comme il lui manquait ! Il y a quelques années, il avait été trouvé mort gelé trois jours après qu'il fut parti porter les sacrements à une mourante. C'est lui qui avait suggéré à Marie de devenir sage-femme. Il était arrêté chez elle alors qu'elle récoltait dans son jardin des plantes médicinales.

— Pourquoi n'êtes-vous pas encore sage-femme ? lui avait-il demandé. Il y a plusieurs années que vous êtes releveuse ! Votre temps d'apprentissage est fait. Mes paroissiennes ne tarissent pas d'éloges quand elles parlent de vos qualités de releveuse et des conseils de santé que vous leur prodiguez. Le territoire est vaste à couvrir. Les femmes de Saint-Pierre-les-Becquets, de Sainte-Anne-de-la-Pérade, de Deschambault et de Champlain sont souvent laissées à elles-mêmes ou, ce qui n'est guère mieux, aux mains de voisines inexpérimentées.

— Je songeais depuis quelque temps à vous demander de me délivrer un certificat, lui avait répondu Marie avec un grand sourire.

Le curé était resté chez elle une partie de l'après-midi et ils avaient parlé de choses et d'autres, se remémorant les lieux de leur Normandie natale. Perdu dans ses souvenirs, il avait dit :

— Vous viviez dans une maison magnifique, coiffée d'un toit d'ardoises. Elle était immensément haute. Je me souviens très bien de cette maison gothique à double encorbellement.

Il s'était arrêté net, soudain conscient de son indélicatesse. Dans sa cabane de Batiscan, Marie était loin du confort auquel l'avait habituée sa famille : « Il est inutile de le lui rappeler. Je suis le pire des crétins. »

Au moment de la quitter, il l'avait serrée dans ses bras avec la même tendresse que son père lui manifestait jadis. Elle en avait eu les larmes aux yeux. Il lui avait gentiment pincé la joue en guise d'au revoir et l'avait regardée longuement, comme s'il pressentait qu'il ne la reverrait plus jamais.

« Aujourd'hui il n'est plus là, se dit Marie, et essayer d'attendrir Marchand est peine perdue. »

D'autant plus qu'elle savait qu'il avait raison. Désormais, elle ne pourrait plus obtenir de certificat de moralité. « Ce ne sont pas les connaissances et la compétence qui sont d'abord évaluées, mais la moralité ! » pensa-t-elle, amère.

— Je vous aurais attendue, croyez-moi bien, ajouta Marchand qui avait hâte d'en finir, mais Michel Lecourt et sa femme ont ordonné une saisie. Je suis votre plus gros créancier. Je ne peux permettre que tout un chacun obtienne légalement la saisie de vos biens en me laissant les miettes. Déjà que l'un d'eux s'est emparé, en toute légalité, de vos animaux. Je dois vendre votre terre, votre maison et vos autres bâtiments au plus tôt. Je récupérerai mon dû et, s'il en reste, je paierai les autres créanciers.

— Me permettez-vous au moins de récupérer quelques effets personnels ? demanda Marie d'une voix éteinte.

— Oui, mais je passerai chez vous demain lorsque le soleil sera à son zénith et je vérifierai ce que vous emportez. Voici la clef du cadenas que j'ai mis sur votre porte.

Chapitre 18

Pierre l'attendait et lui montra les victuailles que leur voisin leur avait données avant de s'éclipser discrètement. Marie lui était reconnaissante. Elle ne voulait pas de témoin de sa déchéance. Pierre et elle mangèrent en silence. Un malaise s'était installé sournoisement entre eux. Marie avait honte d'avoir été trompée. Elle craignait que Pierre ne la rende responsable de l'infidélité d'Antoine. Elle ne savait comment exprimer ses sentiments à son fils. Si elle l'avait fait, elle aurait compris que Pierre était à mille lieues de lui en tenir rigueur.

À cause de la chaleur, ils avaient laissé la porte ouverte et Pierre fixait l'entrée, le regard vide. Perdu dans ses souvenirs, il se disait que plus jamais il ne verrait la haute silhouette de son père dans l'embrasure de la porte et qu'il ne l'entendrait plus jamais crier : « Pierre, Marie, c'est moi ! »

Pierre secoua la tête, il avait cru entendre la voix de son père. Il n'arrivait pas à croire qu'il était mort. Cela lui était d'autant plus difficilement concevable qu'il n'avait pas vu la dépouille. Il nourrissait une haine féroce envers Julien et Anne.

— Où irons-nous maman ?

— Je n'ai pas encore pris de décision. Où aimerais-tu aller ?

Il aurait aimé lui dire qu'il ne voulait pas quitter Batiscan. Il ne se sentait pas prêt à abandonner si brusquement tout ce qui le rattachait à son enfance. Il avait encore besoin parfois de la tendresse des bras maternels. Il aurait souhaité retourner en arrière et demander à sa mère de le bercer et de le délester de sa peine comme elle le faisait quand il était enfant. Il voulait qu'elle lui dise, comme jadis, qu'il avait fait un mauvais rêve et qu'il pouvait aller se recoucher, qu'elle veillerait sur son sommeil. Mais, même si Marie refoulait ses larmes, il sentait chez elle un désarroi et une fragilité qu'il n'avait jamais perçus auparavant. Il n'osait pas lui demander quoi que ce soit. Dorénavant, c'était lui l'homme de la maison. Il devait prendre ses responsabilités. Devant son mutisme, Marie ajouta :

— Je crois qu'il serait préférable que nous habitions Québec. Les Iroquois recommencent à attaquer. La plupart du temps, ils rôdent autour de Lachine et de Ville-Marie. Je me sentirais plus en sécurité à Québec.

— Oui, je pourrais travailler avec un des tonneliers dont papa parlait souvent et qui ont pignon sur rue dans la basse-ville.

— J'ai pensé la même chose, répondit Marie en essayant de sourire. Elle hésita à poursuivre, mais il le fallait bien :

— Je crois qu'il vaudrait mieux que nous changions de nom.

Elle ne savait comment lui dire clairement, sans trop le blesser ou l'effrayer, que personne ne voudrait des services de quelqu'un dont le père avait une si triste réputation et qui risquait d'avoir des créanciers à ses trousses. Mais Pierre savait tout cela, aussi ajouta-t-il aussitôt :

— Alors, je vais m'appeler Leroy. Papa utilisait ce patronyme avant de prendre le nom de Desjardins. Il m'a dit un jour qu'au Moyen Âge, à l'époque où l'on attribuait des noms de famille, le nom Leroy avait été donné à ses ancêtres à cause de leurs qualités. Ce nom signifiait « celui qui est le meilleur dans son domaine ».

— Bonne idée ! Moi j'utiliserai le nom de ma mère : Le Pelé.

Pierre pensa que c'était un bien drôle de nom, mais il ne fit aucun commentaire.

Marie regarda autour d'elle en se demandant ce qu'ils apporteraient à Québec. L'aisance de son amie Roxane lui faisait mesurer pleinement le dénuement dans lequel elle vivait à Batiscan. Elle prit soudain conscience à quel point les rideaux du lit-cabane étaient élimés et leurs vêtements, râpés. Même le cache-misère qu'elle portait depuis des années était aussi abîmé que les vêtements usés qu'il devait cacher. Il n'y avait que sa belle cape de panne verte que lui avait donnée son père qui semblait neuve. Faute d'occasions, elle ne l'avait presque jamais portée.

Marie songeait à tout ce qu'ils auraient pu faire avec l'argent qu'Antoine avait gagné durant la dernière année et dont elle n'avait pas vu l'ombre. « Tout ce qui aurait pu adoucir les aspérités de notre vie a peut-être été dépensé pour gâter sa maîtresse. Mais peut-être que Julien a volé cet argent après avoir tué Antoine », se dit aussitôt Marie. Cette dernière hypothèse faisait moins mal.

Même si sa maison était modeste, Marie s'était attachée à ce lieu qu'elle habitait depuis quinze ans. Elle avait le fleuve comme décor. Chaque jour, la scène était différente. Au gré des vents ou des saisons, le fleuve était étale ou cambré, sombre ou irisé de mille feux. L'hiver, il était semblable à un immense champ de neige, joliment décoré de curieuses arabesques de glace. Certains jours d'automne, les vagues étaient si hautes que des embruns touchaient leur maison, la fouettant sans ménagement avec une violence telle que sa demeure lui apparaissait comme une forteresse inexpugnable. Une rivière coulait tout près avant d'aller se jeter en chantant dans la mer. Lorsque Marie, les jours de canicule, laissait la porte ouverte, elle adorait entendre son chant cristallin. Elle allait souvent s'y baigner, se rendant parfois jusqu'à la chute où, nue au pied de cette masse d'eau, elle goûtait voluptueusement à la caresse des milliers de gouttelettes qui passaient sur elle avant de se perdre sous l'arc-en-ciel que le soleil amenait toujours avec lui. Quant à la forêt qui l'entourait, Marie avait souvent le sentiment que c'était là sa véritable maison. Elle n'aimait rien tant que de s'appuyer à un arbre, goûter de tout son corps les odeurs et la caresse du vent, écouter le chant des oiseaux ou le singulier langage des écureuils, surprendre une bête. Tout cela allait terriblement lui manquer, elle le savait.

Elle ouvrit son vieux coffre et commença à y ranger ce qu'elle estimait avoir le droit d'amener. Cela se limitait à peu de choses. Elle plia sa robe de taffetas verte qu'elle portait le jour de son mariage et évita sciemment de penser à ce 11 septembre 1668. Elle se concentra plutôt sur les livres qu'elle avait reçus en cadeau. Ceux qui les lui avaient donnés la connaissaient bien, car ils étaient originaires, comme elle, de St-Thomas de Touques. Ils savaient qu'elle préférait ne pas révéler qu'elle savait lire et écrire et ils respectaient ce secret. Ils savaient aussi que la majorité des Français se méfiaient des sages-femmes qui possédaient une culture livresque. Ils donnaient plutôt leur confiance à celles dont les connaissances leur avaient été transmises oralement. S'ils avaient dévoilé le secret de Marie, ils l'auraient privée de son gagne-pain. Elle et Pierre mangeaient à leur faim grâce à la nourriture — poulet, cochon, pain, blé, pois — qu'elle recevait en échange de ses services.

Quant à ceux qui lui donnaient des livres, ils étaient, la plupart du temps, soulagés de s'en débarrasser, car les curés menaçaient continuellement d'excommunier ceux qu'ils suspectaient de lire des romans ou des comédies. Un ami de Marie, qui était venu en Nouvelle-France avec l'espoir d'y ouvrir une imprimerie, s'en était retourné quand il avait appris, stupéfait, qu'il était interdit de le faire. Non seulement il avait donné à Marie tous ses livres, mais il lui en envoyait par bateau chaque année. Il lui avait même fait parvenir les *Nouvelles tables anatomiques*, publiées en 1678, dont se servaient les sages-femmes. Ces cartons illustrés lui avaient permis d'apprendre l'anatomie. Il lui avait envoyé aussi *Observations diverses*, écrit par Louise Bourgeois, une sage-femme de la cour de Marie de Médicis, ainsi que le *Traité des maladies des femmes* de François Mauriceau.

Marie s'estimait chanceuse d'avoir un ami qui comprenait et partageait son amour de la lecture. Alors que, pour elle, les livres valaient de l'or, ils n'avaient, pour la plupart des gens de la colonie, aucune importance. Elle pensa au notaire qui, lorsqu'il avait fait l'inventaire des biens d'un homme qui venait de mourir, avait mentionné que cet homme, un assoiffé de lectures, possédait une trentaine de livres. Il n'avait cependant pas dit lesquels, mais s'était par contre attardé à décrire dans le détail les trente-cinq chemises du défunt. « Nous ne savons pas le titre des livres, mais nous connaissons précisément à quel endroit ses chemises étaient usées ! » avait pensé Marie lorsqu'on lui avait raconté cette anecdote.

Marie trouva au fond de son coffre un livre miniature qui tenait dans la paume de sa main et auquel était attaché une petite loupe. Ce livre minuscule, Marie l'avait trouvé après qu'un archer l'eut échappé lorsqu'il pillait la bibliothèque des Major. Afin de ne pas être submergée par l'émotion, elle le remit aussitôt dans son coffre, caché dans la poche d'un vêtement. Elle ouvrit un autre livre au hasard et y lut une pensée du philosophe Platon : « Soyez bons les uns envers les autres, car tous nous sommes engagés dans un combat difficile. » Elle s'amusa d'être tombée sur une pensée du philosophe qui portait le nom de son ami. Elle s'en amusa encore plus lorsque celui-ci, dans les secondes qui suivirent, frappa à sa porte :

— Marie, quand j'ai appris ce qui t'arrivait, j'ai demandé la permission de m'absenter. Je suis heureux de te trouver ici.

Le cœur de Marie battait la chamade, comme cela lui arrivait toujours depuis quelques mois, chaque fois qu'elle voyait Platon.

— Tu arrives à point. Je dois m'en aller dans quelques heures et je ne me vois pas marchant jusqu'à Québec avec mes coffres ! dit-elle en essayant de mettre de l'humour dans sa voix.

Platon la prit dans ses bras et elle se mit à pleurer :

— J'ai tout perdu. Mon mari, ma maison, ma terre, mes animaux, mon beau canot que tu as toi-même fabriqué. Tous mes biens en fait mais, plus encore, je perds la vie que je m'étais construite. Mon métier de sage-femme, surtout, que j'aimais tant. Une chance que tu es là !

Marie était rassurée par la présence de Platon. Fragilisée par le drame qui secouait sa vie, elle se sentait de moins en moins sûre d'elle et luttait constamment contre l'angoisse. Platon avait un flair qui semblait presque magique. Il surgissait toujours quand elle avait

besoin de lui. Marie avait souvent été fascinée par cette extraordi-
naire faculté qu'il avait de s'orienter dans la forêt et de sentir la présence du gibier ou d'un humain bien avant que l'œil ou l'oreille ne
puisse la discerner. Il savait d'instinct aussi quelle personne était digne
de confiance.

Jacques Marchand arriva plus tôt que prévu, accompagné d'un
homme à qui Antoine devait de l'argent. L'homme s'était présenté
chez le bailli de Trois-Rivières quelques jours plus tôt afin qu'on lui
remette les effets d'Antoine. Le juge ayant refusé, il avait donc décidé
de se faire justice lui-même. Il fouilla les coffres que Marie avait déposés à l'entrée de sa maison et elle eut peur qu'il voie les livres qui y
étaient cachés. Il trouva son argent, les trente livres qu'elle avait éco-
nomisées, et le mit dans sa poche. Marie tremblait de tous ses membres. Elle détestait afficher ainsi sa vulnérabilité. Ce n'était pas la première fois qu'elle devait affronter la dureté de cet homme. Il l'avait
harcelée et avait même tenté de l'intimider en entrant dans sa maison
à l'improviste, criant, renversant des chaises. « Au moins tout cela
sera bientôt fini », se répétait-elle pour se donner du courage.

Platon tenta d'intervenir, mais l'homme cracha sur lui en le traitant de « chien d'esclave ». Marchand poussa Platon sans ménagement mais prit néanmoins la défense de Marie.

— Vous n'avez pas le droit de prendre son argent ! dit-il.

— Le droit ? Qu'elle me poursuive en justice si elle veut récupérer
ce qu'elle me doit !

Marie comprit que toute discussion était inutile. Déjà, l'homme
était parti, content d'avoir récupéré son dû.

Marchand ouvrit les coffres de Marie et vit les vêtements
d'Antoine. « Les vêtements sont une denrée si rare, se dit-il en les sou-
pesant, je pourrai certainement en obtenir un bon prix. »

— Pierre aimerait garder l'uniforme de son père, intervint Marie.

Elle savait à quel point Pierre était fier que son père ait fait partie
du régiment de Carignan. Marchand ne répondit pas, prit les vête-

ments et regarda les tonneaux empilés sur une charrette. Captant son regard, Marie l'informa qu'ils reviendraient les chercher parce qu'ils étaient le fruit du travail de Pierre.

— Non, Marie. Nous allons les vendre à l'encan. Ces tonneaux nous rapporteront gros. L'argent servira à payer vos créanciers, comme le reste, comme l'uniforme de votre mari, précisa Marchand d'un ton neutre.

« Heureusement que nous avons laissé les outils chez Thomas », pensa Marie.

Marchand s'approcha aussi du baquet[21] rempli de linges de cuisine et le mit de côté. Marie ne broncha pas. Elle savait qu'elle ne pouvait le mettre dans le canot. C'était une ruse. Elle l'avait mis là exprès en se disant que plus il aurait l'impression de lui prendre des choses, plus elle avait de chances qu'il lui laisse ce qu'elle voulait vraiment amener. « À un moment ou à un autre, il sera gêné de nous dépouiller », se dit-elle en ne cessant de le regarder.

Marchand était effectivement mal à l'aise. Pressé d'en finir, il sortit de sa poche un document signé de la main du bailli de Trois-Rivières l'autorisant à saisir tous les biens qu'il trouverait sur la terre des Desjardins.

— Je tenais à vous prouver que je suis dans mon droit, dit-il comme pour s'excuser de ne pas lui avoir parlé plus tôt de cette autorisation légale.

Il ne fit que le lui montrer de loin, persuadé qu'elle ne savait pas lire. Marie eut le réflexe de le prendre, mais se retint à temps.

Ne pouvant soutenir le regard de Marie, Marchand ajouta, en se tournant vers Pierre :

— Partez. Le plus tôt sera le mieux.

Ils se dirigèrent tous les trois vers le canot de Platon. Marie chercha du regard son gros chat qu'elle affectionnait de tout son cœur.

---

21 Cuve de bois servant de bain.

Remarquable par sa grande taille, il ressemblait à un bébé ourson, mais Marie l'appelait affectueusement « mon Petit ». Elle l'appela, indifférente au regard étonné de Marchand qui ne comprenait pas son attachement aux animaux. Elle espérait qu'il ne s'était pas trop éloigné de la maison. Il était hors de question qu'elle l'abandonne. Enfin ! elle le vit venir vers elle en courant. Lorsqu'elle l'enveloppa avec son châle, il posa sur elle ses yeux aux éclats d'ambre jaune et il se mit à ronronner. Elle jeta un dernier regard à sa maison et ses larmes tracèrent de fines rigoles dans la longue fourrure de son chat. « Tout quitter encore une fois. Tout abandonner si brusquement. Avoir le sentiment de n'avoir aucune prise sur sa destinée. » Marie refoula ses larmes. Elle évita de penser à tous les beaux souvenirs qui étaient rattachés à ce lieu. Elle avait l'impression que le sol se dérobait sous ses pieds et qu'elle devait faire de plus en plus d'efforts afin de ne pas sombrer. « Heureusement que Platon est là, se répéta-t-elle. Heureusement aussi qu'ils n'ont pas trouvé mes livres, ils m'ont si souvent tirée de ma mélancolie. »

Chapitre 19

Platon ramait à toute vitesse et Pierre arrivait à maintenir le rythme sans trop de difficulté. Toutes les maisons étaient situées au bord de l'eau parce que le fleuve était presque le seul moyen de se déplacer d'un endroit à un autre. C'était d'ailleurs la raison pour laquelle on l'avait baptisé « l'eau qui marche ». Marie regardait tous ces gens qu'elle connaissait et qui s'affairaient autour de leurs demeures. « Ils en ont de la chance. Le savent-ils ? Sont-ils trop harassés de fatigue pour apprécier tout ce qu'ils ont ? » Elle vit une femme enceinte qu'elle connaissait et lui fit un signe de la main. Amanda s'essuya le front et s'avança vers elle en marchant d'un pas mal assuré, une main sous son gros ventre. Marie demanda à Platon de s'arrêter. Amanda lui offrit ses condoléances et se mit à pleurer lorsqu'elle apprit que Marie s'en allait :

— Qui va m'accoucher ? demanda-t-elle en sanglotant.

Marie savait à quel point cette femme avait peur d'accoucher. Sa mère et sa tante étaient mortes en couches après avoir souffert atrocement durant des jours. Pendant des années, Amanda avait refusé de se marier à cause de cette peur. Elle redoutait aussi que ses craintes soient nocives pour son bébé. L'on répétait si souvent que chaque pensée, chaque désir, chaque émotion de la femme enceinte s'imprimaient dans le corps de l'enfant à naître. On racontait que certains étaient nés difformes à cause des terreurs de leur mère.

Marie ouvrit un coffre et lui remit une roche en forme d'œuf. Elle lui affirma que si elle tenait ce talisman dans sa main droite durant l'accouchement, tout se passerait bien. Dans les circonstances, c'était tout ce qu'elle pouvait faire pour elle. Amanda la remercia chaleureusement. Marie avait un peu honte de ce subterfuge, mais elle se disait que la confiance qu'Amanda mettrait dans ce talisman pourrait réellement l'aider, car elle avait été maintes et maintes fois témoin du pouvoir de la foi.

Elle se remémora le contenu d'une conférence qu'elle avait entendue à Paris. Le médecin qui la prononçait parlait du *vis medicatrix naturae*, c'est-à-dire du pouvoir guérisseur de la nature. « Ce pouvoir, avait-il dit, est si efficace que presque toutes les maladies guérissent d'elles-mêmes. » Il avait ajouté cependant que plusieurs conditions devaient être réunies pour réveiller le mécanisme de guérison qui était lové en chacun. Le premier était la foi. « Pas seulement la foi du malade, avait-il ajouté. Car non seulement le malade doit croire au traitement, mais celui qui le donne doit y croire tout autant. Il faut que le guérisseur inspire confiance. Cette confiance, il la doit à ses diplômes ou à sa réputation. Pensez par exemple au médecin d'Édouard II qui soignait les maux de dents du roi en écrivant sur sa mâchoire « Au nom du père, du fils et du Saint-Esprit. Amen. » Lorsque ça ne marchait pas, il disait au roi de toucher une chenille avec une aiguille. Sa méthode était pour le moins surprenante, mais pourquoi croyez-vous qu'il obtenait quand même assez souvent d'excellents résultats ? La réponse est simple : il était considéré comme un savant puisqu'il était diplômé en théologie et en médecine de la prestigieuse université d'Oxford. »

Il avait poursuivi, de plus en plus enflammé : « Croyez-moi, parfois, la guérison dépend souvent de la réputation du guérisseur. Plus il est réputé, plus nombreuses sont les guérisons. La preuve en est que certains, qui ne sont ni guérisseurs, ni médecins, ni chirurgiens, n'en accomplissent pas moins des guérisons du seul fait que les malades leur attribuent un pouvoir de guérison. Songez aux prêtres qui, à toutes les époques, se sont mêlés de pratiquer la médecine. Ils font des prières et des signes de la croix sur les parties malades et les croyants y puisent la force de guérir. Et cela marche quand le malade croit le prêtre doué de pouvoirs surnaturels. Des malades affirment même avoir été guéris simplement parce qu'ils ont touché le vêtement de Louis XIV. D'autres prétendent que les livres enluminés, les bibles surtout, ont des vertus curatives. Tout cela montre combien la foi est importante. Mais elle n'est pas suffisante. S'il y a parmi vous des guérisseurs — et, en disant cela, le conférencier n'avait regardé que les hommes, même si la salle était en majorité composée de femmes —, ne sous-estimez jamais le pouvoir de la parole. Pas seulement les mots rassurants et convaincants, mais aussi les mots incompréhensibles parce qu'ils impressionnent le malade et lui donnent l'impression d'être entre les mains de quelqu'un de savant. Les mots savants auréolent d'un certain prestige et d'un pouvoir certain. Et surtout, faites bien attention à vos pronostics. Des malades qui, pourtant, souffraient de maladies bénignes sont morts parce que des chirurgiens leur ont dit qu'ils n'en avaient plus que pour quelques semaines à vivre ! »

Il y avait eu plusieurs murmures dans la salle, car beaucoup d'auditeurs connaissaient des personnes mortes exactement la semaine où on leur avait prédit qu'elles allaient mourir.

« N'oubliez jamais à quel point une personne malade est impressionnable, avait continué le conférencier d'une voix plus forte afin de se faire entendre malgré le brouhaha. Ne lésinez pas sur le rituel. Plus le rituel est compliqué, plus le traitement a des chances de fonctionner. Ne vous moquez pas trop vite des guérisseurs qui allument des bougies, récitent des prières, donnent des pilules aux noms inintelligibles et dont la formule demeure secrète, et imposent les mains en prononçant des formules incompréhensibles ! Tout cela fait partie d'un rituel qui stimule chez plusieurs malades leur pouvoir de guérison.

N'oubliez pas que le corps est le meilleur apothicaire. C'est lui qui peut transformer l'espoir du malade en concrètes modifications physiques. Je ne peux vous expliquer comment cela se passe mais je sais, par expérience, que cela est réel. Montaigne, qui est l'un de nos écrivains les plus respectés, parlait de cette « mystérieuse jointure entre le corps et l'âme ».

Enfin, souvenez-vous que si vous voulez être de bons guérisseurs, vous devez développer vos qualités humaines. Certains médecins, ou chirurgiens, avait-il ajouté du bout des lèvres, car il méprisait les chirurgiens, ont un tel charisme que leur seule présence apaise et réconforte. Leur savoir est un heureux mariage de science et de sagesse et leur personnalité est empreinte d'humour et d'empathie. »

Marie approuvait en grande partie ce qu'avait dit ce conférencier, mais elle savait que plusieurs raisons, différentes pour chaque personne, pouvaient expliquer l'absence de guérison. Elle accordait aussi plus d'importance aux compétences que ne semblait le faire ce conférencier. Elle se demandait aujourd'hui si tout ce qu'elle avait appris allait encore lui servir.

Pendant qu'elle pensait à tout cela, Platon et Pierre ramaient avec vigueur. Marie gardait les yeux fixés sur la berge en se disant qu'elle ne reverrait peut-être jamais ces lieux. Tout ce qu'elle avait aimé et qu'elle perdait défilait devant ses yeux : les va-et-vient entre le jardin, la maison, l'étable, la rivière. Elle vit des gens qui marchaient pieds nus dans l'herbe. « Savent-ils leur chance ? » se répéta-t-elle encore. Elle se remémorait le plaisir qu'elle avait à marcher dans la rosée du matin et celui de s'étendre le soir dans l'herbe afin de regarder les étoiles. De son embarcation, elle pouvait distinguer les visages des enfants qui gambadaient en riant. Elle avait aidé plusieurs d'entre eux à venir au monde. Elle ne les reverrait sans doute jamais. Elle ferma les yeux. Elle ne voulait plus voir tout ce qu'elle devait quitter.

Pierre et Platon accélérèrent encore la cadence et s'éloignèrent rapidement de la rive. Marie somnolait pendant que son chat, apeuré par cette randonnée inaccoutumée, restait lové contre elle. Quelques heures plus tard, après avoir soupé sur la grève, ils allumèrent un feu. La soirée était douce et le ciel était parsemé d'étoiles si grosses qu'elles donnaient l'illusion qu'il aurait suffi de tendre la main pour en attraper une. Même s'ils se sentaient fourbus, ils n'avaient pas vraiment sommeil. Ils parlèrent pendant des heures. Marie raconta à Platon le déroulement du procès. Après l'avoir écoutée attentivement sans l'interrompre, comme le font tous les Amérindiens, Platon confia avoir un peu de difficulté à comprendre les lois et la justice des Français.

— Pour nous, c'est différent. Quand quelqu'un tue un membre de sa tribu, ce qui est arrivé très rarement, chacun prend la part du défunt, mais chacun s'intéresse aussi au criminel. D'abord, nous consolons les proches de la victime. Nous essayons de leur refaire l'esprit afin qu'ils exorcisent leur peine et qu'ils éliminent tout sentiment de vengeance.

Marie jeta un coup d'œil à Pierre. Elle aurait bien voulu qu'il cesse de nourrir des sentiments de vengeance envers Julien.

— Nous passons une journée entière à faire des rituels. Le criminel doit demander pardon et le chef de notre tribu offre plus de cinquante cadeaux à la famille de la victime. Il donne les neuf premiers en leur souhaitant que ces présents enlèvent l'aigreur et la rancune de leur cœur ainsi que tout désir de vengeance. Le mort est exposé au centre de l'assemblée. Au-dessus de sa tête sont suspendus les autres cadeaux. Le meurtrier en choisit quelques-uns et les présente au cadavre en disant : « Voilà avec quoi j'essuie le sang des plaies que je t'ai faites. » Il exprime à haute voix son regret vis-à-vis non seulement de la tribu, mais aussi du pays tout entier. Car nous croyons que nos actions, les plus minimes soient-elles, ont une portée à un niveau plus grand. Le meurtrier va ensuite vers la mère de celui qui a été tué. Il lui donne un présent en disant : « Voici pour la guérison de la maladie que te cause la mort de ton fils. » Ensuite, il va vivre avec elle et lui sert d'esclave.

— Les mères peuvent accepter comme esclave le meurtrier de leur enfant ? s'étonna Pierre.

— Certaines en sont incapables. Mais d'autres non seulement l'acceptent comme esclave, mais finissent par le traiter exactement comme elles traitent leurs enfants. Quelques-unes arrivent à l'aimer de tout leur cœur. C'est pourquoi nous n'avons pas de prison et n'en avons pas besoin.

— Est-ce que tous les criminels reviennent à de meilleurs sentiments et vivent en paix avec les autres ? questionna Marie.

— La plupart. Je sais par contre qu'on a déjà été obligé de tuer un homme parce que, malgré tous les rituels du sorcier, il n'arrivait pas à se débarrasser de sa hargne destructrice.

Marie se demanda si elle réussirait à pardonner à Julien et à le comprendre. L'aimer lui semblait bien improbable.

Pierre serrait les dents. « Pardonner ! Quelle foutaise. Se venger, ça, oui ! »

Pierre se promettait que si Julien était pendu, il s'empresserait de louer un siège au premier rang afin de bien voir le meurtrier de son père se balancer au bout d'une corde. « Même si je dois y laisser toutes mes économies pour payer ce siège, se disait-il. Avec un peu de chance, le maître des hautes œuvres aura mal fait le nœud et Julien mettra au moins une heure à mourir et pas un instant je ne le quitterai des yeux ! »

Marie regarda les étoiles qui brasillaient dans le ciel. Il lui semblait qu'elle n'était pas née sous une bonne étoile. Elle chassa cette pensée et se dit que malgré ses malheurs, elle avait la chance d'avoir Platon auprès d'elle. Qu'aurait-elle fait sans lui ? Habituellement, il partait avec son maître chaque printemps pour les postes de traite et ne revenait qu'à l'automne. Grâce à une série de circonstances, il n'était pas parti cette année comme à l'accoutumée et Marie était remplie de gratitude pour ces heureux hasards. Elle regarda Platon. Il éteignait le feu avec des gestes empreints de respect. Elle savait que pour les Sauvages, le feu est un être vivant et que lui manquer de respect porte malheur. Platon était médusé de voir des Français uriner ou cracher dans les flammes. « Ils ne savent pas à quoi ils s'exposent », avait-il un jour confié à Marie.

Platon songeait à quel point il aimerait serrer Marie dans ses bras. Pour se changer les idées, il pensa à Antoine. Il se dit que les coutumes des Français étaient bien étranges. Aux yeux de Platon, la véritable trahison d'Antoine n'était pas d'avoir fait l'amour à une autre femme, mais de l'avoir caché à Marie tout en lui faisant croire qu'il s'échinait à travailler pour payer ses dettes. Il n'avait pas été loyal envers elle. Platon savait que le leitmotiv des Français était : « Ce qu'on ne sait pas ne fait pas mal. » Il n'était vraiment pas d'accord avec cette façon de penser qui était contraire à celle des siens qui, eux, répétaient sans cesse que nous sommes tous liés. Ainsi, toutes nos pensées et nos actions ont un impact sur les personnes concernées même si elles ne les connaissent pas consciemment : « Une femme trompée ressentira la blessure d'être trompée même si elle ignore l'infidélité de son mari. C'est son âme qui sait, mais les Blancs ignorent ce savoir-là », songea Platon avant de s'endormir.

Chapitre 20

Marie dormit mal. Elle rêva beaucoup d'Antoine. Elle vit son corps mutilé, en divers endroits, qui flottait sur l'eau pendant qu'un aigle tournait autour. Son rêve était prémonitoire, car au même moment, un aigle volait en cercle au-dessus du corps d'Antoine qui, après avoir été jeté à l'eau par le chirurgien et deux assistants, venait de remonter à la surface.

L'aurore bousculait la nuit, l'intimant à lui céder la place, lorsque Marie s'éveilla, complètement gelée. Elle aurait aimé lover son corps contre celui de Platon afin de se réchauffer, mais elle savait qu'elle ne pouvait le faire sans éveiller leur désir mutuel. Elle se leva et alla s'asseoir près de lui. Elle ne le regarda pas dormir bien longtemps, car Platon ouvrit les yeux et lui sourit aussitôt, heureux de la trouver près de lui dès le réveil. Il lui raconta son rêve dans lequel trois faisans acceptaient de se donner à eux afin qu'ils puissent les manger à la fin de leur journée. Marie, connaissant les croyances amérindiennes, adressa elle aussi une prière aux oiseaux afin de les remercier de s'offrir à eux. La brume était si épaisse qu'ils distinguaient à peine la silhouette de Pierre. Ils se levèrent et marchèrent doucement vers lui, le *brouillas* noué à leurs pas. Ils l'éveillèrent en lui mettant, en riant, des petits cailloux dans le dos.

Ils pagayèrent encore sans répit durant toute la journée et, le soir venu, ils allumèrent de nouveau un feu. Pierre demanda à Marie de lui raconter sa rencontre avec Antoine. Maintenant qu'il était mort, il se rendait compte que de larges pans de la vie de son père lui échappaient et qu'il ne le connaissait pas autant qu'il le souhaitait.

— Ton père est venu à Québec attendre, avec d'autres soldats du régiment de Carignan, l'arrivée des Filles du roi. Il n'y avait pas beaucoup de femmes en Nouvelle-France à cette époque. Il y avait plus de sept cents hommes et à peine cinquante femmes en âge de se marier.

— Vous aviez le choix ! lança Pierre.

Marie ne fit aucun commentaire. « Comment parler de choix quand on doit se marier si rapidement avec des hommes que les marieuses ont souvent elles-mêmes choisis d'avance ? »

— Nous étions fort attendues, se contenta-t-elle d'ajouter. Nous sommes arrivées le 30 août. Je m'en souviens comme si c'était hier. Monseigneur de Laval et les autres dignitaires nous attendaient sur le quai afin de nous bénir. Habituées au roulis du bateau, la plupart d'entre nous marchions comme si nous étions saoules. Nous nous sommes rendues jusqu'à l'église et nous avons vu des soldats du régiment de Carignan qui balisaient notre route. Ils avaient fière allure dans leur uniforme brun et gris. Mais aucune d'entre nous n'avait envie d'être regardée par cette masse d'hommes. Nous étions si sales.

— Vous ne vous laviez pas sur le bateau ?

— Non, l'eau valait de l'or. Elle était nécessaire à notre survie. Heureusement que le frère de ton père nous avait donné, à moi et Roxane, un tonneau rempli d'eau douce. Nous avons moins souffert de la soif que d'autres passagers.

— Mon oncle ? Mais tu ne le connaissais pas à cette époque !

— Non, mais cette rencontre est une mystérieuse coïncidence comme il en arrive assez souvent dans la vie. Le frère de ton père était sur le quai au moment de notre départ. Il nous a donné à chacune un tonneau. Ton père a pleuré d'émotion lorsque je le lui ai montré après notre mariage. C'est un cadeau fabuleux que nous a fait ton oncle. Parfois, quand je songe à cette rencontre et à beaucoup d'autres hasards qui ont jalonné ma vie, je me dis que la vie est peut-être plus magique qu'on pense.

« Je trouve ma mère bien superstitieuse parfois, pensa Pierre. Pas étonnant que beaucoup disent qu'elle est un peu sorcière. »

— Les hommes qui désiraient se marier se présentaient aux maisons où nous avions été accueillies. À Québec, des Filles du roi étaient hébergées chez les ursulines, d'autres chez les marieuses, ces femmes qui sont chargées de nous trouver un mari. Quelques-unes, comme Roxane et moi, étaient chez des gens aisés possédant une grande maison. La marieuse avait dit à Antoine que j'étais hébergée chez Jean Levasseur[22]. Il s'est présenté dès le premier soir de notre arrivée, accompagné de la marieuse. Elle ne nous a pas quittés une seconde, parlant à notre place.

Marie passa sous silence la honte qu'elle avait ressentie d'avoir l'impression d'être vendue comme une pièce de bétail et le désarroi qui l'avait habitée. Ce lourd sentiment d'être piégée, de n'avoir aucune prise sur sa destinée. Mais elle avait décidé, puisqu'elle n'avait pas le choix, d'essayer d'être heureuse avec cet homme. Ils aimaient faire l'amour ensemble et la première année de leur mariage avait été plutôt heureuse. Marie avait même fini par se dire qu'un mariage de raison valait peut-être autant qu'un mariage d'amour. « L'amour crée parfois la haine, alors que la raison peut engendrer l'amour », se répétait-elle souvent, comme pour se convaincre elle-même. C'était l'un de ses traits de caractère dominants que de toujours chercher ce qu'elle pouvait voir de positif dans toute situation. Elle n'y arrivait pas toujours cependant car elle avait aussi tendance à être mélancolique.

Marie raconta à Pierre et à Platon que, durant leur première année de mariage, ils avaient habité Québec, dans un modeste logement, au deuxième étage d'une maison située sur la rue du Mont-Carmel. Logement était un bien grand mot, il s'agissait plutôt d'une chambre avec foyer où ils pouvaient cuisiner. Ils partageaient l'étage avec trois autres locataires. Comme il n'y avait pas de passage, chaque locataire devait circuler dans la chambre des autres locataires afin de se rendre

---

22 L'emplacement de cette maison est le 45, rue Saint-Louis à Québec.

à l'escalier menant à la sortie. Marie avait souffert au début de ce manque d'intimité, mais elle s'était adaptée assez rapidement parce qu'elle aimait vivre à Québec. De la fenêtre de sa chambre, elle pouvait voir, à sa droite, le moulin à vent de Simon Denis et, à sa gauche, la croix du Mont-Carmel. Antoine exerçait son métier de tonnelier et travaillait dans la cour. Il était un compagnon très agréable à vivre, riant souvent, chantant en travaillant, taquin, sensuel, serviable.

Marie ne dit pas à Pierre que le seul défaut d'Antoine était de taille : il buvait. Sobre la plupart du temps, il s'absentait cependant parfois des jours, dépensant au cabaret l'argent qu'il avait gagné relativement facilement. Marie n'avait pas réussi à y changer quoi que ce soit. Cette habitude était ancrée chez Antoine depuis qu'il avait atteint l'âge de douze ans. Ce qui avait d'abord semblé une solution à ce problème se présenta sous les traits des autorités qui firent des pressions afin que les soldats défrichent les terres qu'on leur avait concédées. Même si Antoine n'avait ni l'inclination ni le talent pour le défrichement, Marie avait pensé que cela aurait au moins le mérite de l'éloigner des cabarets, Batiscan étant une campagne isolée. Aidé de quelques amis, Antoine avait, au printemps 1669, construit leur modeste maison. Ils s'y étaient installés le 29 juin, quelques semaines après la naissance de Pierre. La beauté de la forêt, les animaux qui l'habitaient, la proximité du fleuve, tout cela avait séduit Marie.

Il n'était pas dans les coutumes des Normands de faire participer les femmes aux durs travaux des hommes. Marie ne se doutait donc pas que cette forêt-là, qui la séduisait tant, elle devrait s'échiner, elle aussi, des heures durant, à la dégrossir. Elle ne se doutait pas non plus qu'elle serait souvent seule. L'éloignement n'avait pas étanché la soif d'Antoine. Non seulement ses absences étaient plus longues, mais il avait décidé, sans la consulter, d'être coureur des bois même s'il n'avait pas réussi à obtenir de permis. La première année à Batiscan avait été très difficile. Marie n'avait souvent rien d'autre à manger que du pain noir. Progressivement, Platon avait été plus souvent présent dans sa vie que son propre époux. Leur relation était restée platonique, mais il avait comblé son besoin d'affection et lui avait apporté la sécurité dont elle avait besoin. Elle savait qu'elle pouvait compter sur lui.

Comme s'il suivait le cours de ses pensées, Pierre lui posa la question qu'elle redoutait :

— Tu n'as jamais aimé un autre homme que mon père ?

Les flammes du feu de grève étaient bien chétives et Marie bénit le ciel d'être dans une demi-obscurité. L'expression de son visage, elle en était convaincue, l'aurait trahie. Il lui était déjà bien assez difficile de contrôler les tremblements de sa voix. Elle essaya de chasser de ses pensées le désir qu'elle ressentait envers Platon et qui, au fil du temps, était devenu de plus en plus intense. Platon attendait anxieusement sa réponse. Pour éviter de répondre, Marie attira l'attention des deux hommes sur les mouches à feu qui dessinaient dans l'air d'incandescents points de lumière et, prétextant la fatigue, elle décréta qu'il était temps de dormir.

Chapitre 21

Au moment où ils accostèrent à la Pointe-aux-Roches, une pointe de terre située entre la rue Notre-Dame et la Place-Royale à Québec, Platon, Pierre et Marie entendirent cacarder une nuée d'oies sauvages qui se dirigeaient vers l'île d'Orléans. Elles traversaient un arc-en-ciel qui semblait sortir tout droit des terres de l'est de l'île pour venir amarrer ses cordes de couleurs au quai Champlain. Muets, ils les observaient avec ravissement quand ils entendirent des bruits de tambour, suivis d'une annonce publique dont ils ne pouvaient, à cause de la distance, saisir la nature.

Marie demanda à Platon d'apporter son chat et ses coffres au fort huron, où il avait de nombreux amis, en attendant qu'elle et Pierre trouvent un endroit où se loger.

Platon ne voulait rien laisser paraître, mais il était loin d'être ravi que Marie vienne vivre à Québec. Il savait qu'il ne la verrait plus aussi souvent parce qu'ils n'auraient plus, comme à Batiscan, de refuge qui les mettrait à l'abri des regards inquisiteurs des commères. Il craignait aussi que Marie le surprenne en train de nettoyer les latrines. Son maître l'avait loué à de riches propriétaires de la Place-Royale afin qu'il effectue ces tâches ingrates dont personne ne voulait. Humilié, il avait caché à Marie cet aspect de son esclavage. Il ne lui avait jamais dit non plus que c'était lui qui était chargé de transporter en canot le bourreau lorsqu'il devait se rendre à Ville-Marie et à Trois-Rivières. C'était une autre tâche dont personne ne voulait s'acquitter. Seule une personne de condition vile pouvait transporter une autre personne de condition vile.

Marie se sentait dépaysée dans cette ville où elle n'avait pas mis les pieds depuis plus de cinq ans. Presque toutes les demeures étaient neuves, car le feu avait rasé la basse-ville deux ans plus tôt. Elle avait souvent entendu parler de ce grand incendie. Le 5 août 1682, le feu avait débuté vers vingt-deux heures dans la maison du tailleur Étienne Blanchon de la rue Notre-Dame et s'était rapidement propagé dans celle de son voisin, Philippe Nepveu. On avait alors immédiatement sonné le tocsin et les habitants avaient reçu l'ordre de détruire au plus vite les maisons avoisinantes. Peine perdue. En une nuit, le magasin des jésuites et cinquante-trois édifices avaient été détruits. La plupart des sinistrés s'étaient réfugiés à la haute-ville, chez les religieuses. Par la suite, les autorités avaient ordonné que les nouvelles maisons soient construites en pierre, ou en mi-colombage ou mi-pierre. « Les habitants ont beaucoup perdu dans cet incendie, se dit Marie, mais la ville est beaucoup plus belle maintenant. »

Marie et Pierre marchaient lentement, étourdis par tant d'activité. C'était jour de marché et de fortes odeurs de poisson masquaient celles des déchets qui encombraient les rues ou qu'on avait jetés dans le fleuve. L'éventail de fruits et de légumes titilla leur appétit. Ils sortirent leurs galettes de leur besace et mangèrent tout en se dirigeant vers la Place-Royale afin de voir le bronze de Louis XIV dont ils avaient entendu parler. Cette statue, que l'intendant avait fait ériger, était de taille ! Il n'était guère étonnant que la plupart des habitants la trouvaient fort encombrante. Devant constamment rivaliser d'ingéniosité pour éviter de la heurter avec leurs charrettes, les commerçants avaient, à maintes reprises, demandé qu'elle soit enlevée. En vain. « L'image du roi doit s'imprégner dans les consciences, avaient décrété les autorités. Il faut constamment rappeler aux gens du peuple que, avec l'Église, Louis XIV a tout pouvoir sur leur vie. »

Ce jour-là, la Place-Royale était si achalandée que l'imposante statue était cernée de toutes parts. Certains s'y agrippaient afin de mieux observer ce qui se passait au centre de la Place. Pierre et Marie furent stupéfaits de ce qu'ils virent. Deux femmes venaient d'être fouettées sur la place publique devant des badauds excités par l'événement. Entouré de deux archers, le bourreau Jean Rattier, qui avait reçu l'ordre de leur infliger ensuite la peine du carcan, passa un anneau de fer au cou de la plus vieille des deux femmes et l'attacha à un poteau. Il fit la même chose avec la plus jeune et fixa ensuite à chaque poteau un écriteau où le mot VOLEUSE était bien lisible. Juste en dessous, un dessin représentant un vol avait été fait à l'intention de ceux, nombreux, si nombreux qu'ils constituaient la majorité, qui ne savaient pas lire. Non seulement les deux femmes furent ainsi exposées à l'humiliation publique jusqu'à la tombée du jour, mais le bourreau était doublement humilié lui aussi, car les deux voleuses étaient sa femme et sa fille. Marie pensa que ce genre d'humiliation publique n'était pas près de disparaître tant il y avait de gens qui semblaient y prendre plaisir. « Pourquoi avons-nous ainsi besoin de boucs émissaires ? » se demandat-elle en détournant le regard. Quand elle était enfant, son père lui avait raconté que dans certaines villes, comme à Athènes, des mendiants et des déviants étaient gardés prisonniers en prévision d'un malheur. Quand, par exemple, une épidémie survenait, ces personnes étaient promenées dans la ville et ensuite exterminées. « Ces boucs émissaires servent à exorciser le mal », avait conclu son père.

Regardant autour d'elle, Marie constata avec surprise qu'au balcon d'une maison située juste à droite de la Place-Royale, étaient confortablement assis l'évêque et des jésuites. Présents à chaque séance d'humiliation publique, ils justifiaient leur présence en disant qu'ils avaient le devoir de vérifier si les punitions étaient suffisamment exemplaires. « Ne prêchent-ils pas pourtant la charité ? » se dit Marie. « Est-ce que l'amour du prochain et le pardon ne sont que des mots ? Des mots vides ? » Tournant les yeux vers la gauche, elle remarqua que des gens étaient juchés sur le toit des maisons afin de voir la scène pendant que d'autres se bousculaient aux fenêtres. Les marchands jubilaient. Les exécutions publiques les enrichissaient à cause de la foule qu'elles attiraient.

Marie lisait tant de honte dans le regard des deux femmes qu'elle se dit que la violence ne s'éteindrait pas de sitôt, tant il est vrai que l'humiliation est un terreau fertile où elle germe. « Combien de personnes, blessées par des humiliations de toutes sortes, deviennent à leur tour violentes ? » se demanda-t-elle. Elle observa plus attentivement le bourreau Jean Rattier. Entièrement vêtu de rouge, il marchait en courbant la tête de façon à éviter les regards. Elle connaissait cet homme, car il avait longtemps habité à Trois-Rivières. Reconnu coupable, en 1679, du meurtre de Jeanne Couc, il avait été condamné à la pendaison. Or, à cette date, il n'y avait pas de bourreau et les autorités, en désespoir de cause, avaient décidé de gracier le prisonnier qui accepterait d'accomplir cette tâche dont personne ne voulait. Rattier, terrorisé à l'idée d'être pendu, s'était porté volontaire. Il avait d'abord vu dans cette tâche quelque chose qui le rapprochait de Dieu : comme Lui, il avait le pouvoir d'enlever la vie. Mais cette chimère avait bien vite fait place à la désillusion. Il regrettait souvent sa décision. « J'aimerais cent fois mieux être mort plutôt que d'être l'objet chaque jour du rejet et des sarcasmes de la populace », disait-il à sa femme. N'eût été du mépris dont il était l'objet, il n'aurait trouvé aucun motif de se plaindre. Rien, dans sa tâche, ne le répugnait. Il avait roué de coups des criminels jusqu'à ce que mort s'ensuive ; imposé le supplice de la roue ; démembré des corps ; fouetté des enfants ; attaché des condamnés au pilori en serrant la corde plus qu'il n'était nécessaire ; tout cela, et bien d'autres choses encore, il l'avait fait sans émotion ni remords. Parfois, il croyait que son travail finirait par éteindre sa rage. Une rage énorme née du sentiment d'avoir été injustement puni. Il en voulait aux juges qui avaient décidé de sa sentence. Le soir du meurtre, il était accompagné du fils du seigneur de Trois-Rivières, mais celui-ci, à cause de la position sociale de son père, n'avait pas eu de procès et était resté libre comme l'air. Au fil des ans, les cruautés que le bourreau infligeait à ses victimes, loin d'exorciser sa colère, n'avaient fait que l'alimenter. Plus il était en contact avec les hommes de loi, plus il nourrissait du ressentiment envers eux, car il était bien placé pour voir que le mot justice était souvent un pauvre leurre destiné à soumettre le bon peuple. Les hommes d'Église lui avaient aussi fait perdre beaucoup d'illusions. Il s'était rendu compte, en assistant à la messe, que ceux qui étaient excommuniés étaient victimes du même opprobre que lui. En chaire, un curé avait martelé les cinq grandes interdictions inhérentes à l'excommunication : « OS, ORARE, VALE, COMMUNIO, MENSA. OS signifie qu'il est interdit de parler avec l'excommunié. Que ce soit par paroles, par signes, par lettres. ORARE défend à quiconque de prier avec lui. VALE interdit de le saluer, ou de lui manifester une marque de civilité. COMMUNIO défend à quiconque de travailler ou d'avoir quelque société avec lui. MENSA défend de manger ou coucher avec lui. » Le dimanche suivant, le curé avait donné en exemple Jean Guérin, un domestique travaillant chez les jésuites. Guérin voulait concrétiser dans sa vie la vertu d'humilité. Il avait demandé conseil à son confesseur et celui-ci, après quelques jours de réflexion, lui avait conseillé d'exercer le métier de bourreau : « Tout le monde vous aura en horreur et ainsi vous deviendrez humble », avait expliqué le jésuite. En entendant ce sermon, tous les regards des fidèles s'étaient tournés vers le bourreau qui était devenu blanc comme neige. Depuis qu'il était le bourreau officiel, Jean Rattier avait eu peine à se loger. Invariablement, tous ceux qui tenaient pension lui claquaient la porte au nez. Le Conseil souverain lui avait finalement acheté une maison pour lui et sa famille en lui disant qu'il pouvait se compter chanceux car, en France, les bourreaux devaient vivre en dehors de l'enceinte de la ville, isolés du reste de la population. Mais la maison du bourreau Rattier, située en haute-ville, sur la Grande-Allée, au milieu des gens de l'élite, avait beau être parmi les plus belles demeures de Québec, aucun visiteur n'y mettait jamais les pieds. Pire encore, la famille Rattier était constamment harcelée. À un point tel que le Conseil souverain avait émis une ordonnance défendant à toute personne de se rendre chez Rattier afin de l'inventiver ou de laisser des déchets devant sa maison. L'ordonnance, affichée en plusieurs endroits, n'avait guère porté fruits. Les insultes s'étaient multipliées après que le maître des hautes œuvres eut fait subir le supplice de la roue à un condamné. Rattier ne pouvait même pas se défendre en disant qu'il n'avait pas été aussi cruel qu'il y paraissait. Les membres du conseil lui avaient défendu de révéler à quiconque qu'il y avait, au bas de l'arrêt de condamnation qu'ils rédigeaient, un « retentum » par lequel ils ordonnaient que le bourreau étrangle le condamné avant de lui faire subir le supplice de la roue. Ils avaient rédigé ce « retentum » parce que les autorités religieuses craignaient que la souffrance extrême jette le condamné dans un désespoir si grand qu'il pourrait compromettre son salut. Ainsi, la foule qui assistait à ce supplice ignorait que le condamné était déjà mort quand Rattier, après l'avoir attaché par toutes les jointures, face au soleil, sur une croix de Saint-André, lui rompait chaque os à l'aide d'une barre de fer avant de sauter sur son estomac et de le détacher en le pliant de façon à ce que ses talons touchent le derrière de sa tête. La foule attendait patiemment que le bourreau dise que l'accusé avait expiré, ce qui, selon ce qu'avait ordonné le Conseil, devait sembler durer des heures.

Même si le travail de Rattier répugnait à Marie tout autant que le crime qu'il avait commis, elle essayait de ne pas le juger. Son père lui avait fait remarquer pertinemment que les bourreaux n'étaient pas plus responsables de leurs actes que les guerriers. Aussi lui avait-il demandé : « Pourquoi méprise-t-on l'un et honore-t-on l'autre ? » Marie avait pitié de Rattier. D'autant plus qu'elle pressentait qu'elle-même et Pierre pourraient eux aussi être ostracisés si l'on découvrait leur véritable identité. Lorsque Rattier, passant près d'elle, lui fit un signe de la tête, elle comprit avec effroi qu'il ne leur serait pas facile de se cacher sous leur nom d'emprunt, car tous les regards s'étaient tournés vers elle :

— Mais qui est donc cette femme que le bourreau a saluée, lui qui ne regarde plus personne ? se demandaient les commères, toujours à l'affût de nouveaux ragots.

« Vivre dans la dissimulation et le mensonge pour échapper à l'opprobre, quelle triste perspective », se disait Marie. À cet instant précis, elle ressentit avec encore plus d'acuité le besoin d'un refuge chaleureux et sécurisant. Or, elle ne savait où aller. Elle pensa à Roxane qui lui avait confié qu'elle et Thomas songeaient à déménager à Québec. « La peine a fait un nid trop grand dans cette maison et de plus en plus de clients désertent notre commerce parce qu'ils croient que le diable y est », lui avait-elle dit alors. « Si seulement elle était déjà à Québec », pensa Marie.

Platon revenait du fort huron et marchait vers eux. Sa beauté, sa démarche féline et l'assurance qui émanait de lui et que n'avait pas éteinte sa condition d'esclave attiraient les regards. Marie vit que SON Platon allumait le désir dans les yeux des femmes. L'enrobant du regard, le même qu'elle venait d'observer chez les femmes, Platon dit à Marie qu'il garderait ses coffres le temps qu'elle trouve un logement.

— Dommage que je ne puisse t'accueillir chez mon maître. J'aimerais tant t'aider, dit-il, avec de la tristesse dans la voix.

Il travaillait six jours sur sept et ne possédait rien. Il ajouta :

— Je t'attendrai dans trois jours, ici même, à la Place-Royale.

Et, pour l'encourager :

— Tu me diras où porter tes effets. Bonne chance, Marie.

Sans faire un geste vers elle, il l'embrassa des yeux.

Les mêmes personnes qui, quelques minutes plus tôt, s'étonnaient de voir que le bourreau avait salué Marie étaient scandalisées que, de surcroît, cette inconnue semblait liée à un esclave.

Marie rassembla tout son courage et essaya d'insuffler un peu d'espoir à son fils, qui, elle le devinait, était aussi désemparé qu'elle.

— Il est temps d'aller les visiter, ces fameux tonneliers de la rue Sault-au-Matelot ! Puisque tu ne dois pas parler d'Antoine, tu devras te présenter comme si tu n'avais pas d'expérience. Tu diras que tu veux être un apprenti.

— Mais maman, les apprentis n'ont pas de salaire. Pendant toute la durée de l'apprentissage, le maître héberge et nourrit son apprenti, mais il ne lui donne aucun gage sinon quelque misérables cinquante livres par année. C'est à peine de quoi m'acheter les vêtements dont j'ai besoin. Je ne pourrai jamais payer un logement pour nous deux. Je dois dire que je suis un tonnelier d'expérience.

— Tu sais bien que c'est impossible, Pierre. On te demandera qui a été ton maître. Tu n'as que quinze ans. Si tu es logé et nourri, ne t'inquiète pas pour moi.

Voyant qu'il était difficile à convaincre, elle mentit pour le rassurer:

— J'ai une amie qui habitait Québec il y a quelques années. Elle y est sans doute encore. Je lui demanderai de m'héberger le temps que je trouve un travail. Ne perdons pas de temps, allons-y.

Chapitre 22

La rue du Sault-au-Matelot était fort achalandée. Les tonneliers aimaient exposer leur travail, de sorte que des dizaines de tonneaux de toutes les grosseurs encombraient les trottoirs. Des charretiers, qui avaient la bonne fortune de posséder des chevaux, bloquaient la rue à maints endroits. Ils avaient beau aimer les exhiber, leurs chevaux, que les Amérindiens appelaient des « orignaux venus de France », exhalaient une odeur nauséabonde. Pierre et Marie s'arrêtèrent devant la vitrine d'un tonnelier-marchand. Marie regarda avec envie la dentelle, les bas, les toiles fines, les peignes, quelques peaux et des plats de cuivre assemblés sur une table de bois devant l'atelier. Sans même prendre le temps d'avertir sa mère, Pierre, de nature impulsive, entra dans l'atelier. Ce tonnelier avait justement besoin d'un apprenti. Cependant, la joie de Pierre fut de courte durée lorsque celui qu'il voyait déjà comme son patron lui dit qu'il exigeait que Pierre paie pour son apprentissage.

« C'est trop fort, se dit Pierre en regardant la piètre qualité de son travail. Je pourrais lui en apprendre et il faudrait que je le paie en plus ! »

Il le quitta aussitôt, dépité, et alla rejoindre Marie.

— Regarde, Pierre, je vois un peu plus loin une enseigne de tonnelier.

Pierre siffla d'admiration, car l'enseigne était fort belle. Marie lui expliqua que c'était une réplique d'un tonneau géant de neuf mètres que l'on pouvait voir dans un château en France. Au-dessus de cet immense tonneau étaient assis trois anges. Deux d'entre eux jouaient de la trompette tandis que le troisième tenait la couronne du roi de France. Juste au-dessous, deux lions soutenaient le sceau des maîtres tonneliers. L'endroit plaisait à Pierre. Il s'approcha de l'entrée et observa que l'atelier était vaste et que plusieurs hommes, la plupart d'âge mur, s'activaient en chantant.

— Je t'attendrai assise au bord du fleuve près du quai Champlain, pendant que tu visites ce tonnelier, lui dit Marie.

* * *

Au même moment, de l'autre côté de l'Atlantique, une autre femme, dont le destin était lié à celui de Marie, se dirigeait, elle aussi, vers un quai. C'était Jeanne Besnée, la mère de Julien Talua, qui, malgré son âge avancé, s'avançait vers le port de mer de la ville de Nantes, en Bretagne, où son fils était né. Elle y venait tous les matins depuis plus de cinq jours, car elle savait qu'un bateau en provenance de la Nouvelle-France accosterait bientôt. Depuis le départ de Julien, en 1669, elle avait souvent attendu avec fébrilité le moment où, après l'arrivée du bateau, le second du capitaine criait à pleins poumons les noms de ceux qui avaient la chance de recevoir des lettres. Elle pouvait, depuis des années déjà, imaginer à quoi ressemblait la Nouvelle-France, car les descriptions que lui en faisait Julien étaient fort imagées. Bien sûr, il faisait appel à des scribes qui, pour un peu d'argent, rédigeaient les lettres qu'il lui envoyait, mais Jeanne n'en était pas moins très fière de son fils. « Il a si bien réussi, travaillant avec des hommes de loi et d'Église », disait-elle à toutes ses connaissances. Elle comprenait tous les efforts qu'avait faits Julien pour s'élever au-dessus de sa condition. La famille Talua était si pauvre qu'ils avaient souvent manqué de l'essentiel, et Julien répétait souvent à sa mère qu'une fois adulte, il travaillerait jour et nuit pour être un homme respecté. Son père, un pêcheur, était mort alors qu'il était encore un bébé et sa mère avait peiné du matin au soir pour nourrir ses enfants. Il avait eu horreur de cette charité, mâtinée d'une pointe de mépris à peine dissimulé, qu'on leur faisait.

Jeanne Besnée plissa les yeux en s'approchant du port et vit qu'un bateau venait d'accoster. Une bande de badauds essaimaient sur le quai, se disputant une place de choix auprès de ceux qui, comme Jeanne, espéraient une lettre. Jeanne s'informa auprès de l'un d'eux de la provenance du navire et son cœur fit un bond quand il lui dit : « De la Neuve-France, gente dame. »

Jeanne savait qu'elle allait bientôt mourir. « Je ne vais quand même pas vivre jusqu'à cent ans même si j'ai toute ma tête et que je suis en bien meilleure forme que mes amies », se disait-elle malgré les étourdissements qui, depuis quelques jours, survenaient sans crier gare. Dans la dernière lettre qu'elle avait envoyée à Julien, elle lui avait demandé s'il songeait à venir la voir avant qu'elle meure. Sa question était une supplique. Elle souhaitait tant revoir son fils et connaître celle qui était sa femme, cette Anne Godeby qui était, lui avait dit Julien, d'une très grande beauté : « une superbe blonde aux pommettes saillantes et aux magnifiques yeux bleus comme le satin ». Julien avait mentionné que son sourire était d'autant plus séduisant qu'il creusait ses fossettes, mais il n'avait pas dit, par pudeur, que la poitrine plantureuse de sa femme faisait pâmer tous les hommes.

Jeanne savait bien que la traversée était risquée. Pourtant, malgré les dangers que le voyage représentait, elle souhaitait ardemment que Julien s'embarque sur le prochain bateau afin de venir l'embrasser une dernière fois.

Le marin avait commencé à distribuer le courrier et Jeanne s'approcha. Il lui sembla qu'une éternité s'écoula avant qu'il crie enfin :

— Madame Jeanne Besnée !

Son cœur s'affola et, l'espace d'un instant, elle sentit de petits picotements sur ses lèvres. Elle marcha aussi vite qu'elle put, bousculant au passage d'autres gens venus au port avec un espoir identique chevillé à l'âme. Elle prit la précieuse missive et s'éloigna. Ne sachant pas lire, elle se dirigea aussitôt vers le monastère où le frère Maurice serait heureux de lui lire, encore une fois, les nouvelles de son fils. Maurice était ravi de ce rôle qui avait le pouvoir de transformer ce qu'il qualifiait de péché, son immense curiosité, en une salvatrice bonne action. Ce matin-là, il parcourait son bréviaire, faisant les cent pas dans la cour du monastère, lorsque Jeanne le héla de loin, tenant sa lettre bien haut afin qu'il la voie à distance. Il n'avait pas besoin de plus d'explications et il lui pardonnait cette trop grande familiarité qu'elle avait toujours eue envers lui. Il courut vers elle et, connaissant sa légitime impatience, ouvrit la lettre sans plus tarder.

Il blêmit et sa pâleur subite n'échappa pas à l'œil perspicace de l'octogénaire :

— Mon fils est mort ! hurla-t-elle aussitôt.

Elle savait qu'elle aurait une mauvaise nouvelle ! Depuis des semaines, une nuée d'oiseaux noirs venaient se percher sur le toit de sa demeure. Cela était de bien mauvais augure, se disait-elle.

— Non, il n'est pas mort. Mais il est en prison, précisa Maurice.

— Il y a sûrement une erreur ! Le scribe aura mal compris. C'est Julien qui, parfois, va chercher les hommes pour les mener à la prison, proféra-t-elle, sur la défensive.

Elle se sentit rassurée, l'espace d'un court instant.

— Non, Jeanne. Je ne crois pas qu'il y ait erreur. Sa femme s'appelle bien Anne Godeby ?

— Oui.

— C'est elle qui a fait écrire cette lettre. Elle dit qu'ils ne pourront pas venir vous voir comme ils vous l'avaient promis parce que Julien est emprisonné. Sur le coup d'une immense colère, un jour de grande canicule, le 10 juillet, Julien a tué un homme et s'est lui-même livré au juge.

Autour de Jeanne, tout devint noir. Aussi noir que les corbeaux qu'elle essayait vainement de chasser depuis des jours. Elle sentit une vive douleur à la tête et une grande chaleur l'envahir. Elle eut à peine le temps de crier : « À l'aide ! » qu'elle s'effondrait aux pieds du moine.

Chapitre 23

Pierre se racla la gorge bruyamment à plusieurs reprises avant que, enfin !, le maître tonnelier Rosaire Desrosiers s'aperçoive de sa présence. Rosaire s'approcha de lui avec un large sourire et lui demanda :

— Que puis-je faire pour toi, jeune homme ?

— J'aimerais devenir un maître tonnelier comme vous. Je trouve que vous faites du bel ouvrage, aussi ai-je pensé vous offrir mes services comme apprenti.

Rosaire dévisagea Pierre un moment. Ce jeune homme lui était sympathique. Il était propre, poli, s'exprimait bien. Il avait le regard intelligent, le sourire franc, la voix agréable. Il lui rappelait quelqu'un, mais il n'arrivait pas à définir qui.

— Justement, nous ne fournissons plus à la tâche depuis quelque temps. Il me faudrait quelqu'un pour mettre de l'ordre dans ma boutique. J'aime que tout soit propre, dit-il en tirant sur la pipe qu'il avait toujours au coin des lèvres et qui s'était éteinte sans qu'il s'en rende compte.

Après l'avoir rallumée, il ajouta, en la pointa vers le plancher :

— Il faut ramasser les copeaux et les lames tranchantes des doloires que mes ouvriers laissent tomber. Si tu acceptes mon offre, tu devras t'occuper aussi de chauffer les tonneaux. Il faudra que tu nourrisses le brasero de copeaux afin de maintenir suffisamment de braises. Je t'apprendrai à bien affiler les outils. Pour faire du bel ouvrage, nos outils doivent être toujours parfaitement aiguisés. Tu devras marquer au fer chaud tous les tonneaux que nous aurons terminés. Je suis fier de tous ceux qui sortent de mon atelier et je veux que ma signature soit bien visible. Plus tard, je vais te montrer comment faire tournoyer les tonneaux afin de rabattre les cercles en même temps que moi. Si tu restes plus longtemps, je t'apprendrai les véritables secrets du métier. Es-tu capable de faire tout cela ?

Pierre se retint de dire qu'il pourrait sans doute lui révéler aussi quelques secrets.

— Est-ce que vous pouvez aussi me nourrir ?

— Non seulement je peux, mais je le veux ! Il serait plus commode aussi que tu couches dans les combles. Ma famille et moi occupons les deux étages au-dessus. Puisque tu t'occuperas de la propreté de l'atelier, tu seras le dernier à le quitter et j'aimerais que tu arrives le premier pour allumer le feu. Mais, dis-moi, tu m'as l'air bien jeune. Est-ce que ce sont tes parents qui veulent que tu t'engages ?

Pierre mentit avec assurance :

— Je suis orphelin. Mes parents sont morts noyés il y a quelques années et mon parrain, qui m'a élevé, est maintenant malade. Je ne veux pas être un poids pour un homme qui a été si bon pour moi.

— Comment s'appelle ton parrain ?

Pierre ne voulait pas donner le nom réel de son parrain. Celui-ci, vieux et malade, habitait juste en face, à l'île d'Orléans. Il était possible que le tonnelier le connaisse. Il donna le nom de Thomas.

— Mais je le connais ! C'est un sacré bon ferblantier. Regarde, j'ai ici des lanternes qu'il a faites.

Rosaire n'hésita pas plus longtemps :

— Tes heures de travail seront longues et il faut plusieurs années avant de connaître tous les secrets du métier de tonnelier. Es-tu prêt à travailler douze heures par jour du lundi au dimanche ?

— Oui, répondit Pierre, habitué à de longues heures de travail.

— Eh bien, jeune homme, même si ma tonnellerie est moderne, je suis à l'ancienne quand il s'agit d'engager un apprenti. Je ne dépense pas d'argent chez le notaire pour signer un contrat. Je me contente de prêter serment devant quatre témoins. Si tu es d'accord, nous allons procéder immédiatement.

Pierre acquiesça, heureux de trouver si vite du travail. Devant quatre des employés de Desrosiers, il prêta serment de respect, d'obéissance et de fidélité à celui qu'il appellerait désormais son maître. Il jura de ne jamais s'absenter de l'atelier sans son consentement.

— Si tu t'évades, acceptes-tu que j'ordonne aux archers de te rechercher et de te ramener auprès de moi, et ce, à tes frais ?

— Oui, je l'accepte, répondit cérémonieusement Pierre.

Il prit soudain conscience qu'il venait d'accepter de lier son destin à un homme qu'il ne connaissait pas le matin même. Aurait-il dû réfléchir plus longuement avant de s'engager pour une période de trois ans ? Sa mère lui disait souvent qu'il agissait de façon trop impulsive. « Prends bien le temps de peser le pour et le contre avant de prendre une décision importante, j'ai moi-même été trop souvent prompte dans ma vie et cela ne m'a pas toujours servie », lui disait-elle sans plus de précision. Elle ajoutait simplement que « le temps ne respecte pas ce que l'on fait sans lui ».

Pierre avait la gorge nouée. Il aurait tant aimé que sa mère soit près de lui. Il écouta avec émotion Rosaire qui, la main levée au-dessus de la bible, s'engageait à le nourrir, à le loger, à bien le traiter et à lui donner cinquante livres par année.

— Bienvenue dans l'atelier du maître Rosaire Desrosiers ! clama son nouveau patron. Nous allons souper. Viens que je te présente à ma femme et à mes filles. Nous ferons plus ample connaissance.

— Attendez-moi quelques minutes. Je reviens.

Avant que Rosaire n'ait eu le temps de le questionner, Pierre courait déjà au-devant de Marie afin de lui annoncer la bonne nouvelle.

Le soir, il s'installa dans les combles de la maison de son patron. Il inspecta les lieux et ouvrit la fenêtre de la lucarne. Sa chambre avait beau être petite, la vue qu'elle offrait était immense si l'on se donnait la peine de s'étirer le cou à l'extérieur. Le fleuve, l'eau que Pierre aimait tant, s'étendait à perte de vue. Des goélands passaient juste

devant lui. Ils étaient des dizaines qui virevoltaient et piquaient soudainement du nez. « Sans doute y a-t-il beaucoup d'insectes dans l'air »,
se dit Pierre. Il respira profondément et décida de s'installer. Il vida le
contenu de son bagage sur son lit.

Il prit d'abord le travail inachevé de son père, une bouée, qu'il
plaça cérémonieusement sur la table avec le dernier contrat qu'avait
« signé » Antoine et dans lequel il s'engageait à fabriquer, en plus des
tonneaux, des corps flottants signalant la route d'un chenal ou d'un
obstacle en mer.

Pierre s'étendit sur son lit. Avant de sombrer dans le sommeil, son
âme meurtrie s'accrocha à la bouée inachevée de son père.

Chapitre 24

Marie ne pouvait se résoudre à faire ce geste. Tendre la main. Attendre que quelqu'un y dépose quelques centimes. « Non, je ne pourrai jamais. C'est au-dessus de mes forces », se disait-elle. Mais elle ne pouvait non plus aller frapper aux portes et demander la charité. Elle avait vu des mendiantes repoussées avec mépris, insultées, parfois même rouées de coups. Elle ne pourrait le supporter.

Elle n'avait pas mangé depuis trois jours et elle ne savait où aller. Elle avait même dormi à la belle étoile à l'abri d'un mur entourant un vaste jardin où elle s'était réfugiée afin de se protéger du vent qui soufflait violemment depuis deux jours.

Elle avait offert ses services comme servante à plusieurs endroits. En vain. Elle n'avait pas voulu se présenter à la boutique où travaillait Pierre de peur que son patron ne devine leur identité.

Marie avait sans cesse envie de pleurer et elle arrivait de moins en moins à endiguer ses larmes. L'accumulation de pertes des dernières semaines faisait son œuvre et, depuis que Pierre n'était plus auprès d'elle, c'était comme si s'était évanouie avec lui la force de résister à une mélancolie envahissante. Elle marchait dans les rues de Québec, sans but, le cœur si lourd qu'il mettait du plomb dans ses souliers.

Elle n'arrivait pas à croire qu'elle en était rendue là.

Elle, la fille de Jean Major et de Marguerite Le Pelé, des bourgeois que tous respectaient.

Elle, qui avait survécu aux guerres, aux famines et aux nombreuses épidémies meurtrières qui sévissaient en France pendant qu'elle y vivait. Qui avait survécu à l'enfermement à la Salpêtrière et en était sortie le cœur gonflé d'espoirs. Qui avait survécu aussi à la traversée de l'Atlantique.

Elle, si fière, si déterminée à s'élever au-dessus de la condition qu'on imposait aux femmes et qui avait réussi à devenir sage-femme malgré la multiplication sans fin d'obstacles.

Elle, habituellement si combative. Qui se débattait, ruait, regimbait lorsque se présentaient des difficultés.

Elle qui avait si souvent répété à son fils que lorsqu'on ne peut changer une chose, il faut non seulement l'accepter mais tirer un enseignement de cette chose. «Cette force et ce savoir que tu gagnes dans l'épreuve, personne ne pourra jamais te l'enlever, ils font de toi une meilleure personne», lui avait-elle dit encore récemment.

Où était donc passée cette Marie Major-là?

Qui était cette femme qui, depuis quelques jours, pleurait sans cesse?

Où s'en étaient allés tous ses désirs, sa joie et sa soif de vivre?

Sans maison, sans les bras réconfortants d'une amie, sans aucun refuge, elle ne trouvait plus cette force intérieure où elle avait puisé si souvent par le passé. Pourtant, il n'y a pas si longtemps encore, elle avait gardé intacte cette conviction, que partagent la majorité des enfants, que tout est possible. Mais, depuis, quelque chose s'était cassé en elle. Comme si elle était devenue étrangère à elle-même.

Si elle avait levé les yeux, elle aurait vu, à proximité, l'orgie de couleurs d'automne de la forêt. Elle aurait pu voir aussi les marsouins qui jouaient au large et qui, habituellement, la ravissaient. Mais elle était trop accablée pour s'émerveiller, comme avant, de la beauté qui l'entourait.

Comment arriver à faire le deuil de tous ses rêves inassouvis? Comment assumer, sans le réconfort d'une amie, toutes les pertes qu'elle avait subies récemment? Comment accepter qu'Antoine l'ait trompée? Avait-elle été si maladroite à se faire aimer? Comment faire face à sa pauvreté? Comment garder la tête haute malgré la honte? Comment faire taire cette douleur qui la tenaillait? Elle avait oublié qu'avoir faim faisait si mal. Mais ce qui faisait le plus mal, c'était de ne plus avoir de place dans la colonie.

L'idée que désormais, plus personne ne solliciterait ses services la tuait.

Comment arriver à tendre la main ?

Elle n'aurait jamais pensé qu'un jour elle se retrouverait à la rue. Comment cela était-il possible ? Elle n'avait plus de but. Plus d'attente. Le fil de l'espoir semblait définitivement rompu.

Depuis qu'elle avait quitté Batiscan, elle était assaillie par des pensées suicidaires. D'abord fugitives, ces pensées étaient devenues de plus en plus récurrentes. Elle avait le sentiment que plus elle les chassait, plus elles revenaient avec force. Elle songeait tant et si souvent à la mort qu'elle en était arrivée à un point où elle cherchait la façon dont elle allait en finir. Et puis, elle avait pensé à la manière dont on traitait les suicidés. Elle se souvenait d'un homme, un voisin, qui, il y a quelques années, s'était pendu dans sa maison. Le curé avait donné l'ordre qu'on le jette par la fenêtre, face contre terre et qu'on brûle tout ce qui lui appartenait. Les autorités avaient ensuite ordonné que le suicidé soit traîné dans les rues, attaché à une charrette, la tête en bas, avant d'être exposé sur la place publique et jeté à la voirie.

Marie ne voulait pas risquer que sa propre dépouille s'y retrouve aussi. Elle savait que l'image d'Antoine parmi les détritus hantait souvent Pierre. Elle ne devait pas faire cela à son fils.

Elle se rappela soudain une conversation qu'elle avait entendue à la Salpêtrière. Une religieuse expliquait à une gardienne comment réagir si elle se trouvait devant quelqu'un qui voulait se donner la mort, ce qui arrivait assez souvent, car il y avait beaucoup de femmes enfermées qui mettaient fin à leurs jours.

— Il faut lui dire : attends encore cinq minutes. Il faut arriver à la faire tenir de cinq minutes en cinq minutes jusqu'à ce qu'elle soit trop épuisée pour passer à l'acte. N'oublie pas que la tension dans laquelle elle est l'épuise.

— Mais comment la faire tenir ? avait répliqué la gardienne d'un ton bourru.

— En la faisant parler. En lui disant par exemple qu'on a besoin, avant qu'elle meure, de comprendre telle ou telle chose d'elle. Que si elle n'attend plus rien de la vie, la vie attend peut-être quelque chose d'elle. Que ce qu'elle vit de difficile, elle pourra le tourner un jour à son avantage. Que sa faiblesse est aussi sa force. Que sans cette faille en elle qui la fait tant souffrir, elle ne deviendra jamais ce qu'elle doit et peut devenir.

La religieuse avait ajouté :

— Nous pouvons aussi citer en exemple toutes les personnes qui ont raté leur tentative de se donner la mort et que la vie a gâtées par la suite à un point qu'elles n'auraient jamais pu imaginer. Bien sûr, il n'y a pas de recettes qui vaillent pour tout le monde, mais au moins on peut essayer cela.

Cette religieuse connaissait bien l'argument qui, habituellement, aidait le mieux : « Pense à tous ceux qui t'aiment. Pense à leur souffrance si tu mets fin à tes jours. » Or, plusieurs femmes se tuaient précisément parce que plus personne ne comptait sur elles ou les aimait. Souvent, elles avaient été abandonnées ou enfermées par ceux-là mêmes qu'elles affectionnaient le plus au monde.

Marie ignorait ce que la vie attendait d'elle mais elle se disait, en se remémorant les paroles de cette religieuse, qu'il valait peut-être la peine d'attendre un peu pour le savoir. Elle pensa à la douleur qu'elle causerait non seulement à Pierre, mais aussi à Platon et à Roxane. Il fallait qu'elle trouve une issue à sa mélancolie.

Combattre les idées suicidaires grugeait toute son énergie. Elle n'avait plus la force de continuer à se chercher du travail. Elle essayait de se raisonner, de se dire qu'il fallait qu'elle aille frapper à d'autres portes pour offrir ses services. En vain. L'angoisse était trop forte. C'était comme si elle n'avait plus le contrôle de son esprit. Et cela la terrorisait. Elle avait aussi le sentiment étrange, et terrifiant, qu'elle ne pouvait plus maîtriser son corps. Les bruits, les voix, le son même de sa propre voix, lui apparaissaient irréels. Comme si elle n'avait plus de prise sur la réalité.

Et puis, elle avait si faim.

Ainsi, se dit-elle, « je suis devenue comme ces mendiantes que j'ai jadis regardées de haut ». « Les quêteuses ! » s'exclamait sa mère, lui intimant de ne rien leur donner, car cela ne faisait qu'encourager leur vice. Leur paresse. Elle avait obéi. N'avait rien donné. Rien senti en passant près d'elles, la tête haute. Mais elle était si jeune ! Vingt ans à peine. « Si l'on savait, à cet âge, que la vie nous mène parfois dans les mêmes sentiers que ceux que, par ignorance, nous avons jadis méprisés. »

« Il faut que je fasse taire au moins cette douleur causée par la faim. Il suffit de tendre la main. Quelques instants à peine. Surtout ne pas regarder. Ne pas voir les yeux de celui qui me regardera, moi, devenue mendiante. Ensuite, quand je n'aurai plus faim, je trouverai un moyen de me sortir de là. »

Un passant s'approcha. « Il est si bien habillé. Il doit bien avoir quelque argent dans sa besace. Il suffit de lever le bras et de le tendre. Surtout fuir son regard. Trouver refuge dans l'absence. Tendre le bras, donc, rien de plus. »

Trop tard, elle n'avait pas pu. L'homme était passé. Sans même jeter un coup d'œil. Au lieu de ralentir, il avait pressé le pas.

Marie commença à prier, ce qu'elle n'avait pas fait depuis longtemps. C'était plus un moyen de combattre l'angoisse qu'un désir sincère de communiquer avec un Dieu qui était devenu, à ses yeux, de plus en plus hypothétique.

Chapitre 25

Un peu plus loin, Pierre attendait Marie devant l'église, étourdi par le mouvement qui le cernait de toutes parts. La tranquille campagne de Batiscan ne l'avait pas habitué au brouhaha des jours de marché. Deux chevaux lancés au galop dans les rues étroites par d'impétueux cavaliers évitèrent de justesse les cochons qui couraient librement ; une jeune vendeuse hurlait à pleins poumons le prix de ses balais ; sur le parvis de l'église, un aveugle mendiait et Pierre constata que les gens étaient généreux avec lui, l'appelant le « bon pauvre ».

— Il n'est pas comme ces quêteux qui sont trop paresseux pour travailler ! dit une femme à son amie, en tendant à l'aveugle un panier plein de victuailles.

— Que Dieu vous bénisse, madame !

Des femmes chantaient en marchant pendant que d'autres tentaient tant bien que mal d'éviter le contenu des pots de chambre que certains jetaient par la fenêtre sans même prendre le temps de s'assurer que personne ne pouvait recevoir leurs immondices sur la tête. « Tu t'exposes à un procès ! » cria une femme, en levant le poing vers la fenêtre d'où provenaient les détritus.

Pierre s'habituait difficilement à tant d'activité. Il aimait décidément mieux la campagne. « En tous cas, à la Place-Royale, l'odeur est un peu moins nauséabonde que près des boutiques des bouchers et des tanneurs qui jettent à la rue, ou dans le fleuve, leurs déchets sanguinolents », se dit-il.

Si, à cet instant, il s'était confié à Marie, elle lui aurait dit que cette odeur n'égalait en rien celle qui régnait dans les rues de Paris.

Pierre ferma les yeux et s'imagina à Batiscan, dans la forêt, lorsque, aux petites heures du matin, elle exhalait les effluves de bois détrempés, de mousse et de terre humide. Odeurs qui s'accordaient avec sa sensualité naissante. Il s'ennuyait de sa mère. De sa joie de vivre, de son rire surtout. Ils riaient si souvent ensemble. Il ne connaissait personne qui riait si facilement et son rire lui manquait terriblement ; plus que tout le reste. Il cherchait ce qu'il pourrait bien lui raconter tout à l'heure pour la voir s'esclaffer. Il l'imaginait déjà, riant aux éclats. Il serait rassasié.

Il rouvrit les yeux et la démarche d'un homme, au loin, retint son attention. Il avait beau se répéter que son père était mort, son cœur s'affolait dès qu'une haute silhouette semblable à celle d'Antoine apparaissait dans son champ de vision. Un espoir fou, qu'il savait insensé, mais qu'il ne pouvait étouffer, le prenait alors. « Et s'il n'était pas mort ? Après tout, ni maman ni moi ne l'avons identifié. »

Pierre se rendait au port plusieurs fois par jour à cause du fil ténu de cet espoir qu'il n'arrivait pas à casser : « Et si je le rencontrais ? Peut-être nous cherche-t-il ? » Il n'aurait jamais avoué à quiconque ce rituel insensé, cette recherche constante et vaine qui l'obsédait. « On me croirait fou à lier. »

Il ferma les yeux de nouveau pour retrouver sa forêt de Batiscan. L'odeur des sapins remplit sa mémoire et le réconforta encore :

— Eh, jeune homme vous dormez debout !

Platon, qui avait modifié sa voix pour l'interpeller, éclata d'un grand rire et ajouta :

— Quel plaisir de te voir. Marie n'est pas avec toi ?

— Non, et je suis inquiet. Elle n'a pas l'habitude de rater ses rendez-vous et elle a horreur d'attendre et de faire attendre.

Ils attendirent ensemble jusqu'à ce que les cloches sonnent l'heure de reprendre le travail. Pierre soupira et fit l'accolade à Platon. Ils se quittèrent à regret, taraudés par l'inquiétude.

Non loin de là, Marie, appuyée au mur d'une maison, laissait ses larmes couler librement. Aucun effort de volonté n'arrivait à les endiguer.

Au même moment, Jean Levasseur, huissier au service du Conseil souverain, se dirigeait vers la haute-ville à grandes enjambées. Marié à Marguerite Richard, il avait eu avec elle onze enfants et habitait une grande et cossue maison de trois étages située rue Saint-Louis, à quelques pas de la prison. Durant les premières années de leur mariage, Marguerite et Jean avaient hébergé des dizaines de Filles du roi. C'est chez eux que Marie et Roxane avaient été accueillies lorsqu'elles étaient débarquées en Nouvelle-France.

Jean pressa le pas. Il courait presque. Il avait hâte de retrouver Marguerite. Lorsqu'il l'avait quittée ce matin-là, elle était fiévreuse. « Pourvu que ce ne soit pas les fièvres pourpres, se disait-il. Le dernier bateau arrivé au port a encore emporté plusieurs passagers qui souffrent de cette maladie des navires. »

La vie qu'il partageait avec Marguerite était somme toute heureuse. Leur aîné était devenu prêtre et la cadette s'était mariée en juillet dernier. Il espérait vivre encore plusieurs belles années avec sa femme. Perdu dans ses pensées, il passa près de Marie et la regarda sans vraiment la voir, mais, après avoir fait quelques pas, il se retourna, perplexe. « Il me semble que je la connais. » Il vit les larmes qui coulaient sur les joues de Marie sans qu'elle fasse le moindre geste pour les essuyer. Il y avait tant de tristesse dans son visage qu'il en fut bouleversé. Gêné, il continua son chemin, mais il revint sur ses pas. « Il me semble connaître cette femme », se répéta-t-il. Il s'approcha de Marie. Lentement, elle tendit la main sans le regarder, les yeux obstinément fixés sur le bas de son manteau de serge qui, par cette douce journée automnale, était beaucoup trop chaud. Jean comprit soudain que c'était une mendiante. « Il y en a de plus en plus. Les autorités en ont enfermé plusieurs dans le passé et il s'en est trouvé d'autres pour les remplacer. Que faire quand il y a tant de misère ? » se dit-il, mal à l'aise. Récemment, il avait discuté de ce problème avec les membres du Conseil souverain :

— On ne peut quand même pas les exécuter massivement comme

on l'a fait à Devon où, rappelez-vous, près de cent vagabonds ont été pendus en 1598, avait dit l'un d'eux.

Par respect pour l'évêque qui siégeait au Conseil, il avait omis de mentionner qu'en France, le Vatican avait ordonné le renfermement des pauvres, décrétant que les mendiants menaçaient la rentabilité des pèlerinages. Les pèlerins fuyaient, exaspérés d'être sans cesse sollicités. Progressivement, faire la charité aux pauvres avait été de moins en moins perçu comme un moyen de gagner son ciel. Le pape avait donc décidé que tous les pauvres devaient être non seulement enfermés, mais corrigés ! Car il estimait qu'ils étaient des fainéants à qui il fallait apprendre la valeur de l'effort. L'oisiveté, c'était un truisme de le souligner, était la mère de tous les vices. Un plan machiavélique avait donc été conçu. Des geôliers remplissaient progressivement d'eau les cellules où étaient enfermés les pauvres. Pour éviter de mourir noyés, ils devaient donc vider leur cellule avec une écuelle à une cadence qui interdisait tout repos. Ils passaient près de vingt heures par jour à s'échiner ainsi ! « C'est comme ça qu'ils apprendront ce que c'est que de travailler », avait dit un religieux, satisfait de cette idée qu'il jugeait géniale.

Un conseiller avait fait remarquer que, sous le règne actuel de Louis XIV, bien des pauvres étaient enfermés dans des hôpitaux, mais qu'en Nouvelle-France, nul hôpital n'était assez grand pour tous les contenir. Ils avaient discuté des différentes façons dont on traitait les mendiants de par le monde. Un conseiller avait mentionné des endroits où, parmi les vagabonds, se glissaient des criminels qui pouvaient enlever des enfants, allant jusqu'à leur broyer les membres ou leur crever les yeux, afin qu'ils inspirent la pitié lorsqu'ils les obligeaient à mendier avec eux. « Les enfants devenaient ainsi des esclaves dont les maîtres racontaient que c'était la foudre qui les avait aveuglés ou rendus infirmes », avait-il affirmé devant les conseillers peu convaincus qu'une telle chose puisse un jour se passer dans la colonie. Un autre conseiller avait déclaré que les hommes de loi anglais disaient aux archers de pourchasser les mendiants et de les fouetter avant de les mener aux portes des villes d'où ils étaient exclus. Ils les avaient même marqués au fer rouge puis donnés en esclavage à ceux qui les dénonçaient s'ils s'avisaient de pénétrer dans la ville. D'autres gueux avaient été fouettés publiquement avant d'être envoyés aux galères.

L'évêque avait insisté sur le fait qu'il y avait des « bons pauvres » et qu'il fallait les autoriser à mendier, car il continuait de croire, lui, qu'ils étaient des objets de salut : « Leur faire la charité ouvre toutes grandes les portes du ciel. Cependant, pour bien les distinguer des mauvais pauvres, les bons pauvres devront demander aux autorités un permis pour mendier. Ils l'obtiendront s'ils sont de bons chrétiens et ne sont pas fainéants ou plaignards[23]. Ils doivent aussi mettre leurs enfants au travail. Ils peuvent apprendre à travailler dès l'âge de quatre ans », avait décrété l'évêque.

Le Conseil souverain de la ville de Québec avait donc décidé que quiconque n'était pas autorisé, par le juge ou le curé, à mendier, était un mauvais pauvre et qu'il serait condamné au pilori à la première offense et au fouet à la seconde. Quant aux habitants qui faisaient la charité aux « mauvais » mendiants, ils devaient payer dix livres d'amende.

Depuis cette réunion, c'était la première fois que Jean voyait quelqu'un mendier et il se sentait désarmé par la souffrance de cette mendiante. « Je n'ai pas envie de la faire arrêter. Mais je dois lui dire de se trouver du travail ou un mari au plus tôt. » Il s'approcha de Marie et l'accosta avec une voix qu'il cherchait à rendre autoritaire afin de mieux cacher son trouble :

— Madame, vous n'avez pas le droit de mendier. Je pourrais vous faire arrêter et vous seriez condamnée au pilori.

Cette menace la glaça d'effroi. Marie se voyait déjà, attachée à un

---

23 À cette époque, étaient souvent jugées plaignardes des personnes qui souffraient de dépression.

poteau, exposée à l'humiliation publique. Elle aurait voulu parler, mais n'y arrivait pas. Les mots restaient bloqués dans sa gorge. Elle le fixait à travers le rideau de larmes qui lui brouillait la vue.

Jean la reconnut aussitôt. Malgré les rides qui encadraient son regard. Malgré le blanc qui striait ses cheveux. Malgré l'immense tristesse qui altérait ses traits et qui contrastait, de façon tragique, avec la joie qu'ils reflétaient la première fois qu'il l'avait vue en cette fin d'été 1668. Seize ans, et il se souvenait clairement d'elle, car il avait été ébloui par la couleur de ses yeux — des yeux verts irisés d'or comme il n'en avait jamais vus auparavant — et avait été séduit par sa joie de vivre, son énergie, son rire cristallin qui avait résonné dans leur demeure le premier jour où ils l'avaient hébergée. Il la revoyait câlinant l'un de ses bébés, embrassant ses jambes dodues, le soulevant dans les airs avec l'assurance de celles qui, souvent, ont pris soin des enfants. Son bébé et la jeune femme riaient de bon cœur et leurs rires en écho avaient égayé toute la maisonnée. Mais Marie, les jours suivants, avait paru inquiète, tourmentée. Ensuite, son départ à Batiscan les avait séparés. Un membre du Conseil souverain lui avait appris récemment la mort tragique d'Antoine. Lorsqu'il avait raconté ce drame à Marguerite, elle avait été attristée autant que lui, car ils s'étaient pris d'affection pour Marie. Avant de s'endormir, le soir précédent, Jean avait pensé avec tristesse à elle, le corps fiévreux de Marguerite lové au creux du sien.

— Vous êtes Marie Major ?

Marie tressaillit. Déjà, quelqu'un l'avait reconnue. C'était aussi pire que la menace qu'il venait de brandir. Être ostracisés, elle et son fils, était le pire des enfermements.

— Non, vous faites erreur, monsieur. Je m'appelle Marie Le Pelé.

Sa voix. Il aurait reconnu sa voix entre toutes.

— Voyons, Marie, je ne vous veux pas de mal. Au contraire.

Il était extrêmement mal à l'aise devant ce déferlement de larmes que, manifestement, Marie était impuissante à juguler.

— Vous ne me reconnaissez pas ? Je vous ai accueillie chez moi quand vous êtes arrivée il y a près de quinze ans. Je sais le drame que vous venez de vivre et j'ai de la peine pour vous. Venez ! Venez avec moi, je vous en prie. Marguerite sera heureuse de vous voir.

Et, se souvenant de la fierté de Marie, il ajouta aussitôt :

— Peut-être pouvez-vous m'aider. Je suis inquiet pour Marguerite. Elle a la fièvre. J'ai appris que vous étiez une excellente sage-femme et que vous connaissiez le secret des herbes.

Il venait de toucher une corde sensible. Marie était si contente lorsque son savoir servait à quelque chose.

— Je me souviens de votre femme. Elle a été si gentille avec nous, parvint-elle à articuler.

Elle avait d'ailleurs songé, il y a quelques jours, à aller frapper à la porte des Levasseur, mais elle avait été incapable de se résoudre à afficher sa déchéance. Trop d'orgueil peut-être, ou le désespoir, ou un amalgame complexe des deux.

Jean trouva alors l'argument de poids. Celui qui, il l'aurait juré, allait convaincre Marie de le suivre :

— Comment va votre fils ? Quelqu'un m'a dit pas plus tard qu'hier qu'il était devenu un beau jeune homme.

Il avait visé juste. Pour Pierre, elle ne pouvait rater cette occasion de reprendre sa vie en main.

Plus il y pensait, plus Jean voyait l'arrivée de Marie comme une bénédiction pour sa femme Marguerite qui s'ennuyait depuis que tous leurs enfants avaient quitté le nid familial. Jusqu'à ce qu'ils arrivent à la rue Saint-Louis où était située sa maison, il parla sans arrêt de tout ce que Marie pourrait faire si elle acceptait de vivre avec eux. Marie marchait à ses côtés, presque en titubant, saoule autant de tristesse que de fatigue.

Marie revit, avec une grande émotion, l'endroit où elle avait signé son contrat de mariage, scellant sa destinée à un inconnu ! Après une dangereuse et pénible traversée, pendant laquelle étaient mortes plusieurs Filles du roi, cette demeure lui était apparue comme le paradis, tant il est vrai que tout apparaît nimbé d'une lumineuse beauté à celui qui a le sentiment d'être un survivant.

Marie monta voir Marguerite alitée dans sa chambre au troisième étage où elle s'était installée afin de profiter de la vue panoramique. Marguerite accueillit Marie avec une joie sincère. Sa fièvre était tombée et elle affirma se sentir beaucoup mieux. Jean décréta qu'il s'occupait du souper pendant que les deux femmes renouaient ensemble. Un peu plus tard, Marie mangeait sans grand appétit, même si c'était le premier vrai repas qu'elle avalait depuis trois jours.

Jean expliqua à Marguerite qu'il avait suggéré à Marie de rester auprès d'elle afin de l'aider dans ses tâches quotidiennes. « Je ne serai plus inquiet de te laisser seule », dit-il en l'embrassant tendrement.

Pour Marie, ce genre de travail était un cadeau inespéré. Même si la tristesse l'envahissait chaque fois qu'elle prenait conscience qu'elle devait tout recommencer à zéro, elle était soulagée d'avoir un toit et du travail, même s'il n'était que temporaire. D'autant plus qu'elle avait constaté, ces derniers jours, qu'il n'était pas facile, contrairement à ce qu'elle avait cru, de s'engager comme domestique. Jean lui expliqua que cette tâche était, à Québec, presque exclusivement réservée aux hommes.

Voyant sa fatigue, Jean conduisit Marie à sa chambre. Elle sombra dans un sommeil qui dura presque deux jours. Elle rêva beaucoup. Des rêves étranges dont elle n'avait qu'un vague souvenir, mais d'autres d'une étonnante clarté. Dans l'un d'eux, elle écrivait les noms d'Anne et d'Antoine. Le nom d'Anne dans celui d'**Antoine**. Apparut ensuite le mot « tua » dans **Talua**, puis les lettres du nom d'Antoine, qui étaient incluses dans le nom de **Julien Talua dit Vendamont**, dansèrent avant de se placer pour former le nom de son mari.

Chapitre 26

Quand Marie se réveilla, il lui fallut un peu de temps pour réaliser où elle était. Elle alla s'asseoir dans le fauteuil à oreilles placé près de la fenêtre. Lévis était juste en face, séparé de Québec par le fleuve au-dessus duquel flottait une brume qui s'élevait en volutes diaphanes. Cette brume lui fit penser à Batiscan dont le nom signifiait brume légère. Marie projeta son regard plus bas et s'amusa des formes que le *brouillas* inventait. Il semblait s'accrocher, tel un fantôme, aux gens qui marchaient dans la rue. Elle se dit que, grâce aux Levasseur, elle avait échappé à une grande misère. Elle prit la résolution de vivre au jour le jour et d'éviter de trop penser à l'avenir. Elle avait traversé tant d'épreuves qu'elle savait qu'on s'habitue à tout, même au pire.

Elle entendit des voix provenant du rez-de-chaussée. Marguerite avait un visiteur, car ce n'était pas la voix rauque de Jean que Marie entendait. Elle se dirigea vers la belle fontaine de porcelaine, munie d'une chantepleure, accrochée au mur et y fit ses ablutions. Une superbe jupe de serge rouge, les sept jupons et une chemise de coton de la même couleur avaient été laissés pour elle sur une chaise. « Ils se souviennent à quel point j'adore le rouge », se dit Marie, touchée par cette attention.

Elle n'était pas pressée de descendre, gênée de se retrouver devant le visiteur de ses hôtes. Jean, qui avait entendu des bruits provenant du troisième étage, vint frapper à sa porte.

— Comment allez-vous, Marie ?

— Je vais bien, mentit Marie. Je ne sais comment vous remercier. Comment va Marguerite ?

— Elle va mieux, mais j'ai demandé au chirurgien Gervais Baudoin de venir l'examiner. Il a si bonne réputation qu'il est devenu le chirurgien des ursulines et des prêtres du Séminaire. Nous nous sommes liés d'amitié avec lui et puisque le couvent des ursulines est à deux pas, il arrête souvent nous saluer.

— Je suis honteuse. J'étais venue pour vous aider et je ne trouve rien de mieux à faire que de dormir.

— Vous en aviez bien besoin, Marie. Venez que je vous présente à Gervais.

— Je préférerais qu'il ignore mon identité réelle. S'il vous plaît, présentez-moi sous le nom de Marie Le Pelé.

— Gervais est un homme bon, compréhensif et discret. Mais je respecte votre décision. Je dirai que vous êtes une lointaine cousine. J'ajouterai que votre mari est un coureur des bois et que vous êtes venue nous visiter.

— Merci, dit péniblement Marie.

Les larmes affluaient encore sans crier gare.

Le chirurgien Baudoin était un homme dont l'esprit d'observation avait été aiguisé par l'étude des plantes et des symptômes des maladies. Aussi, même si Marie réussit à se montrer avenante, il perçut immédiatement la tristesse qui l'habitait. Il avait l'intime conviction que la mélancolie, lorsqu'elle n'est pas successive à un événement tragique, est souvent causée par la difficulté de faire ce pour quoi on est né. Aussi, ignorant le drame que vivait Marie, il la questionna sur ses occupations.

— J'ai été sage-femme, mais j'ai dû délaisser mes activités. J'avais besoin de me reposer, répondit Marie en déposant sa tasse remplie de tisane sur la splendide table de merisier rouge.

— Sage-femme! J'ai beaucoup d'admiration pour les sages-femmes qui en connaissent bien plus que nous sur l'art d'accoucher. Je suis souvent tenté de dire, comme l'a déclamé le médecin Paracelse au moment de mourir: « Je brûle toute la médecine et déclare ne savoir rien que ce que j'ai appris des sorcières. » Évidemment, quand il parlait des sorcières, il faisait référence aux sages-femmes.

— Doux Jésus ! ne parlez pas des sorcières ! Heureusement, nous n'en avons brûlé aucune en Nouvelle-France ! s'exclama Marguerite.

— Nous avons mis tant d'efforts à faire venir des femmes afin de peupler la colonie, ajouta Jean, s'il avait fallu qu'on se mette à les brûler !

Marie ne put s'empêcher de sourire. « Si Marguerite connaissait toutes les herbes que j'utilise, elle me traiterait sans doute de sorcière ou d'hérétique. »

Marie aurait bien aimé discuter avec le chirurgien des plantes à utiliser lors des accouchements, comme la belladone, la mandragore, l'ergot, le gui, mais elle doutait de l'ouverture d'esprit de Marguerite en ce domaine. « Elle est si pieuse et si croyante qu'elle serait peut-être scandalisée d'apprendre que je ne laissais pas les femmes enfanter dans la douleur comme le veulent les prêtres », se dit Marie.

Marie était ravie de constater que Gervais Baudoin n'était pas comme certains chirurgiens-barbiers français, encore rares heureusement, qui, afin de monopoliser les soins reliés à la grossesse et à l'accouchement, essayaient depuis quelques années de faire croire que les sages-femmes n'étaient que de dangereuses ignorantes. Heureuse de rencontrer quelqu'un qui avait le même centre d'intérêt qu'elle, elle lui parla de quelques plantes médicinales qu'elle cultivait, passant sous silence celles qui portaient à controverse. Elle l'interrogea sur la pertinence de donner en infusion de la rosée du soleil aux enfants atteints de coqueluche et la reine des prés aux personnes qui ressentaient de la douleur dans leurs os.

— Lorsque vous étiez en France, vous avez étudié à la Sorbonne, n'est-ce pas, Gervais ? demanda Marguerite.

— Mais non ! s'exclama le chirurgien. Les chirurgiens sont exclus, comme les femmes, des universités. D'ailleurs, je vous avouerai que même s'il est beaucoup moins prestigieux de ne pas avoir fréquenté l'université, je préfère n'avoir pas étudié avec tous ces philosophes. Pour eux, la médecine n'est qu'une branche de la philosophie et ils discourent des heures durant sur des sujets qui n'ont pas grand-chose à voir avec les moyens de guérir les maladies. J'ai été l'apprenti d'un chirurgien fort compétent. Il ne faisait pas que de la petite chirurgie, mais de la grande, ça oui, de la très grande ! Et surtout, il ne pratiquait pas le métier de Figaro.

— Le métier de Figaro ? questionna Marguerite juste avant que Jean demande la différence entre la petite et la grande chirurgie.

Gervais, ravi que son métier suscite autant d'intérêt, répondit d'abord, en galant homme, à la question posée par Marguerite.

— Raser la barbe, c'est ça le métier de Figaro !

Et, tournant le regard vers Jean, il ajouta :

— La petite chirurgie peut être pratiquée par à peu près n'importe qui. Il s'agit simplement de cautériser des plaies, de faire des saignées, des purgations, des lavements, d'appliquer des pansements, de poser des ventouses, d'extraire des dents.

Il fit une courte pause, le temps d'allumer sa pipe, et ajouta, visiblement heureux de parler de son art :

— Mais quand on parle de grande chirurgie, alors là, c'est différent ! Pour la pratiquer, il faut avoir à la fois de l'audace, du cran, une grande dextérité, et être rapide d'esprit et de mouvement. Il faut être capable d'amputer des membres rapidement, réduire des fractures, réparer des perforations de l'estomac, enlever des cataractes, extirper des goitres…

Voyant que Marguerite blêmissait à mesure qu'il progressait dans son énumération, il s'arrêta net de parler.

Marie l'enviait. Elle avait déjà rêvé d'être chirurgien. Mais la chirurgie avait été interdite aux femmes dès 1484. Une question lui brûlait les lèvres. N'eût été de la présence de Marguerite et de Jean, elle aurait bien aimé demander à Gervais s'il avait pratiqué des césariennes avant le décès de la mère, même si l'Église l'interdisait. Les

prêtres autorisaient certes la sortie de l'enfant « par des voies non naturelles », mais seulement lorsque la parturiente était morte.

— On m'a raconté que les Français aiment bien se moquer des médecins. Ils les apostrophent en disant qu'ils ne savent que faire des saignées. Il paraît que sur l'épitaphe d'un illustre médecin est écrit : « Ci-
gît qui, pour un quart d'écu, s'agenouillait devant un cul ! » s'exclama
Jean en riant à gorge déployée.

Marguerite donna un léger coup de pied à son mari. L'humour de
Jean la gênait. « Votre père me fait honte parfois ! » se plaignait-elle
souvent à ses filles.

Gervais était un pince-sans-rire. Il sembla ne pas avoir entendu la
pitrerie de son ami.

— Non, je ne regrette pas de n'avoir pas étudié à l'université,
continua-t-il, comme s'il se parlait à lui-même. D'autant plus que certains hommes que l'on dit savants semblent parfois réfractaires à des
découvertes intéressantes. Un peu avant sa mort, en 1672 si ma mémoire est bonne, le docteur Guy Patin, doyen de la Faculté de médecine de Paris, a réussi à obtenir du parlement de Paris qu'il interdise
que cette doctrine soit enseignée. Il jugeait l'idée que le sang circule
dans les vaisseaux de notre corps, non seulement inutile à la médecine, mais absurde. Boileau s'en est bien moqué, lorsqu'il parlait de
« l'interdiction du sang de désormais circuler ».

— Mais enfin ! soupira Gervais, nous résistons souvent farouchement à tout ce qui est nouveau sans même prendre le temps d'en évaluer la pertinence.

Marie aurait aimé lui dire que sœur Hildegarde de Bigen avait écrit
sur la circulation sanguine il y avait de cela bien longtemps…

Gervais, intarissable lorsqu'il parlait de sa passion, continuait de
plus belle :

— Le chirurgien avec qui j'ai appris mon métier m'a enseigné que
la nature, si elle est parfois destructrice, est aussi fort généreuse. Elle
nous offre mille remèdes à nos maux. Les noix, par exemple, sont ef-

ficaces pour soulager, sinon guérir, bien des maladies. Lorsque je vivais à Paris, j'ai souvent visité le jardin du roi où l'on trouve une variété telle de spécimens qu'un étudiant avide de connaissances est rassasié beaucoup mieux qu'en étudiant la théorie des humeurs qui intéresse tant les médecins français.

— Le jardin du roi ! s'exclama Marie, vivement intéressée par cet endroit dont Antoine lui avait souvent parlé et qu'elle-même avait visité.

— La première fois que j'ai visité un jardin, j'étais encore jeune et je m'étais exclamée, en voyant l'écriteau à l'entrée de ce jardin : « Regarde, papa, je ne peux y aller, c'est écrit : Ni chiens, ni filles ! » dit-elle en riant. J'ai appris plus tard qu'on désignait ainsi les prostituées.

Marguerite rougit pendant que Jean et Gervais s'esclaffaient. Marie, elle, se mordit les lèvres : « Sotte que je suis ! Je viens de leur dévoiler que je sais lire ! » Elle observa, soulagée, que personne ne réagissait à sa remarque.

« J'aime bien cette Marie », se dit Gervais. Il estimait les personnes qui avaient de l'humour et il admirait encore plus celles qui étaient capables de rire malgré leur tristesse.

— Oui, c'est là que j'ai étudié, continua-t-il en regardant Marie. J'ai d'ailleurs rencontré un homme, sur le quai où il réparait des tonneaux, qui était fort intéressé par les jardins du roi. « J'aimerais encore me promener dans les magnifiques allées de ce jardin. Je l'ai visité alors que j'étais à peine sorti de l'enfance, m'a-t-il dit. Mon père m'avait amené dans les plus grandes villes de France afin que j'apprenne les différentes manières de faire des tonneaux et, avant de retourner chez nous, nous avons visité ce jardin. Je l'ai trouvé si beau que lorsqu'on m'a demandé quel nom de guerre j'aimerais porter, j'ai choisi Desjardins sans hésiter. Voyez-vous, m'expliqua-t-il, je m'appelle Roy et je voulais que, dans mon nom, il y ait un peu des jardins du roi. »

Marguerite et Jean jetèrent un coup d'œil inquiet à Marie dont le visage impassible contrastait avec la tempête des sentiments qui l'habitait.

— J'ignorais alors, ajouta Gervais, que les soldats se choisissaient un nom de guerre.

— Oui, et ils n'ont pas tous des noms glorieux, répondit Jean qui aimait se moquer. J'ai connu un homme qui aimait tant la boisson qu'il s'appelait Antoine Bonnet dit Prettaboire. J'ai rencontré un Martial dit Brisefer dont personne ne voulait comme engagé. Un Jolicœur dont les filles à marier se méfiaient parce qu'il était un beau parleur. Un Jean Frappe-D'abord qui était, on s'en doute, aussi batailleur que son ami le matamore Tranchemontagne. Parfois le surnom améliore le patronyme d'origine, comme ce Jean de Lavacherie qui l'a remplacé par De Floriers !

Les cloches du monastère des ursulines sonnèrent et Gervais s'exclama :

— Grand Dieu ! je suis en retard chez les sœurs.

Il se leva d'un bond et ses hôtes l'accompagnèrent à la sortie. Ils le regardèrent traverser la rue à grandes enjambées, vêtu de son habit. De le voir ainsi gréé, Marie trouva étrange que barbiers et chirurgiens soient toujours endimanchés. Elle savait que, à l'Hôtel-Dieu, ils portaient leurs habits lorsqu'ils opéraient des malades ! Se tournant vers Jean et Marguerite, elle leur confia devoir aller de ce pas voir son fils :

— Il doit être mort d'inquiétude, dit-elle, remplie de remords de l'avoir laissé sans nouvelles tout ce temps.

— Ne vous en faites pas, Marie. Je dois descendre immédiatement dans la basse-ville. J'irai discrètement informer Pierre que vous êtes ici et qu'il peut y venir tant qu'il voudra.

— Dis-lui qu'il vienne partager notre souper. J'ai si hâte de le revoir ! Il était encore un bébé la dernière fois que je l'ai vu ! s'écria Marguerite.

Marie était infiniment reconnaissante de tout ce qu'ils faisaient pour elle.

— Je vous remercie de tout cœur, sans vous je ne sais ce qu'il serait advenu de moi.

— Ce n'est rien, répondit Marguerite avec chaleur, toute ra-gaillardie par la présence de Marie.

— Viens m'aider à préparer ce souper! dit-elle à Marie, en la pre-nant par la main.

— Mon Dieu que je suis sotte! J'ai oublié de demander au chirur-gien s'il connaissait un remède contre le grand mal! Le fils de mon amie en est atteint, expliqua-t-elle à Marguerite.

— Je ne crois pas, hélas!, qu'il en possède. Je connais une femme qui, après l'avoir consulté et avoir été saignée à quelques reprises, s'est contentée de faire comme à peu près tout le monde, répondit Marguerite.

— C'est-à-dire? questionna Marie.

— Elle a écrit le nom de saint Guy sur un bout de parchemin, l'a laissé tremper dans l'eau toute la nuit et a bu le liquide le lendemain matin. Mais je crois qu'elle n'est pas guérie, ajouta Marguerite en es-sayant de cacher sa déception, car elle aimait bien relater des cas où les saints entendaient les prières.

Les jours suivants passèrent très lentement. La tâche rue Saint-Louis était moins lourde qu'à Batiscan. Pas de laine et de lin à filer, pas de vêtements à fabriquer, pas de peaux à apprêter afin de faire des mocassins, pas de femmes enceintes à visiter. Marguerite avait déjà préparé les conserves pour l'hiver et fait toutes les chandelles dont avait besoin le Conseil souverain. Pierre était parti en forêt avec Rosaire afin de couper des châtaigniers et des coudriers. Pour tirer le maximum de ces arbres, il fallait tenir compte du mouvement de la sève et les couper entre septembre et mai. Elle pensa à Antoine qui lui avait souvent raconté que l'un de ses meilleurs souvenirs était d'être allé avec son père, dès l'enfance, dans la forêt d'Othe près de Saint-Jean de Joigny afin d'y trouver les meilleures essences de bois.

Marie s'ennuyait. De son fils. De Platon. De son chat. De sa forêt à Batiscan. De sa rivière. De tout le travail qu'elle accomplissait avant et qui avait donné un sens à sa vie.

Chapitre 27

Julien n'avait pas fermé l'œil de la nuit. On l'avait averti la veille que le juge prononcerait sa sentence vers les huit heures. À cette heure précise, les paroles de Gervaise tombèrent aussi brusquement qu'un couperet :

— Julien Talua dit Vendamont, lui dit le juge après lui avoir ordonné de se mettre à genoux, vous avez, dans votre propre domicile, le 10 juillet 1684, assassiné Antoine Roy dit Desjardins. Pour ce crime, vous êtes condamné à payer une amende ainsi que des messes pour le repos de l'âme de cet homme.

Le juge fit une pause et Julien respira profondément.

— Vous êtes condamné aussi à être pendu jusqu'à ce que mort s'ensuive.

Julien regarda tour à tour le juge, le greffier, l'adjoint au greffier. Il n'arrivait pas à croire qu'on le condamnait, lui ! Quelques instants plus tôt, il était encore convaincu qu'il s'en tirerait très bien. Pas plus tard qu'hier, un sulpicien l'avait visité et l'avait assuré de leur protection. C'était sûrement un cauchemar. Il allait se réveiller.

— Vous faites une grave erreur, hurla-t-il.

Le juge ne broncha pas et continua :

— Comme vous le savez, je dois, lorsqu'une personne est condamnée à une peine corporelle, déposer une requête en appel auprès des membres du Conseil souverain, à moins que vous ne vous y opposiez.

— Bien sûr que non ! s'écria Julien. J'ai de quoi payer !

— Les conseillers accepteront sans doute votre requête, car le fait que nous n'avons pu faire la preuve que votre crime était prémédité vous rend digne d'aller en appel. S'ils ratifient cette sentence, vous serez pendu sur la place publique dans les plus brefs délais. Votre corps sera exposé à Ville-Marie pendant quelques jours et ensuite sur les fourches patibulaires. Ce gibet à plusieurs piliers sera élevé dans la région de Batiscan où habitait l'homme que vous avez tué. Je dois vous rappeler aussi que toute personne condamnée à la peine capitale doit faire amende honorable. Avant votre pendaison, vous serez conduit devant la porte de l'église. Le maître des hautes œuvres vous passera la corde au cou et vous remettra la torche de cire ardente que vous devrez tenir. Vous vous mettrez à genoux, nu sous votre chemise et, devant tous et devant Dieu, vous demanderez pardon à Dieu, au roi Louis XIV, à la Justice, à Marie Major, à Pierre Roy dit Desjardins et à l'homme que vous avez tué, Antoine Roy dit Desjardins.

Julien était anéanti.

Le juge ordonna au geôlier Lafleur de conduire l'accusé à sa cellule. « Puisque Julien est condamné à mort, je dois l'enchaîner fermement », se dit le geôlier. Lorsqu'il vit le collier de fer que tenait Lafleur, Julien blêmit. Le gardien, évitant son regard, se dépêcha de le sceller pendant que Julien se sentait étouffé par ce cerceau qui lui glaçait le cou. La pression se fit plus forte lorsque le maton[24] lia la chaîne du collier à l'anneau fixé au mur. Ensuite, il attacha ses chevilles, mais Julien ne tiqua pas cette fois. Il avait maintenant l'habitude d'avoir les fers aux pieds. Lorsque le gardien fixa les menottes à la paroi du mur, un amalgame de sentiments s'empara de Julien. Mélange hétéroclite de terreur, de colère, de rage, d'humiliation, de résignation et de tristesse.

Une immense tristesse.

* * *

Pendant ce temps, le juge évitait le regard d'Anne qui, assise sur la sellette, attendait anxieusement le verdict. Même si elle était moins

---

24 Anciennement : gardien de prison.

sévère que celle qu'avait reçue Julien, cette sentence était, pour le juge, infiniment plus difficile à prononcer. Gervaise aurait préféré ne pas avoir à lui dire qu'elle serait rasée sur la place publique et fouettée. Il avait bien essayé de convaincre le bailli que la mise au ban perpétuelle était déjà assez humiliante. Peine perdue. « Les punitions doivent être exemplaires », lui avait-il rétorqué. Gervaise avait alors suggéré qu'elle reçoive les verges sous la custode, ou la flagellation aux quatre coins du préau[25], au lieu d'être fouettée sur la place publique. Rien n'y fit. « Il faut que les peines soient exemplaires », lui avait répété le bailli. « Quelle infamie y a-t-il à être fouetté en privé ? », avait-il demandé.

Le magistrat avait été à court d'arguments. Il comprenait que si Anne avait été célibataire, le bailli aurait sans doute été plus indulgent, mais elle était mariée et l'infidélité menaçait trop le pilier central de la colonie : l'institution du mariage.

Debout devant Anne, Gervaise était conscient que sa voix, qu'il voulait neutre, le trahissait : elle était exagérément neutre.

— Anne Godeby, vous êtes condamnée à la mise au ban perpétuelle. Vous devez quitter la ville dès aujourd'hui et ne plus y revenir sous peine d'être pendue.

Le juge prit une profonde inspiration, rassembla tout son courage et dit :

— Dans quelques instants, vous serez accompagnée par le bourreau Rattier. Après vous avoir conduite à la place du marché où sera prononcée votre sentence, vous serez rasée et fouettée. Cependant, puisque vous êtes condamnée à une peine corporelle, vous pouvez, si vous le désirez, aller en appel. Si tel est le cas, vous serez emprisonnée à la prison de Québec en attendant que les membres du Conseil souverain révisent votre procès.

Anne réfléchissait. Une telle procédure coûtait cher. L'idée d'être

---

25 Sous la custode : en privé ; aux quatre coins du préau : dans la cour de la prison.

emprisonnée à Québec sans être certaine qu'elle y gagnerait quelque chose ne la séduisait guère.

— Renoncez-vous à l'appel? s'impatienta le juge.

— J'y renonce.

— Donc, dès aujourd'hui, le bourreau accompagné du canotier, l'esclave Platon, vous conduiront dans l'une des deux villes de votre choix: Trois-Rivières ou Québec. Ils vous libéreront ensuite de vos entraves et vous serez enfin libre. Laquelle des deux villes choisissez-vous?

Il savait qu'Anne choisirait Québec. « Trois-Rivières est trop près de Batiscan. Elle ne pourrait y vivre dans l'anonymat comme à Québec qui est beaucoup plus peuplé », se disait-il. Il ne se trompait pas.

Anne déglutit et articula péniblement: « Québec ».

Le juge eut un moment d'hésitation et ajouta:

— Vous avez l'ordre de ne plus mener une vie impudique.

La femme du geôlier s'avança et les hommes de loi sortirent de la salle. La geôlière devait aider Anne à se déshabiller, car il fallait qu'elle subisse sa sentence « nue sous sa chemise ». Anne se laissa faire sans broncher et ferma les yeux. Elle savait pourquoi le bannissement était assez haut dans la hiérarchie des peines: il était une forme de mort. Une mort sociale. Elle pensa que la femme d'Antoine était elle aussi morte de la même manière. « Et cela est en grande partie de ma faute, se dit-elle. Le fouet me le fera payer. » Cette pensée la soulagea un peu du poids de la culpabilité.

Le bourreau entra dans la salle. Il était totalement habillé de rouge. « De la couleur du sang que tu verses et des flammes de l'enfer que ton rôle diabolique symbolise », lui criait-on parfois. Ne saluant personne, il se dirigea vers Anne, lui prit le coude et l'amena séance tenante. Il marchait si vite qu'Anne avait peine à le suivre. Lorsqu'ils se retrouvèrent dehors, tout, aux yeux d'Anne, apparut comme une agression. Le soleil, qui éclaboussait tout ce jour-là, même les recoins les plus sombres, lui fit mal aux yeux. Les bruits résonnèrent à ses oreilles comme s'ils étaient amplifiés. L'air frais d'automne la glaça. Étourdie par la lumière et l'espace dont elle avait perdu l'habitude, elle respirait péniblement. Les gens la regardaient passer avec curiosité. Arrivée à la place du marché, elle constata avec effroi qu'une foule l'attendait pour la haranguer. Elle baissa la tête, mais le geôlier, en tirant sur ses mains attachées derrière son dos, l'obligea à se redresser.

Elle avait honte. Une honte incommensurable. Indicible.

Au son du tambour, un archer prononça la sentence :

— Cette femme, Anne Godeby, épouse de Julien Talua dit Vendamont, est coupable d'adultère avec Antoine Roy dit Desjardins, assassiné par ledit Talua, le 10 juillet de cet an de grâce 1684.

Les roulements de tambour s'intensifièrent. La foule était suspendue aux lèvres de l'archer qui, lorsque le tambour diminua la cadence, annonça d'une voix forte :

— Au nom du roi de France, Louis XIV, nous condamnons Anne Godeby à la mise au ban perpétuelle. Cette femme devra quitter cette ville dès aujourd'hui et ne jamais y revenir. Faute de quoi, elle sera de nouveau fouettée et subira, de surcroît, la peine du carcan avant d'être pendue sur la place publique. Quiconque accepterait de l'héberger en cette ville sera sévèrement puni par la loi.

L'air était chargé de clameurs.

Des mots assassins résonnèrent à ses oreilles :

— Gueuse ! Toupie ! Femme de Panis ! Putain ! Ribaude !

Les hommes commentaient sa quasi-nudité. À cause du contre-jour, les formes de son corps étaient évidentes sous sa mince chemise de coton usé. Progressivement, Anne n'entendit plus que les battements de son cœur qui galopait à toute vitesse.

« Antoine, aide-moi ! » supplia-t-elle.

Le désespoir était au cœur de cette supplique. Depuis ce terrible 10 juillet qu'elle l'implorait, qu'elle attendait un signe de lui, une preuve qu'il était toujours là près d'elle, qu'il ne l'avait pas abandonnée, mais elle n'avait rien perçu. Rien que le silence. « C'est cela la mort, la fin de la communication », se disait-elle.

Le bourreau s'approcha d'elle, prit d'une main sa longue tignasse et s'affaira à la couper. Sa chevelure était si épaisse qu'il lui fallut un bon moment, une éternité, avant d'en finir. Elle lui adressa une supplique muette. « Dépêche-toi », criaient ses yeux. Le bourreau comprit et ralentit la cadence. « Pour une fois que ce n'est pas moi qui suis l'objet de mépris, je ne me priverai pas du plaisir d'humilier à mon tour. »

Anne sentit son visage s'engourdir, sa langue devenir épaisse, lourde et froide. Elle respirait de plus en plus difficilement. Elle avait beau tousser pour trouver un peu d'air, elle était de plus en plus oppressée.

Le bourreau ne l'épargna en rien. Il acheva lentement son funeste travail au rasoir avec une brusquerie telle que de longues traînées de sang dessinèrent des rigoles dans le cou d'Anne qui, ainsi rasée, serait désormais inévitablement identifiée à une prostituée.

Une femme, traversant la haie formée par les archers, s'approcha d'Anne et lui cracha au visage pendant que d'autres applaudirent son geste. Elle eut le temps de ramasser une poignée de cheveux qu'elle comptait revendre à bon prix avant que les archers ne l'éloignent avec rudesse.

Anne sentit son urine couler sur ses cuisses. Elle vomit. Sa terreur était intense. Insoutenable. Elle tremblait de la tête aux pieds.

Platon était parmi la foule puisqu'il avait la tâche de transporter le bourreau et tout son arsenal, car Rattier avait, ce jour-là, plusieurs sentences à exécuter. Il ferma les yeux et pria pour Anne. Il croyait fermement que sa prière l'aidait à traverser ce moment difficile. Il avait l'intime conviction qu'une personne communique avec une autre au-delà des mots, d'âme à âme.

Le bourreau prit son fouet. Le cœur d'Anne s'affola encore plus.

Le maître des hautes œuvres la fouetta avec une telle violence que la douleur irradia dans tout son corps. Il continua avec plus de force. Sa chemise se déchira sous l'impact. La honte qu'elle ressentait était proportionnelle à la douleur. La foule scandait les coups avec une étonnante jubilation : Un ! Deux ! Trois…

Anne hurla et tous les oiseaux qui nichaient dans les arbres à proximité se turent quelques instants, attentifs. Ils reprirent progressivement leurs chants, apparemment insensibles à la folie des hommes.

Combien de temps cela dura-t-il ? Anne ne saurait le dire. Une éternité sans doute.

Quand la main du bourreau s'immobilisa enfin, la femme du geôlier vint porter à Anne une rêche robe de laine grise. Le juge fit signe aux archers de la conduire jusqu'à l'embarcation qui les amènerait à Québec. Anne souhaitait qu'ils marchent vite. Si cela avait été possible, elle leur aurait demandé de courir. Qu'ils s'éloignent rapidement. Que tout cela finisse enfin.

Platon l'aida à prendre place dans le canot et lui sourit. Elle le regarda et eut soudain très peur. Tant d'histoires horribles circulaient à propos des esclaves. « Ce n'est certainement pas lui qui m'aidera si le bourreau, un violeur et un assassin !, s'en prend à moi. »

Le bourreau se disait, lui, que n'eût été de l'esclave qui le dépassait de deux têtes et qui était réputé pour son agilité et sa force, il aurait eu six nuits, peut-être même sept si les vents ralentissaient leur course, pour profiter de cette femme qu'il jugeait de mœurs légères.

Platon ramait sans bruit, comme il avait appris à le faire dès l'enfance ; se déplacer en silence était une question de survie dans un pays où les tribus agnières pouvaient attaquer à tout moment.

La nature chantait ses merveilles, indifférente au drame que vivait Anne. Passant près du rivage, ils entendirent le bruissement soyeux des feuilles accompagné des chants des oiseaux et ils virent l'éblouissante luminescence des sous-bois. Toute cette beauté insolente apparut soudain à Anne comme autant d'insultes à sa souffrance ; une sorte d'indécence semblable à celle qu'il y a à rire et à parler auprès d'un mort et de ceux qui le pleurent lors des veillées funéraires. Platon, lui, était rempli de gratitude pour ce qu'il voyait. Il remercia le Grand Esprit d'avoir créé tout cela.

* * *

Au même moment, Julien marchait de long en large dans sa cellule. Les images de son exécution l'assaillaient avec force. Il aurait préféré, à cet instant, en ignorer le déroulement. Hélas, il en connaissait tous les détails. Il pouvait aisément imaginer le bourreau qui lui passerait les trois cordes autour du cou. Les deux « tourtouses » à nœud coulant, grosses comme son petit doigt, et la troisième, le jet, qui servirait à le jeter hors de l'échelle. Il voyait clairement le trajet le menant à la potence : il était assis sur une planche, dos au cheval, attaché aux ridelles du tombereau, un prêtre à sa droite et le maître des hautes œuvres derrière lui. « J'éviterai le regard des hommes de loi qui seront accompagnés du chirurgien », dit-il à haute voix, même s'il était seul.

Il imaginait tant et si bien la scène qu'il crut entendre la foule qui le haranguait. Il reconnut tous ceux qu'il avait humiliés par le passé. Ils se réjouissaient plus que tous les autres et l'invectivaient si fort qu'ils en perdaient le souffle.

Il se vit, grimpant à reculons sur l'échelle menant à la potence, aidé du bourreau qui était monté avant lui et qui le tirait à l'aide des cordes. Il aperçut le confesseur qui le suivait en récitant des prières. Lorsque le religieux commencerait à descendre, le bourreau, d'un coup de genou, le balancerait dans le vide. Son imagination était si fertile qu'il sentit presque la douleur des nœuds des « tourtouses » autour de son cou. Il vit son corps qui s'agitait interminablement. Il espérait que le bourreau abrégerait ses souffrances. Il l'avait déjà vu le faire : il se tenait aux bras de la potence et rouait de coups de genoux la poitrine du supplicié afin qu'il meure au plus tôt. Ses espérances étaient d'autant plus fortes qu'il avait déjà assisté à la pendaison d'un homme qui, dans des souffrances insoutenables, avait mis près d'une heure avant de rendre l'âme. «Si Dieu a permis que je sois pendu, il permettra peut-être aussi que j'expie ma faute dans une douloureuse mort lente. Quand, après d'interminables minutes, mon corps abandonnera sa lutte futile, il demeurera des jours à pourrir sur la place publique, attaqué par les oiseaux, afin de servir d'exemple à ceux qui pourraient avoir la mauvaise idée de tuer quelqu'un. Des bonnes femmes viendront recueillir mon sang afin d'en faire des remèdes contre les fièvres. Est-ce ainsi que ma vie en Nouvelle-France se terminera? Dans la honte et la douleur, alors que celle de ce maudit Desjardins a fini dans la jouissance? Mon corps sera becqueté par les oiseaux sur la place publique, alors qu'Antoine a été becqueté par ma femme dans mon lit! Et je devrai demander pardon à cet homme qui a possédé ma femme! et lui faire chanter des messes en plus!»

Les sourcils froncés, tous les muscles du visage tendus, les poings serrés, Julien se disait qu'il devait absolument convaincre les membres du Conseil souverain qu'il avait été mal jugé. Lorsque, quelques heures plus tard, le geôlier vint lui porter son repas, il lui dit, sans le regarder:

— J'ai besoin d'un homme d'Église pour me préparer à mourir. Je veux voir le sulpicien Alexis. Vous le connaissez puisqu'il est venu souvent me voir. Il saura me guider mieux que quiconque. Faites-le quérir! ajouta-t-il en sortant quelques sols de sa poche.

Il les tendit prestement au gardien, évitant toujours son regard.

— J'ai pris l'argent en trois coups de cuillères à pot[26], raconta le geôlier à sa femme quelques minutes plus tard.

Il jubilait.

---

26 Anciennement: rapidement.

Chapitre 28

La rumeur s'était répandue comme une traînée de poudre : le meurtrier d'Antoine Roy dit Desjardins bénéficiait de la protection des autorités religieuses. Cette rumeur était partie de presque rien, une étincelle qui, de bouche en bouche, avait grossi tant et si bien qu'elle était devenue un incendie dont les flammes étaient si hautes que tous pouvaient les voir. « C'est signe que Talua ne mérite pas d'être pendu et qu'il dit vrai quand il affirme que c'est Antoine qui voulait le tuer afin de se sauver avec la belle Anne », ânonnaient les commères avec assurance.

Jean Levasseur avait reçu les échos de cette rumeur de la bouche même d'un membre du Conseil. Il n'en souffla mot à Marie. Il trouvait déjà difficile de lui annoncer que Julien viendrait à Québec afin de faire entendre sa cause devant les membres du Conseil souverain. Marie servait le déjeuner lorsqu'il lui demanda de s'asseoir.

— J'ai quelque chose à vous dire, Marie. Il s'agit de Julien. Il a été condamné à la pendaison, mais les membres du Conseil sont chargés de réviser son procès. On m'a dit qu'il arrivera aujourd'hui, avant le dîner, si nos calculs sont bons.

— Et sa femme, Anne Godeby, quelle a été sa sentence ?

— Elle a été condamnée au ban.

— Elle n'a pas été en appel ?

— Non. D'ailleurs, elle n'avait pas intérêt à le faire, car la plupart du temps les peines des femmes adultères sont beaucoup plus sévères. Être mise au ban de Ville-Marie n'est pas une grosse punition pour quelqu'un qui, de toute façon, ne voulait sans doute plus y demeurer. Il est possible que les conseillers ne l'assignent même pas comme témoin. Je les connais. Le témoignage d'une femme aux mœurs douteuses n'a aucune valeur à leurs yeux.

« Anne est aussi démunie que moi », pensa Marie. Elle eut encore une fois le sentiment que l'assassin serait celui qui s'en sortirait le mieux. Marie se disait que la justice jugeait les hommes et les femmes bien différemment. Une femme n'avait aucun recours légal si son mari la trompait, alors qu'une épouse adultère pouvait être enfermée aussi longtemps que son époux le désirait.

Quelques minutes plus tard, Marie se dirigeait d'un pas alerte vers la basse-ville. Elle voulait savoir à quoi ressemblait l'assassin de son mari. Après avoir descendu la côte de la Montagne, elle traversa la Place-Royale et se rendit jusqu'à la rue Saint-Pierre. Elle passa devant la demeure de Charles Aubert de la Chesnaye, l'un des négociants les plus prospères de la Nouvelle-France. Sa maison de trente-huit mètres de long était flanquée d'ailes s'avançant vers le fleuve. Le seul inconvénient de cette magnifique construction était le site où elle avait été érigée. Même si toute la famille Chesnay avait une vue remarquable sur le fleuve, leur cour était inondée à chaque marée haute. En reculant pour mieux admirer la superbe demeure, Marie glissa sur le sol boueux. Elle se rendit quand même au port avec ses vêtements souillés. Elle ne voulait surtout pas manquer l'arrivée de Julien. Au même moment, elle entendit un tout petit son de cloche, à peine audible : le curé appelait son bedeau. Elle passa devant la boutique du boucher. Celui-ci était occupé à accrocher dehors des vessies de porc qu'il venait de laver et de faire bouillir afin d'en faire des bouillottes qu'il revendrait à bon prix. L'odeur était nauséabonde et Marie accéléra le pas.

Près du quai, un homme, visiblement en colère, venait d'être jeté à l'eau. « Parce qu'il n'a pas donné de pourboire au maître de barque, celui-ci l'a baptisé », disaient des commères en s'esclaffant.

Marie repéra une grosse roche plate au bord de l'eau et alla s'y asseoir. Elle regardait, hypnotisée, les centaines d'étoiles lumineuses que le soleil accrochait aux vagues. Elle se dit que le fait de se cacher sous un faux nom lui apportait quelques avantages. Car les veuves ne pouvaient se promener sur la place publique tant que leur veuvage n'était pas terminé. Elle se demandait quel genre de travail elle pourrait désormais accomplir dans cette ville. Il lui était difficile de concevoir que plus jamais elle n'exercerait le métier de sage-femme. « Aider un être humain à faire son entrée dans ce monde, c'est le plus beau métier du monde », se disait-elle. La première fois qu'elle avait assisté une sage-femme, elle avait compris que c'était là sa véritable place. Le temps s'était suspendu, comme si, hormis la femme qui accouchait, plus rien n'existait. Elle avait ressenti un bien-être et un calme si grands que, si elle avait été plus croyante, elle aurait dit qu'elle était en état de grâce.

Marie savait qu'elle avait été privilégiée d'entendre, lorsqu'elle vivait à Paris, de nombreuses conférences et d'assister aux cours d'anatomie auxquels le public était convié gratuitement. Elle avait ainsi profité des connaissances les plus récentes des hommes de science. En compagnie de son amie Laetitia, elle y avait entendu des médecins français qui, en plus de les renseigner sur la physiologie, s'accordaient avec les matrones françaises pour dire que l'aide morale est primordiale lors d'un accouchement. « Plus une femme a de craintes, plus son accouchement risque d'être difficile, disaient-ils. Si elle accouche dans un environnement chaleureux et si elle est entourée de personnes aimantes, l'accouchement a plus de chances de bien se passer. »

Même si elles ne l'auraient jamais avoué publiquement par crainte de subir les foudres de l'Église, plusieurs femmes appréciaient que Marie ne leur fasse jamais réciter la prière des accouchées. Cette prière, qui ne faisait qu'alimenter les peurs des femmes, heurtait les convictions de Marie. Pour elle, la souffrance n'était ni nécessaire ni méritée, contrairement à ce que les prêtres enseignaient, ordonnant aux sages-femmes de faire réciter cette prière aux parturientes : « En mon accouchement, fortifiez mon cœur pour supporter les douleurs qui l'accompagnent, et que je les accepte comme des effets de votre justice sur notre sexe pour le péché de la première femme. Qu'en la vue de cette malédiction, et de mes propres offenses dans le mariage, je souffre avec joie les plus cruelles tranchées, et que je les joigne aux souffrances de votre fils sur la croix. Elles ne peuvent être si rudes que je les mérite, car bien que la sainteté du mariage ait rendu ma conception légitime, je confesse que la concupiscence y a mêlé son venin, et qu'elle m'a fait faire des fautes qui vous déplaisent. Que si votre volonté est que je meure en mon accouchement, je l'adore, je le bénis et je m'y conforme[27]. »

Les femmes que Marie assistait n'avaient pas souffert d'infections consécutives à l'accouchement. Elles mettaient cela sur le compte de la chance ou de la magie, mais pas sur le simple fait, pourtant ô combien important !, que Marie se lavait les mains. Une sage-femme avec qui elle s'était liée d'amitié lorsqu'elle habitait Paris lui avait montré un jour un livret intitulé *Le code des sages-femmes*, publié en 1560. Elle y avait lu que les sages-femmes devaient soigneusement se laver les mains avant d'examiner les parturientes et avant chaque accouchement.

L'arrivée d'une barque interrompit le cours des pensées de Marie et la tira de la mélancolie qui s'emparait d'elle chaque fois qu'elle songeait qu'elle ne pouvait plus pratiquer son métier.

Deux archers, dont l'un avait la garde des « grosses » du procès, et un serviteur du riche marchand François Hazeur, à qui appartenait la barque, accompagnaient Julien. Le meurtrier d'Antoine avait les fers aux pieds et les mains enchaînées. Marie l'observait attentivement : coiffé d'une perruque frisée, il était grand et mince, et une longue et fine moustache encadrait sa bouche. Il n'avait pas la tête de tueur qu'elle s'était imaginée. Elle lut dans ses yeux une honte immense. Julien avait le sentiment que tous le regardaient d'un œil torve. Afin

---

27 Cette prière est extraite de *Être femme au temps de Louis XIV* de Roger Duchêne, Paris, Perrin, p. 28.

de laisser passer la charrette du tonnelier Rosaire Desrosiers que conduisait Pierre, Julien s'arrêta à côté de Marie. Il était si près que leurs bras se touchèrent et Marie en eut la chair de poule. Elle eut l'impression que Pierre devinait que son destin était lié à celui de cet homme, car en passant devant eux, il le regarda si intensément qu'il ne vit même pas sa mère.

Le roulement d'un tambour se fit entendre. Des badauds se rassemblèrent. Deux soldats, suivis des archers qui encadraient Julien, ouvrirent le cortège. Marie les suivit jusqu'à la Grande Place[28], près de la prison. Une fois arrivés, l'un des archers fit signe à Julien de se retourner vers la foule qui grossissait à vue d'œil. Il obéit mais garda la tête baissée. On se bousculait pour être au premier rang. Le grondement du tambour, qui n'avait cessé de s'amplifier, s'arrêta brusquement. Un soldat déroula un parchemin.

— Julien Talua dit Vendamont a été reconnu coupable du meurtre d'Antoine Roy dit Desjardins et condamné à être pendu. Il sera emprisonné en attendant que les membres du Conseil souverain évaluent si sa sentence sera maintenue.

Les roulements de tambour reprirent. Une partie de la foule se dispersa pendant qu'une autre accompagnait Julien et les soldats jusqu'à la prison. Comme un automate, Marie poursuivit son chemin jusqu'à la maison de Jean et Marguerite, à deux pas de là, afin de mettre des vêtements propres. Elle trouva Marguerite à la cuisine et lui raconta ce qu'elle venait de voir.

Elle lui confia aussi à quel point le travail de sage-femme lui manquait. Même si elle aimait que Marie soit près d'elle chaque jour, Marguerite, généreuse, lui répondit :

— Pourquoi n'offres-tu pas tes services de sage-femme ? Gervais Baudoin disait justement pas plus tard qu'hier qu'il en manque à Québec. En ville, la tâche des sages-femmes est plus exigeante qu'à la

---

28 Située à l'actuelle Place d'Armes près du Château Frontenac.

campagne. Pas seulement à cause du plus grand nombre d'accouchements, mais aussi parce qu'elles doivent souvent témoigner en cour lorsque des femmes sont soupçonnées d'infanticide ou d'avoir caché leur grossesse. Elles sont chargées aussi de visiter les nourrices afin de vérifier si elles s'occupent bien des enfants abandonnés qu'on a placés chez elles.

— Tu sais bien qu'aucun curé ne me délivrera un certificat de bonnes mœurs.

— Mais enfin, ce n'est pas toi la meurtrière ! Tu es la victime dans cette affaire ! répliqua Marguerite dont l'optimisme n'était guère contagieux ce jour-là.

Marie avait des doutes. Marguerite, qui voyait le bien partout, était inconsciente de la mesquinerie qui l'entourait.

— Chère Marguerite, tu n'ignores pas que ce qui compte le plus en Nouvelle-France, ce sont les apparences. Elles valent plus que tout le reste. Qu'aucun des enfants que j'ai aidés à venir au monde ne soit infirme ou mort ; que j'aie soigné des femmes gratuitement et aidé des dizaines d'autres durant leurs relevailles dans l'espoir de devenir sage-femme, tout cela ne comptera pas. On ne retiendra que les dettes d'Antoine, oubliant que j'en ai payé une bonne partie. On ne parlera que de l'infidélité d'Antoine et de sa triste fin. Essaie d'imaginer ce que l'on ressent quand des gens qui vous estimaient la veille ne vous adressent subitement plus la parole.

Marie avait dit cela sans ressentiment, mais sur le ton de quelqu'un qui observe un fait. Elle ne nourrissait aucune haine envers ceux qui l'ostracisaient. Elle savait qu'en soutenant une marginale, ils se placeraient eux-mêmes du côté de la marginalité et s'exposeraient ainsi au rejet.

— Je suis certaine que si tu vas voir Monseigneur de Laval et que tu lui expliques tout, lui révélant ta véritable identité, il comprendra, insista Marguerite. Après tout, la charité chrétienne n'est pas un vain mot. C'est la douleur qui te rend pessimiste, Marie. Bien des gens, s'ils connaissaient ton histoire, chercheraient à t'aider. Allez ! va voir ce Monseigneur, on dit que c'est un saint homme.

Marie se laissa convaincre même si, intuitivement, elle savait l'entreprise vouée à l'échec. Elle enfila les vêtements les plus sobres qu'elle put trouver et, toute de noir vêtue, se dirigea vers le séminaire.

Chapitre 29

Le frère qui l'accueillit au séminaire était un homme court et replet, dont le rire presque constant semblait remplacer toute forme de réflexion. Il conduisit Marie dans la cour arrière, bordée d'arbres majestueux, et l'informa, en riant aux éclats, que « Monseigneur faisait des affaires ».

Le spectacle qui s'offrit aux yeux de Marie était pour le moins saugrenu. Des tourtes étaient enfermées dans des cages et un homme au corps osseux recouvert d'une soutane dont tous les rebords étaient élimés aspergeait d'eau bénite les oiseaux terrifiés. C'était l'évêque de Québec : Monseigneur de Laval. Même s'il accompagnait ses gestes de formules incompréhensibles pour Marie qui ignorait le latin, elle comprit qu'il s'agissait d'une excommunication. Dans la colonie, tout le monde savait à quel point l'évêque était prompt à jeter l'anathème. Encore récemment, il avait excommunié des dizaines de personnes qui avaient participé à un charivari. Et voilà maintenant que ces oiseaux subissaient le même sort à cause du dommage qu'ils causaient aux terres des habitants. Marie jugeait ridicule qu'on excommunie des bêtes dont l'Église disait, de surcroît, qu'elles n'avaient pas d'âme. Elle avait dix ans lorsque, assise avec son père au bord de la Seine par une belle journée ensoleillée, il lui avait expliqué que même les hommes de loi châtiaient les animaux ainsi que les objets inanimés. Tout en lui parlant de cette étrange coutume, Jean Major avait fait régulièrement des pauses afin de respirer voluptueusement le tabac qu'un médecin lui avait prescrit. Il s'estimait chanceux d'en fumer, car le tabac n'était vendu qu'à ceux qui avaient une prescription de leur médecin. Le sien avait été complaisant. « Il existe un tribunal qui juge les objets inanimés », avait commencé Jean Major, avec beaucoup de tendresse dans la voix. Il aimait partager ses connaissances et il était heureux que Marie soit si avide d'apprendre. Il avait pris une roche dans sa main, l'avait lancée à l'eau et avait expliqué à son enfant :

— Si une roche tombe sur la tête d'un homme et le tue, on juge cette roche et on la jette hors des frontières de la ville. L'on juge aussi les éléments de la nature. Si une mer déchaînée provoque un naufrage, on jette des entraves à la mer.

— Mais les animaux, papa, que fait-on des animaux ? s'était inquiétée la jeune Marie qui avait toujours à ses trousses cinq ou six chats.

— Les animaux sont jugés devant le tribunal. Des chenilles ont déjà été convoquées à la cour parce qu'elles avaient dévasté des champs. La sentence du juge se voulait exemplaire : elles ont toutes été brûlées. En 1386, une truie qui avait blessé un enfant fut condamnée à avoir une patte et la tête mutilées avant d'être pendue sur la place publique. Mais avant, on a fait tout un cérémonial. La truie fut habillée comme un homme. On lui mit une culotte, une veste et des gants blancs aux pattes de devant, des souliers aux pattes de derrière. Le propriétaire de l'animal devait se tenir à sa droite durant l'exécution. Les juges voulaient qu'il ait bien honte d'avoir possédé un tel animal.

Son père lui avait aussi raconté qu'on avait pendu un cochon parce qu'il avait avalé une hostie consacrée. Devant la perplexité de Marie, il lui avait expliqué que, dans l'Ancien Testament, il est écrit : « Si un bœuf frappe de la corne un homme ou une femme et qu'ils meurent, le bœuf sera lapidé, et on ne mangera point sa chair. »

Depuis son enfance, Marie avait observé que toute personne qui s'éloignait des lois dites naturelles risquait d'être exclue de l'Église. Il fallait souvent des centaines d'années avant de se rendre compte que ces lois étaient loin d'être immuables. Elle avait lu qu'au XIe siècle, une princesse grecque avait provoqué un scandale simplement parce qu'elle avait utilisé une petite fourchette en or à deux dents, à une époque où l'on mangeait encore avec les doigts. Le clergé avait menacé de l'excommunier parce qu'elle ne respectait pas les lois dites naturelles.

Monseigneur de Laval parlait maintenant en français et un jeune garçon le suivait comme son ombre. « Peut-être a-t-il maintenant un autre esclave », se dit Marie. Marguerite lui avait raconté qu'un jeune esclave amérindien, appartenant à l'évêque, était mort à l'Hôtel-Dieu en 1680, alors qu'il était à peine âgé de huit ans. Marie, curieuse et amusée par l'étonnant cérémonial qui se déroulait sous ses yeux, tendit l'oreille : « Au nom du Dieu tout puissant, de toute la Cour céleste, de la Sainte Église de Dieu, je vous maudis ; partout où vous irez, vous serez maudits, vous et vos descendants, jusqu'à ce que vous disparaissiez de tout lieu... ce que daigne nous accorder Celui qui viendra par le feu juger les vivants et les morts[29]. »

Un prêtre, fort beau se dit Marie, l'observait depuis qu'elle avait mis les pieds dans l'enceinte du séminaire. Il s'approcha d'elle et lui dit, l'air moqueur :

— Vous semblez vous amuser. Ne savez-vous donc pas que ces excommunications font parfois des miracles ?

Au ton de sa voix, Marie comprit qu'il était lui-même fort sceptique.

— Je l'ignorais, répondit-elle en souriant.

La grande beauté de l'homme la troublait, aussi détourna-t-elle le regard.

— Ainsi, vous ignorez que le curé de Beauport a prononcé l'anathème contre les papillons parce qu'il disait que seul le Diable pouvait ainsi transformer des chenilles et que, depuis, pas un seul papillon ne vole autour des maisons de Beauport ? continua le prêtre sur

---

29 Cet anathème, prononcé par Monseigneur de Laval, est extrait du livre de Raymond Boyer, *Les crimes et châtiments au Canada français du XVIIe au XXe siècle*, Montréal, Le Cercle du livre de France, p. 72.

le même ton badin. Ignorez-vous aussi que durant la messe, un curé, exaspéré par le bourdonnement des mouches, prononça l'excommunication et qu'immédiatement les dizaines de mouches qui volaient dans l'église tombèrent mortes ? Ignorez-vous que...

— Mais qui est cette femme ?

Monseigneur de Laval, qui venait de poser cette question avec dans la voix une pointe d'impatience causée en partie par sa santé déclinante, s'approchait d'eux avec un tel mécontentement inscrit sur le visage que Marie se dit qu'elle avait décidément choisi un bien mauvais moment. Mais il était trop tard pour reculer.

— Qui vous a permis d'entrer ? Est-ce encore ce benêt d'Éloi ? demanda-t-il à Marie.

Et, sans qu'elle ait eu le temps d'ouvrir la bouche, il ordonna au prêtre à la beauté ensorcelante : « Mettez-le à la cuisine et qu'il n'en sorte pas. »

Le prêtre, sensible lui aussi au charme de Marie, lui lança des clins d'œil complices avant de s'éloigner.

Se tournant vers Marie, Monseigneur afficha l'assurance tranquille de ces gens qui ont beaucoup de certitudes et, conséquemment, peu de raisons de douter d'eux-mêmes.

— Votre affaire doit être d'une grande importance pour que vous veniez ici sans y être invitée. Mais qui êtes-vous ?

L'Évêque était offusqué parce que Marie avait oublié de se prosterner devant lui. Il était habitué qu'on fasse plus de cas de l'autorité morale qui émanait de sa personne.

Marie ne déclina pas immédiatement son identité, comme il venait de le lui demander.

— Mon mari est mort cet été et je dois gagner de quoi vivre. J'ai besoin d'un certificat de bonnes mœurs qui me permettra d'exercer mon métier de sage-femme.

— Mais pourquoi ne pas vous être adressée au curé tout simplement ?

— Parce que mon cas est particulier. Mon mari a été assassiné et je compte sur votre compréhension, répondit Marie, d'un ton qu'elle essayait de rendre affable.

— Ah! vous êtes Marie Major.

Le ton était condescendant. La voix, froide et autoritaire.

« Il est aussi réconfortant qu'un pansement sur une jambe de bois », pensa Marie.

Même au tribunal, elle ne s'était pas sentie jugée de cette façon. Elle comprit qu'elle avait fait une grave erreur en venant demander de l'aide à cet homme.

Elle avait raison. L'évêque pensait qu'elle n'aurait jamais dû avoir un permis de sage-femme parce qu'il savait qu'elle n'était pas très vertueuse et ne tenait pas compte de ce qu'il édictait. Il avait décrété que les femmes qui ne faisaient pas baptiser leurs enfants dans les trois jours suivant la naissance seraient excommuniées. Il savait que non seulement Marie ne semblait pas prendre au sérieux cette menace, mais qu'elle avait souvent dit aux mères que le baptême, sous prétexte de protéger les bébés d'un hypothétique enfer, précipitait les parents dans un enfer bien réel lorsque leurs bébés mouraient d'avoir été trop tôt exposés aux grands froids afin d'être amenés à l'église. Il n'y avait pas de curé résidant à Batiscan et, s'il ne pouvait y venir rapidement, elle faisait elle-même l'ondoiement, même s'il y avait des hommes dans la maison. « Une femme! Ondoyer en présence des hommes! pensa l'évêque. Il faut qu'elle soit bien prétentieuse. »

— Les sages-femmes doivent avoir elles-mêmes souvent enfanté avant de délivrer d'autres femmes. Vous n'avez pas une famille nombreuse! lui reprocha-t-il.

— J'ai perdu deux bébés avant qu'ils puissent naître.

Marie marqua une pause et vit qu'il attendait qu'elle aille au bout de sa confession. Elle comprit qu'il voulait qu'elle lui parle de sa fille Catherine, dont la seule évocation réveillait une grande douleur. Piégée, elle ajouta:

— Ma fille Catherine est morte alors qu'elle avait à peine un mois.

— Elle n'a pourtant jamais été inscrite dans les registres, martela Laval.

— Elle est née en janvier. Elle a été malade dès sa naissance et j'attendais qu'elle se rétablisse avant de la mener à l'église. En attendant, je l'ai ondoyée moi-même comme toutes les sages-femmes peuvent le faire en cas d'urgence. Le curé est venu plus tard afin de la baptiser. Ce curé-là, comme bien d'autres curés, n'inscrit pas dans les registres le nom des enfants qui sont morts avant d'avoir atteint deux ans.

L'évêque ne l'écoutait qu'à moitié. Il ne devinait pas la souffrance de Marie.

— N'avez-vous pas pris des herbes pour empêcher la famille ? On m'a dit que vous connaissez les funestes secrets des Sauvages.

Marie ne répondit pas. Elle détestait que les prêtres se mêlent de dire aux femmes d'enfanter à tous les ans, et ce, jusqu'à un âge avancé. Elle cherchait désespérément à rester calme, à colmater la brèche qu'il venait d'ouvrir dans la forteresse qu'elle avait érigée autour de la souffrance indicible qu'elle ressentait depuis la mort de Catherine. Tant de gens avaient minimisé sa souffrance. « Elle était si petite, si jeune, vous n'avez pas eu le temps de vous attacher », lui disaient-ils, alors qu'elle avait eu le coup de foudre pour cette enfant, l'avait aimée de toute son âme dès l'instant où elle avait posé les yeux sur elle. Comment leur expliquer cela ? Il est vrai que la vie de son enfant avait été bien courte. Mais les souvenirs qu'elle avait d'elle et qui surgissaient si souvent sans crier gare étaient auréolés de tant de douceur et de beauté qu'ils multipliaient par mille le sentiment de manque. Il n'y avait eu qu'une voisine, Elmire, pour lui rappeler souvent combien était belle sa petite Catherine, combien elle était un bébé magnifique. Cela la réconfortait de savoir que d'autres avaient vu la beauté de son enfant. Elmire lui avait dit qu'elle comprenait son chagrin de ne plus sentir la douce joue de sa petite fille collée contre son visage ; qu'elle savait combien il lui était douloureux de ne plus caresser les cheveux si blonds et si duveteux de son enfant ; et tout aussi douloureux d'être privée de ses gazouillis joyeux et de la douceur de pouvoir consoler ses pleurs. Toute cette douceur à jamais envolée, sa voisine la connaissait parce qu'elle-même avait vécu semblable deuil. Elle seule pouvait en parler sans que cela paraisse sacrilège. Elle savait. Elle pouvait mesurer réellement l'étendue de la perte et ne cherchait pas à la rapetisser. Cette femme-là qui, quelques années plus tôt, avait mis au monde une enfant handicapée, non viable, avait été soupçonnée par certains d'avoir copulé avec le diable pour avoir donné naissance à un enfant difforme. Peu de personnes avaient compris sa douleur lorsque sa fille était morte. Pendant des semaines, Marie lui avait apporté chaque jour une part de son repas, car elle comprenait combien il est difficile de s'acquitter des plus banales tâches quotidiennes lorsque la peine est trop grande. Une femme de la bourgeoisie, touchée elle aussi par la détresse de cette mère endeuillée, lui avait donné une poupée. Elmire n'était pas folle. Pourtant, pendant des mois, elle avait bercé cette poupée, lui donnant les caresses qu'elle aurait aimé donner à son enfant.

Marie regarda l'évêque droit dans les yeux et répondit :

— J'aurais aimé que mes bébés grandissent. Rien ne m'a donné plus de joie que de mettre au monde mon fils et ma fille. Je n'ai pas rendu à terme toutes mes grossesses à cause, sans doute, des travaux harassants que nous devons faire, obligés que nous sommes de transformer nos forêts en champs avec aussi peu d'outils qu'une pioche et une hache.

Les réponses de Marie claquaient, mais elles ne tombaient pas dans un terreau fertile à la communication. Que pouvait savoir cet évêque de tous les gestes que les colons devaient accomplir simplement pour survivre ? Issu d'une famille de nobles, il n'avait jamais arraché de souches de ses mains et ramassé des pierres sous un soleil de plomb, jour après jour. Que savait-il de l'épuisement des femmes qui trimaient dur jusqu'à la limite de leurs grossesses ? Les contractions surprenaient plusieurs d'entre elles alors qu'elles étaient au champ à aider leur mari.

À quoi bon tenter de le lui expliquer ? se disait Marie. Cet évêque, mais peut-être le jugeait-elle trop sévèrement, ne lui était jamais apparu sensible à la misère des colons. Il avait imposé une dîme qui les appauvrissait encore plus. Pour treize minots de grains, de poches de patates ou de pommes récoltées, chaque habitant devait en donner un au séminaire. Plusieurs colons révoltés, dont Marie et Antoine, avaient refusé de payer. L'évêque s'en souvenait.

Pendant qu'elle pensait à tout cela, il la dévisageait sans retenue. « Mais elle a l'air bien jeune pour une femme qui a plus de quarante ans, se disait-il. La malheureuse. Sa beauté et son air juvénile l'exposent encore à la tentation. » Il posa son regard sur le décolleté qu'il jugea scandaleux malgré les efforts qu'avait déployés Marie pour cacher sa gorge. « Il faudra, se dit l'évêque, que je répète en chaire que ces nudités scandaleuses de bras, d'épaules et de gorges vouent à la damnation éternelle non seulement les tentatrices, mais aussi ceux qui les regardent. Mais il me semble que je répète tout cela en vain. Cette femme a les cheveux frisés, des cheveux indignes d'une bonne chrétienne. » Il se souvenait d'ailleurs lui avoir refusé la communion lorsque, peu de temps après son arrivée en Nouvelle-France, elle s'était présentée à l'église sans avoir camouflé ses cheveux frisés sous une coiffe.

— Mais de quoi est morte votre fille au juste ? questionna-t-il soudain.

Le ton suspicieux ne laissait aucun doute : il pensait à l'infanticide. Marie était dégoûtée, mais elle réussit néanmoins à garder son calme.

— Elle est morte des diarrhées, articula-t-elle péniblement.

L'évêque la regardait avec condescendance. Il était intimement convaincu que les hommes en savent infiniment plus que les femmes. Même celles qui partagent avec autant d'ardeur que lui les convictions religieuses, même les ursulines dont la directrice ne voulait pas se soumettre à ses directives, pensa-t-il, agacé par l'insoumission de cette religieuse avec qui, pas plus tard qu'hier, il avait encore eu une prise de bec. « Quelle perte de temps que de discuter avec cette Marie qui n'est même pas pieuse, j'ai déjà bien assez de peine avec celles qui le sont. »

Marie regrettait d'avoir demandé son aide. Il n'avait pas montré, l'espace d'un court instant, la plus infime compassion et il avait rouvert cette blessure, qui ne cicatriserait jamais vraiment, d'avoir perdu Catherine. Elle se sentait plus déprimée que jamais.

Elle aurait aimé lui dire le fond de sa pensée.

Lui dire que sa religion était synonyme d'exclusion plutôt que de compassion. Qu'elle excluait tous les penseurs dont les théories allaient à l'encontre des dogmes de l'Église : les Copernic, Galilée, Giordano Bruno, les guérisseuses, bref tous ceux et celles dont le savoir menaçait le pouvoir des prêtres. Exclus tous ceux qui pensaient autrement, tous ceux dont les croyances étaient qualifiées de superstitions, même si elles ne l'étaient pas plus que bien des croyances religieuses.

Marie aurait aimé lui dire que, drapé dans sa toge de vertu, il fermait trop souvent les yeux. Qu'il fermait les yeux sur la souffrance des esclaves que même les gens d'Église possédaient. Qu'il fermait les yeux sur la souffrance des femmes violentées par leurs époux ou leurs maîtres. Qu'il fermait les yeux sur la détresse de ces jeunes filles, encore des enfants, livrées à des vieillards avec la bénédiction des prêtres. Ne venait-il pas d'ailleurs de donner une dispense à un homme âgé, afin qu'il puisse épouser une fillette de onze ans ? Que savait-il de la vie de cette enfant qu'il livrait avec une insouciance déconcertante ?

Elle frémit à la pensée que tant de vies étaient brisées par des personnes convaincues de faire le bien. En réduisant la vie à une simple antichambre de l'au-delà, les hommes d'Église se sentaient justifiés de la piétiner puisque, à leurs yeux, cette vie ne valait rien en elle-même.

Elle ne servait qu'à « gagner son ciel ». Et si toutes ces croyances n'étaient que chimères ? Marie avait compris depuis longtemps que bien des malheurs en ce monde proviennent non pas de gens malveillants, mais de personnes pourtant bien intentionnées.

Marie savait qu'elle ne pouvait se payer le luxe de la franchise et de l'affront. Pour Pierre, et pour elle-même, elle devait tenter par tous les moyens de se faire une place au sein de cette société. Éviter la marginalité, se refaire une réputation, c'était le seul héritage qu'elle pouvait laisser à son fils.

L'évêque l'observait, exaspéré par sa dignité et par l'expression de son visage qui, toujours, la trahissait. Il la trouvait bien orgueilleuse.

Marie sentait bien qu'il la jugeait. Elle détestait l'idée que quelqu'un la juge alors qu'il ne connaissait presque rien d'elle. Il ne braquait le projecteur que sur les bribes éparses de sa vie qui le confortaient dans ses préjugés. Le reste, il ne le voyait pas et ne cherchait pas à le voir.

Alors qu'elle était indignée, l'évêque ne voyait en elle qu'une femme indigne. La différence était de taille et creusait un fossé infranchissable entre eux.

L'évêque rompit le silence et lui dit qu'il chargerait un religieux de faire une enquête avant de lui délivrer un certificat de bonnes mœurs. Elle le remercia poliment et, après avoir pris congé, elle se dirigeait vers la rue Saint-Louis, ravalant sa colère, quand soudain, elle se demanda : « Mais qui suis-je donc pour juger cet homme ? Il est aveuglé par ses croyances, mais ne l'ai-je pas été tout autant quand je croyais les discours des recruteurs qui parlaient de la Nouvelle-France comme d'un paradis ? Ne me suis-je pas accrochée de toutes mes forces à cette chimère ? Et à bien d'autres par la suite ? »

Chapitre 30

Quelques heures plus tard, attablée avec Jean et Marguerite, Marie racontait le déroulement de son entretien avec l'évêque.

— Mais enfin Marguerite, qu'as-tu pensé de conseiller à Marie d'aller voir cet homme ? Il est membre du Conseil souverain et j'ai pu constater à maintes reprises que, même s'il est fort pieux, il ne mérite pas toujours l'auréole de sainteté accolée à son nom. Il a ses défauts, dont l'orgueil et l'intransigeance ne sont pas les moindres. Te souviens-tu des deux enfants, Charles Couillard et Ignace de Repentigny, qui ont été fouettés parce qu'ils avaient salué le gouverneur avant de le saluer, lui ? Il était si offensé que rien ni personne n'a réussi à l'apaiser.

— C'est pourtant vrai, se dit Marguerite. Comment ai-je pu oublier ça ? Pauvres enfants !

— En effet, je me le demande, rétorqua Jean, exaspéré parfois de la candeur de sa femme. Ne te souviens-tu pas des conflits de Monseigneur de Laval avec le gouverneur ? Toutes leurs guerres de préséance à savoir qui serait encensé le premier, qui aurait le pain béni avant l'autre. Laval s'est chicané avec le gouverneur parce que chacun voulait avoir le privilège d'occuper le prie-Dieu d'honneur dans le chœur de l'église. Et cette obligation qu'ont les soldats et les colons de saluer l'évêque, un genou à terre, tête découverte. Position qui n'est guère facile à tenir quand on porte une longue épée. Plusieurs d'entre eux perdent l'équilibre et, humiliés, tombent dans la boue. Et sa manie de vouloir tout régenter. Dès son arrivée en 1659, il avait avec lui une lettre de la reine qui exprimait clairement que ceux qui refusaient l'autorité de Laval devaient retourner en France sur-le-champ. Il a fait renvoyer en France, escorté de soldats, Gabriel Thubières de Levy de Queylus, le supérieur des sulpiciens de Ville-Marie, même si celui-ci s'était montré conciliant. D'ailleurs, il veut être au courant de tout ce qui se passe dans la colonie. Le gouverneur Mézy, avant d'être excommunié par l'évêque, s'est révolté contre ses méthodes : il a dénoncé le fait que Laval régentait tout avec autorité, relevant même les curés du secret de la confession afin d'épier tout un chacun. Les prêtres doivent encore lui rapporter ce qu'ils entendent dans leur confessionnal et préciser qui a dit quoi, dans les moindres détails.

Marie était désolée d'être la cause de leur dispute. Elle interrompit Jean :

— Je vous en prie, ne vous querellez pas. Peut-être me l'accordera-t-il finalement, ce certificat de bonnes mœurs. Et puis, nous sommes sans doute injustes avec l'évêque. Il est convaincu de détenir la vérité et cette conviction l'aveugle. Il croit fermement que Dieu l'a investi de la mission d'établir le christianisme dans la colonie et d'y bannir toute forme de vice. Il ne ménage pas ses efforts dans ce sens.

— Vous avez raison, mais nous serions sans doute tous plus heureux s'il y mettait moins de zèle, ajouta Jean, irrité.

Il avala une gorgée de vin et s'excusa de sa mauvaise humeur. Il expliqua que la journée avait été pénible. La veille, un homme s'était tué et, conformément aux lois, il avait dû, en sa qualité d'huissier, accompagner le lieutenant général à l'endroit où l'homme avait mis fin à ses jours. Après avoir rédigé un procès-verbal, il avait apposé sur le cadavre le cachet de la juridiction de Québec et l'avait fait transporter à la prison où il devait subir un procès.

— Il a été mis dans la même cellule que Julien. Le geôlier l'a installé sur une paillasse avec, près de lui, la corde avec laquelle il s'est pendu.

Marie écoutait, estomaquée. Elle ignorait que les gens qui s'étaient donné la mort subissaient des procès et que leur dépouille mortelle était mise dans une cellule de la prison !

— Gervais Baudoin est venu à la prison afin d'examiner le cadavre et de confirmer la cause du décès. Ensuite, ce que je craignais est arrivé. Le procureur m'a nommé curateur afin de représenter le pauvre homme à son procès parce que sa femme, son unique parente, n'est pas en état de le faire, car elle ne sait ni lire ni écrire et la loi exige que tous les curateurs le sachent.

Tout au long du procès, Jean avait dû se tenir auprès du mort pendant que le juge le questionnait. Les suicidés l'effrayaient et il avait eu horreur de répondre à la place d'un homme dont il ignorait l'existence le matin même.

— Quelle a été sa sentence ? questionna Marguerite.

— Le juge a d'abord ordonné que la mémoire de cet homme soit éternellement condamnée, éteinte et supprimée à perpétuité. Ensuite, il a dit que le cadavre devait être exposé, pendu par les pieds, à la potence dressée devant la prison.

— C'est donc cela les coups de marteau que nous entendions. Le charpentier dressait la potence ! s'exclama Marguerite.

— Oui, sans doute. Après, son corps sera jeté à la voirie.

Marie avala péniblement.

Après le repas, elle balaya devant la maison et descendit ensuite dans la basse-ville afin d'y acheter des victuailles. Elle s'ennuyait de Platon. Elle passait souvent devant la maison où il habitait. En vain. Nulle trace de lui. Elle ignorait qu'il était encore à Lachine avec son maître qui y brassait des affaires.

Elle respira à fond l'air qui était frais et sec. Elle adorait l'automne. Elle jeta un œil gourmand sur toutes les marchandises en devanture des boutiques. Elle prit conscience que la pauvreté est bien plus difficile à vivre en ville, les pauvres ayant constamment sous les yeux ce qui leur est inaccessible. Si elle habitait encore à Batiscan, elle n'aurait nullement pensé à ce qu'elle ne possédait pas. Pierre, son chat, sa forêt, ses rivières, sa maison, tout cela lui manquait cruellement. Elle s'arrêta devant la vitrine de la dentellière, éblouie par la beauté du travail qui y était exposé.

À quelques pas de là, Anne était dans la maison de Marie-Josephte Lacasse, une Fille du roi qui avait fait la traversée en même temps qu'elle, quinze ans plus tôt. Elles n'étaient pas unies par un solide lien d'amitié, mais elles s'étaient retrouvées avec plaisir à quelques occasions durant toutes ces années. Lorsque Anne avait frappé à la porte de Marie-Josephte, celle-ci ne l'avait pas reconnue. Sale, le visage émacié, la tête rasée, le cou taché de sang, Anne n'était plus que l'ombre d'elle-même. Elle était tombée dans les bras de Marie-Josephte en sanglotant. Quelques minutes plus tard, devant un bol de soupe chaude qu'elle n'arrivait pas à avaler, elle confiait tout ce qui lui était arrivé depuis juillet. L'assassinat de son amant, l'emprisonnement, la sentence, l'humiliation publique. Elle constata avec effroi que Marie-Josephte, loin de compatir à sa détresse, ne faisait pas l'effort de comprendre ce qui lui arrivait et lui adressait plutôt des reproches :

— Mais pourquoi as-tu trompé Julien ? Un si bon parti ! J'aimerais bien, moi, que mon mari gagne aussi bien sa vie, je ne serais pas obligée de m'échiner à laver les vêtements de l'élite ! Mais qu'as-tu donc fait pour t'attirer tous ces malheurs ?

Anne entendait le contraire de ce qu'elle avait besoin d'entendre. Elle aurait voulu que Marie-Josephte la comprenne avec sa tête et avec son cœur et non à travers le voile obscurcissant des préjugés qui charrient l'idée que les victimes sont aussi coupables que leurs bourreaux. Le Moyen Âge n'était pas loin, où les victimes étaient condamnées publiquement en même temps que leurs agresseurs.

Anne aurait aimé entendre qu'elle n'avait pas mérité ce qui lui arrivait. Qu'elle n'était pas plus mauvaise que la majorité des autres femmes.

Marie-Josephte était d'autant moins disposée à comprendre Anne qu'elle avait toujours envié sa beauté. Marie-Josephte était laide. Peu gâtée par la nature, la maladie avait ajouté à sa laideur. Elle avait été l'une des rares filles de son village de Bourgogne à avoir survécu à l'épidémie de variole, mais celle-ci avait laissé des traces indélébiles sur son visage. La variole l'avait menée aux portes de la mort et souvent, en voyant dans le regard des autres l'effet que sa laideur suscitait, elle regrettait d'avoir survécu.

Depuis l'humiliation publique, Anne était obsédée par une chose : se laver. Elle demanda à son amie si elle pouvait utiliser sa cuvette.

— Tu n'y penses pas ! Regarde tous les vêtements que je dois nettoyer. J'ai besoin de mon eau et de toutes mes cuves. Je dois travailler, moi !

Anne tenta de l'amadouer :

— Ce ne sera pas facile de me trouver du travail dans cet état. En plus, je n'ai jamais travaillé en dehors de mon foyer.

— Pourquoi ne vas-tu pas offrir tes services au cabaret ?

— Au cabaret ?

Anne avait pensé se réfugier chez les religieuses et songeait même à prendre le voile. Mais Marie-Josephte lui rappela assez durement que les religieuses ne prenaient pas de pécheresses à leur service.

Craignant de devoir l'héberger longtemps, Marie-Josephte fournit à Anne ce qu'il fallait pour qu'elle soit présentable. Elle lui prêta des vêtements et une coiffe propres et lui donna un peu d'eau afin qu'elle se lave le visage, les mains et le cou. Anne, rassemblant le peu de courage qui lui restait, sortit. Elle remercia le ciel d'avoir pu cacher son crâne nu sous une coiffe. Elle marcha, ne sachant trop où aller. Elle arriva rue du Sault-au-Matelot où elle accosta une femme qui venait dans le sens inverse.

— Madame, connaîtriez-vous par hasard quelqu'un qui cherche une servante ?

— Non, lui répondit Marie, moi-même je me cherche du travail.

Elles rirent de bon cœur de cette coïncidence dont elles ne mesuraient cependant pas toute l'ampleur.

Chapitre 31

Monseigneur de Laval n'eut pas à faire de nombreuses démarches afin de mener son enquête sur Marie. Il connaissait un prêtre qui avait habité à Trois-Rivières durant près de vingt ans et qui œuvrait à Québec depuis peu. Il le convoqua au séminaire afin qu'il lui parle de Marie Major.

Il y avait si longtemps que ce prêtre était scandalisé par l'attitude de cette femme qu'il ne rata pas l'occasion qui lui était donnée de déverser son fiel.

Il raconta que le comportement de Marie n'était pas des plus vertueux. Il expliqua que, au lieu de recommander aux femmes « grosses » de porter une ceinture avec une médaille, elle leur prodiguait des conseils qui démontraient qu'elle se souciait plus du corps des femmes et de celui de leurs rejetons que de leurs âmes :

— Imaginez ! Elle parlait d'hygiène, d'exercice, de nourriture, de repos, toutes notions totalement farfelues qui prouvent la grande ignorance de cette sage-femme et son peu de foi.

Et il ajouta, de sa voix de crécelle :

— Je ne suis pas dupe. J'ai compris pourquoi on l'appelait la Belladona le jour où j'ai reconnu la belladone dans son jardin. Ce n'est pas pour rien qu'on nomme cette plante la plante des sorcières et qu'en Europe, plusieurs sages-femmes ont fini sur le bûcher simplement parce qu'elles en ont cultivé. D'ailleurs, je vous le demande, est-il normal qu'aucun des enfants que Marie a aidé à mettre au monde ne soit mort à la naissance ? Et aucune des femmes en couches ? L'efficacité de cette sage-femme n'est-elle pas suspecte ? Ne prouve-t-elle pas son accointance avec le diable ?

L'évêque approuva d'un geste de la tête.

— Elle utilisait des plantes pour réduire la douleur de l'enfante-ment. Comme si Dieu lui-même n'avait pas décrété que les femmes doivent enfanter dans la souffrance! martela-t-il. Pour sauver l'âme, ne faut-il pas châtier le corps?

Tout en essuyant son visage ruisselant de sueur avec un mouchoir à la propreté suspecte, il continua avec la même passion:

— Pire encore, elle faisait boire à des femmes d'autres tisanes dont elle avait obtenu la recette de son ami, le Sauvage. Un esclave! Toute la culture des Sauvages n'est-elle pas une insulte aux lois divines? Qui sait si elle n'a pas adopté aussi les coutumes des Sauvagesses qui se donnent à tous les hommes? Qui nous dit que ce n'est pas elle qui, par sa conduite, a encouragé les mauvaises mœurs de son mari? N'est-ce pas la femme qui est l'éternelle et sournoise tentatrice? Si elle avait été une bonne épouse, Antoine serait-il devenu un ribaud?

Essoufflé, il s'épongea le front et se dépêcha d'enchaîner, comme s'il avait peur de manquer de temps:

— Une paroissienne de Batiscan m'a dit que Marie avait soigné une fille de mauvaise vie atteinte de maladies honteuses. On voit quel genre de libertines côtoie cette femme. Vous savez sans doute, Monseigneur, que cette Marie, qui porte si mal ce saint nom, a refusé que son fils Pierre aille étudier chez les jésuites. Cet enfant était pour-tant doué. Alors que seulement un adulte sur dix arrive à signer son nom, Pierre n'avait pas atteint cinq ans qu'il savait déjà lire et écrire!

— Qui le lui avait appris? questionna l'évêque.

— Personne ne le sait. Il n'y a pas de prêtre résidant à Batiscan. Pourtant, le fait est là: la plupart des enfants des villes à qui on a en-seigné ont de la difficulté à manier la plume d'oie alors que l'écriture de Pierre a été, dès son jeune âge, fort belle et assurée. Nous cher-chons parmi les plus doués ceux qui pourraient devenir de bons reli-gieux. Mais cette femme prétendait que Pierre n'avait pas vraiment l'envie de devenir prêtre. Comme si l'opinion d'un enfant comptait!

L'évêque acquiesça de nouveau. On lui avait rapporté la nouvelle.

Le prêtre ne s'était pas rendu compte que Marie, le jour où il l'avait visitée, était irritée par le fait qu'il lui avait, pour la centième fois, parlé de la prétendue vocation de Pierre. Elle n'avait nullement envie que Pierre soit soumis à l'ascétisme des prêtres : se lever à quatre heures chaque matin, prier des heures durant, ne pas être autorisé à se laver plus d'une fois toutes les deux semaines et encore ! à toute vitesse, la lenteur en ce domaine étant suspecte aux yeux des religieux. Tout cela, se disait-elle, ne convenait pas à la nature impétueuse de son fils. Le priver de sa tendresse maternelle, de leurs fous rires, de ses animaux, de la forêt qu'il aimait tant revenait à nier ce qu'il était. D'ailleurs, la plupart des enfants retournaient chez eux après quelques mois, voire quelques semaines, et certains confiaient alors qu'ils avaient été maltraités. Les jésuites n'hésitaient pas à fouetter les enfants qui se montraient un tant soit peu rebelles. Marie estimait aussi que trop de prêtres cherchaient à tout régenter et que leurs visites à domicile étaient beaucoup trop fréquentes. Et puis, comme bien des femmes de la Nouvelle-France, elle était exaspérée par le ton hautain et la condescendance qu'affichaient plusieurs d'entre eux lorsqu'ils s'adressaient aux femmes. La plupart du temps, ils ne les écoutaient même pas lorsqu'elles osaient exprimer leur opinion.

Une fois seul, l'évêque réfléchit à la décision qu'il devait prendre. Il pensa à Antoine et se rappela une lettre qu'il avait écrite en 1664 et dans laquelle il disait que les gens pris au port de la Rochelle « sont la plupart de peu de conscience et quasi sans religion, fainéants et très lâches au travail et très malpropres pour habiter un pays : trompeurs, débauchés et blasphémateurs[30]. » L'évêque était convaincu qu'Antoine était l'un d'eux et que Marie avait failli à son devoir d'épouse en ne le remettant pas dans le droit chemin. D'un pas lent,

---

30 Cité par Yves Landry, *Les filles du roi au XVIIe siècle*, Montréal, Leméac, 1992, p. 61.

il marchait dans la salle, les mains derrière le dos. Il se sentait las et malade. Toutes ces années où il avait parcouru la colonie, tantôt à pied, tantôt en canot, l'avaient épuisé. Il se souvint d'une autre lettre qu'il avait écrite au ministre Colbert en 1670 et dans laquelle il se réjouissait du fait que les Filles du roi étaient mariées très peu de temps après leur arrivée. Il promettait alors au ministre de ne pas ménager ses efforts pour bannir le vice dans la colonie. « Durant toutes ces années, ai-je bien rempli la mission dont Dieu m'a chargé ? N'ai-je pas été trop dur, trop austère, comme prétendent certains ? » Il chassa aussitôt ces questions de son esprit : « Je ne dois pas me laisser trop attendrir par le dénuement de cette Marie. La responsabilité des sages-femmes est trop grande. »

Il se mit à genoux et pria pour elle.

Quelques heures plus tard, un jeune prêtre se présenta chez les Levasseur et demanda à voir Marie. Il lui annonça la nouvelle sans ménagement :

— Monseigneur de Laval, après enquête, ne peut vous délivrer le certificat de bonnes mœurs dont vous avez besoin pour exercer le métier de sage-femme. Il m'a demandé de vous remettre ceci, dit-il en lui tendant un minuscule sac de toile.

Marie accueillit froidement la nouvelle mais, quelques minutes plus tard, seule dans sa chambre, elle pleurait sa déception. Dans le petit sac que lui avait remis le prêtre, elle trouva quelques sols et une médaille représentant sainte Anne.

Chapitre 32

Marguerite et Jean se préparaient à aller à l'église pour la prière du soir. Ils n'en manquaient pas une. Pas seulement parce qu'ils étaient pieux, mais parce qu'aller à l'église, c'était aussi aller aux nouvelles. Ils étaient nombreux à s'attarder devant l'église après les offices afin de partager les derniers potins. Marguerite avait essayé, en vain, de convaincre Marie de les accompagner.

— Si le curé apprend qu'elle n'est pas allée à la messe depuis des mois, elle sera excommuniée, dit-elle à Jean aussitôt qu'ils mirent le nez dehors.

Marguerite craignait aussi qu'elle subisse la peine du carcan mis exprès devant l'église afin d'humilier ceux qui n'y allaient pas, qui blasphémaient ou qui s'enivraient les jours fériés.

La dernière fois que Marie s'était présentée à l'office, le curé avait dit en chaire qu'un ivrogne, et il avait nommé l'homme que tous connaissaient, devrait se tenir à genoux devant l'autel, et ce, durant toutes les messes de l'année. Marie en avait assez des humiliations de toutes sortes. Assez de voir, affichés devant l'église, les noms de ceux qui n'avaient pas fait leurs Pâques. Assez de toutes ces excommunications publiques où le prêtre déclamait que la personne qui se tenait à genoux devant lui était livrée à la puissance du Démon, pour ensuite, avec des gestes théâtraux, éteindre le cierge que le pauvre excommunié tenait à la main, avant de le lancer par terre en signe du rejet. Elle ne voulait plus voir cela. Et puis l'église puait ! Des odeurs de cadavres prenaient à la gorge dès qu'on y mettait les pieds à cause de tous ceux qui, parce qu'ils avaient une place privilégiée dans la société, voulaient conserver leur privilège jusque dans la mort et payaient chèrement pour être ensevelis dans l'église. Étant donné que les tombes étaient placées juste sous le plancher de l'église, ils croyaient que les prières récitées pour le repos de leur âme les atteindraient plus facilement et seraient ainsi plus efficaces.

Dans la maison des Levasseur, Marie était assise, ce matin-là, à l'endroit exact où, seize ans plus tôt, elle avait signé son contrat de mariage. Elle se revit à cette époque où il lui était encore possible de rêver et d'espérer en un avenir meilleur. Ces rêves étaient gros. Immenses. Ils s'étaient rétrécis au fil des ans comme une peau de chagrin.

Elle avait si peur d'être submergée par la mélancolie, comme cela lui était arrivé lorsqu'elle s'était retrouvée quêtant dans la rue, qu'elle s'empressa de chasser ses mornes pensées. « Il n'est jamais trop tard pour faire quelque chose de sa vie. Il me reste la santé, ce qui n'est pas rien », se dit-elle.

À quarante-quatre ans, c'était l'âge de Marie, bien des gens se considéraient vieux. Pas Marie. Les élans sensuels de son corps, loin de s'émousser avec l'âge, la tenaient éveillée la nuit, surtout lorsque ses pensées vagabondaient vers Platon. Lors du trajet Batiscan-Québec, ils s'étaient retrouvés seuls quelques instants, Pierre étant allé chercher du bois sec afin d'allumer un feu. Ils avaient marché jusqu'à l'orée de la forêt afin de se dégourdir les jambes. Marie s'était appuyée à un arbre et elle avait fermé les yeux en respirant les odeurs de la forêt. Elle avait soudain senti les lèvres de Platon sur les siennes. Il avait collé son corps contre le sien et le désir qu'elle avait alors ressenti était d'une intensité qu'elle n'avait jamais connue. Si elle avait osé dire tout haut quelle était la plus grande qualité d'Antoine, elle aurait avoué qu'il était un expert dans les jeux de l'amour. Il lui avait confié que, avant qu'elle arrive en Nouvelle-France, les Amérindiennes avaient été, pour lui, d'excellentes maîtresses en ce domaine. Antoine et Marie s'aimaient comme des amants, mais elle n'avait jamais eu avec lui la complicité qu'elle partageait avec Platon.

Cette tendre proximité qui fait qu'on se parle souvent à demi-mot. Mais même si Antoine avait su éveiller tous ses sens et l'avait portée au paroxysme du plaisir, jamais elle ne l'avait désiré comme elle avait désiré Platon ce jour-là. Un bruit de branches cassées les avait arrachés à leur étreinte. Pierre s'en revenait près d'eux.

Marie et Platon ne s'étaient jamais retrouvés seuls depuis. Platon était si séduisant que Marie se serait menti à elle-même si elle ne s'était pas avoué avoir ressenti quelque attirance dès leur première rencontre. Mais elle avait eu tant besoin de son amitié qu'elle n'avait pas voulu risquer de le perdre en transformant cet attachement en une éphémère passion charnelle. Elle était suffisamment lucide pour savoir que cette raison-là avait compté bien plus que le désir de demeurer fidèle à Antoine qui, d'ailleurs, l'avait laissée seule trop souvent.

Aujourd'hui, la peau cuivrée de Platon lui manquait autant que leur tendre complicité.

Marie sursauta. Pierre était entré en criant joyeusement : « Maman, maman ! » Il cachait sous son manteau une énorme boule de fourrure noire : le Petit de Marie !

— Platon me l'a apporté ce matin.

— Platon est à Québec ?

— Oui, et il m'a laissé ceci pour toi, dit-il en lui remettant un contenant d'écorce de bouleau sur lequel étaient dessinés quatorze soleils, sept lunes et quatorze étoiles.

— Mais je ne peux pas rester longtemps, il faut que j'aille à l'église, ajouta Pierre avant d'embrasser Marie avec fougue sur les deux joues.

Pierre vit que sa mère le regardait avec un petit air espiègle et il se dépêcha de s'en aller, claquant la porte avec l'exubérance de sa jeunesse. « Elle a encore deviné », se disait-il avec un sourire.

Il avait visé juste : « Je ne serais pas étonnée d'apprendre qu'il est amoureux, pensait Marie, car, lui, d'ordinaire peu pieux, se rend à l'église bien souvent depuis quelque temps. » C'était un secret de

Polichinelle que les jeunes gens allaient prier à l'église afin d'y voir d'éventuels beaux partis. Un prêtre, scandalisé par tous les yeux doux que se faisaient les jeunes durant l'office, avait même dit en chaire que plusieurs personnes devaient venir sur-le-champ se « confesser d'être venues à l'église ». Adjuration qui avait suscité l'hilarité générale.

— Tant mieux s'il est amoureux, il cessera de penser à se venger de Julien et à faire du ressentiment, se disait Marie en caressant son gros chat lové sur ses genoux.

Elle ouvrit, le cœur battant, le cadeau de Platon. Elle y trouva un message entouré d'une bague :

Chère Marie. Je t'écris parce que je ne suis à Québec que quelques heures. J'ai décidé de m'évader. J'ai l'assurance depuis peu que les Micmacs de Percé acceptent de m'adopter parmi eux. Je serai à Québec pour Noël. D'ici là, réfléchis à ma demande : veux-tu t'enfuir avec moi ? Je sais que tu aimes la forêt et la nature. Il me semble que nous pourrions être heureux. Je te donne ma bague-cachet gravée des initiales I.H.S[31].

Marie prit la bague et l'embrassa. Elle se souvenait que Platon, à l'instar de tous ceux qui avaient été convertis par les missionnaires, portait ce bijou depuis qu'un jésuite, l'année précédente, le lui avait glissé cérémonieusement au doigt en affirmant, sur un ton péremptoire, que, désormais, il était sauvé. Platon, qui ne croyait pourtant pas au Dieu des Français, avait accepté de la porter parce qu'il ne voulait plus être constamment harcelé par toutes les robes noires qui désiraient le convertir avec un zèle exaspérant. Il avait acheté la paix.

Cette bague, avait écrit Platon, n'est pas le symbole de ma conversion, mais d'une innocente ruse. Je te l'offre, car, si nous ne devions jamais nous revoir à cause d'événements hors de notre contrôle, je veux que tu te souviennes d'être rusée. Tu es déterminée, courageuse

---

31 Des bagues données par les jésuites portaient l'inscription I.H.S., ce qui peut signifier « Jésus » (une transcription latinisée de son nom grec « IHSOUS »).

et, je te le dis en toute amitié, ta franchise est parfois vexante. Or, je sais que dorénavant, pour toi et Pierre, il te faudra user de beaucoup de ruses si tu veux éviter l'opprobre. Mais je souhaite que tous mes conseils soient inutiles parce que tu auras opté pour la liberté, avec moi.

Je veux que tu saches aussi que c'est grâce à toi que je crois pouvoir être autre chose qu'un esclave, autre chose qu'un bien-meuble comme le disent les textes de loi. J'avais fini par croire ceux qui disaient que je ne valais pas grand-chose. Je les croyais si bien que, je peux bien te le dire maintenant, j'imaginais que tu te moquais de moi quand, peu de temps après t'avoir rencontrée, tu me faisais des compliments. Grâce à toi, j'ai cessé de me comporter en incapable. En m'apprenant à lire, tu m'as donné la clé de ma liberté et tu m'as redonné la dignité. J'ai trouvé dans les livres, que j'ai lus en cachette, les arguments qui m'incitent à devenir libre. J'ai compris que ma colère et ma révolte étaient justifiées.

Platon avait ajouté sous sa signature : *Je n'ose imaginer que peut-être nos chemins se sépareront. Si nous ne devions jamais nous revoir, je veux que tu saches que tu seras toujours dans mon cœur. Si tu pars avec moi, je te fais la promesse de te considérer, chaque jour, comme une invitée spéciale dans ma vie. Jamais je ne penserai que tu m'appartiens et que je t'ai conquise une fois pour toutes.*

Dans le coffre, Platon avait mis, luxe suprême !, du chocolat. « Comment est-il arrivé à se procurer cela ? » se demanda Marie. Mais le plus beau cadeau était au fond du contenant d'écorce : c'était une roche qui était toute bosselée lorsque Platon l'avait trouvée. Il l'avait échappée et elle s'était cassée en deux. Il avait eu l'heureuse surprise de voir qu'il y avait, à l'intérieur, la forme d'un oiseau aux ailes déployées autour des cristaux de quartz rassemblés au centre.

Marie savait que, pour les Amérindiens, l'amour est basé sur une amitié remplie de tendresse et de bienveillance. L'offre de Platon était tentante.

« Aller vivre chez les Micmacs ! » Elle répétait cette phrase comme pour se faire à cette idée. Vivre librement son amour avec Platon. Fuir les regards, les jugements. Être libre.

« Aller vivre chez les Micmacs ! » Jamais elle n'y avait songé. Elle aimait beaucoup de choses d'eux. Leur contact privilégié avec la nature. Leur façon sacrée de voir la vie. Leur intime conviction que tout, dans l'univers, est intimement lié. Leur manière douce de traiter leurs enfants. Si douce que les missionnaires en étaient scandalisés et les exhortaient à les fouetter parce qu'ils croyaient que c'était la seule façon d'en faire de bons chrétiens. Et puis, il y avait la liberté de ces femmes que Marie avait si souvent enviée. Elle enviait aussi le respect qu'inspiraient les femmes amérindiennes. Plus elles avançaient en âge, plus elles étaient vues comme des sages. Elle songea à la façon dont ils choisissaient leur chef ; celui-ci était élu parce qu'il possédait les plus belles qualités et non parce qu'il était le fils du chef ou faisait partie d'une élite, comme chez les Français. Cependant, Marie aimait aussi avoir un minimum de confort. Rien que l'idée de manger de la sagamité, cette espèce de brouet puant contenant un mélange hétéroclite de viande de chien, d'oiseaux qui n'étaient même pas plumés, de poissons, de grenouilles et autres petits animaux, la dégoûtait. Mais vivre avec les Amérindiens, cela signifiait aussi la sécurité, l'amitié. Mais puisqu'elle aimait tant la solitude, pourrait-elle, jour après jour, dormir dans une tente entourée d'autres personnes ? Même dans les bras de Platon, arriverait-elle à supporter cette promiscuité ? Et puis, surtout, il y avait Pierre. Un père assassiné dans les bras de sa maîtresse, une mère partie vivre avec les Sauvages ! On pardonnait aisément à un homme d'avoir une maîtresse parmi les belles Indiennes, mais une femme blanche vivant en concubinage avec un Sauvage, c'était scandaleux !

Marie eut soudain peur pour Platon. « Puisqu'il en sera à sa deuxième tentative de fuite, s'il fallait qu'il se fasse arrêter, il sera tué ou envoyé aux galères après qu'on lui aura coupé les oreilles. »

Marie était inquiète, mais, même si elle le pouvait, elle ne chercherait pas à dissuader Platon. Si elle était à sa place, elle n'agirait pas différemment. La plupart des esclaves mouraient avant l'âge de vingt ans. Platon avait dépassé le double de cet âge, sans doute parce qu'il jouissait, en étant canotier, d'une relative liberté.

Jean lui avait raconté qu'un conseiller du Conseil souverain avait suggéré qu'il y ait plus d'esclaves dans la colonie. Non seulement voulait-il plus de Panis esclaves, mais il avait trouvé un argument machiavélique pour faire venir des nègres. À ceux qui rétorquaient que les Noirs ne supportaient pas le froid, il disait qu'il suffisait, pour les garder au chaud, de leur faire porter des vêtements de peau de castor, et ce, même durant les journées les plus chaudes de l'année. « Ils cesseront de se plaindre du froid. En plus, en portant ces peaux, ils les engraisseront et, du même coup, en augmenteront le prix », clamait-il, fier de cette idée. Les Amérindiens avaient coutume de porter le castor afin de l'engraisser de leur sueur et de faire tomber le long poil. La fourrure devenait ainsi un fin duvet très recherché et valait le double du castor sec. « Habiller ainsi les nègres s'avère un double placement », répétait le conseiller afin de convaincre les autres membres du Conseil.

Lorsqu'ils revinrent de l'église, la tête bourrée de potins, Marguerite et Jean trouvèrent que Marie avait l'air préoccupé. Avant de dormir, ils parlèrent longuement de ce qu'ils pourraient faire pour l'aider.

Marie n'arrivait pas à dormir. Elle songeait à ce qu'elle devait faire. Elle ne pouvait se résoudre à ne plus jamais revoir Platon. Elle était la personne la plus importante pour lui, et l'idée de compter autant pour un homme la comblait de joie. Elle n'aurait jamais cru qu'à quarante-quatre ans, un homme serait amoureux d'elle à ce point. Elle se sentait redevenir femme. Le regard de Platon était comme une maison chaude et accueillante. Elle avait été si souvent réconfortée par ce regard. Comment pourrait-elle vivre désormais sans ces yeux-là qui se posent sur elle ? Serait-elle capable de renoncer à ce qui avait toutes les allures d'une belle et grande histoire d'amour ? Elle se décida enfin : elle partirait avec lui mais seulement lorsque Pierre serait marié et bien établi.

Elle s'endormit à l'aube, son gros chat ronronnant tout près d'elle. Toutes les fois qu'il se collait contre elle et s'endormait paisiblement, elle était émue par son abandon et sa confiance. Il l'aimait et ne la jugeait jamais. Il la réconfortait, la rassurait, lui faisait un bien immense.

Jean et Marguerite étaient levés déjà depuis longtemps. Marie, elle, dormait encore, le menton enfoui dans le doux pelage de son Petit. Elle rêvait qu'elle marchait avec Platon mais qu'ils rebroussaient chemin.

Chapitre 33

Il était plus de neuf heures quand Marguerite décida d'aller réveiller Marie : « Ce n'est pas son genre de se lever si tard, peut-être est-elle malade. »

Quelle ne fut pas sa surprise de la trouver en train de relire la lettre de Platon :

— Marie, tu sais lire !

Se voyant démasquée, Marie eut très peur. Une peur viscérale, irraisonnée. Une peur faite de toutes les peurs anciennes liées au fait de savoir lire et écrire. Toutes ses peurs étaient lovées en elle si profondément que Marie avait oublié leur existence. Marguerite, en les débusquant, venait de les lui rappeler brutalement.

Les souvenirs liés à ces peurs ressurgirent à une vitesse hallucinante : — Son père assassiné. — Les livres de la bibliothèque familiale brûlés. — Son frère et ses sœurs qui la ridiculisaient lorsqu'ils la voyaient un livre à la main : « Qu'as-tu besoin de tant t'instruire pour t'occuper des enfants que tu auras un jour ? » répétaient-ils. — L'enfermement à la Salpêtrière, après avoir travaillé chez un libraire et mené une vie indépendante où le désir d'apprendre occupait une large place. — Constater, une fois arrivée en Nouvelle-France, qu'il était mal vu d'afficher un savoir livresque lorsqu'on était destiné à peupler la colonie, à cultiver une terre ou même à aider des femmes à accoucher. Afficher son savoir avait, pour Marie, les couleurs du malheur.

— Qu'y a-t-il Marie ? Tu es toute pâle !

Marie raconta en détail de quoi étaient faites toutes ses peurs et pourquoi elle avait caché qu'elle savait lire et écrire. Lorsque Marguerite apprit qu'elle avait des livres dans son coffre, elle la supplia de les lui montrer. Elle était une grande amoureuse des livres et elle souffrait de ne plus pouvoir lire depuis des mois parce que sa vision avait considérablement diminué et que lire lui donnait mal à la tête. Elle avait si souvent dit à Jean que lorsque les enfants seraient partis, elle se consolerait de leur absence avec les livres qu'elle aurait enfin le temps de lire.

— Tu en as de la chance d'avoir tous ces livres! s'exclama-t-elle.

— Oui, mais j'aimerais bien pouvoir lire encore plus. Dire qu'il n'y a aucune imprimerie ici! Je n'étais pas née qu'en France nous avions nos journaux.

Marguerite ouvrait les livres, y plongeait le nez, respirait longuement leur parfum, les refermait, lisait les titres.

— En France, de plus en plus de penseurs trouvent aberrant le fait qu'il soit impossible à une femme de s'instruire autrement qu'en cachette. Trop de femmes cachent leur savoir de crainte de faire peur à d'éventuels maris. Quand je suis partie de Normandie, on ne parlait que des « précieuses ridicules » pour qualifier toutes les femmes qui désirent apprendre. On qualifiait de grotesques celles qui prétendaient savoir signer leur nom et qui voulaient lire afin d'apprendre autre chose que la façon de tenir maison ou de séduire un homme. Ici, à Québec, on recommande de limiter l'enseignement aux fillettes aux arts ménagers parce que s'instruire « surchauffe l'esprit féminin ».

Le ton de Marie laissait deviner la rage qui bouillait en elle. Elle-même était surprise du ressentiment qui l'habitait encore.

— Oh! s'exclama Marguerite qui l'écoutait d'une oreille distraite en parcourant l'un des livres. Cet auteur parle beaucoup d'hygiène!

Elle tournait les feuilles, le sourire aux lèvres. L'émerveillement la rajeunissait.

— Je me demande comment nous en sommes arrivés à croire que l'hygiène est mauvaise pour la santé, dit-elle soudain.

— Les religieux sont scandalisés parce que les Sauvages se lavent souvent dans l'eau, même glacée, des rivières. Ils n'aiment pas qu'on se lave parce qu'ils ne veulent pas qu'on touche à notre corps. J'ai déjà entendu l'un d'eux dire, dans un jeu de mots qui se voulait comique, « que le corps n'est pas destiné aux parures, mais de pâture aux vers ». Ils répètent que les maladies honteuses pénètrent par la peau lorsque la crasse ne la protège pas. Ils croient aussi qu'elle nourrit les cheveux. Dire qu'il y a deux cents ans, chaque quartier des villes de France possédait des bains publics. Des crieurs circulaient dans les rues pour avertir les gens qu'ils pouvaient se rendre aux étuves. D'une voix tonitruante, ils criaient : « Venez vous baigner et étuver sans plus attendre… Les bains sont chauds ! » Tous les médecins et guérisseurs de l'époque encourageaient la populace à aller se baigner, conscients que les bains aidaient à garder en santé.

— On dit ici : gens de bains, gens de peu d'années, ajouta Marguerite en riant.

— Ou encore : si tu veux devenir vieux, n'enlève pas l'huile de ta peau, renchérit Marie.

— Ou que plus le bouc pue, plus la chèvre l'aime, dit Marguerite, hilare.

— Oui, n'empêche que des gens riches portent une pomme d'ambre en sautoir et s'aspergent plusieurs fois par jour de la poudre de parfum qu'elle contient. Ils pensent ainsi séduire les femmes, conclut Marie.

Marguerite fit soudain une proposition à Marie :

— Marie, j'aimerais tant que tu deviennes ma lectrice.

— Lectrice ! répéta Marie qui trouvait l'expression un peu pompeuse.

Elle ne pouvait refuser ce service qui semblait tant enthousiasmer son hôte. D'autant plus que l'idée la séduisait. Lire, quel plaisir, quel luxe.

— Nous allons aménager la pièce inoccupée près de l'entrée en salle de lecture ! s'exclama Marguerite.

Toute la journée, Marguerite et Marie furent fort occupées. Elles accrochèrent au mur des cartes du monde, remplirent de livres la bibliothèque que Jean, sur l'heure du dîner, descendit du grenier. Sur le beau secrétaire, Marguerite mit son écritoire de plomb et le remplit de plusieurs plumes d'oie fraîchement taillées.

— Faisons aussi de cette pièce une salle d'écriture, suggéra-t-elle.

Marie acquiesça et alla chercher des parchemins qu'elle avait confectionnés avec des peaux de mouton et de veau mort-né qu'on lui avait données pour la remercier de ses services de sage-femme.

Marguerite, en chantonnant, alla chercher de l'encre, de la poudre siccative qui en favorisait le séchage et un canif. Sur la tablette de la fenêtre, elle plaça une sphère représentant le ciel et le mouvement du Soleil autour de la Terre.

— Ce globe n'est plus représentatif de la réalité, lui dit Marie en riant.

— C'est pourtant vrai. Qu'importe, c'est si beau. Attends-moi une minute, dit-elle, en sortant de la pièce, visiblement excitée par tout ce qui brisait la routine de son quotidien.

Elle revint avec, dans les bras, un magnifique télescope.

— Jean m'avait demandé de le cacher, mais nous n'aurons qu'à garder fermée la porte de ce petit salon. Tu sais que l'Église s'est opposée aux vues de Galilée et nous voulons éviter de froisser monseigneur.

— L'Église n'accepte pas que la Terre, comme les autres planètes, tourne autour du Soleil. Pour les hommes d'Église, il faut que la Terre soit le centre de l'univers. Quel orgueil, conclut Marie.

— Il a quand même fait une grande découverte, ce Galilée.

— Copernic l'avait déjà dit avant lui, mais c'est Galilée qui, avec sa lunette astronomique, a démontré que cela était vrai. Plutôt que de renoncer à leurs idées, les hommes d'Église ont refusé de regarder dans le télescope. Ils ne voulaient pas avoir la preuve qu'ils avaient tort. C'est une habitude fortement ancrée chez la plupart d'entre nous de rejeter les faits qui contredisent ce que nous croyons.

— Galilée a dû se présenter devant le tribunal des inquisiteurs, comme les sorcières ! s'écria Marguerite.

— Oui, il a été obligé d'abjurer sa doctrine. Il a été emprisonné à vie pour hérésie, mais sa peine fut commuée en mise en résidence.

* * *

Le soir, sur le parvis de l'église, Marguerite ne put résister. Elle confia à toutes les femmes présentes qu'ils hébergeaient une femme, une lointaine cousine de Jean, précisa-t-elle, qui savait lire et écrire.

— J'ai de la chance d'avoir sous la main quelqu'un qui pourra rédiger mes lettres et documents.

Toutes acquiescèrent. Beaucoup d'entre elles se passaient des services des notaires pour rédiger leurs lettres parce que cela leur coûtait trop cher. Même l'écrivain du magasin des munitions à Ville-Marie gagnait plus que le juge. Pourtant, elles auraient bien aimé de temps en temps donner de leurs nouvelles à leurs familles en France.

Chapitre 34

Dans la chambre où reposait Jeanne, le père Maurice était assis près de la fenêtre, et, au mouvement de ses lèvres, on devinait qu'il priait. Paralysée depuis l'attaque qu'elle avait eue dans le jardin du monastère, Jeanne ouvrait un œil terrorisé sur le monde. Elle sentait tout son corps enserré dans un étau. Prisonnier. Comme son fils Julien, elle était prisonnière, et ce qui la faisait le plus souffrir n'était pas d'être emprisonnée dans son corps, mais de savoir Julien dans un cachot.

— Mon Dieu, faites que ma prison libère Julien. Faites que ce que j'endure serve à le délester, lui, du poids de sa faute.

Jeanne essayait de comprendre pourquoi Julien était devenu un tueur. Y avait-il eu dans son enfance quelque chose qui eût pu laisser préfigurer une telle destinée ? Elle se remémorait le dernier sermon du curé qu'elle avait entendu à l'église : « Mais comment est-ce que la plupart des chrétiens aiment leurs enfants ? Ils n'ont pour eux qu'un amour aveugle, ils les perdent par de criminelles complaisances et même en couvrant cet amour du prétexte d'innocence et de gentillesse ; ils excusent leurs défauts, ils dissimulent leurs vices et ne les élèvent enfin que pour le monde et non pour Dieu[32]. »

Jeanne était taraudée par le remords : « Qu'ai-je fait, mon Dieu, pour que mon fils devienne un meurtrier ? L'ai-je trop ou mal aimé ? »

« Comment était Julien, enfant ? » se demandait Jeanne en fouillant dans ses souvenirs. Elle se revoyait trente ans plus tôt, s'en

---

32 Ce sermon intitulé « Du soin des enfants » a été prononcé, au XVIIᵉ siècle, par le curé V. Houdry. Cité par Élisabeth Badinter dans *L'amour en plus*, Paris, Flammarion, 1980, p. 75.

allant au marché avec ses deux fils : « Julien est là qui court devant moi, il rit. Non il crie. Pourquoi, dès lors que je songe à Julien, suis-je maintenant incapable de penser à des choses joyeuses ? Je le revois trépignant d'impatience, colérique. Comment ne me suis-je pas inquiétée plus tôt de ses violentes colères qui explosaient à tout moment ? Mon mari disait que son père était pris soudain de rages qui les laissaient tous pantois, le père y compris. Son oncle lui avait révélé un secret de famille : son grand-père était soupçonné d'avoir tué un enfant au berceau. Y a-t-il quelque lien mystérieux qui unit cet aïeul à Julien ? »

Une femme, sans doute une sorcière, lui avait dit que les enfants qui naissent durant les grandes chaleurs de l'été, lorsque le soleil se couche avec la constellation du Grand Chien, sont affligés d'une espèce de fureur et sont portés par toutes sortes de crimes. « Pour écarter ces présages, vous devez, chaque année, par un jour de grande canicule, sacrifier un chien roux », lui avait conseillé la sorcière en expliquant que cet animal plaisait à la constellation du Grand Chien.

Jeanne n'avait rien fait de tout cela, considérant que c'était là pures superstitions. Mais maintenant, elle n'en était plus si certaine. Des dizaines de questions la tourmentaient jusqu'à l'épuisement : et si elle s'était trompée ? Si le sacrifice de chiens avait pu sauver son fils et que, à cause de son insouciance à elle, sa mère, il soit devenu meurtrier ? Cela était d'autant plus vraisemblable, se disait-elle avec angoisse, que Julien avait tué un homme, précisément un jour de grande canicule ! « Mon Dieu qu'ai-je fait ? »

Et si c'était autre chose ? Si c'était la nourrice qui avait échangé mon enfant ? On m'a raconté que des nourrices, ne voulant pas perdre d'argent, allaient chercher un enfant à l'hospice lorsque celui qu'elle était chargée de nourrir mourait. Je n'aurais jamais dû écouter les curés qui me disaient de mettre mes enfants en nourrice. Il ne fallait pas que les femmes soient empêchées de faire leur devoir conjugal et l'allaitement les en empêchait, disaient les prêtres. Ils croyaient que les relations sexuelles pendant l'allaitement tarissaient le lait maternel et que c'était un prétexte pour les femmes de se refuser à leur mari. Julien s'était peut-être senti abandonné.

Rongée par le remords, Jeanne se questionnait sans cesse sur ce qu'elle aurait dû faire ou ne pas faire.

La musique d'une cithare parvint à ses oreilles.

« Ainsi, se dit-elle, je ne suis pas seule. »

Même si elle ne pouvait tourner la tête pour voir qui maniait l'instrument, elle savait que son ami Maurice était là. Il avait si souvent accepté de lui en jouer, juste pour lui faire plaisir.

« Que pense-t-il de moi ? Que pense-t-il de Julien ? J'aimerais tant l'entendre dire que mon fils n'est pas perdu, qu'il n'est pas voué éternellement aux feux de l'enfer. Mon Dieu, sauvez-le ! Maurice, fais quelque chose, je t'en prie ! Dis-moi que c'est un cauchemar. Que cette paralysie m'a brouillé l'esprit au point où j'ai imaginé une histoire qui n'est pas arrivée. C'est cela. Aucun drame n'est arrivé. Maurice, parle-moi. Dis-moi que Julien va bien. Qu'il travaille à Ville-Marie auprès des sulpiciens et des juges. Si j'ai vraiment reçu cette lettre maudite, dis-moi que la femme qui me l'a envoyée est une mécréante, une menteuse. Dis-moi que Julien viendra bientôt me voir. »

Maurice s'arrêta de jouer, s'approcha de Jeanne et caressa sa main fanée par le temps. À cause de la paralysie, elle ne pouvait sentir cette caresse. Soudain, la silhouette de son ami apparut dans son champ de vision.

— Je vais prier pour que tu traverses cette épreuve, Jeanne.

« L'épreuve ? Il parle de ma paralysie. Il faut que ce soit seulement de cela qu'il parle. »

Mais il ajouta cette phrase assassine :

— Je vais prier aussi pour Julien.

Du seul œil que Jeanne pouvait encore ouvrir, glissa une larme. Elle traça son chemin dans le visage devenu affreusement difforme depuis la paralysie, rejoignit le filet de salive qui s'écoulait continuellement de sa bouche entrouverte avant de tomber lourdement sur l'oreiller. Aussi lourdement que le poids des mots que Maurice venait de prononcer.

Maurice n'était pas un illettré du cœur. Il mesura pleinement la détresse qu'il lisait dans l'âme de Jeanne. Il essaya de trouver des paroles réconfortantes :

— Julien n'est pas méchant, ni damné. Il n'a sans doute pas réussi à contrôler sa colère et le destin a voulu qu'il ait une arme sous la main. Prions pour qu'un jour les armes soient si difficiles et si longues à manier que la colère des hommes aura ainsi le temps de s'émousser avant qu'ils commettent l'irréparable.

« Il y aura toujours les mains des hommes, les coups des hommes, pensa-t-il en son for intérieur. Mais les coups parfois s'arrêtent quand ils voient la souffrance qu'ils créent. Le sang qui coule de la bouche de ceux qu'on prétend aimer. » Lui-même avait déjà frappé une femme. Il avait eu si peur de la violence qu'il avait reconnue en lui qu'il avait décidé de se faire moine. Il s'était sauvé de sa violence en s'enfermant dans un monastère. Beaucoup de pauvres hères venaient se confier à lui parce qu'ils sentaient que ce moine n'était pas prompt à juger autrui. Maurice était trop conscient de sa propre part d'ombre pour le faire. Il n'était pas de ceux qui croient qu'il y a des bons et des méchants. Il savait bien qu'en chaque être humain cohabitent l'ombre et la lumière.

« Mon Dieu, cet œil que j'arrive encore à ouvrir, paralysez-le, lui aussi, si tel est votre Volonté, mais libérez mon fils de sa prison, pardonnez-lui son péché. » Après avoir ainsi supplié Dieu en silence, Jeanne garda obstinément l'œil fermé. Elle avait trop peur de réussir à l'ouvrir si elle essayait. Elle voulait donner à Dieu le temps d'accomplir ce qu'elle Lui demandait. Elle finit par sombrer dans le sommeil, amenant dans ses rêves l'espoir qu'Il accepterait son marchandage.

Chapitre 35

Julien souffrait maintenant presque constamment d'insomnie. Dans sa froide cellule, il pensait justement à sa mère, en ce matin glacial de novembre. Ignorant qu'Anne lui avait fait parvenir une missive, il se promit que, dès qu'il le pourrait, il trouverait un scribe grâce à qui il pourrait raconter à sa mère une autre partie de sa vie en Nouvelle-France. « Jamais je ne lui parlerai du drame que je vis. À quoi bon la faire souffrir ? » se disait-il en se cachant à lui-même qu'il s'épargnait lui aussi. Il aurait eu trop honte de dire à sa mère qu'il était devenu un meurtrier. « Un meurtrier ! Comment ai-je pu en arriver là ? » se demandait-il de plus en plus souvent. Il avait même de la difficulté à croire qu'il avait tué quelqu'un. « Moi, un meurtrier », se répétait-il sans cesse avec angoisse. « Plus personne ne me respectera et ne m'adressera la parole. Ma vie est finie. » Il essayait tant bien que mal de réprimer ses larmes.

Un peu plus tôt ce matin-là, il avait espéré trouver un peu de réconfort auprès de l'aumônier de la prison venu le visiter, mais le religieux ne comprenait rien à l'angoisse qui assaillait Julien :

— La peine de mort, lui avait-il dit, est un châtiment provisoire.

— Provisoire ? s'était exclamé Julien, déconcerté.

Il se demandait si ce prêtre avait perdu la raison.

— Mais oui, avait répondu le prêtre, souriant avec une bienveillance teintée d'un brin de condescendance. Elle vous permettra de sauver votre âme. Vous êtes privilégié de connaître l'instant de votre mort. Vous pourrez vous confesser juste avant de mourir et vous serez ainsi assuré que les portes du ciel vous seront grandes ouvertes. Peu de personnes ont la chance d'avoir une telle garantie. Songez à tous ceux qui brûlent éternellement en enfer parce qu'ils ne se sont pas confessés avant de mourir !

Julien pensa à Antoine et, l'espace d'un fugitif instant, il fut pris de remords.

Lorsqu'il quitta la cellule, le curé jubilait. Sa charge d'aumônier de la prison le comblait. Il aimait particulièrement confesser les condamnés à mort. Il s'estimait chanceux de pouvoir sauver des âmes aussi facilement, car même les moins croyants craquaient devant la potence et se repentaient. Le prêtre était convaincu que toutes les âmes qu'il menait à Dieu lui seraient comptées lorsque, à son tour, il se présenterait devant Lui.

Julien ne voyait pas du tout les choses du même œil. Il était terrorisé à l'idée d'être pendu, même dans l'éventualité où des anges lui tendaient les bras. Cette marche vers la mort qui bouchait son avenir l'angoissait à un point qu'il n'aurait jamais pu imaginer. C'était comme plonger dans le vide et cette sensation le réveillait mille fois la nuit.

Il frissonna. Sa cellule était froide et humide et une forte odeur de moisissure mêlée d'urine lui donnait des haut-le-cœur. Des gouttelettes d'eau perlaient sur le mur de pierres de la prison. Il en prit une machinalement et la déposa sur son front brûlant.

Les autres prisonniers qui partageaient sa cellule discutaient ensemble. Julien, lui, restait étendu sur sa paillasse et leur tournait le dos. Il tira sa mince couverture de laine grise et se coucha en chien de fusil. Il ferma les yeux et fit semblant de dormir. Il ne voulait pas se mêler à la conversation des autres détenus. Il était exaspéré par les pleurs incessants de l'enfant de dix ans assis près de lui. Le garçon avait été accusé de sacrilège parce qu'il avait mâché du tabac à l'église et la sentence qu'il avait reçue l'effrayait. Un autre prisonnier essayait de le consoler :

— La peine du carcan ! Une petite humiliation publique, c'est vite passé. Je la subirai moi aussi. J'ai volé du tabac, de l'eau-de-vie et de l'anguille chez un marchand. Dans une heure, je serai moi aussi exposé sur la place publique, dit le prisonnier en se raclant la gorge.

Le plus vieux des prisonniers, dont la longue barbe était striée de blanc, lui coupa la parole et, pour se moquer, ajouta :

— Oui et tu seras bien décoré. Tu auras des clés et des bouteilles pendues à ton cou afin que tous ceux qui ne savent pas lire les écriteaux cloués au carcan comprennent ce que tu as volé.

Ils entendirent soudain les voix des prisonnières qui venaient de sortir de leur cellule afin de se dégourdir dans le corridor. Elles jacassaient si fort qu'ils ne perdirent pas un mot de ce qu'elles disaient. De la rage dans la voix, l'une d'elles parlait de son mari qui l'avait fait enfermer parce qu'il se plaignait qu'elle dépensait tout son argent à boire.

La cabaretière, elle aussi écrouée, l'écoutait, réprimant un sourire narquois. Elle était bien placée pour savoir que les plaintes de cet homme n'étaient pas sans fondement. Elle ne dit rien, car elle ne voulait pas froisser une si fidèle cliente. Et puis, elle était trop préoccupée par ses propres affaires pour se mêler de celles des autres. Elle s'inquiétait de la sentence que le juge allait lui donner pour avoir fumé la pipe en dehors de son logis, contrevenant ainsi à un règlement interdisant de porter du feu dans les rues, sous peine de punitions corporelles.

— Pourvu qu'on ne me marque pas au fer rouge, dit-elle.

— Ah les femmes ! s'exclama l'homme à la longue barbe. Ce qui leur fait peur, ce sont les marques qui peuvent ternir leur beauté !

— Je me suis toujours demandé quelle était la signification des lettres imprimées sur le corps, dit la cabaretière en jetant un regard vers Julien, car elle savait qu'il connaissait les lois.

Elle se doutait qu'il était éveillé parce que lorsqu'il dormait, on l'entendait ronfler jusque dans la cellule des femmes.

Julien n'avait jamais raté une occasion d'afficher son savoir. Sans même se retourner, il s'écria :

— Le V est pour les voleurs. Le M, pour maquerelle. Le F, pour faussaire. Le D, pour déserteur. DP : pour celui qui a déserté la veille d'une bataille. Le S, pour esclave fugitif. Mais il n'y a pas que les lettres, une ancre de bateau indique que l'homme a volé dans un port. La fleur de lys est la marque d'une offense au roi, alors que deux clefs de saint Pierre sont une offense à la religion.

Julien se disait que les stigmates n'étaient pas toujours aussi visibles, mais qu'ils pouvaient être tout aussi destructeurs. Il savait qu'en Nouvelle-France, la valeur des gens était mesurée à l'aune de leurs richesses matérielles, de leur notoriété et de leur rang, et que Anne, Marie, Pierre et lui-même étaient touchés par le déshonneur aussi sûrement que s'ils avaient été marqués au fer rouge.

Il grelotta et un point douloureux, juste sous les côtes, lui coupa le souffle. « Il faut que je trouve un moyen de m'innocenter, se dit-il, mais il faut d'abord que je sorte d'ici. Si j'y reste, je serai trop malade pour me défendre. »

Julien savait que, à cause de la trop grande insalubrité de la prison, des prisonniers obtenaient parfois la faveur d'aller vivre dans une maison privée en attendant leur sentence. Il décida de présenter une requête auprès des membres du Conseil souverain afin d'obtenir cette faveur. Lorsque le geôlier vint chercher l'enfant afin de l'amener à la Grande Place, Julien le chargea d'une mission :

— Dites au conseiller Jean-Baptiste Depeiras, celui-là même qui m'a interrogé hier, que je veux le rencontrer au plus vite.

Ce conseiller étant justement à la salle du Conseil, il fallut moins d'une heure avant que Julien puisse lui dire de vive voix qu'il allait mourir s'il restait dans cette prison :

— Je suis atteint de fièvre. Je ne pourrai jamais guérir à cause de la forte humidité qui règne ici. Je suis certain qu'on me trouvera mort dès que le froid sévira de plus belle, ce qui ne saurait tarder.

Le corps de cet homme ne ment pas, se dit le conseiller en observant les yeux cernés, les joues creuses et les bras osseux de Julien.

Depeiras était d'autant plus sensible à sa requête que, depuis des semaines, le gouverneur, l'intendant et tous les autres membres du Conseil souverain évaluaient l'état de la prison. Ils n'avaient pas le choix. L'hiver précédent, un prisonnier y était mort et un autre avait dû être amputé. Récemment, l'un d'eux s'était pendu dans sa cellule et plusieurs commères avaient dit que les conditions horribles de détention y étaient pour quelque chose.

Lorsqu'ils avaient visité la prison, les conseillers avaient été estomaqués de voir les stalactites qui s'étaient formées au plafond. Ils avaient regardé, stupéfaits, le plancher de terre qui n'était plus qu'un bourbier d'où émanaient des odeurs indescriptibles qui les poignaient à la gorge. Ils avaient jeté un bref regard aux paillasses, portant leurs mains à leur nez :

— Elles ressemblent au fumier qu'on retrouve dans les étables ! s'était exclamé l'un d'eux en les pointant du doigt.

Le geôlier les accompagnait et il en avait profité pour se plaindre, encore une fois, d'avoir dû payer cent sols d'amende parce qu'un prisonnier avait réussi à briser ses fers et à se sauver :

— Comme si j'étais responsable ! C'est le serrurier qui est chargé d'entretenir les fers des prisons. Il n'a qu'à les faire plus solides, pardieu !

Les conseillers n'avaient rien répondu même s'ils savaient que le geôlier n'était pas responsable de l'état des cadenas, des gonds, des serrures et des pentures qui se détérioraient rapidement à cause de l'humidité et du froid.

Refusant de fournir du bois de chauffage aux prisonniers à cause des dangers d'incendie qui, d'ailleurs, pouvait être allumé volontairement, la majorité des conseillers étaient d'avis qu'il fallait les loger ailleurs. L'un d'eux cependant n'était pas d'accord. Il estimait que les criminels devaient être sévèrement punis et qu'il fallait prendre garde de ne pas trop les gâter. Il avait ajouté que c'était bien pire autrefois :

— En France, pour des délits mineurs, des prisonniers étaient mutilés ou emmurés vivants. Une minuscule ouverture était faite dans le mur afin de leur passer leur nourriture. Ils ne voyaient jamais la lumière du jour. Et il n'y a pas si longtemps de ça ! Ce n'est qu'en 1560 qu'on a interdit de faire des culs-de-basse-fosse. Mais, malgré cette interdiction, on a construit récemment un cachot souterrain à Trois-Rivières. Personne ne s'est plaint de cette entorse aux règlements. La plupart des gens croient, comme moi d'ailleurs !, que de savoir qu'un homme est emprisonné sous la terre a un fort pouvoir dissuasif.

Son argumentation n'avait modifié en rien l'opinion des autres conseillers. Aucun d'eux n'avait daigné répondre. Comme s'ils n'avaient rien entendu, ils avaient discuté de la possibilité de transformer en prison l'immeuble que Talon avait fait construire en 1660, près de la rivière Saint-Charles, afin d'y établir une brasserie.

— Il ne manque pas de gros buveurs en ce pays ! s'était écrié le conseiller contestataire, vexé du peu de cas qu'on avait fait de sa harangue. Nous aurons besoin un jour de cette brasserie. Même le geôlier s'enrichit en vendant du vin aux prisonniers !

— Oui, mais que faites-vous de la grande quantité d'alcool importé ? Tout le rhum des Antilles et le vin français qui arrivent avec chaque bateau. Vous savez bien que c'est à cause de cela que Talon a dû abandonner son projet de brasserie.

— Oui, avait renchéri un autre conseiller. Et puis l'édifice qui devait servir de brasserie est la solution idéale à notre problème. Il est si vaste que nous pourrions y installer non seulement la prison, mais aussi la salle du Conseil, l'arsenal, une chapelle, l'habitation de l'intendant, la salle de la prévôté.

— Il faut vite prendre une décision. Des prisonniers meurent avant d'avoir leur sentence à cause des conditions déplorables des cachots. Nous n'avons pas le temps de les punir et leur punition ne peut servir de moyen dissuasif, avait tranché l'un d'eux.

— Et ceux qui ne meurent pas s'évadent assez facilement. Regardez ! avait dit un conseiller en pointant du doigt le fond de la cellule.

Tous les conseillers avaient vu que plusieurs pierres de la muraille avaient été enlevées.

— Certains prisonniers réussissent à enlever les fers qu'ils ont aux pieds, tant ils sont rouillés. Ils s'en servent ensuite pour enlever les pierres du mur menant à l'extérieur. Ils arrivent à faire un trou suffisamment grand pour se faufiler dehors.

— Nous en avons assez vu pour aujourd'hui, avait tranché celui d'entre eux qui était le plus incommodé par l'odeur nauséabonde.

Ils étaient sortis de l'enceinte de la prison et, tout en discutant, avaient marché sur la terrasse qui surplombait la basse-ville, s'exposant délibérément au vent qui emplissait leurs poumons d'air frais et sain. De cet endroit, la vue était magnifique. Pendant un court moment, ils avaient observé en silence les marsouins qui jouaient à la surface de l'eau. Le baron de Lahontan qui était arrivé à Québec l'automne précédent et qui, disait-on, avait beaucoup voyagé, avait affirmé qu'on y « avait la vue la plus belle et la plus étendue qui soit au monde ». Depuis, tout un chacun répétait cette phrase et plusieurs personnes, surprises, et flattées, qu'un Français parle en des termes si élogieux de leur pays, étaient allées se promener près de l'enceinte du château Saint-Louis. Elles se demandaient, étonnées, comment elles avaient pu passer si souvent devant toute cette beauté sans même la remarquer.

* * *

Depuis leur visite à la prison, les conseillers comprenaient mieux ce qu'enduraient les prisonniers. Ainsi, lorsque le conseiller Depeiras présenta aux autres membres du Conseil la requête de Julien, ils ne discutèrent pas longtemps avant de décréter qu'il pourrait aller vivre chez le cordonnier Jean Journet qui habitait en face de la prison. Ils précisèrent cependant que Talua obtiendrait cette faveur à la condition qu'il s'engage à payer lui-même sa pension et qu'il se présente devant le Conseil dans environ un mois.

— Pourra-t-il sortir de la maison du cordonnier ?

— Oui, mais il ne pourra s'en éloigner à plus de trois lieues à la ronde, répondit Louis Rouer de Villeray.

Julien accueillit la nouvelle avec soulagement. Le greffier l'informa qu'il devait se présenter au greffe de la prison, car tout ce qu'on exigeait de lui était un simple cautionnement juratoire. Moins de dix minutes plus tard, Julien jurait solennellement qu'il élirait domicile chez le cordonnier Journet et qu'il se présenterait devant le Conseil souverain toutes les fois qu'il y serait convoqué. Aussitôt cette formalité remplie, il franchit les portes de la prison, encadré de deux archers qui devaient le conduire jusqu'à la maison du cordonnier. Il souhaitait ne pas être vu en compagnie des hommes de loi. Hélas ! il rencontra en chemin quantité de gens qui, en cette fête de la Saint-Martin, se rendaient au manoir du seigneur afin d'acquitter leurs rentes. Plusieurs d'entre eux payaient en nature et avaient les bras chargés de poules et de chapons[33].

Aussitôt arrivé, il demanda à la femme du cordonnier si elle connaissait quelqu'un qui pouvait écrire une lettre.

— Justement, répondit-elle, notre voisine héberge sa cousine qui sait lire et écrire. Elle habite juste en face.

Julien ne perdit pas de temps. S'il n'écrivait pas tout de suite à sa mère, il devrait attendre au printemps. On l'avait informé que le dernier bateau en partance pour la France avant l'hiver prenait le large le lendemain.

Pendant qu'il se rendait chez les Levasseur, Marguerite et Marie papotaient. Le gros chat entra dans la pièce et alla se coucher sur le rebord de la fenêtre. Il fixa Marguerite qui, voyant son manège, éclata de rire. Au début, elle n'avait guère aimé la présence de cet animal, mais il avait su gagner son affection. Dès qu'elle s'approchait de lui, il roulait sur le dos, présentant ainsi son gros ventre, l'air de dire : « Flatte-moi ». Marguerite ne lui avait pas résisté longtemps et elle

---

33 Coqs châtrés ou engraissés pour la table.

multipliait maintenant les occasions de passer sa main dans le long poil doux du Petit. Marguerite le flatta un peu et il la suivit lorsqu'elle monta faire une sieste.

Le bruit du heurtoir se fit entendre et Marie alla ouvrir en souriant, car elle attendait la visite de Pierre. Son sourire se figea lorsqu'elle vit de qui il s'agissait.

Julien se tenait devant elle, l'air assuré.

— On m'a dit qu'il y avait ici une femme qui pouvait écrire une lettre.

— Oui, c'est moi, parvint à articuler Marie.

— Je vous donne un sol pour chaque page que vous m'écrirez.

Marie était si surprise de trouver Julien devant elle qu'elle demeurait sans voix. Julien pensa qu'elle estimait qu'il ne la payait pas assez.

— Pensez-y, si vous écrivez six pages, vous aurez six sols, le prix d'un pain !

Il considérait que cela était très bien payé. Après tout, il ne s'agissait que de faire glisser une plume sur du parchemin !

Marie, dont le cœur battait la chamade, l'invita dans le petit salon. Le tremblement de sa main, lorsqu'elle trempa sa plume dans l'encrier, n'échappa pas à Julien qui le mit sur le compte de l'inexpérience.

— Chère mère, commença-t-il en se penchant vers Marie afin de voir si elle savait bien former ses lettres. Cela manquait de fioritures à son goût.

— Ne pourriez-vous pas faire plus de dessins ? demanda-t-il à Marie.

— Des dessins ?

— Oui, répondit-il brusquement. Vous savez bien ! Je parle de ces formes qui embellissent les lettres.

— À votre guise, répondit Marie, heureuse de renouer avec l'art de former de belles lettres.

Elle aurait bien aimé d'ailleurs en faire plus. Décorer la bordure de la page d'entrelacs d'animaux, de spirales aux motifs colorés et, peut-être, retrouver ce sentiment de paix qu'elle ressentait dans le silence du couvent où, jeune fille, elle enluminait des livres sacrés.

— Chère Mère. J'espère que vous êtes toujours en santé.

Julien se pencha vers Marie et fut satisfait de ce qu'il vit.

— Très bien, dit-il en souriant à Marie, comme s'il parlait à une enfant.

— J'espère que vous êtes toujours en santé, répéta-t-il pour retrouver le fil de ses pensées. Chaque soir, je prie pour vous. Vous savez que je suis très croyant. Je vais continuer, comme je le fais depuis plusieurs années, de vous décrire ce qui se passe dans notre Neuve-France. J'ai à ce sujet une petite histoire qui vous divertira. Il y a déjà quelques années de cela, Anne et moi sommes allés à Québec, histoire de faire un petit voyage pour nous reposer de notre labeur. Nous avons visité des amis qui habitent la côte de Beaupré d'où l'on peut voir une île appelée l'île d'Orléans. Nos amis nous ont dit que des sorciers habitent sur cette île et qu'ils peuvent prédire l'avenir. Pour y arriver, ils consultent le diable. Nous avons vu, je vous le jure, ma mère, un phénomène étrange. Alors que la nuit était tombée, des lutins dansaient sur les rives de l'île.

— Ce ne sont pas des lutins, ne put s'empêcher de dire Marie, toujours exaspérée par les superstitions qui, immanquablement, finissent par faire du tort à quelqu'un.

— Mais qu'en savez-vous ? Vous n'y étiez pas.

— Non, mais je sais que les gens de l'île pêchent l'anguille la nuit et que, pour ce faire, ils s'éclairent avec des flambeaux. Ce sont les flammes des torches que vous avez vues et non des lutins.

— Je ne suis pas venu ici pour discuter avec vous, madame ! Où en étais-je ? Ah oui : les habitants de cette île ont si peur du diable que lorsque l'un d'eux se meurt et qu'il a besoin des secours du prêtre, sa famille envoie deux personnes quérir le curé. Ils veulent ainsi déjouer la ruse du Malin. Car ils sont convaincus que le démon fera tout ce qu'il peut pour empêcher que le mourant reçoive les derniers sacrements.

« Ce n'est pas le diable qui empêche qu'un homme reçoive les derniers sacrements, pensa Marie, mais des hommes comme toi qui les précipitent en enfer. »

Julien ajouta qu'il travaillait toujours aussi fort et qu'il ne perdait pas espoir de réaliser son rêve de devenir juge ou conseiller au Conseil souverain. Il termina sa lettre en disant à sa mère qu'il souhaitait la voir bientôt.

— Dommage que votre âge vous empêche de faire la traversée. Je suis votre seul enfant vivant, vous pourriez venir vivre avec Anne et moi. Mais je sais bien que c'est impossible, s'empressa-t-il d'ajouter. Ne désespérez pas de nous voir bientôt, conclut-il.

Marie était perplexe : songeait-il à se sauver en France ? Avec Anne ?

Chapitre 36

Marguerite revint du marché, les bras chargés de victuailles. Elle avait acheté ce qu'il fallait pour confectionner le pain béni. Chaque dimanche une famille était chargée d'apporter un pain à l'église que le curé bénissait et donnait ensuite aux fidèles. Ce rituel avait provoqué bien des chicanes. Étant distribué par ordre d'importance aux personnes jugées les plus honorables, il était bien difficile de ménager les susceptibilités. Il fallait bien en effet que quelqu'un le reçoive en premier. Comme si ce n'était pas suffisamment compliqué, il s'était développé une compétition malsaine à savoir qui ferait le pain le plus gros et à la forme la plus complexe. Lorsque le curé avait vu arriver une famille avec un énorme pain en forme d'étoile, il avait demandé à ses ouailles de faire preuve de plus d'humilité.

Marie et Marguerite décidèrent de préparer le repas avant de faire le pain béni. Marie éplucha les légumes. Elle mangeait rarement de la viande et n'aimait guère l'apprêter. Particulièrement cette cuisse d'ours que Marguerite avait achetée et qui lui faisait trop penser à son chat adoré.

— Ne trouves-tu pas étrange, demanda-t-elle à Marguerite, que toi et moi aimions tant les animaux et que nous ne nous privions pas d'en manger ? Comment faisons-nous pour supporter que des volailles soient attachées vivantes par les pieds et exposées sur la place publique les jours de marché ?

Marguerite regarda longuement Marie. Elle se demandait si elle devenait folle, comme cette religieuse qu'on avait enfermée dans une cellule de l'Hôtel-Dieu parce qu'elle s'obstinait à refuser de manger de la viande. Marguerite tenta de raisonner Marie :

— C'est bien assez qu'il faut s'abstenir de manger, non seulement de la viande, mais aussi des œufs et des laitages chaque vendredi et samedi en plus des quarante jours de carême, s'il faut se mettre en plus à pleurer sur le sort des bêtes !

Marguerite comprenait mal que Marie n'aime pas la chair animale. « Dire qu'il y en a qui prennent des gros risques pour en manger », se dit Marguerite en pensant à un homme qui, parce qu'il avait consommé de la viande pendant le carême, avait été attaché au poteau public pendant trois heures et conduit ensuite à la porte de l'église où, à genoux, il avait été obligé de demander pardon à Dieu, au roi et à la Justice. Enfin, comme si ce n'était pas assez, il avait dû payer le tiers de son année de salaire à l'Église. « Heureusement, certains curés, eux-mêmes gourmands, sont plus conciliants », songea Marguerite en souriant. L'un d'eux avait permis que ses ouailles mangent le gras des fèves au lard à la condition qu'ils l'écrasent bien soigneusement avec leur fourchette. Monseigneur de Laval avait même décrété que les castors étaient des poissons afin que tous puissent en manger le vendredi.

Marguerite s'inquiétait pour Marie. Amaigrie, les yeux qui roulaient souvent dans l'eau, presque toujours fatiguée, pâle, elle riait encore souvent, mais Marguerite sentait qu'elle se forçait à paraître joyeuse. Lorsque Pierre la visitait, le côté factice de sa gaîté était encore plus évident. Son rire était forcé et sonnait faux. « Elle a traversé bien des épreuves, mais il faut qu'elle se secoue », se dit Marguerite.

Marguerite ne savait comment réagir quand elle voyait quelqu'un souffrir. Sa stratégie était donc de nier la souffrance. Lorsque Marie avait voulu lui confier sa peine, elle lui avait dit d'oublier, de passer à autre chose. « Pourtant, se disait Marie, minimiser mes souffrances ne m'aide en rien. La vraie solitude, c'est de vivre auprès de gens qui, certes, vous veulent du bien, mais qui espèrent aussi qu'on fasse semblant. » Mais elle se dit aussitôt : « Je suis bien ingrate de penser cela de Marguerite. Que serais-je devenue sans elle et Jean ? Ils me font la charité et, afin de ne pas m'humilier, ils me font croire qu'ils ont besoin de mes services. » Marie fit l'effort d'être d'une compagnie agréable pour son hôte. Sachant combien Marguerite aimait les potins, elle lui dit :

— Sais-tu qui est encore venu me visiter aujourd'hui ?

— François Leloup ! répondit Marguerite en riant.

Depuis que Marie habitait chez eux, leur ami François, un prospère tailleur de pierres, veuf depuis quelques mois, venait les visiter presque chaque jour et la raison de ses visites était évidente. Dès qu'il posait ses yeux sur Marie, il rougissait, tremblait, bafouillait, bref, il ne pouvait cacher l'effet qu'elle lui faisait. Jean, d'un naturel discret, avait pourtant eu la maladresse de lui dire qu'elle était veuve, elle aussi, ce qui avait alimenté les espoirs de François.

Marie confia à Marguerite qu'il l'avait demandée en mariage.

— François est un bon parti ! répondit aussitôt Marguerite. Il n'est pas comme ces hommes qui n'attendent même pas que leur femme soit enterrée avant de se chercher une nouvelle épouse.

— C'est vrai qu'ils sont bien pressés de se marier, mais c'est souvent une question de survie. Les veuves cherchent désespérément un toit et les veufs, une femme pour s'occuper de leurs enfants. Même si ce sont des mariages de raison, certains arrivent à être heureux ensemble.

— Les enfants de François sont déjà bien établis. Il ne leur cherche pas une mère. Il t'aime sincèrement, j'en suis convaincue, conclut Marguerite qui voyait dans ce mariage la solution à la pauvreté de Marie.

Marie ne répondit pas. Si elle n'avait été amoureuse de Platon, elle aurait peut-être réfléchi à la proposition du tailleur de pierres. Mais elle était triste rien qu'à l'idée qu'elle pourrait le faire souffrir en s'unissant à un autre homme.

Marguerite était une grande romantique. Son mariage était heureux et toutes les histoires d'amour la passionnaient. Elle avait demandé à Jean de lui raconter mille fois l'histoire de cet homme qui avait accepté d'être bourreau afin de libérer de la prison une femme dont il était tombé amoureux. Elle raconta cette histoire à Marie :

— Une servante devait être pendue parce qu'elle avait volé des vêtements à son maître, mais comme il n'y avait pas de bourreau et que personne ne voulait remplir cette tâche, elle croupissait en prison en attendant qu'on puisse exécuter sa sentence. Or, un prisonnier, écroué en même temps qu'elle, en tomba éperdument amoureux. Il paraît même que le prisonnier payait le geôlier afin qu'il les laisse ensemble la nuit ! Toujours est-il que le prisonnier offrit de devenir le bourreau à la condition qu'il puisse épouser la belle et qu'elle soit libérée. Ce qui fut accepté. Tu te rends compte ! Cet homme, qui n'avait reçu qu'une petite sentence, a accepté d'être honni de tous pour le reste de ses jours, pour l'amour d'une femme, conclut Marguerite, les larmes aux yeux.

Les deux femmes entendirent les pas de Jean sur la galerie. À peine était-il entré qu'il fut happé par une fragrance boisée. Marie avait fait bouillir des bourgeons de pin et de sapin afin de purifier l'air de la maison. Elle espérait ainsi combattre le virus de la grippe qui avait cloué au lit des dizaines de personnes. Elle pensa à Pierre qui était assez mal en point lorsqu'il était venu la voir la veille. Elle lui avait recommandé de prendre un bain de pieds chaud à la moutarde et de boire une infusion de sassafras sucrée au miel. Elle avait remarqué l'air inquiet de son fils et l'avait questionné, mais il n'avait rien voulu lui dire.

Pierre avait une bonne raison d'être tourmenté. Un homme était venu à la tonnellerie et, lorsque Rosaire lui avait dit qu'il était orphelin et qu'il s'appelait Pierre Leroy, les yeux malicieux de l'étranger avaient brillé d'une lueur qui ne présageait rien de bon. Il avait attendu que tous les tonneliers aient quitté la boutique avant de s'y introduire. Après avoir dit à Pierre qu'il savait qui il était vraiment, il avait menacé de le dénoncer s'il ne lui donnait pas cent livres. Cent livres ! Une fortune !

Pendant que Marie se questionnait sur l'origine de l'inquiétude qu'elle avait perçue chez son fils, Marguerite demandait à Jean s'il y avait de nouvelles personnes écrouées.

— Oui, deux hommes ont été arrêtés par les archers. Ils ont été reconnus coupables de s'aimer.

— Oh! s'exclama Marguerite. Ce sont deux invertis[34]!

— Ils seront sans doute pendus, ajouta Jean.

Marguerite attendait, mais Jean restait silencieux. D'habitude, il n'était pas aussi avare de commentaires et Marguerite adorait connaître les détails de la vie des prisonniers et des procès, mais elle voyait bien que son mari était soucieux.

Il avait encore une mauvaise nouvelle à annoncer à Marie. Quelques heures plus tôt, il avait parlé de Talua avec un conseiller lorsque celui-ci lui avait appris qu'Antoine était bigame.

Jean ne pouvait cacher cette triste nouvelle à Marie sans avoir le sentiment de ne pas lui être loyal. Aussi, ne sachant comme s'y prendre, il la lui annonça sans détour.

Le sang de Marie ne fit qu'un tour.

— Bigame? questionna-t-elle.

— Mon doux Jésus! s'exclama Marguerite.

— Oui, avant de s'embarquer avec le régiment de Carignan, il avait épousé une femme, une certaine Catherine qui lui a donné deux fils. Mais il ne serait pas le seul à avoir abandonné femmes et enfants. Il y en a beaucoup qui seraient surpris de savoir que leur voisin est lui aussi bigame, ajouta aussitôt Jean afin de consoler Marie.

— Oui, le simple fait que l'on demande aux soldats de changer de nom les incite presque à faire une croix sur leur passé. Du moins, ça leur facilite les choses, renchérit Marguerite.

Jean était mal à l'aise. Il mangea rapidement afin de retourner travailler au plus vite. Il demanda à Marguerite si elle avait préparé le

---

34 Anciennement: homosexuels.

sac rempli de son qu'il devait amener à la prison et dont le bourreau se servait lorsqu'il devait mutiler des condamnés : le maître des hautes œuvres s'empressait de mettre le moignon dans le sac afin qu'il absorbe le sang qui jaillissait. Marguerite le lui remit et il s'en alla aussitôt.

Marie, qui était restée silencieuse durant tout le repas, se retira ensuite dans sa chambre. Elle n'arrivait pas à croire ce que Jean avait dit. Pourtant, à la lumière de cette information, certaines attitudes d'Antoine, qu'elle n'avait jamais réussi à s'expliquer, étaient maintenant compréhensibles. Lorsque leur fille Catherine était décédée, Antoine n'avait cessé de répéter, en sanglotant, que Dieu le punissait. Que d'avoir donné le nom de Catherine à leur fille était un défi lancé à Dieu et que Celui-ci l'avait puni de tant d'arrogance. Marie avait eu beau lui demander de s'expliquer, il pleurait sans retenue et répétait que son enfant était morte par sa faute. « Parce que j'ai trahi Catherine », disait-il. Marie n'y comprenait rien à l'époque. Aujourd'hui, tout s'éclairait puisque la femme qu'Antoine avait abandonnée en France s'appelait Catherine. Marie se souvenait qu'Antoine n'avait pas aimé l'idée que leur fille porte ce prénom. Elle avait tant insisté qu'il avait fini par céder. La mort de leur enfant avait été perçue par Antoine comme une punition divine parce qu'il était bigame.

Marie était lasse. « Je me suis mariée avec un homme que je connaissais à peine et j'ai vécu avec lui pendant près de quinze ans avec l'illusion d'avoir appris à le connaître. Je ne savais pas qui il était vraiment. »

La nuit suivante, elle ne réussit pas à trouver le sommeil. Des milliers d'hypothèses se bousculaient dans sa tête : « Et si Antoine n'avait pas vraiment abandonné sa femme mais avait été embarqué de force ? C'est bien possible. On m'a raconté que des soldats du régiment de Carignan avaient été entraînés par des recruteurs dans des cabarets et qu'ils avaient signé leur contrat alors qu'ils étaient saouls. Il ne m'en aurait jamais parlé parce qu'il tirait une certaine fierté d'avoir fait partie du régiment de Carignan. Ou peut-être a-t-il reçu une lettre de sa famille dans laquelle on lui a appris que sa femme était morte. Cela s'est déjà vu. Mais alors pourquoi ne m'a-t-il rien dit ? Comment vais-je apprendre cela à Pierre ? Comment lui dire qu'il a peut-être deux demi-frères qui vivent en Bourgogne ? »

Chapitre 37

Depuis qu'il vivait chez le cordonnier Journet, Julien était obsédé par une idée : il devait si bien préparer son plaidoyer auprès des membres du Conseil que ceux-ci décideraient, à l'unanimité, de commuer sa peine. Il dînait en compagnie du cordonnier et de sa famille lorsque l'un des fils Journet parla de la bibliothèque du séminaire et d'un prêtre, Césaire Fortin, surnommé le rat de bibliothèque parce qu'il y passait la majeure partie de son temps.

— Ce prêtre, expliqua le fils du cordonnier, est féru d'histoire et ne cesse de surprendre lorsqu'il raconte ce qui s'est passé à d'autres époques et en d'autres lieux.

Julien l'écoutait, vivement intéressé. Il eut alors une idée qu'il décida de concrétiser dès le lendemain. Levé à l'aube, il fit le pied de grue devant les portes du séminaire et lorsqu'il entendit qu'on les déverrouillait, il frappa aussitôt et demanda à rencontrer Césaire Fortin. Quand il fut devant lui, il lui expliqua qu'il ne savait pas lire, mais qu'il voulait en apprendre davantage sur la façon dont on traitait les hommes et les femmes adultères. Le rat de bibliothèque avait récemment surpris Monseigneur de Laval et le directeur du séminaire alors qu'ils parlaient de Julien. Compte tenu du crime qu'il avait commis, il avait été étonné de les entendre le louanger. Sachant que Julien était dans leurs bonnes grâces, il accepta de faire pour lui cette recherche et de lui lire les passages qu'il jugerait pertinents. Ils décidèrent de se rencontrer chaque jour après le repas du soir.

Julien était fort étonné que l'on puisse apprendre tant de choses dans les livres. Il avait toujours pensé qu'à part les livres de lois, ils étaient soit une perte de temps, soit des objets de perdition. Il se couchait à l'heure des poules et, avant de s'endormir, il se répétait mentalement tout ce qu'il avait appris avec Césaire. Il se remémorait aussi les textes de loi qu'il avait assimilés lorsqu'il travaillait à Ville-Marie. Il cherchait, avec une ardeur que le désespoir multipliait, tous les éléments qui lui permettraient de démontrer qu'il y avait eu des vices dans la procédure de son procès tenu à Ville-Marie.

Un jour, Césaire lui raconta qu'un homme avait tué l'amant de sa femme et avait emmuré celle-ci avec le cadavre. Le meurtrier venait, chaque jour, lui glisser un peu de nourriture par le vasistas. Il savourait ainsi quotidiennement sa vengeance. « Quelle bonne idée. Dommage que je n'y ai pas pensé plus tôt », s'était dit Julien lorsque Césaire lui avait lu cette histoire. Mais lorsqu'il imagina Anne emmurée, il constata avec étonnement que cette pensée l'attristait. En vivant chez le cordonnier, il avait sous les yeux l'image d'un couple qui, même s'il se querellait parfois, ne se privait pas de se montrer son attachement, autant par le regard que par des gestes tendres. Julien n'avait jamais rien vu de tel, ni dans son enfance ni plus tard, trop occupé qu'il était à travailler avec acharnement. Il se dit avec nostalgie qu'il aurait peut-être pu être heureux avec Anne s'il lui avait accordé autant d'importance qu'à sa réussite sociale. Il se demandait si, finalement, le plus important n'était pas d'être apprécié de ceux avec qui l'on vit avant de l'être par des étrangers. Le beau visage d'Anne s'imposa à son esprit. Il était à mille lieues d'imaginer dans quel état elle se trouvait à cet instant précis.

* * *

Alors que la majorité des habitants étaient, à cette heure, éreintés par la fatigue de leur journée de labeur, Anne, elle, venait à peine de se lever. Elle ramassa les couvertures étendues à même le sol ainsi que la cruche de vin qu'elle avait bue afin d'arriver à trouver le sommeil. « Bientôt, il fera si froid que je ne pourrai plus boire mon vin au réveil parce qu'il sera gelé », se disait-elle, fort angoissée à cette idée.

Elle jeta un coup d'œil autour d'elle. Sa chambre semblait bien isolée. Elle connaissait des habitants qui, parce que les murs de leur maison étaient troués par endroits, devaient, chaque hiver, s'armer de pelles et de balais dès le lever afin d'enlever la neige qui encombrait leur demeure. Leur pain était gelé sur la table et leurs nouveaux-nés mouraient de froid. Elle pensa aussi que bientôt il lui serait difficile de dormir par terre et cette perspective l'angoissa encore plus que l'idée du froid à venir. Depuis la mort d'Antoine, elle avait été incapable de dormir dans un lit, sauf à la prison où le lit n'avait justement pas l'apparence d'un lit et ne risquait donc pas de lui rappeler trop crûment la fin tragique de son amant. Seul le vin l'aidait désormais à trouver le sommeil. Un sommeil lourd, peuplé de cauchemars où souvent, Julien lui apparaissait, une arme à la main. Elle avait tenté de trouver refuge dans la foi, mais lorsqu'elle s'était rendue à l'église, elle avait entendu le curé mentionner qu'Anne Godeby avait été mise au ban de Ville-Marie. Elle ne se serait jamais présentée à l'office divin si elle avait su qu'une ordonnance avait été envoyée à tous les curés du pays afin que, à tous les premiers dimanches du mois, ils lisent la sentence dont elle était l'objet.

Anne s'aspergea le visage d'eau fraîche et s'approcha de la fenêtre, regardant d'un œil distrait le magnifique panorama qui s'offrait à ses yeux, sa chambre étant située dans les combles d'une maison de quatre étages. Après avoir rajusté ses vêtements — elle ne se déshabillait plus pour dormir —, elle descendit l'escalier menant au cabaret où elle travaillait depuis quelques semaines. Elle y trouva Ursule, son patron, qui nettoyait les tables en sifflotant. Avant même de le saluer, elle se dirigea derrière le comptoir, se versa un grand verre de vin et l'avala d'un coup. Son geste n'avait pas échappé à Ursule, mais il fit mine de n'avoir rien vu. Il savait qu'elle lui dérobait une grande quantité d'alcool. Il la laissait faire. Cette femme lui rapportait gros. Depuis qu'elle était à son service, de plus en plus d'hommes, éblouis par sa beauté, s'arrêtaient chez lui pour boire un coup.

Chapitre 38

En ce gris lundi matin de novembre, un huissier vint chez le cordonnier Journet afin d'avertir Julien qu'il devait se présenter à trois heures précises au salon du gouverneur où seraient réunis les membres du Conseil.

— Au salon? s'étonna Julien.

— Oui, depuis que Joseph-Antoine Le Febvre de La Barre est gouverneur, il exige que les séances du Conseil se tiennent dans son salon, au coin du feu. Les conseillers ont horreur de discuter d'affaires judiciaires parmi la marmaille du gouverneur qui court autour d'eux et les domestiques qui époussettent les lieux, mais La Barre aime faire les choses à la bonne franquette.

Julien était dans tous ses états. Sa destinée allait se jouer cet après-midi-là. Il ne fallait pas qu'il échoue dans sa plaidoirie. Extrêmement nerveux, il fut incapable de dîner. Il marchait de long en large dans la demeure du cordonnier, énervant tout le monde avec sa nervosité, répétant tout haut ce qu'il devait dire aux conseillers. La sueur perlait à son front et il fut pris de diarrhée.

L'heure venue, il réussit tout de même à se rendre chez le gouverneur. Lorsque, les jambes flageolantes et le cœur galopant, il frappa à la porte de cette somptueuse résidence, il se demanda s'il parviendrait à parler de façon cohérente. Un domestique le conduisit au salon. La Barre était assis près du feu, fumant la pipe, fixant du regard les flammes qui léchaient les pierres de l'âtre en dansant. Julien, ne sachant quelle posture adopter, s'agenouilla devant lui mais le gouverneur ne daigna pas le saluer, car au même moment le grand vicaire Louis Ango Des Maizerets faisait son entrée. Il remplaçait

Monseigneur de Laval qui était malade ce jour-là. Il partageait tant de convictions avec l'évêque que celui-ci lui avait confié que, lorsqu'il le remplaçait, c'était comme si lui-même y était.

Le grand vicaire et le gouverneur discutaient ensemble, indifférents à la présence de Julien qui avait le sentiment d'être invisible. Son malaise atteignit son paroxysme lorsque, l'un après l'autre, les conseillers, tout de noir vêtus et portant une longue perruque blanche et bouclée, arrivèrent et prirent place autour du feu, indifférents à la position humiliante de Julien qui était toujours agenouillé, implorant tous les saints du ciel de venir à sa rescousse. Il se sentit soudain au bord de l'évanouissement. Un long sifflement emplit ses oreilles, assourdissant le bruit des conversations que tenaient les conseillers entre eux. Il eut la nausée. Un jeune enfant vint se placer devant lui et lui fit une grimace. Il avait la gorge sèche, mais il n'osait demander de l'eau. Terrifié, il essayait de se donner une contenance et de se concentrer sur ce qu'il devait dire. Hélas ! il ne se souvenait de rien.

Le premier conseiller, Louis Rouer de Villeray, se leva enfin et nomma à tour de rôle tous les conseillers présents pendant que le greffier, chargé de faire le procès-verbal de la réunion, inscrivait leur nom. Villeray désigna d'abord l'ami de son très grand ami l'évêque de Québec pour qui il avait une admiration incommensurable : « Monsieur le Grand Vicaire Des Maizerets », dit-il en faisant une courbette et un sourire des plus avenants. « Monsieur le gouverneur de La Barre », continua Villeray, en prenant bien soin de faire une courbette un tantinet moins prononcée que la première afin de ne pas créer de conflits. Villeray était concentré sur ses gestes et mimiques, car il ne voulait pas provoquer de guerres de préséance comme il y en avait tant dans la colonie. « Monsieur l'intendant Jacques Demeulle et monsieur le procureur général François Magdeleine Ruette d'Auteuil ! » s'exclama Villeray, visiblement heureux qu'ils soient les derniers à saluer avec circonspection. Ce cérémonial lui portait sur les nerfs à cause de l'attention vigilante qu'il imposait et des réactions agressives qu'il pouvait susciter.

Villeray poussa un soupir de soulagement. Il pouvait se détendre, car personne ne semblait offusqué. Sa respiration reprit un rythme normal et tous les muscles de son visage se décontractèrent. On aurait dit qu'il venait subitement de rajeunir de dix ans ! Rapidement, il nomma les quatre autres conseillers : monsieur Charles Legardeur de Tilly, monsieur Mathieu Damours de Chauffours, monsieur Jean-Baptiste Depeiras, monsieur Charles Denys de Vitré.

Louis de Villeray invita Julien à prêter serment et à prendre la parole. Julien était si nerveux et si impressionné par la présence de tous ces dignitaires qu'il ne songea même pas à se lever et un flot de paroles déferla de sa bouche. Il se sentait étranger à lui-même et il avait l'étonnante impression qu'un autre parlait à sa place. Il était cependant soulagé de constater que, malgré la forte angoisse qui accompagnait ce sentiment d'étrangeté, il avait retrouvé la mémoire qu'il croyait perdue.

— Monsieur le grand vicaire, monsieur le gouverneur, monsieur l'intendant, messieurs les conseillers, commença-t-il d'une voix chevrotante, je vais aujourd'hui, pour ma défense, vous révéler tous les vices dans la procédure de mon procès tenu à Ville-Marie. Compte tenu de tous ces vices, vous comprendrez que j'ai été mal jugé. Ces vices sont au nombre de quatre. Premièrement, selon l'article IX du titre XXV de la Grande Ordonnance criminelle, les magistrats doivent rendre leur jugement le matin, car il est écrit que c'est à ce moment de la journée qu'ils ont, et je cite, « l'esprit libre et le corps moins chargé de vin et de viande, et ils sont plus propres à délibérer sur la condamnation ou la punition des criminels ». Or, j'ai été jugé l'après-midi.

Julien parlait vite. Il avait beaucoup à dire et il craignait d'oublier tout ce qu'il avait appris ou, pire encore, d'être interrompu et muselé.

— Deuxièmement, avant de me confronter à Anne, le juge aurait dû demander au greffier de me lire les premiers articles de sa déposition et vérifier si j'étais d'accord avec ce qu'elle avait dit. Cela n'a pas été fait.

— Troisièmement, et cela est fort important, le juge n'a pas tenu compte de l'article XVII du titre XXV de la Grande Ordonnance. Car si cela s'était avéré, il aurait donné une sentence proportionnée à la qualité de la victime. Or, j'ai été condamné à être pendu comme si la victime était de qualité. Peut-on qualifier Antoine Roy dit Desjardins d'homme de qualité ? Cet homme a été écroué parce qu'il n'avait pas payé ses dettes à Michel Lecourt, un homme de bien, dont le fils est un récollet, ajouta-t-il en regardant le grand vicaire. Et puis il était bigame : vous-mêmes pouvez donner une sentence de mort à cause de la bigamie.

« Un peu plus et il attendrait qu'on le remercie de s'être chargé lui-même de le tuer », pensa un conseiller.

De plus en plus sûr de lui, Julien continua :

— Au lieu de payer Lecourt et ses autres créanciers, il a couvert de cadeaux ma femme afin de la séduire. Il lui achetait des blouses si indécentes que j'ai interdit à Anne de les porter. Elle ne m'a pas écouté, se promenant dans les rues avec cet homme qui salissait son honneur et le mien. Desjardins était un homme de peu d'honneur qui avait abandonné sa femme et son fils. C'était un fainéant qui n'a presque pas défriché la terre qui lui a été concédée il y a plus de quinze ans. Ah ! si pareil cadeau m'avait été donné, je l'aurais fait prospérer. Les soldats du régiment de Carignan ont eu bien de la chance. Certains ont été reconnaissants, mais d'autres, comme Desjardins, ont été trop paresseux pour travailler à la colonisation de ce si beau pays. Desjardins n'allait pas souvent à l'église. Je le sais puisqu'il logeait chez moi. Il n'avait même pas fait ses Pâques. Roy Desjardins était un hérétique ! hurla-t-il soudain, rouge de colère.

— Calmez-vous, lui dit un conseiller, ébranlé par la souffrance qu'avait dû endurer cet homme.

Il s'imaginait, lui, trouvant sa femme au lit avec un autre homme. Il ne donnerait pas cher de sa peau.

— J'ai appris aussi que, dans la province anglaise du Massachusetts, les personnes adultères sont condamnées à mort et que, en France, les hommes adultères sont brûlés vifs. Ici, en Nouvelle-France, comme vous le savez, des hommes infidèles ont été bannis, condamnés aux galères ou pendus. L'un d'eux a été condamné à la peine de mort parce qu'il avait couché avec la fille de son maître. Dans tous les cas, leurs biens ont été confisqués.

Évidemment, Julien omit de dire que l'assassin payait souvent une compensation aux proches de la victime. Il avait grimacé lorsque le prêtre du séminaire le lui avait rappelé, remontant même jusqu'aux Grecs où, avait-il dit, il était écrit noir sur blanc que les assassins payaient à la famille le prix du sang versé. Ce qui représentait souvent une jolie somme.

— Et quel est le quatrième vice procédurier? demanda le gouverneur La Barre qui, réputé pour sa grande impatience, estimait le plaidoyer de Julien fort long.

— Quatrièmement, le bailli Migeon de Branssat avait beaucoup d'estime pour Antoine. On dit qu'ils étaient amis. A-t-on déjà vu un homme de loi fréquenter un repris de justice, demanda-t-il sur un ton plus affirmatif qu'interrogatif. Peut-on dire que le bailli pouvait être impartial?

Certains conseillers s'exclamèrent. Un bailli qui se lie d'amitié avec un roturier! Encouragé par leur attitude, Julien se sentait de plus en plus calme. D'une voix posée, il ajouta:

— Le juge n'était peut-être pas plus impartial. Mon grand ami, Michel Lecourt, à qui Desjardins devait de l'argent, a été poursuivi en justice par le greffier Maugue parce qu'il l'avait traité « de fripon et de canaille ». Maugue a certainement influencé le juge Gervaise, ils ont été ensemble tout le temps qu'a duré le procès. Et puis, il n'y a pas que les vices dans la procédure! J'ai été très injustement jugé. J'ai avoué avoir tué Antoine Roy dit Desjardins, mais je l'ai fait pour me défendre. Si je ne l'avais pas tué, je serais mort aujourd'hui. Hélas, les juges de Ville-Marie n'ont pas cru à ma légitime défense. Si vous me condamnez à la potence, cela signifie que vous croyez que c'est Anne qui dit vrai lorsqu'elle affirme que l'arme d'Antoine n'était pas près de lui, ce fatidique matin du 10 juillet. J'ai confiance que vous ne pouvez accorder plus de crédit à une femme de mauvaise vie plutôt qu'à la parole d'un homme comme moi qui toute sa vie a été honnête. Et pieux, ajouta-t-il en regardant intensément Des Maizerets. Grâce aux prêtres qui m'ont si généreusement ouvert les portes de leur séminaire et de leur bibliothèque, j'ai appris, de la bouche de l'un d'eux, que les auteurs du *Malleus maleficarum*, deux hommes d'Église, précisa Julien en jetant encore une fois un coup d'œil à Des Maizerets, ont écrit que les sorcières peuvent ensorceler les liquides de l'homme afin qu'ils ne puissent donner la vie à un chrétien. Ce qui expliquerait pourquoi je n'ai pas eu d'enfants, car mes yeux se sont enfin dessillés (il appuya sur ce mot qu'il était fier d'avoir appris récemment lors de ses rencontres avec le rat de bibliothèque). Je vois bien maintenant que ma femme Anne était une sorcière puisque, le matin du meurtre, un archer a trouvé dans notre cuisine un livre de sorcellerie. Nous n'avons pas brûlé, ici en Nouvelle-France, les sorcières comme on l'a fait si souvent en Europe, mais je suis maintenant convaincu que nous avons eu tort d'être si tolérants. Ce sont des hommes comme moi qui paient chèrement le prix de cette tolérance, victimes que nous sommes des mauvais sorts des maudites sorcières. Et nous sommes nombreux, car comme il est écrit dans le *Malleus*, « Dieu permet davantage de choses contre cet acte — vous savez de quel acte je parle, crut bon de préciser Julien — parce que cet acte est le premier péché. »

Tous les membres du Conseil étaient consternés. Ils ne s'étaient pas attendus à une telle harangue. Encouragé par leurs silences, qu'il interprétait positivement, Julien continua de plus belle :

— Dans toute cette affaire, c'est moi la véritable victime ! J'ai perdu mon honneur et le plaisir que j'avais de servir les gens d'Église et les hommes de loi.

Sa voix se brisa. Il avait réellement beaucoup de difficulté à assumer cette perte. Tous les efforts qu'il avait faits pour s'élever dans la hiérarchie sociale étaient anéantis. Il continua quand même, réprimant ses sanglots :

— Depuis ce 10 juillet, je me sens lésé. D'autres que moi auraient fait bien pire. Dans ma juste douleur, j'aurais pu tuer aussi ma femme. Dans la Rome antique, en cas d'adultère, la femme pouvait être tuée sur-le-champ, et ce, en toute impunité. L'époux éploré pouvait même la tuer si elle avait bu du vin. Quand j'ai appris cela, j'ai songé combien j'étais triste de voir Antoine et Anne, buvant ensemble si souvent du vin, riant et parlant tout bas, le grimoire de sorcières près d'eux, complotant sans doute pour me tuer. Vous savez bien que Louis XIV, dans sa Grande Ordonnance criminelle, a dit que l'adultère est le plus funeste des crimes à cause de l'injure faite au mari. Messieurs les conseillers, conclut Julien d'un ton suppliant, c'est moi qui, dans toute cette affaire, suis la véritable victime.

Julien savait que, même s'il était gracié, il ne pourrait jamais trouver une place au sein de la bourgeoisie. Il songeait à s'évader et il avait conçu un plan. Aussi ajouta-t-il :

— Je vous demande très humblement la permission de me rendre à Lachine afin de régler mes affaires. Je veux voir comment Pierre Gauthier gère mes biens. Je veux aussi voir dans quel état est ma maison afin de m'assurer qu'on ne la laisse pas dépérir. Il ne faudrait pas qu'elle devienne une cachette pour les Iroquois !

C'était là un argument de poids. Après une paix relative, les Iroquois semblaient déterminés à attaquer de plus en plus souvent.

Le gouverneur, qui manifestait des signes d'impatience depuis déjà longtemps, se leva et, s'adressant à Julien, décréta que les conseillers allaient bientôt lui faire part de leur décision.

Quand il fut parti, le gouverneur exhorta les conseillers de ne pas oublier que Julien était un homme de bien et qu'il avait une bonne réputation. Il ajouta :

— La sentence de mort m'apparaît sévère compte tenu qu'il a sans doute agi sur le coup de la colère qui, elle, était causée par une juste douleur. De plus, il s'est confessé volontairement d'avoir tué un homme qui ne semble pas être un homme de qualité. Réfléchissez à cela, messieurs les conseillers, et nous en reparlerons lors de notre prochaine réunion.

Chapitre 39

Quelques jours après avoir entendu Talua, l'évêque, l'intendant, le gouverneur et les conseillers reçurent la visite de deux sulpiciens venus exprès de Montréal afin de plaider la cause de leur employé. Ils expliquèrent qu'ils voulaient offrir à Julien l'asile religieux, une pratique assez fréquente en France où il y avait passablement d'évadés de justice dans les monastères. Les sulpiciens avaient cependant besoin de la coopération des membres du Conseil. Ils demandèrent de permettre à Julien de se rendre à Montréal et de l'oublier ensuite. Rien de moins.

La rumeur courait que l'évêque et le grand vicaire avaient accepté la demande des sulpiciens. Ce qui n'avait guère étonné les autres conseillers, car ils savaient à quel point ils abhorraient l'adultère. Aux yeux des hommes d'Église, c'était le plus grave des péchés.

La puissance politique de l'évêque était connue dans toute la colonie et beaucoup s'en offusquaient. Peu osaient le dire à voix haute, cependant mère Marie de l'Incarnation avait eu ce courage. Elle avait même écrit, en 1663, que, en définitive, c'était l'évêque qui était le chef du Conseil souverain, puisque c'était lui qui avait nommé non seulement le gouverneur, mais aussi tous les conseillers. Plusieurs d'entre eux étaient encore en poste et ils y tenaient. Même s'ils n'étaient pas grassement payés, les membres du Conseil souverain appréciaient infiniment l'immense prestige que leur conférait leur titre. Peu de fonctions étaient aussi enviables et ils en tiraient de nombreux avantages. À l'église, chaque conseiller avait l'un des meilleurs bancs et était parmi les premiers à recevoir le pain béni. Parfois totalement anonymes dans la foule avant leur nomination, ils devenaient ensuite des hommes à la fois craints et respectés. Ils savaient aussi qu'ils pouvaient abuser de leur pouvoir en toute impunité. Récemment, les frères Pelletier avaient été emprisonnés pour « insolence » simplement parce qu'ils avaient dit qu'un conseiller avait vendu une grande quantité d'eau-de-vie aux Indiens et qu'il n'avait pas été, comme eux, arrêté. Des conseillers avaient même remarqué que bon nombre de femmes les regardaient avec un œil lubrique lorsqu'ils portaient, lors des cérémonies officielles, la longue robe rouge. Ils constataient que le pouvoir était aphrodisiaque et certains ne se privaient pas des rendez-vous galants qui en résultaient. Bref, leur poste leur attirait mille occasions qui flattaient autant leurs sens que leur vanité.

Un seul conseiller n'avait pas été visité. Les sulpiciens savaient d'avance qu'il s'opposerait avec vigueur à leur offre. Il s'opposait d'ailleurs si souvent aux décisions du Conseil et au pouvoir religieux qu'il avait été surnommé, par les autres conseillers « Monsieur le dissident ». Récemment encore, il s'était objecté quand on avait puni un habitant parce qu'il avait eu l'audace de demander au seigneur de ne plus passer sur ses terres : « Il brise ma moisson en galopant à travers mes champs de blé », avait-il très légitimement expliqué. Offusqué, le seigneur avait ordonné que le pauvre habitant soit assis sur un cheval de bois avec des poids de cent vingt livres aux pieds. Le pauvre homme avait été démembré. Le dissident était furieux que ce traitement ait été cautionné par le Conseil. Il abhorrait les abus de pouvoir et les faveurs qu'obtenaient si facilement les riches, les nobles ou les bourgeois.

Puisqu'il ne jugeait pas les gens à l'aune de leur position sociale, Antoine Roy dit Desjardins n'avait pas, à ses yeux, moins de valeur que Julien Talua. D'ailleurs, la veille, le portraitiste Joseph Santerre, chez qui il s'était rendu afin qu'il fasse un portrait de toute sa famille, lui avait fait l'éloge d'Antoine. L'artiste, après l'avoir interrogé sur les causes que le Conseil entendait, s'était exclamé :

— Antoine Roy dit Desjardins ! C'était un de mes amis. Je suis arrivé avec lui en Nouvelle-France, le 19 juin 1665. J'étais moi aussi un soldat du régiment de Carignan! avait dit Joseph avec une fierté évidente, avant d'ajouter : Antoine était un de nos meilleurs tonneliers! Venez.

Le portraitiste avait entraîné le conseiller dans la voûte cintrée qui jouxtait son atelier. Montrant du doigt des dizaines de tonneaux, il y en avait beaucoup car le portraitiste tenait aussi pension et sa femme servait, chaque jour, plusieurs repas généreusement arrosés, il s'était écrié :

— Regardez tous ces tonneaux! C'est-ti pas de la belle ouvrage, ça. En tuant Desjardins, Talua nous a privés d'un artiste! rien de moins. Allez, buvons un verre à la paix de son âme.

Pendant que Joseph parlait avec beaucoup d'affection de son ami décédé, les deux hommes avaient levé le coude plus souvent qu'il n'eût été nécessaire à l'élévation de l'âme d'Antoine.

— Ah! je me souviens quand nous sommes débarqués du *Vieux Siméon*. Sur le quai de cette Neuve-France, la foule était en liesse. Les femmes nous regardaient avec admiration, les hommes avec soulagement. Imaginez! nous avions des fusils de platine et beaucoup pensaient qu'avec une telle arme, les Iroquois tomberaient comme des mouches!

— Vous étiez perçus comme des libérateurs aux yeux du peuple. Tous étaient convaincus que les soldats de Carignan allaient enfin les libérer de la crainte constante de voir surgir des Iroquois. Se lever chaque matin avec, au ventre, la peur d'être enlevé, décapité ou scalpé, fait pâlir le bonheur et mine l'énergie bien plus que la plus dure des ouvrages. Les colons n'osaient plus aller travailler dans leurs champs et s'exposaient ainsi à la famine.

Joseph avait rougi d'orgueil. Ainsi encouragé, il avait continué de plus belle :

— Nous n'avons pas chômé. Dès juillet, nous avons construit des embarcations dont nous avions besoin pour aller construire des forts

aux endroits les plus stratégiques de ce pays. Après, Tracy nous a ré-
partis en trois postes : Québec, Ville-Marie et Trois-Rivières. J'ai été
cantonné à Trois-Rivières. Antoine aussi.

— Vous étiez nombreux à faire partie du régiment !

— Nous étions presque mille trois cents soldats. Ça impression-
nait les Iroquois, ça m'sieur ! À un point tel que quatorze canots remplis d'Indiens sont venus négocier la paix. Mais il en restait encore
qui résistaient : les Agniers. C'est lorsque nous les combattions
qu'Antoine m'a sauvé la vie. Car Antoine et moi nous étions portés
volontaires pour aller combattre les Iroquois sur leur propre terrain.
Imaginez ! Nous sommes partis le 9 janvier, au plus dur de l'hiver !

Le dissident l'avait écouté, abasourdi. L'homme dont le portraitiste parlait ne ressemblait guère au fainéant qu'on lui avait décrit depuis le début de ce procès.

Le faiseur de portraits, que l'alcool rendait volubile, avait ajouté :

— Nous étions trois cents soldats. Nous avions peine à marcher.
Certains d'entre nous ont chaussé des raquettes, mais comme c'était
la première fois qu'on en mettait, elles étaient de véritables entraves.
Ah ! ce ne fut pas une expédition facile, ça non m'sieur ! Nous portions de lourdes charges sur notre dos ! Trente livres de biscuits, sans
compter les couvertures et autres nécessités. Nous étions mal équipés.
Nous n'avions même pas une paire de bas de rechange. Ceux qui n'arrivaient pas à marcher avec des raquettes s'enfonçaient dans la neige
jusqu'à la ceinture ! Nous étions affaiblis parce que nous avons
manqué de nourriture.

— Si ceux qui dirigeaient le régiment avaient écouté les colons, jamais ils n'auraient entraîné les soldats à faire campagne en plein hiver,
par un froid à pierre fendre, avait rétorqué le dissident.

— Je me souviens à quel point Antoine était résistant ! Moi, j'étais
si épuisé que je n'avais plus la force d'avancer. J'étais transi de froid
et, étendu dans la neige, j'attendais la mort comme une délivrance. Des
hommes passaient près de moi sans s'arrêter. Ils étaient eux-mêmes en

fort piteux état. Antoine, lui, s'est arrêté. Il avait le nez et les joues blanchis par le froid. Il m'a porté sur son dos même si je ralentissais sa marche. Il me disait qu'il n'y avait pas de danger de se perdre, qu'il suffisait de se guider au son du tambour. Il me parlait tout le temps, il savait que si je m'endormais, jamais je ne me réveillerais. Je l'entendais respirer difficilement et je m'accrochais au rythme de sa respiration. Nous avons perdu de vue les autres soldats pendant un bon moment, mais jamais Antoine ne m'a abandonné. Je lui dois la vie.

Le dissident n'en revenait pas. Antoine serait-il cet homme généreux, qui avait beaucoup de cœur et de courage, dont Joseph lui parlait ?

— Nous nous sommes reposés au fort Sainte-Thérèse avant de repartir, le 30 janvier. C'est durant cette période que nous nous sommes égarés. Nous avons rencontré des Iroquois qui ont tué un officier et dix hommes. Après nous être battus, nous pensions être arrivés à un village agnier alors qu'en réalité nous étions à Corlaer, un établissement hollandais ! Un commandant hollandais nous a appris que la majorité des Iroquois avaient quitté leurs villages parce qu'ils étaient partis faire la guerre à une tribu appelée les « faiseurs de porcelaine ». Nous sommes revenus sur nos pas. Nous avons encore été attaqués par d'autres Iroquois. Nous sommes finalement arrivés à Québec le 8 mars. Soixante d'entre nous étaient morts de froid et de faim. Nous avons continué la guerre durant l'été. Ça n'a pas été facile. Les Iroquois avaient une façon de combattre qui les avantageait. Au lieu d'avancer en rang et de s'exposer aux tirs de nos fusils, ils se cachaient dans les entrailles de la terre et surgissaient au moment où nous nous y attendions le moins.

Par respect pour la mémoire d'Antoine, il avait omis de mentionner qu'Antoine n'avait jamais été capable de tirer sur un Iroquois. La seule idée de devoir tuer froidement un homme le paralysait. Cela lui avait d'ailleurs attiré les railleries d'autres soldats qui le traitaient de « peureu sans couilles ».

Le portraitiste avait rempli encore leurs verres et continué :

— L'automne suivant, je n'étais plus dans la même compagnie qu'Antoine. J'en ai eu bien de la peine : puisqu'il m'avait sauvé une fois, je me sentais plus en sécurité lorsqu'il était là. En plus, il n'était jamais fatigué, même s'il travaillait comme deux.

Le conseiller avait demandé, estomaqué :

— Mais, parlez-vous bien d'Antoine Roy dit Desjardins ? L'époux de Marie Major ? Le tonnelier de Batiscan qui a été assassiné l'été dernier ?

— Mais oui ! Qui voulez-vous que ce soit d'autre !

— Cet homme était courageux, dites-vous ?

— Je n'en ai pas connu de plus courageux. Sauf peut-être…

Le portraitiste avait hésité. Il avait promis à Antoine de ne jamais révéler son secret. Mais puisqu'il était mort, est-ce que cette promesse comptait encore ?

Le conseiller, voyant qu'il hésitait, avait ajouté :

— Allez, je ne dirai à personne ce que vous allez me révéler.

L'insistance du dissident, mais surtout l'alcool, avait brisé les résistances du portraitiste.

— Antoine a été embarqué de force pour venir ici ! Il était saoul quand un recruteur a ordonné à deux marins de le mettre sur *Le Vieux Siméon*, le 19 avril 1665. Lorsque Antoine a dégrisé, il était en pleine mer. Mais ce n'est pas tout ! Antoine n'avait peur ni des Iroquois, ni du froid, ni de rien de ce qui fait habituellement peur aux gens, mais quand il était sur l'eau, il avait une chienne incroyable et, en plus, il n'avait pas le pied marin et était constamment malade. La traversée a été pour lui un calvaire ! Il était terrorisé et j'ai essayé de le calmer du mieux que j'ai pu. Il m'a dit que n'eût été de ma présence, il se serait jeté à l'eau et qu'il me devait la vie. Il n'a jamais été ingrat par la suite, ça non ! Sa peur de l'eau était si grande que, lorsqu'il a mis les pieds sur la terre ferme, il s'est juré qu'il allait y rester. C'est ce qu'il a fait.

* * *

Lorsque tous les conseillers furent réunis afin de parler de l'affaire Talua et que le gouverneur demanda s'il s'en trouvait parmi les conseillers qui s'opposaient à ce qu'on donne à Julien la permission de se rendre à Montréal, personne ne fut surpris de voir Monsieur le dissident se lever d'un bond et s'écrier :

— Voyons messieurs, ça ne s'est jamais vu ! Laisser un meurtrier se rendre dans une autre ville et ne tenir son procès que quelques mois plus tard ! Aussi bien dire que nous l'aidons à s'évader.

Les autres conseillers gardèrent les yeux baissés, soudainement fascinés par les formes créées par les nœuds du bois de la table.

— D'ailleurs, qui nous dit que le Antoine qu'a décrit Julien afin de démontrer qu'il n'était pas un homme de qualité est le vrai Antoine ? J'ai de bonnes raisons de penser que ce n'est pas du tout le cas.

Le dissident commença à leur raconter ce que lui avait dit le portraitiste.

Au bout de quelques minutes, les conseillers en avaient déjà assez d'entendre l'éloge de Desjardins. Ils ne voulaient pas se mettre à dos ni les sulpiciens, ni Monseigneur de Laval, ni le grand vicaire Des Maizerets qui avaient décidé, d'un commun accord, de protéger Julien. Le gouverneur coupa la parole du dissident et décréta qu'il était temps de passer au vote secret afin de clore cette affaire au plus vite. Renommé pour être expéditif, il estimait avoir perdu trop de temps dans ce procès. Seul le dissident vota contre la permission que les autres voulaient accorder à Julien. Quand il constata les résultats du vote, il se leva si brusquement que son épée demeura coincée dans une fente du plancher. Il la tira avec rage, ce qui en fit frémir plusieurs qui appréhendèrent un geste d'éclat, et s'exclama :

— J'écrirai au roi et à son ministre pour me plaindre de la façon dont on fait la justice ici !

Sans saluer personne, il sortit du salon en faisant claquer ses talons dont l'écho résonna de longues minutes.

— S'il savait tout ce que nous permettons à Talua ! ricana un conseiller.

Ils dirent au greffier d'écrire dans le procès-verbal que le Conseil autorisait Julien à se rendre à Lachine, mais qu'il devait se présenter devant le Conseil le 8 mars 1685.

— Ainsi, personne ne pourra soupçonner que nous le laissons filer délibérément, précisa un conseiller.

Le greffier s'exécuta aussitôt. Il savait qu'il falsifiait la vérité et qu'il se rendait complice d'une injustice, mais il fit taire la voix de sa conscience en se disant qu'il ne faisait qu'obéir aux ordres et que, conséquemment, il n'avait aucune responsabilité dans cette affaire. Son comportement n'avait rien d'exceptionnel. La nature humaine est ainsi faite qu'un homme peut même en faire souffrir un autre sans ménagement ni remords si une figure d'autorité le lui demande.

Les conseillers trinquèrent gaiement. Quelques minutes plus tard, l'un d'eux se présenta chez le cordonnier Journet afin d'informer Julien de leur décision. Julien accepta avec joie l'asile religieux offert par les sulpiciens. Il remercia chaleureusement le conseiller. Il jubilait. Il n'avait pas vraiment cru que le Conseil souverain lui ferait une telle faveur.

Chapitre 40

Julien n'avait pas l'intention de rester enfermé chez les sulpiciens jusqu'à la fin de ses jours. Il avait projeté de s'enfuir en France et de faire un pèlerinage à Compostelle afin de calmer la peur des feux de l'enfer qui, depuis des semaines, ne lui laissait aucun répit. Il songea à tous les moyens qu'il pourrait prendre afin d'obtenir la protection divine et se demanda s'il pourrait trouver, aussitôt arrivé en France, un quêteur de pardon professionnel, une de ces personnes qui se font payer pour prier Dieu. En attendant, il se rendit immédiatement chez le portraitiste et lui expliqua qu'il voulait un *ex-voto*.

— Ah! s'écria le portraitiste, vous venez d'échapper à un grand danger et vous voulez remercier Dieu ou l'un de ses saints?

— Oui, mais je veux surtout être protégé lors d'un voyage que j'aurai bientôt à faire et je veux d'avance remercier le Ciel de m'accorder sa protection.

— Ce n'est pas habituel. D'habitude, on remercie après. Au lieu d'un *ex-voto*, je peux vous faire un portrait de recommandation. Je vous dessinerai à genoux, remerciant Dieu d'avoir échappé à la mort. Mais, dites-moi, faites-vous ce voyage à cheval ou à pied, car, en ce domaine, il faut être précis pour obtenir les faveurs souhaitées?

Julien hésitait. Il ne pouvait dire à cet homme qu'il craignait la traversée le menant en France. Même si le portraitiste ne le connaissait pas, il pourrait un jour se souvenir de sa visite. Les nouvelles couraient si vite. Son évasion pourrait être compromise. Il pensa faire dessiner un chemin. «Il n'est pas nécessaire non plus de dire qu'il s'agit de Compostelle, pensa-t-il, car si je suis protégé sur ce chemin c'est que je me serai rendu sain et sauf jusqu'en France.»

— Dessinez une route, simplement, ordonna-t-il d'un ton plutôt sec.

Le portraitiste voyait déjà la scène : un homme à genoux devant une route éclairée par les rayons divins. Julien demanda que ce tableau soit fait au plus vite parce qu'il voulait qu'il soit accroché au mur du séminaire des sulpiciens à Ville-Marie et il désirait quitter Québec le plus tôt possible. Il croyait que ce portrait lui porterait chance et qu'il le mettrait dans les bonnes grâces des sulpiciens à qui il voulait demander une autre grande faveur.

Il lui restait maintenant à aller voir l'écrivailleuse afin qu'elle complète le blanc-seing dont il aurait besoin pour mettre son plan à exécution. Ce blanc-seing lui avait été donné par un noble de Ville-Marie qui avait commis un crime dont Julien avait été témoin. Il avait acheté le silence de Julien avec une forte somme d'argent et lui avait remis ce document dans lequel rien n'était écrit, mais qui portait le sceau du roi de France. Quand l'homme lui avait remis ce document, Julien était à mille lieues d'imaginer qu'un jour il lui serait aussi utile, car, pour faire un pèlerinage à Compostelle, il avait besoin de l'autorisation du roi. Étant donné qu'il serait bientôt un fugitif, il aurait été pour le moins téméraire de se présenter à la cour de Louis XIV pour l'obtenir.

Lorsqu'il fut devant Marie, celle-ci l'observa avec amusement. Les glaçons pendus à sa moustache lui donnaient un aspect comique qui contrastait avec l'austérité de son visage. Agacé par le sourire énigmatique de Marie, il lui tendit le blanc-seing et dit, d'un ton autoritaire :

— Écrivez ceci : J'autorise cet homme à faire un pèlerinage afin de sauver son âme et celle de ses proches.

Marie reconnut la signature du roi. « Comment diable a-t-il pu avoir un blanc-seing ? » se demanda-t-elle. Sans réfléchir plus longuement, elle écrivit : « Cet homme est un meurtrier et un fugitif. Méfiez-vous de lui. Il a tué Antoine Roy dit Desjardins en Nouvelle-France, le 10 juillet 1684. »

Même si Julien ne savait pas lire, Marie s'empressa de plier la lettre et, d'un geste nerveux, elle s'empara de la cire rouge d'Espagne que Jean avait placée sur le secrétaire. De grosses gouttes de cire tombèrent lourdement sur le papier. Marie souffla sur la cire chaude afin de cacheter la lettre au plus vite.

— Comme ça, pas un seul mauvais plaisantin ne pourra y ajouter quoi que ce soit, dit-elle à Julien en souriant.

Encore une fois, le tremblement de ses mains n'échappa pas à Julien. « Cette femme est bien nerveuse », se dit-il. Il la remercia chaleureusement et la gratifia même de deux sols supplémentaires. Il la quitta le sourire aux lèvres. Il marcha d'un pas alerte jusqu'à la basse-ville afin d'y rencontrer un homme, un dénommé Morin, qui faisait le trajet de Québec à Lachine par la voie du fleuve en traîneau à chiens. Le fleuve étant suffisamment gelé, Morin accepta de l'y conduire dès le lendemain.

L'air était frais. Julien respira profondément. Il se sentit de nouveau dans la mouvance de la vie et en fut tout ragaillardi.

* * *

Un peu plus loin, Anne, désœuvrée, marchait dans la basse-ville, ne sachant où aller. Ursule l'avait mise à la porte parce qu'elle buvait de plus en plus et se présentait au travail, quand elle se présentait, dans un état pitoyable.

Anne ne voulait pas retourner chez Marie-Josephte. Cette femme ne lui avait manifesté que de la pitié mêlée d'un mépris qu'elle n'avait pas su dissimuler. « Il vaut cent fois mieux être comprise que d'inspirer la pitié », s'était dit Anne. « Mais être vraiment comprise est plutôt rare ! »

— Hé la femme, psst !

Anne sursauta. Derrière elle se tenait un homme dont le chapeau au large rebord masquait les traits du visage. Portant une grande besace, il s'approcha d'Anne et lui fit un sourire que le scorbut avait édenté à jamais. Le vin donnait du courage à Anne. Temporairement cependant. L'ivresse anéantissait certes sa peur, mais elle ressuscitait aussitôt que les vapeurs de l'alcool s'évanouissaient. Anne salua hardiment le vagabond qui, sans même se présenter, sortit aussitôt de son sac quantité de vêtements.

— Iriez-vous chez le marchand me vendre ces vêtements ? Je vous donnerai une partie du profit. Je vous attendrai dans la cahute en retrait de la ville.

— La cahute ?

— Oui, la cabane où je vis avec des miséreux comme moi.

Il lui expliqua comment s'y rendre et lui remit les vêtements sans même attendre sa réponse.

Parce qu'elle n'avait nul endroit où se réfugier et qu'elle se sentait seule et misérable, Anne accepta ce marché même si elle avait compris qu'elle aidait un voleur à écouler sa marchandise. Lorsqu'elle revint à la cabane avec l'argent, elle y trouva deux femmes et deux hommes qui égorgeaient des volailles. La plus jeune des femmes se présenta comme une « fille à soldat » alors que l'autre, d'une quarantaine d'années, avoua mendier depuis qu'elle était trop vieille « pour vendre ses charmes ». Il n'y avait aucun lit dans la cabane. Cela rassura Anne. Le soir venu, après avoir bu, ils s'étendirent tous par terre, serrés les uns contre les autres afin de se réchauffer. Les hommes, qui avaient regardé Anne d'un œil lubrique toute la soirée, étaient maintenant trop ivres pour songer à la séduire.

Pour la première fois depuis la mort d'Antoine, elle se sentit en sécurité et dormit profondément.

Chapitre 41

Rosaire Desrosiers attrapa le maître chanteur par le collet et le fit sortir de son atelier si brusquement qu'il se retrouva à genoux dans la rue. Rosaire était fou de rage. Cet homme voulait faire du tort à Pierre pour qui il avant tant d'estime, presque un amour filial. « Pierre, le fils d'Antoine Roy dit Desjardins ! Comment ne l'ai-je pas reconnu ? Il lui ressemble pourtant », se dit Rosaire.

Contrairement à la majorité des habitants de la Nouvelle-France, Rosaire se moquait des qu'en-dira-t-on et des apparences. Il n'aimait pas entendre les jugements catégoriques et dénués de toute forme de compassion. Quelques années plus tôt, il avait demandé au faiseur de portraits de décorer de quelques fioritures une large feuille d'écorce et d'y écrire ensuite un proverbe amérindien. Il l'avait accroché près de la porte de sa tonnellerie et chaque visiteur pouvait lire :

Parle des autres avec bienveillance,
car tu ne sauras jamais
ce qu'ils ont souffert
jusqu'à ce que tu aies parcouru
10 000 milles
dans leurs mocassins.

Pour juger d'une situation, Rosaire se basait sur les faits et non sur les commérages. Pour bien comprendre les autres, il les regardait aussi avec son cœur, en essayant de saisir ce qu'ils pouvaient ressentir quand ils devaient affronter des moments difficiles ou qu'ils posaient des gestes répréhensibles.

Après avoir reçu la visite du maître chanteur, il avait réuni sa femme et ses enfants et leur avait dit qu'un noble, venu récemment à sa tonnellerie, lui avait lu un extrait d'un livre écrit par Lao-Tseu, un philosophe chinois qui avait vécu cinq cents ans avant Jésus-Christ. « J'ai trouvé cette histoire si belle que je veux vous la raconter à mon tour. Je m'en souviens par cœur. Je peux vous la répéter telle qu'elle a été écrite : "Un homme ne retrouvait pas sa hache. Il soupçonnait son voisin de la lui avoir prise et se mit à l'observer. Son allure était typiquement celle d'un voleur de hache. Son visage était celui d'un voleur de hache. Les paroles qu'il prononçait ne pouvaient être que des paroles de voleur de hache. Toutes ses attitudes et comportements trahissaient l'homme qui a volé une hache. Mais, très inopinément, en remuant la terre, l'homme retrouva soudain sa hache. Lorsque le lendemain, il regarda de nouveau son voisin, celui-ci ne présentait rien, ni dans l'allure ni dans le comportement, qui évoquait un voleur de hache ". »

Sa femme et ses filles l'écoutaient attentivement. Satisfait, Rosaire continua :

— Si vous regardez quelqu'un en étant convaincu qu'il est voleur, tueur ou bizarre, vous trouverez toujours des signes qui confirmeront ce que vous pensez. C'est comme si vous mutiliez cette personne, car vous ne voyez qu'une partie d'elle qui n'est souvent que ce que vous voulez voir. Rappelez-vous toujours que vous pouvez faire de graves erreurs de jugement et que parfois vous ne voyez pas avec vos yeux, mais avec vos préjugés.

— Tu veux dire que nous ne devons pas avoir des idées toutes faites à la place des yeux ? demanda sa femme.

— C'est cela, répondit Rosaire, heureux de constater qu'il était bien compris. Ce qu'il avait dit précédemment était un préambule dont le but était de préparer sa famille à accepter une offre qu'il voulait faire à Pierre.

Il désirait non seulement le garder à son service, mais il voulait faire de lui un véritable employé et non plus un simple apprenti. Il craignait que ses filles et sa femme jugent mal le fils d'un homme mort assassiné dans le lit de sa maîtresse. Il constata avec soulagement que toutes acquiesçaient avec enthousiasme à son idée, car elles s'étaient attachées à Pierre.

Quelques minutes plus tard, après lui avoir raconté la visite du maître chanteur, Rosaire dit à Pierre, d'un ton paternel :

— Je sais qui tu es et j'ai compris que ton père t'a enseigné son métier. Je trouvais que tu apprenais bien vite pour un simple apprenti, ajouta-t-il en lui tapant amicalement le dos.

Rosaire ajouta que Pierre était le digne descendant des Roy, tonneliers depuis plusieurs générations. Il lui offrit de le payer deux cents livres par année. Il savait qu'il méritait beaucoup plus et il était malheureux de ne pouvoir le payer davantage. Quand il l'avait vu, la première fois, la tille à la ceinture, un maillet dans la main, fin prêt à cercler, avec une habileté surprenante pour son âge, il avait été vraiment impressionné. Il comprenait maintenant que Pierre, en construisant des tonneaux identiques à ceux qu'aurait faits Antoine, avait ainsi trouvé un moyen de garder son père vivant.

Même s'il savait que ce n'était pas un gros salaire, Pierre jubilait. Il fit part à Rosaire de son désir de vivre avec sa mère maintenant qu'il gagnait suffisamment pour payer un logement et de quoi se nourrir. Rosaire était triste de le voir quitter sa maison. Il appréciait énormément Pierre, riait à gorge déployée des nombreuses farces qu'il faisait lors des repas, les seuls moments de la journée où le jeune homme avait été vraiment lui-même, dégagé de la crainte d'être démasqué. Mais surtout, Rosaire espérait secrètement qu'il finirait par s'amouracher de sa cadette, Marie-Sainte. Il lui aurait cédé en héritage son atelier puisqu'il n'avait que des filles.

Cependant, Rosaire n'était pas homme à forcer le destin et il désirait sincèrement que Pierre soit heureux. L'été précédent, il avait construit une maison de trois étages, juste derrière la sienne. On y avait accès par une petite ruelle, que tous appelaient la ruelle des chiens, parce que plusieurs chiens s'y regroupaient[35]. Le rez-de-chaussée était loué aux autorités qui y entreposaient de la poudre à canon et des menuisiers venaient de terminer l'aménagement de deux logements aux étages supérieurs. Il offrit à Pierre d'habiter avec sa mère dans l'un d'eux.

Quelques instants plus tard, Pierre montait à toute vitesse l'escalier casse-cou qui menait à la haute-ville. Il entra en trombe chez les Levasseur et Marie s'étonna de le voir si excité. Il ne tenait pas en place. Il lui laissa à peine le temps de s'habiller et l'entraîna à l'extérieur. L'air était frais et sec et Pierre s'amusait du simple crissement de la neige sous ses pas. Il annonça la bonne nouvelle à Marie.

— Nous avons un endroit bien à nous qui ne nous coûte presque rien.

Marie était aussi heureuse que lui. Elle avait le sentiment que les mauvais jours étaient derrière eux. Ils s'arrêtèrent un instant afin de regarder les enfants qui glissaient en lançant des cris de joie. En haut de la glissade, deux bonshommes de neige étaient gelés, un énorme sourire sculpté dans leurs grosses faces rondes. Des enfants les avaient soudés ensemble : deux bonshommes bras-dessus, bras-dessous. La bonne humeur de Pierre était contagieuse. Marie et Pierre se regardèrent avec un sourire malicieux. « Pourquoi descendre la côte à pied, alors qu'il suffit de se laisser glisser ? » Les enfants, heureux que de grandes personnes s'amusent à leurs jeux, leur offrirent une place de choix sur leur traîne sauvage. Pierre et Marie riaient aux éclats, ravis de sentir la neige leur lécher les joues. C'est trempés et un peu transis, mais heureux comme ils ne l'avaient pas été depuis longtemps, qu'ils mirent les pieds pour la première fois dans la ruelle des chiens. Elle était si étroite qu'on disait qu'elle était un « chemin de pied ». Marie fut immédiatement séduite. L'étroitesse de la ruelle et la hauteur de la

---

35 Cette magnifique rue, aujourd'hui nommée rue Sous-le-Cap, est située derrière la rue du Sault-au-Matelot. À l'époque, elle était désignée par le peuple comme la petite rue Sault-au-Matelot ou la ruelle des chiens.

maison donnaient un cachet particulier à cet endroit. Au deuxième étage, une passerelle avait été aménagée afin de relier la maison au hangar de l'autre côté de la ruelle. On pouvait ainsi circuler sans se mouiller les pieds ou avoir à patauger dans la boue lorsque le fleuve, certains jours d'automne, montait jusqu'au pied du cap.

Pierre et Marie montèrent le long et étroit escalier qui menait jusqu'à la passerelle et s'arrêtèrent pour admirer le miroitement du soleil sur le cap ainsi que les immenses glaçons qui l'ornaient. La maison était si près de la falaise que quiconque la regardait de loin avait l'impression qu'elle s'y appuyait mollement. Quelque chose dans ce quartier rappelait à Marie les lieux de son enfance. Était-ce la proximité de l'eau ? L'animation qui régnait tout près dans la rue du Sault-au-Matelot ? Elle ne pouvait le préciser, mais une grande paix l'envahit. Soudain, des pigeons vinrent se poser sur la rampe de l'escalier et elle vit que le toit de sa nouvelle demeure abritait un pigeonnier. Cela aussi lui rappela son enfance. Dans le parc de trente arpents devant leur maison, son père avait construit un pigeonnier et la jeune Marie observait avec ravissement leurs nombreux oiseaux. Les paysans des environs aimaient les pigeons des Major, car leurs fientes leur procuraient un engrais fort apprécié pour le chanvre qu'ils cultivaient. Marie pensa que les pigeons étaient considérés par un grand nombre de sages-femmes comme un animal magique. Certaines d'entre elles allaient même jusqu'à mélanger de la fiente de cet oiseau à des herbes qu'elles appliquaient sur le col de l'utérus ou qu'elles utilisaient dans des fumigations. Marie tendit la main et un pigeon s'approcha doucement, la regardant avec une certaine fébrilité dans le regard, prêt à s'envoler. Pierre se tenait près d'elle, souriant.

Ils étaient heureux d'être enfin ensemble, chacun réconforté par la présence de l'autre.

Marie accrocha la grosse clé de leur logement à son vêtement. Elle était fière de la porter et de ne plus être hébergée par charité. Elle prit la résolution d'affronter les regards et les jugements et de ne plus se cacher sous un nom d'emprunt. Pierre était ravi. Il en avait assez de cette peur constante d'être découvert; d'autant plus que Jean leur avait dit qu'utiliser ce subterfuge pouvait être puni par la loi.

* * *

Pendant ce temps, à Batiscan, Jacques Marchand avait organisé une vente aux enchères. Presque tout l'avoir de la famille Major-Desjardins, dont la valeur excédait largement leurs dettes, était mis en vente. La maison, l'étable, le métier à tisser, les tonneaux que Pierre avait faits, la vaisselle, le beau chandelier de cuivre que Marie aimait tant, les coffres qu'elle avait dû abandonner, la table, les chaises et les tableaux de bois qu'Antoine avait sculptés et dont l'originalité et la beauté surprirent autant les curieux que ceux qui étaient venus dans l'espoir d'acheter une terre à un prix dérisoire.

Pendant que Marie s'installait dans une nouvelle demeure, une femme, dans sa maison de Batiscan, examinait l'uniforme du régiment de Carignan qu'avait porté Antoine ainsi que tous ses autres vêtements. Marchand les vendit facilement, car ils étaient une denrée rare. Certains y mirent trois fois le prix parce qu'ils croyaient que les habits d'un homme assassiné avaient des vertus magiques. Ils voulaient en faire des philtres destinés à guérir de toutes sortes de maladies. La femme paya sans marchander les vêtements de coureur des bois d'Antoine qu'elle voulait donner en cadeau à son fils. Elle inspecta la maison. Plusieurs plantes étaient mortes faute d'avoir été arrosées. Elle avait entendu dire que Marie en avait plusieurs parce que des femmes lui apportaient leur urine afin de savoir si elles étaient enceintes. Marie avait simplement observé que la croyance populaire voulant que l'urine des femmes enceintes stimule la croissance des plantes s'avérait souvent. Elle ne pouvait expliquer ce phénomène, mais elle pensait qu'un jour l'on découvrirait pourquoi il n'avait rien à voir avec la magie dont plusieurs parlaient.

Plusieurs curieux, qui se faisaient passer pour d'éventuels acheteurs, se promenaient autour de la maison. Certains cherchaient la tente à suer dont ils avaient entendu parler. L'un d'eux la trouva et cria à son père de venir la voir :

— Regarde ! Les Indiens mettent le feu sous ces pierres, dit-il en enlevant le peu de neige qui les recouvrait. Ils restent des heures complètement nus, en chantant ou en dansant autour de ce feu. Lorsqu'ils en sortent, ils vont se jeter nus dans la rivière glacée. Ils prétendent que c'est la meilleure médecine qu'on peut trouver.

Les deux hommes s'étonnaient de cette coutume, n'en saisissant pas l'essentiel. Ils ne voyaient, dans ce rituel de purification physique et spirituelle, que ce qui pouvait heurter leur pudeur :

— On m'a dit que la femme de Desjardins y venait avec l'esclave, ajouta le fils qui aimait colporter des rumeurs.

Ce qu'il affirmait était faux. Marie, Platon et Pierre s'y rendaient toujours séparément, mais le père répondit, scandalisé :

— Cette Marie est bien bizarre ! Et peu chrétienne. Pas surprenant que son mari soit mort dans les circonstances que l'on sait.

Ils donnèrent un coup de pied aux pierres qui, aux yeux de Platon, symbolisaient les esprits anciens qui guident durant les épreuves.

Marchand, dont la créance s'élevait à quatre cent douze livres, se réjouissait, à la fin de la journée, de pouvoir récupérer son dû. Il calcula qu'il pourrait même rembourser quelques-uns des autres créanciers d'Antoine.

— Finalement, ce fut une bonne journée. Je dirai aux créanciers qui ne peuvent être remboursés par cette vente aux enchères que Marie et Pierre sont à Québec. Ils n'auront qu'à y aller chercher leur dû, dit-il à sa femme.

Elle ne lui répondit pas. Elle avait trouvé la journée bien triste, car elle s'ennuyait de plus en plus de Marie.

Chapitre 42

Anne vivait depuis des semaines dans la cahute avec ses compagnons d'infortune. Elle ne sortait qu'à la nuit tombée, buvant jusqu'à oublier qui elle était. Elle n'avait pas trouvé de meilleur refuge ni de véritable réconfort auprès de quiconque. De ne pouvoir mettre des mots sur sa souffrance exacerbait son désarroi, aggravait le traumatisme de la mort d'Antoine et celui d'avoir été humiliée publiquement. Elle n'arrivait plus à faire confiance à personne, encore moins à faire des projets d'avenir. Elle avait fini par croire que tout ce qui lui était arrivé était de sa faute et elle n'avait trouvé personne pour la contredire. Ses blessures étaient trop vives pour qu'elle puisse entrevoir que sa vie n'était pas finie, et que, malgré les horreurs qu'elle venait de traverser, elle pourrait avoir encore plusieurs moments de bonheur. Un jour, le gouverneur avait ordonné que soient détruites les cabanes qui entouraient la ville et dans lesquelles, avait-il dit, « les mauvais pauvres se réfugient ».

Anne s'était retrouvée sans-abri.

Une nuit, elle s'endormit, complètement saoule, dans la cour des ursulines. Une religieuse, sœur Lauréanne, l'y découvrit au petit matin. Elle l'emmena à la cafétéria afin qu'elle se réchauffe et se sustente. Anne, touchée par la douceur de cette religieuse, se confia à elle et écouta, étonnée, cette religieuse lui expliquer que sa blessure pouvait être en même temps sa force.

— Loin d'être brisée, vous êtes devenue plus humaine. C'est par la fissure créée par vos épreuves que la lumière peut entrer en vous et rejaillir sur les autres.

En parlant ainsi, Anne avait le sentiment que sœur Lauréanne lui tendait une main secourable et lui ouvrait un nouvel horizon qui pouvait l'aider à trouver un sens à sa vie et à ses épreuves.

Anne observa la religieuse. Sœur Lauréanne avait le visage raviné de rides qui creusaient encore plus profondément leur chemin au coin de ses yeux, dessinant des ombres que son regard espiègle allumait. Anne se sentait bien avec elle. Elle ressentait aussi une telle paix en ce monastère qu'elle souhaitait de tout son cœur y demeurer. Mais elle savait que les religieuses n'engageaient que des femmes aux bonnes mœurs, des femmes qui allaient souvent à l'église et avaient eu une vie exemplaire. Elle avait si souvent regretté d'avoir forcé le destin en retenant Antoine auprès d'elle le matin de sa mort qu'elle s'était promis de ne plus jamais le faire. Elle s'apprêtait donc, après avoir terminé son déjeuner, à quitter le couvent des ursulines sans rien demander lorsqu'une religieuse vint avertir sœur Lauréanne que son assistante, qui était chargée de faire le découpage des fleurs, était malade.

— Mon Dieu! Nous avons quantité de fleurs d'or à faire pour décorer l'église pour la fête de Noël et toutes les autres sœurs sont fort occupées! s'exclama Lauréanne.

Sans trop réfléchir, elle demanda à Anne si elle pouvait l'aider et celle-ci accepta avec enthousiasme. Sans perdre de temps, sœur Lauréanne l'entraîna dans l'atelier de travail. Anne se découvrit un réel talent pour cet art et sœur Lauréanne était si contente de son travail qu'elle réussit à obtenir de la directrice qu'elle offre le gîte et le couvert à sa protégée en échange de son aide.

Anne aimait ce travail, mais son vrai plaisir était ailleurs. Quand elle le pouvait, elle sortait jouer dehors avec les élèves des ursulines. Souvent, les passants entendaient l'écho joyeux des voix des fillettes qui criaient : « Tante Anne ! » Le soir, quand la soif la tenaillait trop, elle se rendait souvent à leur dortoir et la présence des enfants l'aidait à se priver d'alcool. En berçant les fillettes lorsque l'une d'elles avait de la peine, c'était aussi, et peut-être même surtout, sa propre souffrance qu'elle guérissait. Elle s'était particulièrement attachée à une jeune Sauvage, un otage donné par les membres de son clan afin de garantir qu'ils ne feraient aucun mal aux jésuites. «Il faut avoir des otages, à cause des missionnaires qui sont dans leur pays», avait dit la supérieure à Anne qui n'était pas au courant de cette coutume qu'elle jugeait cruelle.

D'autres fillettes avaient été données aux ursulines par des parents dont la pauvreté les obligeait à se détacher d'elles. Anne les amenait parfois en visite et elle avait assisté à de déchirantes scènes au moment de leur départ. Une jeune interprète huronne vivait aussi au couvent et enseignait aux sœurs sa langue tout en leur servant d'interprète. Anne la faisait rire aux larmes quand, peu douée pour apprendre cette langue aux sonorités nouvelles, elle essayait d'en prononcer des mots. Un jour, Anne avait aidé une jeune Amérindienne à s'enfuir. Elle savait qu'elle risquait de se faire renvoyer, mais elle ne pouvait supporter de voir dépérir cette enfant. Beaucoup étaient mortes parce qu'elles étaient privées de liberté. Même si elles étaient bien traitées, elles ne pouvaient s'adapter au confinement entre quatre murs.

Anne allait de mieux en mieux. Un soir, elle prit conscience, juste avant de s'endormir, qu'elle n'avait pas pleuré ce jour-là et qu'elle n'avait pas fait d'effort non plus pour réprimer sa colère. Elle avait compris que cette colère et cette tristesse étaient nées du sentiment d'impuissance qu'elle avait ressenti lors de la séance d'humiliation publique et des violences de Julien.

Elle ne se consolait cependant pas de la mort d'Antoine. Il avait été son grand amour. Mus par une passion incontrôlable, ils auraient sans doute fui ensemble si Julien n'avait commis l'irréparable. Ni l'un ni l'autre ne pouvaient imaginer qu'ils pourraient un jour mettre fin à leurs étreintes passionnées. Ils étaient obsédés l'un par l'autre et Anne souffrait de voir que leur amour, leur si fol amour, ait été assimilé, dans l'esprit des gens, au rang d'une banale histoire d'adultère. Antoine lui manquait cruellement : son humour, sa générosité, sa tendresse, ses caresses, son rire, tout cela lui semblait irremplaçable. Aucun autre homme, elle en était certaine, ne réussirait à éveiller chez elle le moindre intérêt.

Depuis qu'elle était sobre, elle ressentait souvent de la honte d'avoir bu et de s'être comportée comme la femme de mauvaise vie que plusieurs pensaient qu'elle était. Un jour qu'elle confiait ses remords à sœur Lauréanne, celle-ci lui avait dit :

— Tu as bu et ton comportement n'était pas celui d'une bonne chrétienne, mais bon, pouvais-tu agir sereinement tout de suite après avoir vécu ce que tu as vécu ? Tu n'as trouvé personne pour te soutenir. Il faut que tu te pardonnes à toi-même. Qui d'entre nous n'a rien à se reprocher ?

D'être ainsi comprise l'avait aidée à se pardonner et, progressivement, Anne avait recommencé à faire confiance à la vie. Elle commença à croire de toutes ses forces que, une fois les fêtes de Noël passées, la vie lui ferait un autre cadeau et qu'elle ne se retrouverait pas de nouveau sans-abri. Car dans la rue, plus que la faim et le froid, c'était la solitude et le sentiment d'être exclue du reste du monde qui étaient difficiles à supporter.

Chapitre 43

Pierre venait à peine de se lever lorsqu'il entendit frapper à la porte. Il s'empressa d'aller ouvrir et fut intrigué lorsque son matinal visiteur, Ti-Guy, le concierge de la prison, demanda à voir Marie au plus vite. Quelques minutes plus tard, Ti-Guy expliqua à Marie qu'il savait qui elle était, mais qu'il ne la jugeait nullement pour les fautes commises par son mari. Visiblement pressé, il ajouta du même souffle qu'il savait aussi qu'elle était une bonne sage-femme ; qu'il connaissait quelqu'un qui en avait justement besoin d'une au plus vite ; que cette personne ne pouvait faire appel aux services de la sage-femme officielle parce qu'elle était célibataire et qu'elle avait scellé sa grossesse.

— Vous le savez, cette sage-femme a prêté serment : elle doit dénoncer les femmes qui cachent leur grossesse, et je veux protéger mon amie qui est en gésine.

Marie comprit assez vite que cette « amie » était en réalité sa maîtresse, mais elle ne posa pas de questions. Obéissant au sentiment d'urgence qui l'animait dès qu'il s'agissait d'aider une femme à accoucher, elle courut à sa chambre, y prit quelques herbes et onguents, les mit dans son « sac à médecine » et suivit le geôlier. Celui-ci possédait une magnifique et fougueuse jument qui avait, ce matin-là, piaillé d'impatience dès qu'elle l'avait vu, le harnais à la main. Ce fut au grand galop qu'elle amena Marie et Ti-Guy au-delà des limites de la ville.

Marie se sentait heureuse comme elle ne l'avait pas été depuis longtemps. Elle ressentait cette joie intense qu'ont les exclus lorsqu'on sollicite enfin leur aide.

À la croisée d'un chemin, Ti-Guy cria un « Wô ! » retentissant et le cheval s'arrêta aussitôt. Marie distingua, nichée au cœur de la forêt, une minuscule cabane. La misère et la saleté qu'elle vit la stupéfia. Une femme gisait par terre en poussant de faibles gémissements. Elle trouva la force de dire à Marie qu'elle s'appelait Annette et qu'elle avait eu ses mouches[36] il y avait presque trois jours.

Marie commença à masser le ventre de la femme comme le lui avait appris une Amérindienne, une amie de Platon. Elle demanda au geôlier de l'aider à soulever son amie en la tenant à la hauteur des reins et de la déplacer du côté qu'elle lui indiquerait le moment venu. Marie faisait des manipulations bien précises afin de replacer le bébé qui, elle l'avait senti au toucher, se présentait mal.

Tout au long de sa pratique, Marie avait observé qu'il suffisait parfois de peu de choses pour replacer un bébé qui était dans une mauvaise position. Rien de plus qu'un toucher de tendresse, comme elle se plaisait à nommer le mouvement de ses mains qui, avec une délicatesse infinie, devenaient pour le fœtus aussi éclairantes qu'un phare indiquant la route à suivre sur une mer houleuse. Le bébé, sensible à ce toucher, se tournait souvent avec une étonnante docilité et s'aventurait enfin dans ce monde. « Il était dans la tempête et je l'ai guidé vers une embellie », disait-elle aux mères parfois décontenancées par sa façon de s'exprimer mais séduites par ses gestes tendres et efficaces. Certaines d'entre elles avaient été aidées par des voisines inexpérimentées qui avaient appuyé de tout leur poids sur leur ventre pour faire descendre un bébé qui n'était pas prêt à naître. D'autres avaient subi d'inutiles saignées et d'aussi inutiles et éprouvantes purgations. L'une d'elles avait été gavée jusqu'au vomissement par une voisine qui l'avait jugée trop faible pour accoucher. Alors que Marie laissait entrer air et lumière, quelques femmes calfeutraient portes et fenêtres sous prétexte de protéger l'enfant et la mère d'éventuels mauvais sorts.

---

36 Anciennement : premières contractions.

Marie demanda à Ti-Guy de faire bouillir de l'eau dans le chaudron suspendu à la crémaillère de l'âtre et de lui en verser ensuite une petite part dans une tasse, car elle voulait faire boire à son amie une tisane qui stimulerait en douceur le travail. « Faites chauffer aussi un chaudron au cas où j'aurais besoin de réchauffer les organes en travail. »

Marie était inquiète. Le travail ne progressait pas et Annette était très souffrante. Elle avait souvent constaté le pouvoir de la parole lorsque le travail s'arrêtait. Il suffisait souvent qu'une femme exprime sa peur et que Marie la réconforte pour que s'ouvre le passage. Elle demanda à Annette si elle avait peur de mourir et celle-ci répondit que c'était sa plus grande peur :

— Vous connaissez ce proverbe : « Femme grosse a un pied dans la fosse. » Je n'arrête pas d'y penser. J'ai peur aussi d'être déchirée lors du passage du bébé et de rester mutilée pour le reste de mes jours.

Marie la rassura :

— Vous avez une bonne constitution. Tout se passera bien. Avez-vous hâte de voir votre enfant ?

Annette éclata aussitôt en sanglots :

— Que vais-je faire de lui ? Je suis trop pauvre pour le garder.

— Je vais vous aider, promit Marie en ignorant encore ce qu'elle pourrait faire.

Habituellement, elle profitait des mois de la grossesse pour parler avec les femmes de leurs peurs et les aider à les exorciser. Manifestement, Annette n'avait eu personne à qui parler de ses craintes et celles-ci prenaient aujourd'hui des proportions si envahissantes qu'elles nuisaient au bon déroulement de l'accouchement.

Marie avait beau rassurer Annette, le travail n'avançait toujours pas. Elle sortit de son sac la pierre d'aigle censée faciliter l'accouchement lorsque la parturiente la tenait dans la main ou qu'on la déposait sur son ventre. Malgré cette « magie », le travail, une heure plus tard, n'avait toujours pas progressé. Marie eut alors l'idée de demander au geôlier s'il avait l'intention d'aider son amie à élever son enfant. Le geôlier était bourru et manquait de manières, mais il avait du cœur. Il promit aussitôt à sa maîtresse que son enfant ne manquerait de rien. Était-ce la sécurité promise ? La tisane ? La présence rassurante de Marie ? La pierre d'aigle ? Tout cela à la fois ? Marie n'aurait pu répondre à ces questions si on les lui avait posées, mais elle constata avec soulagement que le travail reprit. Annette, épuisée, hurlait de douleur et Marie lui fit boire une tisane qui la soulagea.

Lorsque le soleil atteignit son zénith, Annette donna enfin naissance à une frêle mais fort jolie fille aux cheveux et aux yeux noirs. La nouvelle mère s'attendait à ce que Marie modèle la tête, le nez et les oreilles de son bébé. Elle avait entendu parler de ces gestes dont plusieurs sages-femmes se vantaient parce qu'ils les entouraient d'une certaine auréole de prestige : elles avaient ainsi le sentiment de pouvoir compléter le travail que la nature et la mère n'avaient pas terminé. Mais Marie estimait que ces pratiques étaient inutiles et pouvaient s'avérer parfois dangereuses lorsque des sages-femmes y mettaient trop de zèle. Aussi se contenta-t-elle de laver Annette et la nouvelle-née. Elle la déposa sur le sein de sa mère qui pleurait de joie. Lorsque l'enfant fut repue, elle l'emmaillota et la coucha près d'Annette. Les deux s'endormirent aussitôt. Annette ignorait tout des soins à donner à son bébé. Lorsqu'elle s'éveilla, Marie les lui apprit et Annette fut étonnée d'apprendre que, avant d'emmailloter son bébé, elle devait, pendant quelques secondes, la tenir debout sur le sol froid afin qu'elle urine et lui mettre un petit morceau de savon dans l'anus afin qu'elle fasse ses besoins. Marie lui expliqua que l'emmaillotement était long à faire et qu'il valait mieux s'assurer que l'enfant ait fait ses besoins au préalable. Elle lui dit aussi qu'était fausse la croyance populaire charriant l'idée qu'il n'y avait rien de mieux pour protéger la fontanelle de leur bébé qu'une bonne couche de crasse : « Avec un minimum d'hygiène, votre enfant sera en meilleure santé. »

Marie décida de rester auprès d'Annette pendant au moins une semaine. Ti-Guy promit, avant de partir, d'en informer Pierre et de revenir la chercher dans sept jours. Il la remercia chaleureusement et ajouta, en lui mettant quelques sols dans la main, qu'il lui serait éternellement reconnaissant. Il lui demanda cependant d'être discrète et elle le rassura aussitôt. Elle était si heureuse qu'on ait eu besoin d'elle qu'elle réussit, dans un sourire, à lui cacher la colère que suscitaient les histoires de maris infidèles.

Il embrassa Annette et ne jeta pas un seul regard à son enfant. Il en avait déjà une dizaine à la maison et il ne s'en occupait guère, estimant que c'était l'affaire des femmes.

Durant la nuit, Marie fut réveillée par les gémissements d'Annette. Elle constata avec effroi qu'elle faisait une hémorragie. Elle lui fit une tisane de cerises sauvages à laquelle elle ajouta de la racine pulvérisée de guimauve et de la résine de cerisiers. Moins d'une heure plus tard, l'hémorragie avait cessé et Marie fut soulagée, car elle venait de donner à Annette tout ce qui lui restait pour concocter cette tisane. Elle se promit de recommencer, dès le printemps, à cueillir des herbes et des racines, car sa présence auprès d'Annette lui faisait prendre conscience que pas mal de femmes marginales ne pouvaient avoir le secours des sages-femmes officielles. Elle se dit qu'elle pourrait combler leurs besoins et cette résolution lui donna une énergie qu'elle croyait perdue à tout jamais.

La reconnaissance qu'elle lut dans le regard d'Annette lorsqu'elle la quitta lui fit comprendre qu'elle avait pris une bonne décision, quoi qu'en pensent les dévots, et malgré les risques qu'elle courait en se rendant complice de femmes qui cachaient leur grossesse.

Marie comprit que, même si elle devait désormais travailler dans l'ombre et être ainsi privée de la reconnaissance sociale, elle trouverait amplement de gratifications dans le sens que son travail donnerait à sa vie. « Ce ne sont pas les autres, mais moi, et moi seule, qui peut juger de ma valeur. Si je laisse les autres le faire, c'est comme si je pactisais avec l'ennemi. »

Elle se disait aussi que les épreuves peuvent servir si on sait en tirer un enseignement. Elle se rendormit en pensant à saint Jean de Dieu, qui, au XVIe siècle avait été interné parce qu'il souffrait de mélancolie. Il avait été horrifié par les conditions de vie des malades dans les hôpitaux et s'était juré de travailler à les améliorer. Il avait trouvé une façon de noyer son propre deuil en aidant ceux qui avaient une blessure semblable à la sienne. Une fois guéri, il avait créé des institutions de soins plus humaines. Il avait fait d'un obstacle, un tremplin ; de sa faiblesse, une force.

Chapitre 44

À son retour dans son nouveau logement, Marie eut la joie d'y trouver Roxane, Thomas et Léon qui discutaient gaiement avec son fils. Ils mangèrent tous ensemble et Thomas raconta des histoires à les faire crouler de rire.

Deux heures plus tard, profitant de l'absence de Thomas et Léon qui s'étaient rendus, avec Pierre, visiter la tonnellerie de Rosaire, Roxane expliqua à Marie que la maladie de Léon avait éloigné un si grand nombre de clients de leur commerce qu'ils avaient dû, ces derniers mois, vivre de leurs économies. Ils avaient donc décidé de recommencer ailleurs et de faire en sorte que la maladie de Léon demeure secrète. Marie comprit alors que ce que Roxane fuyait par-dessus tout, c'était le regard des autres :

— Tu ne pourras jamais imaginer tout ce qu'on a dit sur nous et sur Léon depuis qu'il est atteint du grand mal. Encore récemment, un curé est venu visiter Léon et il l'a vertement sermonné, sous-entendant qu'il devait toucher ses parties honteuses bien souvent pour en être arrivé là.

Un flot de paroles se déversait de la bouche de Roxane qui, à Ville-Marie, n'avait personne à qui confier sa peine :

— Certains ne parlent pas, mais la façon dont ils regardent Léon en dit plus long que bien des discours. Il y a la peur dans leur regard ou bien cette curiosité malsaine qui les pousse à le dévisager longuement. Ils cherchent chez lui l'empreinte du Mal. Léon devient très nerveux lorsqu'il est observé de cette façon. Et sa nervosité est interprétée comme une manifestation démoniaque. Ils ne se rendent pas compte que ce sont leurs regards insistants, dénués de toute compassion, qui créent cette nervosité. Et puis, il y a ceux qui nous disent qu'ils sont tristes pour nous, mais qui ne croient pas un mot de ce qu'ils affirment. Comment pourraient-ils partager réellement notre malheur alors qu'ils ne cessent de parler de tout et de rien en termes de mérites : « Un tel a vu sa récolte saccagée. Il l'a sûrement mérité, c'est Dieu qui l'a puni. Une femme n'a pas d'enfants : C'est encore Dieu qui la punit ». Ils ont si souvent ces mots de punition divine à la bouche qu'il est difficile de croire qu'ils pensent autrement pour nous. Il est facile de deviner que leurs paroles ne s'accordent pas avec leurs pensées lorsqu'ils prétendent nous comprendre sans nous juger.

Roxane sanglotait dans les bras de Marie. Elle avait contenu sa peine et sa colère trop longtemps :

— Nous ne savons plus que faire. Notre fils est de plus en plus triste. Les crises qui le terrassent parfois jusqu'à trois fois par jour le laissent dans un état de fatigue tel qu'il ne songe qu'à rester couché, les yeux ouverts, rêvant à je ne sais quelle délivrance. Le voir dans cet état me tue. Nous tue. Quel sera son avenir ? Pourra-t-il se marier un jour, avoir des enfants ? Est-ce qu'il va sourire de nouveau ?

Lorsqu'elle entendit Thomas et Léon montant l'escalier qui menait à l'appartement de Marie, Roxane essuya ses larmes. Marie était estomaquée de voir à quelle vitesse son amie pouvait changer l'expression de son visage afin de cacher sa peine. Elle comprit qu'elle avait l'habitude d'un tel stratagème.

Le repas qu'ils partagèrent lorsque Pierre les rejoignit fut joyeux. Ils décidèrent qu'ils passeraient tous ensemble les fêtes de Noël. D'être réunies donnait à Marie et à Roxane un regain d'énergie. Même Léon semblait en meilleure forme. La seule idée que les personnes qu'il rencontrait ignoraient son mal lui faisait le plus grand bien. Il savait confusément qu'on peut survivre à bien des malheurs mais pas au rejet de tout le groupe social dont on fait partie. Il se réjouissait à l'idée de découvrir Québec en compagnie de son père qui devait chercher un local où travailler. Quant au logement, Roxane et Thomas espéraient louer l'appartement au-dessous de celui de Marie.

Chapitre 45

L'église était pleine à craquer pour la messe de minuit. Marie, Pierre, Thomas, Léon et Roxane étaient entassés dans le dernier banc et Marie se sentait heureuse d'être ainsi entourée.

Les centaines de bougies allumées pour l'occasion donnaient un air féerique à l'église. Les fleurs d'or et d'argent que les ursulines avaient disposées sur l'autel étaient mises en valeur par cette luminosité incandescente. Anne les regardait avec une fierté qu'elle ne cherchait nullement à dissimuler. La fumée des chaudières chauffées au bois s'élevait jusqu'à la voûte en volutes diaphanes. Le bedeau les avait disposées en maints endroits afin que personne n'ait froid, mais il avait pris soin d'en placer un plus grand nombre près des bancs des notables.

Marie cherchait à distinguer, parmi la foule, la silhouette de Platon. Lorsque, la veille, Roxane lui avait dit qu'elle l'invitait, ainsi que Pierre et Marie, à partager un festin après la messe de minuit, il en avait été profondément ému. C'était la première fois qu'on le conviait à un repas de fête. Il savait cependant qu'il lui faudrait être prudent afin de déjouer l'œil vigilant des voisins, toujours aux aguets devant le comportement de cet esclave qui, disaient-ils, jouissait d'une bien trop grande liberté et suscitait chez les autres esclaves le désir de s'affranchir des limites que leurs maîtres leur imposaient : « Regardez Platon, il va et vient et son maître n'a que des compliments à lui faire. Il ne l'a jamais fouetté ou bastonné. Il le traite trop bien ! » s'exclamaient les autres propriétaires d'esclaves, exaspérés de tant de mansuétude.

Ils étaient nombreux, à cette messe de minuit, à être habillés de peaux de chevreuils et Marie n'arrivait pas à distinguer la haute silhouette de Platon. Portées par la musique de la viole, de la flûte et du théorbe, les voix des colons et des soldats entamèrent le *Kyrie* et le *Te Deum*. Un autre chœur, à gauche de l'autel, entonna un chant algonquin. Marie devina que Platon devait en faire partie. Il y avait trop de monde devant elle pour qu'elle puisse le distinguer. Pierre, comme s'il avait deviné sa pensée, lui dit : « Platon est là, maman. Il chante avec les Hurons. » Marie se haussa sur la pointe des pieds et son cœur fit un bond en le voyant. Elle constatait encore une fois à quel point il était beau. « C'est un esclave, mais il y a une dignité chez lui que ne possèdent pas bien des gentilshommes », se disait-elle en dirigeant son regard vers eux. Poudrés et affublés de miteuses perruques frisées, ils ne faisaient pas le poids à ses yeux devant la grâce féline de Platon.

Après la messe de minuit, ils se réunirent tous chez Roxane. Comme chaque année, elle fit le rituel de son pays natal et de celui de Thomas, respectivement l'Auvergne et le Poitou. Thomas prit une grosse bûche de bois et y dessina une croix afin que tous soient protégés durant l'année à venir. Roxane demanda à Léon de bénir cette bûche, car cette bénédiction devait être faite par le cadet, et la mit ensuite dans l'âtre. Chacun vint ensuite, à tour de rôle, frapper la bûche avec un bâton. La croyance populaire voulait que, plus chacun d'eux réussissait à faire d'étincelles, plus il verrait ses vœux exaucés. Tous applaudirent devant l'immense gerbe d'étincelles produite par le coup de Platon. Une fois ce rituel terminé, ils festoyèrent tous ensemble jusqu'au petit matin et Pierre s'endormit, un peu ivre, sur le banc près de l'âtre. Platon et Marie partirent ensemble, sous le regard complice de Roxane. Ils se rendirent dans la maison du maître de Platon, qui était à Lachine avec toute sa famille. La vaste et somptueuse demeure était vide. Platon entraîna Marie dans l'une des voûtes cintrées de la maison. Leurs cœurs battaient si fort qu'ils entendaient à peine le froissement soyeux de la robe de Marie. Elle mit sa main sur la pierre froide du mur et Platon attrapa cette main, la passa sur sa joue et l'embrassa doucement. Ensuite, il dégagea ses cheveux et caressa son front avec ses lèvres. Tremblant, il déposa de doux baisers dans son cou et lui prit le visage entre les mains en la regardant intensément. Tous leurs sens étaient en éveil.

Marie avait un trac fou. L'infidélité d'Antoine avait considérablement miné sa confiance en elle. Peut-être avait-elle été une mauvaise amante ? se demandait-elle souvent depuis la mort d'Antoine.

Lorsque Platon l'embrassa, elle oublia ses craintes. Avec des gestes rapides et un peu maladroits, ils se déshabillèrent, pressés de goûter à leurs étreintes. Platon entraîna Marie dans la chambre de son maître. Il n'avait pas de chambre à lui, mais une simple paillasse près de l'âtre. Fridolin, le fils aîné du maître, lui avait dit qu'il pouvait se compter chanceux de ne pas dormir, comme bien d'autres esclaves, à même le sol, comme le chien de la maison. Il était jaloux de l'affection trop évidente que son père avait pour Platon et il ne manquait pas une occasion de l'humilier.

Après s'être unis une première fois, Marie caressait le corps de Platon lorsque, soudain, elle vit qu'étaient tatoués, près de l'aine, deux M. Il lui sourit et lui expliqua qu'il avait tracé ces M au couteau et qu'il avait ensuite frotté ses blessures avec du charbon de bois.

— Je t'aime tant. Je voulais que mon corps porte ta marque. Les initiales de ton nom me rappellent chaque jour que je dois aimer : M M, me répètent-elles. Aime ta vie, aime les autres, aime tout ce qui t'entoure.

Marie se mit à pleurer. L'amour de Platon la bouleversait. Il l'embrassa tendrement d'abord, avec plus de passion ensuite, et ils firent l'amour de nouveau. Lorsque, après des heures de tendresse, de passion et de rires, Platon raccompagna Marie jusqu'à son logement, ils virent un renard qui, au bout de la rue, semblait les attendre. Platon y vit un bon présage pour leur amour. L'apparition d'un renard, chez les Amérindiens, symbolisait une destinée hors du commun.

* * *

Roxane se leva au début de l'après-midi et se rendit aussitôt chez Marie. Elle avait hâte de l'entendre parler de ses amours avec Platon. Après avoir quêté ses confidences, elle lui demanda, la voix chargée d'espoir, de l'accompagner au Petit-Cap. Elle voulait y faire un pèlerinage avec Léon.

— Il y a un saint patron qui veille sur des malades comme Léon. C'est saint Valentin. Il paraît qu'au Moyen Âge, les endroits qu'il a visités en France sont devenus des lieux de pèlerinage où plusieurs ont été guéris. Nous ne pouvons aller aussi loin, mais quelqu'un nous a dit qu'un pèlerinage au Petit-Cap pouvait faire un miracle pour Léon et que si nous y allions pendant les grands froids de l'hiver, nous serions encore plus méritants. Après Noël, les froids de janvier devraient peut-être nous gagner la grâce de Dieu. Savais-tu que, depuis 1650, les jésuites ont recensé plus de cent dix guérisons miraculeuses ?

L'espoir la rendait fébrile et volubile. Elle ajouta :

— Tu as probablement entendu parler de cet infirme qui, malgré son infirmité, transportait chaque jour des pierres, afin, disait-il, de faire sa part dans la construction d'une église. Eh bien, cet homme s'est réveillé un matin, miraculeusement guéri ! Tu connais aussi sans doute ce soldat du régiment de Carignan, dont la jambe a été tranchée par un coup de hache qui a, lui aussi, guéri de façon spectaculaire après avoir visité l'église du Petit-Cap ? Aux nombreux sceptiques qui ne croyaient pas en la gravité de sa blessure, il leur a rétorqué de s'informer auprès du chirurgien du roi qui a été lui-même étonné par cette guérison ; ses connaissances médicales ne pouvaient expliquer pareil phénomène.

Marie accepta avec enthousiasme de l'accompagner. Elle était contente que Roxane reprenne confiance en la vie et ne se laisse pas abattre. Marie savait que la foi peut guérir, mais elle se demandait si la foi de Léon était aussi grande que celle de Roxane. Il avait confié à Marie qu'on lui avait répété que l'épilepsie était incurable et il avait tendance à croire ces gens plutôt que de se laisser emporter par l'optimisme de sa mère. Il avait été si souvent déçu. Il étouffait dans l'œuf toute forme d'espoir afin de s'éviter une autre cruelle déception.

Pendant que Marie et Roxane papotaient, Pierre entrait et sortait de l'appartement en chantonnant. Il accompagnait Thomas à Ville-Marie afin de l'aider à transporter jusqu'à Québec le maximum de leurs possessions. Léon entra à son tour et supplia Roxane de le laisser les accompagner. Elle accepta, même si elle était inquiète de le voir partir. Il la remercia avec un gros bec retentissant sur la joue.

Alors que Roxane et Marie les croyaient partis, ils entrèrent en courant et glissèrent des glaçons dans leur dos.

— C'est toi qui m'as demandé de les enlever avant de partir afin qu'ils ne blessent personne en tombant du toit ! dit Pierre en riant aux éclats.

Pierre et Léon dévalèrent l'escalier, batifolant comme des enfants.

Marie confia à Roxane que Rosaire estimait que Léon était fort doué pour le métier de tonnelier et qu'en plus de ce talent, il avait une imagination si fertile qu'il créait des lanternes plus belles que tous les ferblantiers qu'il connaissait. Roxane ne dit rien, mais les paroles de Marie lui étaient précieuses. Toutes les fois que son amie complimentait Léon, c'était comme si elle lui offrait un cadeau.

Chapitre 46

Marie était revenue du Petit-Cap depuis quelques minutes à peine que, déjà, Platon la serrait dans ses bras :

— Je suis venu vérifier à toutes les heures si tu étais arrivée. Je me suis tant ennuyé, lui dit-il en lui donnant cent baisers dans le cou. J'ai un cadeau pour toi.

Il ouvrit un sac rempli de victuailles. Marie hésita. Elle savait que tout ce que Platon rapportait de la chasse appartenait à son maître. Avant qu'elle n'ait le temps de s'objecter, Platon lui rappela que les Amérindiens partageaient tout.

— Il n'y a personne qui possède plus que d'autres et le chef est celui qui est non seulement le plus éloquent, mais aussi le plus généreux. C'est pourquoi il est souvent le plus pauvre. C'est différent des Français qui, non seulement sont très riches, mais qui, souvent, s'enrichissent en exploitant ceux qu'ils gouvernent.

Marie lui sourit. Elle l'avait elle-même encouragé à ne pas combattre sa nature et à vivre selon la philosophie de ses ancêtres. Elle lui raconta que lorsque Jacques Cartier avait amené des Iroquois en France, il pensait les impressionner par la magnificence des palais alors qu'en réalité, ils avaient été scandalisés de voir tous ces mendiants près du Palais royal et autres demeures somptueuses. « Comment pouvaient-ils s'empiffrer alors que, près d'eux, des gens crevaient de faim dans la rue ? » se demandaient-ils, interloqués.

Platon la serra contre lui. Elle lui avait tant manqué. Marie était heureuse dans ses bras. Alors qu'elle n'avait jamais réussi à avoir confiance en Antoine, pas un seul instant elle n'avait douté de Platon. Comment aurait-il pu en être autrement ? Il ne se passait pas une journée sans qu'il lui montre, par des gestes, des regards et des paroles, la profondeur de son amour. Ils étaient si bien ensemble.

Marie avait accepté la proposition de Platon de s'enfuir avec lui en Gaspésie. Elle voulait cependant attendre que Pierre soit marié. Elle croyait qu'il accepterait plus facilement la situation marginale de sa mère lorsqu'il serait lui-même amoureux et occupé à fonder une famille. Platon avait accepté de l'attendre.

Cette attente était supportable parce qu'ils se voyaient tous les jours. Il venait souvent dormir chez elle et ils se rejoignaient presque chaque dimanche à l'orée de la forêt. Platon enseignait à Marie le langage secret de la nature. À mesure qu'elle les approfondissait, elle était séduite par les croyances des Amérindiens, leur façon de voir la vie et leur contact avec les animaux, la nature et tout l'univers. Pour eux, tout était relié et chacun de leur geste était empreint de spiritualité. Avec Platon, Marie trouvait plus de sacré dans la forêt qu'à l'église.

Au fil des semaines, Marie avait créé des liens d'amitié avec des pauvres et des marginaux dont elle faisait un peu partie. Elle se sentait des affinités avec ceux qui regardaient d'un œil critique le pouvoir en place, pointant du doigt les abus qu'il engendrait. Elle avait toujours été attirée par ceux qui remettaient en question les conventions et les normes sociales.

Elle avait découvert qu'elles étaient plus nombreuses qu'elle ne l'avait cru, les femmes et les filles que personne ne voulait soigner à cause de leur réputation ou de leur pauvreté. Devant leur misère, elle avait pris conscience de la nécessité de partager ses connaissances, si limitées soient-elles. Elle leur transmettait ce qu'elle savait des plantes et des herbes qui poussaient en grande quantité dans la forêt environnante, car certaines s'avéraient d'assez efficaces moyens contraceptifs dont les propriétés étaient connues des Amérindiennes. Elle prodiguait parfois, clandestinement, des soins aux femmes enceintes qui souhaitaient cacher leur condition et elle les aidait à accoucher.

Bien sûr, quelques dévotes racontaient, scandalisées, que des filles, et même des femmes mariées, trouvaient auprès de Marie de quoi empêcher les grossesses. Même Pierre avait été outré par le comportement de sa mère le jour où il avait compris qu'il ne devait pas à la simple amitié le fréquent va-et-vient dans leur appartement. Marie lui avait dit qu'elle enseignait à toutes ces femmes comment éviter d'être engrossées si tel n'était pas leur désir. Devant l'air scandalisé de Pierre, elle s'était écriée :

— Te rends-tu compte, Pierre, que des mères désespérées jettent parfois leurs nouveaux-nés dans le fleuve ou dans les latrines ? Ignores-tu aussi que, avant que de bonnes âmes ramassent les bébés abandonnés sur le pas d'une porte, des porcs, des rats et des chiens sont passés avant elles ?

Pierre avait grimacé de dégoût. Il ignorait que de pauvres bébés avaient été mutilés ou étaient morts de façon aussi atroce.

— Sais-tu que des femmes meurent parce qu'elles ignorent la dose exacte des plantes abortives qu'elles absorbent ? Bien des femmes en remplissent une tasse grosse comme ça, avait dit Marie, en prenant son gros gobelet d'étain. Ne crois-tu pas qu'il est souhaitable que les femmes sachent comment éviter des grossesses dont elles ne veulent pas ? Savais-tu qu'en France, un nombre effarant de femmes ont été pendues parce qu'elles ont caché leur grossesse ? Elles sont même beaucoup plus nombreuses que les sorcières qui ont pourtant été tuées par milliers. Ces femmes sont accusées d'infanticide si le bébé meurt à la naissance même si elles ne sont pas responsables de leur mort. Ici, en Nouvelle-France, les femmes qui ne déclarent pas leur grossesse peuvent finir sur la potence. Sais-tu qu'il y a des filles qui se donnent la mort pour éviter le déshonneur d'avoir été engrossées ?

Marie était en colère. Elle était fort susceptible quand elle parlait de la façon dont les hommes imposaient aux femmes leur destinée. Elle avait largement payé le prix de ce pouvoir-là.

— Bon d'accord, avait répondu Pierre avec une pointe d'agacement dans la voix. Mais on m'a dit aussi que tu aides des filles à tromper leur nouvel époux.

— Que me racontes-tu là ?

Pierre était mal à l'aise même si Marie n'avait jamais été gênée de lui parler de ces choses-là.

— On dit que tu utilises à cette fin une plante qui porte ton nom : la major.

— La *consolida major*. Oui, je me sers de cette plante pour resserrer les orifices des accouchées et il m'est arrivé de dire à de jeunes filles qui n'étaient plus pucelles de se baigner dans une cuve remplie d'eau dans laquelle elles auraient laissé infuser cette plante. Ainsi, elles peuvent faire croire à leur époux qu'elles sont vierges. Si certains hommes étaient moins violents, les femmes n'auraient pas à user de tels subterfuges.

Après réflexion, Pierre avait compris qu'il avait beaucoup plus de raisons d'être fier de sa mère que d'en avoir honte. Un jour, une dame l'avait conforté dans ce sentiment de fierté. Elle lui avait dit que, pour ceux qui n'étaient pas gâtés par la vie, Marie personnifiait l'espoir parce qu'ils se disaient que si cette femme, après tout ce qu'elle avait traversé, arrivait encore à rire souvent et à se rendre utile, cela signifiait que nul n'était piégé dans un sombre destin.

Tous les liens que Marie créait la transformaient et la pacifiaient. La révolte qui l'habitait depuis qu'elle avait été enfermée à la Salpêtrière avait fini par s'évanouir totalement. Même si l'idée de la souffrance rédemptrice l'avait toujours agacée, elle avait fini par admettre que tout ce qu'elle avait vécu lui avait permis de mieux comprendre et aimer les autres. Elle était justement appréciée à cause de cette sensibilité aux autres que la vie avait ciselée. Bien des choses l'indignaient mais une certaine sérénité s'était installée en elle.

Malgré leur pauvreté, chacun des gagne-petit qu'elle aidait s'était empressé, quand il le pouvait, de la dédommager. Elle ne vivait pas dans l'opulence, loin de là. D'autant plus qu'ils devaient se serrer la ceinture afin de rembourser les créanciers qui avaient recommencé à les harceler. Elle avait même donné sa bague de mariage en étain à l'un d'eux et avait demandé à Marguerite de l'aider à vendre ses livres. Elle n'en avait soufflé mot à Pierre.

Marie se consolait de sa pauvreté du mieux qu'elle pouvait. Elle essayait de se convaincre que le bonheur est d'abord lié à une attitude intérieure et tentait de partager cette conviction avec son fils. « Regarde, Pierre, lui dit-elle un jour qu'ils se promenaient dans la rue des Pauvres, tous ces enfants crève-la-faim qui rient et chantent : leurs rires sont un pied de nez à la misère. » La présence quotidienne de Léon ne leur permettait pas d'oublier la chance qu'ils avaient d'être en bonne santé. Quand elle regrettait de ne pouvoir se payer certaines choses, Marie se disait que ce qu'elle aimait le plus dans la vie ne coûtait absolument rien : voir quotidiennement son fils et Roxane, faire l'amour avec Platon, exploiter ses talents, se promener dans la forêt ou sur l'eau. Rosaire les amenait régulièrement à l'île d'Orléans où ils allaient visiter le parrain et la marraine de Pierre.

* * *

Marguerite et Marie étaient assises sur la petite terrasse que Pierre avait aménagée sur la passerelle. Elles parlaient de choses et d'autres lorsque soudain, Marguerite, le plus sérieusement du monde, compara Marie à une baronne française qui s'était consacrée aux marginaux parce qu'elle voulait sauver l'âme de son mari mort sans confession. Le rire de Marie lui fit comprendre qu'elle n'y était pas du tout. Marie ne s'était jamais sentie aucune disposition pour le sacrifice et la mortification. Elle ne partageait pas non plus l'idée communément admise que soigner les pauvres est une tâche ingrate et vile qui ne sert qu'à gagner son ciel.

Marguerite ne s'offusqua pas de la réaction de Marie. Elle se réjouissait de la voir si joyeuse. Elle la trouvait épanouie, rajeunie, plus belle même que dans sa jeunesse.

Marie entraîna Marguerite :

— Viens ! Allons nous promener. Il fait si beau.

Elles marchaient tout en papotant et Marie observa que quelques passants l'ignoraient tout en saluant chaleureusement Marguerite. Mais il y avait quelque chose de nouveau. Ce n'était pas cette feinte indifférence qui était nouvelle, mais son indifférence à elle devant ce mépris. C'était grâce à Platon qu'elle avait réussi à mater cette hyper-sensibilité aux jugements des autres. Il lui avait fait remarquer qu'elle l'avait toujours encouragé à s'afficher tel qu'il était et à s'affranchir de son esclavage, mais qu'elle-même était encore souvent esclave du regard des autres. Ils avaient fait le pacte de travailler tous les deux à s'affranchir de leur esclavage respectif.

Chapitre 47

En ce froid et humide matin de mars de l'an de grâce 1685, Julien marchait, en toute liberté, dans les rues de Ville-Marie. Il portait, comme unique déguisement, une soutane dont l'ample capuchon lui couvrait la tête et lui cachait une partie du visage. Il revenait de chez Pierre Gauthier qui avait la garde de ses biens. Il souriait en songeant qu'Anne, Marie Major et son fils avaient tout perdu, alors que lui avait récupéré toutes ses économies. Il savait que c'était une autre faveur que le Conseil lui avait faite, car habituellement les biens d'un meurtrier étaient saisis et même les héritiers ne pouvaient les récupérer.

Désœuvré, il flâna un peu dans les rues de la ville, passa saluer son ami Michel Lecourt et retourna au séminaire des sulpiciens où il avait reçu l'asile religieux. En attendant que les glaces aient suffisamment libéré le fleuve et qu'il puisse enfin mettre à exécution son plan d'évasion, il avait mandaté Michel Lecourt afin qu'il vende sa maison. En vain. Tous pensaient qu'elle était hantée par l'âme de Desjardins. Tous croyaient aussi que quiconque y habiterait serait poursuivi par un mauvais sort. « On n'habite pas impunément la maison où un homme a été tué », disaient les bonnes gens. Leurs propos trouvaient écho chez ceux, fort nombreux, qui juraient avoir vu l'ombre du tonnelier rôder autour de la maison maudite. Ils étaient d'autant plus convaincus que l'âme d'Antoine hantait les lieux qu'ils croyaient entendre des bruits et des lamentations provenir de la maison, surtout les soirs de pleine lune. Chacun hâtait le pas et faisait le signe de la croix lorsqu'il passait devant cette maison abandonnée dont les volets claquaient au vent. Ceux qui avaient connu et estimé Antoine s'agenouillaient devant la croix que Thomas, Léon et Pierre avaient clouée sur la maison lorsqu'ils étaient venus à la fin de décembre. C'était Thomas qui avait eu l'idée d'honorer ainsi l'âme d'Antoine et Pierre lui était infiniment reconnaissant de cette attention. Ce simple rituel lui avait fait du bien.

Quelques jours plus tôt, un sulpicien était venu trouver Julien dans sa cellule et lui avait dit qu'il avait un cadeau pour lui. Et, joignant le geste à la parole, il lui avait remis une masse de feuilles attachées avec de grandes aiguilles.

— Mais je ne sais pas lire, lui avait dit Julien, étonné d'un pareil présent.

— Cela n'est pas destiné à être lu, mais à être brûlé.

Julien comprenait de moins en moins. Le prêtre le regardait, visiblement amusé de l'effet qu'il suscitait.

— Ce sont là les grosses du procès.

Julien s'était levé d'un bond et avait arraché des mains du prêtre les procès-verbaux. Dans sa brusquerie, il les fit tomber et se confondit en excuses. Il remercia chaudement le prêtre, allant même jusqu'à l'embrasser, lui à qui pourtant tout contact physique répugnait.

Le prêtre s'était esquivé sans un mot.

Julien avait pleuré de joie. Le soir même, il avait tout brûlé. Le feu avait donné à l'écriture de Maugue de drôles de formes. Julien les avait regardées, hypnotisé. « Plus rien ne subsistera de ce qu'a dit Anne à ce maudit procès », s'était-il dit, soulagé. Ne sachant pas lire, il ignorait que le conseiller avait oublié d'inclure les témoignages des gens de Batiscan. S'il l'avait su, sa joie aurait été de courte durée, car ils étaient fort élogieux envers Antoine.

Pendant ce temps, à Québec, Marie discutait avec les Levasseur chez qui elle avait été invitée. Elle leur confia qu'elle songeait à rencontrer les membres du Conseil souverain afin de connaître des détails sur la façon dont se déroulait le procès de Julien. Jean lui apprit que, désirant l'aider, il avait consulté en cachette, risquant ainsi une réprimande, les notes du Conseil. Il raconta qu'il avait lu que les conseillers avaient acheté des vêtements à Julien afin qu'il ne prenne pas froid lorsqu'il était parti, en décembre dernier, pour se rendre à Lachine :

— On lui a acheté un bonnet de laine, une paire de mitaines, une chemise, une paire de bas et une paire de souliers de Sauvages, avait précisé Jean avant d'ajouter : Le cadeau est de taille, étant donné la rareté des vêtements. J'ai été fort étonné de lire que le conseiller Depeiras devait se rendre à Ville-Marie le 8 mars afin d'y juger Julien alors qu'il était prévu que Julien viendrait à Québec. Le greffier a écrit que cette mesure a été prise afin d'éviter des frais inutiles, puisque Depeiras devait de toute façon aller à Ville-Marie. Ce qui m'étonne, c'est que Depeiras ne s'est pas déplacé. Je lui ai même demandé, mine de rien, s'il comptait voyager bientôt et il m'a dit, l'air étonné, qu'il avait bien trop de choses à faire en cette ville pour songer à s'en éloigner. Le mois de mars s'achève et plus personne au Conseil ne parle de Julien.

Jean marqua une pause et conclut :

— Les membres du Conseil ont laissé Julien se volatiliser, peut-être même l'ont-ils aidé. Ce qu'ils ont écrit dans leurs procès-verbaux ne sert qu'à camoufler leur aide.

Jean était révolté du peu de cas que le Conseil faisait de Marie et Pierre. Il ne pouvait rien faire pour les aider et cette impuissance l'attristait.

Dès le lendemain, Marie sollicita une audience auprès des membres du Conseil souverain. Sa requête lui fut accordée. Les conseillers furent courtois et promirent de la tenir au courant du déroulement du procès. Marie ne s'illusionnait pas. Elle avait compris qu'ils ne feraient rien. Le procès en appel avait été une mascarade. Elle savait qu'ils se déculpabilisaient en se disant que la fin tragique d'Antoine était la juste conséquence de sa mauvaise conduite et qu'il fallait en tirer une morale.

Après le départ de Marie, les conseillers s'entendirent sur les mesures à prendre afin de ne pas éveiller les soupçons. Monsieur le dissident était absent ce jour-là car, encore une fois, il n'avait pas été invité à cette rencontre.

— Si nous ne faisons rien, il sera trop évident que nous l'avons laissé filer. Branssat et Gervaise ne tarderont pas à nous demander des comptes.

— Nous n'avons qu'à faire comme s'il s'était enfui.

— Oui ! Nous allons émettre un décret de prise de corps. Nous allons faire crier dans les villes une ordonnance que nous afficherons ensuite à plusieurs endroits.

— Cette ordonnance sera lue ensuite en chaire.

— Nous attendrons jusqu'à la fin avril et nous pendrons Julien par effigie.

— Ainsi, justice sera faite.

Ils trinquèrent tous en riant aux éclats.

Quelques semaines plus tard, Gervaise, Branssat et Maugue allaient quitter le palais de justice quand ils virent Monsieur de Niagara venir vers eux en courant.

Monsieur de Niagara était un chien qui avait été ramené du fort Niagara. Son maître avait constaté que son chien se promenait d'une ville à l'autre et s'arrêtait toujours aux mêmes endroits : au fort huron de Québec, au fort de Trois-Rivières et au palais de justice de Ville-Marie. Il eut alors l'idée de donner à son fidèle animal la mission de transporter du courrier. Il avait parlé de ce projet à Antoine, qui était son ami, et celui-ci avait fabriqué un petit tonneau qu'il avait attaché au cou du chien. On y déposait des lettres qui, toujours, se rendaient à destination. Triste ironie du sort, le tonneau construit par Antoine, trois ans plus tôt, allait servir son meurtrier.

— J'aime mieux les services rendus par ce chien que ceux que rendent les commissionneux ou les quêteux qui transportent les nouvelles qu'ils déforment au fur et à mesure qu'ils les racontent, dit

Maugue en tapant dans ses mains afin que le chien accélère sa course.

— Il y a toujours eu des gens qui aiment se rendre intéressants en transmettant les mauvaises nouvelles, rétorqua Gervaise.

— Pas toujours. Dans l'Antiquité, les porteurs de mauvaises nouvelles étaient exécutés, précisa le bailli.

Monsieur de Niagara s'assit devant eux, attendant patiemment qu'ils ouvrent le tonneau. Il savait qu'il aurait ensuite une récompense.

— Nous avons une lettre de ces messieurs du Conseil souverain! s'exclama Gervaise. Il est tout de même curieux que les conseillers n'aient même pas pris la peine d'envoyer leur messager.

Le chien attendait maintenant devant la porte de la prison qu'on la lui ouvre.

— Il est bien le seul à apprécier la cuisine de la femme du geôlier, dit Maugue en riant.

Ils retournèrent à la chambre d'audience afin de lire leur courrier.

— Ah ça par exemple! Ils nous demandent de pendre Julien par effigie. Pendre un portrait! Pour qui nous prennent-ils? Pour des imbéciles? Pensent-ils sincèrement que nous ignorons où est Julien? J'enrage de ne pouvoir rien faire! hurla Branssat.

— Je le savais depuis le début que Talua serait protégé par les sulpiciens! s'exclama Maugue.

Le soir même, Branssat reçut à son tour la visite d'un sulpicien qui lui fit miroiter la possibilité que, d'ici quelques années, il serait nommé juge royal. Le bailli rougit de plaisir. Il espérait tant accéder à ce poste honorifique.

Il le serait effectivement, mais l'affaire traînerait en longueur. Il n'aurait cet honneur que neuf ans plus tard, quelques mois à peine avant sa mort.

Chapitre 48

En ce 10 avril de l'an de grâce 1685, Julien Talua dit Vendamont fut pendu par effigie pour un crime qui était, lui, pourtant bien concret.

Tout avait été orchestré comme si une vraie pendaison avait lieu : le charpentier avait monté la potence, le prêtre était sur place, des sièges avaient été loués au premier rang, des marchands vendaient des potences miniatures. La foule assemblée était si bruyante et s'amusait si ouvertement de cette pendaison que des membres du Conseil venus à Ville-Marie pour l'occasion ne purent s'empêcher d'observer que la pendaison par effigie semblait avoir peu d'impact sur les consciences.

— C'est quand même l'honneur du pendu qui est perdu à jamais, rétorqua l'un d'eux.

— Son honneur en Nouvelle-France lui importe peu puisqu'il n'y sera probablement plus dans quelques jours, dit Maugue qui, assis juste derrière eux, les avait entendus.

Il connaissait suffisamment Julien pour savoir qu'il ne resterait pas en Nouvelle-France, fût-il en sécurité dans un monastère.

Après les premiers roulements de tambour, la voix de l'archer imposa le silence :

— Julien Talua dit Vendamont a été jugé coupable d'avoir assassiné, le 10 juillet 1684, Antoine Roy dit Desjardins. Il a été condamné à être pendu. Le meurtrier s'est enfui et demeure introuvable, malgré tous les efforts des officiers de la Justice du roi pour le retrouver. Il est donc aujourd'hui pendu par effigie.

Le maître des hautes œuvres monta sur la potence. Il tenait dans ses mains l'effigie de Julien Talua dit Vendamont. Le prêtre monta derrière lui et, avec son goupillon, aspergea le portrait tout en récitant des prières. Ainsi mouillée, la peinture commença à dégouliner et des femmes y virent un mauvais présage pour Julien : on aurait dit que des larmes s'écoulaient des yeux de Talua. Le geôlier attacha le portrait à la corde et le coupa d'un geste brusque. Le portrait fut emporté par le vent et tomba aux pieds de Pierre qui n'avait pas hésité à faire le long trajet pour voir la pendaison, fût-elle fictive, du meurtrier de son père. Il eut le réflexe de cracher dessus mais il en eut soudain assez de nourrir sa rancœur. Peut-être avait-il suffisamment parlé avec Marie de son ressentiment et s'en était-il ainsi enfin libéré.

Pierre détourna le regard du portrait qui gisait à ses pieds et demanda à Jean Levasseur, qui l'avait accompagné, de partir. Jean se disait que, jamais, dans l'histoire de la Nouvelle-France, un meurtrier condamné à la peine de mort n'avait joui d'une telle liberté cautionnée si ouvertement par le Conseil souverain. Il enrageait. Il se faisait vieux et la maladie l'avait obligé à cesser de travailler, mais il était content de ne plus côtoyer ces gens-là.

Plusieurs, parmi ceux qui connaissaient Talua et qui savaient qu'il était protégé par les sulpiciens et le Conseil, étaient soulagés. Ils se disaient que Julien avait certainement fait la preuve qu'il était une bonne personne pour avoir mérité de telles faveurs. Penser qu'un homme aussi respectueux des lois et aussi vertueux puisse être un assassin les avait angoissés au plus haut point, car si cela s'avérait, n'importe qui pouvait subitement se transformer en tueur et, ainsi, plus personne n'était en sécurité. Il était plus sécurisant de croire que les bons et les méchants sont facilement identifiables.

Julien, toujours caché sous le même déguisement, avait poussé l'audace jusqu'à assister à sa pendaison par effigie. Il mesurait souvent l'efficacité de son déguisement, car c'est accoutré de cette façon qu'il comptait s'embarquer sur le bateau qui, dans neuf jours, partirait pour la France. Il avait dit aux sulpiciens qu'il voulait expier sa faute et consacrer le reste de son existence à chanter la gloire de Dieu.

Il avait si bien argumenté que ceux-ci avaient approuvé lorsqu'il leur avait dévoilé son désir de faire un pèlerinage à Compostelle. Des sulpiciens s'étaient réunis et avaient conclu que, de toute façon, il était assez fréquent de rencontrer sur la route de Compostelle des pèlerins pénitentiels : ces gens qui ont été condamnés par la justice à faire un pèlerinage afin d'expier leur faute. Après la réunion, ils avaient remis à Julien un passeport de pèlerin. Avec le blanc-seing, il avait tout ce dont il avait besoin.

Julien voyait, au loin, des matelots qui s'affairaient sur le pont du bateau dont le nom, *Liberté*, lui apparut de bon augure.

Il demeura en sécurité chez les sulpiciens jusqu'au jour de l'embarquement, le 19 avril 1685, vingt ans jour pour jour après le départ d'Antoine de la France.

Lorsque les maisons de Ville-Marie furent si petites qu'il était difficile de les distinguer, il commença à mieux respirer. Cependant, il crut souvent sa dernière heure arrivée lors de la traversée. Il fallut aux passagers du *Liberté* plus de trois mois avant de toucher le sol français. Les tempêtes s'étaient succédé à un tel rythme que Julien et bien d'autres passagers étaient convaincus que la situation n'était pas normale. Julien avait vu, juste avant l'embarquement, une femme aux longs cheveux rouges se tenir sur le quai avec, à ses pieds, un chat noir. Durant la pénible traversée, il avait pensé qu'il s'agissait sans doute d'une sorcière venue au port avec l'intention d'envoûter la mer en noyant un chat. « C'est elle sûrement la cause de tous nos déboires », avait-il clamé avec conviction. Mais un autre passager n'avait cure de ses propos. Il croyait, lui, que Julien pouvait être la cause des tempêtes. Sous la soutane, il avait reconnu l'homme accusé d'avoir tué Antoine Roy dit Desjardins avec qui il avait couru les bois. « Les tempêtes s'élèvent parce qu'il y a un grand pécheur parmi nous. Le mal attire le mal », s'était-il écrié un soir. « Souvenez-vous qu'il n'y a pas si longtemps, tout l'équipage d'un bateau a refusé de quitter le port parce que leur capitaine était un blasphémateur. Ces gens-là connais-

sent la mer. Ils savent que les péchés de leur capitaine peuvent leur attirer la violence des flots. Les péchés de certains passagers ont aussi
le même pouvoir maléfique. Surtout si un meurtrier se cache sous de
beaux oripeaux. »

Le hurlement du vent avait enterré sa voix, au grand soulagement
de Julien qui se tenait près de lui et qui avait compris, aux regards
courroucés que lui lançait l'homme, qu'il avait été reconnu. Il pria
pour qu'aucun autre incident ne survienne durant la traversée.

Chapitre 49

C'était l'excitation générale. Le premier bateau à arriver à Québec, en cet an de grâce 1685, était visible à l'horizon. On attendait, qui une lettre, qui un parent, qui un éventuel conjoint ou conjointe, qui un colis rempli de gâteries qu'on ne trouvait pas encore en Nouvelle-France. Personne n'avait envie de travailler, gardant les yeux rivés sur ce fleuve gorgé de promesses. Le baron de Lahontan était lui aussi sur le quai. Il comptait bien repartir bientôt. Il se plaignait pour la centième fois du peu de divertissements qu'il avait trouvé en Nouvelle-France.

— Quel ennui, en cette ville ! En France, nous avons au moins le carnaval. Mais ici, c'est le carême perpétuel. Le curé est si bigot qu'il en devient despote. Il ne faut pas regarder les dames ni profiter d'aucun honnête plaisir. Monseigneur de Laval a demandé au gouverneur, et je le cite !, qu'on ne fasse plus suivre « les dîners officiels de bal et de danse ou de toutes autres récréations et libertés dangereuses[37]. »

Les gens l'écoutaient à moitié. Personne ne voulait gâcher la journée qui s'annonçait joyeuse. Leur joie fut de courte durée cependant, car les passagers du *Mulet* apportaient avec eux la maladie. Une grande épidémie de typhus se propagea dans la colonie en un temps record. Il y avait tant de personnes atteintes que les religieuses de l'Hôtel-Dieu durent soigner les malades dans les églises, les hangars, les poulaillers. Des tentes furent dressées dans la cour de l'hôpital et quelques habitants, dont Marie, hébergèrent chez eux des malades.

---

37 Paraphrase de ce qu'a effectivement écrit le baron de Lahontan.

Elle demanda cependant à Roxane d'accueillir Pierre, car elle craignait que les malades le contaminent.

Pendant que la plupart participaient aux processions religieuses, Marie s'occupait de « ses » malades, pour qui la honte d'être malade s'ajoutait à la peur de mourir. Comment auraient-ils pu d'ailleurs ne pas avoir honte, puisque l'on répétait sans cesse que la maladie avait frappé « ceux qui étaient paresseux » ?

Un soir où, exténuée, elle s'apprêtait à se coucher, elle entendit frapper à sa porte. Marie venait à peine de l'ouvrir qu'une femme, affreusement défigurée, lui sauta dans les bras.

— Marie, oh Marie, répétait-elle en pleurant. Je croyais ne jamais te revoir.

Marie examina la femme. Elle connaissait cette voix. Et ces yeux-là, d'un bleu si doux, ne lui étaient pas étrangers. Mais le visage ! Il était affreux. La femme portait un faux nez et avait les oreilles coupées.

— C'est moi, Laetitia !

Laetitia ! Son amie avec qui elle vivait dans le faubourg Saint-Germain quand les archers étaient venus la chercher pour l'enfermer à la Salpêtrière.

Laetitia lui expliqua qu'elle avait eu le nez et les oreilles coupées parce que des archers du Roi-Soleil l'avaient surprise en train de se prostituer avec des soldats.

— Je n'avais pas le choix, Marie. Si tu voyais la misère qu'il y a en France. C'est à la Salpêtrière, où l'on m'a enfermée, qu'une religieuse a parlé de toi, un jour, tout à fait par hasard. J'étais abasourdie. Ta sœur m'avait dit que tu étais morte. Elle m'avait écrit qu'elle était venue te chercher à notre appartement parce que ton frère était mourant et que, une fois à son chevet, tu avais attrapé sa maladie et en étais morte. Lorsque Rodolphe a appris cela, il en a eu le cœur brisé. J'ai longuement réfléchi à tous les arguments que je devais invoquer pour venir te rejoindre. J'ai réussi. Je te raconterai tout en détail plus tard.

Marie songea à toute la peine qu'elle avait eue de se croire abandonnée par Laetitia et Rodolphe.

C'est avec joie qu'elle hébergea son amie. Au fil des semaines, Laetitia lui remémora la vie qu'elles avaient menée à Paris avant que Marie ne soit enfermée.

Une peine infinie meurtrissait le cœur de Marie quand elle songeait qu'elle avait été enfermée à la Salpêtrière; qu'elle avait été obligée de se marier à un homme qu'elle n'aurait sans doute pas choisi en d'autres circonstances; qu'elle avait dû cacher tout ce qu'elle savait afin de ne pas passer pour une «précieuse» et ménager l'orgueil des hommes de pouvoir ou ceux qui l'auraient rejetée simplement parce qu'elle était différente. Elle avait si souvent observé que le simple fait d'être différent attirait le rejet. Son plus grand regret était de n'avoir pu s'instruire. Que serait-il advenu d'elle si elle avait continué de vivre à Paris? Si elle avait pu suivre tous les cours publics de vulgarisation auxquels tous, même les femmes, pouvaient assister? D'éminents professeurs y transmettaient leurs connaissances de l'univers, du climat, des passions, des propriétés des médicaments. Chaque été, ils organisaient des promenades à la campagne où tous les beaux esprits avides de connaissances allaient échanger sur toutes sortes de sujets. Il suffisait de payer trois pistoles par trimestre pour avoir accès à tout cela. Elle se souvenait d'avoir un jour entendu deux femmes, expertes en astronomie, qui avaient prédit, entre 1664 et 1665, le passage de deux comètes et une éclipse de soleil. La majorité de l'assistance s'était moquée d'elles et pourtant, ce qu'elles avaient prédit était arrivé.

À cette époque, Laetitia, qui semblait connaître tout Paris, l'avait entraînée aux cours de morale et de philosophie donnés par Louis de Lesclache, à qui d'ailleurs on reprochait d'être un «professeur pour dames». Laetitia lui avait présenté Marie Meurdrac, une passionnée de sciences qui invitait les femmes à assister aux leçons privées où elle enseignait la chimie. «Que serais-je devenue si j'avais été libre d'apprendre au lieu d'être enfermée ? » se demanda encore Marie. Elle s'était posé la question maintes et maintes fois au cours de sa vie. En songeant que, en définitive, elle avait eu si peu de prise sur son destin, la tristesse l'envahit. Au même moment, Platon entra dans son logement et son regard amoureux l'effaça d'un coup. Elle l'aimait tant qu'elle s'estimait heureuse d'être si souvent dans ses bras. Il n'y avait pas de doute dans son esprit, avec lui, elle vivait un grand amour. Sa destinée ne l'avait pas toujours entraînée là où elle voulait, mais elle l'avait quand même conduite jusqu'à lui.

Roxane se joignit à eux plus tard dans la soirée. Elle devait se rendre à l'évidence, le pèlerinage n'avait pas apporté le miracle tant souhaité. Obsédée par la maladie de Léon, Roxane était de plus en plus triste. Marie la connaissait suffisamment pour savoir qu'elle se cachait souvent pour pleurer. Roxane raconta à Marie et Laetitia tous les traitements qu'on leur avait proposés depuis que Léon était atteint du grand mal : parler à un arbre ; avaler une tartine avec des poux écrasés ; boire de l'urine d'une vache noire ; avaler des excréments de castor qu'ils avaient d'abord déposés dans un pot en récitant des *Pater* ; attendre le mois de juin pour lui faire avaler des vers de terre qu'il devait manger dès le lever du soleil ; boire le premier écoulement du sang menstruel ; respirer les fragrances de la corne de cerf brûlé ; appliquer un pigeon coupé en deux sur la tête alors que le corps du pauvre oiseau est encore chaud ; recevoir des coups de fouet afin d'en faire sortir le diable.

— Un sorcier nous a même dit de trouver le corps d'un homme mort de mort violente, de faire bouillir l'un de ses os et de donner le liquide à boire à Léon. Nous ne faisons rien de tout cela. Enfin, presque rien. Il nous arrive d'essayer des traitements. Si j'avais vu mon voisin faire avaler à son enfant les choses que Léon a prises, j'aurais cru qu'il avait perdu la raison. Je sais maintenant que la maladie nous rend si vulnérables que nous sommes prêts à croire les pires sornettes, à nous attacher aux plus invraisemblables leurres. D'autant plus qu'il y a toujours quelqu'un pour nous dire qu'il s'est guéri de telle ou telle façon. Quand nous retournons voir les mêmes guérisseurs en leur disant que leur remède a été inefficace, ils nous disent que c'est notre faute. Ou bien parce que Léon ne veut pas vraiment guérir, ou bien parce que Dieu le punit d'un péché grave, ou bien parce que nous avons mal suivi leurs instructions. L'un d'eux nous a demandé si les poux que nous avions mis sur la tartine de Léon étaient en nombre impair. « Nous n'avons pas compté », lui avons-nous dit, estomaqués. « Alors, il faut recommencer », a-t-il rétorqué, sûr de lui. Léon nous a suppliés de ne pas l'écouter. Quant aux saignées qu'on lui a faites en abondance au début de sa maladie, elles n'ont fait que l'affaiblir.

« Nous sommes de solides gaillards de survivre à tous les remèdes que prescrivent certains guérisseurs », se disait Marie en écoutant son amie. Elle pensait à sa voisine de Batiscan qui avait suivi les conseils d'un chirurgien et qui donnait des crottes de souris à manger à ses enfants afin qu'ils arrêtent de mouiller leur lit. Elle songeait aussi que, de par le monde, le sang de lézard, les excréments de crocodile, les sabots d'âne étaient présentés comme des panacées.

Roxane, désespérée, ajouta :

— J'ai si peur. Aucun traitement ne semble fonctionner. Le pire, c'est que les meilleurs guérisseurs avouent leur impuissance face à cette maladie. Je crains qu'ils soient les plus honnêtes. Il nous reste à essayer l'émeraude. Un apothicaire nous a vendu de la poudre de cette pierre précieuse. Léon doit en avaler dans de l'eau bouillie chaque jour.

— L'émeraude ! ça n'est pas donné ! s'exclama Marie.

— Nous sommes prêts à nous endetter s'il le faut.

Marie n'en souffla mot, mais elle savait que cette pierre était utilisée par les sorcières afin d'éloigner les mauvais esprits.

— Connaissez-vous Hildegarde de Bigen, cette abbesse du couvent de Rupertsberg, près de Bigen ? demanda Laetitia.

— Mais oui, répondit Marie. Hildegarde est née en 1098. Elle a écrit des ouvrages en biologie, en physiologie et en théologie. Elle a aussi composé des chansons. Elle a même étudié les organes sexuels mâles. Imagine la tête de Monseigneur de Laval si nous lui en parlions ! dit Marie, espérant faire sourire Roxane. Dans un de ses livres, Hildegarde écrit que le soleil attire par sa force les étoiles. Elle décrit des plantes, des minéraux. Contrairement à la majorité des guérisseurs, elle croit que des maladies comme la folie et le grand mal ont des causes physiques. Elle a écrit que parfois les causes sont d'ordre mystique.

— Mystique ? Elle veut dire causées par nos péchés ? demanda Roxane.

— Pas du tout. Elle veut dire causées par notre façon de penser et d'être. Je ne sais trop comment t'expliquer. Par notre façon d'aimer ou non la vie, pourrait-on dire. Il faudrait que tu la lises pour bien comprendre. Elle est très en avance sur bien des hommes de science. Elle dit clairement que l'épilepsie n'est pas causée par une possession démoniaque ou par les péchés des parents, insista Marie. Crois-moi, Roxane, toi et Thomas n'y êtes pour rien.

— Une voisine nous a dit que Thomas et moi nous aimions trop et que cet amour nous avait certainement conduits à poser des gestes qui avaient déplu à Dieu. Je n'avais jamais mesuré jusqu'à présent le poids des mots. Nous entendons tant de phrases cruelles depuis quelques semaines. La maladie de Léon m'aura au moins appris à juger moins rapidement, maintenant que je mesure pleinement l'effet dévastateur des jugements.

— Laisse faire les qu'en-dira-t-on. Ne perds surtout pas espoir, ajouta Marie en passant affectueusement son bras autour de l'épaule de Roxane.

Elle aurait tant aimé pouvoir l'aider.

Chapitre 50

Ce 10 juillet était aussi ensoleillé et chaud que celui où Antoine avait été assassiné. Il y avait un an exactement qu'il était mort et Anne vivait difficilement cette date anniversaire. Elle était si malade qu'elle avait dû se rendre à l'Hôtel-Dieu afin d'y être hospitalisée. Sœur Lauréanne l'accompagnait.

— C'est ta douleur d'avoir perdu ton amant qui s'est imprimée dans ton corps. Il exprime le deuil par la maladie.

Anne était à la fois étonnée et réconfortée par la façon singulière de cette religieuse d'interpréter les événements. Sœur Lauréanne venait la voir tous les jours à l'hôpital. Elle vanta tant et si bien les mérites et les qualités d'Anne aux augustines qu'elles finirent par accepter de l'engager comme lavandière ; ce qu'elles n'auraient pas fait habituellement étant donné la réputation de femme de mauvaise vie qui lui collait à la peau.

Anne était soulagée. D'autant plus qu'une ursuline lui avait dit récemment qu'elle ne pourrait la garder plus longtemps au couvent :

— Il n'est pas dans notre mission de recueillir des femmes comme vous, avait-elle dit plutôt brusquement.

Anne savait que n'eût été de Lauréanne qui avait fait semblant d'être souvent malade afin que sa présence au couvent apparaisse indispensable, elle se serait encore une fois retrouvée à la rue.

— Finalement, cette maladie et cette hospitalisation me sont bénéfiques, se dit-elle.

Elle y vit un cadeau que lui envoyait Antoine, car elle croyait que les défunts revenaient, à chaque date anniversaire de leur décès, visiter ceux qu'ils avaient aimés.

* * *

Ce même jour, après trois longs mois en mer, Julien arriva enfin en France. Aussitôt débarqué, il alla sans tarder en pèlerinage, pressé de se débarrasser de sa crainte de l'enfer qui ne cessait de croître et des remords qui le taraudaient de plus en plus souvent. En Nouvelle-France, tous semblaient l'avoir oublié. On ne parlait que du procès de Pierre Le Moyne d'Iberville, accusé d'avoir séduit, violé disaient certains, Geneviève Picoté de Belestre, et de l'avoir engrossée.

À la tonnellerie de Rosaire, les uns prenaient partie pour d'Iberville et les autres, dont Pierre, pour Geneviève. Rosaire, qui avait horreur des commérages, leur demanda de changer de sujet. Tout en travaillant, Rosaire expliqua à Pierre que si les langues des commères ne dérougissaient pas et que plusieurs personnes raffolaient tant des commérages, c'était parce qu'ils créaient des liens entre elles. Pierre le fit bien rire en citant Montaigne, l'un des auteurs préférés de sa mère : « Je pense qu'il y a plus de barbarie à manger un homme vivant qu'à le manger mort ». Lorsqu'il sortit de la tonnellerie, il se rendit à l'église afin de prier pour le repos de l'âme de son père.

Il rencontra en chemin Marie et Laetitia qui revenaient du fort huron. Elles s'y étaient rendues à la demande de Platon qui leur avait raconté qu'une Huronne était écrasée par le désespoir depuis qu'elle avait reçu la visite d'un prêtre. Celui-ci lui avait dit que son enfant, mort avant d'avoir été converti, était condamné à souffrir éternellement en enfer. Marie et Laetitia avaient su trouver les mots pour lui démontrer que cela n'avait aucun fondement réel.

Marie leva la tête et vit l'enseigne de la sage-femme officielle : un pot contenant l'eau bénite servant à ondoyer. Elle avait cessé d'envier la reconnaissance officielle de cette sage-femme quand elle avait pris conscience des avantages que sa pratique clandestine lui apportait. Marie n'était pas obligée d'être répressive comme les sages-femmes qui étaient tenues de dénoncer les filles et femmes de « mauvaise vie » et de faire arrêter celles qui cachaient leur grossesse.

Laetitia regarda Marie avec un large sourire et lui confia qu'elle était amoureuse :

— Il a lui aussi le visage déformé. Un chirurgien barbier lui a arraché plusieurs dents et il a si mal fait son travail que son visage est devenu difforme. Damien dit qu'il n'y a qu'avec moi qu'il se sent parfaitement à l'aise. Et puis, il ne cesse de s'extasier devant la couleur de mes yeux, dit Laetitia en rougissant.

— C'est vrai que tes yeux sont magnifiques.

— Je lui ai demandé : « Tu ne me trouves pas monstrueuse ? » et il m'a dit : « Non, pas du tout. » Perplexe, je lui ai posé la même question au moins cinq fois, ajouta Laetitia en riant.

— Et puis ?

— Il m'a toujours répondu non avec conviction. À la fin, il riait et je me suis réfugiée dans ses bras. J'étais si reconnaissante.

Lorsqu'elles arrivèrent à l'appartement de Marie, elles trouvèrent Roxane, le visage rouge de colère. Marie ne l'avait jamais vue dans cet état. Roxane venait presque de mettre à la porte sa nièce qu'elle avait invitée à souper. Elle s'écria :

— Pas un seul instant ma nièce ne s'est informée de Léon. Il était resté confiné dans sa chambre, honteux. Car oui, il a honte d'être frappé par cette maladie. On le comprend aisément, après tout ce qu'il a entendu ! Sa cousine donc a mangé avec nous comme si de rien n'était, comme si un drame ne se passait pas, là, chez nous, saccageant nos vies. Elle badinait, riait, parlait de la chance qu'elle avait dans la vie, de sa bonne santé à elle, et tout cela avec une telle indécence que la colère grondait en moi, grandissait, prenait toute la place. J'ai été odieuse avec elle. Détestable. Je la haïssais. N'eût été de Thomas qui tentait tant bien que mal de faire du repas quelque chose qui ressemble aux repas joyeux de jadis, je l'aurais mise à la porte sans retenue. Comment pouvait-elle être indifférente à la souffrance de son cousin avec qui elle a partagé ses jeux il n'y a pas si longtemps déjà ?

Roxane, dont la colère diminuait au fur et à mesure qu'elle parlait, eut soudain honte de s'être laissée ainsi emporter. Elle se rendait compte combien la maladie de son fils faisait jaillir, du fond de son être, des émotions et des comportements qui lui étaient auparavant étrangers.

— Comme nous nous connaissons mal ! confia-t-elle, mal à l'aise. Je n'aurais jamais cru que je pouvais être si odieuse, qu'il y avait tant de colère en moi.

Thomas entra à son tour dans l'appartement, la mine défaite. Marie prenait conscience, impuissante, que Thomas et Roxane étaient totalement désemparés, ne sachant plus quelle attitude adopter pour aider Léon. Le curé ne cessait de leur parler d'exorcisme :

— Il en voit d'autant plus la nécessité que Léon est né avec une tache de vin sur le cou : la marque du diable, selon lui. Il a même dit qu'un exorcisme public aurait encore plus d'effets. Nous refusons. Accepter signifierait aux yeux de tous que nous-mêmes croyons notre fils possédé. Cela ne ferait qu'aggraver le mal de Léon parce qu'il serait ainsi officiellement reconnu comme possédé du diable aux yeux de tous. Devant notre refus, le prêtre nous a dit d'invoquer saint Martin, réputé efficace pour chasser les démons. Une religieuse nous a parlé de saint Donat ou saint Devit.

— Nous ne savons plus à quel saint nous vouer ! conclut Thomas qui utilisait souvent le rire comme soupape à l'angoisse.

Roxane, elle, arrivait de moins en moins souvent à rire. Devant la cruauté de l'épreuve que traversait son fils, elle se demandait parfois si la vie valait la peine d'être vécue.

Marie voyait à quel point leur quotidien était devenu une lutte contre la maladie. Elle se demandait comment les aider avant que cette résistance farouche ne finisse par avoir raison de leur propre santé. Elle avait une peine infinie pour Roxane, car elle comprenait que sa tristesse était si grande qu'aucun bonheur ne parvenait vraiment à l'éclipser.

Chapitre 51

Les années s'écoulèrent et Marie vivait un bonheur tranquille entourée de Platon, Pierre, Roxane et Thomas. La santé de Léon s'était grandement améliorée. Marie, Pierre et Platon n'avaient jamais raté une occasion, ces cinq dernières années, d'amener Léon avec eux partout où ils allaient. Son fidèle chien l'accompagnait toujours et lui indiquait à l'avance la venue d'une crise. Calmement, Léon s'étendait par terre, évitant ainsi de se blesser en tombant. Progressivement, il était sorti de plus en plus souvent et, sans que l'on puisse affirmer que ses sorties l'avaient aidé à guérir, il s'avérait que ses crises s'étaient espacées progressivement. Depuis quatre ans, il allait même quotidiennement à la boutique de Rosaire où son père avait loué un espace pour y travailler. Il y apprenait à la fois le métier de ferblantier et de tonnelier. Mais autre chose l'y avait attiré. Léon et Marie-Sainte, la fille de Rosaire, avaient eu un véritable coup de foudre dès qu'ils s'étaient rencontrés et ils s'étaient mariés quelques mois après leur rencontre.

— Tu te rends compte, avait dit Léon à sa mère, elle sait et ne m'a pas rejeté. Elle me traite comme si j'étais normal, avait-il dit, heureux.

Roxane était convaincue que c'était parce qu'il se sentait aimé et apprécié que la santé de Léon avait commencé à s'améliorer après leur déménagement à Québec. «On ne se rend pas assez compte à quel point le mépris et l'incompréhension ou même l'indifférence peuvent rendre malade», disait-elle à Marie, en se remémorant l'attitude de certaines personnes de Ville-Marie. Malgré des périodes de découragement, Roxane n'avait jamais perdu espoir, refusant les pires pronostics qu'elle avait entendus. «Des oiseaux de malheur», disait-elle. Marie l'avait vue se démener pendant des années, cherchant sans répit de nouveaux remèdes, mêlant ses efforts à ses prières, s'épuisant à essayer d'expliquer à tout un chacun que, en dehors de ses crises, Léon était tout à fait normal. Tout cela n'avait peut-être pas été vain. Depuis que Léon allait mieux, Roxane était remplie de gratitude. Ses prières quotidiennes n'étaient plus faites de demandes, mais de remerciements.

* * *

Quant à Julien, son destin avait pris une tournure tragique, même si, dès son arrivée en France, rien ne le laissait présager. Au contraire. Le passeport de pèlerin signé de la main d'un prêtre lui avait ouvert les portes de tous les établissements religieux et lui avait permis de recevoir maints traitements de faveur. Alors que les autres pèlerins dormaient le plus souvent dans les étables, Julien, lui, se trouvait à la même table que les moines et se reposait dans leurs plus belles cellules. Il n'était pas loin de croire que toutes ces faveurs étaient le signe irrévocable que Dieu lui avait pardonné. Cette conviction fut renforcée par la rencontre d'une belle gitane. Ils tombèrent follement amoureux. Il était avec elle ce qu'Anne avait toujours souhaité qu'il soit : attentionné, rieur, sensible. En prison, il avait tant souffert de la solitude qu'il éprouvait, depuis, le besoin de partager ce qu'il ressentait. Quand le comportement de sa belle l'agaçait, il le lui disait clairement et calmement au lieu de contenir sa rage jusqu'à ce qu'elle explose dans des mouvements de violence, comme il en avait eus avec Anne.

Mais ce n'était pas seulement l'amour ni sa nouvelle capacité de s'exprimer qui avaient ainsi changé Julien, mais aussi le fait qu'il ne sentait plus le besoin de donner de lui une image de perfection. Sur le chemin de Compostelle, personne ne le jugeait en fonction de son travail ou des apparences. Il ne ressentait plus cette tension qui l'étouffait en Nouvelle-France et qui résultait de tout ce qu'il s'imposait pour être ce qu'il croyait qu'on attendait de lui et gravir les échelons de la hiérarchie sociale. Il avait longtemps cru qu'un juge, poste qu'il convoitait, devait posséder une bonne dose d'insensibilité. « Autrement, comment pourrait-il assister à la torture de prisonniers ? » se disait-il. Il avait donc étouffé sa sensibilité et s'était imposé une vie de rectitude qui, progressivement, l'avait déshumanisé. Jour après jour, il avait barricadé son cœur.

Avec sa gitane, il goûtait, pour la première fois, à la légèreté de la vie, au simple plaisir d'être vivant. Julien se répétait que rien ne valait cet amour-là, ni l'honneur ni l'argent, et qu'il avait été bien fou de courir après cela toute sa vie. Cependant, un matin, alors qu'il se baignait dans la rivière sous le regard amoureux de sa belle qui l'attendait assise près d'un arbre, son histoire d'amour s'écroula comme un fragile château de cartes. En se déshabillant avant d'entrer dans l'eau, il avait laissé échapper de sa poche le blanc-seing. La gitane l'avait ramassé et n'avait pu résister à la curiosité de le lire, d'autant plus que l'usure l'avait partiellement descellé. Apprendre que Julien était un assassin l'avait glacée d'effroi. Certes, elle aurait pu être encore plus attirée par lui, précisément parce qu'il était un criminel, car certaines femmes s'amourachent des délinquants. Auprès d'eux, ces femmes assouvissent leur instinct protecteur et tirent une gratification inconsciente du fait qu'elles se sentent de meilleures personnes que leurs amants. Mais l'amante de Julien n'était pas de ces femmes-là. Elle avait couru jusqu'au chemin et avait hélé des cavaliers qui passaient par là. Lorsque Julien était sorti de la rivière, il avait cherché en vain sa belle. Il avait cru d'abord qu'elle se cachait pour s'amuser, mais, une heure plus tard, il avait dû se rendre à l'évidence : elle était bel et bien disparue. Il ne comprenait pas ce qui était arrivé et imaginait mille scénarios. Pendant des semaines, il avait cherché la seule femme qu'il ait aimée. Épuisé, fou de douleur, il avait marché des jours durant, l'air hagard. Les autres pèlerins devinaient que la souffrance de cet homme qui marchait en chancelant sans être ivre et sans réagir à leur présence devait être grande.

Des semaines plus tard, Julien décida de chercher refuge auprès de sa mère. La clôture qui bornait la maison de son enfance était barrée. Il se rendit au monastère et le père Maurice lui apprit où et dans quel état Jeanne était. Lorsqu'il arriva à son chevet, la vieille femme chercha la vérité dans le regard de son fils. Il lui avoua tout. Pour la première fois de sa vie, il prit toute la responsabilité de ses actes sur ses épaules, ne cherchant plus comme jadis à en imputer la faute aux autres. Le cœur de Jeanne ne résista pas à cette confidence, mais elle trouva la force de murmurer : « Je t'aime tant, mon fils. » Julien lui ferma les yeux pour la dernière fois en sanglotant.

Après des semaines de réflexion, sa belle gitane comprit qu'elle avait jugé Julien sans lui donner le temps de s'expliquer. Elle avait raconté son histoire d'amour à une femme vieille et sage qui lui avait dit simplement : « Il faut vivre chaque jour avec une attention très vigilante pour construire son bonheur et ne pas laisser les événements nous amener à poser des actes que nous regrettons ensuite. Il a peut-être suffi que Julien baisse trop souvent sa vigilance. »

Ni la vieille femme, ni la gitane, ni même Julien ne savaient que l'infidélité d'Anne avait ravivé chez lui une blessure profonde : la peur d'être abandonné. Dès les premiers jours où Antoine avait logé chez lui, il avait capté le désir dans les yeux de son locataire et de sa femme. Antoine n'avait qu'à apparaître avec son sourire charmeur pour qu'Anne s'anime. Quand il était en leur présence, il se sentait abandonné comme lorsque sa mère l'avait amené chez une nourrice qui, elle, lui avait préféré d'autres enfants.

« Et puis, avait ajouté la femme, toi-même n'as-tu jamais rien fait dans ta vie qui te fasse rougir aujourd'hui ? » La gitane savait à quoi elle faisait allusion. Tenaillée par la faim, elle avait volé et s'était prostituée tantôt pour un simple morceau de pain, tantôt simplement pour mettre un peu de vie dans sa vie. Elle avait connu la guerre et, dans ce monde cruel et déroutant, elle avait agi de façon souvent scandaleuse, mais qui découlait parfois, vu les circonstances, d'un instinct de survie.

La gitane regrettait d'avoir jugé si sévèrement Julien et de ne pas lui avoir donné la chance de continuer d'être ce qu'il était avec elle : un homme amoureux et attentionné. L'amour et l'espoir chevillés au corps et à l'âme, elle se rendit dans le village natal de Julien et questionna bon nombre de villageois afin de savoir où habitait la mère de son amant. Après quelques recherches infructueuses, elle trouva enfin la maison d'enfance où il s'était réfugié.

Il s'en fallut de peu pourtant pour qu'elle se love amoureusement dans ses bras. Au moment où elle frappait à la porte de la maison de son amant, Julien essayait de retourner chez lui, mais il n'arrivait pas à interrompre, de peur de l'offusquer, le père Maurice qui, ce jour-là, était fort volubile :

— Saviez-vous qu'au Moyen Âge, les Bretons partaient souvent en groupe en pèlerinage à Compostelle ? Le premier homme qui complétait ce pèlerinage était surnommé « ar roue », ce qui signifie le roi. Il conservait ce nom le reste de ses jours.

Leroy ! Pour rien au monde, Julien n'aurait voulu porter ce nom. Le fils de l'homme qu'il avait tué ne portait-il pas maintenant le nom de son ancêtre Leroy afin de cacher sa véritable identité ?

Le remords taraudait Julien sans répit. Il lui était de plus en plus difficile de vivre avec le souvenir de ce qu'il avait fait. Il avait longtemps essayé de se convaincre que l'homme qu'il avait tué ne valait pas grand-chose et que, en définitive, il n'avait pas véritablement assassiné un être humain, il n'arrivait plus à se mentir à lui-même. Il prenait de plus en plus conscience du tort qu'il avait causé à Antoine, Pierre, Marie et Anne. Il réalisait que de devoir faire face à soi-même était plus dur encore que d'être enfermé dans une prison.

Pendant qu'il écoutait le père Maurice, sa belle gitane s'en retournait, désespérée de n'avoir pu le trouver.

Elle venait à peine de quitter le village natal de Julien lorsqu'elle fut subitement saisie d'une forte fièvre. Elle retourna sur ses pas. Quelques heures plus tard, Julien bêchait son jardin quand il la vit marchant péniblement vers lui. Arrivée à ses cotés, elle s'effondra à ses pieds. Au fur et à mesure qu'il observait les symptômes de la maladie, le médecin venu à son chevet fut pris d'une peur intense : la femme qu'il auscultait avait la bouche sèche, le pouls rapide, les pupilles dilatées, le regard brillant, et elle vomissait. Il observa aussi que des bubons commençaient à apparaître sur sa peau et qu'elle présentait des troubles psychiques. Il demanda à Julien si elle était habituellement dans cet état mental et, devant sa réponse négative, il n'eut plus de doute : cette femme avait la peste. Il fut pris de terreur à cette idée et annonça son diagnostic à Julien sans plus de ménagement. Il sortit précipitamment sans même demander d'honoraires. Julien était fou de douleur et d'impuissance. Durant les rares moments de lucidité où elle reconnaissait son amant, sa belle hurlait : « Je brûle et j'étouffe, aide-moi Julien ! » Ses douleurs étaient insoutenables et Julien ne pouvait supporter de la voir souffrir ainsi. Il courut dans les rues à la recherche d'un médecin ou d'un quelconque guérisseur qui accepterait de venir au chevet de sa maîtresse. Peine perdue. Tous fuyaient dès qu'il mentionnait le mot « peste », car ils craignaient que Julien soit contaminé lui aussi. Les trois jours que dura l'agonie de la gitane, Julien demeura auprès d'elle et endura mille morts de la voir souffrir ainsi. Un chirurgien dont la famille vivait dans une extrême pauvreté accepta enfin de venir au chevet de la malade moyennant une rondelette somme d'argent. Portant un masque avec un long nez d'oiseau qui terrifia la bohémienne, il cautérisa ses tumeurs. Il le fit à froid, sans même l'avoir avertie au préalable de ce qu'il allait faire. La douleur fut si forte qu'elle succomba sous cette torture qui dura près d'une heure. Durant un court moment de lucidité, elle eut le temps de dire à Julien qu'elle l'aimait même si elle savait qu'il était un meurtrier. Julien sanglotait. Cet amour inconditionnel le bouleversait.

Julien trouva des mendiants à qui il offrit beaucoup d'argent afin qu'ils l'aident à transporter le bois dont il avait besoin pour construire un cercueil. Il omit de dire à ces pauvres miséreux quel risque ils couraient, car il estimait que ces « hommes superflus », c'est ainsi qu'il appelait les mendiants, étaient ceux-là mêmes qui transportaient la peste et que s'ils l'attrapaient à leur tour, ils n'auraient que ce qu'ils méritaient.

Quelques heures plus tard, avec des gestes empreints d'une infinie tendresse, il déposa sa belle dans le cercueil et se coucha près d'elle en attendant la mort, car il se croyait atteint lui aussi de la peste.

Chapitre 52

Lorsqu'elle se réveilla dans les bras de Platon par ce matin enso-leillé de juin 1689, Marie sentit aussitôt une grande joie l'envahir. Elle aimait tant la vie, sa vie, depuis ces dernières années où, chaque jour, elle se retrouvait dans ses bras.

Son amant ouvrit les yeux et l'embrassa tendrement. C'était dimanche et Marie se dit qu'ils pouvaient rester au lit encore un peu. Même les esclaves avaient droit au repos dominical.

Ils regardèrent quelques instants les éclats des « diamants » que le soleil faisait miroiter sur le cap. Les volets étaient grand ouverts et ils entendirent des rires d'enfants et, quelques secondes plus tard, les cris des passants, visiblement en colère. Marie et Platon pouffèrent de rire : c'était encore des jeunes espiègles qui, du haut du cap, s'amusaient à lancer des petites roches sur la tête des gens de la basse-ville.

Les éclats de soleil qui pénétraient dans la chambre transformaient les grains de poussière en pépites de lumière incandescente. Du revers de la main, Marie s'amusait à les bousculer, amplifiant ainsi leur mouvement chaotique. Elle se sentait si bien, lovée contre le corps chaud et confortable de Platon. Il la regardait, émerveillé de l'air juvénile de sa maîtresse qui, bientôt, aurait cinquante ans.

Depuis presque cinq ans qu'ils étaient amants, il ne s'était pas écoulé une seule journée où ils avaient oublié d'être reconnaissants pour tout le bonheur qu'ils s'apportaient l'un l'autre. Marie était consciente que c'étaient les épreuves qu'elle avait traversées qui l'avaient amenée à apprécier avec autant d'intensité ce que la vie lui offrait. Elle voyait tant de gens autour d'elle qui, totalement absorbés par des petits problèmes du quotidien, étaient aveugles à leur bonheur et gaspillaient les cadeaux du moment présent.

Platon avait justement un fabuleux présent à offrir à Marie ce matin-là. Il lui confia que, depuis quelques semaines, il essayait de convaincre son maître de l'affranchir.

— Je veux être libre et t'épouser. Mon maître m'a promis, avant de partir pour Lachine afin d'y visiter des amis, que, dès son retour, nous irions chez le notaire pour faire rédiger l'acte d'affranchissement.

Marie était aux anges. Ce mariage-là, elle le souhaitait de tout son être.

Ils pourraient enfin marcher ensemble librement dans les rues, au lieu de limiter leurs sorties à leurs promenades en forêt. Car tous ne se montraient pas aussi compréhensifs que le maître de Platon. Loin de là. Les relations amoureuses avec les esclaves étaient fortement réprimées dans la colonie. Les esclavagistes, de plus en plus nombreux, savaient bien qu'un réel et profond attachement envers les esclaves sensibilisait à leurs souffrances et qu'il fallait plutôt maintenir une distance affective afin d'éviter d'être touché par leurs misères. Certes, l'on tolérait les relations de quelques esclavagistes avec de jeunes Amérindiennes. Mais ces relations n'étaient pas vraiment menaçantes pour l'ordre établi, car elles n'avaient, la plupart du temps, rien à voir avec l'amour, mais exprimaient plutôt l'abus de pouvoir. Qu'une femme comme Marie aime ouvertement un esclave était réprouvé. Ne voulant pas attirer la grogne sur eux, Marie vivait son grand amour dans la clandestinité, même s'il était désormais un secret de Polichinelle.

Dans moins d'une heure, comme tous les dimanches, ils se rendraient à l'église séparément. Parce qu'ils s'étaient couchés aux environs de trois heures, les amants avaient bien de la difficulté à se tirer du lit ce matin-là. Le soir précédent, ils s'étaient rendus dans la forêt. La lune était pleine et Platon était convaincu que les herbes avaient, durant cette période, un maximum de propriétés curatives. Marie adorait se promener en forêt au clair de lune. Ils avaient cherché des herbes médicinales et de l'écorce de merisier rouge, efficace dans les cas d'indigestion. Ils étaient revenus les bras chargés, silencieux, goûtant à l'étrange et excitante sensation que dégage la forêt la nuit, comme si elle était tout entière remplie de magie.

— Allez ! Il faut se lever, dit Platon. N'oublie pas que je dois arriver à l'église avant toi, et puis j'ai faim, dit-il en faisant semblant de lui manger la peau du cou.

Ils riaient aux éclats, se bousculant comme des enfants.

Ils terminaient leur déjeuner lorsqu'ils entendirent des pas dans l'escalier. Cette façon de marteler les marches rappela à Marie le jour où des archers étaient venus la chercher pour l'emmener à la Salpêtrière. Elle retint son souffle. Le sentiment qu'un danger la guettait l'atteignit de plein fouet.

C'était le fils aîné du maître de Platon qui, ne se donnant même pas la peine de frapper à la porte, entra en faisant un grand vacarme. Il ouvrit si brusquement la porte qu'elle heurta le mur. Sans même regarder Marie, il dit à Platon :

— Ton bon temps est fini. Mon père est mort.

Le visage de Fridolin exprimait plus de méchanceté que de peine. Depuis le temps qu'il attendait d'être, à son tour, le maître de Platon. L'esclave avait été si souvent la cause de disputes avec son père. Juste avant le départ de celui-ci pour Lachine, Fridolin lui avait reproché d'être trop bonasse avec son esclave. Surtout depuis que Marie était à Québec. Le père de Fridolin n'avait plus exigé de Platon qu'il nettoie les latrines de la Place-Royale et lui avait même acheté des vêtements neufs.

— Tu sais très bien qu'il nous vole de la nourriture et des peaux qu'il apporte à sa Marie.

— Voler, voler. Tu en as de bonnes ! Sans lui nous ne serions pas aussi riches. C'est parce qu'il est un canotier hors pair que nous nous sommes enrichis avec le commerce des fourrures, ne l'oublie pas, avait rétorqué le vieil homme tout en observant avec tristesse la haine qui voilait les yeux de Fridolin.

Il voyait bien que son fils aîné était si avare qu'il ne supportait pas qu'un esclave gruge son héritage, même s'il ne s'agissait que de miettes.

Fridolin avait d'abord dit à son père que les Panis étaient esclaves parce qu'ils étaient faibles! Comme son père ne réagissait pas, il avait cité Aristote : «C'est dès leur naissance que certains sont destinés à être assujettis et d'autres à commander. »

— Je n'aurais pas gaspillé mon argent à faire venir tous ces livres de France si j'avais su que tu y lisais tant d'âneries qui ne sont pas dignes d'un bon chrétien.

Fridolin était sorti en claquant la porte. Plusieurs années plus tôt, son père avait suivi les conseils du notaire et lui avait légué Platon par testament. Fridolin s'était juré que l'esclave n'aurait pas la partie aussi facile quand ce serait lui le maître. Et ce jour-là était enfin arrivé.

Platon était sous le choc. Il était très attaché au père de Fridolin, bien plus que celui-ci ne l'avait jamais été.

— Comment est-il mort? articula-t-il d'une voix morne.

— Il a été tué par un Sauvage comme toi!

L'attitude méprisante de Fridolin fit ressurgir les blessures d'amour-propre que des années d'esclavage avaient multipliées. Platon ne pouvait supporter d'être traité de cette façon devant la femme qu'il aimait. Il était révolté par la manière cavalière qu'avait affichée Fridolin en pénétrant dans ce logement sans même frapper à la porte. En ne respectant pas le territoire de Marie, il lui manquait de respect. Et puis, Marie avait toujours éveillé chez lui son instinct protecteur.

Platon se leva et empoigna Fridolin par le collet. Il le dépassait de deux bonnes têtes et Fridolin essaya vainement de se dégager. Il regrettait d'avoir eu l'impulsivité de se rendre jusqu'à l'appartement de

Marie, mais le plaisir de voir la défaite de Platon avait été plus fort que son habituelle mesquinerie. Sans qu'il ait le temps de réaliser ce qui lui arrivait, il déboulait, poussé par Platon, les marches à toute vitesse. Il tomba face contre terre et jura de se venger. Accompagné de Rosaire, Pierre arriva sur ces entrefaites. Ils étaient allés pêcher à l'aube et avaient rencontré, sur le chemin du retour, le gouverneur Frontenac qui leur avait raconté la tragédie qui, dans la nuit du 4 au 5 août, avait coûté la vie à plusieurs habitants de Lachine.

— Il y avait un orage si violent que les habitants n'ont pas entendu venir les quelque mille cinq cent cinquante Iroquois qui ont massacré et ont capturé un grand nombre d'habitants. Si la rumeur est bonne, il y aurait plus de deux cents victimes et cent prisonniers ! Des hommes, des femmes et des enfants ont eu la tête cassée, d'autres ont été brûlés et mangés. Ces barbares ont ouvert le ventre des femmes enceintes pour en extraire leur fruit. Ils ont brûlé des granges et des maisons à plus de trois lieues à la ronde. Sur les soixante-dix-sept maisons du village, il n'en reste que vingt, rapporta Rosaire, visiblement affecté par cette nouvelle, car il avait plusieurs amis qui habitaient Lachine.

— Pierre Gauthier et sa femme qui avaient la garde des biens de Talua ont été enlevés, ajouta Pierre.

Marie se dit que si Julien n'avait pas tué Antoine, il aurait sans doute vécu à Lachine jusqu'au jour du massacre.

— D'avoir tué Antoine lui a sauvé la vie ainsi qu'à sa femme, murmura-t-elle.

— Ton maître a été tué ainsi que tous ses amis qu'il était allé visiter, dit Thomas en faisant affectueusement une accolade à Platon.

De grosses larmes coulaient sur les joues de Platon.

C'était comme s'il perdait un père une seconde fois.

C'était son rêve d'une vie libre qui s'écroulait.

Platon et Marie ne s'illusionnaient guère. Fridolin enverrait au plus tôt les archers de la maréchaussée pour faire arrêter Platon. Il n'avait même pas besoin d'invoquer le motif du vol des peaux et de la nourriture ou bien la façon dont Platon venait de le traiter : les esclaves pouvaient être emprisonnés par leur maître simplement parce qu'ils n'en avaient plus besoin.

— Je connais Fridolin, il est si avare qu'il me vendra ou m'enverra aux galères.

Marie frémit. Elle revit en pensée une gravure accrochée dans le bureau de son père. On y voyait des galériens assis, enchaînés par groupes de six sur la trentaine de bancs qui barraient le pont du bateau. « Jamais le galérien ne se lève de son banc, même pour dormir ou manger. Jamais non plus la galère ne suspend sa marche », lui avait dit son père. La perspective d'y être envoyé était si effrayante que des personnes se mutilaient afin de l'éviter. Elles étaient si nombreuses à le faire que le roi avait déclaré, en septembre 1677, que ceux qui coupaient leurs membres à cause d'une condamnation aux galères seraient condamnés à mort.

Platon pouvait aussi être tué sur la place publique sans que personne n'y puisse rien. Récemment, un homme prospère et puissant avait fait fusiller, en toute impunité, deux esclaves que des Iroquois lui avaient donnés. Lorsqu'on lui avait demandé pourquoi il avait fait cela, il avait simplement répondu : « Pour le plaisir de les voir fusiller. »

Marie était outrée parce que pratiquement personne ne se révoltait que de plus en plus d'Amérindiens soient mis en esclavage. « Ils considèrent cela tellement normal que je ne serais pas étonnée qu'un jour ils estiment qu'il est anormal pour un Amérindien de vouloir retrouver sa liberté », avait-elle dit à Pierre. Marie avait visé juste. Deux siècles plus tard, un psychiatre américain décréterait que le désir de liberté était, chez les esclaves, une maladie mentale. Il la baptiserait d'un nom étrange et affirmerait que son symptôme principal était une tendance à vouloir s'échapper !

Devant tous les risques qu'il courait s'il demeurait à Québec, Marie supplia Platon de s'enfuir au plus vite même si cette supplique

lui brisait le cœur et que tout son corps se révoltait contre cette demande. Il accepta, à la condition qu'elle vienne le rejoindre aussitôt
que Pierre serait marié. Elle le lui promit. Platon apporta le pigeon
bleu, le même que Marie avait vu lorsqu'elle avait mis les pieds pour
la première fois sur cette rue, cinq ans plus tôt. Chaque fois que
Platon était parti faire de la traite, il avait apporté avec lui ce pigeon
qui, lorsqu'il était libéré, s'empressait de revenir à son pigeonnier, un
message d'amour accroché à l'une de ses pattes. Grâce à ce messager
ailé, lui et Marie s'étaient écrit mille mots d'amour.

Les jours suivant le départ de Platon furent une véritable torture
pour Marie. L'idée qu'il pouvait être attrapé la terrorisait. Dans le
meilleur des cas, il risquait d'avoir les oreilles et les jarrets coupés.
Dans le pire des cas, c'était la pendaison. Chaque roulement de tambour et chaque criée qu'elle entendait la glaçaient d'effroi. Ses nuits
étaient peuplées de cauchemars.

Chapitre 53

Un mois s'écoula avant que le pigeon bleu ne soit chargé de son premier message : Platon décrivait un endroit magnifique où il s'était arrêté quelques jours avant de rejoindre les Micmacs à Percé. Il lui expliqua que cet endroit, à quelques lieues de la seigneurie de Matane, avait été visité par Jacques Cartier en 1534 et qu'il s'appelait Cap-à-la-Baleine. Il crut d'abord que c'était à cause de la grande quantité de baleines qu'on pouvait observer de cet endroit, mais un passant lui apprit que c'était parce qu'une baleine s'y était échouée. Platon écrivit qu'il dormait dans une grotte du Cap et que le matin il observait de magnifiques étoiles de mer restées prisonnières dans les creux des rochers lorsque la marée baissait. Il lui confiait à quel point il regrettait qu'elle ne soit pas avec lui pour regarder toutes ces beautés. Sans elle à ses côtés, elles lui procuraient infiniment moins de plaisir.

Il prit une minuscule étoile que la mer avait oublié de ramener dans son ventre et la glissa dans le parchemin. Il laissa s'envoler le pigeon messager, confiant qu'il se rendrait jusqu'à son amour. Il marcha longuement sur la plage et s'arrêta devant une croix qui avait été plantée juste à côté des rosiers sauvages qui poussaient là en abondance. On lui avait raconté que, à la fin de l'automne 1684, le corps d'un homme avait été trouvé sur la plage et que ce corps était mutilé par endroits. Platon pensa qu'il pouvait s'agir du corps d'Antoine parce que Marie et lui avaient appris que le chirurgien l'avait jeté à la mer après qu'il eut été en partie disséqué. Sans se douter que son intuition était bonne, il entonna un chant sacré.

Il pria ensuite pour lui-même afin qu'il goûte un jour avec Marie ce que c'était vraiment que d'être un homme libre. Car sa fuite n'était qu'un simulacre de liberté. Elle n'en offrait que des images blêmes et fugitives. Quand le moment serait venu, il voulait demander à Marie de le suivre jusque dans la Nouvelle York. Là, ils seraient vraiment libres.

Durant des semaines, Marie resta prostrée, incapable d'endiguer ses larmes. Platon lui manquait à un point qu'elle n'aurait jamais pu imaginer. Elle était obsédée par la peur de perdre le contrôle d'elle-même, comme cela lui était arrivé lorsqu'elle s'était retrouvée mendiant dans la rue. Elle craignait de sombrer dans la folie. Elle ne parlait guère de sa propension à la mélancolie, car elle savait que la majorité des gens croyait que les mélancoliques étaient possédés du démon.

C'est un moine qui vivait à Jérusalem au IVe siècle, Évagre le Pontique, qui, le premier, avait défini la mélancolie qu'il nommait alors l'acédie. Depuis deux cents ans, il y avait un si grand nombre de mélancoliques qui se suicidaient dans les couvents que la plupart étaient convaincus que le Pontique avait raison. « En les poussant à se tuer, Satan s'empare ainsi de l'âme des religieux et religieuses », répétait-on avec conviction. Cette croyance avait supplanté celle d'Hippocrate qui parlait plutôt d'un dérèglement de la bile et qui re-commandait comme traitement d'aller se divertir au bordel.

Inquiet de voir sa mère dans un tel état de tristesse, Pierre alla cher-cher Gervais Baudoin. Le chirurgien parla longuement avec Marie et elle lui raconta le sombre épisode de sa vie.

— Je ne sais pas ce qui m'est arrivé. Comment ai-je pu en arriver à mendier ? À exposer ainsi ma peine ? Je ne pouvais cesser de pleurer. Tout, soudain, m'apparaissait colossal, insurmontable. Je n'avais plus le goût de vivre. C'est exactement ce qui m'arrive aujourd'hui.

Marie avait de la difficulté à mettre des mots sur cette souffrance. Elle ne trouvait que des équivalences bien chétives pour décrire le désespoir et le désarroi qu'elle avait éprouvés et qu'elle ressentait de nouveau. Comment dire qu'on a le cœur plein de larmes ? Que l'espoir n'est plus au rendez-vous et que chaque effort prend l'apparence d'une montagne insurmontable ?

Heureusement, Gervais ne croyait nullement que le diable était pour quelque chose dans l'état de Marie. Il y voyait des causes bien humaines. Il lui avait expliqué que, après la mort d'Antoine, elle n'avait pensé qu'à protéger son fils et qu'elle ne s'était pas donné la permission de pleurer toutes les pertes qu'elle avait subies et d'exprimer sa colère envers son mari. Il avait ajouté que tous ces sentiments non exprimés l'avaient submergée d'un coup.

Le chirurgien ne sous-estimait pas l'impact de toutes les marques de mépris dont Marie avait été l'objet après la mort d'Antoine. Il savait qu'il faut être très fort pour résister aux entreprises de démolition des commères ou de tout le groupe social. Le simple fait de ne plus être salué cause une blessure à l'âme. Cette désinvolture dans le mépris, dans les effets du mépris, Gervais ne la cautionnait pas parce qu'il savait la souffrance qu'elle causait. Il savait aussi que de ne pouvoir confier sa peine et de devoir faire l'effort de la cacher la rend bien plus lourde à porter. Il n'ignorait pas cependant que parler ne soulage pas toujours : tout dépend de la personne qui écoute. Est-elle empathique ? A-t-elle de la compassion ? Ou bien se servira-t-elle des confidences qu'on lui fait comme d'une arme ?

Le simple fait d'être comprise par Gervais réconforta Marie. Afin de ne pas accabler Pierre avec sa tristesse, elle faisait, chaque matin, l'effort d'être de bonne humeur et d'apprécier ce que la vie, malgré tout, lui apportait : la santé, la présence quotidienne de son amie Roxane, un fils agréable à vivre, son travail. Elle se répétait souvent que, pendant ces cinq dernières années, Platon avait tant et si bien enchanté sa vie qu'elle estimait que tout ce qu'elle avait vécu avant en valait la peine : tout cela l'avait menée jusqu'à lui et, de toute façon, elle irait le rejoindre lorsque Pierre serait marié.

Mais, en ce matin ensoleillé de septembre, la vie de Pierre allait prendre un nouveau tournant. Il alla, comme à l'accoutumée, marcher au bord de l'eau. Il se dirigea d'abord vers la place du marché et observa un moment avec amusement les vendeuses qui se querellaient afin d'avoir les meilleures places. Les étals de poissons dégageaient des odeurs qui ne lui déplaisaient nullement. Il raffolait du poisson, comme tout ce qui lui rappelait la mer d'ailleurs. Il regardait souvent avec envie les pêcheurs s'éloigner du rivage et il songeait de plus en plus souvent à aller étudier, chez les jésuites, les principes de la navigation.

Une fois rendu au bord du fleuve, il admira la proue d'un bateau qui, dans quelques jours, serait le dernier à partir pour la France avant l'hiver. Le capitaine s'approcha de lui et Pierre lui confia son rêve de naviguer un jour sur les mers. Lorsque le capitaine apprit qu'il était un tonnelier d'expérience, il s'exclama :

— Nous avons justement besoin d'un tonnelier pour réparer les tonneaux lors de la traversée et aider les matelots pendant ses temps libres ! Si tu es intéressé, je t'engage.

Pierre n'hésita pas bien longtemps. La mer faisait partie de ses rêves depuis trop longtemps. Il accepta d'emblée.

Chapitre 54

Quelques heures plus tard, Pierre essayait de faire partager son enthousiasme à sa mère. Devant l'air triste qu'elle afficha, il lui dit qu'il reviendrait dans moins d'un an et que c'était une occasion en or de découvrir les lieux où elle et Antoine étaient nés. Il ajouta qu'il pourrait peut-être même rencontrer ses demi-frères et qu'il aimerait faire comme Antoine, lorsque, jeune homme, il avait fait le tour de la France. Antoine avait raconté à Pierre le plaisir qu'il avait eu, pendant trois ans, de parcourir les différentes régions de la France afin d'apprendre les secrets de tous les tonneliers qui se trouvaient sur son chemin. Une fois cet apprentissage terminé, il avait dû passer un examen qui s'échelonnait sur trois semaines et qui se terminait par la création d'une véritable œuvre d'art, une tonnellerie sculptée. Il avait réussi son examen et avait été accepté par la corporation des tonneliers français.

Marie savait que Pierre avait une vision peu réaliste de la vie sur un bateau. Elle décida de lui raconter ce qu'elle avait vécu quand elle s'était embarquée sur un navire, avec d'autres filles à marier, en juin 1668. Elle lui parla d'abord de l'eau qui devient vite avariée :

— Lorsque Roxane et moi avons fini d'épuiser les réserves d'eau que nous avait données ton oncle, nous avons fait comme les autres passagers. Nous fermions les yeux et nous bouchions le nez pour boire l'eau réservée aux passagers. Elle était devenue brunâtre et des petits vers grouillaient au fond des grands tonneaux. Nous la coupions de vin pour enlever ce goût infect. Il n'est guère étonnant qu'une personne sur dix mourait durant la traversée. On les enveloppait dans une grosse toile dans laquelle on avait déposé un boulet de canon avant de les jeter par-dessus bord.

Pierre chassa de son esprit l'image de corps qui coulent à pic.

— Est-ce vrai qu'une grenouille nageait dans les grands tonneaux remplis d'eau ? demanda-t-il.

— Oui, tant que la grenouille nageait, nous savions que l'eau était encore potable. Nous étions si obsédées par la nourriture, la bonne nourriture !, que nous ne parlions presque que de cela. Nous échangions des recettes en précisant les moindres détails. Nous en avions assez de manger du potage de semoule de blé et de la soupe aux pois. Au début de la traversée, nous avalions trois repas de viande par semaine et, quand le temps le permettait, nous mangions du poisson que les marins pêchaient. À la fin de la traversée, nous n'avions plus que des galettes piquées de vers pour calmer notre faim.

Marie se rappela que lorsqu'elle mangeait ses galettes, elle avait fermé les yeux en s'imaginant qu'elle dégustait du bon pain. Elle se disait qu'elle avait souvent fait de même dans sa vie. Elle avait préféré ne pas voir la vérité. Ne pas dissoudre ses illusions à la lumière crue de la réalité afin de maintenir bien vivaces ses rêves.

— Nous étions si affamées que nos rêves étaient peuplés de mets succulents, continua-t-elle. Un jour, Roxane était debout, le regard fixe. Je me suis approchée d'elle et lui ai demandé comment elle allait. Gênée, elle sortit de sa poche un minuscule morceau de galette. Elle le caressait en pensant au moment où elle allait le déguster.

— Caresser un bout de galette ! s'esclaffa Pierre.

— Quelqu'un qui n'a jamais vraiment souffert de la faim ne peut comprendre ! rétorqua Marie.

— Mais tante Roxane, il l'avait toujours appelée affectueusement ainsi même si elle n'était pas véritablement sa tante, a bien des réserves, ajouta Pierre en pensant aux formes généreuses de Roxane.

— Oui, mais contrairement à ce que l'on croit, ce ne sont pas nécessairement les femmes les plus grosses qui s'en tiraient le mieux. Je crois que ce sont celles qui avaient le plus de facilité à se réfugier dans leurs rêves. Quant à moi, je me remémorais tous les livres que j'avais lus et, avec Roxane, nous échafaudions mille projets qui, nous en étions certaines, se réaliseraient ici. Ils ne sont pas devenus réalité, mais au moins, durant la traversée, rêver nous a distraites de nos corps affamés et gelés.

— Tu m'as souvent dit que j'ai une imagination des plus fertiles. Elle m'aidera, moi aussi, dans les moments difficiles de la traversée.

— Tu dormiras sans doute dans la sainte-barbe. Nous étions plus de deux cents à y dormir, sur d'étroits hamacs, entassés les uns contre les autres. L'endroit était froid et totalement obscur. Il était interdit d'allumer une chandelle à cause des dangers d'incendie. L'unique vêtement que nous portions durant toute la traversée était toujours humide, quand il n'était pas carrément mouillé ! Durant les tempêtes, de nombreux passagers étaient malades et nous n'avions pas d'eau pour nettoyer. Il fallait fermer les écoutilles. De ma vie, je n'ai respiré une telle puanteur.

Marie revit en pensée l'une des tempêtes qu'ils avaient affrontée. Cette nuit, où, dans une totale obscurité, elle entendait le navire craquer de toutes parts et le vent qui soufflait avec rage. Le bateau tanguait tant et si bien que tous les passagers avaient pris conscience de leur immense fragilité devant la force des éléments. Ils avaient prié, mais leurs prières ne couvraient pas les cris des passagers qui n'arrivaient pas à dominer leur peur.

— Quand je pense qu'à notre départ, je ne cessais de dire à Roxane, en respirant l'air chargé d'embruns, que l'air salin avait le don de me ragaillardir, j'ai vite déchanté ! À peine deux jours plus tard, les vapeurs nauséabondes saturaient l'air.

Pierre était abasourdi. Il avait toujours imaginé la traversée de ses parents comme une partie de plaisir. Il croyait naïvement que les passagers chantaient sur le pont en regardant les étoiles, éblouis par l'immensité du ciel et de l'eau.

— Vous ne vous amusiez jamais ?

— Les filles n'avaient même pas le droit de parler aux matelots. La marieuse et les religieuses qui nous accompagnaient veillaient sur notre moralité. Celles qui ont réussi à déjouer leur vigilance et qui sont arrivées ici enceintes ont été retournées en France au plus vite, ajouta Marie en pensant qu'il fallait avoir bien peu de cœur pour imposer une seconde traversée à une femme enceinte.

Elle raconta qu'elle avait vu l'une d'elles se jeter par-dessus bord parce qu'elle n'en pouvait plus d'être malade et qu'un jour, un jeune homme, il avait à peine douze ans!, avait été flagellé sur le pont parce que les marins croyaient que ce rituel attirait des vents favorables.

— C'est vraiment très dangereux de faire cette traversée? questionna Pierre, espérant que Marie le contredirait un peu.

— Il y a la possibilité d'être attaqués par des pirates ou de frapper des montagnes de glace. Mais je dois dire que le capitaine a réussi à toutes les éviter et que nous avons été éblouies par leur beauté.

— Tu vois, il y a quand même de belles choses à voir, rétorqua Pierre qui n'entendait pas se laisser décourager. Et puis, il me semble que tu exagères. J'ai déjà entendu des religieuses raconter leur traversée et elle ne ressemblait pas du tout à ce que tu viens de décrire.

— Même si les religieuses, les prêtres, bref toutes les personnes de l'élite étaient sur le même bateau que moi, on peut presque dire qu'elles n'ont pas fait la même traversée. Elles ne logeaient pas dans la sainte-barbe mais dans des cabines privées. En plus, chaque religieuse avait vingt bouteilles de vin, du vinaigre, des parfums, un matelas et de l'eau.

— Mais tu y as survécu. Tu as le pied marin. J'ai sûrement hérité cela de toi, s'empressa-t-il d'ajouter, car il savait combien Antoine avait été terrifié et malade en mer.

Manifestement, les arguments de Marie ne faisaient pas le poids devant le désir de Pierre. Il était si excité à l'idée de partir que Marie cessa d'essayer de l'en dissuader. Elle aurait pu invoquer la misère qui sévissait en France et dont leur avait parlé Jean. La France vivait une période bien noire. Le baron de Lahontan avait raconté récemment aux membres du Conseil souverain que la pauvreté était si grande en France que le moraliste Jean de La Bruyère avait écrit : « Les paysans sont des animaux farouches, noirs, livides et tous brûlés de soleil qui se retirent la nuit dans des tanières où ils vivent de pain noir, d'eau et de racines et ne mangent de la viande que trois fois par an. » Marie lui avait demandé s'il était vrai que près de deux millions d'habitants étaient morts en France. « Oui, avait répondu Jean, et sur les quelque dix-sept millions qui sont vivants, deux autres millions sont des mendiants. Les penseurs répètent que la France entière n'est plus qu'un grand hôpital sans pain ni blé. »

Marie aurait pu aussi rappeler à Pierre les guerres qui secouaient la France. Depuis le 17 mai, Louis XIV combattait l'Espagne, les Pays-Bas, la Bavière et l'Angleterre. Mais comment utiliser l'argument de la guerre quand la rumeur d'une guerre imminente en Nouvelle-France prenait de plus en plus des allures d'une vérité inéluctable ? Tout le monde savait que les Anglais étaient derrière les récentes attaques des Iroquois à Lachine. Ils avaient fourni mousquets, poudre, plomb, hachettes et couteaux. Depuis le 15 mai, Frontenac projetait d'aller attaquer New York et l'Albany. Tout cela n'augurait rien de bon, il y aurait sûrement des ripostes meurtrières. « Qui sait si Pierre sera plus en sécurité ici ? » Marie ne tenta donc plus de retenir son fils. Elle se sentit tout à coup coupable de lui gâcher son plaisir. Elle se jugeait bien égoïste de vouloir le retenir. C'était sa vie, elle n'avait pas à ériger une forteresse devant ses désirs.

— Je te demande pardon, Pierre. C'est mon inquiétude qui me fait parler ainsi. Bien des gens font la traversée et ils n'en meurent pas. Je suis certaine que tu vivras une belle expérience. Profites-en pendant que tu n'as pas d'attache. Il ne sera plus temps de partir quand tu seras marié.

Pierre embrassa sa mère avec chaleur. Elle allait lui manquer.

Pour souligner son départ, Marie et Roxane préparèrent un véritable festin et ils trinquèrent jusqu'à tard dans la nuit.

Cependant, jamais Pierre ne serait parti s'il avait su le drame qui secouerait de nouveau la vie de sa mère.

Deux mois après son départ, le 11 novembre précisément, Marie apprit que Platon, comme des milliers d'Amérindiens depuis l'arrivée des Français, avait succombé à une épidémie de variole. Elle comprenait maintenant pourquoi elle avait récemment pensé à lui avec une si grande tristesse. La semaine précédant cette triste nouvelle, elle avait même eu le sentiment, à plusieurs reprises, qu'il était tout près d'elle. Elle s'était retournée brusquement et avait été étonnée de constater qu'elle était seule.

De savoir que Platon était mort causa un tel choc à Marie que, dans les jours suivants, elle s'effondra, malade et désespérée. Roxane demanda au chirurgien Gervais Baudoin de venir la visiter. Après l'avoir examinée, il ne comprenait pas de quoi elle souffrait. Il n'ignorait pourtant pas que l'on puisse mourir d'amour.

Le petit ressort qui l'avait toujours fait rebondir après l'épreuve semblait s'être définitivement cassé. C'était comme s'il ne lui restait plus d'armes contre le malheur.

Tous ses rêves et ses espoirs étaient maintenant orphelins. Marie avait cessé de leur insuffler de la vie.

Chapitre 55

Marie se sentait si faible lorsqu'elle se leva, en ce mercredi 16 novembre de l'an de grâce 1689, qu'elle décida de se rendre à l'hôpital. « Je n'ai pas envie que Roxane me trouve morte. » Depuis qu'elle habitait Québec, Roxane venait papoter avec elle chaque matin. Marie lui écrivit un court message et le plaça sous la belle pierre-de-fée en forme de dauphin que lui avait donnée Platon et qui était en permanence sur la table. Cette pierre, faite de sable fin et de limon, était une véritable œuvre d'art finement ciselée par la nature.

Lorsqu'elle sortit, le pigeon bleu était sur la rampe de l'escalier, comme s'il l'attendait. Elle tendit la main et il vint s'y poser avec une confiance qui, depuis cinq ans, ne cessait de l'étonner et de l'émouvoir. Elle remercia cet oiseau messager pour toutes les lettres et les mots d'amour qu'il avait transportés. Elle sortit ses mains du manchon que lui avait confectionné Platon et caressa doucement, à peine un frôlement, la tête de l'oiseau. Il la regarda intensément. Elle fit un mouvement de la main afin qu'il s'envole et il battit faiblement des ailes comme s'il voulait rester près d'elle. Elle descendit les marches, respira à fond et, rendue au bout de la rue, se retourna afin de s'imprégner une dernière fois des lieux. Elle jeta un coup d'œil vers la boutique de Rosaire et décida, malgré sa faiblesse, de faire un petit détour afin d'admirer les derniers tonneaux qu'avait faits Pierre et qui étaient exposés dans la vitrine.

Essoufflée, elle dut s'arrêter souvent avant d'atteindre la hauteville. Au lieu de se rendre à l'entrée principale de l'hôpital en passant par l'allée des morts, elle emprunta le chemin le plus court et prit l'allée de l'église. Elle vit, tout au fond de cette allée, une porte qui avait été faite dans la clôture. Elle l'ouvrit, suivit l'étroit passage et hésita. Il fallait trouver l'entrée qui la mènerait à la salle des malades, car les personnes qui pénétraient dans l'enclos du monastère sans une permission écrite de l'évêque étaient immédiatement excommuniées. Elle hésita. Toutes les portes se ressemblaient. Elle songea qu'elle n'aurait pas dû emprunter ce raccourci. Elle aurait souhaité qu'un miracle se produise et que, ayant subitement retrouvé la santé, elle ne soit pas obligée de traverser cette enceinte. Elle entendit les poules piailler dans la basse-cour des augustines et, couvrant leur piaillement, elle distingua un miaulement derrière elle. Elle sut, avant même de se retourner, que c'était son Petit qui était là, tout près. Elle se retourna et se pencha vers lui, remplie de gratitude. Elle avait eu tant de peine un peu plus tôt ce matin-là de ne pas l'apercevoir dans les parages. Elle plongea son nez dans la douce fourrure et le remercia pour toute la douceur et la joie qu'il avait apportées dans sa vie. Comme il le faisait souvent, il glissa sa grosse patte sur sa joue, toutes griffes rentrées, comme pour la caresser lui aussi. Il était si vieux. Il devait bien avoir dix-huit ans maintenant. Jamais Marie n'aurait cru qu'il lui survivrait. Il avait échappé à l'ignorance des hommes qui, s'estimant savants, tuaient des chats noirs afin d'en extraire la bile : ils croyaient pouvoir ainsi guérir la folie. Leurs intentions étaient louables, mais leurs gestes n'en étaient pas moins cruels. Marie déposa son Petit par terre et il attendit qu'elle entre dans l'hôpital avant d'aller, comme il le faisait chaque matin, à l'atelier de Rosaire. Même en l'absence de Pierre, il s'y prélassait près du feu en posant ses ronds yeux jaunes sur les tonneliers, comme s'il était hypnotisé par leurs gestes. Ensuite, il allait rejoindre Marie. Mais il savait ce matin-là, d'un savoir que ne soupçonnent pas les humains, que jamais plus il ne reverrait Marie dans son logement. Il ressentait une peine immense que personne ne semblait pouvoir imaginer non plus. Seule Marie aurait pu la deviner. Indifférent aux grognements des chiens rassemblés dans la ruelle, le Petit marchait, tête baissée. Ils pouvaient continuer à essayer de lui faire peur en montrant leurs crocs, il n'avait pas le cœur à jouer.

Lorsqu'elle entra dans l'hôpital, Marie se retrouva nez à nez avec le chirurgien Michel Sarrazin qu'elle connaissait. Il fut sincèrement inquiet de voir dans quel état elle était. « Brûlante de fièvre, le visage enflé, une joue marbrée de rouge, les yeux vitreux, la respiration sifflante, visiblement souffrante, se plaignant de violentes douleurs à la tête, tout cela ne présage rien de bon », se disait-il, sans pouvoir toutefois donner un nom à cette maladie. Il la conduisit sans plus tarder auprès de l'hospitalière afin qu'elle soit immédiatement admise.

La directrice de l'hôpital inscrivit dans le registre des malades : « Marie Major, née près de Paris, fille de feu Jean Major et de feue Marguerite Le Pelé ».

Ensuite, malgré l'aversion que lui inspirait la vie peu chrétienne de cette femme, elle procéda au rituel qu'elle répétait chaque fois qu'était admis un malade. Elle s'agenouilla devant Marie et lui lava les pieds. Ce n'était pas tant l'hygiène qui motivait ce geste que ce qu'il matérialisait. Il rappelait l'humilité des augustines et le fait que, pour elles, chaque malade était la figure du Christ. Ce geste symbolisait aussi la purification qu'on exigeait du malade et qui se concrétiserait, tout au long de leur hospitalisation, par les confessions, les prières, les communions et leur assistance aux services religieux lorsqu'ils étaient suffisamment bien portants pour le faire. La religieuse n'arrivait pas à oublier que Marie avait connu l'amour charnel en dehors des liens sacrés du mariage. Avec un esclave de surcroît !

De grosses larmes coulèrent sur les joues de Marie. La religieuse était silencieuse, mais tout son corps et ses gestes criaient sa répulsion. Marie aurait préféré que la sœur la prenne dans ses bras avec chaleur plutôt que de lui laver les pieds sans arriver à cacher son aversion.

Elle se sentait affreusement seule.

La religieuse lui essuya soigneusement les pieds et l'aida à enfiler ce qui, Marie le savait, serait sa dernière tenue vestimentaire, et l'idée que ce soit le cas la terrifiait. Elle avait peur de la mort. Habillée d'une coiffe, d'une chemise de nuit recouverte d'un mantelet noir et de pantoufles, elle se dirigea, précédée de l'hospitalière, vers la salle des femmes. Lorsque la religieuse ouvrit la porte, le regard de Marie fut immédiatement attiré par la petite chapelle située au bout de la salle. Des dizaines de chandelles étaient allumées et cette lumière mettait en évidence la beauté du lieu de prière. Le dénuement de la salle des malades était marqué avec plus d'acuité par son contraste avec la richesse du lieu saint. Ce contraste était voulu. Il rappelait justement aux moribonds que le séjour sur terre était semblable à la salle des malades alors que la chapelle reflétait ce qui les attendait au ciel. Puisqu'ils ne mouraient pas de mort subite, il allait de soi qu'ils avaient ainsi la chance de pouvoir gagner leur ciel grâce à leurs confessions et prières. Une forte odeur d'encens, mêlée à celle du tabac que les sœurs prisaient abondamment et que la plupart des malades étaient autorisés à fumer, imprégnait les lieux.

Presque tous les lits étaient occupés et la religieuse installa Marie au bout de la salle, près de la chapelle. D'un geste brusque et efficace, elle ouvrit le rideau de serge verte qui était suspendu sur des vergettes de métal. Marie regarda l'image de sainte Anne au-dessus de son lit. Chaque image placée à la tête des lits représentait un saint différent. Outre la symbolique religieuse, cette image sainte permettait à chaque malade de retrouver facilement son lit lorsqu'elle revenait de la chapelle. La sœur, toujours en silence, aida Marie à s'installer. Marie estima que sa couche était confortable. Le matelas contenait au moins vingt livres de laine et les deux couvertures, ainsi que le traversin, lui procureraient sans doute suffisamment de chaleur. Aussitôt couchée, elle ferma les yeux. De se sentir épuisée après si peu d'efforts lui fit mesurer l'ampleur de sa faiblesse. Dire qu'il y avait quelques mois à peine, elle marchait à grandes enjambées sur de longues distances sans trop ressentir de fatigue. Mais il est vrai que Platon était là et qu'il lui donnait des ailes. Elle sombra dans un sommeil agité.

La fièvre la fit délirer. Quelques instants plus tard, une autre augustine, sœur Laure, lui épongeait le front.

Marie s'éveilla lorsque l'aumônier vint la confesser. La connaissant, il lui demanda d'abord si elle avait pardonné à l'assassin de son mari.

— Pour moi, il est plus important de comprendre, lui dit Marie. Bien sûr, je n'approuve pas son geste, mais je crois que je comprends la douleur de Julien Talua lorsqu'il a trouvé sa femme au lit avec un autre homme.

Elle aurait aimé ajouter qu'il fallait être prétentieux pour dire « Je te pardonne », comme si on se plaçait au-dessus de l'autre et qu'on le considérait moins bon que soi. Elle préférait nettement les « Je te comprends » aux « Je te pardonne ». Placée exactement dans les mêmes circonstances, avec la somme des mêmes expériences de vie, comment pourrait-elle être certaine qu'elle aurait mieux agi que Julien ?

Lorsqu'il vit entrer le chirurgien Michel Sarrazin dans la salle, le prêtre s'éloigna en promettant à Marie de revenir le lendemain. En souriant, Michel s'approcha, suivi de l'hospitalière en chef et de la pharmacienne. Celle-ci inscrivit, dans son registre, les tisanes que la sœur soignante se chargerait de lui donner chaque jour. Michel sortit sa lancette à saignée et Marie comprit qu'elle allait probablement être saignée souvent, car ce traitement était perçu comme une panacée. À voix basse, afin de n'être pas entendue par les religieuses, elle lui demanda de lui donner quelque chose pour la soulager de ses douleurs. Michel lui répondit avec douceur qu'elle savait que l'Église réprouvait les narcotiques et qu'il ne pouvait accéder à sa demande.

Lorsqu'elle fut seule, elle s'endormit en pleurant. La mort de Platon lui causait une peine indicible. Il lui manquait tellement que son absence suscitait une sorte de vertige effrayant. Elle savait qu'elle se réveillerait en sanglotant, comme toutes les nuits depuis qu'elle savait qu'il était mort.

* * *

À l'aube de ce 19 novembre de l'an de grâce 1689, une religieuse s'approcha de Marie et fut surprise de voir qu'elle souriait en dormant. Dans son rêve, Platon prenait Marie dans ses bras et l'embrassait dans le cou. La religieuse remonta la couverture jusqu'au cou de Marie et celle-ci ouvrit les yeux en souriant, persuadée de trouver Platon. L'illusion, hélas, ne dura pas.

Marie se sentait moins souffrante ce matin-là. Se serait-elle trompée ? Allait-elle guérir alors qu'elle se croyait mourante ? Elle oscillait entre le désir de vivre malgré l'absence de Platon et celui de se glisser dans la mort afin, peut-être, de le rejoindre. Mais Pierre la retenait. Même de loin, il alimentait son désir de vivre. Elle souhaitait le voir vieillir, voir ce qu'il allait devenir, quelle femme il allait épouser, à qui ressembleraient ses enfants. L'espace d'un instant, elle se réjouit à l'idée que peut-être elle pourrait vivre assez longtemps pour les bercer, et cette idée lui insuffla l'énergie de se lever et de se rendre à la chapelle avec les autres. Elle décida de se battre : la mort n'allait pas tuer son rêve de devenir une vieille femme espiègle. Peut-être qu'en faisant semblant de vivre, qu'en mettant de la vie dans ses gestes, elle réussirait à repousser la mort.

C'est dans cet état d'esprit combatif qu'elle reçut l'eau bénite que la supérieure donnait, dès six heures, aux religieuses et aux malades. Marie avait fait semblant de réciter les prières. En réalité, elle avait envoyé des pensées d'amour à Platon, Pierre, Roxane, Léon, Thomas et son amie Laetitia qu'elle n'avait pas revue depuis qu'elle vivait avec Damien sur une terre à Kamouraska. De retour dans la salle des malades, elle aida sœur Laure à mettre de l'ordre dans les couvertures de son lit pendant qu'une autre religieuse balayait la salle. Elle mangea ensuite avec appétit la soupe de bouillon qu'on lui servit et se rendit de nouveau, avec les autres, à la chapelle afin d'y entendre la messe. Farouchement déterminée à repousser la mort, elle avala ensuite du bon pain, encore chaud, et attendit que les sœurs viennent, vers dix heures, servir le dîner. Elle se répétait que la nourriture était son arme la plus efficace contre la faucheuse. L'attente ne fut pas longue. Plusieurs religieuses entrèrent dans la salle. Marie observa tout le cérémonial qui entourait les deux principaux repas de la journée. Ce rituel était fait avec le plus grand sérieux, car, pour les augustines, servir les repas symbolisait l'amour qu'elles devaient manifester envers tous les chrétiens, particulièrement ceux qui souffrent.

L'ordre d'entrée des religieuses était toujours le même. Les postulantes étaient au premier rang. La supérieure marchait derrière elles, tête levée vers le ciel, les lèvres en continuel mouvement, indiquant ainsi bien clairement qu'elle priait. Les professes et les novices suivaient en silence. Elles s'inclinaient devant l'autel avant de réciter le bénédicité. Chaque religieuse avait une malade qui lui était assignée. Sœur Laure se dirigea vers Marie afin de l'aider à se préparer à recevoir le repas pendant que l'hospitalière en chef indiquait à la supérieure quelle portion de nourriture devait recevoir chaque malade. Les semainières, silencieuses, servaient les malades avec des gestes vifs et précis. Elles veillaient aussi, une fois que les malades avaient terminé leur repas et remercié Dieu, à ramasser les gobelets et les plats.

Mais la mort ne se laisse pas impressionner si facilement. Il faut plus que des rituels et une volonté, si farouche soit-elle, pour l'intimider. Marie se sentit soudain de nouveau très malade. De violentes douleurs vrillaient ses tempes. Elle réussit néanmoins à s'endormir après que la religieuse fut venue retirer le repas qu'elle avait à peine touché. Quelques minutes plus tard, Roxane était près d'elle, guettant anxieusement son réveil. Une religieuse balayait la salle avec des gestes fort lents, car elle devait s'assurer, mine de rien, que les malades ou leurs visiteurs ne volaient aucun objet appartenant aux augustines ou ne lisaient de mauvais livres, c'est-à-dire autre chose que des livres religieux. Cette sœur devait aussi maintenir l'ordre et voir à ce que celles qui n'étaient pas trop malades n'empêchent les autres de dormir en chantant ou en riant trop fort. Roxane était déçue de voir que

Marie dormait si profondément. Elle aurait tant aimé lui parler. Elle voyait bien que le temps leur était compté. Quand elle avait appris la mort de Platon, elle avait immédiatement pensé que Marie ne lui survivrait pas longtemps. Elle avait vite chassé cette idée de son esprit, mais la vie, maintenant, la lui rappelait cruellement.

* * *

21 novembre 1689. Le verglas avait transformé toutes les rues en patinoire et avait, du même coup, causé de multiples fractures. Plusieurs éclopées, qui n'avaient pas d'argent pour payer un chirurgien ou un « ramancheur », s'étaient réfugiées à l'hôpital où les soins étaient gratuits pour les pauvres. Elles étaient si nombreuses que les religieuses avaient dû en installer par terre, sur des paillasses.

Sœur Laure, toujours souriante, s'approcha de Marie, les bras chargés de draps et de taies d'oreillers que les religieuses changeaient tous les mois. Une femme, que les augustines payaient à la journée afin qu'elle fasse leur lessive, la suivait avec son grand panier, en discutant gaiement avec Laure. Elles étaient toutes les deux nées à Dieppe et se remémoraient l'hôpital de cette ville de France où, faute d'espace, des femmes étaient couchées dans le même lit. « Cette femme est d'une grande beauté », se dit Marie en observant la lavandière. Son sang se glaça lorsqu'elle vit soudain, au cou de cette femme, le talisman que portait Antoine. Il s'agissait d'une plaque de métal sur laquelle étaient gravées des mains qui s'étreignaient. Marie devina que la femme qui était devant elle était Anne Godeby. D'autant plus qu'elle correspondait à la description que Roxane lui en avait faite. « Le destin est bien étrange d'avoir fait en sorte que je ne l'aie jamais rencontrée et qu'elle soit là, devant moi, juste au moment où j'agonise », pensa Marie. Elle était un peu étonnée de ne ressentir aucune colère à son endroit. Sa liaison amoureuse avec Platon lui avait fait mieux comprendre la force irrésistible du désir.

Anne regarda Marie en souriant et celle-ci lui rendit son sourire.

* * *

22 novembre 1689. En se rendant à l'Hôtel-Dieu, Roxane rencontra Pascaline, une fille que Marie avait aidée quelques années plus tôt. Pascaline avait voulu visiter Marie, mais une religieuse lui avait interdit l'accès à l'hôpital parce qu'elle était enceinte.

— J'ai pourtant essayé de camoufler ma grossesse sous cet ample manteau, la religieuse a le regard perçant de l'aigle. Tenez, lui dit-elle en lui tendant du chocolat, pouvez-vous remettre ceci à Marie et la remercier pour tout ce qu'elle a fait pour moi ?

Roxane était en colère : interdire l'accès à l'hôpital aux femmes enceintes sous prétexte que, comme disaient les curés, « la concupiscence a mêlé son venin à la conception, si légitime soit-elle ». Ce règlement, comme celui d'interdire le soulagement de la douleur, la mettait hors d'elle. Marie lui avait confié la veille qu'elle avait parfois de la difficulté à supporter ses douleurs à la tête tant elles étaient intenses. Les sœurs-soignantes lui avaient dit que la douleur était rédemptrice. Les augustines, loin de fuir la douleur, la recherchaient. Roxane et Marie avaient d'ailleurs vu plusieurs d'entre elles, lors de la traversée de l'Atlantique, boire de l'eau corrompue non pas parce qu'elles avaient soif, mais dans un esprit de mortification.

Roxane savait que Marie n'avait nulle disposition à la mortification. Elle s'était rendue, quelques jours plus tôt, dans l'appartement de Marie, espérant trouver quelques remèdes pouvant la soulager même si Marie lui avait dit qu'elle n'en avait plus depuis quelques semaines. Roxane avait fouillé dans le sac à médecine de Marie et n'avait effectivement trouvé que des seringues faites de vessies animales et d'os de chiens servant à injecter des médicaments par les orifices naturels afin qu'ils agissent plus vite. Roxane avait eu beau chercher dans tout l'appartement, elle n'avait rien trouvé qui puisse soulager son amie.

Roxane arriva au chevet de Marie, la mine défaite. Elle l'embrassa sans pouvoir retenir ses larmes. La respiration de Marie était caverneuse et son visage si émacié que Roxane voyait bien que son amie n'en avait plus pour longtemps. Les larmes de Roxane ne gênaient pas Marie. Elle savait qu'elle pouvait lui parler ouvertement de la peine qu'elle-même ressentait à l'idée de mourir. Entre elles, il n'y avait jamais eu de mensonges ni de faux-semblants. Roxane n'essayait pas de lui faire croire qu'elle allait guérir. Elle l'accompagnait dans le deuil que Marie devait faire de sa propre vie et elles pleuraient ensemble le mauvais tour que leur jouait le destin en les séparant.

Marie savait bien que sa mort causerait une peine immense à Roxane. Elle se demandait comment elle réagirait. Elle se souvenait de ce qu'elle lui avait confié peu de temps après être déménagée à Québec :

— J'ai l'impression que si je commence à pleurer, je ne pourrai plus jamais m'arrêter et que j'écraserai Thomas et Léon sous le poids de ma peine. Je dois leur montrer que malgré les épreuves, la vie peut être belle. Je dois réussir à faire cela pour eux, moi qui n'ai pas su protéger Léon de la maladie. Je dois réussir, avait-elle répété avec détermination.

Marie l'avait alors réconfortée en lui disant que la majorité des parents essaient de protéger leurs enfants, mais que, parfois, la vie leur rappelle qu'ils n'ont, hélas !, pas un si grand pouvoir.

Roxane ressentait la même impuissance envers Marie. Elle ne pouvait rien pour son amie. Et, encore une fois, elle sentait son cœur se briser par cette perte. Marie avait été la seule à vraiment comprendre tout ce qui lui rongeait le cœur depuis que Léon était malade. Elle ne les avait jamais soupçonnés, elle et Thomas, d'avoir fait quelque péché qui aurait attiré sur eux la colère de Dieu.

Marie lui dit à quel point elle était soulagée qu'elle habite Québec et qu'elle et Thomas puissent veiller sur Pierre à son retour. Aucun rituel n'avait entouré la mort d'Antoine et Marie savait qu'à cause de cela, il lui avait été plus difficile de faire le deuil. Il n'avait pas eu de veillées mortuaires, pas de personnes qui étaient venues rappeler des souvenirs de la vie d'Antoine, pas de larmes versées entourés d'amis et de voisins, pas de condoléances, pas de prières communes, rien.

— Si seulement il était marié, confia-t-elle à Roxane, je partirais en paix. Mais j'ai même payé une amende parce qu'il n'était toujours pas marié à vingt ans et que je ne voulais pas que qui que ce soit le force à le faire. Je voulais qu'il prenne le temps de choisir. Je me suis peut-être trompée. Il eût peut-être mieux valu qu'il se marie. Sotte que j'ai été! Bientôt, il se retrouvera seul, lui qui déteste la solitude.

Marie s'inquiétait d'autant plus pour son fils que tous disaient qu'une guerre très prochaine avec les Anglais était inévitable. Comment serait Québec quand il reviendrait?

Lorsque Roxane la quitta, Marie essaya de dormir, mais les gémissements de la femme qui était couchée dans le lit à côté d'elle l'en empêchaient. C'était l'une de ces vierges des tribus iroquoises, des vestales, qui veulent attirer la bonté des dieux en demeurant chastes et en ne mangeant aucune nourriture animale. Ces femmes vivent dans une cabane un peu à l'écart du reste de leur tribu. Elles cohabitent habituellement en groupe, mais un coureur des bois avait affirmé, lorsqu'il avait amené cette femme à l'Hôtel-Dieu, qu'il l'avait trouvée, seule dans sa cabane, visiblement très malade.

Marie, épuisée, réussit enfin à s'endormir mais elle se réveilla en pleine nuit, un peu confuse. Les veilleuses étaient là. On voyait, au mouvement de leurs lèvres, qu'elles priaient sans répit. Marie enviait leur sérénité et toutes leurs certitudes qui les protégeaient de l'angoisse qui la submergeait, elle, à l'idée de mourir. Elle se sentait prisonnière de ce corps qui la faisait souffrir et ne lui obéissait plus, mais auquel, pourtant, elle s'attachait de toutes ses forces. Une malade, trois lits plus loin, cria dans son sommeil. Avait-elle peur de la mort elle aussi? Marie ne pouvait rien faire d'autre que de regarder la mort en face. Et elle était terrifiée à l'idée que personne ne pourrait l'accompagner dans ce voyage.

« Si la vie après la mort existe, je rejoindrai Platon et mes parents. »

Cette pensée adoucissait la fin qui était si proche et dont la proximité donnait le vertige.

* * *

23 novembre 1689. Il y avait beaucoup de fébrilité dans l'air. Un bébé avait été déposé dans « la tour » de l'hôpital. Sœur Laure avait été éveillée au milieu de la nuit par le bruit de la clochette que le poids du bébé avait actionnée lorsqu'il avait été déposé dans la boîte cylindrique tournante de la porte d'entrée de l'hôpital. Laure était accourue et n'avait pas cherché à voir qui avait déposé l'enfant. Elle trouvait horrible que des miséreuses obligées d'abandonner leurs enfants soient pendues sur la place publique pour avoir posé un tel geste. Elle préférait ne pas savoir et, de cette façon, n'avoir rien à dire aux autorités. Elle prit l'enfant dans ses bras. Couvert d'une mince couverture, les pieds glacés, tout son corps déjà envahi par la vermine, il ouvrait sur le monde un œil rempli d'un désespoir surprenant dans le regard d'un être qui venait à peine de le découvrir. « Il n'a pas encore reçu le premier lavage et le premier pansement », se dit Laure. Moins de dix minutes plus tard, elle le lavait avec des gestes d'une grande tendresse. Elle mit du temps avant d'avertir la supérieure. Elle voulait que ce bébé soit à elle seule au moins quelque temps. Elle n'avait jamais vraiment fait le deuil de la maternité et elle éprouvait tant de joie à bercer ce bébé qu'elle pleura de n'avoir jamais enfanté. Quelques heures plus tard, une dizaine de sœurs s'exclamaient devant Ignace — un mot laissé avec l'enfant indiquait que c'était son nom — avec une joie que la supérieure trouva suspecte. Elle s'empressa de les ramener à l'ordre et chargea sœur Laure de trouver au plus vite une nourrice pendant qu'elle-même allait aussitôt avertir les autorités.

Pendant ce temps, Marguerite entrait dans la salle des malades. Incroyablement vieillie depuis la mort récente de Jean, elle vivait maintenant au couvent des ursulines comme d'autres femmes qui pouvaient leur payer une pension. Elle ne cessait de répéter qu'elle avait bien hâte d'aller rejoindre son mari, d'autant plus que la vie lui pesait, car elle était constamment malade.

Marguerite et Marie parlèrent de choses et d'autres en faisant comme si l'instant n'était pas dramatique.

Lorsque l'heure des visites fut terminée, Marguerite se leva, visiblement soulagée de s'en aller. Marie lui prit la main et la remercia sincèrement pour tout ce qu'elle avait fait pour elle.

— Sans toi et Jean, qui sait ce qui serait advenu de moi ?

Soudain, Marguerite cessa de faire semblant. Elle aimait sincèrement Marie. Elle se pencha vers elle et lui dit entre deux sanglots :

— J'aimerais tant prendre ta place et m'en aller rejoindre Jean. Tu me manqueras énormément, Marie.

* * *

25 novembre 1689. Marie s'éveilla en sursaut. Une femme, deux lits plus loin, criait. Elle hurlait sa peur de la mort et ses cris étaient d'autant plus insoutenables qu'ils faisaient écho à la peur que ressentaient la plupart des femmes qui agonisaient. Une peur viscérale qui, en ce lieu, devait cependant demeurer muette. Une religieuse accourut et tenta en vain de la calmer. Elle appela à la rescousse une autre religieuse. Elles étaient scandalisées par les cris de cette femme. Ils signifiaient, à leurs yeux, qu'elle n'avait pas la foi : « Pourquoi avoir peur quand on s'est confessé et que les portes du paradis nous sont grandes ouvertes ? »

Une des religieuses dit à la pauvre moribonde qu'un miracle était possible et qu'elle guérirait peut-être.

— Croyez-vous aux miracles ? demanda-t-elle d'une voix forte, comme si la mourante était sourde.

Et, sans attendre la réponse, elle lui raconta la vie d'une augustine, sœur Catherine, que tous vénéraient dans la colonie. Les malades, qui avaient toutes été éveillées par les cris, écoutaient attentivement :

— Sœur Catherine est une grande sainte. Dès sa tendre enfance, elle a eu des visions. À l'âge de cinq ans, elle souffrait de violents maux de tête. Du pus lui coulait par les oreilles. Les médecins disaient que ce pus cariait ses os. Imaginez : deux os de son crâne bougeaient. Alors que tous les médecins prédisaient sa mort prochaine, un étranger se présenta chez elle en disant qu'il la guérirait. Il lui versa de la cendre rouge dans les oreilles, souffla fort et s'en alla sans que jamais personne ne le revoie. Catherine se rétablit sur-le-champ. Vingt-cinq ans plus tard, alors qu'elle souffrait d'un affreux mal de dents, elle sentit un souffle sortir de sa dent. Cet air prit la forme d'un fantôme qui lui dit qu'il était le chirurgien qui l'avait guérie lorsqu'elle était enfant. Il lui donna de l'onguent qui, promit-il, la dé-livrerait de tous ses maux. Catherine hésita longtemps avant de parler de ce fantôme. Elle avait peur que l'on croie que c'était le diable. Mais toute sa vie elle eut de nombreuses autres visions qui la rendaient de plus en plus malade. Pour vaincre les démons qui lui apparaissaient, elle châtiait son corps. Elle portait une ceinture hérissée de molettes de fer, passait ses nuits à prier, jeûnait la plupart du temps. Elle a même avalé les flegmes puants et pourris des malades de notre hô-pital. Le père Brébeuf qui fut martyrisé par les Indiens apparaissait souvent à cette sœur, de même que la Sainte Vierge et le Saint-Esprit.

Un cri strident se fit de nouveau entendre. La femme hurlait tou-jours sa peur. Les religieuses la sermonnèrent vertement et lui ordon-nèrent de se taire. Les gémissements redoublèrent. Les yeux grand ou-verts, la moribonde semblait voir quelque chose de terrifiant. Elle se lamenta qu'elle apercevait un grand trou noir dans lequel elle avait peur de sombrer. Ses cris déchirèrent la nuit encore longtemps avant que l'aumônier, encore tout ensommeillé, n'arrive avec son goupillon afin de l'asperger d'eau bénite. D'abord surprise, la femme se tut quelques instants avant de lancer de nouveau un hurlement strident qui, le prêtre l'aurait juré, lui avait transpercé le tympan. Ils décidè-rent de l'attacher à son lit. Une demi-heure plus tard, elle n'avait tou-jours pas cessé de crier. Des sœurs, aidées d'un domestique, vinrent la chercher et l'isolèrent dans une cellule du monastère.

Même si le silence emplissait de nouveau la salle des malades, presque personne ne réussit à trouver le sommeil.

* * *

28 novembre 1689. À chaque repas, sœur Laure donnait à Marie une bonne quantité de vin en lui disant qu'il fortifierait son organisme. Les journées s'égrenaient lentement, rythmées par le son des cloches qui sonnaient vingt fois par jour pour indiquer l'heure des repas, des couchers, des lectures religieuses, et de toutes les autres activités des augustines. Marie songea que cela n'aidait guère au repos des malades dont le sommeil était fragilisé par la maladie. D'ailleurs, les prières, les chants religieux, les messes ne favorisaient pas non plus le repos. Marie soupira en pensant qu'ici, c'était l'âme qu'on soignait d'abord et avant tout.

Quelque chose d'étrange arriva soudain. Elle était sur le point de s'endormir quand, tout à coup, elle se retrouva parmi les étoiles. Elle glissait parmi des centaines d'étoiles lumineuses comme si elle en faisait elle-même partie. Le silence était si omniprésent, si intense, qu'il englobait tout et semblait recouvrir toute chose. Un immense sentiment de paix l'envahit. Cela ne dura que quelques secondes et, lorsque ce fut terminé, Marie sursauta dans son lit. Elle ne comprenait pas ce qui venait de lui arriver, mais elle ne ressentait aucune crainte. Au contraire, elle était profondément calme.

* * *

29 novembre 1689. Une femme s'approcha de Marie, les larmes aux yeux. Marie ne la reconnut pas immédiatement. C'était Françoise Baisela, une Fille du roi qui avait fait la traversée en même temps qu'elle et qui avait été témoin à son mariage. Elle serra Marie dans ses bras.

— Pardon, Marie. J'ai appris le drame qui avait secoué ta vie il y a cinq ans et je n'ai rien fait pour t'aider. Pardonne-moi.

Elle sanglotait. Marie pleurait elle aussi et lui dit :

— Tu as onze enfants. J'ai souvent pensé à toi et je comprenais que tu en avais plein les bras. Tu habites Pointe-aux-Trembles, ce n'est pas à côté. Tu as fait tout ce chemin aujourd'hui pour venir me voir ?

— Mon deuxième mari est venu avec moi. Il est beaucoup plus jeune que moi. Faire cette route était pour lui une partie de plaisir.

Elles parlèrent longtemps, surtout de leur mission de Filles du roi, et de tout ce qu'elle leur avait coûté. Plusieurs étaient mortes pendant la traversée de l'Atlantique, d'autres, nombreuses, en accouchant[38]. D'autres avaient souffert de la faim et du froid. Quelques-unes, à l'instar de Marie, avaient été critiquées parce qu'elles n'avaient pas eu beaucoup d'enfants. Les familles étaient généralement nombreuses. Avoir seize enfants n'avait rien d'exceptionnel.

— Tout le courage qu'on a eu et que certains discréditent. J'ai ouï dire qu'un certain baron de Lahontan raconte que nous étions toutes des prostituées. J'espère que ce ne sera pas cela que l'histoire retiendra de nous.

Elles parlèrent longuement de leurs enfants et Françoise promit à Marie de venir visiter Pierre lorsqu'il serait revenu de France.

* * *

1er décembre 1689. Léon était venu voir Marie même si Roxane craignait toujours qu'une forte émotion déclenche une crise. Mais il était demeuré parfaitement calme. Marie lui avait dit, en le serrant dans ses bras : « Si c'est vrai qu'une morte peut amener avec elle la maladie de quelqu'un qu'elle chérit, je te promets que j'amènerai avec moi ta maladie. »

Lui aussi aimait beaucoup Marie. Elle avait été l'une des rares personnes à ne pas résumer ce qu'il était à l'épilepsie.

---

38 Françoise Baisela ignorait alors qu'elle-même allait mourir, cinq ans plus tard, à l'âge de quarante-huit ans, en accouchant du seul enfant qu'elle aurait de son troisième mariage.

Il avait amené avec lui ses deux fils, des jumeaux qui lui ressemblaient comme deux gouttes d'eau. Marie-Sainte n'avait pu venir parce qu'elle était enceinte de leur troisième enfant.

— Où tu vas aller quand tu seras morte ? demanda l'un des jumeaux.

— Je ne le sais pas.

— Tu reviendras ?

— Je ne le sais pas.

— Je veux que tu reviennes.

Devant son air buté, Léon et Marie se mirent à rire.

* * *

4 décembre 1689. Même si elle se sentait extrêmement faible, Marie trouva la force d'écrire à Pierre : « Souviens-toi toujours que je t'aime et que ma voix t'accompagnera au-delà du temps et de l'espace. Le lien d'amour qui nous unit sera plus fort que la mort. »

Pendant qu'elle lui écrivait, son fils s'approchait de la maison où Marie était née et avait vécu pendant plus de vingt ans. La demeure était si somptueuse que Pierre, médusé, mesura pleinement la dégringolade sociale de sa mère. Il hésitait à frapper à la porte, car il ignorait quel accueil lui serait fait.

Marie venait de terminer sa lettre lorsque Rosaire entra dans la salle, le sourire fendu jusqu'aux oreilles, l'air espiègle. Il cachait le Petit sous son manteau. Quand il vit Marie, le gros chat se lova dans son cou en ronronnant et Marie s'empressa de le cacher sous sa couverture. Elle était si heureuse de s'être trompée. Elle avait cru, lorsqu'elle était entrée à l'hôpital, que jamais elle ne le reverrait.

C'était le plus beau cadeau qu'on ait fait à Marie depuis longtemps.

* * *

5 décembre 1689. Thomas et Roxane venaient à tour de rôle à l'hôpital afin qu'elle ne soit jamais seule.

Thomas était près de Marie lorsqu'elle lui chuchota de ne jamais oublier à quel point Roxane l'aimait.

— Elle a eu un véritable coup de foudre pour toi. Elle m'a souvent dit qu'elle ne regrettait pas d'avoir dû passer par la Salpêtrière et d'avoir enduré les affres de la traversée puisque tout cela l'avait conduite jusqu'à toi. Elle m'a répété qu'elle avait eu une chance inouïe pour une fille qui devait se marier rapidement de tomber follement amoureuse et que cela soit réciproque. Elle m'a dit que vous aviez su ne pas gaspiller cette chance et qu'elle était remplie de gratitude pour cela.

Thomas pleurait :

— Je n'ai pas toujours été un bon époux pour elle.

— Roxane m'a dit aussi que, même si elle et toi vous aimiez profondément, elle avait compris que le plus merveilleux des mariages possède une part de sentiments hostiles et de rancœurs, mais que le lien entre les époux peut cependant être assez fort pour dépasser tout le mal qu'ils peuvent se faire. Elle m'a dit, et je me souviens de ses paroles exactes : « Parce que ton époux te connaît mieux que quiconque, il est celui qui peut te faire le plus de mal. Il sait ce qui te blesse, mais il sait aussi ce qui te fait plaisir, s'était-elle empressée d'ajouter. Il est difficile de vivre jour après jour en totale harmonie avec quelqu'un, mais cela est souvent merveilleux. »

Thomas embrassa Marie en la remerciant de tout le réconfort qu'elle leur avait apporté. Ne pouvant retenir ses sanglots, il sortit précipitamment.

Lorsque Roxane vint à son tour, Marie lui fit promettre encore une fois de veiller sur Pierre et de lui dire combien elle l'aimait. Elle lui arracha la promesse qu'elle ne dépenserait pas d'argent pour la faire enterrer dans un autre cimetière que celui des pauvres.

— Tu diras à Pierre qu'il n'y a pas de honte à cela. Quelques riches s'y font enterrer pour faire preuve d'humilité.

Roxane et Marie demeurèrent silencieuses un moment, mais elles ne cessaient de communiquer pour autant. Elles étaient si proches l'une de l'autre que les mots étaient superflus.

Le chirurgien Michel Sarrazin, après sa visite aux malades, avait averti la supérieure que Marie Major ne passerait sans doute pas la journée. Quelques minutes plus tard, le prêtre vint lui donner l'extrême-onction et plusieurs augustines s'assemblèrent autour du lit. Les lueurs des cierges qu'elles tenaient à la main en priant éclairaient le visage dévasté de Roxane. En sanglotant, elle tenait la main de Marie. Un œil averti voyait qu'elle faisait plus que la tenir, elle s'y accrochait.

La peur de mourir qui taraudait Marie s'était évanouie. Elle pensa à toutes les fois où son métier de sage-femme l'avait amenée à faire la toilette des morts. Elle leur parlait, leur rappelant tout ce qu'ils avaient accompli de bien dans leur vie et toute la différence qu'ils avaient faite dans la vie des autres.

Et maintenant, elle était là pour elle, la mort. Forte. Impitoyable. Elle était là, celle que toute la vie on se force à oublier. Elle était là, insaisissable et pourtant si palpable.

Elle parla mentalement à Pierre. Elle lui dit combien elle l'aimait. Elle lui dit de ne jamais regretter d'avoir été loin d'elle pendant qu'elle agonisait. Qu'il lui aurait été sans doute trop difficile de mourir si elle avait vu la peine que lui causait sa mort.

* * *

6 décembre 1689. Marie prenait conscience à quel point il était dur de mourir. À cause de l'amour qu'elle éprouvait pour Pierre, Roxane, Thomas, Laetitia, Léon, son Petit. À cause des rayons de soleil qui entraient dans la tiédeur de la forêt. À cause du bruissement des feuilles des trembles. À cause des papillons. Du bonheur indicible d'avoir enfanté. De la forêt enchanteresse. De la chaleur du vin. De l'exultation de son corps lorsque Platon l'avait aimée de tout son être. À cause des fous rires avec Roxane. À cause du froid de l'hiver. Du goût des

fraises. Des couchers de soleil sur le fleuve. De la tendresse. De l'amour. Des leçons de la vie dans l'adversité. Si on le lui demandait, elle n'en finirait plus d'énumérer tout ce qui la retenait dans cette vie.

Elle s'endormit en entendant, au loin, une musique. Elle n'en avait jamais entendu de si belle.

* * *

8 décembre 1689. Avant que le jour se lève, Roxane se réveilla, le cœur lourd. Écoutant son intuition, elle s'habilla à toute vitesse et sortit. À cause de la pleine lune, il faisait presque aussi clair qu'en plein jour. Roxane leva la tête vers le ciel et vit qu'une minuscule étoile brillait juste au-dessus de la fenêtre de la chambre de Marie. Elle entra chez son amie et, d'un pas décidé, se dirigea vers l'armoire. Elle trouva ce qu'elle cherchait : la belle cape de panne verte que le père de Marie lui avait offerte. Marie lui avait dit qu'elle l'avait portée toutes les fois que sa vie avait pris un tournant important. Elle la portait lorsque des archers l'avaient conduite à la Salpêtrière. Elle la portait lorsque les dignitaires avaient reçu les Filles du roi au Château Saint-Louis pour leur souhaiter la bienvenue dans ce nouveau pays. Elle la portait le jour de son mariage. Elle la portait lorsque Pierre avait été baptisé. Elle la portait lorsqu'elle avait bercé le corps de son enfant morte afin que la joue de Catherine soit appuyée sur quelque chose de doux.

Elle la portait le soir, où, pour la première fois, elle avait fait l'amour avec Platon. Elle avait dit à Roxane que, ce soir-là, Platon avait brisé le mauvais sort qui semblait lié à cette cape.

En la sortant de l'armoire, Roxane ne vit pas la petite étoile que Platon avait envoyée à Marie et qui était restée accrochée dans les poils de la cape.

Roxane arriva juste à temps pour tenir une dernière fois la main de son amie. Elle fut récompensée d'avoir suivi son intuition en voyant la reconnaissance dans le regard de Marie lorsqu'elle la souleva pour lui mettre la cape. Marie, dont la respiration caverneuse brisait le cœur de Roxane, pleura en voyant l'étoile de Platon et y posa ses lèvres.

Marie prit la main de Roxane — c'était comme si elle lui mettait doucement la main sur le cœur —, lui sourit et murmura : « Merci d'avoir été mon amie. » Roxane la remercia aussi pour cette amitié si précieuse qui avait créé tant d'embellies dans sa vie.

La voix de Roxane lui sembla lointaine. Un vrombissement emplit ses oreilles. S'y mêlait le son des cloches, mais ce n'était pas les cloches des ursulines. Elle n'avait jamais entendu pareil tintement.

Les religieuses s'assemblèrent autour du lit et dirent un *De profundis*.

Au même moment, à des milliers de kilomètres de là, à l'église de St-Thomas de Touques où avait été baptisée Marie, Pierre regardait avec curiosité l'orifice qui permettait aux lépreux de suivre la messe de l'extérieur. Soudain, il pensa à sa mère et se sentit rempli d'amour, d'un amour si grand qu'il n'avait jamais rien ressenti de tel. La nuit suivante, Marie vint le visiter en rêve. Elle portait une magnifique robe rouge sous sa cape verte. Elle le serra dans ses bras en riant.

Le lendemain, en ce 9 décembre de l'an de grâce 1689, la température était si douce que le corps de Marie fut enterré dans le cimetière des pauvres.

Les religieuses avaient accepté qu'elle soit enterrée avec sa cape. Le présent de Platon y était toujours accroché.

Depuis, une petite étoile habite les entrailles de la terre.

Épilogue

RUISSEAU DU POINT-DU-JOUR
14 AVRIL 1734

L'hiver était particulièrement doux, en cet an de grâce 1734. « Aussi doux que celui où maman est décédée », se dit Pierre en ce chaud et ensoleillé matin de printemps. Il calcula que Marie était morte depuis 45 ans. Elle lui avait souvent manqué durant toutes ces années.

Fidèle à sa nature impulsive, il décida soudain de se rendre à Québec afin d'aller, pour la première fois, au cimetière des pauvres. « Ma mère n'est pas sous la terre, elle est dans mon cœur », disait-il à ses femmes — il s'était marié trois fois — qui lui avaient successivement reproché de n'être jamais allé prier au cimetière.

Mais en ce matin d'avril, pressentant confusément qu'il ne lui restait que quelques jours à vivre, il sentit le besoin d'y aller. Prenant sa femme dans ses bras, il lui dit, après l'avoir embrassée :

— Tu comprends, c'est un peu comme un pèlerinage. Je veux aussi aller voir Léon, Marie-Sainte et leurs enfants. Je veux voir ce que Léon a fait de la tonnellerie de Rosaire. Il paraît que ses jumeaux et lui l'ont beaucoup agrandie.

— J'aimerais tant t'accompagner, mais ce voyage pourrait bien faire naître notre enfant avant son temps. Les autorités nous promettent un chemin du roi. Vivement qu'ils remplissent leurs promesses. Nous pourrons nous déplacer plus rapidement et en sécurité.

Pierre lui caressa le ventre, il avait hâte de connaître son dix-neuvième marmot. Il espérait que cette naissance les consolerait un peu de la mort, l'année précédente, de leur petit Jean-Baptiste qui avait à peine deux ans.

Au moment du départ, sa femme lui donna un gros bouquet de fleurs faites de tissu rouge. « C'est pour ta mère, tu m'as dit qu'elle adorait cette couleur », dit-elle en l'embrassant.

Arrivé à Québec, Pierre, le cœur battant, soudain saisi d'une émotion indicible, marcha jusqu'à l'allée des Morts. Bordé de murailles, cet étroit chemin menait au cimetière des pauvres. Il était presque constamment sombre, car le soleil, à cause de la hauteur des murailles, ne l'éclairait que lorsqu'il était à son zénith.

Arrivé au cimetière, Pierre déposa les fleurs près de la clôture, face au fleuve, là où Roxane lui avait dit que sa mère avait été enterrée. Il était devenu fort croyant au fil des ans et il était persuadé que l'âme de Marie était au rendez-vous ce jour-là. Il lui parla d'âme à âme. Il lui raconta qu'il avait été amoureux des trois femmes qu'il avait épousées et que son dix-neuvième enfant verrait bientôt le jour. Il lui confia que lorsque deux de ses enfants étaient morts, il avait trouvé la force de continuer grâce à l'amour de ses autres enfants et de sa femme.

Il lui parla de sa vie à l'île d'Orléans où il avait habité après son premier mariage et lui dit qu'après avoir visité Laetitia et Damien à Kamouraska, sa femme et lui avaient été conquis par ce lieu magnifique et qu'ils y étaient déménagés. « J'ai tout fait pour que mes enfants soient fiers de porter mon nom. Je voulais tant réparer les injustices et les humiliations que nous avions connues. Fini la honte, l'opprobre, me suis-je répété souvent. Je travaillais sur mes terres et je pêchais aussi. J'ai même réussi à être lieutenant de milice et j'ai arrêté plusieurs malfaiteurs. Peut-être l'ai-je fait pour venger mon père ou pour redorer le nom des Roy dit Desjardins, je ne le sais pas vraiment. Il est bien difficile de voir clair dans nos motivations.

Roxane a demandé à être enterrée dans ce cimetière. Elle est morte à quatre-vingt-quatre ans et Thomas l'a suivie quelques semaines plus tard. Marie-Sainte et Léon ont eu huit enfants. Leur amitié m'a été précieuse.

Je n'ai jamais possédé un seul esclave même si les propriétaires d'esclaves étaient nombreux à Kamouraska. J'ai été bien trop attaché à Platon pour faire subir à ses semblables ce que lui-même avait enduré.

Tu vois, tu n'avais pas de raisons de t'inquiéter pour moi. Ma vie a été jalonnée de beaucoup d'instants de bonheur. »

Pierre déposa une pierre ronde sur le ruban entourant les fleurs afin d'éviter que le vent ne les emporte. Il avait trouvé cette pierre en venant à Québec. Elle était d'une rondeur parfaite et d'une couleur rose striée de brillants semblables à de petites étoiles.

Le 29 avril de l'an de grâce 1734, quinze jours après cette visite au cimetière, Pierre se leva tôt afin d'aller exercer son métier de maître charpentier de navire à l'Assomption près de sa maison du Ruisseau du Point-du-Jour où il avait déménagé huit ans plus tôt. Soudain, il fut pris d'un malaise et s'écroula. Il avait soixante-cinq ans. Il ne connut pas son dix-neuvième enfant, un autre petit Jean-Baptiste.

À Kamouraska, sur le terrain dénommé le Berceau de Kamouraska, une chapelle-souvenir en pierres des champs a été érigée. Des croix de bois identifient le site des anciens presbytères et églises de cette municipalité. Des plaques commémoratives ont été posées dans l'enceinte de ce site patrimonial. On en trouve une qui rend hommage aux Roy-Desjardins et qui mentionne le nom de Pierre parce qu'il a cédé une partie de sa terre pour la construction du cimetière.

Il a ainsi donné à l'Église ce qu'elle avait refusé à son père : un bout de cimetière.

ANNEXES

ARBRE GÉNÉALOGIQUE

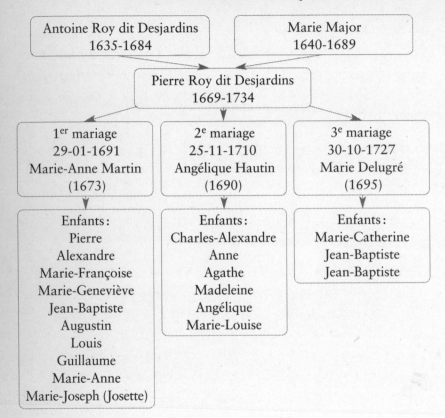

Antoine Roy dit Desjardins
1635-1684

Marie Major
1640-1689

Pierre Roy dit Desjardins
1669-1734

1er mariage
29-01-1691
Marie-Anne Martin
(1673)

2e mariage
25-11-1710
Angélique Hautin
(1690)

3e mariage
30-10-1727
Marie Delugré
(1695)

Enfants:
Pierre
Alexandre
Marie-Françoise
Marie-Geneviève
Jean-Baptiste
Augustin
Louis
Guillaume
Marie-Anne
Marie-Joseph (Josette)

Enfants:
Charles-Alexandre
Anne
Agathe
Madeleine
Angélique
Marie-Louise

Enfants:
Marie-Catherine
Jean-Baptiste
Jean-Baptiste

Marie et Antoine ont, en Amérique, plusieurs dizaines de milliers de descendants. Parmi eux des Desjardins, Gagnon, Hudon-Beaulieu, Lauzier, Lauzon, Leroy, Michaud, Miville-Deschêsne, Pelletier, Piuze, Roy, Tremblay, Voisine.

En France, plusieurs cousins d'Antoine portent le patronyme de Badenier, Colas, Foucher, Gounon, Nocet, Pavillon, Perrier, Raclot, Sévenat, Thomas.

En Amérique et en France, les cousins de Marie se retrouvent parmi les Major, Quesnot, Le Pelé, Mazol.

L'un des descendants les plus illustres de Marie et Antoine est Alphonse Desjardins, fondateur des Caisses populaires Desjardins.

Note: Il existe une association regroupant les descendants des Roy en Amérique: <www.genealogie.org/famille/roy>.

Marie, Antoine et Pierre
Leur vie

« Un pied dans l'érudition, l'autre dans la magie, ou plus exactement, et sans métaphore, dans cette magie sympathique qui consiste à se transporter en pensée à l'intérieur de quelqu'un. »
MARGUERITE YOURCENAR

« Ce que je vois avec mes yeux n'est pas nécessairement ce que vous voyez avec les vôtres. Avec un tant soit peu d'imagination, on voit des milliers de choses avec des yeux qui savent voir. »
ADRIEN THÉRIO

Bien avant que ce livre ne soit publié, mes premiers lecteurs ou ceux à qui je parlais simplement de mon projet d'écriture désiraient toujours savoir si ce que je décrivais s'était réellement passé et pourquoi, devant l'absence de certains faits, j'avais choisi d'explorer telle ou telle situation plutôt qu'une autre. Leurs interrogations étant sensiblement les mêmes, il est probable que vous les partagiez aussi. Voici donc quelques précisions qui, je l'espère, vous permettront de distinguer les faits parmi cet amalgame où, dans le roman, ils s'entremêlent avec l'imaginaire, l'intuition, des connaissances historiques, la déduction, le hasard et peut-être même cette « magie sympathique » dont parle Marguerite Yourcenar, citée en exergue.

Marie : sa vie en France
La plupart des descendants des Filles du roi font face à une cuisante déception lorsqu'ils effectuent des recherches sur leurs ancêtres. Alors qu'ils souhaitaient pouvoir recréer leur vie, ils ne trouvent

souvent que des notes fragmentaires figurant dans les archives du diocèse où elles sont nées. « La fouille des intimités est une tâche difficile, écrit Dominique Simonnet, l'amour ne laisse pas de fossiles, et il efface souvent les traces de ses pas. Ne subsistent qu'illusions, évocations fugitives, voilées, déguisées… Les grandes chroniques l'ignorent, lui préférant les exploits guerriers[1]. » N'ayant généralement pas suscité l'intérêt, de larges pans de l'existence de ces femmes sont à jamais disparus. Il en va de même pour Marie. Sa vie, en France, se résume en quelques phrases inscrites dans les archives de la paroisse de St-Thomas de Touques, diocèse de Lisieux, en Normandie. Qui plus est, ces registres sont en fort mauvais état, comme l'écrit la paléographe Mona Andrée Rainville : « Lacunaires, ils semblent avoir été recopiés par un copiste distrait et qui a reproduit les mêmes actes en 1636 et 1637, puis en 1649 et 1650. Certains curés semblent avoir mis l'eau dans leur encre plutôt que dans leur vin, si bien que la retranscription de leurs écrits relève plutôt de l'espionnage que de la paléographie[2]. » Nous savons que Marie a été baptisée un 26 février, mais l'année de sa naissance est incertaine. Selon le recensement fait en Nouvelle-France en 1681, elle serait née en 1640 mais, selon le registre de l'Hôtel-Dieu où elle est morte, l'année de sa naissance serait 1637.

On peut lire, dans les archives de Touques, que Marie est la fille de Jean Major et de Marguerite Le Pelé et que son parrain est Pierre Michaud et sa marraine, Marie Marais. Le nom de famille de la mère de Marie est une déformation du nom Le Pelley. Les campagnards le prononçaient L'Plé et certains l'écrivent Lepelé. Soit dit en passant, quiconque fait des recherches généalogiques fait face aux multiples variations dans la façon d'écrire, anciennement, le nom d'une personne. Deux généalogistes rappellent, avec humour, la boutade : « les

---

1 Dominique Simonnet, *La plus belle histoire de l'amour*, Paris, Seuil, 2003, p. 10.
2 <pages.infinit.net/veeren/Registres.html>.

notaires ne savaient pas écrire et les curés étaient sourds[3] ».

L'église où a été baptisée Marie existe encore, et l'on peut voir, dans le chœur, un orifice qui, jadis, permettait aux lépreux de suivre la messe de l'extérieur. C'est dans cette même église que Marie a été la marraine de deux enfants de sa sœur Cadine : Marie, baptisée le 8 juillet 1663, et Nicolas, né en août 1665. D'après Georges Desjardins[4] — un descendant de Marie qui, en 1954, s'est rendu jusqu'en France afin de faire la recherche généalogique des Roy-Desjardins —, Marie avait au moins un frère, dont il ne mentionne pas le nom, et une autre sœur, Suzanne.

La maison des parents de Marie était située au cœur du pays d'Auge dont l'activité économique gravitait autour du port maritime. Marie est née dans un milieu bourgeois. Son père, Jean Major, faisait partie de la bourgeoisie de la finance, car il était receveur de la baronnie d'Aubeuf-en-Vexin et d'Heuqueville-en-Vexin, près de Vatteville, département de L'Eure, canton Les Andelys, dans la préfecture et le diocèse d'Evreux. Au XVIIe siècle, les receveurs avaient la responsabilité de gérer les biens des personnes de l'élite et ils percevaient les impôts.

Issue de la bourgeoisie, Marie a-t-elle connu pour autant une enfance dorée ? Rien n'est moins certain, car elle est née à une époque où les guerres se succédaient en Europe. Non seulement elle y a survécu, mais elle a aussi échappé aux nombreuses épidémies qui ont tué un grand nombre de ses contemporains. Elle a été témoin de beaucoup de misère. Elle a sans doute vu, et peut-être y a-t-elle été elle-même contrainte, des gens manger de la terre et de l'herbe afin de calmer les douleurs de leur estomac affamé lors des grandes famines

---

3 Antonin et Pierre Proulx, « Jean Prou(st) — Origine retracée », *L'ancêtre*, volume 29, hiver 2003, p. 124.

4 Le lecteur qui désire lire le texte intégral le trouvera à l'adresse suivante : <www.nosracines.ca>, ou dans l'ouvrage de Jean-Guy Roy, *Familles Roy*, Saint-Épiphanie, La société généalogique K.R.T, 1998, p. 23-85.

dont l'une a perduré de 1659 à 1662. Ces famines ont engendré plusieurs révoltes populaires. La France était riche, mais seule une poignée de gens, des hommes de pouvoir, s'accaparaient cette richesse, au détriment du peuple qu'ils accablaient. Les Normands étaient écrasés sous le poids d'un triple fardeau d'imposition : celui des seigneurs terriens, celui de l'État et celui de l'Église. Celle-ci coûtait cher au peuple parce que la Normandie était l'endroit en France où était rassemblé le plus grand nombre d'abbayes et de couvents. Ce contexte socio-économique a marqué l'enfance et une partie de la vie d'adulte de Marie. Son père a sans doute été victime de violence parce que « l'accroissement des impôts causa, en 1639, un mouvement qui, du Cotentin soulevé contre la gabelle dont il était jusque-là exempt, gagna Vire, Bayeux, Rouen. En plus d'émeutes où périrent des fonctionnaires et des collecteurs d'impôts, des bandes s'organisèrent sous les ordres de Jean Quétil dit Jean Nu-Pieds. Il fallut envoyer en Normandie le maréchal de Gassion avec une très forte armée. [...] L'opposition aux impôts ne s'en prolongea pas moins, provoquant des refus d'enregistrement du Parlement de Rouen et la dérobade des villes devant les contributions demandées[5]. » Boris Porchnev note quant à lui combien furent fréquentes et violentes, au XVIIe siècle, les révoltes populaires dans les régions de Caen et de Rouen, à proximité de l'endroit où habitait Marie. Il mentionne que des fonctionnaires de la finance furent blessés ou tués, leurs maisons pillées, tous leurs papiers, y compris bien sûr les registres d'impôts, ainsi que leur mobilier, brûlés dans la rue[6].

J'ai cherché bien sûr à retracer le nom de Jean Major parmi ceux qui ont été assassinés. Mais seulement le nom de quelques fonctionnaires tués par des émeutiers ont passé à l'histoire, et ce, en partie

---

5   Source : Émile-G. Léonard, *Histoire de la Normandie*, Paris, Presses Universitaires de France, 1972, p. 91.

6   Boris Porchnev, *Les soulèvements populaires en France de 1623 à 1648*, Paris, S.E.V.P.E.N., 1963.

parce que le roi Louis XIV a éliminé les traces des révoltes du peuple en ordonnant la destruction des documents publics qui les mentionnaient. Le Roi-Soleil ne voulait pas que l'Histoire retienne trop de faits pouvant ternir sa renommée. De plus, les actes de sépulture des parents de Marie n'ont pas été retrouvés. Toutefois, il est certain qu'ils étaient morts lorsque Marie est venue en Nouvelle-France, car son contrat de mariage indique qu'elle était orpheline.

* * *

Pourquoi Marie Major, une fille de la bourgeoisie, s'est-elle retrouvée parmi le contingent des quatre-vingt-dix-sept Filles du roi débarquées à Québec en 1668 ? Et pourquoi était-elle pauvre ? Le répertoire biographique des Filles du roi rédigé par l'historien Yves Landry indique en effet qu'elle avait des biens estimés à 300 livres[7]. (Il ne s'agit pas d'argent, mais de biens.) Les Major avaient-ils perdu tout leur avoir ? Marie avait-elle été déshéritée ?

Devant l'absence d'éléments concrets nous permettant de répondre à ces questions, nous pouvons néanmoins faire quelques déductions. Le fait que Marie n'était pas mariée alors qu'elle avait au moins vingt-huit ans (les Françaises de cette époque se mariaient en moyenne aux alentours de vingt-cinq ans) permet de supposer qu'elle était peut-être une fille non conformiste pour qui le mariage ou la vie religieuse ne constituait pas un idéal. Or, le non-conformisme des femmes, dans les milieux bourgeois surtout, entraînait souvent leur enfermement dans des couvents ou à la Salpêtrière. Cette hypothèse est d'autant plus plausible que le contingent des Filles du roi arrivées en 1668, et dont faisait partie Marie, était composé de nombreuses filles qui y avaient été enfermées. Il est possible aussi que Marie ait vécu à Paris comme je l'ai décrit. Des historiennes ont noté que plusieurs « vieilles filles », celles qui étaient considérées comme telles dès

---

7   Yves Landry, *Les Filles du roi au XVIIe siècle*, Montréal, Leméac, 1992, p. 344.

qu'elles avaient dépassé l'âge de vingt-cinq ans, partaient y vivre ensemble. Mentionnons enfin que ceux qui l'ont éventuellement fait enfermer étaient peut-être motivés par des questions de survie : « Pour ceux qui avaient déjà un pied sur l'échelle de la réussite, ce qui était sérieux, c'était de ne pas redescendre les degrés de cette ascension sociale que leurs ancêtres avaient eu tant de mal à gravir. Comment y parvenir, à une époque où les grandes écoles ne sont pas inventées ? Le seul appui, c'était celui du puissant protecteur dont on se faisait la créature, et la seule solidarité celle du lignage. Cousiner, même de très loin, avec un homme en place, c'était obtenir son patronage[8]. » Il était donc important qu'aucun membre de la famille n'ait un comportement scandaleux et il en fallait peu, dans le cas des femmes, pour qu'il soit jugé ainsi.

J'ai cherché bien sûr des preuves à l'hypothétique enfermement de Marie. En vain. Lors de ses recherches sur les Filles du roi, Yves Landry a été lui aussi aux prises avec la même impuissance : « Notre connaissance du mouvement annuel d'immigration des Filles du roi souffre inévitablement de la perte des listes de passagers de navires arrivés à Québec sous le régime français. À l'instar de la destruction des registres portuaires de Québec, celle des archives de l'assistance publique de Paris nous prive également d'informations sur la chronologie des départs des nombreuses filles tirées de l'Hôpital général de Paris[9]. » Il est d'autant plus difficile de savoir qui en provenait que les Filles du roi se gardaient bien de le mentionner au moment de la signature de leur contrat de mariage, car avoir été enfermée à la Salpêtrière[10] était une véritable infamie. J'ai communiqué avec quelques sociétés de généalogie de France, et toutes m'ont répondu que la

---

8 Claude Dulong, *La vie quotidienne des femmes au grand siècle*, Paris, Hachette, 1984, p. 50.

9 Yves Landry, *Les Filles du roi au XVIIᵉ siècle*, Montréal, Leméac, 1992, p. 46.

10 La Salpêtrière était une annexe de l'Hôpital général de Paris et était appelée ainsi parce qu'elle était construite sur l'emplacement d'une fabrique de poudre.

majeure partie de cet hôpital a été détruite. Bref, à moins que certaines circonstances les aient obligées à le dévoiler, comme Marie-Claude Chamois, cette Fille du roi citée par Yves Landry au début de ce roman, il semble difficile, voire impossible, de connaître le nom de celles qui y ont transité.

Enfin, j'ai constaté, tout au long de mes recherches, que beaucoup de gens pensent encore spontanément à la prostitution lorsqu'ils parlent des Filles du roi. Pourtant, même s'il n'est pas exclu que certaines d'entre elles l'étaient, il ne convient guère de rendre encore synonymes les mots « prostituée » et « Fille du roi ». De nombreuses recherches rigoureuses effectuées par des historiens chevronnés ont, en effet, pulvérisé une fois pour toutes ce préjugé.

Marie, en Nouvelle-France

Les descriptions de la traversée de l'Atlantique faites dans ce roman ne sont nullement exagérées, ainsi que les croyances effrayantes qui l'entouraient. Le bateau qui transportait les Filles du roi n'était pas très grand. Il mesurait en moyenne quarante mètres de long sur dix mètres de large et plus de trois cents passagers y étaient entassés. Durant la traversée, dix pour cent d'entre eux mouraient de la variole, du scorbut, du typhus et de la dysenterie. Il fallait donc à la fois du courage, une solide détermination et une bonne constitution pour entreprendre cette traversée et y survivre.

Pour Marie, l'arrivée à Québec, qui n'était alors qu'une bourgade, a dû être un choc. Québec, malgré la beauté de la nature qui l'entourait, n'était en rien comparable à la Normandie où ont essaimé, au fil des siècles, des centaines de châteaux et manoirs magnifiques. Ce nouveau pays n'était pas non plus synonyme de liberté. La destinée des Filles du roi était soigneusement circonscrite. Les membres du Collectif Clio le résument bien lorsqu'elles écrivent que ces filles à marier étaient « envoyées ici spécifiquement pour la reproduction ». Elles précisent : « Écoutons Colbert annonçant à Talon l'envoi de "quatre cents bonshommes, cinquante filles, douze cavales et deux étalons". Ou encore Talon se réjouissant "que les femmes de la Nouvelle-France y portent tous les ans". Et ces braves administrateurs d'imaginer des règlements pour contraindre les célibataires à prendre femme dans les 15 jours[11] qui suivent l'arrivée des navires sous peine de perdre leur permis de traite[12] ».

La première trace de Marie en Nouvelle-France est la signature de son contrat de mariage avec Antoine. Les actes notariés de l'époque montrent que, sans doute à cause de la rapidité avec laquelle il leur fallait choisir un époux, des Filles du roi changeaient assez souvent d'idée et signaient plusieurs contrats de mariage, parfois dans la même journée!

Marie n'a signé qu'un seul contrat. Cela se passait le jeudi 6 septembre 1668, dans la maison de Jean Levasseur et de sa femme, Marguerite Richard, où Marie a été accueillie, à son arrivée, avec d'autres Filles du roi. L'emplacement exact de cette maison est le 45, rue Saint-Louis à Québec. Les témoins à cette signature de contrat étaient le cordonnier Charles Palantin dit Lapointe, Pierre Fournier dit des Forges, Jean Bourdon dit Romainville, Laurent Cambain et son épouse, Françoise Baisela.

Le contrat de mariage d'Antoine et Marie indique qu'Antoine a versé cent livres dans la communauté. Il s'agit de la communauté de biens entre les époux et ces cent livres étaient la somme perçue par les soldats qui acceptaient de rester en Nouvelle-France. Marie n'avait que ses biens car, à l'instar des autres Filles du roi arrivées en 1668, elle n'a pas reçu la dot promise par le roi Louis XIV. Elle a probablement reçu un coffre dont le contenu est décrit dans ce roman.

Le mardi 11 septembre 1668, Marie et Antoine se sont mariés à

---

11 Notons que le règlement de Talon n'a été écrit qu'en 1670, mais que le roi et les autorités ont fait, bien avant, des pressions en ce sens.

12 Collectif Clio, *L'histoire des femmes au Québec depuis quatre siècles*, Montréal, Quinze, 1982, p. 49.

l'église Notre-Dame, dans la Haute-Ville de Québec. Le curé Henri de Bernières, originaire, comme Marie, de Normandie, a béni leur union et a rédigé l'acte de mariage. Il a noté la présence de Laurent Cambin, Françoise Baisela, Pierre Fournier dit des Forges, Jean de Lorme « et autres… » dont il ne précise pas les noms.

Marie n'a pas signé son contrat de mariage. Voulant mettre en évidence le fait que, à cette époque, les femmes pouvaient difficilement afficher leur savoir, j'ai choisi de faire de Marie non seulement une femme qui savait lire et écrire[13] mais qui était, de surcroît, un être assoiffé de connaissances et une grande amoureuse des livres. Des faits m'incitent à croire que cela est vraisemblable. Premièrement, étant issue de la bourgeoisie, il est probable que Marie avait appris à lire et à écrire, même si c'étaient les garçons que les parents faisaient instruire en premier, les filles étant, quant à elles, destinées au mariage. Deuxièmement, Pierre, le fils de Marie, savait lire et écrire comme en fait foi le contrat d'engagement qu'il a signé en novembre 1691. Dans ce contrat, dont l'original et la transcription faite par un paléographe se trouvent en annexe, Pierre promet à son jeune apprenti de douze ans de lui apprendre non seulement le métier de tonnelier, mais aussi à lire et à écrire. Il est plausible que ce soit Marie qui ait enseigné à son fils, car il n'y avait pas d'école pour les garçons à Batiscan lorsque Pierre était enfant ni de curé résidant qui aurait pu lui apprendre les rudiments de la lecture et de l'écriture. Enfin, il est peu probable qu'un professeur itinérant se soit rendu régulièrement, au début de la colonisation, jusque dans la campagne de Batiscan.

Pourquoi Marie n'aurait-elle pas signé son contrat de mariage si elle savait le faire ?

Plusieurs raisons peuvent expliquer ce qui, à nous qui vivons au XXIe siècle, peut apparaître aberrant. Resituons-nous donc dans le

---

13 Notons en passant qu'il était fréquent, à cette époque, que des gens sachent lire sans pour autant être capables de signer, et ce, en partie à cause de la difficulté à manier une plume d'oie et de la rareté du papier.

contexte du XVIIe siècle où l'on répétait que la volonté d'apprendre rend les femmes orgueilleuses. Celles qui désiraient s'instruire étaient vite taxées de « précieuses ridicules ». Les auteurs des traités pédagogiques de l'époque ont écrit que « l'accès à la connaissance surchauffe l'esprit féminin et mène à la dépravation des mœurs par de mauvaises lectures et à la propension des défauts propres aux femmes, comme de trop parler, de se mêler de tout et de raisonner. La plus grande prudence est donc recommandée aux éducatrices. [...] L'instruction des filles ne dépasse pas le niveau élémentaire et consiste principalement en leçons de catéchisme qui compléteront des apprentissages domestiques et, pour un petit nombre, des notions de lecture et d'écriture. Il faut souligner ici que les préjugés et la méfiance à l'égard des femmes « savantes » demeurent tenaces[14] ».

Craignant l'opprobre, bien des femmes, celles de la bourgeoisie surtout, s'instruisaient en cachette et, comme je l'ai mentionné dans le prologue, n'osaient signer leur nom. Par ailleurs, comme l'a écrit l'historien Marcel Trudel, les hommes pouvaient vivre, eux aussi, une situation similaire : « les Canadiens du régime français ou d'après la conquête étaient-ils analphabètes parce qu'ils signaient souvent d'une croix ? Ou signaient-ils d'une croix sous prétexte, ainsi que certains auteurs l'ont affirmé, qu'ils craignaient tout simplement d'apposer une signature[15] ? »

Toutes ces raisons, ajoutées à celles déjà exposées dans ce roman et qui se cristallisent autour de la peur, expliquent que Marie pouvait craindre, elle aussi, d'apposer sa signature.

Bien sûr, certains pourront rétorquer que quelques Filles du roi ont signé leur contrat de mariage. Mais on peut constater que la plupart d'entre elles avaient alors épousé des hommes qui savaient le faire. Or, la tradition normande voulait que les mariages se fassent en fonction

---

14 <www.civilisation.ca>.
15 Marcel Trudel, *Deux siècles d'esclavage au Québec*, Montréal, Hurtubise, 2004, p. 149.

de la même aptitude à signer chez les deux époux et la même appartenance sociale. Antoine ne savait pas signer et il était considéré, à l'époque, d'un rang social un peu moins élevé que la famille de Marie.

Par ailleurs, c'est un truisme de le souligner, il n'est jamais possible de généraliser. C'est d'ailleurs en montrant ce qui est exceptionnel, marginal, que nous pouvons le mieux montrer la complexité de la réalité historique, celle-ci étant faite d'expériences multiples.

Antoine Roy

En Bourgogne, à Saint-Jean de Joigny précisément, Catherine Bauldard[16] a, au printemps de l'an de grâce 1635[17], donné naissance à son sixième enfant. Il s'agissait d'Antoine, baptisé le 23 mars, dans une église de style mi-médiéval, mi-Renaissance, construite en 1080, dans l'enceinte du château du comte de Sens, Rainard Le Vieux, qui fonda au Xe siècle la ville de Joigny. Son parrain était Antoine Bauldard et sa marraine, Marie Collar.

Selon Pierre Le Clercq de la Société généalogique de l'Yonne, Antoine a épousé, en 1657, Catherine Byot et ils ont eu deux garçons : Jacques, baptisé le 5 novembre 1658, et Edme, baptisé le 13 mars 1660. Leurs parrains et marraines étaient respectivement Jacques Perdigon et Marie Chacheré ainsi que Edme Nau et Marie Bourotte. Nous ignorons si sa femme et ses enfants étaient décédés lorsque Antoine a quitté Joigny pour venir en Nouvelle-France. S'ils étaient morts avant 1663, leurs actes de décès ne figurent dans aucun des registres paroissiaux des trois églises de Joigny, ce qui ne prouve rien puisque plusieurs registres de l'époque ont été détruits ou perdus. Il appert cependant que la bigamie n'était pas rare à cette époque, notamment parmi les soldats qui se déplaçaient souvent ou qui

---

16 Certains écrivent Baudard ou Boderge.

17 Le recensement de 1681 indique que l'année de sa naissance est 1636, mais puisque les données de ce recensement sont souvent erronées, nous privilégions d'autres sources.

étaient enrôlés de force. Antoine a-t-il délibérément abandonné femme et enfants ? Ou a-t-il été enrôlé de force ? Il est peu probable qu'il se soit fait soldat afin de survivre, car il gagnait sans doute très bien sa vie en exerçant, comme son père Olivier, le métier de maître tonnelier. De plus, bien des gens de la bourgeoisie enviaient le respect qu'inspirait ce travail. Devenir tonnelier exigeait de longues années d'apprentissage. L'apprenti tonnelier devait parcourir les différentes régions de la France durant trois ou quatre ans afin d'apprendre les particularités du métier propres à chacune d'elles. Il devait ensuite passer un examen qui s'échelonnait sur trois semaines et qui se termi-nait par la création d'une véritable œuvre d'art, une tonnellerie sculptée. S'il réussissait, il faisait partie de la corporation des tonne-liers, qui, soit dit en passant, était inexistante en Nouvelle-France au début de la colonie. Antoine était privilégié, car il avait un métier qui le plaçait dans une situation meilleure que celle de tous les « sans métier » qui n'avaient d'autre avenir que la servitude : « Dans la France du XVIIe siècle, écrit Georges-Hébert Germain, un jeune homme pauvre pouvait tout au plus espérer devenir, avant même d'avoir atteint le cap de la cinquantaine, un vieil homme pauvre, s'il survivait aux famines, échappait aux maladies, résistait aux épidé-mies et ne se faisait pas tuer dans une de ces guerres où on l'avait jeté contre son gré et dont il ne comprenait à peu près jamais les enjeux[18] ».

Antoine s'est-il laissé séduire par le discours des recruteurs ? Plusieurs Français se sont aventurés jusqu'ici non seulement parce que leurs conditions de vie en France étaient extrêmement difficiles, mais parce que la Nouvelle-France leur était présentée comme un lieu où les rêves les plus grands pouvaient se réaliser. Il est vrai que plu-sieurs accédaient en Nouvelle-France à des postes dont ils n'auraient même jamais osé rêver en leur pays. J'ai déjà cité Jean Gervaise en

---

18 Georges-Hébert Germain, *Les coureurs des bois*, Montréal, Libre Expression, 2003, p. 16.

exemple. Il s'en trouve d'autres dont François Bailly dit Lafleur, un des personnages historiques de ce roman, qui a été successivement maître maçon, huissier, concierge, gardien de prison et substitut du procureur général. Il est vrai aussi que les conditions de vie en Nouvelle-France étaient supérieures à celles qui existaient en France. L'eau était d'une grande pureté, la nourriture, abondante, et la chasse était permise à tous les colons, ce qui n'était pas le cas en France. C'est d'ailleurs en grande partie parce qu'elles s'alimentaient mieux que les Filles du roi ont généralement vécu en meilleure santé et plus long-temps que les Françaises et qu'elles ont eu plus d'enfants. Bien sûr, il y a eu ici aussi des mauvaises récoltes et, conséquemment, des di-settes, mais elles ont été rares et en rien comparables aux famines qu'ont connues les Français.

Il est possible qu'Antoine ait été embarqué de force, car la cons-cription n'était pas obligatoire à cette époque et des recruteurs pro-fessionnels faisaient parfois signer, dans des cabarets, des contrats d'engagement à des hommes trop saouls pour savoir ce qu'ils fai-saient. Parfois aussi, ils les enlevaient carrément et les mettaient sur le premier bateau en partance pour la Nouvelle-France. Le fait qu'Antoine avait, en France, un bon métier permet de supposer qu'il n'a pas choisi librement de venir en Nouvelle-France, d'autant plus qu'y venir combattre les Iroquois n'avait, écrivent les historiens Régis Roy et Gérard Malchelosse, « rien d'attrayant » pour la plupart des officiers et des soldats français. Le recrutement n'était pas facile et la compagnie de Froment, dont faisait partie Antoine, était celle dont l'effectif était le moins élevé. Afin d'y remédier, les capitaines rece-vaient quinze livres par soldat « ainsi enlevé » aux compagnies en gar-nison à Brouage et à Oléron[19].

Même si nous ignorons dans quelles conditions exactement s'est

---

19 Régis Roy et Gérard Malchelosse, *Le régiment de Carignan*, Montréal, G. Ducharme, 1925, p. 24-25.

fait l'enrôlement d'Antoine, nous savons cependant que, le 19 avril 1665, il était parmi les soldats du régiment de Carignan qui, du port de La Rochelle, ont embarqué à bord du voilier le *Vieux Siméon*. La traversée n'a pas été trop longue — si on la compare à d'autres qui ont duré jusqu'à quatre mois! —, car ces soldats sont arrivés en Nouvelle-France exactement deux mois plus tard, soit le 19 juin. Ils étaient fort attendus: tous, dans la colonie, étaient terrorisés par les attaques des Iroquois qui minaient la quiétude de leur quotidien déjà jalonné par les nombreuses difficultés inhérentes à la colonisation. Certains ont été surpris alors qu'ils travaillaient dans leurs champs et ont été capturés et torturés avant d'être tués.

Les historiens Roy et Malchelosse racontent qu'après avoir construit une série de forts le long de la rivière Richelieu, les soldats sont allés combattre les Iroquois et que la plupart d'entre eux « étaient malades de dévoiements causés par les grandes pluies et le froid, étant mal vêtus, mal chaussés pour la saison, et n'ayant pas de marmites pour cuire leur lard et faire un peu de potage[20] ». Ils ajoutent que, par une journée de février où il pleuvait abondamment, les soldats s'enfonçaient dans la neige jusqu'à la ceinture. Antoine était sans doute en bonne santé car, comme le soulignent les deux historiens, « on peut juger quelle belle résistance offraient des hommes en cet état aux attaques des Iroquois qui, avec leurs raquettes, semblaient avoir des ailes aux pieds[21] ». Triste ironie du sort, plusieurs d'entre eux sont morts durant cette expédition, non pas à cause des Iroquois, mais de froid et d'épuisement.

Après maintes péripéties, la paix entre les Iroquois et les Français a finalement été conclue le 8 juillet 1667. L'historien Jacques Lacoursière écrit: « Considérant que sa mission est accomplie, Tracy

---

20 Régis Roy et Gérard Malchelosse, *Le régiment de Carignan*, Montréal, G. Ducharme, 1925, p. 28.
21 Régis Roy et Gérard Malchelosse, *Le régiment de Carignan*, Montréal, G. Ducharme, 1925, p. 33.

quitte Québec, à bord du *Saint-Sébastien*, le 28 août 1667. Parmi les soldats, plus de quatre cents décident de demeurer en Nouvelle-France. On évalue à environ deux cent cinquante le nombre de ceux qui sont morts au cours de leur séjour. Quant aux autres, soit la moitié des effectifs, ils regagnent la France en 1667 et en 1668[22] ». Ceux qui restaient se sont engagés, pour la plupart, à coloniser la Nouvelle-France. Antoine était l'un d'eux. Les jésuites du Cap-de-la-Madeleine, qui étaient les seigneurs de Batiscan depuis le 13 mars 1639, lui ont concédé une terre de quatre-vingts arpents située au bord du fleuve. D'ailleurs, toutes les terres donnaient accès au fleuve parce qu'il était presque la seule voie de communication. Le seigneur gardait un droit de propriété sur les terres qu'il concédait et il pouvait réclamer des journées de travail à ses censitaires. Chacun d'eux devait lui donner quelques livres par année, des chapons, du bois de chauffage et payer des droits de chasse et de pêche.

En entrant dans Batiscan par Champlain, qui faisait partie à l'époque de Batiscan, on peut voir la maison ancestrale de la famille Marchand, le principal créancier d'Antoine. Antoine et Marie vivaient à proximité de cette maison. Leur terre était sans doute située là où aujourd'hui nous pouvons voir, de la route, une rue portant le joli nom de Chemin 14 soleils. Soit dit en passant, Batiscan signifie vapeur légère ou brume claire.

Marie et Antoine

Au XVIIe siècle, l'amour n'était pas une condition essentielle au mariage. Plus encore, les époux amoureux cachaient souvent leurs sentiments. Dans le contexte religieux de l'époque, s'aimer mettait l'âme en péril à cause du plaisir sexuel que l'amour suscite. Les mariages étaient le plus souvent des mariages de raison afin de faire

---

22 Jacques Lacoursière, *Histoire populaire du Québec. Des origines à 1791, tome 1*, Sillery, Septentrion, 1995, p. 111.

de bonnes alliances qui consolideraient la fortune, donneraient un titre ou la sécurité matérielle. Ce sont les pauvres en France qui, n'ayant ni l'un ni l'autre, ont commencé à revendiquer l'amour dans le mariage puisque, de toute façon, ils n'avaient rien à y perdre.

En ce qui concerne les Filles du roi, la première question qu'elles posaient à leur prétendant révèle que leur priorité était d'abord et avant tout d'ordre matériel : « As-tu construit une cabane sur ta terre ? », demandaient-elles. Certes, il n'est pas interdit de penser qu'il y a eu quelques coups de foudre ou quelques attirances entre elles et les hommes qu'elles ont épousés. Par ailleurs, les mariages de raison n'étaient pas nécessairement des mariages malheureux et pouvaient même engendrer de l'amour ou, tout au moins, de l'affection et de l'estime.

Il est possible que Marie et Antoine n'aient pas habité Batiscan aussitôt après leur mariage. S'ils l'ont fait, ils ont sans doute vécu dans des conditions très difficiles, car un procès-verbal de l'arpentage des terres de Batiscan révèle qu'à la mi-avril 1669, soit sept mois après leur mariage, Antoine n'avait pas encore construit de maison sur sa terre. Il n'était pas le seul à ne pas l'avoir fait ; sœur Marie de l'Incarnation note en effet, dans ses correspondances, que ceux « qui ne sont point établis souffrent beaucoup avant que d'être à leur aise[23] ».

Au tout début de la colonisation, la majorité des premiers colons vivaient dans des conditions extrêmement précaires. Ils n'avaient souvent rien d'autre à manger que du pain noir et du poisson séché. La pauvreté n'était pas l'exception, loin de là. Marie de l'Incarnation écrit : « Ce païs est riche [...] les bleds, les légumes et autres sortes de grains y croissent en abondance. Néanmoins [cela] n'empêche pas qu'il n'y ait ici un grand nombre de pauvres ; et la raison est que quand une famille commence une habitation, il lui faut deux ou trois années avant que d'avoir de quoi se nourrir, sans parler du vêtement, des meubles et d'une

---

23 Citée par Yves Landry, *Les Filles du roi au XVIIᵉ siècle*, Montréal, Leméac, 1992, p. 142.

infinité de petites choses nécessaires à l'entretien d'une maison[24] ».

Antoine n'a pas beaucoup défriché sa terre. Le recensement de 1681 indique qu'il possédait deux bêtes à cornes et cinq arpents en valeur. Un an après son mariage, Antoine a commencé à faire de la spéculation, mais il n'a réalisé un profit qu'à une seule occasion. Était-il pour autant fainéant, comme le qualifient certains généalogistes ? Je n'ai nullement l'intention de faire ici une courte hagiographie de mon ancêtre, mais je suis convaincue que le portrait que l'on fait de cet homme occulte sans doute un large pan de sa vie qui, si le projecteur était braqué sur lui, donnerait une idée plus juste de ce qu'il a pu vivre. C'est encore une fois en tenant compte des éléments contextuels de l'époque que nous pouvons nuancer ces interprétations.

En lisant plusieurs courtes biographies d'ancêtres ayant vécu au XVIIe siècle, j'ai constaté que cette moyenne de cinq arpents était loin d'être rare. Il était d'ailleurs fréquent, dans les débuts de la colonie, que plusieurs habitants ne défrichent pas leur terre, préférant nettement courir les bois, d'où la célèbre phrase de Marie de l'Incarnation : « Il est plus facile de faire des Sauvages avec des Français que de faire des Français avec des Sauvages ». Il est vrai aussi qu'il n'était guère facile de défricher avec, pour seuls outils, un marteau, une hache et quelques couteaux.

Antoine a-t-il été coureur des bois ? Le fait qu'aucun acte d'engagement pour les voyages dans les bois indiquant son nom n'ait été retrouvé ne prouve rien, car plusieurs coureurs des bois n'ont pas signé de contrat. Georges-Hébert Germain écrit que, en 1672, il y avait entre trois et quatre cents coureurs des bois illégaux et qu'en 1680, il y en avait deux fois plus. Il note aussi qu'il fallait être jeune et fort pour avironner vingt heures par jour, affronter les rapides et courir les bois : « Acheminer un canot rempli de marchandises de troc à des milliers

---

24 Guy Oury, *Marie de l'Incarnation, ursuline (1599-1672) : correspondance*, Solesmes, 1971. Extrait du Musée de la civilisation : <www.mcq.org/histoire/filles_du_roi/établiss.html>.

de kilomètres de Montréal n'était pas chose simple. Prendre contact avec des peuples plus ou moins hostiles, échanger avec eux, contre des fourrures, de la quincaillerie, de la chaudronnerie, des armes ou de l'eau-de-vie n'était pas non plus une mince affaire. Il fallait de l'entregent, de l'audace, de l'imagination. Et tout d'abord être dans une forme physique exceptionnelle[25] ». Il ajoute que plusieurs coureurs des bois abandonnaient cette activité vers l'âge de trente-cinq ans.

Il est probable qu'Antoine a été coureur des bois. Non seulement Trois-Rivières, près de Batiscan, était la patrie des plus audacieux coureurs des bois, mais c'est précisément aux alentours de trente-cinq ans qu'il a commencé à cumuler des dettes[26]. C'est aussi à peu près à la même période qu'il a exercé, à Batiscan, son métier de tonnelier. En effet, un document, daté du 19 avril 1675, révèle que Frontenac lui demande de livrer deux mille cercles. Il est impossible cependant de savoir s'il a eu beaucoup de contrats étant donné que chaque entente n'était pas nécessairement notariée.

Antoine a aussi été jugé fainéant et malhonnête à cause des dettes qu'il a contractées. Or, il appert, et j'ai été la première surprise de faire une telle constatation, que l'endettement n'était pas non plus une exception à cette époque, mais constituait plutôt la règle. Sur le site du Centre de généalogie francophone d'Amérique, on peut lire que « les actes d'inventaires de biens, au décès, montrent combien les pionniers possédaient peu et combien souvent ils devaient s'endetter auprès de marchands ou d'amis pour survivre jusqu'à la prochaine saison. La liste des quittances et des dettes qui apparaissent dans ces inventaires est souvent impressionnante. La liste des avoirs l'est aussi, par sa modestie[27] ». Plus encore, si on le compare à d'autres colons,

---

25 Georges-Hébert Germain, *Les coureurs des bois*, Montréal, Libre Expression, 2003, p. 58.

26 La somme totale de ses dettes est de 412 livres, 9 sols. Jacques Marchand était le principal créancier et il avait tous les biens d'Antoine en garantie.

27 <www.genealogie.org/famille/frigon/fr/centre.html>.

Antoine n'était pas très endetté. Notons enfin qu'il n'avait guère pu amasser de l'argent avant son mariage. Le métier de soldat était si peu payant que le mot « solde » origine du mot « soldat ».

Lecourt et Talua

Georges Desjardins, cité précédemment, mentionne que Michel Lecourt, l'un des créanciers d'Antoine, « montre un acharnement pour ne pas dire une hargne impitoyable à poursuivre son débiteur [Antoine]. Jusqu'à quel point il a pu *monter* Vendamont contre Desjardins, et, sans le vouloir, inconsciemment, mais réellement, pousser Vendamont à l'assassinat, on ne le saura jamais. Cependant, nous devons, pour être complet, signaler certains faits de la vie de Lecourt et certains traits de caractères qui jettent une lueur sur les aspects obscurs du drame du 10 juillet 1684[28] ». Il mentionne que Michel Lecourt a été, en 1679, traduit en justice et condamné pour calomnies, injures outrageantes et menaces de mort proférées contre Claude Maugue (le greffier lors du procès à Ville-Marie). L'historien Robert-Lionel Séguin précise, quant à lui, que « le 17 août 1683, Michel Lecourt a " dit hautement que la maison dud laloire et celle du Sr maugue Nestoit que de fripons dit de Canaille[29] " ». Ce même auteur ajoute que Lecourt a été condamné, en 1680, pour avoir injurié Mathurine Thibeault et, en 1681, pour avoir calomnié et injurié Étienne Landron. Il mentionne aussi que, « le 19 janvier 1683, Julien Talua comparaît devant la cour bailliagère de Montréal[30] sous l'accusation d'avoir appelé Claude Garrigue « querelleux et séditieux ». L'affaire a pris un mauvais tournant lorsque le défendeur, ayant

---

28 Georges Desjardins, *Antoine Roy dit Desjardins et ses descendants, 1635-1684*, Trois-Rivières, Bien Public, 1971, p. 37.

29 Le lecteur aura compris qu'il s'agit de « vieux français ». Source : Robert-Lionel Séguin, *L'injure en Nouvelle-France*, Montréal, Leméac, 1976, p. 140.

30 À cette époque, c'est l'île qui avait le nom de Montréal. La mission fondée sur l'île en 1642 portait le nom de Ville-Marie.

rencontré le demandeur, «luy présenta un coup à boire en luy en demandant excuze ce que led vendamons pris par derision et refusa de boire avec led garrigue[31] ». Bref, les comparutions en cour de Michel Lecourt et Julien Talua ont été interprétées par plusieurs généalogistes comme la preuve de leur mauvais caractère. Ils ont peut-être raison, mais nous pouvons nuancer leurs jugements en gardant à l'esprit l'atmosphère querelleuse qui prédominait à l'époque. De plus, Michel Lecourt avait un besoin pressant d'être remboursé par Antoine puisqu'il avait lui aussi des créanciers à ses trousses. D'où sans doute ses multiples démarches légales afin qu'Antoine soit emprisonné s'il ne le remboursait pas. Il a résulté de ses démarches que les biens d'Antoine ont été saisis et qu'il a été écroué à trois reprises. Mais le 1er juillet 1684, tout semblait s'arranger entre eux, car Antoine s'est rendu chez le notaire Claude Maugue qui a rédigé un accord entre les deux hommes. Hélas! neuf jours plus tard, il a été assassiné.

L'assassinat d'Antoine

Durant l'été, les hommes de loi étaient présents à la chambre d'audience de la prison de Ville-Marie tous les mardis de huit heures le matin à sept heures le soir. Le 10 juillet était précisément un mardi et Julien Talua dit Vendamont s'y est rendu afin d'avouer son crime au bailli Jean-Baptiste Migeon de Branssat.

Robert-Lionel Séguin a écrit qu'Antoine a été tué à coups de bâton, mais il ne précise pas sur quoi est étayée cette affirmation et il ajoute du même souffle qu'Antoine était le voisin de Talua, ce qui n'est pas le cas[32]. L'hypothèse de Georges Desjardins est plus plausible. Il précise qu'on a trouvé dans la maison de Julien l'arme qui a

---

31 Robert-Lionel Séguin, *L'injure en Nouvelle-France*, Montréal, Leméac, 1976, p. 200-201.
32 Robert-Lionel Séguin, *La vie libertine en Nouvelle-France au XVIIe siècle*, Montréal, Leméac, 1972, p. 410.

vraisemblablement servi au meurtre : « un fusil crevé et 2 balles de plomb » ainsi que « deux méchantes petites couvertures percées et ensanglantées et une peau passée aussy ensanglantée ». Il donne en outre la liste des effets d'Antoine que le greffier a notés le jour du meurtre : « un chien de tonnelier, deux plaine et une sye à main, un petit fusil, un justaucorps de droguet, une pair de souliers presque neufz, une chemise neufve, un vieux bonnet rouge bordé de peaux de chat, quelques peaux de vache, six barils ». Il ajoute que, le 2 septembre 1684, Michel Lecourt s'est présenté devant le juge afin qu'on lui remette les biens d'Antoine, mais que sa démarche a été vaine parce que les hommes de loi les ont remis à Pierre[33].

Georges Desjardins a cherché dans les archives de Ville-Marie, de Lachine et de Batiscan afin de savoir où Antoine avait été enterré et il n'a rien trouvé. Mon hypothèse, à savoir qu'il aurait été jeté à la voirie, est plausible parce que cela faisait partie des mœurs de l'époque.

L'enquête

Dans les documents que j'ai lus où il est question de l'assassinat d'Antoine, il est écrit que toutes les pièces du procès ont été perdues. Or, aidée de l'archiviste Estelle Brisson, j'ai retrouvé aux Archives de Montréal les témoignages des hommes qui, de Batiscan et ses environs, sont venus à Ville-Marie afin de témoigner en faveur d'Antoine. Ce sont Jean-Baptiste Lariou, Nicolas Pot, Jean-Baptiste Crevier, Antoine Trottier, François Fortin (aussi nommé Fortage) et le seigneur Edmond de Suève. Le paléographe Guy Perron a fait le déchiffrement de ces documents rédigés en 1684 dont une copie se trouve en annexe. Pour l'essentiel, ils se lisent comme suit :

> *Est comparu le sieur Nicolas Pot, habitant de Batiscan ;*
> *lequel a dit et déclaré que ledit Desjardins, s'est comporté en*
> *honnête homme de sa connaissance, et depuis quinze ans qu'il*

---

33 Georges Desjardins, *Antoine Roy dit Desjardins et ses descendants*, Trois-Rivières, Bien Public, 1971, p. 32-33.

le connaît, et qu'il ne l'a jamais connu que pour homme de bien dont ladite femme a requis acte et a fait sa marque qui est un N. et un p ainsi qu'il a dit. Ledit comparant.

N P

Maugue (paraphe)

Est comparu au greffe et par-devant le notaire, François Fortage, habitant de Batiscan. Lequel a déclaré, sur la même sommation que depuis dix-sept ou dix-huit ans qu'il connaît ledit Desjardins, il l'a toujours trouvé homme de bien et d'honneur et qu'il n'a jamais été accusé d'avoir aucun bruit pour faire du mal avec les filles et femmes. En foi de quoi, il a signé en confirmant en son âme et conscience la chose véritable, étant prêt à partir pour la guerre comme ledit Pot.

francois fortage

Maugue (paraphe)

greffier notaire

Est comparu le sieur Antoine Trottier, marchand, sur la même sommation que dessus. Lequel a dit et déclaré en son âme et affirme en sa conscience qu'il a toujours reconnu ledit Antoine Roy dit Desjardins, tonnelier, qui a été tué par Vendamont pour un homme de bien et d'honneur et qu'il n'a jamais reconnu en lui de mauvaise conduite ni à donner au libertinage des filles ou femmes.

trotier desrussiau

Maugue (paraphe)

greffier

Est comparu au greffe Jean Lariou, habitant de Batiscan, étant sur son départ pour la guerre. Lequel, sur la sommation que dessus, a déclaré qu'Antoine Roy Desjardins, tonnelier, habitant

de Batiscan, et affirme en son âme et conscience qu'il n'a jamais reconnu rien de mauvais en la personne dudit Desjardins qui a toujours reçu en homme de bien et d'honneur depuis quinze ans ou environ, qu'il est voisin et de la même côte.
Maugue (paraphe)
greffier

Est comparu le sieur Jean-Baptiste Crevier sieur Duvernay. Lequel a reconnu ledit Desjardins pour homme de bien et d'honneur et n'a jamais ouï-dire qu'il était scandaleux, ni pour filles, ni femmes. Dont ladite femme a requis acte octroyé pour servir ce que de raison.
Et a signé.
Duverné
Maugue (paraphe)
greffier notaire

Est comparu Edmond De Suève, écuyer, seigneur en partie de Sainte-Anne. Lequel, sur la sommation et requête de Marie Major, femme dudit Desjardins, a dit et déclaré qu'il n'a jamais reconnu aucune plainte contre ledit Desjardins depuis dix-neuf ans, qu'il le connaît pour être passé dans les troupes du Roi et pour être habitant de Batiscan, lieu de son voisinage de la seigneurie de Sainte-Anne. Et a signé.
Desueve
Maugue (paraphe)

Il est étonnant de constater à quel point la façon dont les gens de Batiscan percevaient Antoine est différente de celle qui a perduré et qui a essaimé jusque dans les écrits actuels dont on trouve des échos, de-ci de-là, sur le Web et dans quelques ouvrages historiques. Antoine n'y est plus présenté comme « l'homme de bien et d'honneur » décrit par ceux qui l'ont connu. L'on parle plutôt maintenant d'un honteux personnage, fainéant, endetté, coureur de jupons, etc. Ces écrits semblent se baser sur des faits, puisqu'on mentionne ses dettes, ses terres peu cultivées et Anne, son amante. Mais ces faits, isolés du contexte dont j'ai montré précédemment quelques éléments, deviennent une fabulation aux effets d'autant plus pernicieux qu'elle donne l'impression d'être solidement étayée. Ainsi, au fil des ans, c'est tout le non-dit qui a modifié radicalement l'image d'Antoine. Et ce, d'autant que, c'est un truisme de le souligner, un mensonge souvent répété finit par prendre les allures de la vérité.

Le procès

Sous le régime français, les procès n'étaient pas publics. Les témoignages se faisaient donc en présence seulement du juge, du greffier et, parfois, d'adjoints au greffier. Le greffier et, s'il y a lieu, ses assistants, devaient tenir le registre de tous les actes de la cour. Ils utilisaient des abréviations dont certaines remontent au Moyen Âge, d'où la difficulté de déchiffrer les textes légaux sans l'aide d'un paléographe. Pour bien comprendre ce que pouvaient vivre les accusés sous le régime français, il faut savoir que les procès se déroulaient sous le mode inquisitoire : le présumé coupable devait prouver son innocence et il ne pouvait être aidé par un avocat puisque cette profession était interdite par le roi[34]. Il ignorait ce qui était dit contre lui, sauf si le juge décidait de le confronter à un témoin. Enfin, une épée de Damoclès planait au-dessus de sa tête tout au long du procès, car il pouvait à tout moment être torturé.

Les condamnations à des peines corporelles ou de mort étaient révisées par le Conseil souverain. Celle d'Anne ne l'a pas été, puisqu'elle n'a été condamnée qu'au bannissement perpétuel. Elle n'a pas reçu de coups de fouet comme j'ai choisi de l'écrire dans ce roman

---

34 Il pouvait cependant engager un « praticien » qui connaissait les rouages de la loi.

afin de mieux refléter ce qui se passait habituellement à cette époque. En plus d'être fouettées et rasées, plusieurs femmes adultères étaient enfermées dans un hôpital ou un couvent pour une période de temps déterminée par le mari trompé, ce qui, souvent, s'avérait à perpétuité.

Le rôle du Conseil souverain était similaire à celui de la Cour suprême actuelle. Conformément à l'édit royal de 1663, les membres du Conseil souverain étaient composés de l'évêque, du gouverneur, de l'intendant, d'un procureur et d'autres personnes de l'élite sociale. Le procureur avait la tâche de former les autres conseillers sur les questions de droit. L'un des rôles du Conseil souverain était de vérifier la procédure du procès de première instance. Si les conseillers le jugeaient nécessaire, ils interrogeaient de nouveau l'accusé ou d'autres témoins. Les procès-verbaux de ce tribunal d'appel ont été publiés dans une série de volumes, et ce, dans leur version originale, c'est-à-dire en « vieux français ».

On peut y lire que le 28 octobre, les membres du Conseil souverain, dont les noms sont cités dans ce roman, se sont réunis afin de discuter du procès de Julien Talua. Dans le procès-verbal de cette réunion, signé par l'intendant Demeulle et le conseiller Jean-Baptiste Depeiras, le greffier a résumé ce qui s'est passé à Ville-Marie après le meurtre : le 10 juillet, Julien est allé avouer son crime au bailli et celui-ci, accompagné d'officiers et du chirurgien Jean Martinet de Fonblanche, s'est rendu aussitôt dans la maison de Talua, « pour y faire leuer le Cadaure du dit Desjardins, examiner les circonstance et dependances du meurtre ». Ils ont aussi fait l'inventaire des biens desdits Vendamont et Desjardins et en ont donné la garde au voisin de Julien, Pierre Gauthier. Des témoins ont été entendus pour « deposer sur la verité du dit meurtre, Et sur la familiarité qu'il y auoit Eüe Entre la dite femme Vendamont Et le dit Desjardins ». Hélas, ils n'ont pas mentionné leurs noms ni le contenu de leurs dépositions. Le juge Gervaise « tenant le siege pour l'absence du dit Bailly » a décrété que « la femme du dit Vendamon seroit prise Et apréhendée au corps Et constitüée ez prisons du dit lieu pour estre adroit, avec deffenses au dit pierre Gaultier de luy fournir viures ny autre chose ». Le greffier a noté aussi que, à la demande de Marie Major, des témoins se sont présentés à la cour et que d'autres personnes ont été interrogées en juillet et en août. Julien a été interrogé à quelques reprises « sur la sellette » et a reçu une sentence de mort le 14 octobre 1684. Quant à Anne, elle a été condamnée, « pour crime d'adultaire commis avec le dit Desjardins, a vn bannissement perpetüel de la dite Isle, apeine du foüet et du carcan en cas de contrauention. A la prononciation de laquelle sentence le dit Vendamon en auroit interjetté appel en cette Cour ». Les « grosses du procès » ont été amenées à Québec « par la premiere barque auec le dit Vendamon ». Le greffier a précisé que Julien a été « pris a la barque de françois Hazeur Marchant bourgeois de cette ville » et qu'une fois arrivé à Québec, il a été interrogé par le conseiller Depeiras. Jugeant que le procès à Ville-Marie a « esté mal procedé, […] La cour a ordonné Et ordonne qu'il sera de nouueau procedé a l'instruction du proces par le dit sieur depeïras aux dépens de qui il apartiendra[35] ».

Pour répondre à une requête de Julien, qui les a suppliés de le libérer de la prison, les conseillers se sont réunis de nouveau le 5 décembre 1684. Ils semblaient plutôt complaisants envers l'assassin. Ils ont dit en effet qu'il était emprisonné depuis plus de cinq mois et que « son honneur Et sa juste douleur » l'ont amené à tuer Desjardins parce qu'il avait « des preuues assurées du commerce infame que cet homme entretenoit depuis longtemps auec sa femme […] et qu'il a desja tant souffert par sa longue prison outre plusieurs miseres et infirmitez qui luy en prouiennent ». Les conseillers ont dit aussi qu'il souffrait d'une fièvre tierce depuis huit à dix jours « dont il est griefuement trauaillé, il void que sa detention ne pouroit gueres plus

---

35 *Jugements et délibérations du Conseil souverain de la Nouvelle-France*, Archives de la province de Québec publiées sous les auspices de la Législature de Québec, Québec, Imprimerie A. Côté, vol. 2, p. 966 à 968.

longtemps durer sans perir de misere dans les prisons Et particuliere-
ment par la rigueür du froid qu'il y soufffre Et a quoy il luy seroit
impossible de resister en l'estat qu'il est ». Les geôles étant effectivement insalubres, les conseillers ont donc permis à Julien de loger chez
le cordonnier Journet qui habitait au numéro correspondant à cette
époque au 16, rue Saint-Louis, en face de la prison, à la condition
qu'il ne s'éloigne pas à plus de trois lieues à la ronde. Julien a prêté
serment et juré de se présenter devant le Conseil si nécessaire. Notons
en passant qu'actuellement, en face du château Frontenac, des travaux sont en cours afin de mettre en valeur les vestiges du château
Saint-Louis ainsi que du fort à l'intérieur duquel était construite la
prison où Julien fut emprisonné.

Le lundi 18 décembre 1684, Julien a fait une requête étonnante de
la part d'un homme condamné à la peine de mort. Il a dit qu'il devait
aller à Ville-Marie afin de « prendre connoissance de l'estat ou sont
ses biens », de voir si Pierre Gauthier « en prend assez de soin pour ne
rien laisser déperir », de régler ses comptes avec les sulpiciens pour
qui il « estoit fermier » et, enfin, de payer sa dîme. Il a supplié, écrit le
greffier, et a promis d'être de retour à Québec trois mois plus tard.
Étonnamment, les conseillers ont accepté à la condition qu'il soit
« de retour en cette ville dans le huitieme Mars prochain pour toutes
prefixions et delays sous telles peines arbitraires qui seroient jugées
en cette Cour en cas de contrauention[36] ».

Le lundi 19 février 1685, les conseillers ont décidé que Julien
n'aurait pas à revenir à Québec puisqu'un conseiller devait se rendre
à Ville-Marie et qu'il pourrait ainsi y juger Julien. Or, comme le sou-
ligne Raymond Boyer, « Quand vint la date fixée pour son deuxième
procès, Vendamont ne comparut pas et on n'entendit plus jamais
parler de lui dans la colonie. De toute apparence le Conseil ne

---

36 *Jugements et délibérations du Conseil souverain de la Nouvelle-France*, Archives
de la province de Québec publiées sous les auspices de la Législature de Québec,
Québec, Imprimerie A. Côté, vol. 2, p. 972-973.

chercha pas à le retrouver[37] ». Georges Desjardins abonde dans le même sens : « On a beau fouiller les archives, on n'y trouve absolument aucune mention de l'affaire, ni en mars 1685, ni plus tard. Rien aux Archives judiciaires de Montréal, rien dans les dossiers du Conseil Souverain conservés aux Archives de la province de Québec, rien nulle part[38] ». Il ajoute plus loin : « Il n'y a pas à dire, Vendamont avait retenu les services d'un procureur madré comme pas un : ou bien il comptait des amis puissants auprès ou au sein même du Conseil. Les dispositions prises à son sujet feraient aujourd'hui scandale ; même pour l'époque, elles paraissent singulières : on dirait que tout s'arrange pour fournir à Vendamont la chance de prendre la poudre d'escampette, comme, de fait, il semble l'avoir prise[39] ».

J'ai fait une recherche afin de connaître les manquements dans la procédure qui auraient pu se produire durant le premier procès tenu à Ville-Marie et qui auraient pu influencer les membres du Conseil. Ceux que je mets dans la bouche de Julien, quoique imaginaires, sont tous plausibles. De plus, j'ai cité, dans ce roman, des extraits de la Grande Ordonnance criminelle de 1670, où il est écrit que l'adultère est considéré comme « un grand crime », « des plus mauvais et des plus funestes », parce que « le lien conjugal a toujours été regardé comme un bien indissoluble institué de Droit divin et élevé à la dignité de sacrement dans le christianisme[40] ». Dans ce contexte, il n'est guère étonnant que des meurtriers ont été graciés parce que le juge a estimé qu'ils avaient protégé leurs biens, c'est-à-dire leur femme ou leur fille.

Pour les hommes d'Église, l'adultère était « le pire des péchés », car

---

37 Raymond Boyer, *Les crimes et les châtiments au Canada français du XVIIe au XXe siècle*, Montréal, Le Cercle du livre de France, 1966, p. 328.

39 Georges Desjardins, *Antoine Roy dit Desjardins et ses descendants*, Trois-Rivières, Bien Public, 1971, p. 40.

40 Cette Grande Ordonnance a été publiée dans un document intitulé *Traité des matières criminelles suivant l'Ordonnance du mois d'août 1670*.

les relations sexuelles ne devaient avoir comme but que la procréation. À leurs yeux, un homme adultère ne pouvait être un homme de qualité. Or, le pouvoir des religieux était immense. Les sulpiciens pour qui travaillaient Julien étaient puissants. Ils possédaient toute l'île de Montréal et ils s'occupaient de l'administration de la justice, notamment en nommant les juges. Par ailleurs, la puissance politique de Monseigneur de Laval a été soulignée par de nombreux historiens. Non seulement il siégeait au sein du Conseil souverain, mais, en avril 1663, c'est lui qui a nommé le gouverneur. Ensuite, conjointement avec ce dernier, il a élu les membres du Conseil souverain.

Certes, lors de la révision du procès de Talua par les membres du Conseil souverain, l'évêque, malade, ne siégeait pas toujours au sein du Conseil. Mais il était alors remplacé par son grand ami le grand vicaire Des Maizerets dont on disait qu'ils « étaient comme les doigts de la main ». Bien sûr, aucun document ne prouve que les sulpiciens, Monseigneur de Laval, et le grand vicaire ont influencé les autres membres du Conseil souverain. Mais ceux-ci ont certainement « favorisé » la fuite de Julien. D'autant plus que, comme le précise Raymond Boyer, « personne n'avait le droit de quitter la colonie sans permission officielle ». Il mentionne aussi qu'en 1705, le procureur a écrit au ministre français afin de dénoncer le fait qu'un meurtrier n'avait pas été puni parce qu'il bénéficiait de la protection du gouverneur, le marquis de Vaudreuil[41]. Quoique rarissime, le cas de Julien n'est donc pas isolé.

* * *

Alors qu'Anne et Marie ont dû fuir le lieu où elles habitaient avant le meurtre, le meurtrier, lui, se promenait en toute liberté. Le 7 février 1685, il était à Lachine où il a reçu le compte rendu de Pierre Gauthier qui avait la garde de ses biens. Le 20 février, il a réclamé à Mathurin

---

41 Raymond Boyer, *Les crimes et les châtiments au Canada français du XVIIe au XXe siècle*, Montréal, Le Cercle du livre de France, 1966, p. 112.

Thibaudeau la somme de cinquante livres. C'est après cette date qu'on ne trouve plus aucune trace de lui.

L'hypothèse de l'asile religieux est plausible, ce système n'ayant été aboli qu'en 1732. Il est possible qu'après avoir vécu quelque temps dans un monastère, Julien se soit enfui en France, à New York ou ailleurs.

La pendaison par effigie, qui faisait partie des mœurs de l'époque et que j'ai décrite, ne s'est pas réellement passée. Du moins, aucun document ne le prouve.

Personne n'a habité la maison de Talua après le meurtre. En 1687, le curé de Lachine a lu une ordonnance du haut de la chaire : « vu ques les nommés Queneville, Pierre Laframboise, Vendamont, Sansoucy, défunt Thibaudeau, Laverdure ont abandonné leurs habitations depuis un an, deux ou trois ans ; que celles-ci sont pleines de fardoches et, par ce fait, exposent les autres habitants aux embuscades iroquoises, il est ordonné aux dits habitants de défricher leurs terres sans retard, sinon les habitants de Lachine en prendront possession pour leur servir de commune à charge de les nettoyer des bois et fardoches[42] ». Dix ans plus tard, la terre et la maison de Julien étaient toujours abandonnées.

Les cinq dernières années de la vie de Marie

Après la mort d'Antoine, Pierre et Marie se sont réfugiés à Québec. Pierre y exerçait le métier de tonnelier et il signait ses contrats : Pierre Leroy. Lors de son premier mariage, en 1691, il signait encore Pierre Leroy, tonnelier demeurant à Québec, fils d'Antoine Leroy et de Marie Major. Ce n'est que bien plus tard qu'il a signé : Roy dit Desjardins. Il est fort probable que Marie a elle aussi vécu sous un nom d'emprunt.

Après la mort d'Antoine, Marie était sans ressources financières.

42 Georges Desjardins, *Antoine Roy dit Desjardins et ses descendants*, Trois-Rivières, Bien Public, 1971, p. 41.

Les créanciers ne lui ont laissé aucun répit jusqu'à son décès en 1689. Le 6 décembre 1687, Jacques Marchand, à qui Antoine devait de l'argent, a effectué une vente aux enchères de tous ses biens.

Il n'y avait pas de sécurité sociale à cette époque. L'hôpital destiné à accueillir les démunis ainsi que le Bureau des pauvres qui leur viendrait en aide n'existaient pas encore en 1684. Il n'est d'ailleurs pas certain que Marie aurait pu y trouver de l'aide, car n'étaient secourus que les pauvres dont les mœurs, après enquête, étaient jugées exemplaires.

Espérons que Marie a, comme je l'ai imaginé, rencontré des personnes telles que Jean et Marguerite Levasseur. En 1684, l'emploi était rare pour les femmes. Même le métier de domestique était presque exclusivement occupé par des hommes. Les femmes n'avaient souvent d'autre choix que de se marier. Ce que Marie n'a pas fait. Sa rencontre avec Monseigneur de Laval afin de pouvoir exercer le métier de sage-femme est imaginaire mais plausible. Il est bien possible qu'elle ait exercé ce métier dans la clandestinité. La plupart du temps perçus comme étant responsables de leur pauvreté, les « mauvais » pauvres étaient marginalisés et n'avaient souvent, pour les secourir, que d'autres personnes aussi marginales qu'eux. Les soigner n'était pas vu comme une tâche noble : « secourir et soigner les pauvres malades constituaient à l'époque des emplois si pénibles et si répugnants à la nature qu'on ne pouvait croire ni espérer que des filles qui n'y étaient pas obligées puissent y persévérer[43] ».

Marie a été hospitalisée à l'Hôtel-Dieu de Québec le 16 novembre 1689, et elle y est décédée le 8 décembre de la même année. Elle a été enterrée dans le cimetière des pauvres. Même s'ils constituaient la très grande majorité, ce ne sont pas seulement les pauvres qui y étaient enterrés. Quelques riches s'y faisaient enterrer pour des motifs religieux ou par humilité. C'est le cas notamment du chirurgien Michel

---

43 Claude Dulong, *La vie quotidienne des femmes au grand siècle*, Paris, Hachette, 1984, p. 287.

Sarrazin qui, entre autres, travaillait à l'Hôtel-Dieu en 1689 lors de l'hospitalisation de Marie. C'est le cas aussi de Charles Aubert de La Chesnaye, un des hommes les plus riches de la Nouvelle-France, chez qui Pierre a signé son premier contrat de mariage, et qui voulait, en se faisant enterrer dans ce cimetière, expier sa vie consacrée à l'accumulation de richesses, ainsi que du prêtre Réclaine, qui a demandé à être mis dans la fosse le visage contre la terre. Les ossements de toutes les personnes enterrées en ce lieu ont été, en 1863, transportés au cimetière Belmont. En fait, il ne s'agit pas de toutes les personnes, car, en 1839, des étudiants en médecine vinrent voler au cimetière des pauvres du « matériel » de dissection.

Pierre

Pierre a épousé, le 12 février 1691, une femme dont le prénom, par une ironie du sort, était composé du nom de sa mère et de celui de la maîtresse de son père : Marie-Anne. Leur union a été bénie à l'église Saint-Pierre de l'île d'Orléans par le curé Paul Bouchard Tremblay[44]. Marie-Anne Martin est née le 4 avril 1673 et n'a été baptisée que le 14 avril ; ce délai est assez inusité quand on sait qu'à cette époque, les parents qui ne baptisaient pas leur bébé dans les trois jours suivant sa naissance étaient souvent excommuniés. Au début de leur mariage, Pierre et Marie-Anne ont vécu à Saint-Pierre où Pierre exerçait son métier de tonnelier et cultivait une terre donnée par son beau-père. Plus tard, il a aussi cultivé une autre terre léguée par le nouvel époux de la mère de Marie-Anne, Antoine Juchereau, en échange de « certaines servitudes ».

Peu de temps après son mariage, Pierre a demandé à Jacques Marchand de lui remettre une partie de l'argent de la vente aux enchères des biens d'Antoine et Marie. Pierre avait sans doute appris

---

44 Outre les parents de la mariée, les témoins à ce mariage sont le parrain et la marraine de Pierre, Pierre Contant et Louise Landry, ainsi que François Lamée, Jean Bouchard d'Orval, Jean Guyonne.

que le douaire de Marie n'était pas affecté par les dettes contractées après le mariage. Jacques Marchand ne lui a cependant remis que cent soixante-cinq livres. Cette entente a été contestée en cour par la veuve de l'un des créanciers d'Antoine. En vain.

Sept ans après leur mariage, Pierre et Marie-Anne se sont établis à Kamouraska où Charles Aubert de La Chesnaye leur avait concédé une terre. Un peu plus tard, Pierre en a acheté une autre. Assez rapidement, il est devenu prospère : il possédait une grande maison, une grange, une étable et des animaux[45]. Il vivait aussi de la pêche et il était lieutenant de milice. Pierre et Marie-Anne ont eu dix enfants. Leur deuxième enfant, Alexandre, est mort à Kamouraska à l'âge de seize ans. Marie-Anne est décédée le 6 février 1709.

À l'âge de quarante-trois ans, Pierre a épousé une jeune femme âgée de vingt ans, Angélique Hautin[46]. Ils ont eu six enfants. Angélique est morte vers 1721.

En 1714, Pierre a donné deux arpents de terre à la Fabrique pour la construction d'un cimetière. En échange, on lui a donné un banc à l'église ainsi que le plus gros morceau de pain béni. Toujours en reconnaissance de ce don, Monseigneur de Pontbriand a ordonné que tous les 27 août, une messe à perpétuité soit dite pour le repos de l'âme de Pierre et de tous ses descendants.

Après avoir légué, en 1726, sa terre à l'un de ses fils, Augustin, Pierre est retourné à l'Île d'Orléans où il a épousé Marie Delugré. Ils sont déménagés ensuite à l'Assomption dans la région de Repentigny. Sur son troisième contrat de mariage, il est indiqué que Pierre, fils de Marie Major et d'Antoine Roy dit Desjardins, était âgé de trente-six ans. En réalité, il en avait cinquante-huit. Peut-être a-t-il voulu se

---

45 Même s'il y avait beaucoup d'esclaves à Kamouraska, le nom de Pierre ne figure pas dans le dictionnaire des esclaves rédigé par Marcel Trudel.

46 Les témoins à ce mariage sont les parents de la mariée, Marie Boucher et François Hautin — un des héros de Rivière-Ouelle dans la bataille contre Phipps en 1690 ; Jacques et Pierre Thiboutot, François-Lucien Martin, Jean Ayot, Jacques Gagnon.

rajeunir puisque sa nouvelle épouse était, encore une fois, beaucoup plus jeune que lui. Elle avait trente-deux ans. Cette « coquetterie » était peut-être courante à l'époque. Le médecin Michel Sarrazin avait cinquante-trois ans en 1712. Pourtant, le jour de son mariage avec une femme de vingt ans, il a dit en avoir quarante.

À Repentigny, Pierre a exercé le métier de maître charpentier de navire. En 1733, les sulpiciens lui ont concédé une terre sur le bord du « Ruisseau du Point-du-Jour ».

Pierre et Marie ont eu trois enfants dont l'un est décédé[47] un an avant la mort de Pierre. Il n'a pas connu le cadet, né quelques semaines après son décès survenu subitement vers sept heures du matin le 29 avril 1734, à l'âge de soixante-quatre ans. Il a été enterré le jour suivant. Il a été le père de dix-neuf enfants. En 1830, ses descendants étaient si nombreux dans la région de Kamouraska que, rien qu'à la Pointe-Sèche, il y avait plus de cent vingt Desjardins.

À Kamouraska, sur un terrain appelé le Berceau de Kamouraska, une chapelle-souvenir en pierres des champs a été érigée. Des croix de bois identifient le site des anciens presbytères et églises. Une partie de la terre de Pierre était située à l'emplacement de cette enceinte. Des plaques commémoratives ont été posées sur ce site patrimonial dont l'une en hommage aux Roy-Desjardins. Chaque été, habituellement vers la fin juillet, une cérémonie est célébrée à cet endroit en souvenir des pionniers de Kamouraska.

S'il avait vécu à notre époque, certains qualifieraient sans doute Pierre de résilient, car, même s'il a souffert de la façon dont son père est mort et qu'il a été stigmatisé durant les années suivant ce décès, il a réussi à gravir les échelons de la hiérarchie sociale et à bien s'intégrer dans son milieu.

---

47 Il s'appelait Jean-Baptiste et l'enfant qui a suivi a été baptisé du même nom. Le lecteur qui a remarqué qu'il y avait déjà un autre Jean-Baptiste, né du premier mariage, s'étonnera peut-être du fait que deux enfants, dans la même famille, portent le même prénom, même s'ils sont vivants. Ce n'était pas inhabituel à l'époque.

Personnages historiques

François BAILLY DIT LAFLEUR était concierge et gardien de prison lorsque Antoine, Julien et Anne furent emprisonnés en 1684. Il occupa successivement les fonctions de maître maçon, huissier, concierge, gardien de prison et substitut du procureur fiscal.

Françoise BAISELA était une Fille du roi arrivée avec le même contingent que Marie Major. Elle était présente lors de la signature du contrat de mariage de Marie et à la cérémonie du mariage. Elle était accompagnée de son époux Laurent Cambin dit Larivière, un soldat du régiment de Carignan. Ils eurent un enfant avant que Laurent décède en 1670. Françoise épousa, la même année, Pierre-François Marsan dit Lapierre. Ils eurent dix enfants. Un an après le décès de Pierre-François, Françoise épousa André Corbeil dit Tranchemontagne, de dix-huit ans son cadet. Françoise mourut en donnant naissance à leur unique enfant. Elle était la fille de Claude Proux et du maître potier Benjamin Baisela.

Catherine BAULDARD, la mère d'Antoine, était la fille d'Antoine Bauldard et de Marie Champion. En 1626, elle épousa Olivier Roy. Ils eurent dix enfants : Catherine (1627), Marie (1629), Charlotte (1630), Edmée (1632), Geneviève (1633), Antoine (1635), Élie (1636), Suzanne (1638), Jean (1640), Catherine (1643). Elle fut enterrée le 10 décembre 1659. Son nom est parfois écrit : Baudard ou Boderge.

Henri DE BERNIÈRES célébra le mariage de Marie et Antoine. Né à Caen, en Normandie, vers 1635, il vint en Nouvelle-France en 1659 avec Monseigneur de Laval. Il fut le premier curé de Québec et le premier supérieur du Séminaire de Québec. Il décéda en 1700 de l'épidémie de grippe.

Joseph-Antoine LE FEBVRE DE LA BARRE fut, de 1682 à 1685, gouverneur et membre du Conseil souverain. Né à Paris, il fut maître des requêtes et intendant. Destitué, il devint capitaine de vaisseau. Aidé par les membres influents de sa famille (son père était conseiller du Parlement de Paris), il fut nommé gouverneur de la Nouvelle-France.

Gervais BAUDOIN était maître chirurgien à Québec et le chirurgien attitré des ursulines et des jésuites. Son épouse Anne Aubert et lui eurent onze enfants dont trois décédèrent en bas âge. En 1692, il fut nommé chirurgien du roi, ce qui impliquait qu'il devait organiser et policer la chirurgie dans toute la colonie. Il décéda à Québec, en décembre 1700, de l'épidémie de grippe.

Jeanne BESNÉE était la mère de Julien Talua. Le 29 janvier 1635, elle épousa Brice Talua. Ils habitaient à Saint-Pierre, Nantes, en Haute-Bretagne. Elle eut un autre fils, Jean, né en 1638. Brice Talua était pêcheur et il décéda le 17 janvier 1642.

Étienne BOUCHARD est le chirurgien dont le contrat stipulait qu'il ne pouvait soigner l'épilepsie. Il est considéré comme l'ancêtre de l'assurance maladie. En 1665, devant le notaire Lambert Closse, il s'engagea par contrat à soigner vingt-six familles moyennant cent sous par an. Il travailla entre autres à l'Hôtel-Dieu de Montréal et il soigna les autochtones qui vivaient dans l'enceinte du fort de Ville-Marie. Il décéda à l'âge de cinquante-quatre ans chez son ami le chirurgien Martinet de Fonblanche. Une rue, dans l'arrondissement Anjou à Montréal, porte son nom.

Jean BOURDON DIT ROMAINVILLE était l'un des témoins lors du contrat de mariage de Marie et Antoine. Il était huissier au Conseil souverain.

Pierre CONTANT ou Comptant était le parrain de Pierre. Sa femme Louise Landry et lui vivaient sur une terre à Batiscan. N'ayant pas d'enfant, il inclut dans son testament une clause précisant que les successeurs de sa femme hériteraient de tous les biens du couple. Après la mort de Pierre, Louise Landry nomma comme héritier son neveu Jacques Massicot et le fit venir de France.

Jean-Baptiste CREVIER DIT DUVERNAY vint témoigner au procès à Ville-Marie en faveur d'Antoine. Prospère marchand de fourrures, il fut enlevé par les Iroquois.

Mathieu DAMOURS DE CHAUFFOURS fut nommé, en 1663, membre du Conseil souverain par Monseigneur de Laval et le gouverneur de Mézy et il y siégeait encore en 1684. Seigneur de Matane, il était le fils de Louis Damours, conseiller du roi Louis XIV.

Jacques DEMEULLE était intendant et siégeait au sein du Conseil. En 1685, il créa la monnaie de carte (cartes qui portaient sa signature et qui servaient de monnaie d'échange) et il fut blâmé par le roi pour cette initiative. Rappelé en France en 1686, il fut remplacé par Jean Bochart de Champigny, dont l'épouse était la cousine de Monseigneur de Laval.

Jean-Baptiste DEPEIRAS était membre du Conseil souverain. C'est lui qui interrogea Julien lors de son arrivée à Québec et qui devait, quelques mois plus tard, se rendre à Ville-Marie afin de lui faire un nouveau procès. Jean-Baptiste était l'un des protégés de Frontenac. Il reçut une concession s'étendant de la rivière Mitis (près de Mont-Joli) jusqu'à l'île Saint-Barnabé (en face de Rimouski). Il faisait la traite des fourrures, louait ses fermes et prêtait de l'argent. Décédé en 1701, il fut enterré, conformément à son désir, dans le cimetière des pauvres.

Edmond DE SUÈVE vint témoigner au procès en faveur d'Antoine. Il le connaissait bien puisque non seulement il était seigneur de Sainte-Anne-de-la-Pérade, à proximité de Batiscan, mais il avait été aussi lieutenant de la compagnie de Saint-Ours du régiment de Carignan. Connu aussi sous le patronyme de Sève, il décéda le 1er mars 1707.

Louis Ango DES MAIZERETS était membre du Conseil souverain. Il était vicaire général et chanoine de Québec. Né dans une famille de la noblesse normande, il rencontra Monseigneur de Laval à Paris. Il faisait partie de la première recrue de prêtres destinés au séminaire de Québec arrivée en Nouvelle-France en 1663. Durant la traversée, il faillit mourir du scorbut. Il fut le second supérieur du séminaire de Québec. Il décéda en 1721.

François FORTIN vint témoigner en faveur d'Antoine au procès tenu à Ville-Marie. Né à La Rochelle en 1650, il arriva en Nouvelle-France en tant que trente-six mois (personne qui s'engageait à travailler pendant trois ans sans salaire mais dont le coût de la traversée était assumé par son employeur). Il obtint ensuite une terre à Batiscan. Son nom est souvent écrit Fortage.

Pierre FOURNIER DIT DES FORGES était présent lors de la signature du contrat de mariage de Marie et Antoine ainsi qu'à leur mariage. Originaire de Poitou, il était meunier et engagé au service de Jean Bourdon dit Romainville.

Claude GARRIGUE poursuivit en justice Julien Talua parce qu'il l'avait qualifié de « querelleux et de séditieux » et avait refusé de s'excuser. Maître menuisier, il œuvrait à Lachine. Il mourut en 1689, à l'âge de trente-huit ans.

Pierre GAUTHIER DIT SAGUINGOIRA, habitant et laboureur, était le voisin de Julien. Après le meurtre, il eut la garde légale des biens de Julien. Son épouse Charlotte Roussel et lui furent faits prisonniers par les Iroquois en 1689, lors du massacre de Lachine. Pierre réussit à s'évader, mais sa femme Charlotte décéda pendant sa captivité.

Jean GERVAISE était juge intérimaire lors du procès de Julien à Ville-Marie. Durant le procès, il remplaça souvent Jean-Baptiste Migeon de Branssat. (Pour simplifier, j'ai, dans ce roman, donné une tâche précise à chacun). Né en Touraine, Gervaise était boulanger lorsqu'il fut recruté par Maisonneuve afin de venir s'établir en Nouvelle-France. Il épousa la sage-femme Anne Archambault dont le premier mariage avec Michel Chauvin avait été annulé alors qu'elle était enceinte de son deuxième enfant. (À cause de sa bigamie, Michel Chauvin fut renvoyé en France.) De 1657 à 1661, Gervaise était marguillier et percevait les dîmes. Nommé substitut du procureur de la couronne en 1671, il fut aussi juge intérimaire entre 1673 et 1689.

Anne GODEBY était l'épouse de Julien et l'amante d'Antoine. Née en Normandie, à Dieppe, vers 1639, elle était la fille de Marie Morin et de Laurent Godeby. Elle arriva en Nouvelle-France en 1669 avec un contingent des Filles du roi. Ses biens furent estimés à cinquante livres. Elle reçut cinquante livres du roi. Elle épousa Julien le 7 octobre 1669. Ils n'eurent pas d'enfant. Après leur mariage, ils s'installèrent à Boucherville où ils louèrent une ferme. Ensuite, ils habitèrent Longueuil, puis Lachine où ils louèrent une terre située à l'ouest de celle de Pierre Gauthier. Condamnée en 1684 pour adultère, Anne fut mise au ban de Ville-Marie et vécut ensuite à Québec. Elle fut hospitalisée à deux reprises durant l'année 1689.

Jean JOURNET DIT GUESPIN était le cordonnier chez qui fut hébergé Julien Talua lorsqu'il sortit de la prison de Québec. Il épousa Geneviève Laurence. Ensemble, ils n'eurent aucun enfant, mais Geneviève en avait déjà eu sept de son précédent mariage avec le cordonnier Adrien Michelon.

Jean LARIOU dit Lafontaine vint témoigner au procès en faveur d'Antoine. Il vivait à Batiscan avec son épouse Catherine Mongeau et leurs huit enfants. En 1681, il avait dix arpents de terre cultivée.

François LAVAL fut le premier évêque de la Nouvelle-France. Il abandonna les titres de seigneurie hérités de son père, étudia la théologie à Paris et vécut à l'Ermitage avant de venir en Nouvelle-France. Des historiens ont écrit qu'il était fort autoritaire et querelleur et qu'il voulait tout régenter. Entre autres choses, il fit afficher partout dans la colonie une copie de la lettre du roi qui ordonnait au gouverneur de reconnaître l'autorité de l'évêque. Le roi lui avait confié aussi la création du Conseil souverain. Mais il était aussi, écrivent des historiens, un homme dévoué et généreux à l'égard des pauvres. Son attitude envers Marie est imaginaire, mais plausible, compte tenu de la façon dont les hommes d'Église jugeaient généralement les femmes à cette époque.

Sont réels les faits relatés dans ce roman concernant:
- Charles Couillard et Ignace de Repentigny, les enfants fouettés. Source: Guy Giguère, *Honteux personnages de l'histoire du Québec*, Montréal, Stanké, 2002, p. 20.
- La dispense donnée à Jacques Lemoyne afin qu'il puisse épouser une fillette de onze ans et sa querelle avec le supérieur des sulpiciens qu'il fit renvoyer en France (notons cependant qu'il revint en Nouvelle-France et que les relations entre les deux hommes furent bonnes par la suite).
- L'excommunication des animaux: Raymond Boyer a écrit que le

premier évêque de Québec, Monseigneur de Laval, a excommunié des tourtes plus d'une fois pour les dommages qu'elles causaient aux biens de la terre. Source : Raymond Boyer, *Les crimes et les châtiments au Canada français du XVIIe au XXe siècle*, Montréal, Le cercle du livre de France, 1996, p. 72.

- En ce qui concerne son éventuel esclave, un historien a écrit : « un petit Amérindien de 8 ans, appelé Bernard, et qui meurt à l'Hôtel-Dieu de Québec en juillet 1680, est inscrit comme petit sauvage de monseigneur l'Évêque ». Source : Marcel Trudel, *Deux siècles d'esclavage au Québec*, Montréal, HMH, 2004, p. 51.

Michel LECOURT poursuivit Antoine en justice pour dettes impayées et le fit emprisonner. Il était un ami de Julien Talua dit Vendamont. Né en Normandie en 1639, il épousa, en Nouvelle-France, Louise Leblanc avec qui il eut dix enfants. Il exerçait le métier de marchand-boucher. Il décéda le 14 septembre 1685 à Ville-Marie.

Charles LEGARDEUR DE TILLY fut nommé membre du Conseil souverain en 1663 par Monseigneur de Laval et il y siégea durant trente-deux ans. Il obtint des titres de noblesse en 1667. Il était seigneur de deux bourgs de la Normandie : Tilly-sur-Seulles et Tilly-la-Campagne. Marin, il organisa la chasse aux loups-marins dans la région de Tadoussac. Il faisait aussi la traite des castors. Beaucoup de ses biens furent pillés par les Iroquois. Il épousa Geneviève Juchereau et ils eurent plus d'une quinzaine d'enfants. L'un d'eux épousa Marguerite Volant.

Marguerite LE PELÉ était la mère de Marie Major. Il ne reste pratiquement aucune trace de cette femme. D'ailleurs, les femmes de son époque étaient si peu souvent citées que les curés de la paroisse de St-Thomas de Touques n'inscrivaient même pas le nom des mères dans le registre des naissances.

Jean LEVASSEUR DIT LAVIGNE et sa femme Marguerite RICHARD accueillirent plusieurs Filles du roi, dont Marie Major, dans leur grande maison de la rue Saint-Louis. Lorsqu'ils arrivèrent en Nouvelle-France, ils avaient déjà un enfant. Ils en eurent dix par la suite, dont deux qui décédèrent quelques jours après leur naissance. Jean occupa les fonctions de premier huissier au Conseil souverain, de menuisier et de spéculateur immobilier.

Louis-Armand de LOM D'ARCE, baron de LAHONTAN, arriva à Québec en novembre 1683. Ayant partagé la vie des coureurs des bois et des Indiens, il écrivit plusieurs ouvrages dans lesquels il relate la vie en Nouvelle-France et les mœurs des Sauvages.

LOUIS XIV, le Roi-Soleil, régna en France de 1643 à 1715. Il envoya quelque huit cents filles en Nouvelle-France afin qu'elles peuplent la colonie.

Jacques MARCHAND était le principal créancier d'Antoine. Il possédait une terre à Batiscan, à proximité de celle de Marie et Antoine. Il est probable que ce Jacques Marchand décrit par Georges Desjardins soit le même que celui dont le patronyme est Jacques LeMarchant, originaire de Caen en Normandie, car celui-ci reçut sa première concession à Saint-Eloy de Batiscan.

Jean et Marie MAJOR : Voir *Marie, Antoine et Pierre : leur vie.*

Jean MARTINET DE FONBLANCHE était le chirurgien qui, dans la maison de Julien, examina le cadavre d'Antoine. Né en Bourgogne, il était chirurgien du régiment de Carignan-Salières et il fit la traversée avec Antoine. Il fut chirurgien à l'Hôtel-Dieu et marguillier de la paroisse Notre-Dame-de-Ville-Marie. Il fut aussi l'un des deux chirurgiens les plus reconnus comme expert médico-légal et il enseigna à plusieurs apprentis. Il fut traduit en justice parce qu'il était trafiquant d'eau-de-vie et traiteur de pelleteries. Son épouse Marguerite Prudhomme et lui eurent deux enfants, décédés en 1687. Fonblanche cultivait, sur sa terre, des plantes médicinales. Il eut assez souvent recours à la justice afin de se faire payer ses honoraires. Il décéda à l'âge de cinquante-six ans. Sa veuve, âgée de quarante-sept ans, se remaria deux ans plus tard avec Jean Latour de Foucaud, âgé de vingt-deux ans.

Claude MAUGUE était greffier lors du procès à Ville-Marie. D'abord maître d'école à Beauport, en 1673, il exerça ensuite les fonctions de greffier et de notaire. Il était l'un des notaires les plus souvent cités, car il signa plus de trois mille actes. Quatre ans avant sa mort, survenue en 1696, il fut nommé substitut du procureur général.

Jean-Baptiste MIGEON DE BRANSSAT était, en 1684, bailli et juge à Ville-Marie. Lorsqu'il arriva en Nouvelle-France, il était commerçant. Après avoir été commis pour la Compagnie des Indes Occidentales, il fut nommé, en 1667, procureur fiscal de la seigneurie de Montréal. Il s'occupait de la traite des fourrures et fit plusieurs transactions immobilières. Il fut emprisonné par Perrot pour les raisons déjà invoquées dans ce roman. Il fut nommé juge civil et criminel en 1677, subdélégué de l'intendant Demeulle en 1685, puis juge royal en 1693. Sa femme, Catherine Gauchet de Belleville, se fit religieuse après treize ans de veuvage. Il était connu aussi sous le patronyme de Brasac.

Le chien surnommé MONSIEUR DE NIAGARA est inspiré d'un chien du même nom qui distribuait le courrier et qui fut amené de Niagara, vers 1688, par Monsieur de Bergères. Source : Françoise Morin, « Quand chiens et chats riment avec Nouvelle-France », *Poils & Cie,* janvier/février 2004, p. 32-34.

Charles PALANTIN DIT LAPOINTE était présent lors de la signature du contrat de mariage de Marie et Antoine. Il était cordonnier et voisin de Jean Levasseur.

Nicolas POT vint témoigner à Ville-Marie en faveur d'Antoine. En 1666, il était le domestique de Mathurin Langevin, un habitant de Ville-Marie. En 1670, il vivait sur sa terre à Batiscan avec son épouse, Marguerite Gilbert.

Jean RATTIER était, en 1684, le bourreau de la Nouvelle-France. Reconnu coupable du meurtre (certains ajoutent aussi du viol) de Jeanne Couc, il fut condamné à la pendaison. Personne ne voulant être bourreau, les membres du Conseil souverain lui offrirent de le gracier s'il acceptait ce poste. Son métier l'amena, comme je l'ai raconté dans ce roman, à punir publiquement sa femme, Marie Rivière, et l'une de ses filles parce qu'elles avaient volé des chaudières.

Marguerite RICHARD : voir Jean Levasseur.

Pierre RONDEAU : voir Catherine Verrier.

Louis ROUER DE VILLERAY fut nommé membre du Conseil souverain en 1663 par Monseigneur de Laval et le gouverneur de Mézy, et il y siégeait encore en 1684. Son père était le valet de chambre de la reine. En plus d'être conseiller, il fut secrétaire du gouverneur Jean de Lauzon, négociant, notaire, lieutenant civil et criminel, agent général de la Compagnie de la ferme du roi et seigneur de Villeray. Il obtint ensuite deux autres seigneuries, l'une à l'île Verte et l'autre à Rimouski. Il était un grand ami de Monseigneur de Laval.

Olivier ROY était le père d'Antoine. Enfant unique de Marie Boucquenier et de Jean Roy, il épousa Catherine Bauldard, la mère d'Antoine, avec qui il eut dix enfants. Peu de temps après le décès de celle-ci, il épousa une très jeune femme, Marie Pruneau. Il décéda le 6 décembre 1661, deux mois avant la naissance de leur fils unique, Zacharie. De tous les descendants d'Oliver Roy, seul Antoine conserva le nom des Roy car, en France, la descendance fut perpétuée par des femmes dont quelques patronymes sont mentionnés, au début des annexes, sous le tableau généalogique.

François Magdeleine RUETTE D'AUTEUIL fut procureur général au Conseil souverain. En 1678, il alla en France afin d'être reçu avocat au parlement de Paris. De retour à Québec, il travailla avec son père, le procureur Denis-Joseph Ruette d'Auteuil. Celui-ci, sentant qu'il allait mourir bientôt, écrivit à Colbert afin de nommer son fils à sa succession. Ainsi, malgré son jeune âge (il n'avait que vingt-deux ans), François Magdeleine devint procureur général. À partir de 1689, il se montra déterminé à protéger le Conseil des empiétements des religieux ou autres hommes de pouvoir. Cependant, l'intendant Raudot, en 1705, l'accusa d'user de ses pouvoirs au profit de sa famille et de ses affaires. En 1707, le roi révoquait son poste de procureur. Accablé, Ruette d'Auteuil s'installa à Paris.

Michel SARRAZIN était chirurgien à l'Hôtel-Dieu lorsque Marie y fut hospitalisée. Il était chirurgien de la marine lorsqu'il arriva en Nouvelle-France en 1685. Par la suite, il travailla à l'hôpital et fut chirurgien-major (ce qui l'amenait à se déplacer dans toute la colonie). En 1694, il retourna en France afin d'y étudier la botanique et la médecine. Revenu en Nouvelle-France en 1697, il travailla de nouveau à l'Hôtel-Dieu et il fut nommé officiellement médecin du roi en 1700. En juin 1712, il épousa la fille de feu le prospère marchand François Hazeur, Marie-Anne. Ils eurent quatre enfants. Il décéda à l'âge de soixante-quinze ans. Une maison à Québec porte son nom : on y accueille, avec tendresse, les mourants cancéreux.

Julien TALUA DIT VENDAMONT était l'assassin d'Antoine. Il naquit le 14 février 1641 à Saint-Pierre, dans le diocèse de Nantes, en Haute-Bretagne. Ses ancêtres vinrent d'Espagne, en 1450, afin de s'établir à Nantes. Julien était domestique lorsqu'il arriva en Nouvelle-France en 1666. Le 20 septembre 1669, il signa un contrat de mariage avec une Fille du roi, Catherine Verrier, mais ce contrat fut annulé. Quelques jours plus tard, il épousa Anne Godeby. Julien fut le premier bedeau de Lachine. Il était également huissier ainsi que receveur et fermier pour les sulpiciens. Dans le recensement de 1681, il est indiqué qu'il possédait un fusil, trois bêtes à cornes et huit arpents de terre en valeur. Un domestique, Pierre, âgé de 51 ans, vivait avec le couple à cette date. Julien était aussi nommé Talva et Talus.

Antoine TROTTIER DES RUISSEAUX vint témoigner au procès en faveur d'Antoine. Seigneur de l'île aux Hérons et marchand à Batiscan, il possédait cent arpents de terre qu'il cultivait avec l'aide de domestiques. Son épouse Catherine Lefebvre et lui eurent douze enfants.

Catherine VERRIER arriva avec un contingent des Filles du roi en 1669. Peu de temps après son arrivée, elle signa un contrat de mariage avec Julien Talua et ce contrat fut annulé le 20 septembre. Dix jours plus tard, elle épousa Pierre Rondeau. Ils s'établirent sur une terre à l'île d'Orléans et ils eurent cinq enfants. Elle décéda le 5 septembre 1683. Dans ce roman, le personnage de Catherine Vanier est inspiré de cette femme.

Charles Denys de VITRÉ était, en 1684, membre du Conseil souverain. Né à Tours dans une famille de bourgeois, il travailla à développer l'industrie de la pêche dans le fleuve Saint-Laurent. Il reçut plusieurs seigneuries : Bellevue ; Bic ; Vitré (près de Beaumont) ; Trois-Pistoles ; Antigonish (Acadie) ; Notre-Dame-des-Anges (près de

Québec). Avec les riches marchands François Hazeur et Pierre Peiras, il établit une pêcherie de marsouins à Kamouraska.

* * *

Les savants et auteurs mentionnés dans ce roman ont tous existé.

* * *

Les traits de caractère, les sentiments et les paroles des personnages historiques sont le fruit de mon imagination.

Bibliographie

ASSINIWI, Bernard, *La médecine des Indiens d'Amérique*, Montréal, Guérin Littérature, 1988.

ASSINIWI, Bernard, *Recettes indiennes et survie en forêt*, Montréal, Leméac, 1972.

AUDET, Noël, *Écrire de la fiction au Québec*, Montréal, Québec Amérique, 1990.

BADINTER, Élisabeth, *L'amour en plus*, Paris, Flammarion, 1980.

BOYER, Raymond, *Les crimes et les châtiments au Canada français du XVIIe au XXe siècle*, Montréal, Le Cercle du livre de France, 1966.

CARPENTIER, Jean et François LEBRUN, *Histoire de France*, Paris, Seuil, 1987.

CLIO, le collectif, *L'histoire des femmes au Québec depuis quatre siècles*, Montréal, Quinze, 1982.

CÔTÉ, Renée, *Place-Royale. Quatre siècles d'histoire*, Montréal, Fides et le Musée de la civilisation, 2000.

DALL'AVA-SANTUCCI, Josette, *Des sorcières aux mandarines. Histoire des femmes médecins*, Paris, Calmann-Lévy, 1989.

DÉCARIE-AUDET, Louise, *Les objets familiers de nos ancêtres*, Montréal, Éditions de l'Homme, 1974.

DELALANDE, J., *Le Conseil souverain de la Nouvelle-France*, Québec, Ls-A. Proulx, imprimeur du Roi, 1927.

DELUMEAU, Jean, *La peur en Occident (XVIe-XVIIIe siècles)*, Paris, Fayard, 1978.

DESJARDINS, Georges, s. j., *Antoine Roy dit Desjardins et ses descendants*, Trois-Rivières, Bien Public, 1971.

DESLANDRES, Dominique, *Croire et faire croire. Les missions françaises au XVII*e *siècle*, Paris, Fayard, 2003.

DICKASON, Olive Patricia, *Le mythe du Sauvage*, Sillery, Septentrion, 1993.

DUCHÊNE, Roger, *Être femme au temps de Louis XIV*, Paris, Perrin, 2004.

DULONG, Claude, *La vie quotidienne des femmes au Grand Siècle*, Paris, Hachette, 1984.

DUMAS, Silvio, *Les Filles du roi en Nouvelle-France. Études historiques avec répertoire biographique*, Québec, Société historique du Québec, 1972.

EHRENREICH, Barbara et Deirdre ENGLISH, *Sorcières, sages-femmes et infirmières*, Montréal, Remue-Ménage, 1976.

FOISIL, Madeleine, *Femmes de caractère au XVII*e *siècle. 1600-1650*, Paris, Fallois, 2004.

FOURNIER, Martin, *Jardins et potagers en Nouvelle-France. Joie de vivre et patrimoine culinaire*, Sillery, Septentrion, 2004.

GÉLIS, Jacques, Mireille LAGET, Marie-France MOREL, *Entrer dans la vie*, Paris, Gallimard, 1978.

GERMAIN, Georges-Hébert, *Les coureurs des bois. La saga des Indiens blancs*, sous la direction scientifique de Jean-Pierre HARDY ; illustrations originales de Francis BACK, Montréal, Libre Expression, 2003.

GIGUÈRE, Guy, *D'un pays à l'autre. 1600-1900. Mille et un faits divers au Québec*, collection de textes historiques rassemblés et présentés par G. GIGUÈRE, Québec, Anne Sigier, 1994.

GIGUÈRE, Guy, *Honteux personnages de l'histoire du Québec. Faits troublants sur nos élites et nos héros, de 1600 à 1900*, Montréal, Stanké, 2002.

GIGUÈRE, Guy, *La scandaleuse Nouvelle-France. Histoires scabreuses et peu édifiantes de nos ancêtres*, Montréal, Stanké, 2002.

GREER, Allan, *Brève histoire des peuples de la Nouvelle-France*, Montréal, Boréal, 1998.

HAVARD, Gilles et Cécile VIDAL, *Histoire de l'Amérique française*, Paris, Flammarion, 2003.

JONG, Érica, *Sorcières*, Paris, Albin Michel, 1997.

LACHANCE, André, *Crimes et criminels en Nouvelle-France*, Montréal, Boréal Express, 1984.

LACHANCE, André, *Juger et punir en Nouvelle-France*, Montréal, Libre Expression, 2000.

LACHANCE, André, *La justice criminelle du roi au Canada au XVIIIe siècle : tribunaux et officiers*, Québec, Presses de l'Université Laval, 1978.

LACHANCE, André (dir.), *Les marginaux, les exclus et l'autre au Canada aux XVIIe et XVIIIe siècles*, Montréal, Fides, 1996.

LACHANCE, André, *Vivre, aimer et mourir en Nouvelle-France*, Montréal, Libre Expression, 2000.

LACHANCE, André, *Vivre à la ville en Nouvelle-France*, Montréal, Libre Expression, 2004.

LACOURSIÈRE, Jacques, *Histoire populaire du Québec. Des origines à 1791*, tome 1, Sillery, Septentrion, 1995.

LACOURSIÈRE, Jacques, *Une histoire du Québec, racontée par Jacques Lacoursière*, Sillery, Septentrion, 2002.

LAFORCE, Hélène, *Histoire de la sage-femme dans la région de Québec*, Québec, Institut québécois de recherche sur la culture, 1985.

LAMBERT, Serge, *Entre la crainte et la compassion. Les pauvres à Québec au temps de la Nouvelle-France*, Québec, GID, 2001.

LANDRY, Yves, *Les Filles du roi au XVIIe siècle. Orphelines en France, pionnières au Canada*, Montréal, Leméac, 1992.

LANGLOIS, Michel, *Dictionnaire biographique des ancêtres québécois (1608-1700)*, Sillery, La maison des Ancêtres, 1998.

LEMIEUX, Louis-Guy et André-Philippe CÔTÉ, *Nouvelle-France. La grande aventure*, Sillery, Septentrion, 2001.

LEMIRE, Maurice, *Les écrits de la Nouvelle-France*, Québec, Nota bene, 2000.

LÉONARD, Émile-G., *Histoire de la Normandie*, Paris, Presses universitaires de France, 1972.

LESSARD, Renald, *Se soigner au Canada aux XVIIe et XVIIIe siècles*, Hull, Musée canadien des civilisations, 1989.

MAUQUEST DE LA MOTTE, G., *Accoucheur de campagne sous le roi soleil. Le traité d'accouchement de G. Mauquest de la Motte, présenté par Jacques Gélis*, Paris, Imago, 1989.

MUCHEMBLED, Robert, *Passions de femmes au temps de la reine Margot. 1553-1615*, Paris, Seuil, 2003.

OUELLET, Réal, *L'aventurier du hasard. Le baron de Lahontan*, Sillery, Septentrion, 1996.

PARADIS, Alexandre, *Kamouraska (1674-1948)*, Québec, [s. n.], 1948; réédition : Kamouraska, [Conseil de Fabrique de la paroisse], 1984.

PIAT, Colette, *Histoires d'amour des provinces de France, tome IV : La Normandie*, Paris, Presses de la Cité, 1975.

PIAT, Colette, *Quand on brûlait les sorcières*, Paris, Presses de la Cité, 1983.

POMERLEAU, Jeanne, *Arts et métiers de nos ancêtres, 1650-1950*, Montréal, Guérin, 1994.

POMERLEAU, Jeanne, *Métiers ambulants d'autrefois*, Montréal, Guérin, 1990.

PORCHNEV, Boris Fedor, *Les soulèvements populaires en France de 1623 à 1648*, Paris, S.E.V.P.E.N, 1963.

REID MARCIL, Eileen, *Les tonneliers au Québec du XVIIe au XXe siècle*, Québec, GID, 2003.

RHEAULT, Marcel J., *La médecine en Nouvelle-France. Les chirurgiens de Ville-Marie. 1642-1760*, Sillery, Septentrion, 2004.

ROBITAILLE, André, *Habiter en Nouvelle-France. 1534-1648*, Beauport, MNH, 1996.

ROUSSEAU, François, *La croix et le scalpel. Histoire des Augustines et de l'Hôtel-Dieu de Québec*, tome 1 : 1639-1892, Sillery, Septentrion, 1989.

ROY, Jean-Guy, *Familles Roy*, Saint-Épiphanie, La Société généalogique K.R.T., 1998.

ROY, Pierre-Georges, *Index des jugements et délibérations du Conseil souverain de 1663 à 1716*, Québec, Archives de la province de Québec, 1940.

ROY, Pierre-Georges, *Toutes petites choses du régime français*, Québec, Garneau, 1944.

ROY, Pierre-Georges, *La ville de Québec sous le régime français*, Québec, Imprimeur de Sa Majesté le Roi, 1930.

ROY, Régis et Gérard MALCHELOSSE, *Le régiment de Carignan. Son organisation et son expédition au Canada (1665-1668)*, Montréal, G. Ducharme, 1925.

SALLMAN, Jean-Michel, *Les sorcières fiancées de Satan*, Paris, Gallimard, 1989.

SÉGUIN, Robert-Lionel, *L'injure en Nouvelle-France*, Montréal, Leméac, 1976.

SÉGUIN, Robert-Lionel, *La vie libertine en Nouvelle-France au XVIIe siècle*, Montréal, Leméac, 1972.

SIMONNET, Dominique et autres, *La plus belle histoire de l'amour*, Paris, Seuil, 2003.

TARD, Louis-Martin, *Michel Sarrazin. Le premier scientifique du Canada*, Ville Saint-Laurent, XYZ, 1996.

TRUDEL, Marcel, *L'esclavage au Canada français. Histoire et conditions de l'esclavage*, Québec, Les Presses de l'Université Laval, 1960.

TRUDEL, Marcel, *Mythes et réalités dans l'histoire du Québec*, Montréal, Hurtubise, 2001.

TRUDEL, Marcel, *La Nouvelle-France par les textes : les cadres de vie*, Montréal, Hurtubise, 2003.

Articles

CLOSSON, Monique, « Propre comme au Moyen Âge », *Historama*, no 40, juin 1987.

DARMON, Pierre, « Les vols de cadavres et la science. XVIIe-XIXe siècles », *L'Histoire*, no 48, septembre 1982.

DESJARDINS, Georges, « Antoine Roy dit Desjardins. Sa lamentable histoire. Son fils unique », *Mémoire de la Société généalogique canadienne-française*, avril 1954.

DESJARDINS, Georges, « Études généalogiques : notes supplémentaires sur Antoine Roy dit Desjardins », *Mémoire de la Société généalogique canadienne-française*, janvier 1956.

DUVAL, Pearl, « Lettres à Dieu. L'art de l'enluminure au Moyen Âge », *Oriflamme*, vol. 12, novembre 2003.

GENEST, Paul, « Les Roy-Desjardins, une lignée familiale remarquable, mais issue d'un ancêtre singulier », *L'Ancêtre*, Bulletin de la Société de généalogie de Québec, 1981.

L'histoire, Dossier : « La dépression. Le mal de vivre depuis 3000 ans », mars 2004.

LACHANCE, André, « Les prisons au Canada sous le régime français », *Revue d'histoire de l'Amérique française*, vol. 19, no 4, mars 1966.

LE CLERCQ, Pierre, « Antoine Roy avant la Nouvelle-France et avant de devenir Desjardins », *L'Ancêtre*, Bulletin de la Société de généalogie de Québec, décembre 1997.

LEMIEUX, Louis-Guy, « Les grandes familles : les Roy. La longue route vers le droit chemin », *Le Soleil*, juillet 2003.

LESAGE, Germain, « L'arrivée du régiment de Carignan », *RUO : Revue de l'Université d'Ottawa*, vol. 4, 1965.

MOREL, André, « Réflexions sur la justice criminelle canadienne au 18e siècle », *RHAF*, vol. 29, no 2, septembre 1975.

MORIN, Françoise, « Quand chiens et chats riment avec Nouvelle-France », *Poils & Cie*, janvier/février 2004.

PIVOT, Laurence, « La beauté dans tous ses états », *Elle Québec*, novembre 2004.

ROY, André, « Le pèlerinage à Saint-Jacques de Compostelle », *Les Souches*, Association des familles Roy d'Amérique, vol. 9, no 4, septembre 2004.

TRUDEL, Marcel, « Le régime seigneurial », *La société historique du Canada*, Brochure historique no 6, 1983.

Actes notariés et légaux

- Contrat de mariage entre Marie Major et Antoine Roy dit Desjardins.
- Déclarations de Nicolas Pot, François Fortage, Antoine Trottier dit Desruisseaux, Jean Lariou, Jean-Baptiste Crevier dit Duvernay et Edmond de Suève concernant l'assassinat d'Antoine Roy dit Desjardins, juillet 1684, Archives nationales du Québec à Montréal.
- Engagement de Joseph Fleury à Pierre Le Roy, tonnelier. Notaire Gilles Rageot, 19 novembre 1691, Archives de l'Université Laval à Québec.
- *Jugements et délibérations du Conseil souverain de la Nouvelle-France*, Archives de la province de Québec publiées sous les auspices de la Législature de Québec, Québec, Imprimerie A. Côté, 1885-1891, vol. 2.

Sites Web

- Association des familles Roy d'Amérique :
  <www.genealogie.org/famille/roy>.
- Batiscan : <www.batiscan.ca>.
- Bibliothèque et archives Canada. Dictionnaire biographique du
  Canada en ligne : <www.biographi.ca/fr>.
- Carignan. Le régiment Carignan-Salières :
  <cf.geocities.com/regiment_carignan>.
- Cartes de France des XVIᵉ et XVIIᵉ siècles :
  <www.cdep.com/carte-an>.
- La France pittoresque. Guide de la France d'hier à aujourd'hui :
  <www.france-pittoresque.com>.
- Généalogie Québec : <www.genealogiequebec.info>.
- Kamouraska : <www.kamouraska.ca>.
- Maison Saint-Gabriel : <www.maisonsaint-gabriel.qc.ca>.
- Musée canadien des civilisations : « Une fille et un soldat »
  (Marie Major) : <www.civilisations.ca>.
- Musée de la civilisation de Québec. « Il était une fois des filles
  venues de France » : <www.mcq.org>.
- Nos racines. Les histoires locales du Canada en ligne :
  <www.ourroots.ca/f/home.asp>.
- Le portail des prénoms de la francophonie. 19 000 vieux prénoms
  québécois : <www.cafe.rapidus.net/jhuriaux/francophonie.html>.
- St-Thomas de Touques. Registres de Touques :
  <www.ville-touques.com>.
- Ville de Québec. Toponymie :
  <www.ville.quebec.qc.ca/fr/ma_ville/
  toponymie/denominations.shtml>.

Remerciements

Ce livre n'aurait jamais vu le jour sans les encouragements des personnes qui me sont les plus chères.

Merci à mon fils, Philippe, pour tous les commentaires positifs qu'il m'a faits depuis que j'ai commencé à écrire. Sa tendresse, son érudition, son humour sont une grande source d'inspiration et de bonheur.

Merci à mon compagnon de vie depuis trente ans, Rodrigue Proulx, pour sa présence irremplaçable et son soutien indéfectible. Merci d'avoir commenté judicieusement, et avec patience, les multiples versions de Marie Major.

Merci à mon amie Johanne Fournier qui, après avoir lu le manuscrit en un temps record, a manifesté un tel enthousiasme qu'elle a réussi à m'insuffler la confiance dont j'avais besoin pour le soumettre à des éditeurs. Je lui suis reconnaissante pour la passion avec laquelle, pendant des heures, elle m'a parlé de *Marie Major*.

Merci à mon frère, Martin Desjardins, qui, depuis des années, s'intéresse à tout ce que j'écris et qui a endossé, lui aussi, avec passion et générosité, l'habit de premier lecteur même s'il était fort occupé lorsque je le lui ai demandé. Ses commentaires m'ont fait le plus grand bien.

Merci à ma libraire, Lise Audet-Lapointe, qui m'a remis une bibliographie commentée de livres dont le sujet était les Filles du roi. Ses encouragements, après avoir lu la première version du manuscrit, furent précieux. Nous avons eu par ailleurs l'agréable surprise de constater qu'elle était, elle aussi, une descendante de Marie Major.

Merci à mon amie Carolle Gauthier qui, malgré les nombreuses maladresses du premier jet, m'a prodigué les encouragements dont j'avais besoin.

Je remercie toutes les personnes pour qui j'étais une parfaite étrangère et qui ont néanmoins pris le temps de répondre avec gentillesse et célérité à mes questions : André Roy, président de l'Association des Roy d'Amérique et rédacteur en chef de la revue *Les Souches* publiée par cette association, ainsi que Guy Roy, chroniqueur pour la même revue ; Estelle Brisson, archiviste aux Archives nationales de Montréal ; André Ruest, des Archives de Rimouski ; Denis Giguère, des Archives nationales de Québec ; sœur Claire Gagnon, du Musée des augustines de l'Hôtel-Dieu de Québec ; tout le personnel de la Société de généalogie et d'archives de Rimouski.

Merci à mon éditrice, Nicole Saint-Jean, d'avoir accepté avec enthousiasme de publier ce roman.

DÉCLARATIONS DE NICOLAS POT, FRANÇOIS FORTAGE, ANTOINE TROTTIER DIT DESRUISSEAUX, JEAN LARIOU, JEAN-BAPTISTE CREVIER DIT DUVERNAY ET EDMOND DE SUÈVE CONCERNANT L'ASSASSINAT D'ANTOINE ROY DIT DESJARDINS.

21 juillet 1684   (Notaire Claude Maugue)

Aujourd'hui vingt-et-unième juillet seize cent _
quatre-vingt-quatre. Sont comparus par-devant _
le greffier et tabellion de l'île de Montréal, _
sur la requête et sommation verbale de Marie _
Major, femme d'Antoine Le Roy dit Desjardins, _
habitant de Batiscan, qui a été tué par le _
nommé [Julien Talua dit] Vendamont. Lesquels ont dit et déclaré _
Le sieur Nicolas Pot, habitant de Batiscan; _
lequel a dit et déclaré que ledit Desjardins _
s'est comporté en honnête homme de sa connaissance _
et depuis quinze ans qu'il le connaît, et qu'il _
ne l'a jamais connu que pour homme de bien _
dont ladite femme a requis acte et ^ a fait _
sa marque qui est un N. et un p ainsi _
qu'il a dit. ^ ledit comparant. Cinq mots _
raturés de nulle valeur. _

N P

Maugue (paraphe)

Est comparu au greffe et par-devant _
le notaire, François Fortage, habitant de Batiscan. _
Lequel a déclaré, sur la même sommation _
que depuis dix-sept ou dix-huit ans qu'il le _
connaît ledit Desjardins, il l'a toujours trouvé _
homme de bien et d'honneur et qu'il n'a jamais _
été accusé d'avoir aucun bruit pour faire du _
mal avec les filles et femmes. En foi de quoi, _
il a signé en confirmant en son âme et _
conscience la chose véritable, étant prêt _
à partir pour la guerre comme ledit Pot. _

   francois fortage
       Maugue (paraphe)
       greffier notaire

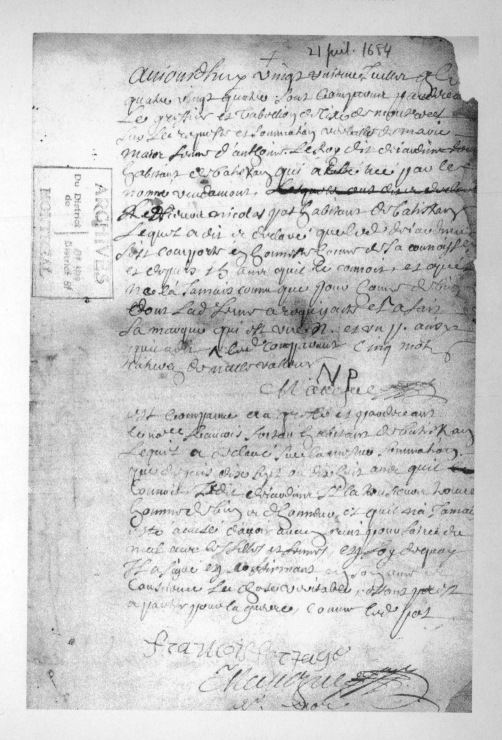

Est comparu le sieur Antoine Trottier, _
marchand, sur la même sommation que dessus. _
Lequel a dit et déclaré en son âme et affirme _
en sa conscience qu'il a toujours reconnu ledit _
Antoine Roy dit Desjardins, tonnelier, qui a _
été tué par Vendamont pour un homme _
de bien et d'honneur et qu'il n'a jamais
reconnu en lui de mauvaise conduite _
ni à donner au libertinage des filles ou _
femmes. Dont ladite femme a requis acte _
pour lui servir ce que de raison. Et a signé,
non ladite comparante, de ce enquis suivant l'ordonnance. _
      trotier desrussiau Maugue (paraphe)
      greffier

Est comparu au greffe Jean Lariou, habitant _
de Batiscan, étant sur son départ pour la guerre. _
Lequel, sur la sommation que dessus, a déclaré _
que Antoine Roy Desjardins, tonnelier, habitant _
de Batiscan, et affirme en son âme et conscience _
qu'il n'a jamais reconnu rien de mauvais en la _
personne dudit Desjardins qui a toujours reçu _
en homme de bien et d'honneur depuis quinze _
ans ou environ, qu'il est voisin et de la même _
côte. Dont ladite femme a requis acte, et _
ledit comparant déclaré ne savoir signer de _
ce enquis suivant l'ordonnance, non plus que la _
requérante, aussi enquise. _
      Maugue (paraphe)
      greffier

Est comparu le sieur Jean-Baptiste Crevier _
sieur Duvernay. Lequel a reconnu ledit Desjardins a // _
pour homme de bien et d'honneur et n'a jamais _
ouï-dire qu'il était scandaleux, ni pour filles _   // toujours passé

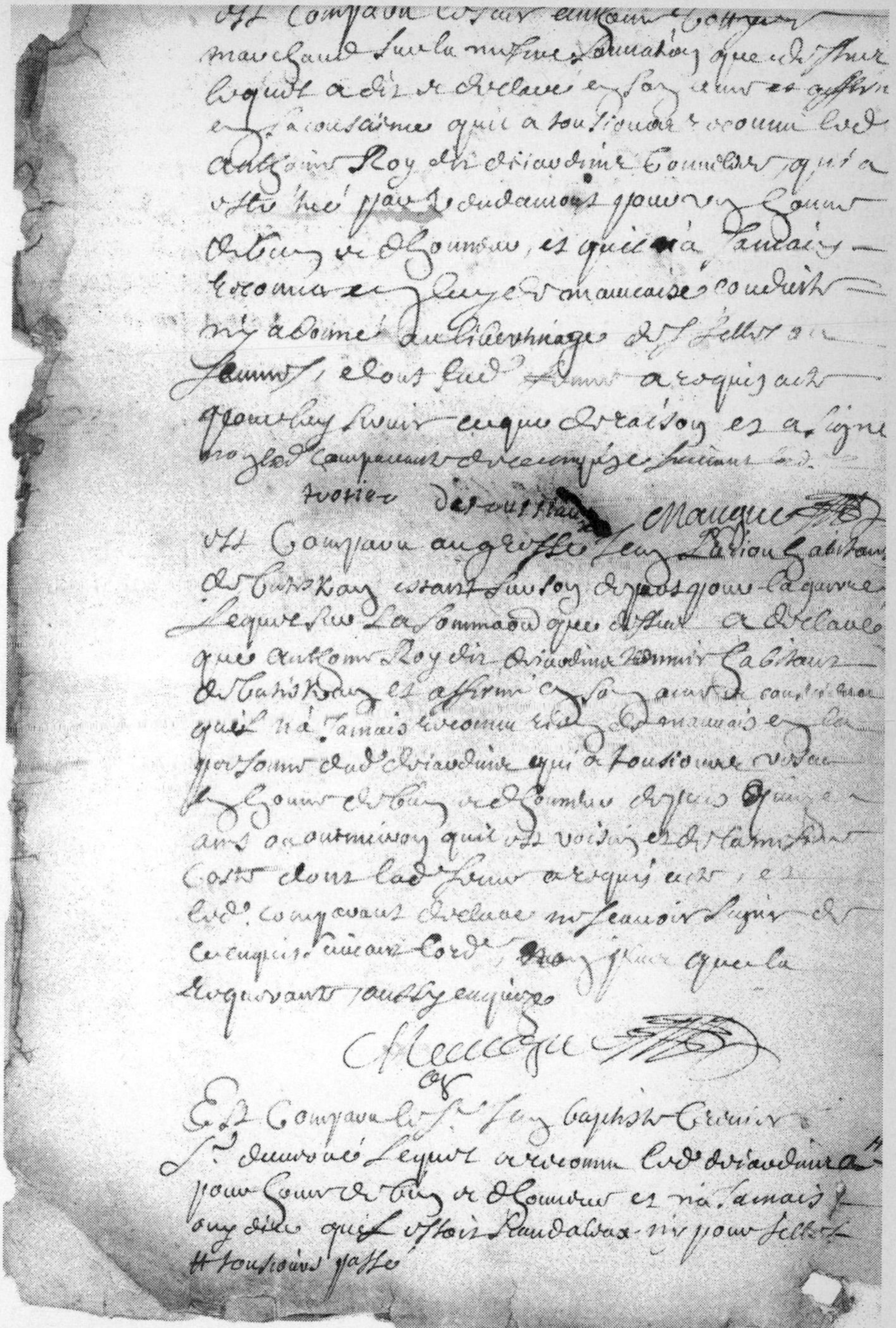

ni femmes. Dont ladite femme a requis _
acte octroyé pour servir ce que de raison. _
Et a signé. _

    Duverné
    Maugue (paraphe)
    greffier notaire

Est comparu Edmond De Suève, écuyer, _
seigneur en partie de Sainte-Anne. Lequel, sur _
la sommation et requête de Marie Major, femme _
dudit Desjardins, a dit et déclaré qu'il n'a _
jamais reconnu aucune plainte contre ledit Desjardins _
depuis dix-neuf ans, qu'il le connaît pour être _
passé dans les troupes du roi et pour être _
habitant de Batiscan, lieu de son voisinage _
de la seigneurie de Sainte-Anne. Et a signé. _

    Desueve
    Maugue (paraphe)

Déchiffrement effectué par : Guy Perron, paléographe, 2005-04-04

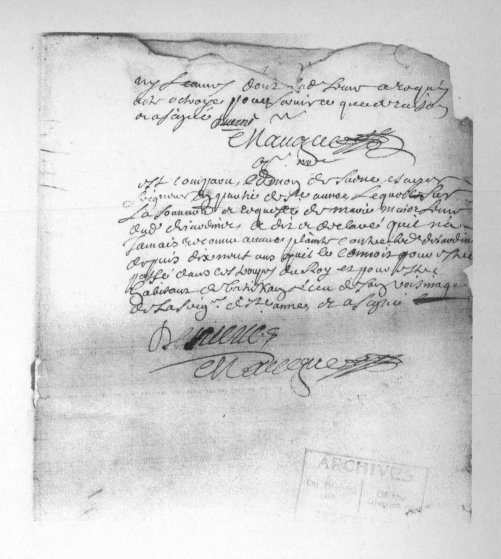

TL2 : 21 juillet 1684 Dossier de Julien Talua dit Vendamont (Centre d'archives de Montréal BANQ)

ENGAGEMENT DE JOSEPH FLEURY À PIERRE LE ROY, TONNELIER.

19 novembre 1691   (Notaire Gilles Rageot)

Par-devant Gilles Rageot, notaire, garde-notes _
du roi notre sire, en la prévôté de Québec en la _
Nouvelle-France. Fut présente en sa personne Jeanne _
Gilles, femme de René Dumas, habitant de La Prairie de la _
Magdeleine, absent, veuve en premières noces de feu _
François Fleury, demeurant en cette ville, faisant et stipulant _
pour Joseph Fleury, âgé de douze ans ou environ, fils dudit _
défunt et d'elle, à ce présent et de son consentement d'une part; _
et Pierre Le Roy, tonnelier, demeurant en cette ville, d'autre _
part. Lesquelles parties, de leurs bons grés et volonté, _
ont reconnu et confessé avoir fait et passé ensemble les marché, _
engagement et convention qui suivent. C'est à savoir [que] ladite _
Gilles se faisant et portant fort de son dit mari auquel elle _
promet faire agréer et ratifier ces présentes toutefois et quand _
qu'il appartiendra; avoir baillé et engagé ledit Joseph _
Fleury, son fils, de ce jour d'hui pour cinq années consécutives _
finissant à pareil jour de l'année mil six cent quatre-vingt-seize _
audit Le Roy, ce acceptant ledit temps durant pour le _
servir et travailler pour lui en sa maison et de son métier _
de tonnelier et en tout ce qu'il lui conviendra partout ailleurs et _
selon ses forces et pouvoir, en le traitant humainement _
et chrétiennement. Ce marché fait pour et moyennant _
que ledit Le Roy enseignera et apprendra son dit métier _
de tonnelier audit Joseph Fleury pendant ledit temps, de le _
nourrir et entretenir bien et dûment selon sa dite qualité _
d'apprenti et serviteur domestique, et qu'il lui montrera _
en ce qu'il pourra à lire et écrire. Et son dit entretien tant _
en linge, hardes, bonnets que chaussures et souliers français pendant le dit temps, _
lesquelles, il emportera avec lui en fin dudit temps. Et _
^ promet et s'oblige ledit Le Roy
en outre, ^ lui donner deux chemises neuves, un capot, _
camisole, un bonnet et chaussures //. Le tout de neuf avec _
quatre cent livres en outils ou argent au bout dudit temps. _
Car ainsi & promettant & obligeant & chacun en droit _
soi & renonçant & fait et passé audit Québec, étude _
dudit notaire, avant midi, le dix-neuvième jour de _
novembre mil six cent quatre-vingt-onze. En présence de _
témoins demeurant audit Québec qui ont, avec ledit _
Le Roy et notaire, signé. Et ladite Gilles ainsi que ledit _
Joseph Fleury déclaré ne savoir écrire ni signer de ce _
interpellé suivant l'ordonnance. // de souliers _
français. Approuvé onze mots en interligne de bonne _
valeur. pierre Leroy   Métru (paraphe)
          Berhougué
                    Rageot (paraphe)

Déchiffrement effectué par : Guy Perron, paléographe, 2005-04-04

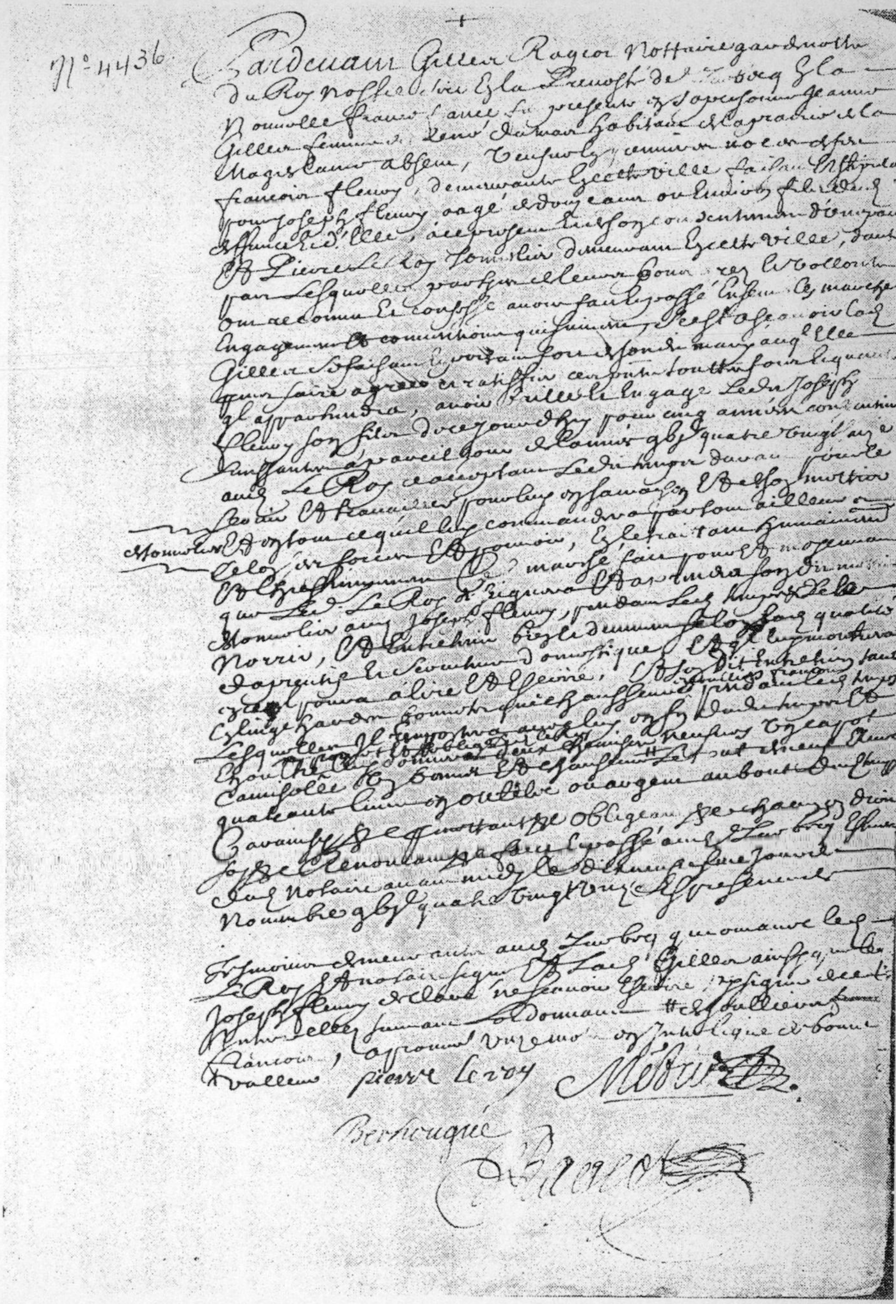
N° 4436

pierre Le roy

Notaire Gilles Rageot, 19 novembre 1691, engagement de Joseph Fleury à Pierre Le Roy, tonnelier (no 4436). Bibliothèque et Archives nationales du Québec.

MARIAGE D'ANTOINE ROY ET DE MARIE MAJOR
EN LA PAROISSE NOTRE-DAME-DE-QUÉBEC, LE 11 SEPTEMBRE 1668.

« L'onziesme iour (jour) du mois de septembre de l'an gbj^c (1668) soixante huit, après les fiançailles et la publication des trois bans de Mariage d'entre Antoine Roy fils de feu Ollivier Roy et de Catherine Boderge ses pere et mere de la Paroisse de s^t Jean de la Ville et Archeveschéé de Sens d'une part ; Et Marie Major, fille de feu Jean Major et de feüe Marguerite le Pelé ses pere et Mere de la Paroisse Saint Thomas Evesché de Lisieux, d'autre part. Ne s'estant découvert aucun empeschement legitime, Je soussigné Curé de cette Paroisse les ay mariés, et leur ay donné la benediction Nuptiale Selon la forme prescrite par la sainte Eglise en presence des Tesmoins, Laurent Cambin, Pierre Fournier d^t des Forges, Jean de Lorme,

Signature : H. DeBernieres. »

Voici ce que l'on peut observer dans cet acte. Nous apprenons qu'Antoine Roy, que l'on surnomme aujourd'hui Roy dit Desjardins, est le fils de feu Olivier Roy et de Catherine Boderge. Lors du voyage de l'Association des Familles Roy d'Amérique à Joigny en France, en juillet 1998, on a remis au président de l'AFROY-R une photocopie de l'acte de naissance de son ancêtre, Antoine Roy. Dans l'acte on peut lire comme suit le nom des parents d'Antoine : *Ollivier Roy et Catherine Bauldard*. Donc il y a eu erreur sur le nom patronymique de sa mère dans l'acte de mariage, car le nom est Bauldard et non Boderge. Il vient de la paroisse de Saint-Jean, de la ville et arrondissement de Joigny et de l'évêché de Sens en Bourgogne (Yonne), France.

Son épouse Marie Major est la fille de feu Jean Major et de feue Marguerite le Pelé, de la paroisse de Saint-Thomas de Tourque, de l'arrondissement et de l'évêché de Lisieux en Normandie (Calvados), France.

Ils se marièrent en la paroisse Notre-Dame-de-Québec, le 11 septembre 1668. Voici le nom des gens qu'ils côtoyaient et qui sont notés comme témoins présents au mariage : Laurent Cambin, Pierre Fournier dit des Forges, Jean De Lorme. Le prêtre qui a béni leur union était l'abbé Henri De Bernières.

Transcription et description faites par Jacqueline Sylvestre, g. f. a.
A. N. Q. à Sainte-Foy, paroisse Notre-Dame-de-Québec, Québec, QC – cote de localisation de bobine no 4M00-0043.